Beate Rygiert
Die Fälscherin

Beate Rygiert

Die Fälscherin

Roman

Claassen

Der Claassen Verlag ist ein Unternehmen der
Econ Ullstein List Verlag GmbH & Co. KG

ISBN 3-546-00194-X

Gesetzt aus der Aldus bei Franzis print & media, München
Druck und Bindung: GGP Media, Pößneck

Für
Daniel Oliver Bachmann

Mundus vult decipi. – Die Welt will betrogen werden.
SEBASTIAN BRANT, 1457–1521

Ama et fac quod vis. – Liebe, und tu was du willst.
AURELIUS AUGUSTINUS, 354–430

Die meisten Menschen denken, dass die Zeit vergeht, und sie erkennen nicht, dass es einen Zustand gibt, der nicht vergeht.
DOGEN ZENJI, 1200–1253

1

Malgrund

nennt man das Material, auf dem die Malerei ausgeführt wird, und das sie wie ein Grund trägt. Das kann Stein sein, Holz, Papier oder Leinwand…

Die Erinnerung ist eine große Lügnerin. Darum fälsche ich meine Geschichten und schreibe sie damit umso wahrer. Denn die Fälschung bewahrt jenes Quäntchen an Möglichkeit, das die Vergangenheit scheinbar ausgetilgt hat. »Es war einmal« ist eine Formel der vorgegaukelten Abgeschlossenheit. Nichts ist abgeschlossen, schon gar nicht die Vergangenheit, denn in jeder guten Vergangenheit steckt ein Körnchen Zukunft.

Eines Tages werde ich diesen Ort verlassen. In Wirklichkeit verlasse ich ihn jede Nacht, keiner hält mich auf, ich gehe, wohin es mir beliebt, und am anderen Morgen erzähle ich Marie beim Wäsche Sortieren meine nächtlichen Erlebnisse, dass sie die Arbeit vergisst und mit offenem Mund dasteht, bis die Aufsicht kommt: He, Marie, mach's Maul zu, es zieht! Und die anderen sehen auf und lachen, aber die, die meine Geschichten kennen, lachen neidvoll, spitzen die Ohren, wie gerne würden auch sie meinen Worten lauschen, denn dann bewegen sich die Hände wie von allein und der Tag vergeht in einem Wimpernschlag, auch die Aufsicht mit den Hasenzähnen liebt meine Geschichten, hat klug erkannt, dass die Frauen flinker arbeiten und weniger Unsinn treiben, wenn sie mich meine Geschichten laut erzählen lässt, so laut sie eben gegen die Wäschetrommeln ankommen.

Ich bin eine Geschichtenerzählerin, ich erzähle Geschichten, so oder anders. Ich fälsche sie, um sie der Echtheit zu bewahren. Die Ereignisse sind schillernde Spiegelungen der Luft, jeder erkennt eine andere Geschichte darin, befrage drei verschiedene Zeugen eines Geschehens, und du wirst drei verschiedene Geschichten erhalten.

Ich erinnere mich an Geschichten so weit zurück in der Vergangenheit, dass sie schon wieder in der Zukunft liegen. Und da sind andere in der unendlichen Halle meiner Erinnerung, die erst noch geschehen, ihre Erfüllung erst noch erhalten werden, Geschichtenkeimlinge, ich pflege sie in meinen Träumen, damit sie reifen können bis ihre Zeit gekommen ist, denn nichts auf der Welt steht für sich allein, keine Geschichte hat einen Anfang oder ein Ende, das behaupten allein die Schriftsteller, deren einzige Kunst darin besteht, so zu tun, als gäbe es diese Eckpfeiler, einen Anfang und ein Ende, Mittelteil und Wendepunkte, sie tun so, als wären Geschichten in ein Schema zu zwängen, drei Akte, mehr ertragen sie nicht in ihrer Angst, sich der Vielgestaltigkeit der Existenz auszusetzen.

Die anderen geben vor, sich an nichts mehr zu erinnern. Sie hätten mit diesem einen Leben schon genug am Hals, höre ich sie sagen. Kein Wort glaube ich davon. In mir leben sie alle weiter, jeder von uns schleppt seine Ahnen mit sich herum, nicht nur die des Blutes, sondern auch die Geschichtenahnen der Seele, des Geistes, denn eigentlich sind wir alle eine, all die vielen Stimmen in mir, sie drängen heraus, wollen erzählen, Gestalt annehmen, alle auf einmal, aber ich bewahre die Oberhand, weiß sie zu zähmen, verteile notfalls Nummern wie beim Arbeitsamt, schön der Reihe nach, damit man die Hörer nicht verwirrt, manchmal geraten sie für kurze Zeit in Vergessenheit, aber mit einem Mal, einem Blick, einem Hauch sind sie wieder da, unmittelbar und unwiederbringlich dahin die Ruhe eines geordneten Weltbilds zwischen Wecken und Lichterlöschen. Aus und vorbei und alle wieder da, so wie an jenem Abend, die Malerin regte sich mächtig, fuhr aus dem Grab dort unten in Palermo, rüttelte und riss, wollte Segel hissen und Schiffe beladen, Anker lüften und pfeilschnell hinüber zu ihm, ein gekonntes Seemanöver war nötig, zwischen Tischen und Stühlen, dort hinten am Hauptmast, nein: an der Theke, da stand er, ruhig, lächelnd, ein Glas in der Hand, und um mich war alles Schäumen und Wogen, die ersten wohlbekannten Anzeichen der aufkommenden Seekrankheit, das Schwanken unter den Füßen, das Brüllen der Brandung und Stimmengewirr: schwere See.

Ich lächelte über seine Lüge, er sei Musiker, ich kannte die Wahrheit, in Wirklichkeit war er Kapitän, nein, schrie es wieder, es ist doch der König, aber ja, ihr habt beide Recht, es ist wahrhaftig der königliche Kapitän.

Er lachte auf meine Antwort, ich sei Geschichtenerzählerin, als wisse er es besser, ja dann, sagte er, nur los, erzähl mir eine Geschichte, und da wurde ich stumm und alle anderen in mir ebenfalls, nur die eine fiel mir ein, stand mir immerzu vor Augen, aber die Worte fanden ausnahmsweise keinen Ausgang aus mir. Er lachte wieder, diesmal leiser, vertrauter, voller Verständnis wollte mir scheinen, jaja, sagte er, so geht es mir auch oft, wenn es darauf ankommt, dann fällt uns nichts ein, und stumm wie ein Fisch erlaubte ich ihm, seinen Arm um meine Schultern zu legen, war froh, denn die Planken des Schiffes hatten sich noch lange nicht beruhigt, Gischt sprühte herüber vom Mann hinter der Bar, und als er vorschlug, zu gehen, war es mir nur recht.

Ich habe ihn gemalt auf grünem Grund. Grün ist die Farbe des Hintergrundes, manchmal hell wie eine Sommerwiese, dann wieder düster wie die Schatten eines dunklen Zimmers. Dieses Grün bringt die Züge erst richtig zum Leuchten, den zarten Pfirsichteint der Damen, die Blässe der vornehmen Herren, aber selbst sein wetter- und sturmgegerbtes Gesicht erhielt diesen lebensechten Glanz erst vor diesem Fond. Für ihn ganz allein mischte ich das Grün des Meeres, der Wellen, windgepeitscht und drohend, und es fand eine Entsprechung in der Farbe seiner Augen, die graugrün waren und dunkel, so wie die Augen dieses Mannes, den ich erst vor ein paar Stunden traf, hier liegt er neben mir und schläft, und für einige wundervolle Momente glaubte ich, dich wiedergefunden zu haben, endlich. Aber es war wohl eher die Laune der Natur oder meiner Erinnerung, die Erinnerung ist eine gute Lügnerin, immer wieder falle ich auf sie herein, jetzt gilt es leise die Kleider zusammenzuraffen und zu verschwinden, aber da blinzelt er schon, halt, sagt er, wohin willst du? Du schuldest mir noch eine Geschichte, und fasst mich um die Taille, zieht mich zu sich herunter, warme Haut und weich und fest, vielleicht ja doch keine Täuschung, vielleicht ja doch …

Lippen so warm und voll, wer kann sich sträuben in solchen Armen, Musiker, dass ich nicht lache, nur ein Seemann hat solche Arme, und dann pocht mein Herz voll freudiger Erinnerung, als er mich sanft auf den Bauch dreht, meine Beine ein klein wenig auseinander schiebt, sich auf mich legt und in mich hinein, ganz wie damals, woher weiß er, kennt er unsere Lieblingsliebeslagerlage, und wie er sich auf mir bewegt, vor und zurück, dabei sanft mit seinem Bauch meinen Hintern berührt, mit den Haaren seiner Brust meinen Rücken streichelt, beiße ich ins Kissen, um nicht laut aufzuschreien, denn ich erkenne den Rhythmus, er ist es, vor meinen Augen sehe ich Farben, das Grün zerbirst in rot aufsteigende Flecken, Flammenregen und tanzende Sterne, langsam, ganz langsam fühle ich sie aufsteigen, die Säule der Lust, da bewege ich sanft mein Becken, und jetzt höre ich auch ihn aufstöhnen, seine Zähne graben sich in mein Genick, aber ich höre nicht auf, den Zauberring zu öffnen und zu schließen, an ihm zu saugen mit meinem zweiten Mund, und ich spüre, wie er kommt, und im selben Moment hat die Säule meinen Scheitel erreicht, bricht über mir zusammen und kehrt zu ihm zurück, Funkenregen und Feuerball, darin wir beide in inniger Umarmung, funkelnd wie ein Edelstein, voller Freude trinke ich seinen Saft, bewege noch eine kleine Weile meine verborgene Muschel, um auch das letzte Tröpfchen aus ihm herauszulocken, zwischen meinen Zähnen knirscht der Stoff des Kissens, da umfasst er mich und rollt mit mir sanft zur Seite, schlingt beide Arme fest um meinen Leib, ich spüre seinen Atem heiß im Nacken, höre seine leise hingestöhnten Worte, die sinnlos den Nüchternen, so kostbar den Trunkenen, dann liegen wir warm ineinander verwoben, sein Atem spricht weiter zu mir in der Stille, ich spüre, wie er schwer wird in der völligen Entspannung, schwer und schwerer, und während er langsam in den Schlaf hinübergleitet, beginnen in mir die beiden wieder zu streiten, er ist es doch, der Kapitän, nein, es ist der König, und ich seufze, bin es leid, könnt ihr nicht einmal die Klappe halten, mich einfach in Ruhe lassen, und obwohl ich weiß, ich werde alles verderben, stelle ich die Frage, nur um endlich Ruhe zu haben, frage ich also:

Wie ist eigentlich dein Name?

Als Antwort höre ich leises Schnarchen.

Das alles hast du wirklich erlebt, fragt Marie, und der Mund bleibt ihr offen, die Hände liegen wie kleine Vögel in ihrem Schoß, und ich stoße sie an, denn die Aufsicht macht schon einen langen Hals zu uns herüber, es ist nicht die mit den Hasenzähnen, und es ist besser, die Köpfe zu senken und einen Moment zu schweigen.

Natürlich, flüstere ich dann, wenn ich es dir doch sage, und ich weiß schon, was dann kommt, sie bettelt, ich solle doch weitererzählen, wie geht es denn weiter mit diesem Mann, hast du erfahren, wie er heißt, doch schon bereue ich meine Geschwätzigkeit, wie kommst du dazu, dieser Kellermaus deine Geschichte zu erzählen, hast du denn gar keine Scham mehr, ist dir denn nichts mehr heilig, ihn, den du auf grünen Grund maltest, so zu verraten, kein Bild ist erhalten, sagen die Experten, aber da täuschen sie sich, alle sind sie noch da, hier, in meinem Kopf, meinem Herzen, das in der Uniform, schwarz mit den goldenen Knöpfen und Bändern, Orden und Auszeichnungen, dann das andere im prächtigen Staat der Lomellini, die Hand leicht auf das Modellschiff gelegt, dann das eine, das außer uns beiden nie jemand sah und nie jemand sehen wird, immer stand es mir vor Augen, wenn ich die Hand des Musikers fühlte, mein Name ist Luca, sagte er mir am anderen Morgen, und dass er aus Genua stammte, das wusste ich schon, wenn auch der Name ein anderer war, so stimmt doch die Herkunft, diese Hand, unter Millionen würde ich sie wiedererkennen, und eine Sehnsucht brennt in meinem Innern, die keine Liebesnacht, auch nicht die schönsterzählte, mir stillen kann.

Ich weiß nicht, wem ich es zu verdanken habe, dass mir die Staffelei und Leinwand, Ölfarben und Pinsel in die Zelle gebracht wurden, vielleicht dem Gefängnisdirektor, ich habe keine Ahnung. Womöglich wollen sie, dass ich mich verrate, ich soll die Bilder malen, die als verschollen gelten, und mich damit selbst überführen, aber ich habe sie bereits gemalt, habe sie in Cremona gemalt, wo dank der Sorgfalt meines Vaters so gut wie alle erhalten sind, Sofonisba, hat er mir immer eingeschärft, du musst deine Bilder signieren, du ahnst nicht, wie wichtig das ist, und tatsächlich hatte ich keine Ahnung, habe es aber treu getan, wie mein Vater, Gott habe ihn selig, mir aufgetragen. Die Farben, die ich in meiner Zelle fand, taugen nicht viel, was gäbe ich darum, sie mir selbst zuzubereiten, wie der gute Campi es mich und Elena gelehrt hat. Ich bat um Veronesergrün, aber die Aufsicht schüttelte nur missbilligend den Kopf, wog Farbtuben in der roten Metzgerhand – Karmesin und Caput mortuum –, genügt der Dame etwa nicht, was hier ist, kann mich nicht erinnern, dass jemals eine einen solchen Luxus und jetzt auch noch Sonderwünsche, Veronesergrün, das ist ja wohl die Höhe, und damit war sie auch davon, und es war besser so.

Lieber Vater, bester Vater, ich habe sie alle signiert, ganz, wie du es immer wieder gesagt hast, mit meinem ganzen Namen, denn es werden Zeiten kommen, früher oder später, wo sie nicht werden glauben wollen, dass eine Frau diese Bilder gemalt hat. Heute noch sehe ich ihn vor mir, und es sollte die letzte Erinnerung an das Gesicht meines Vaters werden, im Hausanzug sitzt er an seinem Schreibpult, ein Brief liegt vor ihm mit einem riesigen Siegel, das ich noch nie zuvor gesehen habe, und in seinen Zügen mischen sich Bestürzung und Freude, ungläubiges Staunen, Furcht und Stolz, alles das lese ich gleichzeitig in seinem ebenmäßigen, schmalen Gesicht mit dem graublonden Vollbart und den hellen Augen, die sonst immer so ruhig und gefasst blicken und für alles eine Lösung wissen. Kaum sitze ich auf der äußersten Kante des Stuhls mit der hohen, strengen Lehne, da springe ich schon wieder auf, erst jetzt habe ich die Gestalt des Fremden bemerkt, der seitlich im Schatten der schweren Vorhänge sitzt, mein Kind, sagt der Vater, das ist der Conte Broccardo, vielleicht erinnerst du dich noch an ihn, als du klein warst, hat er uns manchmal besucht, jetzt hat ihn ein ehrenvoller Dienst in die Ferne verschlagen.

Die Hand des Conte liegt warm und fest in der meinen, mir kommt der Heiratsantrag vom vergangenen Jahr in den Sinn, auch diesmal wird nichts daraus werden, unsere finanzielle Situation ist unverändert schlecht, und ein Anguissola geht lieber am Bettelstab, als dass er eine Tochter ohne angemessene Mitgift verheiratet. Aber es scheint mir unwahrscheinlich, dass es um eine Ehe geht, der Conte hat uns eine hohe und ehrenvolle Anfrage gebracht, Sofonisba, sagt der Vater, ich kann es noch gar nicht glauben, und ob es ein Glück für uns ist oder doch eher ein Unglück, das wage ich ebenfalls noch nicht …

Eine rasche Bewegung des Gastes unterbricht ihn, ein Unglück, wie kommt Ihr darauf, es ist eine Ehre, wie sie größer für Eure Tochter nicht sein könnte.

In dem Schweigen, das jetzt den Raum erfüllt, rasen meine Gedanken. Mein Blick klebt an dem Brief, aber so sehr ich mich auch bemühe, dieses Rätsel kann ich alleine nicht entwirren.

Möchtest du nach Spanien gehen, fragt mich da in heiterem Ton der Conte. Nach Spanien? Aber warum denn, in meinem Kopf dreht sich alles, ich habe keine Lust, einen Spanier zu ehelichen, ganz egal, wer er ist, und wie ehrenvoll dieser Antrag auch sein mag …, aber da sprechen sie endlich, beide gleichzeitig, Zeichenunterricht für die junge, erst vierzehnjährige Königin, Elisabeth de Valois, Isabel in der Sprache der Spanier, die aus Frankreich kommen wird und so gern malt, ihre Hofdame soll ich werden, und dann wirbeln Zahlen durch den Raum, Bezüge und Renten und Sonderausgaben und Reisekosten und was sonst nicht alles, und nach einer Weile sitzt mein Vater zufrieden in seinem Sessel, sieht still vor sich hin, mit dem Blick, den er bei guten Geschäftsabschlüssen zu haben pflegt, nicht schlecht, sagt er, der König lässt sich die Zerstreuungen seiner jungen Gemahlin etwas kosten, lebenslange Pensionen und Renten und Protektion, von der Ehre ganz zu schweigen, aber Spanien ist weit, erklingt plötzlich die Stimme meiner Mutter, die unbemerkt eingetreten ist, wer weiß, wann wir unsere Tochter wieder sehen werden, wenn sie erst einmal am Königshof ist, Spanien ist weit.

Sie hatte Recht. Spanien ist weit weg von Cremona, wenigstens damals lag es am Ende der Welt, oder doch fast, und nachdem ich mir alles gründlich überlegt und der Conte mir mein Leben als Hofdame der spanischen Königin in den glühendsten Farben geschildert hatte, nachdem mein Vater ohnehin seine Entscheidung längst gefällt und dem König einen Brief geschrieben, der oft in der Familie verlesen wurde und über den man viele Tränen vergoss: Als Eurer Majestät devoter und gehorsamer Diener füge ich mich Eurem Willen, obwohl es mich in der Seele schmerzt und ich tief unglücklich bin, dass sich meine liebste Tochter so weit hinweg begibt, sie, die von mir und von allen wie das Leben geliebt wird und uns wegen ihrer Gaben und Sitten über alles gilt. So schrieb er an Felipe, und an dieser Stelle erhob er immer die Stimme: Aber ich tröste mich, sie dem größten und besten König gegeben zu haben, der über alle anderen erhaben, katholisch und christlich ist, und auch damit, dass Eurer Majestät Haus nach Ruf und Wirklichkeit einem Kloster gleicht.

Hoffentlich nicht so sehr, höre ich noch Lucia in der Nacht wispern, reicht es nicht, dass Elena im Kloster sitzt, werden wir denn alle so enden? Ich lache und sage, wo ein Wille ist, ist auch ein Weg, und die Spanier gelten als feurig, pass auf, dass du dir also nicht die Finger verbrennst oder gar schlimmeres, kichert Minerva. Über Nacht hatte sich alle Aufmerksamkeit auf mich gerichtet, mehr, als mir lieb war. Meine Schwestern wussten nicht, ob sie mich mehr beneiden oder bemitleiden sollten, aber die große Reise hätte eine jede von ihnen gerne unternommen, von unserem kleinen Bruder ganz zu schweigen. Wenn er nur etwas älter gewesen wäre, er hätte mich nur zu gerne begleitet.

Ich war glücklich. In meinem Herzen war die Abenteuerlust erwacht. Endlich hatte mein Leben eine Richtung. *Bonne chance y buena suerte*, wer weiß, welche Sprachen ich an diesem Hof noch würde lernen können. Ob ich mich mit der Königin gut verstehen würde? Aber was war sie anderes als ein vierzehnjähriges Mädchen, so alt wie meine Schwester Minerva, und seit wie vielen Jahren hatte ich sie und Lucia nicht unterrichtet und ihnen alles beigebracht, was mich die beiden Bernardinos gelehrt hatten? Sie malten kaum schlechter als ich, und manchmal konnte man unsere Bilder kaum voneinander unterscheiden. Jedenfalls kaum. Von dem feinen Unterschied sprachen wir nie, ohnehin sah ihn jeder.

Ich nenne es: Leben. Meine Gesichter leben, Vasari wird es später in seinem Buch treffend formulieren, *… par che spirino e sieno vivissimi*. Ja, nicht nur als *würden* sie atmen und leben, sie tun es tatsächlich, das genau ist mein Ziel von Anfang an gewesen, die Gesichter so auf die Leinwand zu bringen, dass man glauben könnte, sie würden im nächsten Moment lächeln und zum Betrachter sprechen. Den Moment einzufangen, diesen einen unwiederbringlichen, in dem der Portraitierte all seine Wünsche und Ziele, Sorgen und Freuden in einen einzigen Blick legt. Das ist es, was ich will, und darum lieben die Menschen, die ich male, ihre Abbilder, weil ich sie liebe, weil ich sie studiere und erkenne bis tief in ihre Seele und dennoch niemals verurteile, nicht die Prinzessinnen-Witwe Juana in all ihrer Hässlichkeit, nicht Isabel von Valois mit ihrer plumpen Nase und ihrem unreinen Teint, dem tief in die Stirn hereinwachsenden Scheitel, nicht Felipe mit seinem vorgeschobenen Unterkiefer, der ihm das Kauen sauer machte, nicht Anna von Österreich mit ihrem deutschen Rotgesicht und den tränenden Augen. Ich habe sie nicht idealisiert, nicht schöner gemalt, als sie waren, sondern ich habe ihre innere Schönheit, ihre unverwechselbare Eigenart erkannt und zum Leuchten gebracht. Darum liebten sie ihre Portraits, besonders der arme Prinz Carlos, dem ich als eine der wenigen seine menschliche Würde zugestand, die er trotz aller Behinderung dennoch besaß.

Aber damals, vor meiner Abreise, da hatte ich ganz andere Gedanken. Ob ich wohl auch in Spanien die Farben bekommen würde, mit denen ich gewohnt war zu malen?

Dann malst du eben mit spanischen Farben, der Hof ist voller Maler, meinte mein Vater, alle Farben sind die richtigen, wenn die Malerin die richtige ist.

Die letzten Erinnerungen an mein Elternhaus? Helle Lichtbänder wie leuchtende Nebelfäden fingern sich schräg an den Vorhängen vorbei und tänzeln auf dem Bild, das nun doch nicht mehr fertig wird. Wie gerne hätte ich eine Kopie davon mitgenommen, das einzige Bild, das ich von meinem Vater malte, nie hat er Zeit gehabt still zu sitzen, und jetzt fehlen nur noch ein paar Kleinigkeiten.

Das habe ich jetzt davon, sagt mein Vater beim Abschied, dass ich dich wie einen Mann erziehen ließ, jetzt gehst du davon und lebst dein eigenes Leben, ganz wie ein Mann. Aber vergiss nicht, weiter zu malen, als Zeichenlehrerin der Königin wirst du schwerlich in die Geschichte eingehen, denk daran, nur die Portraits der Großen zählen und werden überdauern, und vor allem: Vergiss niemals, ein Bild zu signieren.

2

Die Leinwand

gibt es in verschiedenen Webarten. Sie muss glatt aussehen, darf nicht haarig sein oder Knoten aufweisen. Die einfachste Webart ist die Leinenbindung. Römisches Gewebe ist aus zwei doppelt gedrehten Fäden gemacht und sehr stabil. Auch das Fischgrätenleinen ist ein sehr brauchbarer Malgrund, besonders für große Malereien.

Sie hatten mir alles genommen. Nackt stand ich da, einen Moment lang, einen Augenblick, der sich ins Unendliche dehnte und streckte und immer wiederkehren sollte, in seiner Absolutheit mich erschüttern bis ins Mark, nackt, fröstelnd noch von der Dusche, meine Sachen auf dem Tisch bei meinen Kleidern, ich streckte die Hand danach aus, Nichts da, los, bücken, Kniebeugen machen, die Haare lösen, zeigen Sie mal Ihre Fußsohlen, ein Moment, der nicht mehr enden wollte in seiner Entwürdigung und Schamlosigkeit, bis mir die neuen Kleider gereicht wurden, ein blaugraues Bündel, fein säuberlich auf Kante gelegt, aber auch das täuschte nicht darüber hinweg, dass der Stoff alt war und schäbig, verwaschen und ausgebessert, und die fremden Stücke, die ich mit zitternden Fingern versuchte anzuziehen unter den gelangweilten Blicken der fremden Frau in Uniform, diese viel zu großen fremden Kleidungsstücke mit dem Geruch nach Seife und Desinfektionsmittel wisperten und raunten im Rascheln des Überstreifens unerhörte Geschichten von anderen Frauen, die hier gestanden, die sich hier ausgezogen vor fremden Blicken, die intimsten Hautfalten ausgeforscht, los, bücken, Kniebeugen machen, denen man alles genommen, um in ein neues Kleid zu schlüpfen, das namenlos hundert andere mit anderen Schicksalen gekleidet hatte, aber was uns alle verband, das war mir im selben Augenblick bewusst, was alle vereinte, wer immer sie auch waren, vor mir und nach mir, alle empfanden wir diese abgrundtiefe, abschließende Verzweiflung, als hätten wir mit den eigenen Kleidern unsere Identität hergegeben und schlüpften nun in eine neue, aufgezwungene, eine Identität der Anonymität und des Vergessens, denn vergessen werden die hinter diesen Mauern, vergessen und begraben in den Erinnerungen der Menschen, die einem bislang nahe standen, ausradiert und getilgt, und so wird man also eine Nummer, ein Fall, ein Aktenzeichen. Ein Nichts.

Hier die Unterschrift, heißt es dann, und ich zögere lange, die Signatur, natürlich, das abgegriffene Buch verschwimmt vor meinen Augen, gewiss, eine Unterschrift, aber wofür, was, frage ich mich, was geschieht mit meinen persönlichen Dingen?

Fein säuberlich aufgereiht liegen sie vor mir auf dem Tisch. Wie sie da so liegen, erkenne ich sie kaum wieder als die meinen. Fremd sehen sie aus und beliebig. Das alles hat sich also in meinen Taschen gefunden?

Langsam kehrt die Erinnerung zurück. Schlüssel zum Haus, Wohnung, Keller, Atelier, Auto, Fahrrad, Briefkasten – niemals war ich auf den Gedanken gekommen, diese bizarr geformten Metallstückchen könnten mir einmal so viel bedeuten. Fortan würde ich keine Schlüssel mehr besitzen, Schlösser, ja, die gibt es zur Genüge, aber die Schlüssel halten andere in Händen. Dann die Brieftasche, prall gefüllt mit Photographien. Nein, keine Familienbilder. Oder ja, wenn man so will. Meine Familie ist eben über die ganze Welt verstreut. In den unterschiedlichsten Museen hängen sie an den Wänden. Mein Bruder Asdrubale brach mir also doch noch das Genick. Ich hätte es wissen müssen. Obwohl so etwas wie Waffenruhe geherrscht hatte am Ende, vor allem auch mithilfe der spanischen Leibrenten und Pensionen, die ich ihm übertragen hatte, war er mir doch nie besonders gut gesonnen, bis zuletzt. Er der Jüngste, ich die Älteste. Neidete er mir immer, dieser Esel, das Erstgeborenenrecht. Und jetzt, nach Jahrhunderten also die Rache. Dass ausgerechnet sein Portrait bei diesem britischen Sammler auftauchen musste. Mit einem Mal gab es zwei identische Bilder der Sofonisba Anguissola. Der Rest ist in den Zeitungen des März diesen Jahres nachzulesen. Ein Skandal. Aber während er längst schon Geschichte wurde, nahm man mir hier die privaten Dinge ab. Sperrte sie in ein Metallkästchen. Und ich starrte immer noch auf die Liste.

Unterschreiben, werde ich angeherrscht, hier, na wird's bald, ich ergreife den Kugelschreiber, zögere, ziehe dann die vertrauten Linien, und da steht es, schön und stolz wie eh und je, Sofonisba Anguissola fecit, kühn geschwungen die Initialen, natürlich, mit dem kratzenden Kugelschreiber macht es weit weniger Effekt, Sofonisba Anguissola fecit, dumpf starrt der Hohlkopf in das große Buch mit meiner Signatur, schüttelt den Kopf und schlägt es achtlos zu.

Hände fassen mich an beiden Armen, erst jetzt höre ich, dass man etwas zu mir sagt, lauter und lauter, dann werde ich weitergezerrt, na wird's bald, und krachend fällt hinter mir eine metallene Tür in ihr metallenes Schloss, und dieser Klang hat etwas so entsetzlich Endgültiges, dass mein Körper in eine Starre verfällt, steif und hart wird er wie ein Brett, nein, schreit Marguerite in mir, nein, nicht das, alles andere, aber nicht das, und weiter geht es im eisernen Griff, ich spüre, wie sich mir die Haare aufrichten, fast tragen sie mich, oder meine gefühllosen Beine bewegen sich mechanisch, Wände gleiten vorüber, grau, Gänge hinunter und durch metallene Türen, die alle, alle mit demselben Ton in ihr Schloss fallen, der mir ins Mark schneidet, Schritte hallen auf Korridoren, sind das unsere, sind das meine, eng und schmal und überall spüre ich Augen, verborgen, aber doch um so deutlicher sehend, es ist wie in dem einen Traum vom Sterben, einen langen, endlosen grauen Korridor entlang und am anderen Ende das Licht, aber hier ist kein Licht, hier wird es düsterer und nur immer noch düsterer, eine Welt ohne Farben, und das Grauen legt sich über mich, das habe ich nicht gewollt, Marguerite schreit in mir, dass ich den Verstand verlieren könnte, dieses Buch hab ich schreiben müssen, schreit sie, versteht ihr, auch wenn es mein Tod sein sollte, ich habe es einfach schreiben müssen, ich hatte keine Wahl, diese Bilder habe ich malen müssen, es ist doch mein Buch, es sind doch meine Bilder, keine Fälschungen, keine Einflüsterungen des Teufels, sondern Verzückung des Geistes, und mein Ich löst sich auf in der Zeit und im Raum, weiß nicht mehr, wer bin ich eigentlich und was und wo zerren sie mich hin und hier setzt meine Erinnerung aus, dumpf wird es in mir, durch die Jahrhunderte katapultiert mein Sein, Marguerite und Sofonisba, ließ sie hinter mir im Tunnel der Zeit, grau war er und düster und nirgendwo ein Licht, so dämmerte ich dahin ohne den Funken einer erzählbaren Geschichte, alles hatte ich vergessen, der Schock war endgültig, eine Fortsetzung meiner Traumzustände als heranwachsendes Mädchen, gegen die meine Mutter so verzweifelt ankämpfte, ein Schweben und Verlassen des Hier und Jetzt: meine Rettung – ja, wie hätte ich bis heute überleben sollen in diesem Hier und Jetzt? Wie denn, nackt und bloß in den fremden Kleidern, in den fremden Räumen, dem fremden Bett ohne alles, nackt wie bei meiner Geburt, nachdem man mich zum Schreien gebracht und in ein fremdes Tuch gewickelt hatte?

Deine Geschichten bringen dich noch um Kopf und Kragen, hat meine Mutter immer gesagt, und sie hatte Recht damit. Sie besaß nicht genügend Phantasie, um meine Geschichten zu schätzen. Der Funken Wahnsinn, den man braucht, um mir atemlos zuzuhören und alles andere zu vergessen, ging ihr gründlich ab. Mit Hilfe von Schlägen wollte sie mir die Flausen aus dem Kopf vertreiben, sie hasste Lügen und alles, was nicht der Welt entsprach, die sie sich zurechtgelegt hatte. Es hat nichts genützt. Und ich bin froh darum. Wenn sie mich früher in mein Zimmer sperrte, dann konnte ich ihr entfliehen, schlüpfte durch das Schlüsselloch, schwang mich durchs Fenster auf einem Sonnenstrahl hinüber in eine andere Existenz. Dort spazierte ich unter freieren Himmeln und glücklicheren Sonnen, traf Menschen, die mich verstanden, die mich weder anstaunten noch auslachten. Zweimal wäre ich fast nicht wiedergekommen. Meine Mutter schloss das Zimmer auf, aber ich war noch nicht zurückgekehrt, sie schüttelte meinen Körper, aber meine Seele war noch unterwegs, und wie ich die beiden so sah, meine Mutter, die Zeter und Mordio schrie über meinem wie schlafenden Körper, da wäre ich am liebsten einfach davongeschwebt, hinüber in eine andere Zeit und eine andere Existenz, möglich wäre es durchaus gewesen, aber ich hätte mich entscheiden müssen für ein anderes Hier und Jetzt, und diese Entscheidung habe ich bis heute nicht getroffen.

Ich fand mich also wieder, diesmal nicht mit meiner Mutter, und niemand kam, die Tür aufzusperren, vis-à-vis mit einem breiten, gutmütigen Pfannkuchengesicht, das sich neugierig über mich beugte.

Du bist also doch nicht gestorben, sagte das Pfannkuchengesicht und zeigte beim Grinsen große, feste Zähne, nein, ich war nicht gestorben, oder doch, täglich sterbe ich mehrere Tode, aber tun wir das nicht alle?

Wie heißt du?, fragte der Mund in dem Gesicht, das jetzt nicht mehr lächelte, prüfend betrachteten mich Augen von oben bis unten, am nackten Oberarm leuchtete ein hässliches Tatoo.

Zwei Betten übereinander. Und wie damals hatte ich das Gefühl, festen Grund unter den Füßen verloren zu haben. Eine ähnliche Tätowierung hatte ich schon einmal gesehen. Auf dem Arm eines Matrosen, meine Lippen schmeckten nach Salz und Meer. Schwere See? Gewisslich nicht, ruhig dümpelten wir die Adriaküste entlang, von Genua nach Savona, vorbei an der Küste Monacos, immer in Reich- und Sichtweite des schützenden Ufers, denn auf dem offenen Meer warteten gesetzlose Seeräuber nur darauf, einen Segler wie unseren auszunehmen wie eine reife Nuss. Während Emilia blass und stöhnend in ihrer Koje lag und mit schöner Regelmäßigkeit den Spuckeimer füllte, wusste ich nicht, wo ich genügend Augen, Ohren und Nasen hernehmen sollte, um all die Eindrücke in mich aufzunehmen. Eine Landratte wie ich, das Äußerste an Wasser, was ich gekannt hatte, war der Po, und jetzt stand ich hingerissen auf Deck, einen großen Wollschal um den Kopf geschlungen, und wenn auch meine Augen vom Seewind tränten, so konnte ich mich doch nicht satt sehen, dieses Meer, diese Farben, trunken wurde ich von all den Farben und Gerüchen, von der sich ständig wandelnden Linie der Küste, die unaufhörlich an mir vorüberglitt. Hin und wieder gingen wir vor Anker, und Emilia erhob sich aus ihrem Winkel, um sich ein paar Stunden auf einer festen Landscholle festzukrallen, jammernd, dass selbst das Festland sich hob und senkte, und dass sie gewiss sterben würde, ehe wir die spanische Küste erreichten.

Emilia. Warum hatte ich sie nur mitgenommen. Ich wollte jemanden bei mir haben, der mir vertraut war, eine Frau aus meiner Heimat, vor allem Mutter fand, dass es nicht anging, mich alleine mit all diesen Männern auf eine solche Reise zu schicken. Zehn Jahre älter war sie als ich, und doch wie ein Kind, statt mir ein wenig Gesellschaft zu leisten, verwandelte sie sich in ein

Häufchen Elend, die Ärmste, sicherlich, ich kümmerte mich um sie, wie um eine Schwester, und doch hatte ich ihr Gejammer spätestens vor Nizza satt. Kein Geld der Welt würde ihr diese Strapaze entgelten können, heulte sie, wenn ich damals gewusst hätte, welchen Ärger ich noch Jahre später mit ihr und diesen verfluchten 250 Golddukaten haben sollte, vielleicht hätte ich sie einfach dort gelassen, jammernd am Hafen, das Taschentuch gegen den Mund gepresst, oder über Bord geschubst, bei einem der wenigen Male, die sie sich auf unserer Fahrt an Deck sehen ließ.

Schließlich verbrachte ich doch meine Zeit mit den Männern, die mich geleiteten. Der Conte Broccardo war ein guter Geschichtenerzähler, er berichtete mir alles, was er über den König wusste und über Isabel, die zukünftige Königin, eine halbe Italienerin mit ihrer Medicimutter, und doch französisch erzogen natürlich, als älteste Tochter des Königs von Frankreich. Von Felipes Hof erzählte er mir, an dem man vor Jahren die Burgunder Zeremonie eingeführt hatte, und dabei wurde mir heiß und kalt, denn für nichts hatten wir Anguissolas weniger übrig, als für Protokoll und Zeremonien, und die Hofetikette jagte mir schon im Voraus einen Schauer über den Rücken. Der Conte lachte, am besten, du benimmst dich einfach so wie zu Hause, sagte er zu mir, da liegst du immer richtig, und der deinem Charme widerstehen kann, mein Kind, der muss erst noch geboren werden.

Und der König, fragte ich, ist er auch charmant, und wieder sah ich ihn vor mir, wie ich ihn gesehen hatte von meinem Platz aus dem geschmückten Fenster unseres Hauses, um den ich mit meinen Schwestern kämpfen musste wie eine Löwin, selten hatte ich mich auf meine Rechte als Älteste berufen, aber hier galt es alles, denn Philipp von Habsburg, Prinz Felipe von Spanien, zog ein in Cremona, und unser Vater ritt in der städtischen Eskorte ihm entgegen. Die Stadt hatte Feststaat angelegt, wir konnten uns alle nicht satt sehen an den prächtigen Fahnen und herausgeputzten Reitern, die schönsten Pferde und Gewänder waren gerade gut genug, und zwischen all diesem Prunk ritt er, blond und schlank und groß erschien er mir auf seinem weißen Pferd, alle hielten den Atem an, *davvero un principe*, flüsterte meine Mutter, ja, ein Prinz wie aus dem Bilderbuch mit seinem weißgoldenen Anzug und der stolzen Feder am Hut. Jedes Mädchen in Cremona und sicherlich auf der ganzen Welt, ganz egal, wo sie ihn sahen, träumte nachts von diesem Prinzen, die Töchter Anguissola machten da keine Ausnahme. Das war zehn Jahre her. Vierzehn Jahre war ich damals alt gewesen, und heute reiste ich diesem König entgegen.

Außerdem gibt es noch gar keinen richtigen Hof, riss mich der Conte aus meiner Erinnerung, der König war viele Jahre auf Reisen, hat Kriege führen müssen und die Länder seines weitläufigen Imperiums besucht, seine Schwester Juana hat solange die Regierungsgeschäfte in Madrid geführt, aber nun wird sich alles ändern.

Oft dachte ich an meine Familie zu Hause, aber völlig ohne Schmerz, auch hier war ich das absolute Gegenteil von Emilia, die, wenn nicht vor Seekrankheit, dann aus Heimweh weinte. Ich dachte an das Leben, das ich bis jetzt geführt hatte, an die Bilder, die mich in Italien bereits bekannt gemacht hatten und, wie man an der spanischen Berufung erkennen konnte, weit über die Grenzen Italiens hinaus. Aber was nun, hatte ich mich das vergangene Jahr des öfteren gefragt, vierundzwanzig Jahre, höchste Zeit zum Heiraten, aber ich hatte einfach keine Zeit dazu gehabt, und außerdem, wer will schon eine Malerin als Gattin, der einzige Heiratsantrag, den ich vor zwei Jahren erhielt, war eigentlich an dieser Sache gescheitert. Sicherlich, auch die Mitgift wäre ein Problem geworden, aber als Pierluigi zu verstehen gab, dass er und seine Familie die sichere Hoffnung hegten, dass, einmal verheiratet, ich die Pinsel würde ruhen lassen, und seine Villa nicht in eine botega verwandeln würde, da war es auch schon entschieden.

Die berühmtesten Häuser Italiens schätzen sich glücklich, ein Bildnis unserer geliebten Sofonisba ihr Eigen zu nennen, ihr Ruhm ist bereits weit über die Grenzen unseres Landes hinaus gedrungen, und in ein Haus, in dem ihre schönsten Gaben nicht erwünscht sind, wird sie selbstverständlich niemals Einzug halten. So hatte mein Vater geschrieben, und damit war die Sache abgetan.

Also keine Heirat, aber was mir Kummer bereitete, war die Vorstellung, als Blaustrumpf im Hause meiner Eltern mein Leben zu vermalen, das war es nicht, was ich mir erträumte, ich wollte hinaus in die Welt, wollte mein eigenes Leben führen, aber wie, als unverheiratete Frau, wie soll das gehen, denn wenn auch der Name Anguissola in Cremona äußerst angesehen war, so waren wir alles andere als reich. Nach dem ersten Schrecken war mir also die Einladung nach Madrid wie eine wahre Fügung des Himmels erschienen.

Und so ließ ich mir alles berichten, alles wollte ich wissen, von Isabel und von Felipe, und viele Stunden verbrachte Broccardo, der sich liebenswürdig um mich kümmerte, damit, meine vielen Fragen zu beantworten. Ein klein wenig war er wohl auch verliebt in mich, aber wir taten beide so, als bemerkten wir es nicht.

Und so erfuhr ich alles, von Felipes erster Ehe, als er noch fast ein Kind war, genau wie seine Braut, Maria Manuela von Portugal, die kaum zwei Jahre später auch schon starb an den Folgen der Geburt des Infanten Don Carlos. Von Felipes Liebe zu Portugal, der Heimat seiner Mutter, die ebenfalls früh gestorben war, als Felipe gerade zehn Jahre alt war.

Von der anderen Maria erzählten sie mir erst nach ein paar Wochen, während eines heiteren Essens, nachdem sie ein wenig Wein getrunken hatten und Emilia bereits wieder in ihrer Koje lag, Maria Tudor, der Königin von England, mit der Felipe in zweiter Ehe verheiratet gewesen war, ein wahres Monstrum von einer Frau, sagten sie, elf Jahre älter als er und unvorstellbar hässlich. Ja, sagte Broccardo, so ein König ist nicht zu beneiden, seine Ehen sind diplomatische Schachzüge, und da spielen die Liebe und die damit verbundenen Freuden nicht die geringste Rolle. Ein wenig verlegen sah er zu mir herüber, aber ich fragte weiter, stimmt es, dass die englische Königin ein Jahr lang glaubte, schwanger zu sein, und dann löste sich das Kind in Luft auf?

Einen Augenblick lang starrten sie mich alle an, natürlich, es war keine besonders schickliche Frage gewesen, Emilia hätte entsetzt aufgeschrien, aber was sollte dieses Getue, hier waren wir mitten auf dem Meer, seit vielen Tagen in enger Vertrautheit, und wenn diese Männer auch noch so erlaucht waren, so waren es doch Männer, und das Thema hatten schließlich sie auf den Tisch gebracht. Einen Moment also herrschte Stille, und dann brachen sie in unbändiges Gelächter aus, konnten sich kaum noch beruhigen, diese kleine Malerin, sagte Broccardo schließlich, sie trifft den Nagel auf den Kopf, in Luft aufgelöst, das ist das richtige Wort.

Seitdem behandelten sie mich zwar mit derselben Achtung, aber eher wie ihresgleichen, der Kapitän ließ mich überall auf dem Schiff herumgehen, niemand scheuchte mich mehr von der Brücke, beantwortete mir sogar hin und wieder Fragen über die Navigation, einer der Offiziere, ein verwegener Mann mit einer Tätowierung auf der Hand, erzählte mir von Klippen und Riffen, den verborgenen Landschaften unter Wasser, die so gefährlich für ein Schiff sein konnten, und die uns immer wieder zwangen, die Sicherheit der Küste aufzugeben und über das offene Meer zu navigieren. Drei große Segel blähten sich dann knatternd in der Brise, sie waren aus dicker Leinwand gemacht und so fest, wie ich niemals eine Leinwand gesehen hatte, das Muster der Flicken und Nähte leuchtete im Gegenlicht. Seile, stark wie meine Arme, lagen in ordentlichen Rollen auf dem Deck, gerne beobachtete ich die Seeleute, wie sie kunstvolle Knoten schlangen, dann blitzschnell die Segel refften, wie die Seile mit einem surrenden Geräusch wie lebendig gewordene Schlangen in die Höhe schnellten und sich die riesige Takelage ächzend in einen anderen Winkel neigte. Der Wind hatte gedreht. Ich lernte das Schiff kennen und lieben, nicht nur wurde es mir ein Zuhause für diese Reise, ein lebendiger Organismus war es, ich konnte es atmen und stöhnen hören, spürte seine Kraft, wenn der Wind sich erhob, fühlte, wie ein Ruck durch den ganzen hölzernen Rumpf lief und er sich knarrend in die Wellen legte. Was Emilia krank machte, erfüllte mich mit Entzücken, Esperanza, genau der richtige Name für mich und meine Reise, und kaum ein Winkel dieser »Hoffnung« blieb mir verborgen. Ihr gewölbter Bauch war labyrinthisch verschlungen wie das Innere eines Wales, immer tiefer ging es hinab, vorbei an der Kombüse, wo der Küchenjunge Rüben schabte und mich wie eine Erscheinung anstarrte, hinunter und vorbei an den Kajüten der Matrosen, tief hinab zum Lagerraum, wo sich Gallonen voller Wein aus dem Asti und Säcke mit Granturco stapelten. Dort unten war eine eigene Welt, dumpf roch es nach Teer und Tang, die Wände knackten, und die Vorstellung, dass mich nur diese Holzschale vom Meereswasser und seinen seltsamen Bewohnern trennte, jagte mich wieder die Stiegen hinauf, einen kurzen Moment lang erfasste mich abgrundtiefe Panik, als ich die richtige Treppe nicht gleich fand, eine Tür war zugefallen und klemmte, das Schiff legte sich ein wenig auf die Seite, ich konnte mich gerade noch halten, und in diesen unendlichen Augenblicken des Eingeschlossenseins befiel mich eine Angst, die ich völlig vergessen hatte, eine Erinnerung an Marguerites Kerker, eine Vorahnung meiner jetzigen Zelle. Aber dann sprang die Tür auf, und wenige Minuten später stand ich an Deck und der Herbstwind blies mir den Schrecken aus meinen Gliedern.

Auf der Höhe von Marseille begleitete uns zu meiner großen Freude einen Tag lang eine Schule von Delphinen, lachend sah ich ihnen zu, wie sie ihre glänzenden Leiber aus dem Wasser hoben und dann wieder unter die Wellen schlüpften, jeder hatte eine andere Färbung, grau oder gefleckt, ein besonders mutiger, der sich so nah ans Schiff heranwagte, dass ich seine Augen sehen konnte, war von einem hellen Braun, Sepia mit Ocker vermischt, andere schimmerten nahezu schwarz. Sogar Emilia, die ich aus dem Bett gezerrt hatte, vergaß für ein paar Minuten ihr Elend und starrte mit runden Augen auf diese wundersame Eskorte.

Nachts, wenn die Hitze in unserer Kajüte unerträglich war, schlich ich mich an Deck und betrachtete die Gestirne des Himmels, klein erschien mir da mein eigenes Leben, ein Wimpernschlag im Universum, und wenn ein Sternensplitter leuchtend seine Linie durch dieses Muster zog, um kurz darauf zu verlöschen, dann flüsterte ich meinen Wunsch in die Nacht, Herr, schenk mir ein günstiges Schicksal, dort, in der Fremde, mach, dass sie mich malen lassen und meine Bilder Gefallen finden, und noch leiser, unhörbar für Menschenohren, formten meine Lippen: Lass mich berühmt werden wie Michelangelo, wie Tiziano, mach, dass meine Bilder überdauern.

Den Sternenhimmel. Wie lange habe ich nicht mehr auf ihn geachtet. Und heute. Einen Stuhl muss ich unters Fenster ziehen, mich hinaufstellen, und dann, wenn ich Glück habe, rücken zwei oder drei Gestirne in mein Gesichtsfeld.

Untersuchungshaft. Was hast du getan, fragte Marie gleich zu

Anfang, eine Flut von Fragen, und ich immer noch benommen, ein Traum, ein schlechter, ich war wieder in den Bauch des Schiffes geraten, muffig und dumpf die Luft und diese unvorstellbare Enge. Aber dieses Schiff trug einen anderen Namen, keine Hoffnung trug mich nach Spanien, hier schien ich an einem Ende angekommen zu sein, und dieser Gedanke verschlug sogar mir die Sprache.

Die erste Zeit war mir der Mund wie zugenäht. Ich sprach kein Wort. Mit niemandem. Marie war es bald leid, mitunter schrie sie mich an, da hätte man sie ja genauso gut in eine Einzelsuite sperren können, die Wände anstarren, ganz allein, statt sie mit einer Schwachsinnigen und Stummen und Tauben einzuschließen, ja hat man noch Töne. Dann, irgendwann, ich weiß nicht mehr, wann, das Gefühl für Zeit war mir endgültig abhanden gekommen in diesem Einerlei aus Licht an und Licht aus, eines Tages, als die Zellen aufgesperrt waren, da packten sie mich, eine wirre Traube von graublauen Weibern, die Aufsicht war gerade mal nirgendwo zu sehen, packten mich und zogen mir das Kleid hoch, ich schrie wie am Spieß, aha, sagte jemand, schreien kann sie also, und suchten meinen Körper ab nach irgendeinem Mal, einem Zeichen, keine Ahnung, aber am nächsten Tag erklärte man mir, ich müsse mich tätowieren lassen.

Das kommt nicht in Frage, sagte ich ruhig.

Wie bitte, meinte eine große Schwarzhaarige mit kräftigen Wangenknochen und Augen wie Umbraerde, habt ihr was gehört? Das Frettchen kann sprechen.

Und ob ich sprechen kann, sagte ich möglichst ruhig, und tätowieren lasse ich mich von niemandem. Wenn, dann mach ich das selbst. Ich bin nämlich Malerin.

Da herrschte Schweigen. Manche sperrten das Maul auf, so überrascht waren sie von allem auf einmal, dass ich gesprochen hatte und von diesen verwirrenden Informationen, aber die Schwarze lachte und zeigte gefährliche, spitze Zähne, Malerin, höhnte sie, das kann ja jeder behaupten, und ich bin Sängerin, HoHoHoHo, schmetterte sie einen Dreiklang in die Luft, der ganz passabel klang, ein wenig blechern, aber kräftig.

Nicht schlecht, sagte ich. Aber ja, jetzt erkenne ich dich. Du bist die schwarze Sängerin.

Alle lachten. Und ich begann zu erzählen. Erzählte einfach drauflos, wie es mir gerade in den Sinn kam. Von der schwarzen Sängerin und ihrer Liebe zu dem Kellner in der schäbigen Spelunke, in der sie auftrat und mit ihrer Stimme die Menschen verzauberte. Eine richtige Schnulze gab ich zum Besten, in der nicht die Intrigen fehlten, noch der finstere Gangsterboss, der dafür sorgte, dass der Geliebte der Sängerin im Gefängnis landete, wo ihm die Mithäftlinge übel mitspielten. Ja, wirklich übel, denn er wollte sich nicht tätowieren lassen, um keinen Preis, nein, sagte er, meine Geliebte, die schwarze Sängerin, soll meinen Körper genauso wieder finden, wie sie ihn kennt, ohne Mal und Zeichen, und ich dachte schon, jetzt hast du zu dick aufgetragen, aber die Zeit ging dahin, still und andächtig standen und saßen die Frauen um mich herum und lauschten, und als es Zeit zum Einschluss wurde, hatten die Aufseherinnen alle Hände voll zu tun, die Zeichen standen auf Meuterei, und erst, als ich versprach, am nächsten Tag weiterzuerzählen, wanderten sie in ihre Zellen. Still, ganz still.

Von da an war nie wieder die Rede von einem Tattoo.

So hätte es sein sollen. Ist doch eine schöne Geschichte. Die Erinnerung ist eine Tyrannin, die Wiederholung des Schreckens, das, was du von ihr erbittest, das hält sie verschlossen, aber die Schmerzen, die, die du vergessen willst, um Vergessen bettelst wie damals um die Gnade, die dir nicht zuteil wurde, heiß das Eisen auf deiner Haut, diese Szenen schickt sie dir immer wieder, quält dich aufs Neue, wie Marguerite, sie ist das beste Beispiel, und auch dieses Mal fuhr sie auf und wieder gellte ihr Schrei durch alle Stockwerke, ihr Todesschrei, dass allen die Haare zu Berge standen, so lange ist das noch gar nicht her, die Wunden sind gerade eben vernarbt, außen, nicht innen, die Nächte zeigen mir immer aufs Neue, dass gar nichts verheilt ist. Und wenn mich eine von ihnen wieder anfasst am Arm, aus Versehen, oder um meine Aufmerksamkeit auf sie zu lenken, muss ich mich beherrschen, nicht laut zu schreien, lass mich los, rühr mich nicht an.

So hätte die Geschichte sein können, oder auch anders, schließlich bin ich eine Geschichtenerzählerin, vielleicht hätte ich ihnen sagen sollen, dass ich sie nicht verachte, dass ich nicht aus Hochmut schwieg, sondern dass ich einfach noch nicht angekommen war in diesem Hier und Jetzt, aber die Worte waren anderswo und überhaupt war keine Zeit zum Reden, und mit dem Eisen haben sie meine Ankunft beschleunigt. Ja. Jetzt bin ich angekommen. Das Land unter meinen Füßen hört zwar immer noch nicht auf zu schwanken, aber ich habe begriffen, was es heißt: Untersuchungshaft. Man schließt dich weg, um deinen Fall in Ruhe zu untersuchen. Aber das ist nicht alles. Man liefert dich aus. Denn hier gelten nicht die Paragraphen der Juristen. Hier herrschen andere Gesetze, ein Interregium, das in dem Moment einsetzt, wenn die Wärterinnen wegschauen. Ja, Wärterinnen. Ich weiß, dass sie das nicht mögen. Wir sind doch nicht im Zoo, und ihr seid keine Tiere, hat mir die mit den Hasenzähnen neulich gesagt. Und was unterscheidet uns?, hab ich sie gefragt. Hier gelten die Gesetze der Tierwelt. Eine führt das Rudel. Einer Neuen im Revier wird erst einmal gezeigt, wer die Stärkere ist. Raubtiere hinter Gittern. Das sind wir. Nichts anderes. Schafe überleben hier nicht lange. Schafe werden gefressen. Ihr Fell findet sich am Morgen in der Zelle. Aber ich lasse mich nicht täuschen. Nichts wird jemals mehr sein, wie es war.

3

Um gebrannten Venezianischen Lack

zu erhalten, nimmt man Karmin aus den Cochenille-Schildläusen und brennt es unter ständigem Rühren im silbernen Suppenlöffel über dem Feuer.

Marguerite. Marguerite kann nicht schlafen, Marguerite liegt wach und sieht wieder das Feuer. Es ist stickig in unserer Zelle, eineinhalb Meter über mir die Zimmerdecke, unter mir atmet Marie die ganze kostbare Luft weg, ein Stöhnen, ein Raunen, der Kerker, die feuchte Luft, die wie die Angst in die Knochen kriecht, das härene Gewand und der Schrecken, der mich lähmt, ich schließe die Augen, versuche, mich zu entspannen, aber die Wunden schmerzen, nein, ich bin gar nicht in der Zelle, auf der Krankenstation liege ich, ja warum denn, was ist denn passiert …, und Marguerite liegt wach, sie hält Wache, sie passt auf und wird mich warnen, wenn sie kommen, kann also beruhigt schlafen, aber ich werfe mich im Bett herum, wie Feuer brennt es zwischen den Beinen, mit weit gespreizten Schenkeln liege ich, wie in Erwartung meines Geliebten, aber kein Geliebter, keine Wonnen, sondern Schmerzen und Feuer. Marguerite schlägt Alarm, da sind sie wieder, und richtig, sie kommen, jetzt bin ich darauf gefasst, nicht wie damals, erst ein paar Tage, gerade erst hat man die Tür hinter mir geschlossen, noch sehe ich dieses Pfannkuchengesicht, werbistdu, wieheißtdu, washastdugetan, aber ich kann nicht reden, bin noch ganz benommen, bin noch gar nicht hier, will nicht hier sein, das ist ein Irrtum, sie werden kommen und mich herausholen, dasgehtdochnicht, daskönntihrdochnichttun, ich verkrieche mich in einer Ecke, washabichdenngetan, Gesicht zur Wand, wenn ich nicht hinsehe, dann sind sie auch nicht da, wenn ich sie nicht sehe, dann sehen sie auch mich nicht, alter Kinderirrtum, natürlich, hast du doch gewusst, und wenn Sofonisba schon hier gewesen wäre, wenn sie nicht noch so lange bei ihren

Bildern verweilt oder sonst irgendwo, vielleicht wäre alles gar nicht passiert, aber so erwachte Marguerite in mir, zitternd, mit aufgerissenen Augen, ich habe dieses Buch schreiben müssen, welches Buch verdammt noch mal, ich habe diese Bilder malen müssen, wovon redet die, ist vielleicht übergeschnappt, und von da an hör ich gar nichts, seh ich gar nichts, was gehen diese Schatten mich an, die Schatten aus einer anderen Zeit, und mit einem Mal werde ich gepackt, werde hochgehoben und auf die Beine gestellt, vor mir sehe ich eine Frau, groß, mit langen schwarzen Haaren, die Arme hängen wie die eines Affen seitlich an ihr herunter, ich kenne sie nicht, nein, auch Marguerite hat keine Erinnerung, kein Band verbindet mich mit dieser Frau, die jetzt den Mund öffnet, die Lippen bewegt, kleine spitze Zähne hat sie, aber ich kann nicht hören, was sie sagt, bin zu weit weg, bin aus einer anderen Zeit, das Gesicht wird kalt und hart, und plötzlich fährt ihre Faust nach vorne, ich kann sie ganz langsam auf mich zukommen sehen, wie in Zeitlupe, sehe von außen, wie sie in meinen Bauch trifft, mein Körper, den ich nicht fühle, klappt zusammen wie ein Taschenmesser, ich werde aufgefangen und aufgehoben und weggetragen, und finde mich wieder in der Küche, dort legen sie mich auf einen Tisch, zwei halten meine Arme, so zwingen sie mich nieder, ziehen mein Kleid hinauf als wollten sie es mir ausziehen, aber auf halbem Weg lassen sie mich darin stecken, den Rock über dem Kopf fange ich jetzt endlich an, mich zu winden, was mir nichts nützt, nur dass sie den Stoff fester um mein Gesicht ziehen und mir die Luft abschnüren, dann reißen sie meine Unterhose herunter, meine Beine werden gepackt und gespreizt, ich fange an zu schreien, zu rufen, aber noch immer weiß ich nicht, was geschieht, versuche zu strampeln, aber sie halten mich fest im eisernen Griff, und da fühle ich das Feuer, das Marguerite versengt, auf der Innenseite meines Schenkels, dort in der Leiste, wo der Schenkel endet und übergeht in die Scham, der Schmerz durchfährt mich wie die Spitze eines langen Messers, wühlt in mir, es zischt, und ich schreie, ich bäume und ich winde mich, ja, ich kenne diesen Schmerz, jahrhundertelang hat er auf mich gelauert in den geheimsten Verliesen meiner Erinnerung, Marguerite fährt auf, verlässt diesen Körper, und sieht diese Szene, sieht mich auf dem Küchentisch liegen, fünf halten mich fest, Folterknechte wie damals, die schlimme Tortur, aber ich widerrufe nicht, nein, niemals, immer werde ich zu diesem Buch stehen, dem *Spiegel der einfachen Seele*, diese Seele hält alles aus, diese Seele überlebt und überdauert und sammelt alles an, um es so viel später, in anderen Zeiten und Welten wieder auszuspucken, *die Vereinigung der Liebenden ist wie ein loderndes Feuer, das brennt, ohne dass man es anfacht*, aber hier ist keine Liebe, hier ist die Abwesenheit der Liebe, das Fegefeuer. Und diese Frau hält einen glühenden Löffel in der Hand, hält ihn mit einem Topflappen und platziert ihn mit kalter Ruhe neben meinem Geschlecht, einmal, die Kante brennt sich tief in meine Haut an dieser zartesten Stelle, sie verwandelt sich in einen Teufel, hält einen glühenden Spieß, fürchtet das purgatorio, predigt der Bischof von Toledo, dass es mir den Schauder über den Rücken jagt, damals bin ich davongekommen, damals hat mich die Inquisition nicht erwischt, Gründe hätte man auch damals gefunden, nicht nur Marguerite hat gebrannt, so viele autodafés, aber hier, diese Frau mit dem Löffel in der Stockwerksküche, damit diese Frauen sich auch mal selbst eine Mahlzeit zubereiten können, verwandelt sich die Küche in eine Folterkammer, die Frau hält den Löffel, den unschuldigen Suppenlöffel mit einer besonders schönen Rundung, hält ihn wieder über die Gasflamme am Herd, wieder und wieder, Marguerite sieht es genau, mit zwei Löffelbögen brennt sie mir ein Zeichen ein, einen Buchstaben, ein S, meine Stimme unter dem Kleiderstoff zerbricht, mir wird übel, mein Magen stülpt sich nach außen, ich huste, verschlucke mich an meiner eigenen Kotze, halt still, Fotze, hör ich die Frau, sonst rutscht er mir aus und erwischt deine Klit, so ein schönes branding, wirst sehen, hat nicht jede, etwas ganz Besonderes, so wie du, und wieder spüre ich die Kante des Eisens, diesmal auf der anderen Seite, Marguerite sieht es mit Entsetzen, drei Mal berührt mich das Feuer, noch ein Buchstabe, ein A: S und A, damit dein Macker, die geile Sau, was zu lesen hat, wenn du ihm das nächste Mal die Beine öffnest, damit du niemals vergisst, wo du warst, aber da ist Marguerite wieder in mir und auch Sofonisba ist wer weiß woher endlich angekommen, mir wachsen Riesenkräfte, vielleicht ist es auch das Gefühl zu ersticken, zu ertrinken im Schmerz, zu verbrennen, es gelingt mir, einen Arm loszuwinden, den Kleiderknebel von meinem Gesicht zu reißen, Luft fährt in meine Lungen und da gellt dieser Schrei, Marguerites Todesschrei, über die Place de Grève schallt er und durch das ganze Gefängnis, durch diese ganze verdammte Stadt, diese Welt, durch die Zeit, Felipe Segundo an seinem Schreibtisch hebt stirnrunzelnd den Kopf, meine Mutter lässt in Cremona ihre Handarbeit sinken, auch er, der geliebte Kapitän, fährt auf aus seinem Schlaf in seiner Kajüte, Sofonisba, flüstert er, ist etwas passiert – ja was geht denn hier vor, höre ich die Stimme einer Aufsicht, und dann verliere ich das Bewusstsein, treibe hinüber zu ihm, sinke ihm in die Arme, tränenüberströmt, nimm mich mit, bettle ich, lass mich dort nie wieder allein, und ich fühle wieder das Schwanken des Schiffes, das Wiegen seiner Arme, und falle in einen tiefen, dunklen, abgrundschwarzen Schlaf.

Wäre ich doch nie wieder aus ihm erwacht. Jetzt erwache ich leicht, an dem kleinsten Geräusch, und dieses Haus ist voll davon. Dann liege ich da, lausche, fühle die Gegenwart von all diesen Frauen, wie sie aufgestapelt in den Zellen liegen, über und unter und neben mir, spüre ihr Atmen, einen singenden Ton ergibt es, einen durchaus vertrauten Klang, Marguerite kennt ihn, Marguerite liebte ihn, es war der Klang ihrer Heimat, ihrer Zuflucht, ein Haus voller Frauen, das war ihr Leben, jede ganz anders und jede so einzigartig, jede hatte eine andere Geschichte und ihren eigenen Grund, warum sie in das Haus der Beginen in Valenciennes gekommen war, sich für diese Art von einem eigenen Leben entschieden hatte, fern der Familie wollten sie leben und waren nicht gewillt, eine Ehe einzugehen, Gott wollten sie dienen, aber nach ihren eigenen Vorstellungen, frei wollten sie sein und sich nicht Klosterregeln unterordnen, keinem Geringeren als Gott selbst wollten sie die Treue halten und keinem von Menschen formulierten Gelübde. Und Marguerite hört wieder den nächtlichen Atem ihrer Schwestern im Geiste, Francine, die Gärtnerin, die Hebamme Bernadette, Adeline, die die schönsten Tambourets und Handtrommeln baute, die man sich denken konnte und die Melodien erfand zu Marguerites Liedern, *Tugend, ich sag mich los von Euch für alle Zeit …*, Adeline war es auch, die sie begleitete auf ihren Reisen in die Dörfer und Städte, die die große Trommel schlug bei ihren Vorträgen und den Takt angab für die Lieder. Aber – wie anders waren die Nächte im Haus der Beginen, ganz anders als hier, erst später, dem Ende zu, schlich sich die Angst ein unter diesem Dach, aber sie wurde nicht Herr, ich ließ es nicht zu und meine Schwestern bestärkten mich, ich war erfüllt von der Zuversicht, dass der Herr mich sicher behüten würde, er war es, der mich dies Buch schreiben hieß, er hieß mich die Fackel entzünden, die Fackel der alles versengenden Liebe, er war der wirkliche Autor dieses Buches, was war ich anderes, als sein bescheidenes Werkzeug? Aber die Angst, die damals so lange nicht von mir Besitz ergreifen konnte, erst ganz zuletzt, ganz zuletzt warf sie mich nieder auf das Pflaster der Place de la Grève an jenem 1. Juni 1310 zu Paris.

Und heute, heute fühle ich sie wieder, höre sie in den Geräuschen der Nacht dieser Vollzugsanstalt, diese Angst, die auch Sofonisba kennen lernen sollte, aber erst viel später, nicht im Schlafsaal der königlichen Hofdamen, nein, sagt sie, damals in Madrid, da hatte unser Schlaf einen ganz anderen Klang: sechzehn junge Frauen in sechzehn Betten, mit Paravents notdürftig voneinander abgetrennt, eine winzige Spur von Intimität, auch damals wurde das Licht gelöscht zu einer bestimmten Stunde, aber dort war es doch unser freier Wille, jede kam und ging, wie sie es wollte, jedenfalls des Tags, und keusch waren wir alle mehr oder weniger, und die süße Sehnsucht nach weniger Keuschheit, die Erwartung der Liebe, der körperlichen Freuden, die wilden Phantasien, all das stand jeden Abend deutlich im Raum, auch wenn sie noch eine Weile miteinander kicherten, sich neckten, das Nachthemd versteckten, zueinander ins Bettchen schlüpften, um sich zu kitzeln, bis sie schrien, so waren das alles Rituale des Wartens, getragen von dieser Wolke der Sinnlichkeit, diesem Duft der Lust, und der alte Haudegen, die Guardiamenor, tat gut daran, Fenster und Türen fest zu verschließen, auch wenn es kein wirkliches Hindernis darstellte – die, die unbedingt wollten, die fanden einen Weg zu ihren Liebsten, anders als hier, wo die Brunft mit ihrem bitteren Geruch über allen Gängen hängt, aber nicht die kleinste Hoffnung auf eine Erfüllung. Hier sind es die grausamen Rituale des Hasses und der Verzweiflung, die Hoffnung mag auch hier in den Ecken kauern, die Hoffnung zählt an den

Fingern ab: Jahre, Monate – wie lange?, lautet hier die alles bestimmende Frage. Zwei Jahre. Oder drei. Und Marie, die unter mir liegt und schnarcht? Vier Jahre sechs Monate. Wie lange ist das? Eintausendsechshundertzwanzig Tage. Achtundreißigtausendachthundertachzig Stunden. Zweimillionendreihundertzweiunddreißigtausendachthundert Minuten. Und gegen die Zeiger der Uhr geht sie in Revision, damit sie ihr ein kleineres Stückchen abschneiden vom Zeitkuchen, einen Happen, den sie glaubt, verdauen zu können. Und so ist die Hoffnung hier Zwillingsschwester der Verzweiflung, die Zeit verwarten müssen, die Zeit zur Gegnerin haben, endlose Minuten in den schlaflosen Nächten, unterbrochen von schweren Träumen, und wenn du hochschreckst, sind gerade einmal zehn Minuten vergangen.

Es ist stickig in dieser Zelle. Ich bekomme keine Luft. Marguerite spürt wieder die Panik in sich aufsteigen. Ich setze mich auf mit einem Ruck, fühle die Zimmerdecke kurz über mir. Das Fenster. Ich muss das Fenster öffnen! Ich strecke mich: An zwei Seiten erreiche ich Wand und oben die Decke, aber das Fenster, gerade mal ein halber Meter fehlt zwischen meiner ausgestreckten Hand und dem Griff, es nützt nichts, mich weiter aus dem Bett zu lehnen, ich habe es sicherlich schon hundertmal versucht.

Also runter vom Bett, das Metallgestell schwankt und ächzt, ich lasse die Beine vorsichtig hinab, die Zehen suchen nach Halt, nur nicht auf Marie treten, und da plumpse ich sacht auf den Fußboden, jetzt den Stuhl unters Fenster, was machst du denn schon wieder, höre ich Maries schlaftrunkene, knurrende Stimme, gib doch Ruhe, und mit einem Schepper und Quietschen der Metallfedern wirft sie sich herum und verfällt wieder in dieses Schnorcheln und Prusten, das mir den Schlaf raubt. Ich klettere auf den Stuhl, öffne leise das Fenster, bist du verrückt, würde Marie protestieren, willst du mich umbringen, aber ich hebe das Gesicht und spüre die kühle Nachtluft und atme tief ein und aus und ein und aus, und Marguerite entspannt sich, einundausundeinundaus, eine Weile stehe ich dort auf dem Stuhl, sehe ein, zwei Sterne, ein Flugzeug blinkt und zwinkert mir mit seinen roten Augen zu, ehe es in die Freiheit verschwindet, ich höre das unbestimmte Rauschen von Verkehr, ein paar Stimmen von ferne, ein Lachen, das von weit her zu mir herübertropft und verstummt, das Summen eines Generators ... Und jetzt nehme ich den Untergrund wahr, die Imprimatura der Nacht, den bebenden Gesang von Grillen, es ist Sommer, ja, Frühsommer, draußen blüht jetzt wohl der Ginster, und als meine Zehen zu schmerzen beginnen, setze ich mich auf den Stuhl, den Kopf an die Mauer gelehnt, das Gesicht zum Fenster erhoben, und ich horche, erkunde die Nacht mit meinen Ohren, fühle ihren Atem, ihren Pulsschlag, die ewige Nacht, die Abwesenheit von Licht und von Farben, in die die Zeit ihre Linien malt, die Zeit, die vergeht, und die, die nicht vergeht, die, die wiederkehrt, und die, die erst noch sein wird.

Diese Momente sind die besten. Auch damals dieser Schock – er war ein Geschenk: Tagelang hielt er mich in dicke Watte gebettet und ich hinüber zu ihm, meiner einzigen wirklichen großen Liebe, damals wie heute, und immer wird es so sein, niemals werde ich einen Menschen mehr lieben, als ich ihn geliebt habe, und die Stunden und Tage, die Wochen und Jahre, die ich mit ihm verlebt habe und immer wieder verlebe, in meinen Träumen, meinen Gedanken, die sind es wert, sie machen alles, alles wieder wett, und nichts währt ewig außer der Suche nach diesem ewigen Zustand des selbstvergessenen Glücks. Um mich den Arzt, die Schwester, die anderen Frauen in den weißen Betten, ich hab sie gesehen und doch nicht gesehen, wie der Rahmen zu einem Bild, wie der Vorhang zu einem Theaterstück, wie der unvermeidliche Werbeblock zwischen dem eigentlichen Film. Der Mann mit dem kurzen dunklen Vollbart und dem schwarzen Sakko, wo hatte ich ihn schon einmal gesehen, stand kurz in der Tür, ja, vielleicht stellte er mir auch eine Frage, ich kann mich nicht mehr erinnern.

Aber dann kamen die Schmerzen, und das war mehr als eine lästige Unterbrechung, sie kamen immer häufiger, verdrängten die Watte, die Brandwunden hatten sich entzündet und nässten, weit gespreizt die Beine, ein Drahtgestell unter der Decke, damit sie nicht auflag, das kleinste Gewicht war zu viel für meinen armen Schoß. Und ich dachte an Isabel, die auch so lag, bis das Dutzend Ärzte, das sich um ihr Bett versammelte, es mit vereinten Kräften geschafft hatte, sie unter die Erde zu bringen, ist sie nun schwanger oder ist sie es nicht, und was ist zu tun, damit sie endlich einen männlichen Erben gebiert, lasst sie doch in Ruhe, wollte ich schreien, wie sehr es mich immer empörte, dass es so gar nicht um sie ging, nein, auch die Königin hat ihre Pflichten, und zu der nobelsten gehört es, endlich das richtige Kind auf die Welt zu bringen, was zählen schon Töchter in einer Dynastie, die Frauen von der Thronfolge ausschließt, schaut euch doch England an, war doch der König selbst mit einer regierenden Monarchin verheiratet gewesen, ja, sagte Felipe trocken, sieh hin, und schau, was diese Frauen aus England gemacht haben, aber Isabel hat es nichts genützt, so jung und so ohne alle Vernunft vom Leben zu Tode gebracht, so elend lag sie da, als ich sie das letzte Mal sah, und jetzt lag ich hier, das Gerede der anderen Frauen, das Gelächter und Gestöhne, das Jammern und Fluchen, immer mehr rückte all dies in meine Welt herein, auch wenn ich meine Augen noch so fest schloss. Einmal glaubte ich, diese Frau an meinem Bett stehen zu sehen, scharfe, spitze Zähne in einem harten Mund, na, wie geht es der Fälscherin, glaubte ich zu hören, vergiss nicht: Ein Buchstabe fehlt.

Ich schrie und schlug um mich, aber als sie dann kamen, hatte sie niemand gesehen, die Erinnerung ist eine hämische Fratze, sie gaukelt dir Bilder vor und richtet dich damit zugrunde.

Bald kommst du hier raus, sagte mir die Schwester, und ein paar Tage freute ich mich, nach Hause, mein Atelier, meine Zuflucht und mein Hafen, aber dann begriff ich, was sie meinte, bald komme ich hier raus, aus der Krankenstation und zurück zu diesen höllischen Weibern.

Ich konnte es nicht glauben. All diese Gesichter, die sie mir entgegenhielten bei meiner Rückkehr, ohne sich zu schämen, ohne zu zucken, diese hier hatte mich festgehalten, und die da …, und Marie, wo war eigentlich Marie gewesen, hat sich wohl verdrückt, jetzt schlug sie mir auf die Schulter, na, sagte sie, siehst gut aus, ein bisschen blass um die Nase, tja, das Faulenzen hat jetzt ein Ende, und dann lachten alle, meinten es freundschaftlich, könnte ich mir denken, nur die Kleine mit dem blonden Bubikopf, die war auch nicht dabei, keine Ahnung, wo sie war, und in ihren Augen sehe ich einen Moment lang so etwas wie Mitleid, aber das macht mich nur zornig, macht es fast noch schlimmer, und so gehen wir also zur Tagesordnung über, oder tun so – wie kann man denn das aushalten, frage ich mich immer wieder, bin ich denn schon so abgestumpft?

Aber Marguerite ist auf der Hut, Marguerite schläft nie, sie hält Wache, immer, und wenn sie auch kommen mitten in der Nacht, sie fährt auf, sie hat ihren Schrei, der mich schon einmal gerettet hat, gerettet, nein das nicht, aber Hilfe hat er geholt, wer weiß, was sonst wohl noch geschehen wäre, und Marguerite ist es, die mich auch jetzt auffahren lässt, bin ich doch tatsächlich eingeschlummert, hier auf dem Stuhl, an die kalte Mauer gelehnt, und zittere vor Kälte, schleppe mich mühsam die zwei Schritte zum Bett, Marie furzt und stöhnt, als ich hinaufklettere, gib doch Ruhe, und mach das Fenster zu, hörst du, willst du mich umbringen, aber ich höre nicht, soll sie doch brabbeln, ich will nur noch schlafen, schlafen, bis Marguerite wieder hochfahren wird, aus einem Traum, einer Erinnerung, die Erinnerung ist es, die mich lebendig hält, könnte man doch nur aussuchen, was aufgenommen wird in ihr reichhaltiges Archiv, könnte ich doch aussortieren und hinzufügen, könnte ich mit ihrer Hilfe noch einmal hinübergleiten in diese Zeiten des Glücks, der Geborgenheit, damals, als ich völlig und vollkommen frei war, frei von Schrecken, von Angst, von jener Art von Bindungen, die ich nicht wollte, frei von allem, was mich quält ... Aber stimmt es denn wirklich, war ich jemals frei von alledem, war nicht bereits damals mein jetziges Schicksal angelegt, wie eine Vorzeichnung unter der Imprimatura, kaum zu sehen für die, die nichts wussten von ihr, aber immer schon da, bereit, hervorzutreten aus dem Grund und Gestalt anzunehmen, wenn ihre Zeit gekommen sein würde?

Ich weiß es nicht. Ich schlafe, verwoben zwischen Traumfäden und Visionen von Bildern, die ich noch malen muss, umgeben von meinen Farben, leuchtend und matt, lasierend und opak, Marguerite schläft nicht, sie hält Wache, singt ihr Lied,

Tugend, ich sag mich los von Euch
für alle Zeit:
Viel freier schlägt mein Herz danach
und froher auch ...

Sie singt, viel zu lange habe ich ihre Stimme nur zum Schrei erhoben gehört, jetzt sehe ich sie im Traum wieder vor den Menschenmengen stehen, ihr Tambouret in der Hand:

Der Dienst der Tugend ist zu hart,
das weiß ich wohl.
Ich hatt' Euch mein Herz geweiht,
ohne Rückhalt mehr für mich
gehört' ich Euch mit Haut und Haar,
ausgeliefert ganz und gar.
So wurde ich zur Tugend-Sklavin,
jetzt bin ich befreit.

Mein ganzes Herz, das gab ich Euch,
ich weiß es wohl:
Verwirrung war für lange Zeit
der einzge Lohn.
Ich litt dadurch wohl schwere Qual
und harte Pein;
Ein Wunder ist's, dass ich entkam
und lebe noch!

Jetzt ist's vorbei und einerlei:
von Euch bin ich befreit.
Ich dank dem Herrn im Himmel hoch,
was für ein guter Tag!
Ich kam aus dem Gefängnis frei,
dort litt ich große Not.
So frei war ich mein Lebtag nie
wie jetzt, getrennt von Euch,
Eurem Kerker bin ich entflohn:
in Frieden leb ich nun.

Und sie singt und singt, Sofonisba liegt in den Armen ihres Liebsten, die Wellen schaukeln die beiden, und in diesen wenigen Minuten des Vergessens schweigt auch die Erinnerung, ja, manchmal ist die Erinnerung eine große Schweigerin, und so geht diese Nacht dahin, wie viele vor ihr und viele nach ihr, die Gedanken und Stürme und das Erinnern und Leiden werden wieder erwachen, aber jetzt ist das Dasein eine rohe Leinwand, noch nicht geleimt, noch nicht grundiert, kein Kohlestift hat sie berührt, sie ahnt noch nichts von einer Imprimatura, geschweige denn von irgendwelchen Farben, wie die Segel im Wind der Esperanza, ohne Zeichen, ohne Geschichte.

4

Zum Bleichen des Öls

gebe man in eine Glasflasche ein Pfund reines und klares Leinöl, füge dazu drei Unzen vom stärksten Branntwein und zwei Unzen Lavendel-Samen, stelle es klar und rein; man gießt es dann zum Gebrauch in ein anderes Glas. Dieses Öl dient zu weißen und blauen Farben sowie für das Inkarnat, die Farbe des Fleisches.

Es gibt Menschen, die leben verschiedene Leben, eines nach dem anderen. Fein säuberlich voneinander getrennt. Suse zum Beispiel, sie war meine Freundin, aber heute gibt es Suse nicht mehr. Wenn, dann existiert Suse noch in meiner Erinnerung, heute gibt es Miriam Gräfin von Adelsberg, und niemand spricht mehr davon, dass sie einst eine geborene Birnbock war, in der Schule die Aufsätze von mir abschrieb und bis ins dreizehnte Lebensjahr mit den Jungen um die Wette im Stehen pinkelte, wobei sie ihre Hose bis auf die Knöchel herunterfallen ließ und mit der Methode jedesmal gewann, da die Jungenpimmel groß und steif wurden und jeder Strahl versiegte, bis sie von ihrem Vater vor aller Augen den nackten Hintern versohlt bekam. Im Wald sammelten wir Fliegenpilze und aßen sie vor der Schulandacht, wo wir mit den Engeln im Kirchenschiff herumflogen und dem Pfarrer auf die Glatze spuckten.

Aber eines Tages war diese Ära für Suse so gänzlich zu Ende, dass sie sich einen neuen Namen zulegte, an die Kunstakademie ging, obwohl sie nicht wusste, wie herum man einen Pinsel hält, und glaubte, die Ölfarben würden aus bunten Früchten gepresst, die auf exotischen Bäumen wuchsen.

Das war ihr zweites Leben. Sie besuchte nur noch selten ihre Familie, kannte uns alte Freunde gerade noch von ferne, aber manchmal, da brachen die alten Gewohnheiten durch, erzähl mir eine Geschichte, bat sie dann, aber diese Rückfälle in ihr Birnbockleben wurden immer seltener und blieben schließlich aus. Birnbockmäßig war sie ganz und gar geheilt.

Sie nannte sich fortan Miriam de Santos, kleidete sich von Kopf bis Fuß in schwarzes Leinen und beschoß große Leinwände mit Farbbeuteln aus Gewehren. Als sie öffentlich Kotpatronen auf das Reiterdenkmal feuerte, stand ihr Name fett in den Schlagzeilen. Von da an gehörte sie zur Szene, und eine Saison lang war sie die Göttin der Boheme.

Dann lernte sie Mackeldam kennen. Er war Arzt, von einem unergründlichen, diffusen Reichtum, zwanzig Jahre älter als sie. Er besaß eine geräumige Villa mit Ausblick über die gesamte Stadt und einem verwilderten Park. Dahinein baute er ihr ein Atelier mit allen Schikanen, aber als Miriam schwanger wurde, rührte sie ihre Farbgewehre nicht mehr an. Zwillingen schenkte sie das Leben, einem Mädchen und einem Jungen, schön wie Sonne und Mond, und mit dieser Geburt verschwand Miriam de Santos. Miriam Mackeldam war eine First Lady der guten Gesellschaft, nie wieder wurde schwarzes Leinen an ihr gesehen, nein, die Schattierungen ihres rötlichen Haares wiederholten sich in ihren extravaganten Seidengewändern. Aber das Leben der Miriam Mackeldam währte nicht lange. An einem der geselligen Abende der Gesellschaft wurde sie dem Grafen vorgestellt – ich war nicht dabei, aber ich kann es mir lebhaft vorstellen –, und so wie ich Suse kenne, beschloss sie im selben Augenblick ihre künftige Existenz: als Miriam Gräfin von Adelsberg. Dass es bereits eine Gräfin von Adelsberg gab, das störte weder Suse noch Miriam. Es erschwerte allerdings ihren Weg, sieben harte Jahre lang kämpfte Miriam, aber dann zog sie mit ihren Zwillingen in das von Weinbergen umgebene Schloss ein. Als Gräfin. Und wenn ich nicht irre, residiert sie dort heute noch. Es scheint, als habe sie ihren Platz in der Welt gefunden. Und wehe, einer erinnert an Frau Mackeldam, an Miriam de Santos oder gar an Suse Birnbock. Die sind tot und längst begraben, ein Durchgangsstadium, wie die Puppe oder Raupe auf dem Weg zum Schmetterling.

Es gibt eben Menschen, die leben verschiedene Leben, eines schön nach dem anderen. Bei mir ist das anders. Ich lebe sie alle zugleich. Dabei könnte man bei mir viel eher mit Fug und Recht behaupten, die anderen Frauen als die eine, mit deren Namen ich hier im Register stehe, seien längst tot und begraben. Aber sie leben. Leben in mir.

Sie leben in mir und können sich mitunter genauso wenig leiden wie Suse Birnbock Miriam de Santos liebt, oder gar die Gräfin die Arztgattin Mackeldam. Aber die gehen sich ja erfolgreich aus dem Weg, für Suse ist die Zeit wie eine Zugfahrt mit verschiedenen Stationen, mit klar abgegrenzten Landschaften. Und Suse ist nicht der Typ, der einmal einen Weg zurückgeht.

Meine Landschaft sieht ganz anders aus. Ich bin wie ein Park, in dem sie alle wohnen. Zeitweise gelingt es ihnen, einander aus dem Weg zu gehen. Durchhalten kann man das freilich nicht. Nicht für lange. Es gibt Erholungspausen, ja, so wie der Schlaf, wenn er frei von Träumen ist. Und die Zeit, in denen ich Geschichten erzähle, fremde, die mit mir nichts zu tun haben, oder jedenfalls so scheinen. Aber loswerden, das kann ich sie nicht. Sie sind immer da. Sie sind ich. Mein Wesen besteht aus all diesen Stimmen und Erinnerungen. Und genau das ist es, was er, den ich so liebte, dass ich ihn in meinen Park führen und sie ihm vorstellen wollte, eine nach der anderen, dem ich Sofonisba und ihre Geschichte anvertraute – nun, er nannte es: meine Krankheit. Warum krank? Es ist wie eine Familie. Jeder weiß, dass die Geschichte von der Liebe unter Verwandten ein Ammenmärchen ist. Ich habe meine Familie in mir.

Wenn man schon von Krankheit sprechen wollte, dann wäre Suse alias Miriam Gräfin von Adelsberg viel kränker als ich. Aber sie geht frei herum, geht ins Theater und zu Vernissagen, veranstaltet Wohltätigkeitskonzerte und protegiert junge, hoffnungslose Künstler in schwarzem Leinen. Jede Woche finde ich ihr Bild in der Zeitung. Suse, Suse, frage ich dann ihre Paradiesvogelgestalt in einem Kleid wie ein verrückt gewordener Fliegenpilz, Suse Birnbock, was ist nur aus uns geworden!

Seit dem Skandal hab ich nie wieder etwas von ihr gehört. Für sie bin ich wahrscheinlich gestorben, das ist ihre Art, Menschen aus ihrer Welt zu schaffen, die ihr persönliches Drama nicht mehr betreffen. Wie gesagt, Suse geht niemals einen Weg zurück.

Ich verstehe dich nicht, hat sie gesagt, bevor sie mich aus ihrem Gedächtnis strich, so ein Talent, und wozu gebrauchst du es? Wieso malst du nicht deine eigenen Bilder?

Aber ich male meine eigenen Bilder, nichts anderes. Ich male nur und ausschließlich meine eigenen Bilder, aber das will keiner wissen, dazu sind sie zu vernagelt, für sie bin ich eine Fälscherin, na bitte, wenn sie das denken wollen, mir ist das gleichgültig, aber keiner wird mich davon abhalten, meine Bilder zu malen, die alten, natürlich nicht alle, so viele, ein ganzes Lebenswerk, aber die wichtigsten, die, von deren Existenz man heute noch weiß und einige darüber hinaus, ich habe sie ein zweites Mal gemalt, aus dem Gedächtnis, und glaubt mir, das ist untrüglich, und statt glücklich zu sein, die verlorenen Portraits, nach denen sie so sehr suchen, vor sich zu sehen, stecken sie mich ins Gefängnis.

Ich habe die Frau in Madrid kennen gelernt. Mercedes heißt sie, Mercedes Gonzales de Las Ropas. Sie war auf der Suche nach Sofonisbas Bildern, genau wie ich. Kunsthistorikerin. Ihr Forschungsfeld die Portraitkunst der Spätrenaissance, und dabei war sie auf die Malerin Sofonisba Anguissola gestoßen. War begeistert von ihrer Meisterschaft. Unermüdlich auf der Suche nach Werken, die sie gemalt haben könnte, und die vermutlich in den Katakomben der großen Museen und in Privatsammlungen lagerten oder anderen Malern zugeordnet waren. Männern natürlich. Die Signaturen, sagte sie, vierzehn Jahre war sie am Spanischen Königshof, und keine Signaturen.

Natürlich, sagte ich, sie konnte nicht in offene Konkurrenz zu den offiziellen Hofmalern treten. Dass Sofonisba ihre Bilder sehr wohl signiert hatte, wenn auch verborgen, das sagte ich ihr damals noch nicht.

Sie starrte mich an, als hätte ich ihr ein großes Rätsel entwirrt. Von da an arbeiteten wir zusammen.

Sie fragte mich nie, warum ich mich für Sofonisbas Bilder interessierte. Wahrscheinlich war es ihr das Natürlichste von der Welt, da ja auch für sie nichts anderes mehr zählte, seit so vielen Jahren schon. Sie war ein Maulwurf. Stöberte in allen Archiven, in den Inventarlisten, sie hatte die richtige Spürnase. Eines Tages zeigte sie mir diese Reproduktion.

Die Dame mit dem Hermelin.

Nein, sagte ich und bemühte mich, ruhig zu bleiben. Das ist kein Hermelin, das ist ein Luchspelz, das sieht doch jedes Kind.

Sie glauben also nicht, dass El Greco es gemalt hat?

Da musste ich lächeln, wieder sah ich die Infantin vor mir, eine richtige Dame war sie geworden, die Ähnlichkeit mit ihrer Mutter hatte sich bei ihr in eine tragische Schönheit verwandelt, ich hoffte so sehr, sie möchte glücklich werden mit ihrem neuvermählten Ehemann, ihre großen dunklen Augen verbargen viel, aber das trotzige Kinn zeugte von ihrem sanften, aber unbeugsamen Charakter.

Da ich nichts sagte, sprach sie.

Ich bin ganz Ihrer Meinung. Sofonisba muss dieses Bild gemalt haben. Und ich glaube, es stellt die Infantin Catalina Micaela dar, die Tochter Felipes des Zweiten und der Isabel von Valois.

Ich schwieg noch immer. Aber ich spürte, dass ich sie so etwas wie zu lieben begann. Diese Frau war der Wahrheit mit ihrer Intuition so deutlich auf der Spur, dass ich ihr helfen musste.

Wo hängt das Bild jetzt?, fragte ich.

In Schottland, sagte sie. Glasgow.

Ich wollte sie nicht betrügen. Was mich am meisten schmerzt, ist ihr Zorn und ihre abgrundtiefe Enttäuschung. Ich wollte ihr helfen. Bald hatte ich verstanden, dass Sofonisba zweierlei für sie war: eine Leidenschaft und eine Stufe auf dem Weg ihrer Karriere. Warum nicht. Auch ich kannte Ehrgeiz. Wir wollen ganz nach oben, die besten sein. Im Dienste unserer Kunst oder Wissenschaft, natürlich. Aber wir wollen hinauf.

Nachdem wir zwei Jahre lang die Welt durchforstet hatten, war mir klar, die anderen Bilder würden wir niemals mehr finden. Ja. Ich weiß. Ja doch, Vater, ich habe sie alle signiert. Aber schützt eine Signatur vor der Zerstörung? Was am schlimmsten ist: kein einziges Bild von ihm ist erhalten. Nein, ich meine nicht meinen Vater. Ich meine IHN. Weder das mit dem hölzernen Schiffsmodell, noch das andere in der Uniform des Kapitäns, das bei uns im Speisezimmer hing. Was haben sie nur damit gemacht?

Auch das Portrait der Infantin Catalina ist signiert. Verborgen zwar, aber dennoch deutlich. Ich konnte es ihr ja nicht sagen. Sie hätte eine Erklärung verlangt. Also fuhren wir hin, und richtig, nachdem ich es wie zufällig gedreht und gewendet hatte, unter den zornig-misstrauischen Augen des Kurators, zeigte ich es ihr: Zwischen Rahmen und Bespannung, man musste nur schräg unter das Holz sehen. Sie war begeistert. Und da reifte der große Plan in ihr.

Es sollte eine Ausstellung geben. Eine riesige Retrospektive der Sofonisba Anguissola, alle ihre Werke zusammengetragen an einem Ort. Mir brannten die Wangen wie im Fieber. Alle Bilder an einem Ort. Das hat es noch nie gegeben. Auch sie hat es nie erlebt: die Bilder, gemalt und dem Auftraggeber übergeben, und fort waren sie, unerreichbar, nur in Ausnahmefällen konnte man einmal wieder einen Blick auf eines der Bilder werfen, im Hause der Freunde oder Gönner. Aber alle auf einmal, Seite an Seite, das war ein Traum, für den zu arbeiten sich lohnte.

Es war ein großer Plan. Ein ehrgeiziger. Auch ihre Wangen glühten. Und es bedeutet eine Menge Arbeit, sagte sie, und wird noch Jahre dauern. Hilfst du mir?

Natürlich half ich ihr. Es sollte ihr Durchbruch werden, international, und ihren hämischen Kollegen ein für alle Mal das Maul stopfen. Es war offensichtlich, dass man Mercedes belächelte. In Wirklichkeit ärgerten sich die Herren, dass man ihren Göttern so wichtige Werke abspenstig machte und einer Frau in die Schuhe schob. Einer Frau, ausgerechnet.

Seltsam. Daran hat sich all die Jahre nichts geändert. Damals war es sogar leichter, jedenfalls für mich. Ich habe immer gewusst, wie ich mit ihnen umzugehen hatte. Ich war eine Berühmtheit. Meine Portraits die kostbarsten Stücke privater Sammlungen. Geradezu lächerlich, was die so genannten Kunstkritiker noch vor fünfzig Jahren über meine Bilder zum Besten gaben. Hier ist es ein Vorteil, wenn man ein Park ist, in dem so unterschiedliche Personen aus so vielen Jahrhunderten spazieren gehen: Man merkt, dass das Gerede vom Fortschritt und der Aufklärung purer Unsinn ist. Man könnte gelassener werden, das denke ich immer wieder, wenn ich im Tai-Chi-Stand versuche meine Muskeln zu entspannen. Man könnte darüber meditieren wie über den Regen oder das Wachsen des Grases. Aber dazu müsste man ein ruhigeres Gemüt haben. Ich habe kein ruhiges Gemüt, mich regt das alles schrecklich auf, und auch Sofonisba, so klug sie ist mit all ihrer jahrhundertealten Lebensweisheit, auch Sofonisba kann mich nicht beruhigen, hin und wieder kann sie mich vor dem Schlimmsten bewahren, aber auch das nicht allzu häufig.

Das Schlimmste …

Das Schlimmste ist, wie ich mich nach ihm sehne. All die Jahre. Und wenn ich es recht bedenke, war das auch der Grund. Warum Sofonisba mich nicht zurückhielt. Warum sie mich sogar dazu anstiftete. Sie und ich, wir sind so voller Sehnsucht, dass es die Wände dieser Zelle sprengen müsste. Was ist schon Schlimmes dabei? Ich konnte seine Züge wieder erstehen lassen, ihn wieder herunterblicken lassen von der Leinwand, aus dunkelgrünem Grund, leuchtend der Teint auf der inkarnatfarbenen Imprimatura, die ich nach und nach entwickelte, eines meiner Geheimnisse, wenig spektakulär, alle haben wir damals experimentiert, das sagte ich Mercedes in verschlungenen Worten, aber mein Augenmerk waren die Gesichter, das Wesentliche, während andere Maler ihre halbe Zeit damit verbrachten, dem kostbaren Blau hinterherzujagen, teuer, oh ja, und schwer zu bekommen, aber Blau hat mich nie besonders interessiert, nur so weit, als es im menschlichen Gesicht auftaucht, das Blau der Augen, bläulich geäderte Partien der Schläfen, dort, wo das Blut am dichtesten unter der Haut pocht, aber dazu brauchte ich kein Lapislazuli, und die Töne des Gesichts kommen sowieso am schönsten zum Leuchten, wenn sie umgeben sind von den Farben der Erde, grün und braun und das Gelb und Rot von Ocker, das Gold der kostbaren Stoffe, wie beim Bildnis meiner Mutter, Kind, hat sie gelacht, wie einen goldenen Käfer hast du mich in mein Kleid gequetscht, aber Mama, schau in den Spiegel, und dieses Gelächter, meine herrliche Mutter, so unbändig berstend von Leben, bis hinein ins hohe Alter und in ihren Tod hinein.

Gelacht hätte sie, oh ja, schallend, und Ohrfeigen hätte sie verteilt an jeden, der ihrer Tochter etwas zu Leide …, und dennoch bin ich froh, dass sie das nicht mehr miterleben musste, diese Schande, diese Ungerechtigkeit, denn was tat ich schon Schlimmes, helfen wollte ich, die Bilder wiederbeschaffen für die große Retrospektive, dort sollten sie alle hängen, eines neben dem anderen, und so hingen sie auch, die alten von damals, wie brachten sie mein Herz zum Schlagen, immer noch schön, immer noch leuchtend, auch wenn ein wenig nachgedunkelt, was macht es, ich brachte sie wieder in Ordnung, und daneben die anderen, keiner sah es, keiner bemerkte es, überschlugen sich vor Begeisterung, so viele prächtige Sofonisba Anguissolas, Meisterwerke ihrer Kunst. Und Mercedes wurde gefeiert, neidisch schwiegen ihre Kollegen, sie stand im Rampenlicht, meine Freude feierte still im Hintergrund und war es zufrieden.

Bis der Sturm losbrach. Wer konnte ahnen, dass sich das Bild meines Bruders doch erhalten hatte? Konnte ich wissen, dass es all die Jahre im Speisezimmer dieses versnobten Engländers gehangen hatte, Generation um Generation zwischen seinen missmutig blickenden Ahnen? Musste er es ausgerechnet jetzt von der Wand nehmen und zur Polizei tragen?

Diesen Augenblick werde ich nie vergessen. Zwei absolut identische Portraits der Sofonisba Anguissola direkt nebeneinander, einander so gleich, dass selbst ich nicht hätte sagen können, welches ich damals und welches ich heute gemalt hatte. Erst als ich es umdrehte, erkannte ich die Leinwand. Zu spät bemerkte ich die scharfen dunklen Augen des Herrn im schwarzen Sakko. Wie hätte ich auch darauf kommen können, dass dieser gut aussehende Mann mit dem seidenen Schal im offenen Hemd und dem Vollbart, der mehr von einem Künstler hatte als alle Künstler, die ich jemals kennen gelernt habe, Spezialist für Kunstfälschungen im Landeskriminalamt war? Sofort nahm er die Leinwand in Augenschein.

Wo haben Sie das Bild gefunden?

Ich gab keine Antwort.

Vielleicht hat Sofonisba ja alle beide gemalt, machte Mercedes einen verzweifelten Versuch, ihre Arbeit zu retten.

Ja, sagte ich. Sofonisba Anguissola hat alle beide gemalt.

Aber ich wusste gleich, diese nachtklaren Augen kann man nicht so leicht von einer derart unwahrscheinlichen Wahrheit überzeugen. Seine Wirklichkeit ist eine andere, und das Gesetz macht sich einen eigenen Reim. Er reichte mir eine Visitenkarte.

Kommen Sie morgen um vierzehn Uhr in mein Büro, sagte er. Stattdessen packte ich meine Reisetasche. Als ich am Flughafen die Sperre durchschritt, wartete er schon auf mich.

Noch am selben Abend brachten sie mich hierher.

5

Die Bereitung der Leinwände

ist in verschiedenen Gegenden verschieden. Einige verwenden einen Kleister von Roggenmehl oder feinem Mehl, Olivenöl und ein wenig Honig (was man ohne Appetit auch essen könnte), bestreichen damit die Leinwand, um die Poren zu vermachen, schaben dies mit dem Bimsstein ab und grundieren darauf zweimal mit Ölfarben.

Dreiundzwanzig Stunden am Tag weggeschlossen hinter diesen Mauern. Eine Stunde Hofgang. Zehn Schritte in die eine, zwölf in die andere Richtung. Zementverschmierte Mauern. In der Mitte wurde in den Asphalt ein Loch geschlagen, mit Erde gefüllt und ein dünnes Bäumchen eingepflanzt. Es müht sich ab, ein wenig Licht zu erhaschen. So wird es schon schneller wachsen, dem Himmel entgegen. Anfangs bin ich im Kreis gerannt, eine Stunde lang, unter den gleichgültigen Augen der Wärterin. Dann hab ich in der Gefängnisbibliothek das Buch entdeckt, das hat die Erinnerung geweckt. Tai Chi. Himmel und Erde. Wie das Bäumchen versuche ich, zu stehen, in der Erde zu verwurzeln und hinaufzuwachsen ins Universum, alle Mauern zu überwinden. *Der Kranich breitet seine Schwingen aus* – die Beamtin lässt sich auch davon nicht beeindrucken. Wüssten sie, dass ich eigentlich einen Kampfsport trainiere, sie würden es mir verbieten. Aber selbst *Der Faustst0ß* sieht alles andere als gefährlich aus. Kein Vergleich zu Taekwondo. Zeitlupenlangsam die Bewegungen, die tödlich sein könnten. Nachts träume ich davon, mein Chi sei so stark, dass ich Türen damit sprenge, jede einzelne, die mich von der Freiheit trennt, und ich gehe hinaus, ruhig, gelassen, voller Energie und Erleuchtung, und alle sehen mir hilflos staunend zu, ohne es verhindern zu können. Aber dann wache ich auf, Marie schnarcht, das Licht geht an, die Glocke scheppert, und auf dem Gang höre ich den Wagen mit dem Katreinerkaffee.

In der ersten Zeit weigerte ich mich, zu arbeiten. Ich lass mich doch nicht auch noch ausbeuten!, schrie ich, denen die schmutzige Wäsche waschen für zwei Mark vierundsiebzig in der Stunde! Aber nach einer Weile war ich mürbe. Besser etwas tun, dachte ich, und vor den anderen kann ich mich ohnehin nicht verstecken, das habe ich schon herausgefunden, eingeschlossen und ausgeliefert, da ist es besser, die Initiative zu ergreifen. Bettlaken mangeln für das feine Hotel, niemals zuvor hatte ich mir Gedanken gemacht, wer meine Wäsche wusch, wenn ich in einem Hotel übernachtete, niemals mehr, falls ich hier herauskomme, würde ich in einem Hotelbett schlafen, ohne die Hitze zu spüren und die Luft zu riechen, die Verzweiflung zu fühlen, mit der ich Wäschetrommeln und Trockner füllte und die Mangel bediente.

Untersuchungshaft. Kein Besuch ohne das Beisein einer Beamtin. Jeder Brief wird zuerst vom Richter gelesen. Telefonate sind so gut wie unmöglich. Ist mir egal. Habe niemanden, dem ich schreiben möchte. Und Post kommt sowieso keine. Auch Gäste sind nicht zu erwarten. Wer sollte mich schon besuchen? Mercedes bestimmt nicht, Suse sowieso nicht, und meine Mutter hat mich schon längst abgeschrieben. Umso überraschter war ich, als ich eines Tages ins Besucherzimmer geführt wurde. Eine junge Frau saß dort und lächelte ein aufgesetztes Lächeln.

Ich bin Ihre Anwältin, hörte ich, es geht um Ihre Verteidigung, und eine Hand wurde mir entgegengestreckt.

Vorsichtig setzte ich mich auf den Stuhl, auf die vorderste Kante, immer noch tat es weh, und sah sie mir an. Sie war blond, hatte große blaue Augen unter schön geschwungenen und grünlich schimmernden Wimpern. Ihre Haut hatte den porzellanenen Teint eines kleinen Mädchens, Catalina Micaela hatte diese Haut gehabt als Kind, ich glaubte, diesen Duft zu riechen, als ich ihre Hand ergriff. Ihr Druck war unangenehm weich, während sie sich vorstellte, ließ ich die Hand gleich wieder los, einen Moment zu früh, fast, als hätte ich mich verbrannt.

Sie müssen mir alles erzählen, sagte sie, damit ich Ihnen helfen kann.

Sie trug ein dunkelblaues, strenges Jackett und darunter eine Hemdbluse in der Farbe ihrer Augen, geschlossen bis zum obersten Knopf, und unter dem Krägelchen lag sauber und ordentlich eine schlichte Perlenkette.

Was wollen Sie denn wissen, fragte ich sie.

Haben Sie diese Bilder tatsächlich gefälscht?

Ich hatte es gewusst. Diese Frau würde mir nicht helfen. Gefälscht! Wusste sie nicht, dass man auch abgefälschte Fragen stellen kann?

Sie können Vertrauen zu mir haben. Alles, was Sie mir gegenüber erzählen, bleibt unter uns. Aber ich muss wissen, wie ich Ihre Verteidigung aufbauen muss. Ob wir auf Freispruch hinaus wollen oder ob Sie die Tat eingestehen und wir das Beste daraus zu machen versuchen.

Das Beste daraus machen. Was wusste sie schon. Gerade fertig mit dem Studium. Diesen Eifer in den Augen, dem es nicht um den Menschen ging, der ihr gegenübersaß, sondern allein um die Freude, ihr gescheites Köpfchen in Bewegung zu setzen. Ich konnte förmlich den Paragraphenwirrwarr hinter ihrer Stirn herumwirbeln sehen, als sie mir verschiedene Strategien und Präzedenzfälle auseinander setzte, in all ihren Reden konnte ich nichts Echtes finden, keine eigene Persönlichkeit, keine Meinung, nur Fälschung, die eifrige Imitation einer weiteren Zwischenwelt, die sich zwischen mich und die reale Welt gedrängt hatte, die Welt von Recht und Unrecht im Sinne von verschlüsselten Urteilen und Kommentaren. Auf dem Tisch lag ein Buch wie ein quadratischer Block, roter Kunststoffeinband, die Aktentasche aus teurem Rindsleder enthielt noch weitere Bücher dieses Formats, das konnte ich deutlich erkennen, und zwischen dieser hübschen jungen Frau und mir wuchs, je länger sie sprach, eine Mauer, die war unüberwindbarer als die Mauern, in deren Schatten ich Tai Chi übte, eine Stunde lang am Tag versuchte, die Gesetze der Schwerkraft aufzuheben. Aber die Gesetze holten mich ein. Daran war nicht zu zweifeln.

Schließlich war sie verstummt. Das Schweigen um uns wurde schwer wie Blei. Sie räusperte sich. Sah mich an. Vielleicht sah sie mich jetzt tatsächlich zum ersten Mal richtig an, in jedem ihrer klaren Augen spiegelte sich eine winzige Gestalt: ein graublauer Fleck, darüber wirres, dunkles Haar mit einer weißen Strähne, ein fahles Gesicht.

Ich will Sie hier herausholen, sagte sie, aber Sie müssen mir helfen. Allein kann ich das nicht.

Ich schwieg noch immer, presste die Lippen aufeinander und wippte mit dem Stuhl. Was sollte ich ihr schon erzählen? Dass ich die Bilder gemalt habe und sie dennoch keine Fälschung sind, dafür hat sie garantiert keinen Präzedenzfall, auch keinen passenden Paragraphen, da ist nichts zu machen.

Hören Sie, sagte die junge Frau, wir müssen etwas unternehmen. Es handelt sich schließlich nicht um irgendwelche röhrenden Hirsche, sondern um Werke im Wert von rund einer Million Mark. Frieder Nagel ist ein ausgeschlafener Bursche, dem kann man nichts vormachen. Er hat Ihre Wohnung und das Atelier durchsucht und Farben und andere Materialien sichergestellt. Die fraglichen Bilder sind beim Sachverständigen. Aber bis diese Gutachten erstellt sind – das kann dauern, so lange möchte ich nicht warten. Also. Angenommen die Bilder sind echt – Sie als Fachfrau können das doch einschätzen, oder? Wenn sie nicht echt sind, dann stellt sich die Frage, WER hat sie gefälscht, und WANN, und wenn Sie mir sagen, WOHER Sie die Bilder haben, dann helfen Sie uns ein ganzes Stück weiter. Nagel wird Sie bald besuchen, das ist sicher, er wird Sie verhören, und er wird Ihnen genau diese Fragen stellen. Wer hat die Bilder gemalt? Wenn nicht Sie, wo haben Sie sie her? Wer hat sie Ihnen angeboten und verkauft? Und was hat Mercedes Gonzales de las Ropas mit dieser Sache zu tun? Bitte reden Sie, denn schlimmer kann es für Sie nicht mehr kommen. Solange Sie schweigen, sind Sie die Fälscherin.

Alle Maler sind Fälscher, dachte ich, was tun wir anderes, als die Wirklichkeit festzuhalten, es wenigstens zu versuchen, aber sie gleichzeitig damit zu verfälschen? Coello hat es mir vorgeworfen, damals in Madrid, freundlich, mit verschlungenen Worten, aber ich konnte seine Kritik doch heraushören, weil ich die Menschen schöner portraitierte, als er sie sah mit seinem übergroßen Hang zum Realismus, er war der Meinung, meine Bilder seien Fälschungen an der Natur, was soll's, schon damals habe ich mir nichts aus diesem Vorwurf gemacht.

Wer hat Sie eigentlich geschickt, fragte ich sie nach einer Weile. Oder sind Sie … wie sagt man … meine neue Pflichtverteidigerin?

Ja, ich erinnere mich, gleich am ersten oder zweiten Tag war jemand hier gewesen, und irgendwann noch einmal, oder hatte ich das geträumt, eine meiner Visionen auf der Krankenstation, aber diese Männer waren mir seltsam papieren erschienen, wie aus durchsichtigem Pergament, mein Blick ging durch sie hindurch und ihr Redestrom floss an mir herab wie das Wasser aus den riesigen Duschköpfen, die es hier gibt.

Nein, lachte die junge Frau, und schüttelte ihr Haar, Gräfin Adelsberg hat mich mit diesem Mandat beauftragt. Ich soll Sie übrigens schön grüßen. Sie wird alle Kosten übernehmen.

Mein Gelächter überraschte nicht nur sie, auch ich war alles andere als darauf gefasst. Es hallte durch das Zimmer und den anschließenden Korridor entlang, schreckte die Beamtin auf, die ihren Kopf zur Tür hereinstreckte und fragte, ob auch alles in Ordnung sei. Das Lachen wollte nicht aufhören, schüttelte mich, und ließ mich nicht mehr zu Atem kommen. Suse, prustete ich, das hätte ich nicht von dir gedacht, dass du dich für mich in solche Unkosten stürzen würdest, aber da verebbte das Lachen auch schon wieder wie eine besonders heftige Welle, ich wurde nachdenklich, nein, Suse würde niemals so viel Geld ausgeben einfach nur um einer Freundschaft willen, nicht Suse. Etwas anderes musste dahinter stecken, und ich versuchte herauszufinden, was es sein könnte.

Ich musterte noch einmal dieses Gesicht mit dem entschlossenen Zug um den hübschen Mund. Richtig, jetzt sah ich sie in diesem Kreis, eine Tochter aus guter Familie, die im Hause der Adelsberg aus und ein geht. Jurastudium beendet, man muss etwas tun für die Kleine, ein wirklich prominenter Fall, das ist genau das Richtige, hör ich Suse sagen, aber zum Teufel, was ist schon prominent an meinem Fall, aber siehst du es nicht, hör ich Sofonisbas Stimme in mir, die kluge, weltgewandte Sofonisba, schau hin, wenn du kannst, dieser Fall hat durchaus prominentes Potential, erst neulich hat es ein Londoner Kunsthändler den seriösesten unter den seriösen Auktionshäusern so richtig gegeben, gefälschte Werke im Wert von Milliarden von Pfund haben sie ihm abund weltweit weiterverkauft, kein Museumsdirektor ist sich mehr sicher, wie viel Kuckuckseier in seiner Sammlung stecken, in Frankreich residierte bis vor kurzem einer, der Miròs und

Picassos Gesamtwerk um viele Bilder und Drucke erweiterte, so täuschend echt, dass selbst die Künstler sie nicht von ihren Werken hätten unterscheiden können, und dieser Herr hatte sich eines der schönsten Schlösschen hergerichtet mit Weinkeller und Pferden und einem traumhaften Atelier. Die Zeitungen sind voll von diesen Geschichten. Fälschungen haben Konjunktur, und Fälscher sind en vogue.

Suse, denke ich, und lächle vor mich hin, was für ein Aas du doch geworden bist, aber ich kann ihr Lachen förmlich hören, aber Sofie, eine Hand wäscht die andere, soll dein Schaden nicht sein, nimm dir ein Beispiel an mir: Es ist keine Schande, Skandale zu verursachen, peinlich wird es nur, wenn man nicht genügend Grandezza hat, Kapital aus ihnen zu schlagen.

Warum kommen Sie eigentlich erst jetzt, frage ich die Kleine, ich bin immerhin schon eine ganze Weile hier, aber Sie waren doch krank, ruft sie aus, ich hoffe, Sie haben sich gut erholt, eine scheußliche Geschichte.

Da hab ich endgültig genug. Mit einem Ruck stehe ich auf, dass der Stuhl krachend zu Boden schlägt. Die Beamtin stürzt von der Tür her auf mich zu, aber da hab ich diesen dicken Wälzer schon zu Boden gefegt, der rote Kunststoffeinband schlägt auf, und durchs Zimmer schwebt knisternd eine Wolke von dünnen, pergamentigen Blättchen, die Wärterin dreht mir die Arme auf den Rücken, dass ich brülle, Scher dich zum Teufel, schreie ich die Anwältin an, und werde auch schon hinausgezerrt, plötzlich sind sie zu dritt. Und wenn die etwas wirklich gut können, dann das – noch Tage später hatte ich Schmerzen in den Armkugeln und Schultern.

Alle wissen es also, alle, wieso nur, wer hat das denn, und eigentlich möchte ich eine andere Geschichte erzählen, unberührbar möchte ich sein, was muss denn noch alles geschehen, ehe mir diese Haut wächst, die nichts, auch nicht das glühendste Eisen durchbricht, lächelnd eingesponnen in einen Zauber. *Alles ist ihr einerlei, ohne ein Warum,* sagt Marguerite von der Seele, und: *Darum gibt es nichts, das denen, die Gott lieben, beistehen oder sie kränken könnte,* aber dennoch ist es ihr Schrei, der mir durchs Mark fährt, und eigentlich sind es ihre Wunden, die sie mir ins

Fleisch gebrannt haben, damit ich nie mehr vergesse, wo ich gewesen bin, falls ich hier jemals wieder herauskommen sollte, nicht, dass du denkst, du seist etwas Besseres, hat sie gesagt, und diese Stelle ausgesucht, die empfindlichste, die eine Frau hat.

Nein, ich will davon nichts mehr hören, es genügt, diese Schmerzen zu fühlen, die Vorstellung, dass auf Suses Cocktailparties meine Narben Stoff genug liefern, um einen ganzen Abend zu unterhalten, ich ertrage diesen Gedanken nicht, die Einrichtung unserer Zelle könnte ich kurz und klein schlagen, aber Marie hat ein Auge auf mich, sie kann Ärger förmlich riechen, und so begnüge ich mich damit, mich auf meine Pritsche zu werfen und ins Kissen zu beißen, dass der Stoff mir zwischen den Zähnen knirscht.

Eine Einzelzelle. Was gäbe ich darum, allein zu sein. Ein Stück Papier hat man mir in die Hand gedrückt. Einen Antrag soll ich stellen. Wieder einmal einen Antrag. Alles und jedes, jeden Pups musst du beantragen. Füllst Seite um Seite aus. Begründest. Und dann gibst du sie ab, und nichts geschieht. Landen sowieso alle im Mülleimer. Was sonst. Und inzwischen warten wir ab. Warten, dass die Zeit vergeht, dass etwas geschieht, dass uns einer hier herausholt. Aber ich hasse es, zu warten, niemals konnte ich warten, auch damals war es mir unerträglich, damals, in Sizilien, Brief um Brief schrieb ich an den König, und er hatte mir großzügig und liebenswürdig, wie ich ihn kannte, meine Bitten bewilligt, aber seine Bürokratie, bedächtig mahlende Mühlen, schon bei Hof selbst hab ich es zu spüren bekommen, kein Gehalt, Wochen, Monate, dass ich die Röcke raffte und hinüber lief in die Registratur, und mit der Hand auf den Tisch schlug, dass der Staub aufstob, aber diese Spanier, sitzen sie erst einmal auf einem solchen Posten, dann erschüttert sie gar nichts mehr, auch keine italienische Furie, dass sie mich nicht ausgelacht haben, war alles, aber das haben selbst sie nicht gewagt, ihre Rache war eine andere, deine Papiere und Anträge wurden eben wieder einmal beiseite gelegt, das hast du jetzt davon, sagte Leonor, die so viel klüger war als ich, jedenfalls in diesen Dingen, und von ihr habe ich eine ganze Menge gelernt.

Gib dich nie mit den niederen Chargen ab, hat sie gesagt, und Recht hat sie, zum Gefängnisdirektor sollte ich gehen, aber ich schiebe es vor mir her, nach dieser Geschichte sollten sie mir wirklich eine einzelne Zelle geben, tja, es sind halt keine frei, zickt die mit den Hasenzähnen, ja zum Teufel, dann macht eben eine frei, ist mir doch egal, wie …, ruhig, hör ich Sofonisbas mahnende Stimme, erinnerst du dich nicht, in Madrid haben wir auch alle in einem Raum geschlafen, und ich stöhne auf, oh ja, wie könnte ich das vergessen, all die erlauchten Fräuleins unter einer einzigen Zimmerdecke, wie im Pensionat, sechzehn Betten, und ich zwischen all diesen französischen und spanischen Edeldamen, als einzige aus einem dritten Land, als einzige ohne reiche Eltern im Hintergrund und die einzige mit einem richtigen Beruf.

Ich war im Vorteil, kein Zweifel, ich war die Extranjera, obwohl ich sowohl Französisch als auch Spanisch sprach und nicht selten zwischen beiden Lagern übersetzte in den ersten Wochen, wie bunte Vogelschwärme schmiegten sie sich aneinander, hier die französischen Täubchen, dort die spanischen Wachteln, alle aus den besten Häusern. Eine Sonderrolle hatte ich von Anfang an, und ich war auch so klug, gleich zu Beginn einen Akzent zu setzen, den gesamten Hof auf mich aufmerksam zu machen, eigentlich war es gar keine Berechnung, sondern die pure Lust am Vergnügen, die mich veranlasste, Ferrante Gonzaga dazu zu bringen, mich bei der Königshochzeit zum Tanzen aufzufordern, alle sitzen sie steif und streng an ihren abgegessenen Tafeln, der König hat vorgeschlagen, eine Gallard zu tanzen, und die Banda spielt so vortrefflich, dass es mir in den Füßen juckt und Ferrante geht es nicht anders, aber keiner wagt, den Tanz zu eröffnen. Und während der Hochadel Spaniens und Frankreichs sich die Köpfe über das Protokoll zerbricht, muss nicht der König …, sollte nicht vielleicht der Prinz, Don Carlos … oder der Herzog von Alba …, da haben wir uns auch schon erhoben, gehen unter den staunenden Augen aller auf die Tanzfläche, Ferrante macht eine zierliche Verbeugung, ich einen anständigen Knicks, wie ich es gelernt habe, ich ergreife seine Hand, und wir tanzen, der König sieht es und klatscht in die Hände, aus den Augenwinkeln kann ich beobachten, wie er sich zu seinem Tischnachbarn zur Linken beugt, eine Frage stellt, zu uns herübersieht und dann bei der Antwort erkennend nickt, ach ja, hör ich ihn förmlich sagen, die Italienerin, die Malerin, und dann neigt er sich zu Isabel hinunter, seiner königlichen Braut, ein halbes Kind noch, tatsächlich verschwindet sie fast in ihrer wundervollen Robe, nur das kleine, hübsche Gesichtchen leuchtet unter dem Diadem hervor, auch wenn sie sichtlich noch müde ist von den Strapazen der Reise und diesem schrecklichen Wintereinbruch in den Pyrenäen, dagegen war meine Reise ein Spaziergang, sicherlich, auch wenn uns die Herbststürme mächtig gebeutelt haben, und die Reise über das spanische Land in den fürchterlichen Karossen eine Qual war, die wir nicht so schnell vergessen würden. Ja, der König sagt etwas zu seiner neuen Königin, weist auf mich, und ein Leuchten geht über ihr Gesichtchen, sie nickt und lächelt Felipe glücklich und dankbar an. Dass ihr Gemahl sogar daran gedacht hat, ihr eine Zeichenlehrerin zu engagieren, woher er überhaupt weiß, wie gerne sie malt, meine Gegenwart ist eine Art Hochzeitsgeschenk, und ich werde die Gunst der Stunde nutzen. Längst haben sich andere Paare erhoben und tun es uns nach, der Tanzboden füllt sich, und jetzt erhebt sich auch der König, reicht Isabel die Hand, alle machen Platz für das königliche Brautpaar, schwer trägt die kindliche Königin an ihrem Kleid aus kostbarem Brokat mit all den aufgenähten Juwelen und der langen Schleppe, aber sie macht ihre Sache gut, die kleine Französin, hat viel Eleganz, wenn sie auch keine wirkliche Schönheit ist, so strahlt sie doch eine Liebenswürdigkeit aus, die alle Herzen öffnet. »Isabel de la Paz« werden sie sie nennen, die, die den Frieden bringt, und so wird sie in den Herzen der Spanier ewig bleiben, Isabel, die Friedenskönigin.

Später am Abend löschen sie die Fackeln und lassen nur noch eine einzige brennen, jetzt kommt der Fackeltanz, flüstert mir Ferrante zu, jetzt kannst du auffordern, wen du willst, sogar den König, falls du so viel Mut hast, spottet er, *ma perché no*, lache ich zurück, und sehe sie mir an, die wichtigen Herren des Hofes. Ruy Gomez de Silva kenne ich schon, der engste Vertraute des Königs, wichtigster Mann im Staat noch vor dem Herzog von Alba, so sagen die einen, während die Alba-Anhänger vor Wut schäumen. Ruy Gomez hatte mich willkommen geheißen in Felipes Namen, der mit einer riesigen Eskorte aufgebrochen war, Isabel bis an die spanisch-französische Grenze entgegenzuziehen, ich war gerade erst in Guadalajara angekommen. Auch der

Schwester des Königs, Prinzessin Juana, hatte ich bereits einen Besuch abgestattet, freundlich empfing sie mich, und nach all den Höflichkeiten, ob ich die Strapazen meiner Reise gut überstanden habe, ob ich auch gut untergebracht sei, fragte sie mich nach meiner Malerei, sie hatte bereits Bilder von mir gesehen, eine Heilige Familie, die ihr besonders gut gefallen hatte, und eines meiner *autoritratti*, ja, sagte sie lächelnd, das Bild gibt sehr gut Ihr Wesen wieder, genauso habe ich Sie mir vorgestellt. Wir mochten uns gleich, auch wenn wir völlig verschiedene Temperamente hatten, sie, so ganz ihrer lebenslangen Trauer hingegeben, ernst und streng, so jung schon Witwe, mit einem gütigeren Schicksal wäre sie heute Königin von Portugal, aber als Prinzessinnenwitwe in Trauer dort in Lissabon zu versauern, nein, da wollte sie lieber ihrem Bruder regieren helfen, und dass sie das konnte, das hatte sie in den vergangenen fünf Jahren als Regentin in Madrid bewiesen, während sich Felipe um Flandern kümmerte, Deutschland und Italien bereiste und in England den königlichen Gemahl der Maria Tudor gab.

Jetzt wird Ruy Gomez de Silva, dem Vertrauten des Königs, die Fackel überreicht, und ich lasse meine Augen weiter wandern, Prinz Carlos mit seinen vierzehn Jahren sieht weit jünger, ja, ein wenig zurückgeblieben aus, seine Augen hängen an seiner neuen Stiefmutter, ich musste sehr lachen, als Ferrante diesen Ausdruck zum ersten Mal gebrauchte, schließlich sind die beiden Kinder im selben Alter. Wie mag sich Felipe wohl fühlen, frage ich mich, gerade erst vor einem Jahr verwitwet durch den Tod der Maria Tudor, gerne hätte ich diese Frau portraitiert, so durchscheinend blond, dass keine Augenbrauen zu erkennen waren, nur noch sechs Zähne im Mund und unter der Perücke kaum eigenes Haar, kleingewachsen und von ungeheurem Leibesumfang, ihre Scheinschwangerschaft hielt den Londoner Hof in Atem und zog das Gespött auf Felipe, und jetzt hat er eine so junge Braut, die seine Tochter sein könnte, ob sie wohl schon richtig Frau ist, ich habe Broccardo darüber Andeutungen machen hören, wann die Ehe tatsächlich vollzogen werden könnte, das stehe noch in den Sternen, heißt es. Manchmal ist der Tod eine Erlösung, manchmal ist er eine grausame Trennung, und in der hohen Politik ein unliebsamer, weil unberechenbarer Faktor. Auch der Tod der Königin von England, so erleichtert Felipe gewesen sein mag, so mischte er doch die Karten der internationalen Politik wieder neu. Spaniens Bündnis mit England wurde null und nichtig, die Thronfolgerin Elisabeth I. dachte nicht daran, den Witwer ihrer verhassten Stiefschwester zu ehelichen, ja, Felipe hat sich tatsächlich um eine solche Verbindung bemüht. Wenn nicht England, dann eben Frankreich, und die Ehe mit Isabel wird den beiden seit so langer Zeit verfeindeten Großmächten endlich den ersehnten Frieden bringen.

Tatsächlich? Wer kann das heute, am Tag dieser Hochzeit wirklich sagen? Ist es nicht ein schlechtes Omen, das schlechteste, was man sich überhaupt denken kann, dass ausgerechnet bei den Feierlichkeiten anlässlich dieser Hochzeit in Paris im vergangenen Sommer, als die Ehe bereits per procura in Felipes Abwesenheit vollzogen wurde, dass bei einem dieser Turniere der König von Frankreich, Isabels Vater, so schwer verletzt wurde, dass er an den Folgen starb? Eine Lanze war ihm ins Auge gedrungen, und obwohl die Leibärzte taten, was sie vermochten, zehn zum Tode Verurteilten kurzerhand die Köpfe abgehackt wurden, damit die Quacksalber an deren Augen herumexperimentieren konnten, trotz aller Bemühungen und Gebete verstarb der König binnen weniger Tage.

Nicht nur die Abreise der Braut hat sich dadurch um mehrere Monate verzögert. Niemand weiß, wie sich die Dinge in Paris entwickeln werden. Noch führt Isabels Mutter, Caterina de' Medici als Regentin ihres zehnjährigen Sohnes und Thronfolgers die Regierungsgeschäfte – aber wie lange wird sie sich halten können?

In diesem Moment tritt einer der französischen Edelleute aus Isabels Gefolge auf mich zu und überreicht mir die Fackel. *Honneurs à la belle Italienne*, sagt er und stellt sich als Isabels Vetter vor. Und jetzt weiß ich, was ich zu tun habe. Der Prinz von Infantado, unser Gastgeber hier in Guadalajara ist es, den ich zum Tanzen auffordere. Bin ich auch keine Politikerin, so weiß ich doch, wie ich meine persönlichen Fäden zu knüpfen habe, mein Vater wäre stolz auf mich, könnte er mich sehen. Und dann, nachdem sich der Prinz mit einer Verbeugung an seinen Platz zurückbegeben hat, atme ich tief durch, gehe auf den König zu, verneige mich, und reiche ihm das brennende Holz. Wieder kann ich hören, wie der gesamte Hofstaat den Atem anhält, der König lächelt breit und amüsiert, noch nie habe ich ihn aus solcher Nähe gesehen, Auge in Auge, er sieht ganz anders aus, als ich ihn mir die ganzen Jahre lang vorgestellt hatte, längst nicht so groß, fast überrage ich ihn, eigenwillig sein Gesicht, nicht schön, eher kantig, das rotblonde Haar ganz fein und dünn, aber seine graublauen Augen sind echt, und das mächtige Kinn gibt ihm einen entschlossenen Zug. Er nimmt die Fackel und sagt auf spanisch:

Nun, Señorita, gefällt Ihnen unsere Art und Weise, Feste zu feiern?

Oh ja, Majestät, antworte ich ihm in seiner Sprache, und ich freue mich darauf, Ihrer Königin zu dienen.

Darauf lacht Felipe herzlich, verbeugt sich tief vor mir und geht hinüber zu seiner Braut, um mit ihr den Fackeltanz zu beschließen.

Von da an wusste jeder, wer ich war, jeder kannte meine Geschichte und meine Aufgabe bei Hof. Und nachdem erst einmal meine Bilder ausgepackt waren und als Geschenke an Felipe, Isabel und Juana überreicht, wollte ein jeder sich von mir portraitieren lassen.

Ja. Ich muss versuchen, einen Termin beim Gefängnisdirektor zu bekommen. Einen Antrag ausfüllen. Wieder einmal. Aber vielleicht sollte ich ein wenig klüger sein. So wie damals in Spanien. Die junge Anwältin hat Recht: Schlimmer kann es nicht mehr kommen.

6

Es gibt zweierlei Arten von Farben,

die einen, welche keinen Körper haben und die darunter befindlichen nicht decken, sondern sie nur färben, wie z.B. Safran; die anderen sind solche, welche Körper haben und die darunter liegenden vollkommen bedecken, aber viele dieser Farben sind sich einander feind, so dass sie sich durch Vermischung gegenseitig verderben.

Auch hier sind die Fenster vergittert. Das ist das Erste, was mir auffällt, als ich von der Beamtin Nonnenmacher in das geräumige Büro geführt werde. Ja, auch hier gibt es Gitter, aber viel dezentere aus schmiedeeisern verschnörkelten Eisenstangen, eher Zierde als Begrenzung. Und die Fenster sind groß, viel größer und nicht so knapp unter der Decke wie bei uns in den Zellen, man kann hinaussehen, ohne dass man sich auf einen Stuhl stellen muss, und was man hier sehen kann, verschlägt mir den Atem. Eine sattgrüne Landschaft entfaltet sich vor mir, der freie Blick in ein geschwungenes Tal vor bewaldeten Höhen. Ich blinzele, bin wie geblendet vor so viel leuchtendem Sommergrün, seit Wochen wird mein Blick durch Wände und Mauern begrenzt, dass diese unvermutete Weite mich jetzt geradezu erschlägt.

Und sie erinnert mich an irgendetwas, an etwas Altvertrautes, was mag das wohl sein, sie rührt an Erinnerungen, die sich noch nicht zeigen mögen. Auf dem gegenüberliegenden Hügel entdecke ich zwei Hochhäuser, dort wohnen Menschen, gehen ein und aus und tun, was sie wollen …

Ein Mann steht dort am Fenster, wendet mir den Rücken zu. Eine schmächtige Gestalt im dunkelgrauen Anzug. Das muss er sein. Der Direktor dieses Gefängnisses. Dr. Rudolf Kregler.

Er rührt sich nicht. Und so stehen auch wir da, die Nonnenmacher und ich, wie zwei Figuren auf einem unsichtbaren Schachbrett, die darauf warten, dass man sie bewegt.

Warten Sie draußen, sagt der Mann dort am Fenster ohne sich umzuschauen, und als sei dies ihr Stichwort, wendet sich die Beamtin neben mir zum Gehen.

Auch als sie die Tür hinter sich schließt, bleibt Kregler unbeweglich am Fenster stehen. Als sei ich gar nicht da. Rasch sehe ich mich in diesem Zimmer um: ein schwerer dunkler Mahagonischreibtisch, dahinter ein riesiger Chefsessel aus dunkelbraunem Leder. Zwei Wände sind bis zur Decke gefüllt mit Bücherregalen. Ein kleiner Tisch auf Rollen, einem Teewagen ganz ähnlich, steht voll beladen mit Akten neben dem Schreibtisch. Ich stehe auf einem Teppich, der fast den ganzen Boden bedeckt, ein persisches Muster auf dunkelrotem Grund. Ansonsten nichts. Kein Bild. Kein überflüssiges Detail. Nichts, was etwas Persönliches verraten würde.

Als ich wieder zum Fenster sehe, hat sich Kregler umgedreht. Graue Augen mustern mich durch schmal gefasste Brillengläser. Er sieht mich an, als wüsste er bereits alles über mich. Unter dem grauen Anzug trägt er einen dünnen anthrazitfarbenen Rollkragenpullover mit schmalem Kragen. Wie alt mag er sein? Vierzig? Fünfundvierzig? Schwer zu sagen.

Kregler kommt auf mich zu, bleibt hinter seinem Schreibtisch stehen, und ich stelle staunend fest, dass er einen halben Kopf kleiner ist als ich, und mit meinen einsachtundsechzig bin ich schließlich nicht gerade eine Riesin. Es hat immer etwas Peinliches, wenn man einem Mann gegenübersteht, auf den man hinuntersehen muss. Und ich bin gewarnt: Es waren immer die kleinen Männer, die mir die größten Schwierigkeiten bereitet haben. Auch er, auch er war nicht größer als dieser hier, flüstert Marguerite. Und Escobedo, fügt Sofonisba hinzu, auch Escobedo war von seiner Statur.

Frau Lenze, sagt Kregler, als sei damit alles gesagt.

Er weist mit einer knappen Geste zum Stuhl gegenüber seines Schreibtischs. Wartet, bis ich Platz genommen habe. Setzt sich dann selbst in seinen riesigen Sessel. Ob er wohl überhaupt mit den Beinen noch die Erde berührt, das möchte ich gerne wissen, flüstert Marguerite. Aber ein Blick in diese grauen Augen, und jedes Lachen erstirbt.

Ich will, dass Sie von Anfang an eine Sache begreifen, sagt er, und seine Stimme ist seltsam ton- und emotionslos. Hier in meiner Anstalt schleudert niemand Bücher zu Boden.

Marguerite erstarrt. Ich kenne diese Stimme, sagt sie, und wie ich die kenne.

Man schreit auch nicht herum, fährt er ruhig fort. Wenn Sie Ihre Anwältin ablehnen wollen, dann tun Sie das bitte schriftlich.

Kregler legt die Unterarme auf den Schreibtisch und faltet die Hände.

Sie sind noch nicht lange hier. Und das halte ich Ihnen zugute. Aber merken Sie sich eines: Sie sind hier nicht bei sich zu Hause. Hier gibt es Regeln. Und die mache ich.

Mir wird kalt, von unten kriecht es in mich hinein, diese aufmerksamen Augen hinter den Gläsern bannen mich fest, sein Mund ist eine feine blassrote Linie, verschlossen wie eine Schranke, ich will aufstehen, schreien, auf diesen übergroßen Schreibtisch trommeln, wie kommen Sie dazu, mich zu behandeln wie ein böses Kind, will ich ihn fragen, hier in diesem Haus voller Regeln hat man mich überfallen und misshandelt! Aber kein Wort bringe ich heraus, ruhig, ermahnt mich Sofonisba, bleib um Gottes willen ruhig, vor dem hier nehmen wir uns am besten in Acht.

Haben wir uns verstanden, fragt er leise.

Sag ja, fleht Marguerite voller Angst, aber ich presse die Lippen aufeinander. Schaue an Kregler vorbei aus dem Fenster. Blauen Himmel kann ich sehen und am unteren Rand des Fensterausschnitts einen schmalen Streifen Grün.

Nun, ich hoffe, Sie haben mich verstanden, fährt er ungerührt fort. Es ist ganz einfach: Fügen Sie sich hier ein. Dann haben Sie keine Probleme. Sie haben die Erfahrung gemacht, was passieren kann, wenn Sie es nicht tun.

Sie meinen, stoße ich fassungslos hervor, diesen Angriff …, Sie billigen das?

Kregler lehnt sich in seinen Sessel zurück.

Das Gefängnis hat seine eigenen Gesetze, sagt er. Dies hier ist eine Justizvollzugsanstalt. Kein Untersuchungsgefängnis. Eigentlich gehören Sie gar nicht hierher.

Dann werde ich woanders hingebracht?, frage ich.

Nein.

Kregler dreht sich in seinem Stuhl ein wenig zur Seite, öffnet eine lederne Mappe und entnimmt ihr ein Blatt. Es ist die Kopie eines Zeitungsartikels, soviel kann ich erkennen. Er legt es vor sich auf den Schreibtisch und betrachtet es.

Die Untersuchungsgefängnisse sind überfüllt.

Kregler nimmt seine Brille ab und legt Zeigefinger und Daumen auf die Nasenwurzel. Ohne Brille wirkt sein Gesicht schutzlos, wenn ich ihn so eine Weile betrachten könnte, meint Sofonisba, dann könnte ich hinter sein Geheimnis kommen. Aber da setzt er sie auch schon wieder auf.

Immer mehr Frauen werden straffällig, fährt er fort. Aber die Gefängnisse bleiben die gleichen. So ist das nun mal. Und jetzt sind Sie bei uns.

Die grauen Augen betrachten mich interessiert. Eine Weile bleibt sein Blick an meinen Haaren hängen, dann gleitet er kurz und gründlich über meinen Körper.

Sie müssen das verstehen, sagt er dann, Sie sind eine Provokation für die Strafgefangenen. Noch nicht verurteilt. Eine, die noch Hoffnung hat. Und für die Bediensteten bedeuten Sie Mehrarbeit. Wenn Sie klug sind, dann verhalten Sie sich unauffällig. Ob Sie wollen oder nicht, Sie müssen sich hier in unsere Ordnung einfügen. In unser aller Interesse. Ich rate Ihnen sehr dazu. In Ihrem ganz persönlichen Interesse.

Den letzten Satz sagt er sehr leise. Marguerite beginnt zu zittern. Ich versuche zu schlucken, etwas zu sagen, was, was soll ich sagen, warum bin ich eigentlich gekommen, ich hatte gehofft …, was hast du gehofft, will Sofonisba wissen. Dass dir hier jemand hilft? Du musst dir selbst helfen, los, reiß dich zusammen, wenn dieser Kregler denkt, er hat seinen Laden im Griff, dann musst du ihm sagen, was hier tatsächlich vor sich geht.

Ich hole tief Atem.

Sie reden mit mir, als hätte ich anderen etwas angetan. Dabei bin ich es, die misshandelt worden ist. Obwohl ich Ihre heilige Ordnung nicht gestört habe. Ich hab drei Wochen auf der Krankenstation gelegen, wissen Sie das nicht?

Kregler verzieht kaum merklich seine Mundwinkel.

In diesem Haus geschieht nichts, was ich nicht weiß. Auch das sollten Sie sich merken. Nichts.

Er sieht über meinen Kopf hinweg. Die Züge seines Gesichts sind fein geschnitten, ja, man könnte ihn gut aussehend nennen, wären nicht die harten Falten: Seitlich von den Nasenflügeln führen zwei tiefe Kerben herunter zu den Mundwinkeln. Über seiner Nasenwurzel entfaltet sich ein kleiner Faltenfächer. Und seine Gesichtsfarbe ist fahl und ungesund, als hätte er ein Leberleiden …

An einer Provokation sind grundsätzlich immer beide Seiten beteiligt. Es gibt keine reinen Opfer, wie es keine reinen Täter gibt. Hinterher gibt es immer die Täterversion und die Opferversion. Mich interessiert weder die eine noch die andere. Mich interessiert nur eines: Dass Ruhe herrscht auf der Abteilung.

Kregler nimmt das Blatt, das vor ihm auf dem Schreibtisch liegt, und reicht es mir.

Hier. Nehmen Sie das mit, und lesen Sie es in Ruhe. Hier steht alles. Marienwart ist eine vorbildliche Justizvollzugsanstalt. Sie gilt als Musteranstalt. Seit neun Jahren keinen Ausbruch. Nirgendwo ist der Prozentsatz an Häftlingen so hoch, die wegen guter Führung vorzeitig entlassen werden können. Hier in Marienwart gibt es keine Skandale, keine Selbstmorde, keine Revolten. In den Diagrammen können Sie den Vergleich mit anderen Haftanstalten sehen.

Kregler lehnt sich wieder zurück. Aber die Anspannung weicht nicht aus seinem schmalen Körper. Keine Zufriedenheit, kein Triumph, nicht einmal Stolz schwingt in seiner Stimme mit. Was ist es, was diesen Mann aus der Reserve locken würde?

Und wissen Sie, warum das so ist?, fährt er fort. Sein Mund verzieht sich ein wenig, vielleicht soll das ein Lächeln sein?

Natürlich gibt es auch hier Gefangene, die gerne ausbrechen, revoltieren, sich umbringen würden. Aber die Lust darauf treibe ich jeder einzelnen aus. Wenn es sein muss persönlich. Das ist der Grund.

Hier, sagt Sofonisba, hier ist sein wunder Punkt. Er glaubt, er kann alles kontrollieren. Aber das kann niemand. Auch nicht er. Was mit dir passiert ist, das ist ein Skandal. Ein Zeitungsartikel, und das hier ist Makulatur.

Wissen Sie denn überhaupt, warum ich meine Anwältin angeschrien habe?, frage ich diesen Gefängnisdirektor.

Er antwortet nicht. Seine Miene ist gut verschlossen, sie verrät nicht die leiseste Regung.

Diese Geschichte ist nach außen gedrungen. Draußen weiß man bereits, was man mir hier angetan hat. Das könnte jeden Tag in der Zeitung stehen, dann hätten Sie Ihren Skandal.

Kregler lächelt nun tatsächlich. Es ist ein kleines Lächeln und eher bedauernd als amüsiert. Und er schüttelt den Kopf.

Frau Lenze, sagt er im Ton eines Lehrers, der sehr viel Geduld für einen begriffsstutzigen Schüler aufbringt.

Sie haben immer noch nicht verstanden. Ein Skandal – du lieber Himmel. Glauben Sie tatsächlich, die Menschen da draußen interessieren sich für Ihre Geschichte? Nein. Niemanden interessiert das. Niemand will wissen, ob sich hier Strafgefangene gegenseitig an die Gurgel gehen. Dafür gibt es schließlich die Gefängnisse. Die Menschen wollen von der Welt hinter Gittern nicht behelligt werden.

Die Welt hinter Gittern … hallt es in mir nach, und eine Panik steigt in mir auf, noch nie war mir so deutlich bewusst geworden, wohin ich hier geraten war, zwischen lauter verurteilte Verbrecherinnen hat man mich gesteckt, weil die Untersuchungsgefängnisse voll sind, das kann doch nicht wahr sein, jeden Tag kann mir wer weiß was passieren, und diesen da scheint das völlig kalt zu lassen, oh ja, sagt Sofonisba, das lässt ihn nicht nur kalt, sondern das passt ausgezeichnet in sein System, solange sich die Gefangenen untereinander in Schach halten, hat er sein Ziel erreicht: Ruhe und Ordnung, dafür ist ihm kein Preis zu hoch.

Herr Dr. Kregler, sage ich, so ruhig ich kann. Umgekehrt wird ein Schuh daraus. Sie wollen Ruhe und Ordnung und Ihren Knast aus den Schlagzeilen heraushalten. Wenn Sie das wollen, dann geben Sie mir eine Einzelzelle.

Wird Kregler tatsächlich ein wenig bleicher im Gesicht, oder bilde ich mir das nur ein? Bei diesem Licht sieht er viel genauer, was in mir vor sich geht, als umgekehrt. Er sitzt im Gegenlicht.

Was wollen Sie damit sagen? Wie darf ich das verstehen?

Verstehen Sie es genau so, wie ich es sage.

Kregler verzieht keine Miene. Nur die Augen blicken aufmerksam hinter dem Schutz der Gläser, wandern hierhin, dorthin, wie winzige Scheinwerfer forschen sie mich aus, als schauten sie durch mich hindurch.

Sie müssen noch eine ganze Menge lernen. Und je schneller Sie lernen, desto besser für Sie. Wir wollen alle keinen Ärger, Sie nicht und ich nicht. Denken Sie mal darüber nach: Wollen Sie wirklich mit dieser Geschichte in den Schlagzeilen stehen?

Nein, denke ich erschrocken, ich will auf gar keinen Fall in irgendwelche Schlagzeilen kommen, schon gar nicht damit, soll denn alle Welt wissen, was man mir angetan hat und sich darüber das Maul zerreißen?

Was die Einzelzelle betrifft, nimmt Kregler den Faden wieder auf, kann ich Ihnen keine Hoffnung machen. Wir sind überbelegt. Täglich kommen Neuzugänge. Und es gibt eine lange Liste von Frauen, die schon seit Jahren auf eine Einzelzelle …

Sie müssen eine Möglichkeit finden, platze ich heraus, rot zieht es vor meinen Augen herauf, oder ist es Marguerite, die in Panik verfällt? Jahre, hast du gehört, er spricht von Jahren …

Sie müssen, ich halte das nicht aus.

Aber dieser Mann dort hinter dem Schreibtisch ist Jahrhunderte weit entfernt, er hört mich nicht, oder doch, er hört meine Stimme, aber nichts, nichts dringt wirklich durch seinen Panzer, Escobedo steht wieder in Sofonisbas Atelier in Madrid und zerreißt langsam, ganz langsam ein Papier ohne den Blick von ihr zu wenden, Marguerite wird vor ihren Henker gezerrt und erkennt, das ist das Ende, das Ende …, und in diesen grauen Augen sehe ich sie alle, sehe Escobedo und den Henker und die Inquisitoren und den Vizekönig und Aragón …, alle, alle, die mir jemals Böses angetan, und dann verschwimmen diese Augen und das Gesicht und dieser Raum und wandelt sich in flammendes Rot, Marguerite füllt ihre Lungen mit Luft für diesen Schrei, ihren Schrei … Nein! Nicht! Es ist Sofonisba, die sich dagegenstemmt, und ich reiße meinen Blick von diesen Augen los, sehe aus dem Fenster, sehe Grün und Blau und eine kleine Wolke wie eine Feder, die über das Blau hinwegzieht: Nein, nicht schreien, nicht den Boden verlieren, du musst stark sein, du darfst nicht vor diesem hier in die Knie gehen.

Untersuchungshaft ist kein Kuraufenthalt, sagt Kregler ungerührt. Niemand ist ohne Grund hier. Auch Sie nicht.

Ich bin unschuldig!, sage ich, oder ist es Sofonisba, Ich bin keine Verbrecherin, schreie ich nun doch und springe auf, der Stuhl fällt polternd um, während Sofonisba verzweifelt versucht, mich zur Besonnenheit zu ermahnen, nein, ich bin nicht besonnen, ich will hier raus, will nicht mehr in diese Zelle zu Marie, in der ich nachts Atemnot bekomme und vor Angst kaum schlafen kann, will nicht zurück auf diesen Flur zu diesen grauenvollen Frauen, ich will heraus aus diesem Albtraum, aufwachen, auftauchen, alles abschütteln … und ich hasse ihn und mich und alles hier, ruhig, mahnt Sofonisba, ruhig, lass mich diese Sache regeln, und wieder gleiten meine Augen in diese üppige Landschaft hinein, Azurit vermischt mit Bleizinngelb, darüber eine zarte Schicht Veronesergrün, nie hab ich Landschaften gemalt, das hat mich nicht interessiert, aber jetzt fällt mir wieder ein, woran sie mich erinnert, diese Aussicht, sie hat Ähnlichkeit mit dem Blick, den wir aus den Fenstern der Gemächer der Königin hatten, der Blick über den Manzanares hinweg in die Ebene, nein, jetzt, wo ich darüber nachdenke, unterscheiden sie sich doch gewaltig, aber der Bogen des Tales und das Grün, wenigstens im Frühjahr, wenn die Hitze noch nicht alles versengt hatte, war das Tal so grün wie dieses hier.

Die Beamtin ist hereingekommen. Kregler macht eine kleine Bewegung mit dem Finger und sie verschwindet wieder hinter der Tür. Dann schlägt er kurz und hart mit der Faust auf den Schreibtisch.

Setzen Sie sich hin, brüllt er.

Ich fahre zusammen. Bislang hat er leise und ruhig gesprochen, und ruhig sitzt er auch jetzt hinter diesem Schreibtisch, als habe ein anderer diesen Befehl gebrüllt, nicht er. Völlig benommen stelle ich den Stuhl wieder auf die Beine und setze mich.

Ob Sie unschuldig sind oder nicht – damit beschäftigt sich die Staatsanwaltschaft, fährt Kregler tonlos fort. In der Zwischenzeit sind Sie hier. Und hier treffe ich die Entscheidungen.

Ich atme tief durch. Ich darf noch nichts verloren geben, sage ich mir, noch ist Zeit, noch gibt es die Chance, ihn umzustimmen.

Geben Sie mir eine Einzelzelle, und Sie werden Ihre Ruhe haben.

Der lässt doch nicht mit sich verhandeln, wendet Sofonisba ein, da muss uns schon etwas anderes einfallen.

Ganz im Gegenteil, gibt Kregler in freundlichem Ton zurück, es sieht danach aus, als müssten wir sogar noch mehr Betten in einer Zelle aufstellen. Vier statt zwei. Sechs statt drei. Vielleicht werden Sie dann begreifen, wie privilegiert Sie im Moment sind. Sechzig Prozent unserer Gefangenen sind zu dritt oder zu viert in einer Zelle. Finden Sie sich damit ab. Und beruhigen Sie sich. Wenn Sie nicht provozieren, wird Ihnen nichts geschehen. So einfach ist das.

Vielleicht hat er sogar Recht, sagt Sofonisba. Sie haben dir einen Denkzettel verpasst, durch dieses brutale Ritual bist du zu einer von ihnen geworden, die nächste Zeit wirst du Ruhe vor ihnen haben. Vorerst jedenfalls. Und dennoch. Marguerite kommt nicht zur Ruhe. Das Aufflammen eines Streichholzes genügt, und der Schrecken fällt sie an wie ein Tier. Werde ich von hinten angesprochen, fahre ich herum und muss mich beherrschen, nicht gleich zuzuschlagen. Sie sind überall. Nirgends kann man ihnen entkommen. Auch in den intimsten Momenten, morgens auf der Kloschüssel, mindestens Marie kennt inzwischen alle meine Geheimnisse. Jedenfalls glaubt sie das. So viel Frau auf so wenig Raum, nie hätte ich gedacht, wie sehr mich das bedrohen könnte, nie hat es mich früher bedroht, nicht Marguerite im Haus der Beginen in Valenciennes, nicht Sofonisba im Madrider Schlafsaal der Hofdamen der Königin. Aber heute kann ich es einfach nicht mehr ertragen.

Kregler sieht auf seine Armbanduhr.

Sie entschuldigen mich jetzt. Ich habe noch zu tun.

Er drückt einen unauffälligen Knopf auf seinem Schreibtisch. Die Tür öffnet sich und die Beamtin Nonnenmacher kommt herein. Kregler steht auf.

Haben Sie sich überhaupt schon bei Schwester Benedikta für die Farben bedankt, fragt er und hält mir seine Hand entgegen.

Ach, denke ich. Die Tuben aus dem Bastelladen. Von der Schwester sind die also.

Man hat sie mir gestohlen, sage ich nur und übersehe seine Hand.

Ja, sagt er. Auch das ist etwas, was man hier lernt. Auf seine Sachen aufzupassen.

Und dann bin ich draußen.

Wie ich in die Wäscherei zurückkomme, da gaffen sie mich alle an.

Und, fragt Marie in der Mittagspause, wie war's beim Chef? Du hast ordentlich gepetzt, nehme ich an. Nimm dich in Acht, fügt sie leise hinzu, als ich nichts sage, die Petra weiß es auch.

Fragt sich, wer hier petzt, murmle ich, du hast mich schon einmal verraten und verkauft, na macht nichts, gibt es halt keine Geschichten mehr, aber da zerfließt ihr Gesicht wie weicher Pfannkuchenteig, gar nicht wahr, ich?, ich bin auf deiner Seite, du weißt genau, als das passiert ist, war ich bei der Schwester Benedikta, kannst sie ja fragen, wenn du's nicht glaubst, haben genau abgepasst, dass ich nicht da war, hätt es niemals zugelassen, das wussten die genau, aber musst halt aufpassen, verstehst du, vorsichtig sein, gegen die Petra, da kommt keine an, du weißt, was das für eine ist, und wenn man zum Kregler geht, dann muss man das mit ihr besprechen. Sonst gibt's Ärger.

Ich komme aus dem Staunen nicht mehr heraus, eine so lange zusammenhängende Rede habe ich aus diesem Mund noch niemals gehört.

Gar nichts werde ich mit dieser Frau besprechen, schnauze ich sie an, und wenn sie mir noch ein einziges Mal dumm kommt, dann wird sie mich kennen lernen.

Und erschrecke selber über meinen Ton. Da bin sogar ich neugierig, wie sie mich kennen lernen wird, aber etwas ist in mir erwacht heute Morgen, was, das weiß ich selbst noch nicht so genau. Und in Maries Augen sehe ich einen Widerschein von meinem Zorn. Ja, sie scheint tatsächlich beeindruckt. Und das macht mir Mut.

Alles, was ich will, ist malen. In Ruhe gelassen werden und ungestört meine Farben zubereiten, den Geruch des Leinöls, wie ich ihn vermisse, wenn es stundenlang im Wasser vor sich hinköchelt, bis es rein ist wie die Seele eines Neugeborenen, oder das feine Nussöl für die hellen Farben und das Blau, bei meiner Arbeit als Wundärztin für Renaissancegemälde kann ich heute den Beweis deutlich sehen, siehst du, sagt Sofonisba, es vergilbt weniger als das Leinöl, sie hat Recht, aber Leinöl wiederum gibt den dunklen Farben diesen satten, tiefen Glanz, ganz, wie wir damals vermuteten. Vor allem für die Smalte aus Flandern kommt eigentlich nur das kostbare Nussöl in Frage, Walnuss mochte ich immer am liebsten, und trotzdem war ich so vorsichtig, mit feinen Nadeln in die trocknende Malschicht zu stechen und das überschüssige Öl mit Papier herauszuziehen. Viele Maler waren nicht so vorausschauend, und ihre Bilder landeten dann, Jahrhunderte später, bei mir. Craquelagen. Risse. Schlimmstenfalls blättert die Farbe ab. Oder sie vergraut. Das einst leuchtende Gemälde wird dumpf und dunkel.

Ja, wir waren dauernd am Experimentieren. Am liebsten verwendete ich verschiedene Öle in einem Bild, Alonso Sanchez, der große Coello, war erstaunt, als er mich die eine Farbe mit Nuss- und die andere mit Leinöl verrühren sah. Das macht Tizian auch so, sagte ich, das müsst Ihr doch wissen, aber offenbar war es nicht üblich, sich gegenseitig auf den Pinsel zu schauen, und auch mir gegenüber war Coello äußerst misstrauisch, jedenfalls anfangs.

Ich mochte ihn, hatte Fragen über Fragen, denn ich stellte mir vor, dass die spanischen Maler einen viel direkteren Draht nach Flandern hatten, wo ja die Ölmalerei sozusagen erfunden worden war. Und er war ein ausgezeichneter Maler, von dem ich eine Menge zu lernen hoffte, wenn ich auch seine Bilder nicht so schätzte, wie die Prinzessin Juana und Felipe. Eigentlich mochten sie meine Bilder auch lieber, Coello war einfach zu wahrhaftig, er wollte kein Fälscher sein, aber was haben wir heute davon, dass er Isabel, kaum war sie angekommen, müde und gezeichnet von ihrer Reise, mit vor Erkältung tränenden Augen und geschwollener Nase, noch ehe sie recht wusste, wie ihr geschah, musste er sie auch schon portraitieren, so, wie sie vor ihm stand. Jedesmal tut es mir in der Seele weh, wenn ich dieses Bild sehe, die arme Isabel, meine Güte, so gnadenlos kann nur ein Mann eine Frau verewigen, denn bei aller Wahrhaftigkeit, wenn sie auch keine Elfe war, so hässlich war die Königin auch wieder nicht.

Ich dagegen konnte warten, bis sie ein dankbareres Modell abgab. Das ist die Kunst. Zunächst musst du diesen Menschen, dessen Abbild du malen wirst, kennen lernen, beobachten, herausfinden, wie er sich am wohlsten fühlt. Und zunächst blieb mir gar nichts anderes übrig, denn wo hätte ich arbeiten sollen?

Aber damals lohnte sich das Warten, es gab so viel zu sehen und zu hören, ich lernte so viele Menschen auf einmal kennen, ständig wurden sie mir vorgestellt mit Namen und Titeln und Aufgaben, und hätte ich nicht ein kleines Büchlein geführt, es wäre mir ergangen wie Blanche de Villeneuve, die noch nach einem Jahr den Prinzen von Eboli mit dem Herzog von Alba verwechselte.

Kurz nach der Hochzeit wurde ich zur Königin gebeten, und was ich bereits gehofft hatte, das bestätigte sich jetzt auf die glücklichste Weise, sie war ein äußerst sympathisches Mädchen, klug und überaus liebenswürdig, und dauernd bereit, über einen Scherz zu lachen.

Wenn Sie eine so gute Zeichenlehrerin sind, wie Sie tanzen, sagte sie, und ihre Augen blitzten, dann habe ich eine wahre Meisterin vor mir.

Ich antwortete:

Majestät, im Tanzen bin ich Amateurin, aber das Malen ist meine Profession.

Dann werden Sie sich mit mir langweilen, denn ich bin weder im einen noch im anderen besonders geübt.

Oh, gab ich zurück, Majestät sind zu bescheiden. Wenigstens Ihre Fertigkeit auf dem Tanzboden haben Sie beim Brauttanz bestens unter Beweis gestellt. Und das Malen, Herrin, das lassen Sie meine Sorge sein, um Sie darin zu unterweisen, dafür bin ich schließlich von Italien hierher gekommen.

Da wechselte sie vom Spanischen ins Italienische und entschuldigte sich dafür, dass sie es zwar völlig fehlerfrei, aber nur langsam und bedächtig sprach, meine Mutter hat viel zu selten mit mir in ihrer Heimatsprache gesprochen, du bist eine französische Prinzessin, sagte sie immer. Böse Menschen bei Hof nennen sie heute noch »Die Italienerin«, und das mag sie gar nicht.

Sie erkundigte sich nach der Herkunft meines Namens, der ihr merkwürdig erschien, und ich erzählte ihr von Sofonisba, der Tochter des Karthagischen Feldherren Asdrubale. Dann fertigte ich schnell mit dem Rötelstift eine Portraitskizze von ihr an, die ihr ungeheure Freude machte, sie bat mich, sie behalten zu dürfen, um sie ihrem Gemahl zu zeigen, natürlich schenkte ich sie ihr, und beim Abschied versicherte sie mir, sie könne es kaum erwarten, mit dem Unterricht zu beginnen.

Es sollte noch eine Weile damit dauern, denn zunächst musste man erst einmal ankommen. Die Weiterreise wurde ein regelrechter Triumphzug für die neue Königin. Der riesige Tross brauchte ganze acht Tage, um nach Toledo zu gelangen, und überall, wo wir durchkamen, feierte das spanische Volk frenetisch seine neue Königin. In Alcalà hatten sie riesige Triumphbögen aufgestellt voller antiker Allegorien. Reyna de la Paz, stand überall zu lesen und Bienvenudo Isabel. In Madrid ritten wir Hofdamen hinter der Königin unter einem prächtigen Baldachin ein, und nach einem langen Zug durch die ganze Stadt hielten wir Einzug in das alte Königsschloss, das gerade umgebaut wurde und in dem wir einige Tage lang in provisorisch hergerichteten Räumen logierten. Hier würde ich also wohnen die nächsten Jahre, sobald die Renovierungsarbeiten abgeschlossen waren, ich freute mich zu sehen, dass fast nur italienische Baumeister die beiden Flügel mit den Gemächern der Königin und denen des Königs neu gestalteten. Leider blieb das restliche Gebäude, also auch unser Schlafsaal, so, wie es unter dem letzten König restauriert worden war, in kastilischem Stil mit dunklen Holzdecken und schlichten Wänden. Aber immer noch besser als Toledo, sagte Leonor, mit der ich mich ein wenig angefreundet hatte.

Sie sollte Recht haben. In Madrid war von Ausruhen keine Rede. Turniere gab es ohne Ende, bei denen die edlen Herren eifrig wie die Kinder zeigten, wie gut sie mit Schwert und Lanze umzugehen vermochten. Isabel hatte keine rechte Freude daran und zuckte bei jedem Lanzenstoß zusammen. Sie tat mir Leid, und ich fand es wenig taktvoll, die Königin mit dieser Art von Schauspiel zu unterhalten, hatte sie doch gerade vor einem halben Jahr erst ihren Vater bei einem solchen Schaukampf verunglücken sehen. Zum ersten Mal besuchten Isabel und ich auch den berühmten spanischen Stierkampf, und wir unterhielten uns später lange darüber, ob dieses Schauspiel einfach nur grausam war, oder ob ein alter, längst vergessener Ritus dahinter steckte, jedenfalls kamen wir zu keinem rechten Schluss, die spanischen Hofdamen konnten uns da auch nicht helfen, Stierkampf ist eben Stierkampf, meinte die sonst so kluge Leonor de Toledo achselzuckend, das haben wir Spanier immer gemacht, und es ist ein Fest für den Adel, der ihn ausrichtet, wie auch eines für das einfache Volk. Ein paar Jahre später wurde das Thema von Neuem diskutiert, Felipe hatte eine Bulle von Papst Pius V. erhalten, in der er aufgefordert wurde, den Stierkampf als heidnisches Ritual zu verbieten, aber Felipe dachte nicht daran: Soll ich es mir mit dem Adel und dem Volk gleichermaßen verscherzen, ein kluger König versucht nicht durchzusetzen, was nicht durchsetzbar ist. Und so wurde die Bulle der Öffentlichkeit unterschlagen, dem Papst aber geantwortet, bei allem Respekt vor dem Pontifikat, dieser Bitte könne der König von Spanien leider nicht nachkommen. Aber das war viel später, da war der Hof nicht nur schon längst nach Madrid umgezogen, auch der nächste Umzug stand schon bevor: El Escorial, das mächtige Grabmal für Karl V. und all seine Nachkommen, in dem Felipe bereits lebendig zu residieren gedachte, wuchs mit der Unaufhaltsamkeit der Giganten aus dem steinigen Boden der Abhänge der Sierra de Guadarrama empor.

Bis zu Felipes dritter Hochzeit mit Isabel war Toledo die Hauptstadt Spaniens gewesen, dem Reich der katholischen Könige von Aragón und Kastilien, denn Ferdinand und Isabella, die die Ungläubigen aus dem Land warfen und grausame Feldzüge führten gegen Araber wie Juden, hatten es zu ihrem Königssitz erhoben. Toledo war eine Festung, und als wir endlich dort ankamen, übertraf der Jubel alles bis dahin Erlebte. Zunächst gefiel sie mir, diese altehrwürdige Stadt, wie sie so stolz auf dem Hügel thronte mit all ihren Zinnen und Türmen und Befestigungsmauern, und sie erinnerte mich an meine Heimat. Damals gab es noch Unmengen von Bäumen in Kastilien, riesige Wälder dehnten sich über das schroffe Land, auch wenn ihnen bereits für den Schiffbau deutliche Wunden geschlagen worden waren, wo der nackte Stein aus der Erde ragte und die Erde verkarstete.

An jenem Tag unseres Einzugs im Februar leuchtete die Stadt im Frühlingslicht, man hatte ihr ein Festgewand übergezogen, und was den Bewohnern an steinernem Prunk nicht ausreichend erschien, das wurde aus Holz gezimmert und kunstvoll bemalt: Tore, Brunnen, Bögen, Denkmäler und überall Bänder, prunkvolle Teppiche, die aus den Fenstern hingen, und Blumen über Blumen – das war der erste Eindruck, den ich von Toledo erhielt.

Stundenlange Empfänge mussten wir über uns ergehen lassen, ganz Toledo defilierte an uns vorüber, von überall her waren sie angereist, um der neuen Königin die Referenz zu erweisen, man konnte Isabel ansehen, wie erschöpft sie war.

Nein, mit dem Portraitieren musste man warten, aber Coello wollte der Erste sein, ehrgeizig war er, oh ja, gewiss, und obwohl ihn Juana protegierte, hatte er noch längst keine feste Stelle bei Hof. Die wollte er sich verdienen – meiner Meinung nach auf Kosten des Modells. Es geht schließlich um die Kunst, pflegte Coello zu sagen, ja, ihm wie all seinen Kollegen geht es hauptsächlich darum, um ihre Fertigkeit, um das Arrangement, die Szene, um die Bedeutung des Auftrags, um das Geschäft. Sicherlich. Auch ich kenne Ehrgeiz, das habe ich schon gesagt. Aber mein Ehrgeiz geht in eine andere Richtung. Ich male nicht um jeden Preis. Ich male nur, wenn ich weiß, dass ein erstklassiges Bild dabei herauskommen wird. Und das messe ich nicht allein an der Vortrefflichkeit von Technik und der Kostbarkeit der Materialien. In erster Linie geht es mir um den, der das Portrait in Auftrag gibt. Hat er nicht das Recht, in seinen schönsten Momenten verewigt zu werden, so, wie ihn die Menschen sehen, die ihn lieben, wenn er glücklich ist, in der Stunde, in der er, ohne es zu merken, sich selbst erkennt?

Damals, da hatte ich diese Gabe. Sah ich einen Menschen an, dann schaute ich quasi in ihn hinein, ganz offen war ich für die leiseste Regung in seinem Gesicht, seiner Haltung, das noch so kleinste Farbenspiel der Haut entging mir nicht, und so konnte ich oftmals fast die Gedanken lesen, die Stimmungen erkennen, noch ehe sie aufzogen, ich wusste, wie ich handeln musste, nicht wie heute, wo ich immer das Falsche tue, den Menschen das Falsche unterstelle, heute bin ich tatsächlich eine Fälscherin. Zwar sehe ich immer noch deutlich in die Menschen hinein, aber ich missdeute die Zeichen, verfälsche meine Optionen, ich verspiele meine Chancen, tiefer und tiefer verstricke ich mich in dieses Geflecht, dessen Gesetze ich einfach nicht erkenne, oder besser, erkennen und anerkennen will, was auf dasselbe herauskommt. Die Erinnerung – vielleicht ist sie auch so etwas wie eine Lehrerin, vielleicht kann sie mir zeigen, wo der Ausweg ist aus diesem

Labyrinth aus Schweigen und Angst, schließlich habe ich auch damals die schwierigsten Situationen gemeistert, war ganz oben, ganz unten, und kam immer wieder auf die Füße. Die Erinnerung ist eine große Meisterin, und die Geschichten, die ich erzähle, sind Gleichnisse, die ich aussende, wie der Faden der Ariadne, der wird mich hinausführen und dorthin bringen, wo ich ich sein kann, ein Selbstportrait von Sofonisba Anguissola, nicht so, wie mich der Spiegel zeigt, sondern so, wie ich wirklich bin, eine wahrhaft echte Fälschung.

7

Für die Unterzeichnung

nehmen manche feinstes in Wasser geriebenes Kohlschwarz, und damit übertragen sie mit großem Fleiß die Konturen. Dann geben sie über das Ganze vorsichtig eine dünne Grundfarbe, durch die man alles wohl durchscheinen sieht, und diese Grundfarbe ist fleischfarben.

Die Knie Streifen ist eine poetische Umschreibung für einen so machtvollen Angriff. Vorerst ist es die Figur, für die ich am meisten Platz brauche: rechter Fuß um fünfundvierzig Grad ausgestellt, der linke einen Schritt weiter vorne, schulterbreit vom rechten entfernt, Gewicht auf dem vorderen Fuß, sinken, beide Knie beugen, Hüfte frontal nach vorne, der rechte Ellbogen abgewinkelt wie ein Flügel, die Finger gespreizt, der Daumen zeigt gegen den Hüftknochen, der linke Arm führt den Angriff nach vorne, Handkante zum Gegner, Tigermaul geöffnet, der Blick folgt der Stoßhand. Dann die Hände zum Ball, der rechte Arm schwingt aus, als hielte ich zwischen beiden Händen eine Stange, die diagonal nach vorne weist, ich hebe sacht den rechten Fuß an, führe ihn zum Knöchel des linken und setze ihn dann in einer leichten Bewegung einen Schritt weiter vorne wieder auf, die linke Hand vollführt eine Bewegung, als streifte sie oben an den Knien vorbei, während nun die rechte zur Stoßhand wird, Gewicht wieder nach vorne auf den gerade eben aufgesetzten Fuß, Stoß und Verharren. Immer wieder muss ich korrigieren, die Schultern verkrampfen, die gebeugten Knie zeigen überallhin, aber nicht in dieselbe Richtung wie die Füße, die vor Anstrengung zitternden Schenkel wollen sich während des Vorwärtsschrittes zu gerne wieder aufrichten.

Übe ich *Die Knie Streifen* in unserer Zelle, stoße ich entweder mit dem rechten Arm gegen die Wand, oder mit dem linken, dem Angriffsarm, gegen die Tür. Also übe ich draußen, in meiner Freiluftstunde, bei Sonne, bei Regen, es ist mir egal, das Bäumchen spielt die Rolle des Gegners, sieht eh niemand, kann niemand erkennen, fließend weich die Bewegungen, Zeitlupe, ja, wer weiß, vielleicht spaziert in meinem Park auch noch eine Tai-Chi-Meisterin, bislang hat sie sich noch nicht zu Wort gemeldet. Aber sie ist da, und besteht darauf, diese Übungen zu vollziehen, wie eine tägliche Reinigung, selbst die Gedanken fließen dann ruhig, und all mein Elend tritt für eine Stunde in den Hintergrund.

Yin und Yang, steht in meinem Buch, das eine gibt es nicht ohne das andere, man darf sich da nicht täuschen lassen, das Zurückweichen ist genauso machtvoll, wie der Angriff, lass immer die anderen angreifen und benutze ihre Kraft, wenn sie dann an ihrem Höhepunkt angelangt ist, dann wird sie sich selber in Schwäche auflösen, das ist dein Moment, hier bezwingst du jeden Gegner, und je stärker er ist, desto klarer wird er scheitern, das ist das Mysterium, der unmerkliche Übergang von Yang zu Yin, das Geheimnis, das Letzte, und daran erkennst du den wahrhaftigen Meister. Sei wie das Wasser, das unaufhörlich fließt, sich nicht beeindrucken lässt von einem Felsen, der seinen Weiterfluss hemmen will, umspüle ihn so lange, bis du ihn ausgehöhlt hast, nichts ist stärker als das Wasser, nichts stabiler als ein Schilfrohr, nicht Eisen, nicht Stahl, denn so hart und starr sie auch sind, so brechen sie doch, wenn eine größere Kraft auf sie wirkt, aber das Schilfrohr biegt sich und steht wieder auf.

In dieser Stunde bin ich so etwas wie glücklich, selbstvergessen und nur mit meinem Körper beschäftigt, der die Schmerzen vergisst, durch den die Kraft zu fließen beginnt, nicht die rohe Kraft, die ich hier kennen gelernt habe, nicht die Härte des Eisens, nein, nicht erst hier habe ich die kennen gelernt, schon damals, und Marguerite kann ein flammendes Lied davon singen, nicht das sinnlose Draufschlagen, sondern die weiche, aber unerbittliche Kraft des fließenden Wassers, des Lichts, aber dass ich nicht unbeobachtet meine Übungen vollziehe, das hätte ich wissen müssen, und heute, während der Arbeit, die Aufsicht ist gerade aus der Tür gegangen, und zum ersten Mal blitzt in mir ein Gedanke auf, ob das womöglich gar nicht so zufällig geschieht, ob das vielleicht abgesprochen ist, da steht nämlich wieder diese Frau vor mir, Marguerite will losschreien, will losrennen, aber hier kommt man nicht weit, Marguerite, sei ruhig, das Herz schlägt mir bis zum Hals, mit einem einzigen Blick habe ich die Lage überblickt, die anderen tun, als sähen sie nichts, nur Marie blinzelt eine Sekunde lang besorgt herüber.

Was machst du da immer für komische Verrenkungen, fragt mich Petra, bist du vielleicht in einer Sekte?

Immer ist es das andere, das Unbekannte, das Anstoß erregt, was die Menschen nicht verstehen, das macht ihnen Angst und erregt ihren Hass, so wie damals, als man in Spanien diese armen Moriscos verfolgte, die Nachfahren der Mauren, und ein solcher Morisco konnte plötzlich jeder sein, der sich öfter wusch als die anderen, der womöglich so etwas Ungeheuerliches wie einen Baderaum in seinem Haus hatte, seine Speisen in reichlich Öl zubereitete, oder eine noch dunklere Haut hatte, als man das von einem ordentlichen Spanier erwartete. Dieses Blutbad in Granada, damals war ich alles andere als einverstanden mit Felipes Entscheidungen, das verstehst du nicht, hat er gesagt, will man ein so großes Reich regieren, das von Flandern, die deutschen Lande über Burgund nach Norditalien, Spanien reicht und auch die beiden Sizilien umschließt, dann kann man sich keine Schwäche erlauben. Ich kann nicht zulassen, dass eine Gruppe in dieser Ecke den Aufstand probt, denn dann hab ich den Feuerbrand überall. Aber die Menschen wollen ihr Leben so leben, wie sie es nach ihrer Religion und Kultur gewöhnt sind, habe ich geantwortet, ich konnte sie gut verstehen, auch ich wollte tun und lassen, was ich wollte, allzu oft stieß ich an die Grenzen der Regeln und Normen, die für mich als Hofdame galten, aber Felipe hat mich finster angesehen, Sofonisba, hat er gesagt, sieh zu, dass du solche Reden niemals führst, wenn dir jemand zuhört, nicht einmal ich, denn du lebst hier an dem katholischsten Königshof, den diese Welt kennt, und die Inquisition hat ihre Augen und Ohren allüberall.

Das alles geht mir blitzschnell durch den Kopf, noch immer steht diese Frau mit den kurzen spitzen Zähnen vor mir, noch hängt ihre Frage frisch im Raum: … bist du vielleicht in einer Sekte?

Nein, sag ich, ich bin in keiner Sekte.

Die Frau verschränkt die Arme vor dem Bauch. Sie ist groß, auf den ersten Blick eine imposante Erscheinung, auf den zweiten erscheint sie unförmig, ihre Proportionen sind wie von einem schlechten Zeichner zusammengefügt, ein schmales Becken, ein mächtiger Brustkorb mit mütterlichem Busen, der Hals zu kurz und dick, der Kopf dagegen schmal und zu zierlich. Das Schönste an ihr ist ihr Haar, prächtige schwarze Locken, aber heute hängen fettige Strähnen aus ihrem Pferdeschwanz, die dunkle Sängerin, nein, diese alberne Geschichte passt ganz und gar nicht zu ihr, sie ist eine ganz gewöhnliche Frau, hinter einer Metzgertheke könnte sie stehen mit ihren großen Händen, oder als Köchin in einem schlechten Gasthaus, mit diesem gierigen Mund, den viel zu langen Armen, die sie jetzt wieder seitlich an ihrem Körper herunterhängen lässt, nein, sie hängen nicht, leicht abgespreizt sind sie, als trage sie kleine Bälle unter ihrer Achselhöhle, ein Alarmsignal versetzt Marguerite in Aufregung, das habe ich schon einmal gesehen.

In ihren Augen sehe ich die blanke Herausforderung, als sie sagt:

Dann lass dieses Gehampel im Hof. Ist das klar?

Das geht dich nichts an, sagt die klare Stimme von Sofonisba, und nicht nur ich, alle sind sichtlich erstaunt, alle drehen sich jetzt zu uns um, die schwarze Petra grient ein gehässiges Lächeln, das geht mich also nichts an, flötet sie, und schon fährt ihre rechte Faust durch die Luft, die uns trennt, aber ist es Sofonisba oder eher die Meisterin, eine von beiden hat diesen Schlag erwartet, hat ihn vorausgesehen, so schnell und unvorbereitet er auch schien, und dann begreife ich, warum *Die Knie Streifen* so gefährlich ist – natürlich, es ist der Zusammenhang, die Bewegung vorher und nachher, und dieses eine Mal mache ich sie nicht langsam, nicht in Zeitlupe, sondern so schnell, dass jede der anwesenden Frauen später eine andere Version zu erzählen haben wird: Abwehr mit der Linken, im schön abgezirkelten Bogen nütze ich die Wucht der auf mich zurasenden Faust, meine Gegnerin schwankt, mein linker Fuß entzieht ihr vollends den Halt, und ehe sie sich fangen kann, fährt ihr die Angriffshand in die ungeschützte Flanke, so schnell habe ich noch nie jemanden zu Boden gehen sehen, und eigentlich sieht es ganz so aus, als sei sie beim Versuch, mir die Faust in den Bauch zu rammen, gestürzt.

Aber sie selbst weiß genau, sie ist nicht gestürzt, Petra stürzt nie, und wie sie jetzt auf dem Rücken zwischen dem Wäschetrockner und den Mangeln liegt – alle stehen um uns herum und sehen auf sie hinunter, diesen Anblick will sich keine entgehen lassen –, da kann ich es in ihren weit aufgerissenen, ungläubigen Augen sehen, sehe den Schmerz und die Wut und die Angst, ja, auch sie hat Angst, größere Angst noch als ich, und ich sage mit dieser neuen Stimme, die ich selbst noch kaum kenne: Willst du sonst noch etwas von mir wissen?

Keine hilft ihr, als sie sich aufrappelt, alle starren jetzt mich an, und in ihren Augen kann ich erkennen, dass auch sie mich zum ersten Mal richtig sehen, nicht klein und zierlich, mit schüchternen grünblauen Augen und diesem verworrenen Wuschelkopf um ein blasses Gesicht, sondern so, wie ich wirklich bin, diese Möglichkeit, manchmal, viel zu selten, wenn es mir gelingt, die Schale zu durchbrechen.

Es war keine Heldentat. Ich habe nur richtig reagiert. Diesmal war ich nicht vor Angst gelähmt. Es war vielleicht mein Zorn, das Gefühl, dass mir niemand helfen würde, wenn ich mir nicht selber half, ich habe keine Ahnung. Hinterher, eine Stunde später, wird mir richtig flau, ich weiß, niemand darf es bemerken, ich rede meinen Händen gut zu, die ruhig und ohne zu zittern die Laken durch die Mangel führen müssen, denk an die feinen Linien, die du ziehen kannst, die Ziselierungen der Spitze, du bist berühmt für deine ruhige Hand, und dann ist es auch schon vorbei.

Ja, ich bin angekommen. Das war es, was ich mit aller Deutlichkeit fühlte in jenem Moment. Aus all diesen verschiedenen Epochen und Zeiten war mein Ich auf diesen einen gegenwärtigen Moment gebündelt und fokussiert. Ich bin nicht schwach. Ich habe Petra besiegt, jedenfalls für den Moment, vielleicht geht es jetzt erst richtig los, ich habe sie gedemütigt, und das wird sie rächen, aber zu meinem großen Erstaunen scheint sie nicht mehr sie selbst, irgendwie gebrochen, jetzt geht mit einem Mal von ihr der Geruch der Angst aus, und die Frauen riechen ihn.

Ich habe keine Zeit, darüber nachzudenken. Kriminalhauptkommissar Nagel warte auf mich, heißt es, und ein zweites Mal sitze ich im Besucherzimmer, dachte ich es mir doch, natürlich, der

Mann, der mich hinter Gitter gebracht hat, der Mann, der es versteht, die Sprache von Gemälden auf ihrer Rückseite zu lesen, der Künstler mit dem seidenen Schal, der kein Künstler ist.

So, sagt er jovial, als er mir die Hand fest drückt, das gefällt mir doch schon viel besser!

Ich setze mich. Er wird mir schon erklären, was ihm so gefällt. Im Gefühl meiner neuen Stärke bin ich mir sicher, ich kann es auch mit ihm aufnehmen. Sei auf der Hut, warnt Marguerite, die haben ihre Methoden, am besten, du hältst von vornherein den Mund, nun ja, meint Sofonisba, das werden wir noch sehen, jetzt lass ihn doch erst einmal beginnen.

Aber ich bin auf der Hut. Die Tür öffnet sich wieder, und eine junge Polizistin stürzt herein, schlank, rank, bepackt mit einer schwarzen Tasche, aus der sie ein notebook schält, 'tschuldigung, nuschelt sie mit einem schnellen Blick auf Nagel und wirft die Uniformmütze auf einen leeren Stuhl. Brandrotes Haar fließt darunter hervor, das notebook piepst und summt eine kleine Melodie, dann sind sie alle drei so weit, Nagel, das Mädchen und das notebook, alle sehen mich erwartungsvoll an.

Schweigen. Am Fenster summt eine Fliege. Nagel räuspert sich.

Wir vom LKA haben da ein paar Fragen an Sie, Frau Lenze. Wir beide kennen uns ja schon. Meine Kollegin Brack ist so nett und nimmt das Protokoll auf. Ein paar Formalitäten. Dann dürfen Sie endlich Ihre Aussage machen. Wird höchste Zeit. Ich hab mal nach Ihnen gesehen. Neulich. Auf der Krankenstation. Da waren Sie gar nicht gut beieinander. Ich bin froh, dass es Ihnen wieder besser geht.

Die Fliege stößt mit dumpfem Aufprall gegen die Fensterscheibe. Dong. Dong. Dong. Ihr Summen schaltet einen Gang höher.

Also, nuschelt Kollegin Brack, vorab bräuchte ich da ein paar Angaben zu Ihrer Person. Name. Wann geboren. Wo. Und so weiter. Reine Formsache. Also. Name. Lenze. Ist das richtig? Vorname: Sofie. Schreibe ich das mit Peha oder mit Eff?

Dong. Dongdong. Dongdong. Die fuchsnäsige Beamtin hebt den Kopf. Sieht mich an. Atmet dann alle Luft auf einmal aus, die in ihr ist, und es sieht aus, als schrumpfe sie ein paar Zentimeter in sich zusammen. Haachch. Ich hab es gewusst. Scheißtag heute. Die tut die Zähne nicht auf.

Ich muss lächeln, als sich diese Gedanken aus dem Rotschopfhirn zu mir herüberschleichen.

Frieder Nagel lächelt nicht. Er betrachtet einen gut gepflegten Daumennagel.

Brack, sagt er dann nach einer Weile, einer Minute voller panischer Dongdongdongs, lassen Sie uns doch einfach eine Weile allein. Warten Sie draußen.

Brack nickt, sie scheint das zu kennen, ergeben in ein ungerechtes Schicksal geht sie hinaus, nicht ohne mich mit einem grünen Blick voller Vorwurf zu streifen, Malachit mit Pünktchen aus Roterde, da fallen mir meine Farben ein, und ich frage mich, ob er mir von der Hausdurchsuchung erzählen wird.

Als wir alleine sind, beugt er sich über den Tisch. Lächelt ein breites Lächeln, wie wär's mit einem Kaffee, fragt er, ich schüttle den Kopf, ich mag keinen Kaffee, ich bekomme davon Kopfschmerzen.

Also ich hätt gern ein Tässchen, sagt er, erhebt sich, reißt die Tür auf, Brack, sagt er, besorg mir eine Tasse Kaffee. Aber einen richtigen. Und du. Hol dir ruhig auch einen. Nein. Frau Lenze will keinen. Vielleicht kriegt sie davon Kopfweh. Das wollen wir schließlich nicht.

Und dann sitzt er wieder vor mir, schlägt ein Bein über das andere, schwarz, auch heute trägt er Schwarz, ein edles Wolle-Seiden-Gemisch, vielleicht mit einer Spur Leinen, das Sakko sitzt wie angegossen, Maßarbeit, sagt Sofonisba, und die muss es wissen, schau es dir genau an, an den Schultern, den Achseln, keine Falte wirft sich und nichts spannt, Sofonisba ist begeistert, lange hat sie nicht mehr einen so gut angezogenen Mann gesehen, damals, natürlich, alles vom Schneider, gab ja nichts anderes, aber auch da sah man feine Unterschiede, oh ja, und eines der Geheimnisse des Ruy Gomez de Silva war ohne Zweifel seine Kunst, immer und überall der bestgekleidete Mann zu sein, zurückhaltend, schlicht und immer in Schwarz, so wie der hier, sogar ein schwarzes Hemd trägt er unter dem Sakko, sein kurzer Vollbart ist sorgfältig geschnitten, einmal pro Woche zur Rasur beim Herrenfriseur, oder eher zweimal dem starken Wuchs nach zu urteilen, die Stirne breit, das Haar fest und dunkel mit grauen Sprengseln, er ist nicht der einzige Sachverständige für Kunst- und

Antiquitätendelikte hier im LKA, höre ich wieder die Stimme der Anwältin, aber bundesweit der einzige, der wirklich etwas davon versteht, ich meine von der Kunst, hat die Anwältin gesagt, er hat internationale Kontakte und einen ausgezeichneten Überblick über das, was auf dem Markt geschieht.

Die Tür geht auf, und Brack bringt den Kaffee, Nagel schenkt ihr ein bezauberndes Lächeln, das genau eine Sekunde lang dauert.

Herrliche Bilder, sagt er zwischen zwei Schlucken, eine Schande, dass man diese Malerin so lange ganz vergessen hat! Also für mich gibt's da keinen Zweifel. Tizian völlig ebenbürtig. Und Raffael. Was meinen Sie. Hat sie ihn gekannt?

Natürlich habe ich Raffael gekannt. Seine Bilder waren das Revolutionärste in meinem Malerinnenleben, keiner, außer Tizian natürlich, der war ein Gott, aber Raffaels Gabe, Gesichter aus dem feuchten Stuck herauszumodellieren, oder in Öl, die Farben, das Leuchten des Inkarnats, ja, als ich damals am Hof in Parma die ersten Bilder zu sehen bekam, mein Gott, ist das lange her, wie alt war ich, vierzehn, fünfzehn, da wusste ich gleich, was ich vor mir hatte, nämlich einen ganz besonderen Ausnahmemaler, habe das Licht gesehen und das innere Leuchten, und zeit meines Lebens habe ich das versucht, ebenfalls in meinen Bildern einzufangen. Das innere Licht. Als würde man eine Kerze in den Menschen entzünden.

Sie hingen bei mir im Büro, Ihre Bilder. Jetzt sind sie fort, leider, beim Sachverständigen, aber bis dahin, ständig hatt' ich sie vor Augen, und eines sage ich Ihnen: Wenn das Fälschungen sind, dann sind es die besten, die mir jemals untergekommen sind.

Er macht eine Pause.

Es sind keine Fälschungen, möchte ich schreien, aber ich weiß nur zu gut, dass er genau das möchte, mich herauslocken will er, und darum bin ich auf der Hut, genau, wie Marguerite es mir empfohlen hat. Fest muss ich die Zähne zusammenbeißen, meine Bilder in seinem Büro, im Landeskriminalamt, unter diesen Augen, während ich hier die fleckigen Wände anstarre und Hotelwäsche mangele, dieser Mann vis-à-vis mit meinen Liebsten, mein Bruder, das Aas, ja, er hat mich verraten, aber ER, der Liebste, und das Bild von Sofonisba im Alter von siebenunddreißig, das Hochzeitsbild für Moncada, ich darf gar nicht daran denken.

Aber. Wieso denn. Wieso denn alle drei? Erst jetzt fährt mir der Schreck durch alle Glieder, sickert das Ausmaß der Katastrophe in mein Bewusstsein, verhaftet wurde ich wegen des Portraits meines Bruders, dessen Reproduktion der Engländer in einer Fachzeitschrift gesehen und an seinen eigenen vier Wänden wieder erkannte, ein Bild, nicht drei, schon die Anwältin hatte von mehreren Bildern gesprochen, ich habe nicht hingehört, ich hab sie verachtet, und jetzt stellt sich heraus ..., aber wieso denn, diese anderen Bilder waren untadelig, frei von jedem Verdacht, genauso gut könnte man Sofonisbas Gesamtwerk beschlagnahmen.

Von welchen Bildern sprechen Sie eigentlich, frage ich, und versuche, so nüchtern wie möglich zu klingen.

Er schaut mich an. Sein Blick triumphiert. Hat er mich also doch zum Reden gebracht. Eine Frage, weiter nichts, aber der Wall aus Schweigen ist gefallen.

Sie wissen genau, welche Bilder ich meine, sagen seine Augen, aber sein Mund sagt, ach so, ja hat Ihnen das Ihre Anwältin nicht gesagt? Wir haben die Untersuchungen erweitert. Auf zwei andere Bilder. Das Selbstportrait. Und das Bildnis dieses Kapitäns. Lomellini.

Jetzt ist es heraus. Wie kommt er darauf. Dieser Mann ist gefährlich, schreit Marguerite, ich hab es immer gesagt, mit dieser Geschichte wirst du nicht weit kommen, die Wahrheit kommt doch an den Tag, eines Tages.

Und warum? Verdammt. Meine Stimme. Ich sollte besser schweigen. Aber wir müssen doch wissen, was er gegen uns plant, argumentiert Sofonisba, ja, du hast gut reden, du hast mir das alles eingebrockt, woher kann dieser Mensch das nur wissen, oder sind auch bei diesen Bildern die Originale aufgetaucht? Es sind Kopien, sonst nichts, versucht Sofonisba sich herauszureden. Eine ganz normale Sache, schon damals, hast du das vergessen, Don Carlos hat dreizehn Kopien bestellt von seinem Portrait, dreizehn, weil es ihm so gut gefiel, weil er sie alle verschenken wollte, Coello hat ganz schön geschwitzt an dem Auftrag, und wenn ich ehrlich sein soll, hat er sich keine allzu große Mühe gegeben, der Unterschied war deutlich zu sehen, hat eine Menge Geld dafür eingestrichen, aber das gönnte ich ihm dafür, dass er eines meiner Bilder dreizehnmal abmalen musste. Hier jedoch – niemand hat einen Grund, sich zu beschweren, diese Kopien sind so gut wie die Originale, echt und falsch, was weiß denn der, vielleicht sind sie sogar besser als die Originale.

Es sind ausgezeichnete Bilder, vielleicht besser als die Originale, sagt dieser Mann, als könnte er meine Gedanken lesen, und einen Moment lang geht mir die Luft aus, dongdongdong, die Fliege kann es immer noch nicht glauben, dass sie nicht durch dieses kalte, harte Stück Luft einfach hindurchfliegen kann und hinaus, hinüber zu den Bäumen, hinauf, in das Blau des Himmels.

Er trinkt seinen Kaffee aus. Sagt nichts. Lässt mich nicht aus den Augen. Mein Herz hämmert. Warumwarumwarum, hämmert es, was hat er gefunden, was weiß er, was kann er überhaupt wissen?

Sie wollen wissen warum. Natürlich.

Er lächelt, breitet beide Arme aus, als wolle er mich umarmen, legt den Kopf etwas schräg, eine Theatergeste, die mir Angst macht, er soll nicht so lächeln, reden soll er und mir endlich sagen, was er weiß, auf welcher Spur er so zielsicher vorangeht.

Ehrlich gesagt, ich weiß es noch nicht. Aber... ich hab da so ein Gefühl. Verzeihen Sie, wenn ich hier von Gefühlen spreche. Eine Ahnung. Ich habe das sichere Gefühl, an diesen drei Bildern ist irgendetwas anders.

Ich schlucke, meine Zunge ist trocken, vielleicht hätte ich doch einen Kaffee nehmen sollen, ist auch schon egal, wovon ich Kopfschmerzen bekomme, ich kann die Augen nicht von der Tasse auf dem Tisch wenden mit dem hässlichen braunen Rand am Boden. Ich schlucke wieder. Und spüre seinen Blick. Er schaut mich an und versteht, sein Blick ist freundlich, besorgt, nein, er ist kein Unmensch, er will einfach wissen, verstehen, und wer kann das besser nachfühlen als ich, hab ich es nicht oft genug gesagt, zum Vizekönig von Sizilien, wie sie mir diese unglaubliche Geschichte auftischten vom Tode Moncadas, der mich zur Witwe machte, diese Lügen und dieses Schweigen sind eine Beleidigung für meine Intelligenz, und einen Moment lang erwäge ich wirklich, mich ihm anzuvertrauen, ihm einfach alles zu erzählen, aber gerade noch fährt Sofonisba dazwischen, ja bist du denn wahnsinnig, ja, für eine Wahnsinnige werden sie dich halten, entweder er glaubt unsere Geschichte, und dann wird er dafür sorgen, dass du in der Klapsmühle landest, sie haben ein Wort dafür, wenn eine ist wie ein Park mit vielen verschiedenen Stimmen darin, aber was viel wahrscheinlicher ist: Er wird dir nicht glauben, auch diese Geschichte wäre eine Beleidigung seiner Intelligenz, und dann hast du quasi dein Urteil selbst schon gesprochen.

Trockene Luft hier drin, nicht wahr, sagt er und sieht mich immer noch forschend an, sicherlich hat er diesen Moment meiner Schwäche bemerkt, und ebenfalls, dass er vorbeizog, dieses Mal noch nicht, mag er denken, wäre ja auch ein bisschen früh, aber ich lese eine tiefe Zufriedenheit auf seinem Gesicht, ja, meine Reaktion hat sein »Gefühl« bestätigt, er weiß, er ist auf der richtigen Spur, Ich hätt' gern einen Schluck Wasser, was ist, möchten Sie auch? Und auf die Tür, Brack, zwei Gläser mit Wasser, und ich weiß genau, er hat überhaupt keinen Durst, er tut es, damit ich nicht das Gesicht verliere, aber was bildest du dir ein, werd jetzt bloß nicht hysterisch, da kommt die Brack und mit ihr eine Welle von Langeweile, eine Schwade Deodorant, ein Duft, den ich kenne ..., so lange her, ich kann mich nicht mehr erinnern.

Frau Lenze, sagt er, nachdem wir beide getrunken haben.

Ich habe mich auf dieses Gespräch gefreut. Wissen Sie warum? Dongdongdong. Diesmal hebt er den Kopf. Sieht zum Fenster. Steht auf, geht mit schnellen Schritten darauf zu. Öffnet es und scheucht die benommene Fliege hinaus. Jetzt ist es wirklich still in dem Raum. Er dreht sich zu mir um, lehnt sich gegen die Wand, gegen das Licht eine klare schwarze Silhouette, ein Scherenschnitt vor einem Gitterraster.

Weil Sie eine Expertin sind. So wie ich. Weil Sie etwas davon verstehen. Wirklich verstehen. Ihnen kann man nichts vormachen, nehme ich an. Malerin. Spezialistin für alte Techniken in Öl. Trifft man heute selten. Nicht wahr. Alle wollen sie die Avantgarde noch ein Stück weiterbringen. Neue Techniken. Nicht die alten. Aber Sie. Sind etwas ganz Besonderes. Ich habe mich erkundigt. Mit Ihrem Professor gesprochen. So etwas, sagt er, hat er noch nie erlebt. Und nur mit den historischen Materialien. Rührt keine Tuben an, keine industriell gefertigten Farben. Stellt sie alle noch selber her. Glauben Sie mir, hat er gesagt, ich versteh was von meinem Beruf, sonst wär ich nicht hier, aber so manches hab ich von ihr noch gelernt, weiß der Teufel, wo sie das her hat. Na ja. Alles gut und schön. Karriere kann man damit nicht machen. Nicht an der Akademie. Nicht bei den Galeristen. Ein Jammer. Denn Sie haben viel mehr drauf, als all diese so genannten Jungen Wilden, oder wie sie sich nennen. Und so wurden Sie Restauratorin. Völlig verschenktes Talent. Wenn Sie mich fragen. Sie sind Künstlerin. Restaurieren? Mit ein wenig Geschick kann man das lernen. Aber das, was Sie können, das kann man nicht lernen. Das ist Talent.

Mit einem Mal bin ich unsäglich müde. Was will dieser Mensch. Warum wühlt er in meinem Leben wie in einer unaufgeräumten Küchenschublade? Ich rutsche auf dem Stuhl herum, weiß nicht mehr, wie ich sitzen soll. Schwarze Augen ruhen auf mir.

Sie haben Schmerzen, sagt er, ich sehe es Ihnen an. Ich war übrigens bei Kregler. Wollte wissen, was wirklich passiert ist. Aber er hat recht. Diskretion. Zum Schutz Ihrer Persönlichkeitsrechte. Nur. Nicht alle halten sich daran. Ich hab ihm gesagt, es wäre besser, Ihre Person so zu schützen, dass so etwas nicht passieren kann.

Seine Stimme ist weich, mitfühlend, besorgt, wie lange hat niemand so mit mir geredet, gleich wird sie mir die Tränen in die Augen treiben, bist du wahnsinnig, jetzt reiß dich zusammen, etwas wühlt in mir, in gut verschlossenen Tiefen, es schmerzt mich mehr als meine kaum verheilten Narben, er ist dein Feind, vergiss das nicht, er ist schließlich schuld daran, dass du hier bist. Frau Lenze, hör ich und will gar nicht hinhören, behandelt man Sie auch anständig hier? Ihre Anwältin war da, nicht wahr, Sie kennen Ihre Rechte?

Nein, denke ich, ich hab sie zum Teufel gejagt, das hab ich davon, mir ist nicht zu helfen.

Es ist nicht so, dass Sie sich alles gefallen lassen müssen.

Was soll ich denn sagen, frage ich mich stumm, wie kann er mir wohl helfen?

Gibt es irgendetwas, was Sie sich wünschen?

Eine Einzelzelle, höre ich mich sagen und ärgere mich über mich selbst.

Aha, sagt er und lächelt mich an. Und?

Es geht nicht. Sagt Kregler.

Ach so, er nickt, und das war's dann wohl auch.

Er erhebt sich. Schaut auf die Uhr. Lächelt entschuldigend, zuckt die Achseln. Das ganze Gestenrepertoire eines freundlichen Menschen in Eile.

Leider, Frau Lenze, ich muss weiter.

Zum Abschied hält er meine Hand etwas zu lange in seiner, schaut mir in die Augen, bis bald, und dann werden wir miteinander reden, nicht wahr, vielleicht hab ich bis dahin schon erste Ergebnisse. Vom Sachverständigen. Übrigens. Ich denke, Sie werden sich kennen, es ist Herr Dr. Moos von der Nationalgalerie. Bis dann, Frau Lenze, und passen Sie gut auf sich auf.

Und damit ist er auch schon zur Tür hinaus, Brack, hör ich ihn rufen, wo bist du, seine Stimme verliert sich in dem Korridor, der für mich verschlossen ist, dieser Gang nach »draußen«, und die Beamtin kommt von der anderen Seite, der »inneren«, und bringt mich zurück, »hinein«. Einen Moment muss ich mich am Türrahmen festhalten, mir ist flau im Magen, ich will nicht zurück, aber niemand ist da, der mir sie aufschließt, die andere Tür.

Und an diesem Abend sitze ich wieder in der Ecke, das Gesicht zur Wand, höre die Reden und Fragen und das Lachen, das kannst du nicht machen, raunzt Marie, du bist unsere Heldin, die Petra ist immer noch ganz fertig, sie sitzt heute im Eck mit dem Gesicht zur Wand, aber du kommst jetzt mit in die Küche, ich hab feine Bratkartoffeln gemacht zur Feier des Tages, wirst sehen, schmeckt wie bei Muttern, und ist mir auch schon egal, die Bilder, hämmert es mir im Kopf, Moos hat sie jetzt in seinen Krallen, während ich Kartoffelstücke auf die Gabel spieße, gar nicht merke, dass ich seit jenem Tag zum ersten Mal wieder in der Küche, meine Farben, schreit Sofonisba, heute ist sogar sie außer sich geraten, du hast ja gar nicht nach den Farben gefragt, und um mich die lachenden Frauen, Sofie, sagt eine, du bist schon richtig, komm, lass uns die alten Sachen begraben, und ich begrabe alles, heute, mich und mein Leben, die Hoffnung und Zukunft, in einem Teller Bratkartoffeln begrabe ich es, schlucke es in mich hinein, in der Nacht wird mir schlecht sein, vielleicht werde ich mich übergeben, ist aber alles, alles so völlig egal.

8

Wenn man den Himmel malt,

muss man das Blau auf einmal machen, mit Smalte und Weiß oder mit Aschblau und Weiß, je nach Bedarf Lack, Zinnober und andere Farben hinzugemischt. Dann lässt man trocknen, und wenn man mit Gelb o.a. weiterarbeiten will, muss dies ganz gesondert geschehen. Denn brächte man diese mit dem Blau in Berührung, würde die Farbe verderben.

Am nächsten Morgen scheint mir das alles längst nicht mehr so bedrohlich. Ich habe tief und fest geschlafen, Marguerite musste mich nicht ein einziges Mal aus dem Schlaf reißen. Viertel nach fünf weckt uns eine neue, freundliche Stimme, ich fühle mich erfrischt und kräftig wie schon lange nicht mehr. In meinen Träumen bin ich einen Fluss entlanggewandert, eine grün bewachsene Auenlandschaft, es war der Tajo in Aranjuez und es war Frühsommer, die Wasserlilien standen wie gelb gewandete Mädchen im türkisblau schimmernden Wasser, vor mir stob eine Wolke von Wachteln auf, aus dem Unterholz duftete es nach Walderdbeeren, krapplackrot dunkel mit dem wildsüßen Geschmack, ich war allein und doch nicht allein, und beim Frühstück versuchte ich mich zu erinnern, wer bei mir gewesen war, wo ich denn eigentlich hin wollte, und da ist es wieder, für eine Sekunde lang, das Traumgesicht, und es hat einen dichten, gepflegten Vollbart, nachtschwarze Augen unter einer breiten, kräftigen Stirn.

Spioniert er mir schon meine Träume aus, denkt es in mir, und einen Moment lang fühle ich wieder die Anwesenheit der Bedrohung, aber sie ist weiter von mir entfernt als der Traum, heute Morgen hat sie keine Gewalt über mich.

Vielleicht war er es gar nicht, vielleicht bildest du es dir nur ein, und meine Erinnerung bietet mir andere Gesichter an, probehalber, dunkle Männerantlitze mit Bärten und ohne, und dann, ganz unerwartet, schiebt sie alles andere hinterher, wirft es mir hin wie einen Knochen, und sie kennt mich, und sie weiß es, auch wenn ich gemeinsam mit den anderen der Wärterin hinüber zur Wäscherei folge, auch wenn meine Hände Trommeln füllen und Trommeln leeren, weiße Laken durch die Mangel führen, so bin ich doch gar nicht da, nur meine äußere Hülle, so wie damals, als meine Mutter mich fand, nur heute funktioniert diese Hülle auch ohne mich, steht sogar Rede und Antwort, wenn es sein muss, unterbricht die Arbeit für die Zeit der Pause, nimmt sie wieder auf, aber mein eigentliches Ich, das ist wieder dort, weit fort, die Entfernung ist groß, in Raum wie in Zeit bemessen, aber sie ist auch schwindend klein, nicht die Breite eines Haares trennt mich von dieser anderen Geschichte, dieser anderen Existenz, sag einer, es sei bereits geschehen, was versteht er davon, vielleicht wird alles erst noch geschehen, ja, heute Morgen ist es mir, als seien die Würfel auch darüber noch längst nicht gefallen, selbst in der stickigen Luft der Wäscherei hängt ein Hauch von Erwartung, alles ist möglich, denke ich, auch das scheinbar Unmögliche birgt diesen Keim der Möglichkeit, ja, der Wahrscheinlichkeit, hab ich es nicht immer wieder erlebt und erlebe es jetzt, das Knarren der Holzbohlen auf dem Steg, das Klackern meiner Absätze, wie ich immer drei auf einmal überspringe, darunter das Wasser, das fließende Blautürkis, und sieht man beim Laufen zwischen die Ritzen der Bretter, ist es, als bewege er sich seitwärts, der Steg, über dem Fließen und Rauschen, und lachend falle ich in seine Arme, gerade noch rechtzeitig, bevor mich der Schwindel erfasst und hinunterzieht, aber er erfasst mich trotzdem, der Schwindel, und zieht mich hinein in die Kühle des Hauses über dem Fluss, an dessen hölzerne Wände der Widerschein des Lichtes auf den Wellen zitternde Muster malt, zieht mich hinunter, hinunter auf dieses schwimmende Lager aus Heu und Stroh unter seinem Mantel, unser Bett ist ein Kahn, der hier im Bootshaus vor Anker liegt und dennoch uns forttragen wird zu anderen Gestaden, der kühle Geruch von Holz und Wasser, um mich fühle ich das Rauschen des Wassers, über mir tasten sich einzelne Streifen aus Sonnenlicht durch die Ritzen des Daches, fließen um seine Gestalt, als wollten sie ihn vergolden, die Schwere seines Körpers auf dem meinen, bevor er mich herumreißt und den meinen auf seinen bettet wie den einer Prinzessin, mich mit seinen Küssen beinahe erstickt, dass ich lache, in seinen geöffneten Mund lache ich hinein, und er saugt sich nur immer fester, hart fühle ich seine Männlichkeit durch meine Röcke, sein Begehren ist grenzenlos, Sofonisba, stöhnt er, als er meinen Mund endlich freigibt, Sofonisba, dass du doch noch gekommen bist, und mit raschen Bewegungen raffe ich den vielen Stoff, feines Leinen mit Lochstickerei streife ich ab, er greift danach und erobert es und legt es sich über das Gesicht, zieht geräuschvoll meinen Duft ein und bietet sich mir dar, und ich lasse ihn ein, senke mein Becken langsam, langsam über das seine, ein Atmen und Stöhnen und ich hebe und senke mich, sacht, aber tief, sauge ihn ganz tief ein in mich, diese Wonne, die mich durchflutet, das ist es, ja, was abends vorm Einschlafen über den sechzehn Betten liegt, das Sehnen und Brennen nach dieser Berührung, nach dieser Erfüllung, Ausfüllung, inwendig, dort, wo es nicht mehr tiefer geht, die geheimste Stelle, die verborgenste Höhle, und jetzt stößt er stärker, entschiedener vor in mein Geheimnis, schneller hebt und senkt sich sein Becken, seine Hände tasten nach meinem Busen, nesteln an Schnüren und Bändern und Häkchen, und das ist unser Spiel, unser liebstes, geheimes, dass er mich sachte nach und nach entkleidet, jedes einzelne winzige Knöpfchen öffnet, während wir bereits mit fliegenden Segeln Meere durchpflügen und Kämpfe bestehen, im Sturm und im Wind uns dem Zielhafen nähern, ihn weit noch umkreisen, um dann, endlich, fürs erste ermüdet, einzufahren, ans Ziel zu gelangen, die Ladung, die kostbare, zu löschen, die Segel zu reffen, die sich langsam, langsam um uns niedersenken, mein Mieder, meine Röcke und die weiße, wolkige Wäsche.

Lächelnd ruhe ich in seinen Armen, meine Finger streichen den Sturm aus seinem Haar, glätten seinen Bart, schwarz und glänzend, seidig und dicht, jeden Morgen von seinem Diener geschnitten, folgen den Linien seiner Brauen, den feinen Fältchen um seine Augen, die jetzt geschlossen, von einem schwarzen Strahlenkranz aus Wimpern bewacht. Ich lächle und denke an das allererste Mal, die Wochen der heimlichen Werbung, die, so hoffte ich, niemand bemerkte, sechsundzwanzig Jahre war ich alt und entschlossen, den Schleier der Jungfräulichkeit zu zerreißen. Er war der Beste, der mir dafür begegnen konnte, seine Zärtlichkeit trieb mir die Tränen aus den Augen, und als es endlich so weit war, als mein Zaudern und Zieren keinen Sinn mehr ergaben, als ich hier vor ihm saß, im zitternden Licht, das der Widerschein des Wassers an diese wetterschwarzen Holzwände wirft, da sagte er, du, Sofonisba, bist die Herrin in diesem Spiel, und er küsste meine Hände, küsste mein Haar, meine Stirn, meine Augen, die Nase, und da musste ich lachen, schlang meine Arme um ihn und küsste ihn auf den Mund, aber was mir nur als zwei Lippen erschienen war, das öffnete sich und eröffnete mir eine ganz neue Welt, alles, was du willst, murmelte er in meinen geöffneten Mund hinein, nur das, was du willst, meine Liebste, und so erkundete er weiter Stück um Stück meinen Körper, der unter meinen höfischen Kleidern verborgen war, wie die Auster in ihrer Schale, bis auch meine Neugier erwachte und ich es wagte, sie zu stillen, mit Elena hatte ich früher im Bett des öfteren geflüstert, die Anatomie des männlichen Körpers, ich kannte sie gut, kannte sie von den Alten der Antike, von den Allegorien im Hause d'Este, ein lebendiger Jüngling, ganz in Gold als Gott Amor hatte uns reichlich Stoff für nächtliches Getuschel gegeben, aber wie ich jetzt diesen Körper erkundete, war es doch ganz anders, überraschend und beglückend, hier lernte ich ertasten, erschnuppern und schmecken, fühlte ihn mit den Augen, den Händen, den Lippen, der Zunge, und dann wollte ich alles wissen, in mir war ein See aufgebrochen, der gestillt werden wollte, alles, was du willst, mein Liebling, und ich wollte alles, alles, und erhielt alles, mehr, als ich erhofft hatte, und es schien, als sollte niemals dieses Geben und Nehmen versiegen.

Und wie ich so liege, ihn wiege mit den sanften Bewegungen des Flusses, da denke ich an Elena, und ein großes Bedauern steigt in mir auf, warum nur musste ausgerechnet sie in ein Kloster, mit ihrem Talent, ihrer Anmut, diesem fröhlichen Lachen, aber, denke ich, nichts ist, was es scheint, und dort kann sie in Ruhe ungestört malen, mehr noch als du, sie muss keine Königin unterrichten, sie muss höchstens ihren Gebeten nachgehen, aber das hat sie immer getan, und wer weiß, ja, wer kann es wissen, womöglich liegt auch sie gerade in den Armen eines Mannes und denkt über all die Entfernung her zu ihrer Schwester, Sofonisba, wie es wohl ihr in der Fremde ergeht.

Da muss ich lachen, und mein Lachen weckt meinen Liebsten, ohnehin ist sein Liebesschlaf nur ein leichter Schleier, der sich flüchtig über ihn senkt und genauso schnell wieder hebt, ohne die Augen zu öffnen summt er leise und zieht mich an sich, wie eine Nusshälfte an die andere geschmiegt in unserer wiegenden Schale vereinen wir unseren Herzschlag zu einem, nein, es ist nicht Liebe, die uns verbindet, auch wenn ich es damals glaubte, oder doch, die kleine freche Schwester der großen Liebe, unbekümmert ist sie, schwerelos, macht sich keine Gedanken, wenn der Liebste wieder fortzieht zu seiner Ehefrau und den Kindern, eine Liebe, die keinen Alltag teilen möchte, nicht den gefüllten Nachttopf sehen möchte am anderen Morgen, nicht das Geschrei der Kinder hören und die Sorgen bei ihren Krankheiten tragen, will auch nichts hören von seinen Machtkämpfen mit Alba und seinen Anhängern, nichts von den Problemen, die er hat, nein, frei will ich sein und lieben und malen, davongehen mit meinen wehenden Röcken, das ist der Preis, aber das ist auch mein Lohn, mit ihm war die Liebe schwerelos und heiter. Später, da wollte ich dann Verantwortung übernehmen. Später, da habe ich sie dann auch übernommen. Teuer habe ich bezahlt, und übel hat man mir mitgespielt, ich hatte keine Ahnung, dass die ärgsten Feinde in der Familie lauern, Schwiegerfamilien sind für mich seither das Schlimmste, was einem begegnen kann …, aber damals, im Bootshaus über dem Tajo, im Arm des mächtigen Portugiesen, dem berüchtigten »Auge des Königs«, vor dem so viele Menschen zitterten, da war die Liebe eine üppig duftende Blume, eine schwirrende Libelle über den Wassern, ein Schweben und Gleiten und Segeln im Licht.

Ja, eigentlich war es von Anfang an klar, bereits damals, in jenem Herbst, als ich gerade erst angekommen war nach meiner langen Reise aus der Heimat hierher, und er mich anstelle des Königs begrüßte, Ruy Gomez, der Freund des Königs, er sah mich an und lächelte nur mit den Augen, und am Abend sagte der Conte Broccardo, der dabei gewesen war, bevor er wieder den Heimweg antrat, jetzt, wo er mich, wie dem König versprochen, heil und unversehrt abgeliefert hatte – Kind, sagte er, und versuchte, ernst dreinzuschauen, pass gut auf dich auf, und mach mir keine Dummheiten mit den noblen Herren!

Ich lachte herzlich, denn wir wussten beide genau, was er meinte, dass die einzige Dummheit, die nicht zählen würde, eine Dummheit mit ihm gewesen wäre, ja, viele junge Männer machten mir den Hof, und die Mädchen schwatzten am Abend und lachten, versuchten mich zu necken, Sofonisba, sagten sie, wann heiratest du deinen Landsmann Ferrante, oder gefällt dir der junge Don de Alcalà besser, und ich scherzte mit ihnen über diesen und jenen, der am Abend nach dem Essen uns mit der Laute unterhalten oder Gedichte vorgetragen hatte, all diese grünen Jungen – und keine kam je auf die Idee, mit wem ich mich im Bootshaus am Tajo traf in jenem Sommer, den wir in Aranjuez verbrachten, keine, und wenn, dann hätten sie es nicht geglaubt.

Das Auge des Königs. Er verhalf mir schließlich endlich zu einem richtigen Atelier. Nicht nur eine Kammer mit schlechtem Licht im Alcázar. Ob ich es ohne dieses Atelier, außerhalb des Schlosses gelegen in einer kleinen Remise am Ende des Parkes, ob ich es so viele Jahre am Hof ausgehalten hätte, ohne eigene Gemächer, ohne die Möglichkeit des Rückzugs? Sag mir, ob du dir etwas wünschst, hörte ich oft von ihm, aber ich schüttelte stolz den Kopf, hatte ich nicht alles, was ich brauchte? Und dass mir der Kämmerer des Königs mein Gehalt nur unregelmäßig und monatelang gar nicht ausbezahlte, damit musste ich alleine zurechtkommen, ihn würde ich niemals darum angehen, da ging ich schon selbst zu Felipe und beschwerte mich. Aber dann eines Tages, als er mich wieder fragte, gibt es etwas, was du brauchst, Sofonisba, kannst du auch in Ruhe arbeiten, da hörte ich mich sagen: Ein Atelier, was ich bräuchte, wäre ein Atelier, und es dauerte kaum ein paar Tage, da hatte ich eines, und mein Rückzug war gesichert: »Sofonisba muss unbedingt das Bildnis der Königin für den Papst fertig stellen«, oder »Majestät, meine Dienerin ist einfach zu dumm, um uns die richtigen Farben zu bringen, mit Eurer Erlaubnis werde ich heute selbst in die Stadt gehen und besorgen, was wir brauchen.«

Als ob ich nicht ohnehin des Öfteren in den Kleidern meiner geliebten Consuela, deren größte Tugend ihre absolute Verschwiegenheit war, durch Madrid streifte. Ich war kein Vogel, den man von Jugend an in einem Palast eingesperrt hatte, wie die anderen Hofdamen, ich war es gewohnt, frei zu sein, frei herumzugehen und mir selbst ein Bild zu machen von der Welt, in der ich lebte …

Du bist ja so gemein.

Marie zieht einen hässlichen Flunsch. Ich schaue auf, vor mir die Mangel, meine Hände streicheln ein abgenutztes Leintuch, und so schnell wie das Ufer des Tajo mit dem Bootshaus und Steg verschwindet, entschwinden die Düfte und Laute der Liebe, so unerbittlich umfassen mich jetzt wieder die Wände, ich erinnere mich, es sind Gefängnismauern, und die Trostlosigkeit des vergangenen Abends steigt wie eine alte Übelkeit wieder in mir auf.

So gemein, mault Marie, in dir ist wieder eine Geschichte, ich kann es sehen, auf deinem Gesicht, aber du, du behältst sie ganz für dich alleine, erzähl doch endlich, bettelt sie, aber die Geschichte ist fort und mit ihr der Trost, die Freude, die Leichtigkeit, lass mich in Ruhe, du hast alles verdorben, und ich weiß, ich bin ungerecht, was kann denn Marie dafür – gar nichts.

Was hab ich denn jetzt schon wieder getan, fängt sie an zu plärren, wieso hast du so schlechte Laune, schau dich doch mal um, sag bloß, du hast noch gar nicht gemerkt, was los ist.

Ich seh mich um. Was soll schon los sein.

Die Petra ist fort.

Tatsächlich. Ihr Platz ist leer.

Wo ist sie?, frage ich, und eigentlich interessiert es mich gar nicht, Knastgerede, wird ihr halt nachträglich schlecht geworden sein, oder sie hat das Essen nicht vertragen, was interessiert mich die Petra, Herrgott, gibt es nichts Wichtigeres auf dieser Welt als diese Frau mit den komischen Zähnen?

Ich glaub's einfach nicht, schüttelt Marie ihren Kopf, du hast doch die ganze Zeit hier gesessen? Völlig weggetreten, wenn du mich fragst. Hast du das wirklich nicht mitgekriegt, erst wurde sie zu Kregler gerufen, und dann kam sie wieder, weiß wie die Wand, die hat vielleicht eine Wut. Hat ihre Sachen geholt und ist weg, macht jetzt Schwänze an die Mäuse, glaub bloß nicht, dass sie das freiwillig …, was für Schwänze, frag ich, und eigentlich frag ich mich ganz etwas anderes, sind denn alle hier übergeschnappt, bin ich bereits in der Klapsmühle …, na, an die Farbmäuse, du weißt doch, von Faber, für das Weihnachtsgeschäft, ja leck mich, du hast aber auch gar keinen Schimmer, gelbe Mäuse, mit denen man malen kann, gelb malen, rote Mäuse, mit denen man rot malen kann und blaue Mäuse ..., na so was für Kinder, und da machen sie hier die Schwänze ran, na ja Mäuseschwänze halt, jede Maus hat 'nen Schwanz, aber die Petra hat immer über die hergezogen, Scheißarbeit, hat sie gesagt, wer macht schon freiwillig Schwänze an Mäuse – also, dass sie das nicht freiwillig tut, das ist ja wohl klar.

Langsam dämmert mir etwas. Kregler. Und Petra. In eine andere Abteilung verfrachtet.

Aha, sage ich, aber das ist keine Antwort, die Marie auch nur irgendwie befriedigen könnte, aha?, äfft sie mich nach, das ist alles, was dir dazu einfällt, ja ist dir denn klar, dass er sie weggeholt hat von uns, wegen gestern, dass das dein Verdienst ist, die Frauen reden über nichts anderes mehr.

Marie Huber, ruft die mit den Hasenzähnen, ist das jetzt Konversationsstunde oder Arbeit, und damit hab ich auch wieder ein bisschen Ruhe, und die hab ich nötig, zum Nachdenken. Marie hat Recht. Ich scheine eine Menge versäumt zu haben.

Aber sie währt nicht lange, diese Ruhe. Denn jetzt werde ich zum Direktor gerufen. Was für ein Tag aber auch, brummt die mit den Hasenzähnen, ein wahres Kommen und Gehen. Türen und Schlösser und Schlüssel in Schlösser und Türen, die sich öffnen und hinter mir wieder schließen, mein Herz klopft mir bis hinauf zum Hals. Was will er von mir? Hab ich gegen seine Ordnung verstoßen? Einfügen soll ich mich, aber ich muss mich doch schließlich meiner Haut erwehren, wenn mich sonst schon keiner schützt, das werde ich ihm sagen und noch eine ganze Menge ... Ruhig, mahnt Sofonisba, du bleibst einfach vollkommen ruhig, ganz egal, was er sagt, die Zeiten sind vorbei, dass man mit dem heißen Eisen und der Streckbank kommt, lass ihn einfach reden, diesmal ist er es, der etwas von dir will.

Und dann sind wir da. Kregler sitzt an seinem Schreibtisch und hat Papiere vor sich liegen, als ich hereingeführt werde.

Er sieht kurz auf, nickt der Beamtin zu. Sie geht hinaus, und ich stehe da, zögere, Kregler hat sich wieder in seine Arbeit vertieft.

Nehmen Sie Platz, sagt er, ohne aufzusehen.

Ich möchte lieber stehen, antworte ich und staune selbst über mich.

Was Sie lieber möchten spielt keine Rolle, Frau Lenze, sagt dieser Mann ganz ruhig, immer noch ohne aufzusehen, Sie setzen sich jetzt hier auf diesen Stuhl.

Und obwohl ich es eigentlich nicht will, ja, sich alles in mir dagegen sträubt, setze ich mich tatsächlich.

Jetzt sieht er auf.

Erzählen Sie mir von Ihrer Arbeit.

Was?!

Wenn Sie ein Bild malen. Was brauchen Sie dafür. Welche Farben benutzen Sie. Wie muss ich mir das vorstellen.

Wie meint er das, fragt Marguerite, was will der von uns wissen? Was steckt wirklich dahinter, fragt sich auch Sofonisba, was sollen diese Fragen?

Warum wollen Sie das wissen, frage ich zurück.

Kreglers Mund wird ein schmales, fahlrotes Band.

Ich wäre Ihnen sehr verbunden, wenn Sie mir antworten würden.

Na dann erzähl es ihm eben, muntert mich Sofonisba auf, was ist dabei? Aber er hat eine Absicht, wendet Marguerite ein, dieser Mann fragt nicht einfach so aus purem Interesse. Irgendetwas steckt immer dahinter. Und wenn schon, kann er doch etwas lernen bei der Gelegenheit, und schon legt sie los, Sofonisba, kann es kaum erwarten, von ihrer Kunst zu sprechen.

Meine Farben, beginnt sie, stelle ich alle selbst her. Aus reinen Pigmenten …

Wo kann man die kaufen?

Wieder bin ich verblüfft. Will dieser Mann jetzt womöglich selbst die Malerei erlernen? Aber dieser Gedanke ist zu grotesk.

In speziellen Geschäften für Künstlerbedarf. Aber man muss Acht geben. Nicht überall bekommt man die wirklich reinen Farben, die wir damals …, ich meine, beiße ich mir auf die Zunge, die damals im 16. Jahrhundert verwendet wurden. Ich weiß nicht, ob Sie wissen, dass ich eine sehr spezielle Art habe zu malen … und eigentlich auf die Restauration von Gemälden aus dieser Zeit spezialisiert bin …

Ich weiß. Und diese Farben kann man nicht fertig kaufen?

Was soll denn das schon wieder, will Marguerite wissen, und rüttelt an den schmiedeeisernen Stäben dort an den Fenstern, aber Sofonisba ist bereits eifrig dabei, ihr Wissen auszubreiten.

Nein, sagt sie. Die industriell gefertigen Farben taugen nichts. Nur wenn man sie selbst macht, weiß man, was hinterher auf der Leinwand ist.

Aber es gibt doch da ein großes Angebot. Andere Maler nutzen das auch, hab ich mir sagen lassen.

Sofonisba seufzt. Die alte Diskussion. Nicht erst an der Akademie, während meines Studiums, wo mich sowieso alle für verrückt erklärten. Nein, schon damals, 1560 verkauften die Flamen die ersten fix und fertig zubereiteten Farben und exportierten sie überallhin. Natürlich nicht in Tuben. In Schweinsblasen wurden sie damals abgebunden. Bei Coello hingen sie alle im Atelier, wie eine lange Reihe von riesigen Christbaumkugeln, nie werde ich vergessen, wie erstaunt ich war, was habt ihr denn in diesen Ballons, fragte ich ihn, meine Farben, was sonst, aus Flandern, und ich ließ mir ehrfürchtig zeigen, wie er mit einem Nagel ein Loch in jede Blase stach, ein wenig Farbpaste herausquetschte und dann das Löchlein wieder mit dem Nagel verschloss. Auch ich ließ mir eine Auswahl kommen, mit der nächsten Lieferung schon, Isabel hatte eine Menge Spaß an den bunten runden Säcken, aber sie hingen bis zuletzt bei mir im Atelier, in vierzehn Jahren habe ich sie kaum zur Hälfte aufgebraucht, selten drückte ich ein Würmchen Farbe aus ihnen heraus, meine Farben waren doch anders, vor allem die Erdtöne, voller, satter, leuchtender, solche hatte dieser flämische Hersteller nicht in seinem Angebot.

Du bist altmodisch, Sofonisba, lachte Coello, und ich lachte mit, stimmt, sagte ich, aber lieber gab ich mein bisschen Geld aus, einen Burschen dafür zu bezahlen, dass er stundenlang die Pigmente rieb, mit dem Marmorstein in regelmäßigen Zügen eine Acht auf dem Porphyrtisch zeichnend, bis das leuchtende Mehl hauchfein war, je feiner, je besser, je ergiebiger und beständiger, hatte ich bei Campi gelernt, und dann, wenn ich zufrieden war, verrieb der Bursche das Mehl mit dem kostbaren Öl, mit Leinöl oder Nussöl, so, wie ich es ihn anwies, auch das eine Arbeit von vielen mühsamen Stunden, aber dann kam sogar Coello, der fortschrittsgläubige Coello, nicht aus dem Staunen heraus. Er verrieb ein winziges Farbkrümelchen zwischen seinen Handballen, nickte anerkennend, seine Handflächen über und über strotzend von der leuchtenden Farbe, oh ja, sie sind schön, keine Frage, Sofonisba, du bist eine wahre Alchimistin, sagte auch Ruy Gomez, wenn er mich besuchte, die Töpfchen und Gläser und Säckchen und Fläschchen voller schimmernder Öle bewunderte, die Bröckelchen Harz und Bienenwachs für den Firnis, auch damit machte ich so meine Experimente, und was man eben sonst noch alles so braucht, um erstklassige Bilder zu malen …

Ich schaue auf und direkt in Kreglers graue Augen. Was versteht er davon? Was will er wirklich von mir wissen?

Nun ja, sage ich, es gibt schon ein paar Hersteller, deren Farben sind recht ordentlich und erfüllen tatsächlich die wichtigsten Grundbedingungen …

Ja, wie sehr staunte ich, als ich feststellte, aus Flandern kommen heute noch dieselben Farben, dieselbe Firma wie damals, das hat mir gewaltig imponiert, das nenne ich Tradition …

Welche Bedingungen?

Vielleicht will er, dass du einen Gefängnismalkurs leitest, schlägt Marguerite vor, eine Idee von Schwester Benedikta, darum hat sie dir diese Farbtuben in die Zelle gelegt, ich stelle mir Marie vor mit dem Pinsel in der Hand und diese Petra, und plötzlich kämpfe ich mit einem sinnlosen Kichern.

Oh, sage ich, da gibt es einige. Zum Beispiel müssen die Farbpigmente zwischen Steinen gemahlen werden, auf gar keinen Fall zwischen Metall, denn das ergibt chemische Reaktionen, die alles verderben, die Wärme sowieso, aber auch die Oxidation mit dem Eisen. Und der Anteil an Pigmenten, auf den kommt es an, billige Farben enthalten nur einen geringen Anteil an echten Farbpigmenten, wenn überhaupt, wenn es nicht synthetische Farbmittel sind. Und dann der Binder. Echtes Leinöl zum Beispiel. Auch nicht gerade billig. Und manche verlängern die Paste mit allem Möglichen, Vaseline, Schmiermittel. Die Quittung hat man dann auf dem Bild. Grauschleier. Nicht lichtecht. Dunkelt nach. Oder bleicht aus, je nachdem. Außerdem braucht man viel mehr von der billigen Farbe, weil sie in der Regel schlecht deckt – also, es lohnt sich wirklich, sich die Arbeit mit den Pigmenten zu machen.

Ich stocke. Immer noch habe ich keine Ahnung, worauf dieser Mann hier eigentlich hinauswill. Er bringt dich zum Reden, warnt Marguerite. Er bricht deinen Panzer. Aber er selbst gibt die Deckung nicht auf.

Was brauchen Sie noch außer diesen Pigmenten und Leinöl? Leinwand nehme ich an? Eine Staffelei?

Einen Tisch mit einer Steinplatte, am besten aus Marmor oder Porphyr. Reibesteine. Bienenwachs. Harze. Luftdichte Gefäße für die angeriebenen Farben, so ein Atelier ist voller Dinge ... Pinsel natürlich in allen Stärken, Vertreiber, Malmesser, Spachtel, Schwämme ...

Machen Sie eine Liste, sagt Kregler.

Ich starre ihn an.

Wie bitte?

Schreiben Sie alles, was Sie brauchen, um ein Portrait zu malen, auf einen Rapportzettel. Am besten mit Angaben, wo man es bekommen kann. Und falls Sie die Preise im Kopf haben, notieren Sie auch die.

Mir schwirrt der Kopf. Wozu das alles? Und ein fürchterlicher Verdacht kommt mir. Dieser Kregler. Er arbeitet mit Nagel zusammen. Fragt mich aus.

Nein, sage ich. Ich schreibe überhaupt nichts auf, solange Sie mir nicht sagen, wozu das gut sein soll.

Kregler lehnt sich zurück und verschwindet beinahe in der Tiefe des Ledersessels. Eine kleine zerbrechliche Gestalt ist es, die da sitzt, ein kleines Bündel eisernen Willens. Er ist gefährlich, das muss mir weder Sofonisba noch Marguerite sagen, dieser Mann ist unberechenbar.

Sie werden malen, sagt er jetzt mit seiner eigenartig tonlosen Stimme.

In mir reden sie alle durcheinander. Malen, ruft es in mir, wir werden wieder malen, jubelt es, aber ich bleibe ruhig, vorsichtig, was denkt er sich dabei, wir sind im Gefängnis, nicht bei Hof, wo man einfach zu Sofonisba kommen kann, und sie um diesen Gefallen bitten. Bitten. Nicht befehlen. Sie werden malen. Nicht einmal der König hat mir befohlen. Schließlich war ich keine Hofmalerin. Wurde nicht dafür bezahlt. Meine Aufgabe war eine andere. Und wenn man ein Bild von mir wollte, dann musste man freundlich darum bitten. Und warten, bis man an der Reihe war. Und längst nicht alle, so Leid mir das tat, bekamen, worum sie baten. Nicht dass ich mich geziert hätte. Aber es war schlicht eine Frage der Zeit. Und der Diplomatie. Zuerst musste ich die Königin malen. Natürlich. Sie war meine Herrin. Dann die Schwester des Königs. Das gebot die Etikette. Dann den König. Und das konnte dauern. Und so ging es weiter, der Papst, Caterina de' Medici, die Mutter meiner Herrin und Königin von Frankreich, sie alle baten freundlichst um Bilder, da musste selbst Ruy Gomez zurückstehen, ja, auch seine Frau, und diese Absage kränkte sie tiefer, als mein Verhältnis mit ihrem Mann, falls sie davon je erfahren hat – nein, meine Bilder waren rar, kaum, dass ich vier, fünf pro Jahr fertig stellen konnte, sie waren eine Kostbarkeit für jeden Sammler. Sofonisba, vergiss nie, deine Bilder zu signieren, nein, ich vergaß es nicht, und jetzt sitze ich hier, der Schweiß tritt mir auf die Stirn, sitze vor diesem Gefängnisdirektor, der mit mitteilt, dass ich wieder malen soll, als sei es das Normalste von der Welt.

Ich werde … malen?

So ist es.

Kregler nimmt einen Bleistift und macht ein paar Notizen.

Ein Portrait, sagt er dann.

Und … wen … wen soll ich portraitieren?

Sie werden mich portraitieren.

Ihn? Diesen Kregler? Ich kann es nicht glauben. Er macht Scherze, schlägt Marguerite vor, aber nein, dieser hier macht niemals einen Scherz, darauf könnte ich schwören. Oh ja, sagt Sofonisba, er ist eitel, das ist es, ein eitler Gefängnisfürst mit einem eigenen kleinen Reich, die vorbildlichste Haftanstalt und das ist der Lohn, den er sich gönnt, sich selbst in Öl verewigt – wo wird er es hinhängen, das Gemälde, von dem er herunterschauen wird mit seinen kühlen grauen Augen, bei sich zu Hause über den Kamin? Oder hier in sein Büro? Oder steckt da eine ganz andere Geschichte dahinter, Nagel, fährt es mir wieder durch den Kopf, Frieder Nagel, es ist seine Idee, nicht wahr, und langsam dämmert es mir, wer hinter dieser absonderlichen Idee stecken könnte.

Wie soll das gehen, frage ich, ich hab keine Farben, ich hab kein Atelier, wo soll das stattfinden, für ein solches Bild brauche ich eine Menge Platz.

... und stecke schließlich immer noch in dieser Zweierzelle, denke ich bitter, wie um alles in der Welt soll ich da arbeiten können?

Und mein Modell braucht viel Zeit, füge ich hinzu.

Sie werden mit genau der Zeit auskommen, die ich Ihnen gebe, sagt er ruhig.

Ich weiß nicht, was ich von all dem halten soll. Und Marguerite ist wieder ganz verängstigt, gib Acht, schreit sie, eine Falle, auch mir brachten sie Federkiel und Papier in den Kerker, und was ich dort schrieb, jedes Wort wurde gegen mich verwandt, glaube nicht, dir wolle einer etwas Gutes tun, hier nicht, und schon gar nicht er.

Sie brauchen einen Raum zum Arbeiten. Frau Nonnenmacher wird Ihnen nachher etwas zeigen. Eine Werkstatt, die nicht mehr gebraucht wird. Hier. Genau zwei Stockwerke unter uns. Das wird gehen.

Ich bin sprachlos. Marguerite ist sprachlos. Auch Sofonisba fällt ausnahmsweise nichts ein.

Alles andere schreiben Sie auf einen Rapportzettel.

Ich bin benommen, wie eine Fliege bei Tauwetter.

Von der Arbeit in der Wäscherei sind Sie entbunden. Für Ihre Arbeit an dem Bild erhalten Sie denselben Stundensatz wie bei jeder anderen Gefängnisarbeit. Zwei Mark vierundsiebzig pro Stunde. Das Bild bleibt Eigentum der Haftanstalt. Es ist ein Entgegenkommen an Sie, damit Sie Ihre künstlerische Arbeit auch hier fortführen zu können. Sie dürfen natürlich nicht erwarten, damit einen nennenswerten Gewinn zu machen. Schließlich ist es nicht Ziel Ihrer Inhaftierung, Ihnen die Schaffung einer finanziellen Lebensgrundlage zu ermöglichen. Ich will, dass Sie mich richtig verstehen. Es wird eine Abmachung zwischen Ihnen und unserer Institution geben. Ich persönlich habe damit nichts zu tun.

Sofonisba ist empört. Zwar wurde sie niemals mit barer Münze für ihre Arbeit bezahlt. Aber sehr wohl entlohnt. Großzügig. Mit Schmuck. Juwelen. Kostbaren Geschenken. Wertvollen Möbeln und seltenen Sammelobjekten. Eine Aussteuer hat sie sich so zusammengemalt, wie manch eine Fürstin sie nicht hatte. Dies hier ist ein schäbiges Angebot. Gefangenenlohn gegen ihre Kunst. Dann noch lieber Wäschemangeln, meint Marguerite, eine ehrliche Arbeit.

Ich werde darüber nachdenken, sage ich ruhig.

Gut, sagt Kregler. Denken Sie darüber nach. Er sieht auf seine Armbanduhr. Ich gebe Ihnen drei Minuten.

Und dann wendet er sich wieder seinen Akten zu.

Drei Minuten. Diesem hier, dem bist du nicht gewachsen, stellt Marguerite fest. Und während ich diesen Gefängnisdirektor fassungslos betrachte, wie er in aller Ruhe seine Arbeit macht und mich völlig vergessen zu haben scheint, da fällt es mir wie Schuppen von den Augen, und eine Angst überfällt mich, die alles überschreit. Dieses Angebot hat nichts Gutes zu bedeuten. Marie mit ihrem Kapitalverbrechen, niemand macht sich irgendwelche Mühe mit ihr, die Revision schleppt sich lustlos dahin. Mein Fall dagegen. Ein paar Bilder, deren Echtheit angezweifelt wird. Und so ein Aufwand. So viele Sondergenehmigungen. All die Ausnahmen. Wo dieser Mann mehr als deutlich gemacht hat, was er von Ausnahmen hält. Und die Kosten. Wo einer Gefangenen nicht mehr als zwei Socken zugestanden werden. Was glauben Sie, was das alles kostet, heißt der ständige Refrain. Einhundertfünfzig Mark kostet Ihr Urlaub hier bei uns pro Tag. Den Steuerzahler.

Aber andererseits. Malen. Nicht mehr in die Wäscherei zu müssen, nicht mehr diese Frauen um mich herum zu haben, ihnen nicht mehr so ausgeliefert zu sein. Den Tag alleine verbringen zu können mit dem, was ich am liebsten tu auf der Welt, wieder die geliebten Gerüche des Öls, des Harzes, die Nuancen der feinen Farbpulver und die Arbeit damit, die mich zur Ruhe zwingt, zur Genauigkeit, zur Geduld – ist das nicht genau das, was ich mir so gewünscht habe und was mir den Aufenthalt an diesem schrecklichen Ort erträglich machen könnte? Sofonisba drängt und jubelt, malen, du wirst sehen, das wird alles ändern, und vielleicht wird er ja ein wenig auftauen, dieser Kregler, ich habe schließlich zu jedem meiner Modelle einen Zugang gefunden, so schwierig und verschlossen sie auch waren, auch Kregler ist doch nur ein Mensch wie all die anderen, ich hatte es noch mit ganz anderen zu tun, dieses Angebot ist eine Chance.

Nun, sagt Kregler, und hebt den Kopf.

Ich nicke. Also gut, dann werde ich also malen. Kregler drückt auf den Knopf und die Nonnenmacher erscheint.

Hier, sagt Kregler noch, als ich mich schon zum Gehen wende. Er hält mir ein Blatt entgegen. Ich nehme es, sehe von Kregler zur Beamtin, dann auf das Blatt. VERLEGUNG IN EINE EINZELZELLE … steht da, und der Rest verschwimmt mir vor den Augen.

Geben Sie das an Frau Nonnenmacher weiter, sagt Kregler, Sie wird sich um alles kümmern.

Und ich starre ihn an, sprachlos, in mir bricht ein Damm und ich spüre, wie mir Tränen in die Augen steigen, nein, jetzt bloß nicht heulen, alles andere, nur nicht das, aber meine Verwirrung ist so vollständig und die Anspannung und all mein Widerstand stürzen in sich zusammen, Marguerite würde ihm am liebsten die Füße küssen, ihm um den Hals fallen, und ich sehe in seinen Augen, wie er diesen Moment genießt, dass er es genau darauf angelegt hat, ich beginne zu ahnen, dass dies eines der wirksamsten Mittel seiner Herrschaft ist, diese Mischung aus Verweigerung und Entgegenkommen, unerwartet, genau dann, wenn du am wenigsten damit rechnest, völlig willkürlich und dennoch einer inneren Strategie folgend …

Zeigen Sie Frau Lenze die Werkstatt, sagt er zur Nonnenmacher und wendet sich seinen Akten zu. An der Tür werfe ich nochmals einen Blick zurück. Dort sitzt er aufmerksam über den Schreibtisch gebeugt, und hat mich längst vergessen.

Auf unserem Weg durch die Anstalt, über Gänge und Treppen, durch all die Türen, gelingt es mir schließlich, wieder Ordnung in meine Gedanken zu bringen. Nagel? Habe ich das Nagel zu verdanken? Gibt es etwas, was Sie sich wünschen, höre ich diese Stimme, und meine Antwort: Eine Einzelzelle. Ach so. Und das war's. Das war es also. So ist es also, und mir bleibt nur noch darüber zu grübeln, warum Kregler darauf eingegangen ist. Wie hat Ruy Gomez das immer gesagt, du musst erreichen, dass die Menschen tun wollen, was du von ihnen willst, nicht befehlen, sondern gute Ideen verbreiten: Herr Dr. Kregler, wäre es nicht eine wirklich gute Idee, die Lenze ein wenig malen zu lassen, was meinen Sie, und das könnte mir außerdem nützen, das Bild, das sie malt, das werden wir untersuchen lassen, beim selben Sachverständigen, der auch die anderen Bilder …, und damit sie ein bisschen bessere Laune bekommt, die arme Frau Lenze, seien Sie so gut, und schauen Sie, dass sie eine Einzelzelle bekommt. Ach so, kein Platz? Na ja. Dann machen Sie eben Platz. Sie können doch alles. Wenn Sie nur wollen. Nun denn, Herr Dr. Kregler, bis demnächst, und grüßen Sie mir die Frau Lenze.

Vielleicht war es so. Vielleicht auch nicht. Aber egal, wessen Spiel es ist, du, Sofie Lenze, du wirst mitspielen, du bist die Künstlerin, die Malerin, du bist die Marionette in diesem Spiel, es wird nicht klug sein, zu malen, aber während ich mit Beamtin Nonnenmacher in der alten kleinen Schreinerwerkstatt herumstiefele, über altes Holz und Gerümpel steige, das Licht prüfe, den Raum, da fängt Sofonisba in mir an zu singen, und das alte Holz strömt den Geruch von Schiffsplanken aus, von Stegen und zitternden Lichtreflexen, ich fühle mich jung, raffe Röcke, lache und laufe den duftenden Weg am Tajo entlang, allem Kummer und Elend davon.

9

Venezianisches Terpentin

ähnelt Honig und riecht wie Balsam. Man nennt es auch edles Terpentin und gewinnt es aus Lärchen. In Italien wird es wegen des heißen Klimas als Firnis verwendet. Als Verdünnungsmittel gibt es der Malerei einen Glanz wie gebranntes Email und einen feinen Schmelz.

Marie kommt aus dem Staunen nicht heraus. Du bist eine Berühmtheit, beschließt sie nach langem Nachsinnen, sonst würde sich der Chef nicht von dir malen lassen. Und obwohl alle längst wissen, dass ich Bilder malen kann oder zumindest fälschen – darum bin ich ja hier –, so scheinen sie es jetzt erst so richtig zu begreifen.

Kannst du wirklich einen Menschen zeichnen, so, dass man ihn auch erkennt, fragt mich die kleine Moni und hat auch schon einen Wunsch, ob ich denn ein Bild von ihr malen könne, das wolle sie dann ihrem Freund zum Geburtstag schicken, die Marion druckst herum, ob ich sie vielleicht auch ganz nackt zeichnen würde, und über und über rot wird sie, als die anderen johlen und schreien, die Marion ganz nackig, da sind wir aber alle dabei, Moment mal, begreift Marie diese all die Wochen verkannte Chance, schließlich ist sie meine Freundin, ich komme zuerst dran, und schon machen sie eine Liste und Rangfolge und keiner merkt, dass ich gar nicht mehr dabei bin, sondern zum Hofgang abgeholt werde und mich mit den Füßen im Zement verwurzele.

Die beiden Gitarren übe ich heute, und wundere mich wieder einmal, dass sie so heißen, seltsame Gitarren sind das, nicht wie damals in Spanien, ich liebte sie, die Virtuosen aus dem Süden, die auf ihren Instrumenten mächtig zu Herz gehende Kaskaden aus Melancholie aus den Saiten schlugen und sangen von andalusischer Sehnsucht nach der fernen Geliebten und dem Tod. Leider war ich niemals dort, im Süden des Reiches, viel zu gefährlich, hieß es, zu gerne hätte ich die berühmten Alcázars gesehen in Granada und in Sevilla, Felipes Eltern hatten in Sevilla geheiratet, aber Felipe hatte nichts übrig für die Bauten der Mauren, dazu war er viel zu katholisch, aber ich sah prächtige Stiche in den Archiven, märchenhafte Höfe mit filigranen Steinarkaden und Patios voller Licht, das sich in stillen Wasserbecken bricht.

Wie anders dagegen die alte Königsburg in Toledo. Eng und düster, dicke, feuchte Mauern, vom Wind umheult im Winter und von der Hitze gegerbt im Sommer. Ich lernte sehr schnell verstehen, was Leonor meinte, als sie sagte, auch wenn Madrid eine einzige Baustelle sei – immer noch besser als Toledo. Dabei war es ihre Heimatstadt. Aber was nützte es ihr, dass ihre Familie in einem der schönsten Paläste der Stadt residierte, als Hofdame der Königin musste sie, wie wir alle, im schlecht beheizbaren Alcázar wohnen, zugig und klamm atmete er immer noch die Strenge der Katholischen Könige von Aragón, von Ferdinand und Isabella, die mit Schwert und Feuer und dem Segen des christlichen Gottes die Ungläubigen aus der Hispanischen Halbinsel warfen. Ernst und schön wie die Stadt stelle ich mir diese Königin vor, auch sie eine Isabel, und Leonor erzählte mir schaurig-schöne Geschichten aus der Zeit, als noch alle drei Religionen in diesen Mauern eine Heimat hatten, als Mohammed, der Gott des Alten und der des Neuen Testaments noch miteinander rangen. Hinter vorgehaltener Hand erzählte sie, dass sie als Kind eine maurische Dienerin hatte, und von der hörte sie all diese Geschichten, von der überaus klugen Jüdin, schön wie die Sünde, die den allerkatholischsten König verhexte, und er baute ihr in der Nähe der Stadt ein Schlösschen, dessen Ruinen wir besuchten, smaragdfarbene Eidechsen auf Mosaiken um einen ausgetrockneten Springbrunnen, und dort wurde sie erschlagen von den Häschern der Königin, eine wundersam traurige Mär von Liebe, Hass und Tod, und weiter erzählte sie, von den weisen arabischen Herrschern, die die Wissenschaften so vorzüglich beherrschten, Meister der Lyrik und Kenner der Sterne, so dass sie Herzen betören und in die Zukunft blicken konnten, oh ja, sagte ich damals leichtfertig, wer möchte nicht gerne in die Zukunft schauen, nicht wahr, Leonor? Aber da wurde sie noch viel verschworener, möchtest du das wirklich, Sofonisba, würdest du gerne die Zukunft befragen, und als ich lachend nickte, warum auch nicht, da hieß sie mich die Kleider mit meiner Dienerin tauschen und zog mich hinter sich her durch verwinkelte Gassen. Leonor, rief ich, wo bringst du mich hin? Aber sie legte den Finger an die Lippen, und eh ich mich versah, fand ich mich in einem düsteren Hausflur wieder, hörte meine Freundin rasch und leise mit jemandem sprechen, geblendet von der plötzlichen Dunkelheit konnte ich erst wieder etwas erkennen, als wir in ein Zimmer traten, das über und über mit rötlichen Webereien und Teppichen ausgekleidet war. Es roch seltsam und süßlich, Vanille, Weihrauch und Moschus, und darunter ein Duft, den ich nicht kannte, Sandelholz, sagte eine Stimme, und ich erschrak, denn ich hatte niemanden in diesem Zimmer bemerkt. Jetzt aber sah ich in dem Lichtschein, der durch eine geöffnete Tür zum sonnendurchfluteten Innenhof hereinfiel, eine Frau. Sie saß inmitten der Teppiche auf einem Polster, war weder jung noch alt, das schwarze, streng zurückgebundene Haar glänzte ölig unter der Mantilla, sie lächelte mich an und sprach ohne Unterlass, und in ihrer singenden Rede fand ich auch meine eigenen Gedanken wieder, so dass ich später nicht mehr sicher war, was ich gehört oder nur gedacht hatte:

Mit dem Schiff ist sie gekommen, mit einem Schiff wird sie gehen, das dritte Schiff bringt ihr den höchsten Kummer, aber das vierte endlich das so lang ersehnte Glück, das vierte Schiff geleitet sie in den sicheren Hafen, eine Liebe, groß und leuchtend, eine Liebe, reife Frucht aus mehreren Leben, in den Schiffen liegen die Wendungen ihres Lebens, das Meer nimmt und das Meer gibt, du wirst berühmt sein und die höchsten Höhen erklimmen, dann wird das Unglück nach dir greifen, aber fürchte dich nicht, denn das vierte Schiff wartet auf dich, und die zweite Hälfte deines Lebens wird Erfüllung dir sein. In diesem wie in allen weiteren Leben. Du wirst berühmt. Du fällst hinab. Und der Herr der Meere bringt dich an die Gestade des Glücks. So spricht Aqiba, Prophetin des Propheten, Aqiba, die Raum und Zeit überblickt.

Dann schwieg die Frau, wiegte ihren Körper hin und her, die Augen geschlossen, als falle sie in einen tiefen Schlaf. Leonor nestelte ein Goldstück aus ihrem Beutel und legte es in eine hölzerne Schale. Dann zog sie mich hinaus.

Ich lachte darüber. Leonor wurde wütend, du sollst nicht darüber lachen, hat sie nicht Recht, du bist mit einem Schiff gekommen, woher sollte sie das wissen, oh du heilige Einfalt, entgegnete ich, glaubst du nicht, dass diese Menschen hier in Toledo besser über uns Bescheid wissen, als wir uns das vorstellen können? Sicherlich weiß sie genau, wer ich bin und kennt meine Geschichte.

Oh ja, pflichtete mir Leonor bei, sie kennt deine Geschichte, das ist es ja, was ich sage, sie kennt sie besser noch als du.

Und dennoch, auch wenn ich mich darüber lustig machte, ich musste oft daran denken, bis ins hohe Alter hat mich die Weissagung der Aqiba nicht mehr losgelassen, ja, darüber hinaus, bis in den Tod und bis heute muss ich daran denken. Recht hat sie behalten, in Sofonisbas Leben hat sich alles erfüllt, und auch heute, wie ich im Gefängnishof stehe, die lichtdurchfluteten Patios des Südens sind wieder entschwunden, das Bäumchen reckt seine kümmerlichen Äste, *die erste Gitarre,* das Heben der Hände, eher eine Harfe erscheinen mir diese Tai-Chi-Gitarren, wer weiß, was die Chinesen unter Gitarren verstehen, *Knie Streifen* und tief sinken, das zieht gewaltig in den Beinen und an meinen Narben, Gewicht auf den rechten Fuß, den linken sacht vom Boden abheben, den Schritt vollziehen, die Yang-Hand nach vorne, dem Bäumchen komme ich so Stück um Stück näher, und jetzt die *zweite Gitarre,* Kithara, ja, das wird es sein, ein dummer Übersetzungsfehler, die zum Spiel der Harfe erhobenen Hände, die die unsichtbaren Saiten greifen, und während ich mich frage, wie die Harfe im Kampf wohl eingesetzt wurde, da ist die Stunde auch schon wieder vorbei, drinnen werde ich stürmisch erwartet, ganz wie damals, in Toledo, die Hofdamen aus Spanien und Frankreich, kaum angekommen, bestürmten sie mich um winzigkleine Portraits, Miniaturen waren damals ganz groß in Mode, und irgendwoher hatten sie erfahren, dass ich diese Kunst in Parma bei dem berühmten Clovio erlernt hatte, alle wollten sie ein schönes Medaillon mit einem Portrait en miniature nach Hause schicken, das Heimweh sprach eine eigene Sprache, noch war man sich fremd, noch galt es, Freundschaften zu schließen oder zu konsolidieren. Zuerst muss ich aber mit dem Unterricht für die Königin beginnen, sagte ich ihnen, habt Geduld, jede von Euch wird etwas bekommen. Eine nach der anderen. Ich geizte ein wenig mit Miniaturen, denn sie machte mich nervös, diese Fitzelarbeit mit den hauchfeinen Pinseln, und das ewige Schauen durch das Vergrößerungsglas brachte mir Kopfschmerzen. Also vertröstete ich die Damen auf später. Und wie diese Frauen hier machten sie gleich eine Liste, eine Reihenfolge, und Leonor protestierte laut, als sie sie sah, ich bin ihre Freundin, hielt sie den andern entgegen, und es war klar, dass darüber nicht diskutiert werden würde, mich zeichnet sie als Erste. Und dabei blieb sie.

Aber zuerst, wir waren gerade erst seit ein paar Tagen in Toledo angekommen, die anderen noch damit beschäftigt, ihre Kisten und Truhen auszupacken, ihre Kleider auszulüften, sich auszuschlafen und ein wenig im Alcázar einzurichten, da begann ich bereits mit meiner Königin zu zeichnen. Bevor die Erschöpfung sie vollends niederwerfen konnte. Bevor das Heimweh und die große Leere nach all den Festen und Empfängen überhaupt eine Chance erhielten, sich in ihre Gemächer einzuschleichen und dort festzusetzen, wie ein hässliches Tier. Das Wetter hatte umgeschlagen, ein zweiter Winter fegte über das Land, der Wind heulte um den Hügel, durch die Gassen und Mauerritzen. Isabel war nicht in der allerbesten Verfassung. Damals malte Coello gleich sein großes Königinnenportrait. Auch Anthonis Mor, der große Potraitist der Könige aus den Niederlanden, den ich sehr bewunderte, machte sich an die Arbeit. Man kann die Anstrengung sehen, die es die Vierzehnjährige kostete, sich unter der schweren Robe aufrecht zu halten. Aber an den täglichen Zeichenstunden hatte sie eine riesige Freude. Sie war begabt, kein Zweifel, und auch ich hatte Spaß daran, ihr die Grundbegriffe und später ein wenig von den Geheimnissen zu zeigen, die die Kunst des Portraitierens ausmachen. So zeichneten wir uns gegenseitig, sie mich, ich sie, und später saß eine ihrer Dienerinnen Modell, oder Isabel zeichnete sich selbst im Spiegel. Und selbst als sie krank war und mit Windpocken das Bett hüten musste, während alle nach Valladolid zogen, um den Infanten Don Carlos als Prinzen und rechtmäßigen Thronfolger zu bestätigen, blieb ich bei ihr und besuchte sie täglich, immer hatte sie ihre Stifte und Blöcke zur Hand, übte sich in der Perspektive des menschlichen Gesichts, im Schraffieren der Lichter und Schatten, im Zeichnen einzelner Details wie der Nase, dem Mund und vor allem der Augen.

Die Augen. Mit ihnen steht und fällt das Portrait. In ihnen leuchtet das Leben des Modells, sein Denken und Fühlen, Sehnen und Hoffen, alles liegt dort. Sind die Augen tot, ist alles misslungen. Für mich als Malerin bedeutet das Auge noch viel mehr, es ist ein Symbol meiner Arbeit. Das Modell geht quasi durch mein Auge hindurch und wandert über meine Hände auf die Leinwand, dort ist es nicht mehr als eine Ansammlung von Farben, die Licht schlucken und Licht reflektieren, bis das Auge des Betrachters diese Anordnung wieder sinnvoll zusammenfügt, das Abbild erkennt, das Wunder der Mimesis vollzieht, die Alchimie der Bildenden Kunst. Darum sind auch in meinen Selbstportraits die Augen von so zentraler Bedeutung, das rechte Auge der Malerin steht im Fadenkreuz des Goldenen Schnitts, Fibonaccis Zahlenreihe völlig unmystisch für die Aufteilung meiner Leinwand verwendet.

Ich brannte darauf, sie zu malen. Mein erstes großes Standportrait – und das Modell niemand Geringeres als die Königin des mächtigsten Reiches der damaligen Welt. Aber ich ließ mir Zeit und meiner Königin ebenfalls, ich konnte den rechten Moment abwarten, und nachdem wir alle miteinander nach Madrid umgezogen waren und mir endlich eine kleine Werkstatt eingerichtet wurde, eng und dunkel, aber immerhin, fürs Erste war es ein riesiger Fortschritt, da begann auch ich wieder zu malen. Lange hatte ich mich darauf vorbereitet, viele Tage hatte ich in der königlichen Schatzkammer und in den Galerien verbracht, habe sie alle studiert, die berühmten Bildnisse der Könige von Spanien, Tizian, Anthonis Mor, auch meinen Landsmann Pompeo Leoni lernte ich dort kennen und schätzen.

Licht und Schatten, Fläche und Linie, der Wettstreit der Farben, die Spannung zwischen Individuum und Konvention, das Arrangement der kostbaren Robe in ihrer üppigen Strenge gegen die Form des Körpers, das Spiel des Lichts in der Spitze ihres streng gefältelten spanischen Kragens gegen die Lebhaftigkeit des

Antlitzes. Und ihre ganz persönliche Eigenart zu lächeln. Ihre Freundlichkeit und ihre Freude am Leben. Das hatte Coello nicht gemalt. Er hat es nie gesehen. Er ist ein Augenmensch, der bei den äußerlich erkennbaren Dingen bleibt, nicht tiefer eindringt in das Wesen des Daseins. Nicht wissen will, was dahinter ist. Aber ich will wissen. Ich gebe mich nicht so schnell zufrieden mit einer Geste, einem Blick. Es muss die Geste sein, der Blick, der typisch ist, einzigartig, nur dieser einen Seele eigen. Als ich meine Königin malte, da kannte ich sie bereits eineinhalb Jahre. Ich hatte ihre Freuden und ihre Traurigkeit miterlebt, habe sie zur Frau reifen sehen, ich kannte ihren Kampf gegen die roten Flecken in ihrem Gesicht, gegen die ihr die Mutter aus Frankreich spezielle Salben sandte. Ich riet ihr davon ab, ihr Gesichtchen allzu sehr mit weißer Schminkpaste zuzukleistern, und sie jeden Abend gut abzuwaschen, damit die Haut ausruhen konnte während der Nacht. Sofonisba Anguissola, pflegte mich Coello bereits zu necken, sie wollen Ihre Kunst wohl gar nicht mit der unseren messen? Oh ja, ich wollte. Und jetzt war es so weit.

Als das Bildnis meiner Königin fertig war, brach ein regelrechter Sturm los. Isabel, die niemals hatte schauen dürfen, was auf der Leinwand entstand, war hingerissen, und freute sich wie ein kleines Kind. Das bin ich, seht nur, das bin ich wirklich, rief sie ein ums andere Mal, und auch die Damen des Hofes konnten sich kaum beruhigen, als könnte sie jeden Moment in Lachen ausbrechen und von der Leinwand heruntersteigen, meinte Catherine de Villeneuve. Coello stand still und betrachtete es mit leuchtenden Augen, dann kam er zu mir und drückte mir die Hand. Mein Kompliment, Kollegin, sagte er, Ihr habt wahrhaftig ein königliches Portrait gemacht.

Damit sagt er alles und nichts, ärgerte sich Leonor, aber ich verstand ihn und freute mich über sein Lob, auch wenn er später hinter meinem Rücken erzählte, ich würde meinen Modellen schmeicheln, darin läge mein ganzer Erfolg, ich weiß selbst, wie schwer es ist, gerecht mit seinen Konkurrenten zu sein.

Aber am wertvollsten war für mich die Reaktion des Königs. Er sah das Bild, und ein Lächeln breitete sich aus auf seinem Gesicht. Dieses Bild, Sofonisba, sagte er, wird einen Ehrenplatz unter den kostbarsten Bildern meiner Schatzkammer erhalten.

Nicht wahr, meine Königin, es ist ein ganz neuer Ausdruck darin, so etwas habe ich hier in Spanien noch nie gesehen.

Dieses Urteil stellte natürlich alle, Coello wie den großen Mor in den Schatten. Mir stockte der Atem, und ich hoffte nur, dass mir diese königlichen Worte nicht die Feindschaft der Hofmaler einbringen würde. Aber Felipe war noch nicht fertig.

Ich wünsche mir, Sofonisba, dass Ihr davon Kopien anfertigt, eine für die Gemäldegalerie im El Pardo, eines für mein Arbeitszimmer. Und eines für mich, wenn Ihr so liebenswürdig sein wollt, erklang Juanas Stimme, der Schwester des Königs. Und des Lobens und Staunens war kein Ende. Selbst der Papst schrieb, er wünsche sich eines dieser Portraits, von dem so viel die Rede sei, und selbstverständlich fertigte ich ihm eines und schickte es mit den Worten: Wenn es möglich wäre, mit dem Pinsel den Augen Eurer Heiligkeit die Schönheit der Seele dieser erlauchten Königin vorzuführen, könnte Eure Heiligkeit nichts Wunderbareres sehen. Aber in jenen Teilen, die sich durch die Kunst darstellen lassen, habe ich nicht versäumt, so gut ich es vermochte, Eurer Heiligkeit die Wahrheit vorzuführen.

Die Wahrheit, *il vero*. Und wusste doch damals schon genau, dass es immer ein Versuch bleiben wird, sich der Wahrheit anzunähern. Dass immer ein Rest von Falschheit bleibt. *L'arte,* die Kunst, das Künstliche gegen *il vero,* das Echte, die Wahrheit. Immer stritten die beiden miteinander. Denn jeder hat eine eigene Wahrheit, für Coello bedeutete sie das unbarmherzige Abbild des Äußeren, für mich das des inneren Wesens.

Dieses erste Jahr in Madrid war eines meiner fruchtbarsten. Die Freude daran, durch die Wahl des Arrangements, der Accessoires die Stimmung und das Wesen des Modells zu verdeutlichen. So meine Idee, die Königsschwester Juana mit einem kleinen Mädchen abzubilden, statt mit dem Windhund, wie Coello es tat, und damit den Aspekt ihrer Strenge unterstrich. Aber das kleine Mädchen, das einmal Novizin werden würde bei den Klarissinnen, bei denen sich Juana eingerichtet hatte, die drei Rosen in ihrer kleinen Hand, die drei Kardinalstugenden verdeutlichend, Gehorsam, Keuschheit und Armut – das hob einen ganz anderen Aspekt der Juana hervor: ihre freundliche Fürsorge nämlich gegenüber allen Menschen, besonders gegenüber Kindern und Jugendlichen, wie auch im Falle ihres Neffen, dem Prinzen Don Carlos, der quasi ohne Vater und Mutter aufgewachsen war.

Und dann brannte ich darauf, den König zu malen. Als er das Bild Isabels bewunderte, sagte er wie scherzhaft zu mir, nun, werte Künstlerin, ich hoffe, Ihr werdet von mir ein ebenso schönes Bildnis malen. Aber für die Sitzungen fand er nie die Zeit. Die Italienerin will hoch hinaus, feixte Coello, und sicherlich glaubte er nicht daran, dass ich jemals den König malen würde. Er sollte sich täuschen. Einmal mehr. Aber zuvor bat mich Felipe um einen Gefallen: Sofonisba, sagte er, könntet Ihr ein schönes, großes Portrait von meinem lieben Neffen anfertigen, dem Sohn meiner Schwester Margarete von Parma? Ich würde so gerne seiner Mutter eine Freude damit machen.

Alessandro. Natürlich. Ich kannte den jungen Farnese von früher, als ich mit meiner Familie am Hof in Parma mit aller Freundlichkeit aufgenommen worden war. Damals waren wir noch Kinder gewesen, vor allem Alessandro war noch ein ganz kleiner Kerl. Und jetzt hatte er sich zu einem zwar noch ein wenig schüchternen, aber durchaus ansehnlichen jungen Edelmann entwickelt, wie sehr hatte ich mich gefreut, ihn hier bei Hof zu finden, wo er gemeinsam mit seinem Bruder erzogen wurde und eine glänzende Laufbahn vor sich hatte. Ein richtiger Kavalier war er geworden mit seinen fünfzehn Jahren, hatte mir in der ersten Zeit rührend geholfen, mich zurechtzufinden unter all den fremden Menschen. Gerne wollte ich ihn portraitieren und seiner Mutter eine Freude machen, zumal man sagte, es sei ihre Idee gewesen, mich für diese Stelle bei Hof zu empfehlen.

Mor hatte Alessandro bereits ein paar Jahre zuvor gemalt, und dieses Bild studierte ich eingehend. Ich kam zu dem Schluss, dass es besser war, Alessandro nur im Dreiviertelportrait abzubilden, denn seine Beine waren ein wenig zu lang und zu dünn in der für ihn eher unvorteilhaften Mode der engen Beinkleider, und ich wollte, dass er auf meinem Bild wirklich aussah wie ein italienischer Prinz und nicht wie eine Kreuzung zwischen einem Storch und einem Pfau. Gleich wurde das Bild nach Parma geschickt, wo es auf der Stelle Zuccari als Vorlage für das große Fresco im Schloss Caprarola diente.

Man kann wirklich nicht behaupten, damals sei die Kunstszene nicht schon international gewesen. Die untereinander verschwägerten Adelshäuser ganz Europas sorgten für einen regen Austausch an Informationen. Aqiba behielt vorerst zumindest in einem Recht: Ich wurde berühmt, alle Welt fragte um Bilder an. Viele musste ich vertrösten oder gar enttäuschen, die Flut der Aufträge war einfach zu groß. Sogar mein alter Lehrer Campi musste warten, was mir besonders Leid tat. Dennoch konnte ich meinen Stolz natürlich nicht verhehlen, sogar der Papst gehörte zu meinen regelmäßigen Bittstellern, und so manches Kleinod befand sich bereits in meiner Schatulle.

Alles was ich wollte, war malen. Mich auszuprobieren in dieser höchsten aller Herausforderungen. Wieder malte ich meine Königin, diesmal in einer anderen Rolle. Die Aussagekraft einer winzigen Miniatur mit dem Antlitz des Königs in Isabels Hand, die die Geschichte einer Reise, einer Mission, einer Aufgabe und politische Einbindung der jungen Monarchin in dieser kleinen Geste einfängt. Wir gingen auf eine große Reise, nach Bayonne, wo wir Caterina de' Medici trafen – Isabel allein, im Auftrag des Königs, natürlich mit ganzem Gefolge und dem Herzog von Alba, damit es ja kein reines Familientreffen würde, nein, schließlich ging es um wichtige Unterhandlungen. In Frankreich trieben die Hugenotten ihr Unwesen und machten der Regentin das Leben schwer, aber sie zögerte, härter durchzugreifen, ihre Macht stand auf tönernen Füßen, und sie wusste das. Außerdem verstand ich sie gut, sie war Italienerin wie ich, auch wenn sie davon überhaupt nichts hören wollte, und wir Italiener, so katholisch wir auch sind, haben doch eine gelassenere Einstellung all diesen Glaubensfragen gegenüber, *pazienza*, solange sie uns in Ruhe lassen, was soll man da ein großes Theater machen, aber das sahen die Spanier ganz anders, diese selbst ernannten Polizisten der Rechtgläubigkeit, und so hatte Isabel die schwierige Mission, ihrer Mutter die Haltung Spaniens nahe zu bringen, dass nämlich mit diesen Hugenotten ganz und gar nicht zu spaßen sei, und dass es für die Erhaltung des Friedens zwischen unseren beiden Ländern essenziell wichtig sei, hart gegen diese Ketzer vorzugehen. Und wenn auch diese Reise mit all ihren Festen eine wundervolle Abwechslung bedeutete und den französischen Hofdamen die Gelegenheit bot, ihre Heimaterde wieder zu betreten und mit einigen Verwandten zusammenzutreffen, so konnten doch nur so kindliche Gemüter wie die kleine Villeneuve darüber hinwegsehen, dass dieses Treffen zwischen Tochter und Mutter voller Spannungen war. Sie sind eine richtige Spanierin geworden, schleuderte Caterina ihrer Tochter ins Gesicht, als diese die Haltung ihres Mannes verteidigte – ja, was hatte sie anderes erwartet? Und der Herzog von Alba machte die Sache nur noch schlimmer mit seinem undiplomatischen Gepolter, mehr als einmal wünschte ich damals, der König hätte sich anders entschieden und Ruy Gomez mit dieser Mission betraut, so, wie es ursprünglich geplant gewesen war. Aber Ruy Gomez' Stern bei Hof hatte seinen anfänglichen Glanz verloren, Felipe setzte mehr und mehr auf den deutlichen, harten Ton des Alba. Nun denn, wirklichen Schaden hat diese Mission nicht angerichtet, aber auch der erhoffte Erfolg blieb langfristig aus.

Und dann. Das große Ereignis, endlich saß mir der König Modell für ein Bild. Du hast wirklich Mut, sagte Leonor, als sie mich einmal in meiner Werkstatt besuchte. Ja. Vielleicht gehörte Mut dazu, Felipe so zu malen, wie ich ihn sah: ganz in Grau, auf graugrünem Grund, schwarzgrau der Anzug und der hohe schmucklose Hut, graublond der Bart und das feine Haar, nur sein Gesicht, das leuchtet aus dieser grauen Düsternis heraus, als hätte ich ein Licht darin angezündet: lebendig, wach, sympathisch, mit einem melancholisch-humorvollen Zug um den Mund, sein hervorstehendes Kinn durchaus nicht verleugnet, aber so dargestellt, wie ich ihn oft sah, mit diesem Zug der Zerbrechlichkeit, nicht Härte – ja, später, als ich längst nicht mehr in Spanien war und mir berichten ließ, wie es um Spaniens Krone und den König stand, wie er lebte, dort, in seinem düsteren Escorial, dieser Mischung aus Kloster, Gruft und Verwaltungsgebäude, dessen Vollendung ich gerade noch miterlebt hatte, diesem Gefängnis hier nicht gerade unähnlich, dicke Mauern, kleine, vergitterte Fenster, oh ja, dort wurde er wohl hart, der König, mied die Menschen, er, der im Grunde immer scheu gewesen war und sich am liebsten im Kreis seiner Familie und allerengsten Vertrauten bewegte, aber von El Escorial sandte er seine Spitzel und Agenten hinaus in die Welt, schickte seine Armada ins

Unglück, unterschrieb Todesurteile – so sollte ihn die Nachwelt kennen, dieses Bild ist heute am besten erhalten. Aber ich, wenn ich an Felipe denke, dann sind es viele verschiedene Männer: Felipe, der junge, strahlende König, der gerne lachte, erzähl uns eine Geschichte, Sofonisba, sagte er oft nach Tisch, Felipe, der es liebte, zum Jagen hinauszuziehen, so oft es ging hinaus in die Natur und immer und überall, wo er sich aufhielt, darauf achtete, einen schönen weiten Blick aus den Fenstern zu haben, Felipe, der so leidenschaftlich gerne baute, oder doch zumindest renovieren ließ, den Alcázar von Madrid, dem er einen eigenen Turm im flämisch-italienischen Mischmaschstil, den Torre Dorado, anfügen ließ, und natürlich Aranjuez, mein geliebtes Aranjuez an den Ufern des Tajo, wo sich auch meine Königin am wohlsten fühlte, in dieser italienischsten aller spanischen Residenzen, mit den Freuden des ländlichen Lebens, dort hatten wir unsere schönste Zeit, während in Madrid die Hitze tobte und die Vögel tot von den Bäumen fielen, fanden wir Erfrischung in den Innenhöfen dieser königlichen Villa. Oft rief mich Felipe zu den Besprechungen mit den Architekten, meinen Landsleuten, Sofonisba, du als Italienerin, du als Künstlerin …, und dann beugten wir uns über Pläne und Modelle des Giovanni Battista, den sie hier Juan Bautista de Toledo nannten, soll die Kapelle hierhin und die große Treppe sie mit den Gemächern verbinden, Sofonisba, kannst du dir das vorstellen, eine Mauer unter Arkaden mit Nischen für antike Büsten, oh ja, ich konnte, konnte mir alles vortrefflich vorstellen, und es wurde ein Kleinod, ganz einfacher Grundriss, ähnlich wie El Pardo, der antiken römischen Villa nachempfunden, ein Gebäudekarree um einen quadratischen Innenhof, nach der allerneuesten Mode, die man heute Renaissance, Wiedergeburt der Antike nennt, das war damals der letzte Schrei, und im Gegensatz zu manch anderen Grundrissen, die weniger Licht einlassen und trutzig die Macht der Erbauer demonstrieren, lässt es sich viel besser in dieser villa romana leben, vor allem in einem Land, wo die Sonne verschwenderisch mit ihren Strahlen umgeht, aber auch der Winter seinen Tribut an Kälte und Wind, Nässe und mitunter sogar Frost fordert.

So war der Felipe, wie ich ihn kannte, freundlich, immer ein offenes Ohr, der sich nicht anmerken ließ, wenn ihm jemand auf die Nerven fiel, der sich seinen Teil dachte, ein Mann, der seine Kinder liebte, zärtlich zu seinen Frauen war und respektvoll, der über wichtige Entscheidungen lange nachdachte, ohne ein Wort darüber zu reden, sich von allen Seiten beraten ließ, Sofonisba, was ist deine Meinung dazu, fragte er mich oft, aber stets nur unter vier Augen oder in Gegenwart der Kinder, denn er wusste gut, dass meine Reden mitunter alles andere als ungefährlich waren an diesem katholischen Hof, auch wenn ich unter den Damen berühmt war für meine kluge Diplomatie, so riss mich die Leidenschaft für mehr Freiheit doch immer wieder dazu hin, mehr zu sagen, als des Königs Beichtvater benötigt hätte, mich der Heiligen Inquisition auszuliefern.

Und dann gab es da noch andere Felipes. Aber die kannte ich nur vom Hörensagen. Ein harter, zorniger Mann, der, wenn er sich in seiner Langmut getäuscht und ausgenutzt fühlte, zuschlagen konnte wie die richtende Hand Gottes aus dem Alten Testament, dann sandte er seine Schergen aus, um zu züchtigen, entweder Alba oder einen anderen seiner Generäle, überall waren die spanischen Truppen wegen ihrer Grausamkeit gefürchtet, nicht einmal vor der heiligen Stadt hatten sie damals Halt gemacht, hatten geplündert und gebrandschatzt, dass der Papst noch Jahre später tobte, dort, wo die spanischen Truppen Aufstände niederschlugen, säten sie gleichzeitig Hass und den Samen für kommende Rebellion. Aber die andere Geißel der Menschheit, die der mächtige spanische König in die Welt hinaussandte, das waren das Feuer und die Folterknechte der Heiligen Inquisition. In ganz Europa war sie gefürchtet, selbst dem Papst gelang es nicht, sie unter seine Kontrolle zu bekommen, nicht Rom, sondern Toledo hieß das Zentrum dieser Macht. Und Felipe spielte ein gefährliches Spiel. Wer urteilt über den anderen, die weltliche Macht über die Bewahrer des Glaubens? Oh nein. Schon am Stadtbild Toledos konnte man deutlich erkennen: Zwei Gebäude überragten die Stadt, der Alcázar und die Kathedrale, und wenn auch die Burg höher lag als das Gotteshaus, so ragte der Glockenturm doch höher in den Himmel hinauf. Wir waren alle erleichtert, in das neue Städtchen Madrid umzuziehen. Warum Madrid, fragten viele, warum ausgerechnet nach Madrid, fragen heute noch die Historiker. Nun. Die Antwort ist nicht sehr verschlungen. Felipe war ein guter Stratege. Madrid setzte Abstand zwischen den Herren der Inqisition und dem Hof, gerade genug aber nicht zu viel. Felipe gefiel die Lage des madrilener Alcázars, die grünen Auen des Manzanares. Er hatte windumtoste Burgen satt. Madrid hatte keine Geschichte, also würde es seine Geschichte stützen. Er konnte es formen wie weiches Wachs.

Und in Toledo, wo ich noch im vergangenen Jahr auf meiner Reise mit Mercedes in den Andenkenläden alle Arten von Foltergeräten und Geißeln, das ganze schaurige Repertoire der Kasteiung, im Schaufenster liegen sah – Japaner kaufen diese Dinge mit großer Begeisterung und tragen sie nach Hause, ins Reich des sanften Lächelns und des Zen –, hier in Toledo hatte sie ihren Sitz, die Inquisition, die ruhelos Ausschau hielt nach menschlichen Brennscheiten für ihre grausigen Feuer. Autodafés.

Auch Aqiba. Und Marguerite schrie damals laut auf in mir, ich hatte mich eingeschlossen, gab vor, krank zu sein, legte mich ins Bett, um ja nicht dabei sein zu müssen, aber ich war dabei, vor meinen geschlossenen Augen zog die ganze Prozession an mir vorüber, dong, dong, dong, die düsteren Trommeln, die mir die Gänsehaut über den Körper jagen, dong, dong, dong, wie aus der Tiefe der Erde, und Marguerite zittert und friert, kalter Schweiß bricht aus ihren Poren, und ich sehe die Angeklagten mit den hohen, spitzen Hüten in ihren lächerlichen Kleidern aus Papier mit den Zeichen der Schuld, sehe den Hochaltar, den sie draußen auf einer Balustrade errichtet haben, den Erzbischof von Toledo, diesen schrecklichen Mann, mit der Mitra und allen Zeichen seiner Macht, der König schlicht wie ein einfacher Mann im schwarzen Anzug und dem hohen Hut, immer wirkte er ein wenig klein und schmächtig neben dem Kirchenmann. Und ich sehe die stundenlange Prozedur, fühle die Verzweiflung der Opfer, atme die Geilheit der Menge, die Selbstgerechtigkeit der Kleriker, dieses Schauspiel ist mir nur allzu vertraut, keiner kennt es besser als Marguerite. Aqiba, Prophetin des Propheten, war diesmal unter ihnen, und später erzählten sie mir, nicht Leonor, nein, Leonor schwieg, erstarrt vor Angst und Schrecken und vielleicht auch vor Mitleid, die anderen waren es, die mir erzählten, dass die Frau mit der singenden Stimme, mit dem Schiff ist sie gekommen, mit dem Schiff wird sie gehen …, dass sie wilde Flüche in Richtung des Königs geschrien habe, wie man sie aufs Schafott geführt, schreckliche Prophezeiungen über das Königshaus: Jung wird die Königin sterben und ihr drittes Kind mit ins Grab nehmen, auch der Prinz kommt zu Tode und Not und Verzweiflung wird er hinterlassen, einsam wird der König, lebendig in seiner eigenen Gruft, die Jahre seines Alters verbringen, Blut klebt an seinen Händen und mehr Blut wird er vergießen, bei lebendigem Leib wirst du verfaulen, oh König der Spanier …, aber da habe man sie zum Schweigen gebracht, das Feuer habe ihre Schreie erstickt, verstummt ist der Mund der Prophetin des Propheten, Aqiba, die Raum und Zeit überschaute.

Siehst du, sagte ich nach ein paar Tagen zu Leonor, ein klarer Beweis, dass sie nicht in die Zukunft sehen kann. Sonst hätte sie ihren Tod vorausgeahnt und wäre rechtzeitig geflohen. Aber Leonor wiegte den Kopf. Sie hat immer gesagt, dass sie Raum und Zeit überblicken konnte, aber nur für all die Menschen, die zu ihr kamen, ihr eigenes Schicksal, das blieb ihr verborgen.

Was für eine unnütze Gabe, dachte ich bei mir, wenn du für dich selbst nichts davon hast, es ist, als könnte ich Bilder malen, sie aber selbst gar nicht sehen, und ich schüttelte mich bei dem Gedanken. Und versuchte all diese dunklen Geschichten von mir abzustreifen, schließlich war ich in einem aufgeklärten Haus aufgewachsen, der Glaube an Gott ist gut und recht, meinte mein Vater immer, aber lasst die Kirche im Dorf, sonst wird womöglich aus Glaube noch Aberglaube. Eiferer waren ihm immer suspekt.

Ja. Es war auch ein anderer Felipe, der später dem verschlagenen Escobedo die Beichte ablegte und ihn zum mächtigsten Mann der Glaubensverfolgung machte. Ja, der geschliffene Höfling Ruy Gomez erhielt einen weiteren Gegner im Kampf um die Gunst des Königs, auch der Herzog von Alba schäumte, Diplomat und Militär begannen den Kleriker zu fürchten. Und für mich wurde es damals höchste Zeit, zu gehen.

Aber noch war es nicht so weit. Noch hatte ich das Portrait des Königs nicht übermalt, um es dem seiner vierten Gemahlin anzugleichen. Aqiba hatte Recht behalten, auch in den letzten Schreien angesichts des Todes. Aber noch war Felipes Portrait schlicht und heiter, ohne das Cape, das ich ihm später umhängte, noch spielten seine Finger mit dem Anhänger des Ordens vom Goldenen Vlies, nicht mit den Perlen des Rosenkranzes. Ich habe Mercedes vorgeschlagen, eine Röntgenaufnahme von diesem Bildnis machen zu lassen. Die brachte alles zutage. Für mich war es ein bewegender Augenblick, diese beiden Varianten übereinander nicht nur zu erinnern und zu erahnen, sondern auf dem Röntgenbild tatsächlich zu erkennen. Meiner Hände Spur. Und darüber hinaus die Geschichte eines Bildes, das die Ereignisse, die diese Jahre bestimmten, Schicht um Schicht in sich aufbewahrte. Ist das vielleicht auch eine Fälschung, werde ich Nagel fragen, wenn er das nächste Mal kommt. Hat da Sofonisba Anguissola ihr eigenes Bild verfälscht? Welches ist jetzt das Echte, das erste oder das zweite, das wir vor Augen haben? Viel lieber hätte sie doch ein neues Bild gemalt, aber dafür war keine Zeit mehr. Irgendwann ging die Zeit in Spanien zur Neige. Und so blickt uns Felipe Segundo immer noch an aus all diesem Grau, jung, heiter, mit diesem Hauch von Zerbrechlichkeit, über all die Jahre hinweg.

10

Ultramarinkrankheit

sagt man, wenn sich Firnis und Bindemittel miteinander zersetzen und das Ultramarinblau dadurch grau erscheint. Behandelt man das Bild mit Alkoholdämpfen, schmilzt die Firnisschicht, und das Blau ist wieder klar zu sehen.

Heute ist Sonntag. Besuchstag. Mich besucht niemand. Gott sei dank. Und dennoch. Jedesmal gibt es mir doch einen Stich in die Herzgegend, wenn ich die Vorfreude fühle und sie ewig vor dem Spiegel steht, diese frische Farbe im Gesicht. Maries Kinder kommen heute. Sitzen vermutlich längst im Warteraum. Marie tobt: Das kann man doch nicht machen, nicht mit so kleinen Kindern, angemeldet sind sie auf vierzehn Uhr, jetzt ist es fast drei, aber nichts zu machen, kein Besucherzimmer frei.

Als sie wiederkommt, ist sie in Tränen aufgelöst. Ich kenne das schon. Und dann bin ich immer froh darüber, dass zu mir keiner kommt. Wer sollte auch kommen. Lieber nicht meiner Mutter gegenübersitzen in einem dieser kleinen Zimmerchen, mit einer Beamtin am Tisch, die jedes Wort mit anhört, durchsichtig die Tür, ein Spiegel von innen, hat Marie mir erzählt, aber von außen können sie alles sehen, sie beobachten dich, lassen dich keinen Moment aus den Augen, damit dir dein Besuch nichts zusteckt, nichts mitbringen, sie dürfen uns nichts mitbringen, gar nichts, nicht einmal einen Strauß Blumen. Könnte ja ein Messer drin sein. Oder ein Löffel, denke ich. Ein Streichholz, und schon wieder sträubt sich Marguerite in mit, nein, ist doch schon gut, war doch nur eine dumme, kleine Erinnerung, weiter nichts.

Marie also heult. Ihr breites Gesicht zerfließt und tropft auf den Zellenboden. Damit es nicht ganz und gar auseinander rutscht, schlägt sie die Hände davor, wirft sich bäuchlings aufs Bett und zieht sich das Kissen über den Kopf. So liegt sie. Und krümmt sich. Ehe ich merke, was ich tu, setz ich mich zu ihr und streichle ihr über die breiten Schultern. Tätschle ihren Hinterkopf. Was geht es mich an, frage ich mich, aber auch mir steigen die Tränen in die Augen, und Marie erzählt, erzählt von dem Jungen, der jetzt wieder ins Bett macht, obwohl er schon in die fünfte Klasse geht, von dem kleinen Mädchen, das gar nicht mitgekommen ist ... meine Mama ist tot, sagt sie im Heim, das haben die unbarmherzig barmherzigen Schwestern Marie erzählt, und dass die Psychologin meine, es wäre besser, das Kind von seiner Mutter fern zu halten ... meine Mama und mein Papa, alle beide sind tot, aber kann man dem Kind denn die Wahrheit zumuten, was ist schon die Wahrheit, hat es nicht Recht, sind nicht alle beide schon längst gestorben, viel früher schon, nicht erst in dieser Nacht, als der Mann wieder einmal die ganze Familie grün und blau geprügelt, das Mädchen, die Anna, hat sich unter dem Bett versteckt, aber das Tier hat es an den Haaren darunter vorgezogen, kannst du dir das vorstellen, an den Haaren, und dann mit dem Gürtel, weißt du, vorn so mit der metallenen Schnalle, auf meine Kleine eingeschlagen, ganz egal wohin, auf den Kopf, hat er nicht mehr gesehen in seinem Suff, war ihm egal, ich bring dich um, hat er gesagt, immer und immer wieder, ich bring dich um, dich und deine ganze missratene Brut, zwölf Jahre hab ich das mitgemacht, ich bring dich um, und er hat es nicht einfach so gesagt, früher oder später hätt' er es fertig gebracht, ich, ich hab das ja aushalten können, frag mich nicht wie, aber nicht mit den Kindern, die Kinder, die darf er nicht anrühren, macht sie doch alle kaputt, Anna, die Kleine, die hat gestottert, und der Hans, der ist schon, zweimal ist er uns davongelaufen, ständig stand die vom Sozialamt auf der Matte, hat mir auch nicht helfen können, wollte mir nur die Kinder wegnehmen, und dann. In der Nacht. Als er die Anna mit den Haaren unterm Bett. Da hab ich's getan. Ich weiß auch nicht mehr. Mit dem Bügeleisen. Spitze nach unten und mit voller Wucht in seinen Schädel. Und dann noch mal. Und noch mal. Wie oft, ich weiß nicht. Irgendwann war Ruh. Ist doch komisch, wie so ein Kopf dann doch zerbricht, hab ich gedacht. So einfach ist das. Sein Hirn, das ist herausgerutscht. Einfach so. Lag auf dem Teppich. Es hat mir nicht Leid getan. Bis heut nicht. Tut mir nicht Leid. Er war ein Tier. Ich hätt' ihn verlassen müssen, sagt die vom Sozialamt. Hat gut reden.

Aber damals. Hatte sie auch keine Idee, damals. Es gibt Frauenhäuser, sagen sie heute. Bei uns gab's keines. Meine Mutter hat gesagt, komm mir bloß nicht mit so was. Hab dich großgezogen. Das hat mir gereicht. Musst gar nicht erst kommen. Und überhaupt. Er hätt' mich umgebracht, wenn ich weg wär. Ich find' dich überall, hat er gesagt. Oft genug gesagt. Überall. So kannst du dich gar nicht verkriechen, dass ich dich nicht finde. Jetzt findet er mich nicht mehr. Jetzt soll er suchen, dort, in der Hölle. Mich findet er nicht.

Und Marie heult, das Heimweh nach ihren Kindern schüttelt sie, die Kleine, ach Gott, fern wollen sie sie halten, nicht ihre Mutter sehen, weil ich eine Mörderin bin, schluchzt sie, reden ihr ein, ich bin tot, aber ich bin nicht tot, ich bin nicht tot, nein, ich bin doch nicht tot …

Marie schnieft, richtet sich auf, und da seh ich, sie hält etwas gegen ihren Busen gedrückt, ein Heft oder so etwas, was ist das, frag ich sie, und sie zeigt es mir, einen Kalender haben sie für mich gebastelt, schau doch nur, einen Kalender, der geht vier Jahre sechs Monate, und jedes einzelne Bild haben sie selber gemalt.

Und ich blättre, sehe Käfer und Blumen und Vögel und Bäume und ein Segelschiff und einen buckligen Elefanten. Einen lächelnden Fisch. Ein Haus mit zwei Kindern davor. Spitze Bergzacken mit einer Sonne darüber. Einen Hund. Eine Katze. Eine Maus. Eine Tasse. Eine Flasche. Einen Gürtel. Ein Bügeleisen. Mit Schnur.

Ich lasse die dicken Blätter an meinem Daumen vorbeisausen. MAMAS KNASTKALENDER steht mit bunten, wackeligen Buchstaben auf dem Deckel. Vier Jahre, sechs Monate, das macht vierundfünfzig Blätter. Lebenszeit, die an meinem Daumen entlangsurrt.

Marie steht auf. Nimmt mir den Kalender aus der Hand. Stellt ihn auf den Tisch. Schaut ihn an, nimmt ihn wieder und steckt ihn unter ihre Matratze. Holt ihn wieder hervor. Wann hat ein Mensch keine Tränen mehr?

Und ich tätschle ihr den Rücken, schschschhh, mache ich, wird alles wieder gut, und glaube doch selbst nicht daran, es war nie gut und wird es auch niemals, und ich denke an die beiden kleinen Mädchen, Catalina und Isabella Clara, damals noch viel zu klein, um zu begreifen, was eigentlich passiert war, zwei Jahre und eines zählten Isabels Töchter, erzähl mir, wie war sie, meine Mutter, fragte mich Catalina später oftmals, du warst ihre Freundin, erzähl mir von meiner Mutter. Und ich erzählte, von der prunkvollen Hochzeit, von ihrem feinen Humor und der klugen Gabe, gespannte Atmosphäre durch einen Satz, eine Frage, eine Geste zu bereinigen, wie wohl sie uns allen getan hatte, das bemerkten die meisten erst, nachdem sie fehlte. Von ihrem großen Talent im Zeichnen und Malen erzählte ich, und dass unter anderen Umständen durchaus eine Malerin hätte aus ihr werden können, von ihrer großen Begabung für Sprachen, wie wundervoll sie Spanisch sprach, bereits bei ihrer Ankunft, wie kann ich die Königin der Spanier werden, wenn ich ihre Sprache nicht spreche, sagte sie mit mir sprach sie gerne Italienisch, lernte auch hier jeden Tag dazu, und als sie merkte, wie sehr Felipe Portugal liebte, die Heimat seiner Mutter und von Ruy Gomez, seinem Freund, da beschloss sie, auch diese Sprache zu lernen, ich lernte mit, überraschte Ruy damit, wie ich ihn in seiner eigenen Sprache begrüßte, und begriff auch erst da, wie sehr wir beide doch Fremde waren an diesem Hof, ihm wurde das täglich vorgehalten und das Leben damit sauer gemacht, ein Ausländer, niederer Adel, genau wie ich. Sofonisba, sagte er oft in meinen ersten spanischen Jahren, Sofonisba, eigentlich sind wir füreinander gemacht, aber ich schüttelte den Kopf, nein, Auge des Königs, lachte ich, du bist für die große Politik gemacht, du hast einen anderen Ehrgeiz als ich, du willst dazugehören, das ganz große Rad willst du drehen, dich schmerzt die Wunde deiner niederen Geburt, aber ich bin voll und ganz damit zufrieden, bin stolz auf meine Herkunft, und die spanischen Granden mit ihrem steifen Getue sind mir so was von egal, aber ihm war es das ganz und gar nicht, und wenn ich Kunstwerke schuf, eines nach dem anderen, so war sein ganzes Leben ein Kunstwerk, die Kunst des Höflings, aus dem portugiesischen Nest hinauf bis ganz nach oben, und zeit seines Lebens eiferte er seinen Feinden nach, Felipe wusste das, und darum tat er ihm auch den Gefallen, kurz vor dem Ende, vor meiner Abreise und vor Ruys Tod, ein paar Monate noch durfte er sich zum Hochadel zählen, bis ihn das Fieber dahinraffte – seinen Nachkommen aber hat er den Boden geebnet. Ruy Gomez de Silva, Graf von Mélito, Prinz von Eboli, und schließlich Fürst von Pastrana, aber bleiben wir nicht immer dieselben, egal, welche seltsamen Titel wir tragen? Immer habe ich mich mit meinem eigenen Namen genannt, Sofonisba Anguissola war mir recht und gut genug. Binde du dich in deine Ämter und kralle dich an Felipe fest wie eine Mistel im Geäst der Eiche, ich aber bin frei, ich gehe, wann ich will, und wenn es mir morgen nicht mehr gefällt, dann gehe ich fort. Mit der Erlaubnis des Königs, meinte er nachdenklich, und er wird sie dir niemals geben.

Aber davon erzählte ich nichts der Infantin, nicht von Ruy Gomez und unserer Liebe, nicht von der Liebe später zu ihrem Vater, erzähl mir von Isabel de Valois, meiner Mutter, bat Catalina, und ich erzählte. Erzählte von ihrer Leidenschaft, Karten zu spielen, von ihrer freundlichen Haltung auch dem schwierigen Prinzen gegenüber, der sie vergötterte, auch wenn er nie und nimmer mehr in ihr sah als eine Freundin, keine tragische Romanze, das ist Schillers Erfindung, und ihr Intervenieren für Don Carlos rührte nicht von einer verbotenen und verborgenen Liebe, sondern einzig und allein von ihrem großen, gerechten Herzen, das nicht mit ansehen konnte, wie sich Vater und Sohn voneinander entfernten, das nicht billigte, was in diesem Frühsommer 1568 geschah, die Gefangennahme des Prinzen in seinem eigenen Zimmer, die Demütigungen und sein Toben im Turm des Alcázar – wir alle gingen herum wie auf Zehenspitzen, fühlten genau, dass wir auf einem Pulverfass wohnten, und als dann der Prinz so plötzlich verstarb, vor Verzweiflung regelrecht zu Tode gefressen soll er sich haben, und wenn ich auch nie recht an die Gerüchte glauben wollte, die von langsamem Gift in seinen Speisen wissen wollten, so fanden wir diesen Tod alle mehr als nur merkwürdig, das unwürdige Ende eines tragischen Schicksals.

Und nicht lange, da trug man auch die Königin zu Grabe. Dreiundzwanzig Jahre alt. Den Fötus eines Mädchens, auch den hatten die Ärzte auf ihrem Gewissen. Ist die Königin schwanger oder ist sie es nicht? Endlose Dispute am Krankenbett. Sie war es. Aber da es wieder nur ein Mädchen war, das hier hingemordet wurde, wog der Abgang nicht so schwer. Und die Mutter? Zur Ader gelassen Tag und Nacht. Schröpfgläser, die ihr die letzte Kraft aus der Haut saugten. Hitze und Kälte, alles zur unrechten Zeit. Wenn es nach mir gegangen wäre, hätte man sie alle in den Turm geworfen, der ja gerade vor kurzem frei geworden war, diese eitlen, arroganten und ignoranten Quacksalber, denen ein Menschenleben nicht so viel galt, »Gott wird es geben und Gott wird es nehmen«, aber dazwischen ging es darum, Recht zu haben, Ehre zu sammeln und einen Sack voller Gold.

Als ich das letzte Mal bei ihr saß, da weinte sie. Dass sie Felipe eine gute Frau und Spanien eine gute Königin hatte sein wollen. Und dass sie in allem gescheitert sei. Aber was sagt Ihr da, fragte ich sie erschrocken, auch ich konnte die Tränen kaum zurückhalten, einen Sohn und Erben braucht er, mein König, und ich war nicht in der Lage, ihm zu geben, was er so dringend benötigt. Aber Ihr seid noch jung, sagte ich, und das Ensetzen wuchs in mir von Minute zu Minute, Ihr werdet noch vielen Söhnen das Leben schenken, und in mir bäumte sich alles auf gegen diese verbohrte Welt, meine Mutter hat Töchter geboren, eine nach der anderen, fünf an der Zahl, bis schließlich Asdrubale das Licht der Welt erblickte, und so aufgeschlossen meine Eltern doch waren, uns Töchtern eine wundervolle Ausbildung zukommen zu lassen – immer hat es mich erbost, wie sehr sie diesen heißersehnten männlichen Erben dann schließlich verwöhnten.

Aber Isabel schüttelte den Kopf, nein, Sofonisba, ich werde keine Kinder mehr bekommen, du kannst ja nicht ahnen, wie sehr meine Kraft schwindet, ich weiß, dass ich nicht mehr lange lebe.

Ich liebte sie zu sehr, um sie mit Widerspruch und Gejammer zu quälen, sie wollte noch Dinge sagen, ich konnte es sehen in ihren grünen, brennenden Augen, Sofonisba, sagte sie, du musst jetzt heiraten, aber ich schüttelte energisch den Kopf, nein Herrin, ich will nicht heiraten, ich bin nicht für die Ehe gemacht, Ihr kennt mich, könnt Ihr Euch mich als Frau eines Edelmanns vorstellen?

Warum denn nicht, beharrte sie, aber tust du es nicht, wirst du immer und ewig Dienerin sein. Bei Hof oder in deiner eigenen Familie. Wir Frauen, bleiben wir unverheiratet, führen wir ein trauriges Dasein. Wenn du heiratest, bist du die Königin deines Hauses, ich werde dafür sorgen, dass du eine gute Partie machen kannst …

Ich widersprach nicht mehr. Was sollte ich sagen? Ich war vierunddreißig Jahre, berühmt über ganz Europa hinweg – wer wollte schon eine alternde Malerin zur Frau, die ihren eigenen Ruf mit in die Familie brachte? Das war nicht unbedingt begehrt. Und Kinder gebären, die ewige Sorge um den männlichen Erben, an Isabels Mutter dachte ich, die stolze und herrische Caterina de' Medici, in Bayonne hatte ich einen Eindruck von ihr gewonnen, kaum vorstellbar, was mir meine Königin in einer vertrauten Stunde erzählte, ja, selbst die stolze Caterina de' Medici hatte Jahre der Demütigungen erlitten, weil sich der männliche Erbe nicht einstellen wollte. Zunächst war das kein wirkliches Problem, sagte Isabel, da mein Vater in der Reihe der Anwärter auf den Thron so weit hinten lag, dass niemand daran dachte, er könne jemals König von Frankreich werden, aber dann starben sie weg, einer nach dem anderen, das Volk hat diese Tode meiner Mutter angelastet, natürlich, die Italienerin, Giftmischerin, dafür sind die Medici doch hinlänglich bekannt. Aber meine Mutter hatte völlig andere Sorgen, als die Thronfolger mit Gift unter die Erde zu bringen, niemals hätte sie an so etwas auch nur gedacht, ihr Problem hatte einen Namen: Diane de Poitiers. So hieß die Sorge, die sie demütigte und das Leben zur bitteren Galle werden ließ. Als sie meinen Vater heiratete, da war die Rivalin schon da. Zwanzig Jahre älter als er. Und er ließ niemals ab von ihr. Niemals. Bis in den Tod. Sogar bei meiner Procura-Hochzeit in Paris saß sie hinter meiner Mutter und trug ein Kleid passend zum Anzug meines Vaters. Sie hat ihn verhext, sagte meine Mutter oft und weinte sich die Augen aus, lief mit dem Kopf gegen die Wand, kratzte sich die Haut vom Gesicht. Einmal, aber das sage ich dir nur im Vertrauen, einmal, da hat sie die Diener bestochen, so dass sie die Liebenden durch ein geheimes Fenster in einem Spiegel beobachten konnte. Ich will wissen, was sie mit ihm macht, wie sie ihn betört, will wissen, wie er es am liebsten hat, oh, Sofonisba, diese Demütigungen haben meine Mutter zu einer harten Frau gemacht, aber tief innen, im Herzen, da ist sie eine gute und gerechte Seele. Denk dir nur: Seine Liebe und Leidenschaft, ja, die hatte sie, die Rivalin, aber die Sorge um den Erben, wann endlich würde sie einen Erben gebären, diese Sorge blieb ihr, und einige Jahre lang, während deren ich und meine Schwestern geboren wurden, da fürchtete sie, verstoßen zu werden, die Eifersucht machte sie krank und hart, was hat sie, was ich nicht habe, schrie sie, du kannst dir nicht vorstellen, wie erleichtert wir alle waren, als endlich, endlich mein Bruder geboren wurde.

Und Diane, wollte ich wissen, was geschah mit ihr nach dem Tod deines Vaters?

Ich hatte Caterina kennen gelernt. Ihre Rache stelle ich mir fürchterlich vor. Aber Isabel lächelte. Nichts. Meine Mutter ist klug. Keine Rache. Sie forderte Diane auf, die königlichen Juwelen zurückzugeben, die ihr mein Vater geschenkt hatte. Und den Hof zu verlassen. Auf ihren Besitztümern lebt sie heute noch recht bequem mit ihrem Reichtum.

Daran dachte ich, als ich bei der todkranken Königin saß, und jetzt wieder, Maries Geschichte klingt mir noch in den Ohren, nein, die Ehe erschien mir damals wie heute nicht besonders erstrebenswert, aber Isabel glaubte fest daran, und in ihrem Testament bedachte sie mich mit 3000 Golddukaten. Als Mitgift. Auszuzahlen im Falle meiner Heirat. Und einen Ballen kostbaren Brokat. So viel, dass es für ein Ehebett mit Baldachin reichte. Ich aber dachte, dass Diane de Poitiers die weit dankbarere Rolle in dieser königlichen Tragödie oder Komödie – wer mag das entscheiden – gespielt hatte.

Unsere Mutter ist im Himmel, sagten die kleinen Mädchen, als sie sprechen konnten und es immer noch nicht recht begriffen, und sie waren es, die mich immer noch bei Hof hielten, als alle anderen längst schon gegangen waren, abgereist und in alle Winde verstreut, wie meine eigenen Töchter waren sie mir, sie vertrauten mir, ich brachte ihnen alles bei, was ich jemals gelernt hatte, und das reichte durchaus, um kleine Prinzessinnen zu erziehen, auch wenn es nicht meine Aufgabe war, aber konnte ich sie alleine lassen, sie und Felipe, in dem die Düsternis von Tag zu Tag zunahm, der sich auch darin gefiel, den blutigen Tyrannen zu spielen, gemeinsam mit Alba, diesem jähzornigen Möchtegerndespoten, diesem spanischen Haudraufundfragnachher, ein typischer Capitano, wie ihn die Commedia dell'Arte in meiner Heimat so treffend verspottete. Felipe war eine schwankende Figur in diesem Spiel, auf der einen Seite der Herzog von Alba mit seinem Waffengeklirr und seinen Tobsuchtsanfällen, auf der anderen Seite Ruy Gomez mit seinem feinen und klugen Pazifismus, der auf sehr pragmatischen Beinen stand, Kriege machen uns arm, Euer Majestät, pflegte er zu sagen und spielte auf die ohnehin ständig mehr als Besorgnis erregende finanzielle Situation des Monarchen an. Und nun waren auch noch sein Sohn und die Königin weggestorben, Sofonisba, sagte er ein paar Wochen nach diesem Unglück, Sofonisba, bleib bei mir, bleib bei mir und meinen Kindern, und während die anderen Kisten und Truhen packten, sich die Tränen abwischten und jede auf eine neue, eigene Zukunft zusteuerte, die meisten gründeten eine eigene Familie, die anderen freuten sich auf die französische Heimat, als sich unser Schlafsaal immer mehr leerte, bis schließlich auch Leonor mich zum Abschied in die Arme schloss, Sofonisba, sagte sie, soll ich dir helfen, einen Ehemann zu finden, warum heiratest du nicht einfach meinen Bruder, dann wären wir immer und ewig zusammen, aber ich wollte ihren Bruder nicht heiraten, ich wollte überhaupt keinen Spanier heiraten, ich dachte nicht daran, mich in diese fest umrissenen Normen und Regeln zu begeben, und außerdem waren da noch die Kinderchen, Catalina und Clara, Sofonisba, verlass uns jetzt nicht, auch Felipe, ja, vielleicht war er der eigentliche Grund für mein Bleiben.

Marie ist ruhiger geworden. Ihre Schultern zucken nicht mehr.

Und ich denke daran, wie rasch die Menschen vergessen und das, was sie einmal geliebt haben, bereitwillig verraten. Isabel hatte noch nicht die Augen geschlossen, da standen schon Emissäre in Felipes Vorzimmer mit Vorschlägen für eine neue Königin. Margot, Isabels Schwester, oder Anna von Österreich? Ich hasste sie alle und ihre Fähigkeit, zur Tagesordnung überzugehen.

Marie setzt sich auf. Schüttelt sich. Eine Frage bohrt in mir. Heute ist der letzte Tag mit ihr in dieser Zelle. Wer weiß, wann sich wieder ein solcher Moment ergibt.

Sag mal, Marie, fang ich an.

Wassisss?

An dem Abend, du weißt schon, du warst da wirklich nicht dabei?

Ein rotes Laternengesicht richtet zwei rote Kerzen auf mich.

Welcher Abend? Achchsooo.

Sie schüttelt den Kopf und putzt sich die Nase.

Was du so denkst, rotzt es durchs Papiertaschentuch.

Nein, Sofie, ich war nicht da. War bei der Schwester Benedikta. Wollte mit mir über meine Schuld sprechen. Und mit mir beten. Dass alles besser wird. Wär ich nur dageblieben. Dann wär das da nicht passiert.

Mit dem rotzigen Taschentuchklumpen deutet sie auf meinen Unterleib.

Tatsächlich? Ich könnte es dabei belassen. Würde uns beiden besser bekommen. Aber ich belasse es nicht dabei. Wäre das erste Mal.

Du hättest dich tatsächlich mit der Petra angelegt, für mich, wo du mich noch gar nicht richtig gekannt hast?

Na klar, kräht sie, sie reckt sich, und man sieht deutlich, jetzt geht es ihr schon bedeutend besser, ist doch nicht so schwer, hast ja gesehen, du bist ja auch mit ihr fertig geworden.

Zum letzten Mal. Wie oft denke ich das an diesem Abend. Zum letzten Mal aufs Klo, während ein anderer Mensch im Raum ist, auch wenn er sich abwendet und so tut, als kriege er nichts mit, auch wenn er sich noch so gerne in Luft auflösen möchte. Ich hab Verstopfung bekommen. Gar nichts ging mehr. War dann auch egal, tat sowieso viel zu sehr weh, das Scheißen. Abführmittel. Aber ab morgen wird alles anders. Morgen werde ich umziehen, in Petras Zelle, natürlich ist es Petras Zelle, die ich jetzt bekomme, schreiend und tobend habe sie ihre Sachen gepackt, hat man mir erzählt, ich war nicht da, ich war bei Kregler, und das war auch besser so, gut, dass ich mir anschließend doch noch die Schreinerei angesehen habe, Beamtin Nonnenmacher hatte auch gar keine Eile, sehen Sie sich nur alles in Ruhe an, hat sie gesagt, und mir sogar eine Zigarette angeboten. Schüttelte den Kopf, als ich ablehnte. Komische Frau, diese Lenze, hat sie sicher gedacht. Aber sie war freundlich, die Nonnenmacher, keine Eile, dass ich mich schon fast gewundert habe, aber heute weiß ich, es lag nicht in ihrem Interesse, es noch mal zu einem Zusammenstoß kommen zu lassen, und ich bin froh, denn wenn ihn mir die anderen auch in lebendigen Farben schildern, Petras Abgang aus unserer Abteilung habe ich lieber verpasst.

Zum letzten Mal liege ich auf dem oberen Stockbett, Marie nuschelt unter mir, find ich echt Scheiße, dass du mich im Stich lässt, hab mich gerade an deine Macken gewöhnt, wer weiß, wen sie mir jetzt wieder oben reinlegen. Bin ja nicht aus der Welt, hör ich mich sagen, oh doch, alle beide sind wir aus der Welt genommen, in eine Klammer gesetzt, während die eigentlichen Geschichten draußen spielen, komm, erzähl mir was, bettelt Marie, und ich versuche in die Zukunft zu schauen, wer weiß, wie es sein wird, wenn sie ihre Strafe verbüßt hat, wenn man Marie in die Welt hinaus entlassen wird, ihre Kinder sind dann schon groß. Dann, Marie, wirst du ein neues Leben beginnen, wirst eine Arbeit kriegen in einer chemischen Reinigung, nicht mehr die Trommeln mit schmutziger Wäsche füllen, sondern in Zellophan verpackte Anzüge gegen kleine rosa Papierstreifen tauschen, wirst deinen Kindern am Sonntag ein Eis kaufen und mit ihnen spazieren gehen, und wehe, einer wird mit dem Finger auf dich zeigen und sagen, guck mal die, die war im Knast, hat ihren eigenen Mann umgebracht, den Vater dieser Kinder, und du wirst rot sehen und die Fäuste ballen und wieder einmal umziehen, wird dir nichts nützen, einmal kriegen es alle raus, einer wird einen alten Zeitungsartikel aufgehoben haben, ein anderer wird sich an den Namen erinnern, und spätestens, wenn du Arbeit suchst – die chemische Reinigung hat dich nämlich auch längst gefeuert –, dann wirst du es sagen müssen, wenn nicht, dann ist das ein Grund zur fristlosen Kündigung, und wieder umziehen, dein Ältester hat es längst satt, zieht nicht mit um, zieht aus, lebt ein eigenes Leben, und vielleicht wird er dich einmal verstehen, wenn auch er im Knast sitzt, aber wahrscheinlich gibt er nur dir die Schuld daran, an allem, das wird ihm spätestens der Gefängnispsychologe aus seinem Unterbewusstsein herauskitzeln: An allem ist doch die Mutter schuld.

Weißt du was, höre ich Maries Stimme, und sie klingt ungewohnt nachdenklich, du erzählst immer eine Menge Geschichten, aber von dir erzählst du nie was.

Von mir?, frage ich verblüfft in die Dunkelheit. Von mir gibt es nichts zu erzählen.

Stille. Ich kann förmlich fühlen, wie Marie unter mir angespannt nachdenkt.

Wieso kriegst *du* eigentlich nie Besuch, tönt es jetzt herauf. Warum kommt denn niemand zu dir?

Weil ich es so will!

Das kam heftiger, als ich es wollte. Aber wie kommt sie auch dazu, mir diese Fragen zu stellen, was geht sie denn an, ob mich jemand besucht oder nicht, sie soll mich in Ruhe lassen, das ist alles, was ich will.

Hast du denn gar keine Familie?

Nein, hör ich mich sagen, und mein Herz pocht laut dazu, ich habe keine Familie, ich bin ganz allein auf der Welt, und jetzt lass mich in Ruh!

Iss ja schon gut, brummelt Marie, tut mir Leid, hab ich nicht gewusst … sind die alle gestorben oder was?

Nein, sie sind nicht gestorben. Meine Mutter nicht und mein Vater auch nicht, nicht mein Bruder Bruno und nicht meine Tanten von der Alb. Aber wie soll ich erklären, dass diese Familie nicht meine Familie ist, dass ich mit denen abgeschlossen habe, so, wie sie mich vergessen haben, einfach ausradiert aus ihrem Familienalbum, faule Frucht vom gutbürgerlichen Stamm.

Nein, ich will mich nicht erinnern, aber die Erinnerung schert sich einen Dreck darum, bereitwillig fächert sie alles auf, und schon sind sie da, alle, meine Mutter, die aus ihren Kindern anständige Menschen machen wollte, Menschen, die es einmal besser haben sollten als sie, nach etwas Grundsolidem sehnte sie sich so sehr, dass sie es kaum ertragen konnte, ihre Schwestern, die Tanten von der Alb zu besuchen, aber trotzdem immer wieder dort hinging, wie magisch angezogen, obwohl sie es fast nicht mehr aushielt, diese drei Tanten in ihren Einfamilienhäusern zu sehen, eines größer und nutzloser als das andere, jedes in einem noch akkurater gepflegten Garten, für den sie jedes Jahr Preise im Wettbewerb »Unser Dorf soll schöner werden« gewannen. Ihre drei Schwestern, die alle Männer hatten, die etwas Solides erschufen, der eine hatte eine Fadenspinnerei, der zweite eine Weberei und der dritte eine Textilfabrik, Markenunterwäsche, größtenteils in Heimarbeit genäht. Die vierte Schwester hingegen, die durch einen großen Irrtum der Vorsehung meine Mutter wurde, sie hat sich leider an einen Ehemann verschwendet, der nicht daran dachte, in solide Werte wie eigenen Grund und Boden, vier Wände und ein Dach über dem Kopf zu investieren, weil er ja sowieso rein gar nichts zu investieren hatte, alles, was in unserer Familie jemals investiert wurde, war das Erbe meiner Mutter. Aber mit diesem Pfund wurde nicht gewuchert, dieses Kapital hatte nicht die Vorsilbe Start –, weil mein Vater so frei von jedem Ehrgeiz war wie unsere Wohnung frei von jedem übertriebenen Luxus, er liebte es, Bus zu fahren, und darum fuhr er Bus, fährt ihn heute noch und denkt noch immer nicht daran, etwas Grundsolides aus dieser Leidenschaft zu machen, etwa einen eigenen Sechsundfünfzigsitzer zu kaufen, sich selbständig zu machen, am Ende womöglich ein eigenes, wenn auch kleines, aber prosperierendes Personenbeförderungsunternehmen in die Tantenwaagschale zu werfen –, nein, mein Vater war aus anderem Holz.

Aus taubem Holz, zischelten meine Tanten und bemitleideten mit schlecht verhohlenem Hohn meine Mutter. Uns aber, meinen Bruder und mich, sahen sie mit herausfordernden Augen über ihren Hängebacken an, die festen Arme in die Hüften gestemmt, do semmer aberamol gschpannt, kenneter ja no zoige, noch wem ihr schlaget, der Apfel fällt nicht weit vom Stamm, aber ob der Stamm der Vater oder die Mutter, ob Patriarchat oder Matriarchat, das würde man dann schon sehen, und heute liegt es auf der Hand, heute wird es hin- und heranalysiert in schwäbischen Wohnzimmern auf der moosgrünen oder goldbraunen Couchgarnitur, den Haberschlachter auf dem Marmortisch mit den geschnitzten Eichenfüßen – die Tochter? Ganz nach dem Vater. Sogar schlimmer. Im Gefängnis. Und hier werden die Augen größer, die Stimmen senken sich zum Flüstern, die Köpfe kommen sich näher, werden eifrig genickt oder geschüttelt, je nachdem, nein, noch schlimmer als der Vater, er hat es zu nichts gebracht, der Winfried, aber eine ehrliche Haut, das ist er, der würde der Hannelore niemals eine solche Schande machen, aber die Sofie, ja die, war schon früher ein ganz verschlagenes Kind, und dem Bruno hat sie sowieso immer die Schokolade weggegessen, eine Tafel, das hat ihr nicht gereicht, musste immer noch mehr haben, schon damals haben wir's gewusst, ein schlimmes Ende wird es einmal mit ihr nehmen. Und die Lügengeschichten, oh ja, immer Geschichten erzählt, ohne Hand und Fuß, und immer mit Farbe verschmiert, von oben bis unten immer mit buntem Dreck eingesaut – die Hannelore?, immer zu weich ist sie gewesen, sonst hätt es nicht so weit kommen müssen, oh nein, aber der Bruno, seht ihn euch an, zum Glück hat die Hannelore noch diesen Prachtsohn, ein eigenes Bauunternehmen, hoffentlich ruiniert ihm der Skandal nicht das Geschäft.

Marie schnarcht leise unter mir. Gott sei dank. Jetzt hab ich sie angelogen, an unserem letzten gemeinsamen Abend, denke ich, aber was soll's, ich will nicht über meine Kindheit sprechen, nicht über meine Familie, hab ich nicht schon lange entschieden, dass sie nicht meine wirklichen Verwandten sind? Dass ich im Krankenhaus verwechselt wurde, in Wirklichkeit eine ganz andere Existenz, und nur durch einen dummen Zufall in diesem Haushalt am Fuße der Schwäbischen Alb gelandet bin?

Ich sollte weiterhin darüber schweigen, was sich damals abspielte, denn die Erinnerung ist eine verdammte Besserwisserin, und in meinen Träumen, da tauchen Bilder auf und verschwinden, mein Vater, wie er mich einmal mitnahm auf eine Busreise, »Erleben Sie das wunderschöne Tessin« entzifferte ich die kompliziert geschwungenen Buchstaben auf dem bunten Prospekt, komm, Prinzessin, sagt er zu mir, diesmal nehm ich dich mit, und dann darf ich im Bus ganz vorne neben meinem Vater sitzen, die Welt fliegt mir im Panoramafenster entgegen, So blaublaublau blüht der Enzian aus dem Lautsprecher, und zwischendurch unterbricht mein Papa die Musik, greift zum Mikrophon, Meine seeeehr verehrten Damen und Herren, ich darrrf Sie im Namen unsererrr Gesellschaft sehr herzlich begrüßen auf unserer Fahrt ins wunnnderschööönе Tessin, ich hoffe, Sie haben in Ihrem Gepäck auch ein bisschen gute Laune eingepackt, und wenn es auch jetzt noch regnet, so haben wir doch Sonnenschein im Herzen, nicht wahr, und ich muss die Augen von der Welt, die mich in sich einsaugen will, losreißen und meinen Papa ansehen von der Seite, und er ist ein ganz anderer, ein fremder aber so was von einem netten Onkel, hier redet er, als sei er einer aus dem Fernsehen, so einer, der im schicken Anzug Heino ankündigt, während er daheim kaum ein Wort redet, müde und grau nach Hause kommt, sein Essen in sich hineinschlingt und sofort zu Bett geht, und am nächsten Morgen, wenn ich frage, ist denn der Papa schon wach, na schon lange, heut früh um drei musste er schon wieder los, nach Prag, nach Paris, in die Schweiz, an den Lago Maggiore und den Comer See, schon wieder sauste er der Welt entgegen, ich kannte ihn nur so, grau und müde – aber hier, hier führte er ein anderes Leben, die graue Haut von zu Hause fiel ab wie eine Puppe, ein Schmetterlingsmann saß am riesenrunden Steuerrad, das Mikro in der Hand, die Sonnenbrille kess auf der Nase, und die Frauen dahinten lachten über seine Reden, auch wenn es meiner Meinung nach gar nichts zu lachen gab, lachten hässlich und schrill, und kaum war mein Stolz erwacht auf diesen neuen Papa mit der Sonnenbrille und der angenehmen Fernsehstimme, da meldete sich auch schon Konkurrenz, rutsch mal ein bisschen, Kleine, und eine nach der anderen quetschte sich auf meinen Prinzessinnensitz, führte komische Reden mit meinem Papa, und spätestens, als ich abends ins Bett verfrachtet wurde, dort im schöööhöhönen Tessin, und er noch ausging mit all diesen Damen mit den angemalten Lippen, den goldenen Ketten um den Hals in den engen Blusen, da wusste ich, etwas war faul an dem neuen Papa, und ich bin danach nie wieder mit ihm irgendwohin gefahren.

Und vergessen habe ich ihn, diesen Schmetterlingspapa, hab ihn wieder eingetauscht gegen den grauen, müden Vater, den ich kaum sah. Vergessen, aber die Erinnerung sammelt alles, und heute ist Besuchstag, diese Familie klebt in meinen Gedanken wie Brei, der Fäden zieht, und eine Geschichte zieht die andere nach, die Erinnerung ist eine Schuldnerin, und heute ist Zahltag, nein, ich habe dem Bruno die Tafeln Schokolade nicht weggegessen, er mochte keine Schokolade, und dennoch hat er sie mir nur gegeben, weil es ein schlechtes Licht auf mich warf. Er war nicht sonderlich gut in der Schule, er hatte keinerlei Begabungen, die Lehrer stöhnten und seufzten, das Einzige, was er liebte, waren seine Bagger als Kind, sein Mofa als Jugendlicher, seine rachitischen Kleinwagenmotoren ab achtzehn, was er heute noch liebt, das sind Motoren, und wie ein gut gewarteter Motor funktioniert auch er, er läuft und läuft und läuft, echt schwäbische Markenware, Bruno Lenze, Bauunternehmer, spezialisiert auf individuelle Fertighäuser. Sicherheit von der Stange. Freiheit nach Maß.

Wir hassten uns, seit ich denken kann. Wie Feuer und Wasser konnten wir einander nicht lassen, wie und was wir sind. Er brach meinen Zeichenstiften das Rückgrat. Ich erwürgte seine Bagger. Er schnitt meinen Bildern die Gurgel durch. Ich setzte schöne Kackhäufchen in seine Erdburgen. Er verpetzte mich bei unserer Mutter, ich machte ihn bei den Mädchen schlecht. Er verprügelte mich. Ich biss ihn in den Fuß, dass er ins Krankenhaus gebracht werden musste zum Nähen. Er verbrannte meine Lieblingsbücher. Ich steckte eine Kartoffel in seinen Mofaauspuff. Er zerhackte meine erste Staffelei in kleine Stücke. Ich schüttete Zucker in den Tank seines alten Daimler. Suse war es, die den Kampf vorerst für mich entschied, oder besser gesagt: gegen Bruno. Sie lockte ihn in einen Stelldichein-Hinterhalt, und als seine Hose fiel, rannte sie mit ihr davon. Durchs ganze Dorf lief sie jubelnd, die Hose wie ein Banner über sich, Bruno versteckte sich so lange im Wald, bis es Nacht wurde, um sich dann nach Hause zu schleichen. Von dieser Schmach sollte er sich nicht so schnell erholen. Suse sorgte dafür, sein Image bei den Mädchen nachhaltig zu ruinieren. Trotz Mofa oder gar Auto: Keine wollte mehr mit ihm gehen.

Heute ist das alles längst vergessen. Eine Frau fand er im Nachbardorf, und die hatte auch gleich das passende Grundstück für seine soliden Älblerträume.

Dein Bruder ist längst Millionär, hielt mir die Mutter bei einem meiner letzten Besuche zu Hause vor. Das war eines jener Weihnachtsfeste, bei denen wir stumm und heimlich unsere alten Spiele fortsetzten. Er brannte mit einer Wunderkerze rein zufällig ein Loch in das Bild, das ich meinen Eltern gemalt hatte. Ich legte ihm von der Gans den Bürzel auf den Teller, den er auf den Tod nicht mag. Er goss mir den Rotwein in den Ausschnitt. Ich trat beim Aufstehen ganz aus Versehen mit dem Absatz auf seinen großen Zeh. Wieder musste er ins Krankenhaus. Der Nagel wurde ihm abgenommen. Und das am Heiligen Abend. Vorerst blieb ich Siegerin. Seine Frau verdrehte die Augen und sprach nicht mehr mit mir. Selbstverständlich ließ sie nicht zu, dass ich meinen kleinen Neffen aus dem Bettchen nahm. Selbstverständlich war ich schuld, als er nicht aufhörte zu brüllen. Irgendwann bin ich abgereist. Dass das immer so sein muss mit dir, hat meine Mutter an der Tür noch voller Bitterkeit gesagt. Wirklich, kannst du dich nicht wenigstens Weihnachten zusammenreißen?

Immer ich. Immer ist Bruno unschuldig. Dabei ist er es, der anfängt. Immer. Gott, bist du kindisch, sagte auch Suse, die mir wenigstens einen doppelten Whisky gönnte. Wann wirst du endlich erwachsen?

Ja, fragt auch Sofonisba, als ich mich wieder auf die andere Seite drehe, wann werdet ihr endlich erwachsen. Aber mit Brüdern, das weiß auch sie, ist das so eine Sache. Asdrubale. Sie kann ein Lied davon singen. Und ich erinnere sie daran, wie er genau das zu ihr gesagt hat, damals, auf dem Schiff, als sie ihn mit ihrer Entscheidung konfrontierte, sie würde wieder heiraten, und zwar den Kapitän des Schiffes, da hat er sie fassungslos angestarrt, Sofonisba, hat dieser achtzehn Jahre jüngere Bruder zu ihr gesagt, sag mal, wann wirst du endlich erwachsen?

Ich schlafe nicht viel in dieser Nacht. Das letzte Mal. Wann wirst du endlich erwachsen. Sofonisba habe ich immer um ihren Vater beneidet, vor mehr als vierhundert Jahren, und was er alles für seine Tochter getan hat. Er war ehrgeizig, wendet Sofonisba ein, er sah mein Talent als ein Kapital der Familie, ein Wunderkind, dessen Bilder er in alle Welt hinaussandte mit den gekonntesten Bücklingen. Ja sicher. Aber dennoch. Wer hat mich jemals gefördert? Wer hätte auch nur ein einziges Mal zu Hause mein Talent unterstützt, ach was, mich wenigstens einfach tun lassen, was ich tun musste, aber nein, Hindernisse haben sie mir in den Weg gelegt, haben mich bestraft, wenn ich vom kärglichen Taschengeld Farben und Leinwand gekauft habe, das Studium musste ich mir selbst verdienen. Dafür hast du mich, lacht Sofonisba, ja, sie hat gut lachen, ihr Vater sorgte dafür, dass sogar Michelangelo ihr Lehrer wurde aus der Ferne, per Korrespondenz hat er ihr Aufgaben gestellt, nach denen sie Zeichnungen anfertigte, hat ihr Zeichnungen geschickt, die sie in Gemälde umsetzte. Die größte Herausforderung, schrieb er, ist die Darstellung extremer, leidenschaftlicher Gefühle in den Gesichtern der Menschen. Die extremen Gefühle? Freude und Wut, Lachen und Weinen – wie im Leben, so liegen sie auch in der Mimik so nahe beieinander. Und so hielt sie Szenen des Alltags mit dem Zeichenstift fest, der kleine Junge, der in einen Korb mit Krebsen greift und weint, weil er in den Finger gezwickt wird, daneben ein etwas älteres Mädchen: Sofonisbas Bruder Asdrubale mit Minerva.

Michelangelo bewahrte diese Zeichnungen sein Leben lang auf, und nach seinem Tod hielt man sie für Werke von seiner Hand.

Michelangelo. Oder Michelagniolo, wie er damals seine Briefe unterschrieb. Wie gerne hätte ich ihn damals kennen gelernt. Aber das Geld war knapp bei uns zu Hause, und darum kam eine solche Reise nicht in Frage. Wann werde ich endlich hier herauskommen?, dachte ich damals, und bin dann schließlich herausgekommen aus dieser kleinen, engen Welt in Cremona. Nach Spanien an den Hof. Aber es dauerte nicht lange, da merkte ich, auch am Königshof ist die Welt so eng und abgezirkelt wie in der Familie, ja, in Cremona hatte ich bei weitem mehr Freiheiten, die ich mir am Hof listenreich erkämpfen musste. Die Freiheit, meint Sofonisba, findet in deinem Kopf statt, aber ich bin nicht einverstanden mit ihr, nein, ganz und gar nicht, du hast gut reden, du hast das alles längst hinter dir, aber ich, ich muss hier raus. Eine Einzelzelle, mischt sich jetzt auch Marguerite ein, lange hast du dich daran festgehalten, als wäre es die Rettung schlechthin. Jetzt ist es so weit. Morgen wirst du in eine Einzelzelle ziehen. Ein Buchstabe fehlt noch, echot es in mir und ich beginne wieder zu zittern, denk daran, ein Buchstabe, der wird dir noch eingebrannt werden, und Petras Gestalt steht wieder drohend vor mir, die Arme in die Hüften gestemmt, oder gefährlich an der Seite herunterhängend, und die Zelle, auch wenn es eine einzelne ist, mit nur einem Bett, auch sie hat ein vergittertes Fenster, auch hier wirst du ständig an Wände stoßen, was hast du eigentlich damit gewonnen?

Und wieder sehe ich es vor mir, dieses Kreglergesicht, dieses Antlitz wie eine Maske, Sie werden mich portraitieren …, was steckt eigentlich dahinter, Marie hat große Augen gemacht, ein Atelier, für dich ganz allein, und pfiff durch die Zähne, na so was, das gab's ja noch nie, von so etwas hab ich noch nie etwas gehört, und neidisch die anderen Frauen, du hast es gut …, aber in mir schreit es, Marguerite ist es, die schreit, pass auf, pass bloß auf, die legen dich rein, eine Falle ist das, auch mir damals im Kerker, Papier wurde gebracht und Feder und Tinte, sie werden alles gegen dich verwenden, glaub mir, besser, du lässt die Finger davon.

Sie hat Recht. Ich werde nicht malen. Schon gar nicht diesen

Kregler. Ich kann hinter Gittern nicht malen. Sofonisba ist an ihre Freiheit gewöhnt, aber jetzt fährt sie auf, mächtig, zornig, die Malerin, wie, du willst nicht malen, du willst nicht das tun, wonach du dich verzehrst, aber auch die Fenster der Schreinerei sind vergittert, wende ich ein, auch die Wände dort sind Gefängnismauern, sie werden kommen und mich bringen, Türen auf und Schlösser und Schlüssel und Metall fällt in Metall, werden mich einschließen in dem Atelier, einsperren, hast du gehört, sie werden alles gegen mich verwenden. Sie werden mir einen Strick drehen aus dieser bemalten Leinwand. Nagel wird mich ans Messer liefern. Aber warum denn, er meint es gut mit dir ... Gut? was du nicht sagst, er ist unser Feind, merk dir das, er hat mich hierher gebracht. Für seine »Ahnungen« sitze ich hier ein, er ist der Schlimmste, fall nicht herein auf ihn, Frieder Nagel ist ein ausgeschlafenes Bürschchen, hat die Anwältin gesagt, der Beste, den sie in Deutschland haben, er sammelt Fälscher wie andere Kunstwerke, ich sollte mit ihr reden, sollte mit dieser Anwältin reden, gleich morgen werde ich einen Antrag stellen, morgen, ja morgen, morgen ist auch noch ein Tag.

Und ich schlafe, aber ich träume schlecht, träume von Kindern, die ihre toten Mütter suchen, einen langen Zug bilden sie wie am Martinstag, *Laterne Laterne*, aber was sie an den langen hölzernen Stäben halten, das sind keine Laternen, es sind die Köpfe ihrer Mütter, Maries rotes, weinendes Gesicht, Isabels Kopf und der meiner Mutter, der von Sofonisbas Mutter, und die Köpfe von den Tanten von der Alb, sie nicken und sehen mich missbilligend an, während die Kinder gehen und singen, *Sonne, Mond und Sterne, brenne auf, mein Licht, brenne auf, mein Licht, aber nur meine kleine Laterne nicht*, und dann kommen Kinder, an deren Stäben hängen lauter leuchtende Föten, als hätte man eine Kerze in ihnen angezündet, ich schrecke auf und sitze schweißgebadet aufrecht im Bett, Luft, keine Luft, und wieder einmal vom Bett heruntergleiten, den Stuhl unter das Fenster, nein, diesmal den Tisch, und ich klammere mich an die Stäbe, presse mein heißes, verschwitztes Gesicht dagegen, kühl ist das Metall und es riecht, riecht bitter und salzig, und morgen werde ich wieder so stehen, in einer anderen Zelle, ein paar Türen weiter, werde stehen und mein Gesicht an die Stäbe pressen, und keine Sterne werde ich sehen, so wie heute nicht, der Himmel weint, ich fühle die Feuchtigkeit, fühle die Kühle der Nachtluft, mich fröstelt, und ich schließe die Augen und verwandle mich in eine Fledermaus, die fliegt hinaus, durch die Gitter hinauf in den Himmel, und wer weiß wie viel später finde ich mich, kalt, zitternd wieder, die Finger so starr, dass ich sie kaum von den Stäben lösen kann, und ich beneide Marie, denn in mir ist nichts, keine Träne, keine einzige Träne, nur Leere, nicht Trauer, nicht Wut, völlig ausgebrannt, als wäre die Kerze in mir heruntergebrannt, ich weiß, ich muss hier irgendwie hinaus, sonst werde ich langsam, langsam immer mehr verschwinden.

11

Koche Brasilholz

mit ganz wenig Beergelb in weißem Weine, der einen Fingerbreit überstehe, auf gelindem Feuer, ohne zu sieden, bis nur der dritte Teil übrig geblieben ist; dann füge nur soviel Alaun hinzu, als nötig ist, um ein Ei zu salzen. Weder Salz noch irgendetwas, außer ein wenig Gummi arabicum füge bei. Diese Farbe ist schön und dauerhaft leuchtend.

Um es Ihnen gleich zu sagen, sagt die blonde Frau und versucht, unbefangen zu lächeln, ich werde Sie verteidigen, ob Sie es wollen oder nicht.

Sie ist blass heute, unter den schönen Augen liegen Schatten, vielleicht hat sie sich heute auch nur nicht ganz so sorgfältig geschminkt. Ihre Haut scheint um die Wangenknochen zu spannen, an den Schläfen schimmern blau die Adern hindurch.

So eine Überraschung, denke ich, seit Tagen zerbreche ich mir den Kopf, kann mich einfach nicht an ihren Namen erinnern, da ist sie auch schon da.

Ja, Frau Lenze, sagt sie und räuspert sich, man hat mich tatsächlich zu Ihrer Pflichtverteidigerin ernannt. Aber nicht, dass Sie denken, ich sehe das jetzt als eine lästige Pflicht an, nein, ich will Sie verteidigen, auch ohne Ihre Hilfe, wenn es sein muss. Und wissen Sie auch warum?

Ich zucke die Schultern. Woher soll ich das wissen.

Weil ich von Ihrer Unschuld überzeugt bin, sagt sie, und die blauen Augen blitzen. Und sie redet weiter, ich spüre eine Anspannung in ihr, wie eine feine Schicht Lasur, die über ihrer bleichen Haut liegt und spannt, aber da ist auch eine große Entschlossenheit, von Papieren und Unterlagen spricht sie, ich aber betrachte sie: Ihr Haar, das sie heute streng im Nacken mit einer Spange zurückgenommen trägt, glänzt nur matt. Das Licht aus dem vergitterten Fenster fällt ihr seitlich ans Ohr und bringt ein paar Strähnen, die sich gelöst haben, zum Leuchten. Und plötzlich weiß ich, was mich beim ersten Mal so abgestoßen hat, verstehe meine bodenlose Wut, mit der ich ihr damals den Wälzer vom Tisch gefegt habe – es ist die Ähnlichkeit mit der Flöte, dieser amerikanischen Schlampe, die ihn mir weggenommen hat, ihn, den Musiker, zu der er alles hintrug, seine Noten, seinen handgeschnitzten Notenständer aus Nussbaumholz, seinen schwarzen Frack und die weißen Hemden für die Konzerte, das Bild, gemalt auf grünem Grund, ja, auch das hat er mitgenommen, und seine Stereoanlage und all die CDs, nur die Gesamtaufnahme von DON CARLO, die hat er mir gelassen, auch den Klavierauszug – obwohl ich die Noten immer noch nicht lesen kann, und die kleinen schwarzen Zeichen mich heute noch an Kaulquappen erinnern, die im Fluss der Musik über die Seiten schwimmen –, wie nett von ihm, aber natürlich nahm er auch das Cello mit, und all das trug er zu ihr, der Stars-and-Stripes-Flöte mit den puppenblauen Augen, dem weichgezeichneten Amilächeln und dem fadblonden Engelshaar.

Meine Hände krampfen sich auf dem Tisch ineinander.

Ist Ihnen nicht gut, fragt die Anwältin und reißt die Augen auf.

Dochdoch, sage ich, alles in Ordnung. Der Spuk verschwindet. Nie, habe ich mir geschworen, würde ich je eine Träne mehr weinen über diese Geschichte. Nie würde ich wieder an sie rühren. Aber schon schleicht sich der Klang seines Violoncellos in mein Ohr, zwingt mir das Vorspiel auf zu dieser Arie, ich sitze im Publikum und spüre die erwartungsvoll knisternde Atmosphäre zu Beginn des dritten Aktes, das vereinzelte Räuspern und Husten, das Scharren, das langsam verebbt, denn die klare Stimme des Cellos schraubt sich aus den tiefsten Tiefen empor und stimmt an das Lied der Klage, das Lied, das dieser einsame Mann dort an dem riesigen Schreibtisch in seiner Seele verbirgt, das, was er eigentlich meint, wenn auch sein Bass eine ganz andere, eine verletzte, stolze Königsmelodie singt, so ist es das Cello, das mit seinem samtglänzenden Ton zwischen all diesen Geigenseufzern klar und deutlich hinaussingt, was dieser alte Mann verbergen möchte. Männer, oh ja, ihre wahren Gefühle, die kennen sie kaum selbst, jedenfalls die meisten, wie groß und deutlich spürte ich das in diesem Augenblick, wie oft sollte ich das in meinem Leben vorher und nachher zu spüren bekommen, bis auch ich begann, die Melodie meiner Seele tief auf dem Grunde des Meeres zu verbergen, das Meer wird es nehmen, das Meer wird es geben, aber mir wurde alles genommen, und übrig blieben diese Erinnerungen, diese Wunde, die nicht heilen will. Und schon damals, als ich zum ersten Mal seinen Ton, die Stimme seines Cellos hörte, die all das sagte, was auch er nicht sagen wollte oder konnte, als mein Herz in diese Schwingung geriet, in dieses gefährliche Zittern und Beben, und der Wunsch erwachte, ihm alles, alles zu offenbaren, ihm, dem Kapitän, ihm, dem einzig Geliebten, der einzige Mensch, der es mit Sofonisba aufnehmen konnte, der sie glücklich machte ein halbes Leben lang und eine ganze Ewigkeit, schon damals saß sie im selben Graben, sie, die Flöte, ein dumpf schimmernder Goldfleck, das Ende, das Erwachen aus all diesen Strudeln aus Glück. Und wieder reißt dieser Schmerz an mir, so oft verabschiedet und endgültig begraben, und wieder seine Stimme beim allerersten Mal: Ich möchte Sie gerne kennen lernen, und ich stöhne auf, die Erinnerung ist eine tückische Herzensbrecherin, breitet ihre Schätze aus zur Unzeit.

Die junge Anwältin hat schon seit einer Weile aufgehört zu reden, starrt mich an und fragt mich, ob denn wirklich alles in Ordnung sei, jetzt steht sie auf, aber da halte ich sie am Handgelenk fest, sanft, ich will sie nicht erschrecken, sie soll bleiben, soll einen Augenblick noch bleiben, dann wird das wieder vergehen, Verzeihen Sie, sage ich, es geht schon wieder, und da gelingt es mir tatsächlich, die Schatten zu vertreiben, ich fahre mir mit den Händen über das Gesicht, reibe mir die Schläfen, sehe sie an, und jetzt ist auch die Ähnlichkeit verschwunden, ach ja, dieselbe Haarfarbe, dieselben blauen Augen, und das ist wirklich alles.

Vielleicht sind Sie immer noch ein bisschen krank, sagt sie besorgt, soll ich einen Arzt rufen lassen?

Nein, sage ich entschieden, keinen Arzt. Ich bin völlig in Ordnung.

Ich betrachte meine Hände auf der Tischplatte, dann ihre, zwischen ihren schlanken Fingern wirbelt nervös ein Kugelschreiber um seine eigene Achse.

Ich will hier raus, sage ich schließlich, und der Kugelschreiber steht still. Sagen Sie mir, was ich tun muss, um Ihnen zu helfen, mich hier herauszuholen.

Die Spannung fällt von der jungen Frau ab wie ein zu schwerer Mantel.

Ich möchte etwas wissen, sagt sie, und ich nicke. Alle wollen sie alles Mögliche von mir wissen. Wirst du jetzt mürbe, fragt Sofonisba besorgt. Sag nichts Falsches, sie werden dich in eine lebendige Fackel verwandeln, wenn du nicht Acht gibst, schreit Marguerite.

Was möchten Sie wissen, frage ich vorsichtig.

Als Sie nach Bildern von der Anguissola geforscht haben für die Ausstellung, haben Sie da ganz gezielt auch nach diesen drei Bildern gesucht? Ich meine, haben Sie irgendwo in der Literatur davon gelesen, dass sie einmal existiert haben? So, wie man ja weiß, dass es damals ein Portrait des Don Carlos gegeben hat? Haben Sie von der Existenz genau dieser Bilder vorher aus Quellen gewusst, sind sie dort möglicherweise sogar beschrieben worden? Von Vasari vielleicht oder sonst einem Zeitgenossen? Oder sind sie in Briefen erwähnt, so wie das Bildnis der Isabel?

Erstaunt sehe ich auf und direkt in ihre großen Augen. Alles Mögliche habe ich erwartet, aber nicht eine so präzise, detaillierte Frage. Natürlich wusste ich, dass ich diese Bilder einmal gemalt habe, will Sofonisba sagen, aber sie ist selbst so schlau, es zu unterlassen.

Gibt es irgendwo einen Hinweis auf diese Bilder?

Keine Ahnung, sage ich, ich jedenfalls habe nichts gefunden.

Sie nickt zufrieden und macht sich eine Notiz. Der Kugelschreiber selbst scheint sich zu freuen, wie er über die leere Seite ihres Notizbuchs hüpft.

Wissen Sie, sagt sie ohne aufzusehen, ich will Ihnen die Wahrheit sagen. Bilder interessieren mich nicht besonders. Ich habe mir in meinem ganzen Leben noch keine Ausstellung angesehen. Ich bin farbenblind und kann Grün nicht von Rot unterscheiden. Und außerdem ist mir die Luft in diesen Museen viel zu stickig.

Der Kugelschreiber steht still und wird dann in den Falz des Buches gelegt. Die Anwältin steht auf und öffnet das Fenster. Dann setzt sie sich wieder, stützt die Ellbogen auf den Tisch und legt das Kinn in die verschränkten Hände.

Ich laufe Marathon, sagt sie, da seh ich meine eigenen Bilder. Wenn der Verstand erst mal so schön zur Ruhe kommt … Die besten Ideen kommen mir beim Laufen, lacht sie, und die kniffligsten Fälle löse ich im Wald. Und Sie haben mich jetzt schon ganz schön durch die Wälder gejagt, Frau Lenze, lacht sie wieder, aber ich spüre, dass sie hinter diesem Lachen einen großen Ernst und eine Entschlossenheit verbirgt, die ich noch gar nicht ermessen kann.

Sofonisba Anguissola, sagt sie dann langsam und genüsslich, ohne über den komplizierten Namen zu stolpern, ich habe alles gelesen, was ich zu dieser Malerin finden konnte. Auch den Artikel von Ihrer Kollegin im Ausstellungskatalog. Ich soll Sie übrigens schön grüßen von ihr.

Von wem?

Na von Mercedes de las Ropas.

Sie haben mit ihr gesprochen?

Die Anwältin nickt.

Ich würge an einem dicken Kloß in meinem Hals.

Sie ist immer noch nicht besonders gut auf Sie zu sprechen, wenn ich ehrlich bin.

Wo ist sie denn, frage ich nach einer Weile leise.

In Madrid. War nicht ganz einfach, sie aufzutreiben. Am liebsten will sie wohl mit der ganzen Sache nichts mehr zu tun haben. Aber das geht natürlich nicht. Mich wundert sowieso, dass Nagel nicht auch gegen sie ermittelt. Sie könnte schließlich Fälschungen in Auftrag gegeben haben, bei Ihnen oder sonst irgendjemandem. Ich verstehe nicht, dass sie einfach so ausreisen konnte.

Nein, sage ich müde, und sehe wieder ihr entsetztes, abgrundtief enttäuschtes Gesicht vor mir, das mich oft in den Träumen quält. Mercedes hat mit den Bildern nichts zu tun. Das habe ich immer gesagt.

Ja, entgegnet sie heftig, das war das Einzige, was Sie nach Ihrer Verhaftung überhaupt zu Protokoll gegeben haben. Ich finde das ja sehr ehrenhaft von Ihnen, Ihre Freundin so zu entlasten, aber haben Sie denn nie an sich selbst gedacht? Sie sitzen jetzt hier und haben das alles auszubaden. Ich finde das nicht gerecht. Schließlich war es Frau Ropas' Ausstellung …

Es war unsere Ausstellung, sage ich. Mehr sage ich nicht. Was soll man dazu schon sagen. Ob ich an mich gedacht habe? Nichts wie weg, das war mein einziger Gedanke, und selbst als sie mich am Flughafen abfingen, habe ich nicht glauben wollen, dass man mich an einen solchen Ort bringen würde. Wie eine Verbrecherin. Und bis ich recht zur Besinnung kam, war sowieso alles gelaufen und noch viel mehr, es ist müßig, darüber auch noch Worte zu verlieren. Aber noch viel furchtbarer wäre alles für mich, wenn sie auch Mercedes eingesperrt hätten.

Jedenfalls werde ich sie als Zeugin verpflichten, sagt die Anwältin mitten in meine Gedanken hinein. Ihr Artikel über die Anguissola, der ist wirklich interessant. Eine spannende Frau, diese Sofonisba. Eine unglaubliche Lebensgeschichte. Wenn man bedenkt, mehr als vierhundert Jahre ist das jetzt her.

Ich warte ab. Sofonisba fühlt sich geschmeichelt, aber Marguerite ist misstrauisch.

Wie sind Sie denn überhaupt auf diese Malerin gekommen?

Ja, denke ich, wie hat das eigentlich alles angefangen? Wie erhielt diese Stimme einen Namen?

Ich habe ein Bild von ihr restauriert, sage ich leise. Das Bildnis der Bianca Ponzoni.

Und wieder das Lachen meiner Mutter wie eine Explosion in meinen Ohren, so konnte nur sie lachen, Kind, das ist keine Frau, das ist ein goldener Käfer, aber Mama, so siehst du nun mal aus, und wunderschön war sie, meine verehrte Mutter in ihrem Brokatkleid und den Perlen, was machte es, dass sie ein wenig füllig war, und dann diese Begegnung nach Jahrhunderten, in Berlin, der Nationalgalerie, wo ich mein Praktikum machte, traust du dir das zu, hat der gute alte Spangenberg gefragt, und auf die blätternde Schicht am Bildrand gewiesen, und ich völlig empört, wie ist denn das passiert, das muss von außen gekommen sein, das ist nicht die Farbschicht, die sich aufwirft, so dilettantisch hat Sofonisba nicht gearbeitet, da muss das Bild doch in der Hitze gelegen haben …

Wer hat es denn gemalt, fragte ich dann zögernd und ängstlich. Kennst du nicht, hat Spange geantwortet, kennt keiner, ein Name zum die Zunge ausrenken, So-fo-nis-ba Angui-Angui… keine Ahnung.

Anguissola. Der Adler und die Sonne. Unser Familienwappen. Damals fing alles an. Ich habe das Bild restauriert. Ich kannte den Untergrund auswendig. Spange riss nicht schlecht die Augen auf, als ich ihm sagte, was ich für Malmittel bräuchte. Von da an hat er mir die ganze Renaissance überlassen. Du wirst einmal eine ganz Große, hat er zu mir gesagt. Ich lächelte wehmütig. Sofonisba war die ganz Große gewesen. Ich war dagegen nur eine kleine Flickschusterin. Aber egal. Damals begann alles. Und hier sollte es also enden.

Aha, sagt die Anwältin, und ich weiß schon nicht mehr, was sie damit meint, das hängt doch jetzt wieder in Berlin, nicht wahr?

Donnerwetter, denke ich, die muss den Katalog auswendig gelernt haben.

Diese Bilder, die Sie neu entdeckt haben: Wieso waren Sie sich von Anfang an so sicher, dass es wirklich Originale von der Anguissola sind?

Das sieht man doch, sage ich nur. Und außerdem ist da die Signatur.

Die junge Frau zieht die Augenbrauen hoch. Ja, sagt sie, die Signatur. Wissen Sie eigentlich, dass Sie es diesen Signaturen zu verdanken haben, dass Sie hier sind und nicht auf freiem Fuß? Urkundenfälschung. Wenn die Signatur gefälscht ist, handelt es sich um eine Urkundenfälschung. Ohne Signatur … nun ja, man würde gegen Sie ermitteln, aber Sie wären sicherlich nicht hier. Frieder Nagel rieb sich die Hände.

Vergiss nie, ein Bild zu signieren, höre ich den alten Anguissola sagen, ja, Vater, das habe ich jetzt davon, schreit Sofonisba, und selten habe ich sie so aufgebracht erlebt, ins Gefängnis haben sie mich gebracht, diese gottverdammten Signaturen. Aber dann fasst sie sich wieder.

Sie sind echt, sagt sie laut und sehr deutlich, und ich weiß, sie glaubt es ihr, diese Anwältin, so wie fast alle Menschen Sofonisba das glauben, was sie ihnen sagt, und schließlich ist es auch die Wahrheit.

Ja, sagt die junge Frau, ich glaube das. Jeder, der ein bisschen vernünftig nachdenkt, sollte das glauben. Dieses Bild aus England, es ist niemals reproduziert worden, auch Frau Ropas hat mir bestätigt, dass sie von den drei Bildern vorher nichts gewusst hat. Wie soll ein Mensch ein Bild so exakt fälschen, wenn er es noch nie gesehen hat, das frage ich mich.

Sie klappt ihr Notizbuch entschieden zu.

Warten wir das Gutachten ab. Und wenn sich diese Bilder als echt herausstellen, dann können Sie sie ja schließlich auch nicht gemalt haben.

Ja, denke ich, so einfach ist das, und werde ganz ruhig. Aber die Restauratorin, die Gutachterin in mir lässt sich nicht täuschen. So einfach ist das leider doch nicht. Man kann nicht beweisen, dass ein Bild echt ist. Man kann nur ausschließen, dass bestimmte Fehler gemacht wurden, falls es eine Fälschung ist. Wurden Farben verwendet, die es damals nicht gab? Weicht das Format von den damaligen Maßeinheiten ab? Ist der Bildträger aus derselben Epoche, wie das Bild zu sein vorgibt? Aber werden diese Fragen mit Nein beantwortet, dann heißt das noch lange nicht, dass das Bild echt ist. Es ist eine Detektivarbeit. Pinselführung, Farbauftrag, Malgrund. Aber wer sagt denn, dass der Maler nicht einmal etwas Neues ausprobieren wollte? Man kann beweisen, dass ein Bild eine Fälschung ist, wenn man einen Fehler findet. Aber wurden diese Fehler nicht gemacht, dann ist seine Echtheit längst nicht erwiesen.

In dubio pro reo, sagt sie, als habe sie meine Gedanken gelesen. Im Zweifel für den Angeklagten. Man muss Ihnen beweisen, dass Sie die Bilder gefälscht haben, nicht umgekehrt. Wären Sie denn in der Lage, gesetzt den Fall, Sie wollten eines dieser Bilder nachmalen, könnten Sie das? In diesem Stil malen?

Und dann fällt es mir wie Schuppen von den Augen. Die Einzelzelle. Das Atelier. Das Kreglerportrait. Und Marguerite, die nicht aufhört zu warnen: Man wird alles gegen dich verwenden.

Man will, dass ich hier male, sage ich unvermittelt.

Wie bitte? Sie reißt ihre Augen so weit auf, dass ich das Weiße um die Iris herum sehen kann. Was soll das heißen?

Und ich erzähle ihr in kurzen Worten von meinen Begegnungen mit Kregler, von dem Atelier in der Schreinerei und dass ich heute in eine Einzelzelle verlegt wurde. Ihre Augen werden wieder schmaler, ihre Lippen ein dünner Strich. Der Kugelschreiber dreht Pirouetten in ihrer Hand. Dann steht er still.

Mit den Originalpigmenten, sind Sie sicher?

Sie denkt eine Weile nach.

Gut, sagt sie dann, und ihre Stimme klingt fest und entschlossen, malen Sie. Genießen Sie die Abwechslung.

Aber machen Sie ein paar kleine Fehler, fügt sie dann beiläufig und leise, aber mit einem leichten Nachdruck, hinzu, sieht mir dabei fest in die Augen, tief in mich hinein, in Sofonisbas Augen, die nickt, ja, sie hat verstanden, ein paar Fehler, wird gemacht, und dann erhebt sich die Anwältin, räumt rasch ihre Sachen in die Mappe und reicht mir die Hand.

Bis bald, Frau Lenze, sagt sie und lächelt. Und wenn Nagel kommt, dann bleiben Sie dabei: Sagen Sie gar nichts. Verweigern Sie die Aussage. Und wenn Sie möchten, komme ich gerne dazu. Für alle Fälle.

Schon ist sie an der Tür. Klopft. Die Beamtin schließt auf und steckt den Kopf herein.

Warten Sie, sage ich, und sie bleibt noch einmal stehen.

Ja?

Ich habe Ihren Namen vergessen.

Da lacht sie, kommt noch einmal zu mir zurück, kümmert sich nicht um die Beamtin, die misstrauisch in Habtachthaltung geht und den Schlüssel sicherheitshalber wieder aus dem Schloss zieht.

Ich muss mich bei Ihnen entschuldigen. Stephanie Larmann, sagt sie, fummelt in ihrer Tasche herum und drückt mir dann eine Visitenkarte in die Hand.

Hier, sagt sie, und wenn etwas ist, unter dieser Nummer bin ich immer zu erreichen.

Und dann ist sie weg und ich gehe durch viele Türen, die sich vor mir öffnen und hinter mir schließen, wie im Traum gehe ich von einer Zeit in eine andere, durchwandere graue Gänge, höre zerstreut die Stimmen von Marguerite und Sofonisba, die wer weiß was wieder zu kommentieren haben, immer noch höre ich diese Musik, und dann sitze ich in meiner neuen Zelle, die letzte Tür fällt hinter mir ins Schloss und ich bin allein.

Allein.

Seit wie langer Zeit endlich einmal wieder ganz allein.

Ich sehe mich um.

Bin ich allein? Oder spüre ich immer noch die Anwesenheit

der Frau, die vor mir diese Zelle bewohnte? Meine Augen gleiten über die Wände. Man hat sie frisch geweißt, welch ein Luxus. Wird wohl nötig sein, hat Marie gespottet, als wir davon hörten. Und ich suche die Wände ab nach den verborgenen Zeichen hinter der weißen Farbschicht, ich weiß gut, dass sie da sind, die Kritzeleien von Petra, auch wenn sie übertüncht sind, in diesem Bett hat sie geschlafen, auf dieser Kloschüssel hat sie gesessen, und wenn ich auch meine Sachen in den Schrank einräume, dann weiß ich doch, dass sie vorher hier war. Ein schaler Geruch sitzt zwischen den Bretterböden. Eine Weile werde ich die Schranktür offen lassen.

Ich mach das Fenster auf und sehe hinaus. Der Gefängnishof liegt grau und abgezirkelt unter mir. Etwas langt nach meinem Herzen und drückt langsam zu. Das Bäumchen. Auch das Bäumchen hätte mehr Glück haben können. In einem richtigen Wald – was könnte dort aus ihm werden!

Ella giammai m'amò, singt es in mir. *No, quel cor chiuso m'è.* Auch Felipe hat so einmal am Fenster gestanden, und das Fenster war vergittert, hat hinausgesehen auf einen grauen, viereckigen Hof, sie hat mich nie geliebt, nein, dieses Herz ist mir verschlossen, nur, dass er ihn sich selbst hat bauen lassen, den grauen Hof und die vergitterten Fenster und die steinernen Mauern, die ihn einschlossen. War es die übergroße Angst vor dem Leben? Ich war nicht mehr bei ihm, damals, im Escorial, aber trotzdem weiß ich, auch er hat so gestanden und zurückgeschaut auf sein Leben, und ich höre wieder das Cello singen, aufsteigen, klagend, aber doch nicht hadernd mit seinem Schicksal – es ist eben so, wie es ist – und dann wieder hinuntersinkend ins Bodenlose, wieder gehe ich diese Straße entlang, den Weg nach Hause, langsam und stetig den Hügel hinauf, ich bin eins mit mir und meinem Leben, habe gerade an einem Bild gearbeitet, es ist mir das Unmögliche gelungen, die anderen hatten es bereits aufgegeben, aber ich habe es gerettet, hautfeine Schichten abgetragen und den Untergrund erneuert, eine kleine Schönheitsoperation, du hättest plastische Chirurgin werden sollen, spottete Suse, dann würdest du wenigstens reich werden, aber auch Anerkennung klang in ihrer Stimme mit, ja, ich hatte es geschafft, das Bild sah aus wie neu, und so ging ich die Straße hinauf, es war kalt, es war

Winter, aber hinter mir ging gerade die Sonne unter und ich konnte die goldenen Reflexe vor mir auf der Straße tanzen sehen. An einem Zebrastreifen blieb ich stehen und ließ ein Auto vorbei, das zögerlich weiterfuhr, ich fing einen Blick auf aus dunklen Augen, der Fahrer sah mich durch die Scheibe an, den Hals vorgereckt und das Gesicht fast gegen das Seitenfenster gepresst, ein glücklicher Ausdruck lag golden im Abendlicht auf seinem Gesicht, das blinzelte, um mich zu sehen, ja, er wollte mich anschauen, mich, so lange wie möglich, und dann sah ich mein Spiegelbild ein wenig verzerrt in derselben Scheibe, durch die er spähte, gar nicht genug bekommen konnte, und ich verstand warum, denn hinter meinen Kopf zeichnete die Sonne eine goldene Aureole und brachte mein Haar zum Glühen, und kurz sah ich direkt in seine Augen, ein Lächeln, glücklich, glückselig, dann war es auch schon vorbei. Und ich ging weiter, kaum dass ich meinen Schritt unterbrochen hatte, sah dem Auto hinterher, und ich freute mich, freute mich an diesem kleinen, aus dem Alltag herausgenommenen, leuchtenden Augenblick in diese dunklen Augen, ein Verstehen zwischen Fremden, eine Bewunderung so ganz ohne Schwere, siehst du, sagte Sofonisba in mir, noch immer schauen dir die Männer hinterher.

Und so ging ich weiter, hatte das Auto und die Augen und den goldenen Moment fast schon wieder vergessen, da kreuzte wieder ein Wagen meinen Weg, ein Déja-vu, und tatsächlich, er ist es, kurbelt das Seitenfenster herunter, lächelt unsicher, na, fragt er, ist es noch weit?

Ich schüttle den Kopf. Er muss mich gesucht haben, denke ich, muss den Hügel kreuz und quer abgefahren haben, bei all den Einbahnstraßen …, kann ich Sie ein Stück mitnehmen, fragt er jetzt, und in seinem weichen, altvertrauten Akzent aus dem Süden und längst vergessenen Zeiten schimmert bereits ein Funken Erinnerung kurz auf – und erlischt.

Und da bin ich schon wieder befangen, verlegen, gerade noch träumte ich einen goldenen Traum von zwei kurzen Blickmomenten und einem Lächeln, und jetzt ist es allzu greifbar und ernüchternd konkret, spricht mit mir, steigen Sie ein, sagt das Glücksgesicht, und ich fürchte, der Alltag wird auch diesen Zauber zerstören, nein, sage ich, ich bin fast zu Hause, vielen Dank, das ist wirklich nett, aber … und wieder das Lächeln, die bittenden Augen, ich würde Sie so gerne kennen lernen, sagt das Gesicht.

Wozu, fragt Marguerite spröde und streng, wie nur sie fragen kann, ist das eine Art, eine Frau auf der Straße anzusprechen, und auch Sofonisba findet das nicht besonders seriös, aber ich bin irgendwie gerührt, er will mich kennen lernen …, aber ehe ich denken kann, sagt meine Stimme bereits: Aber das ist ganz und gar aussichtslos, ich bin verheiratet.

Seine Augen werden noch dunkler, als er sagt: Aber das ist doch kein Problem, und ich komme mir so albern vor wie selten, wie kommst du denn auf diese bescheuerte Idee zu sagen, du seist verheiratet, ist doch lachhaft, und fast hätte ich gelacht, aber ich sage, doch, das denke ich schon, das ist ein Problem, irgendwie wird mir das hier zu viel, schließlich kann man das Kennenlernen nicht so programmieren, soll ich womöglich zu ihm ins Auto steigen, ja, in Büchern, da könnte das ein Anfang sein, aber hier mitten auf der Straße komme ich mir plötzlich lächerlich vor wie ein Backfisch, billige Anmache, würde Suse sagen, ach, was geht das denn Suse an, aber da habe ich ihm auch schon zum Abschied zugewunken und bin weitergegangen, und als ich mich doch noch einmal umdrehe, sehe ich ihn langsam, zögernd davonfahren, auf dem Rücksitz hat er einen riesigen schwarzen Koffer in der Form eines weiblichen Körpers. Sein Cello.

Ein paar Tage lang habe ich noch an ihn gedacht. Ich möchte Sie gerne kennen lernen …, und immer musste ich lächeln, so ein dummes Teenagerlächeln, und mein Herz schlug warm und ein bisschen aus dem Takt. Aber gerade, als ich den Gedanken an ihn und was daraus hätte werden können, abgeschüttelt hatte, da sah ich ihn wieder. Suse hatte mich seit langem mal wieder angerufen und mich in ein Lokal bestellt. Natürlich kam sie dann nicht. Aber es war auch egal. Denn drüben an der Bar stand er. Ein Glas in der Hand. Und der Boden begann sich zu heben und zu senken, schwere See, mein Herz stolperte aus dem Takt, dieser Blick, dunkel aus grünen Augen, so ein ganz dunkles Grün, wie ich sie noch nie gesehen hatte, doch, Sofonisba kannte sie, kennt sie noch heute, es sind die Augen des Kapitäns, und wie ich hinübergehe zu ihm an die Theke, sagt er, da lernen wir uns also doch noch kennen, wo ist denn dein Mann, und ich lache verlegen, ich hab gar keinen Mann, sage ich, und da lacht er auch, und wieder dieses glückselig-goldene Leuchten, auch ohne Sonnenuntergang, und wie es dann weiterging, ach, das kennt man ja bereits, es hatte mich erwischt, und als ich am Morgen still und heimlich meine Kleider zusammenklauben wollte, da zog er mich wieder unter seine Decke, oh, wie sehr es mich erwischt hatte, das hab ich erst Stunden später gemerkt, als er mir auf dem Cello vorspielte, da hatte er schon einen Namen, die versprochene Geschichte bin ich ihm zunächst schuldig geblieben, zuerst war da das Cello, und ich lachte nicht mehr, ich wurde ganz Ohr, wurde ganz zum Ton selbst, fühlte die feine, aber intensive Schwingung der Saite, fühlte den Bogen über meine geheimen Sehnen gleiten, das ganze empfindsame Repertoire hoch und runter, und immer diese Farbe, das Braunrot, gebrannte Umbraerde vermischt mit leuchtendstem Ocker, Caput mortuum und glänzendes Schüttgelb: das Cello. Und ihn, seine inzwischen schon ziemlich geliebte Gestalt, die diesen singenden Holzkörper umschlungen hält, die starken Finger der linken Hand, die so bestimmt den Ton angeben, die rechte, die den Bogen führt, sein Kopf neben dem Wirbelstück des Instruments seitlich geneigt, als schmiege sich seine Wange an den schlanken Hals, die Augen halb geschlossen, die Lippen ein wenig geschürzt, eine kleine Falte steil zwischen den Augenbrauen. So bildeten sie eine Einheit, er und das Instrument, eine Liebesumarmung, in den innigsten Klängen vereint, stundenlang hörte ich ihnen zu, sah ihnen zu, und ein Gefühl, das ich bis dahin nie erlebt hatte, füllte mich aus ganz und gar, schien überzulaufen und aus mir herauszuschwappen über den Teppich hin zu ihm, eine Welle und Woge, das Meer wird es schenken, das Meer bringt die Erfüllung, ein Gefühl, das mich ganz weich machte und mir die Tränen in die Augen trieb, und irgendwann wusste ich auch, wie man das nennt, dieses Gefühl, das die Zeit nicht zu kennen scheint und sie mir nichts dir nichts aufhebt, und die Erinnerung war eine sanfte Heilerin, sie brachte andere Momente und Stunden und Minuten zurück, in denen ich dieses Gefühl schon einmal herzüberflutend kennen gelernt hatte, raumauflösend und ichüberwindend – einfaches, pures, reines Glück.

Und auch jetzt fühle ich es wieder, fühle diese Freude am Atmen, am Pulsieren des Herzens, an der Wärme meines Fleisches, an der Köstlichkeit des Lebens in seiner ureigensten Form, und obwohl ein Teil in mir weiß, dass im nächsten Moment alles in sich zusammenstürzen wird und sich das Gefühl in sein Gegenteil verkehrt, nur aus der Erkenntnis, dass es endet, enden muss, weil es immer irgendwann geendet hat, aber noch schwebt es über mir wie die goldene Aureole der Wintersonne an jenem allerersten Tag, ich möchte Sie so gerne kennen lernen, leider hatte er keine Ahnung, was das wirklich bedeutet, was das bei mir bedeutet, dass man für meine wirklichen Geschichten, die wahren, nicht die gefälschten, gute Nerven braucht und ein Talent zum Dechiffrieren, eine Begabung, hinter die Dinge zu sehen, ja, damals wollte er mich gerne kennen lernen, und als ich ihn spielen hörte und dabei zusah, da beschloss ich, dass ich mich ihm offenbaren würde bis in den hintersten Seelenwinkel, ihn bei der Hand nehmen und durch meinen Park führen, sieh, das sind meine Wunder und meine Qualen. Ich war selbst erstaunt, mit einem Mal das Bedürfnis danach zu verspüren – und heute weiß ich, dass es genau das war, was alles zerstört hat, was der Grundstein war für sein späteres Dingeforttragen hin zu ihr, der Flöte, die ich in ihrer Farblosigkeit niemals wahrgenommen hatte bis zu dem Tag, mehr als zwei Jahre später, Frühling war es und die ganze Natur zwitscherte sich die Seele aus dem Hals, damals, als er es mir sagte.

Die Flöte. Ausgerechnet sie. Sofonisba hätte sie niemals gemalt. Sofonisba dachte immer, das, was sie nicht wahrnahm, was sie nicht malte, das würde sich von selbst auslöschen nach einer kleinen Weile. Sie musste schon damals erkennen, dass dem nicht so war. Über die Jahrhunderte, ja, bis zu einem gewissen Grad mag sie da sogar Recht behalten haben. Was sie nicht gemalt hat, hat nie existiert. Aber auch das nicht, was verloren ging. Und darum. Darum musste wenigstens dieses eine Bild wieder neu gemalt werden. Sein Bild.

12

Merke dir,

dass das Schwarz bei keiner Arbeit hinzugefügt werden darf, es sei denn, alles ist so weit bereit, um die letzten Dunkelheiten darauf zu setzen.

»Schwarz brennt Löcher in die sichtbare Welt.« Ich starre auf den Zettel vor mir. Wie auch immer dieser Satz in meine Erinnerung gelangt ist, aus deren verschlungenen Korridoren er jetzt wieder auftaucht und mir im Kopf hallt – es stimmt: Was für eine seltsame Farbe, die so gierig alles Licht in sich aufsaugt, dass nichts mehr davon übrig bleibt für das Auge?

Machen Sie Fehler, höre ich die Anwältin sagen, wie lange ist das schon wieder her? Seit Tagen sitze ich über diesem Antrag und kann mich nicht entscheiden. Machen Sie einen Fehler …, aber welchen? Die Farbe Schwarz hat es immer gegeben, seit die Menschen die ersten Feuer entzündeten und zu Asche brannten, was brennen wollte. Hölzer. Pflanzenteile. Knochen. Auch ich habe Schwarz verwendet, in Trauer habe ich sie alle gemalt, aber wenn man ganz genau hinschaut, dann bemerkt man schnell, wie selten ich Schwarz als reine Farbe nahm – ein tiefes Grau, ein Schimmer von Blau oder Violett, der darunter hervorscheint und Reflexe auf den Stoffen zaubert. Und so pflegte ich finsteres Umbra mit verschiedenen Erden zu vermischen, auch ein wenig Asche von verbrannten Knochen, wenn es sonst nicht dunkel genug geriet, und das trug ich auf die »echten« Farben auf, auf dunkles Rot oder Blau, legte den Schatten der Trauer über das Leben, so abgrundfarben, dass jeder es für Schwarz ansah. Hielt man allerdings diese abscheulichen Asphalte, die manche Kollegen verwendeten, dagegen, dann sah man genau, nein, Schwarz, wirklich echtes Schwarz ist das nicht, oder wenn, dann ein weiches Schwarz, das gnädig ist mit dem Rest der sichtbaren Welt, brennt keine Löcher ins Bild, ja, heute kann man sehen, dass es tatsächlich stimmt, was schon Campi vermutete: Asphalt breitet sich aus wie ein hässlicher Fraß und brennt sich immer weiter in das Bild hinein, bis alles, das ganze Universum des Bildes, in diese schwarzen Löcher fällt und verschwindet.

Ich sitze da und sehe auf meine Hände. Gelblichweiß die Haut, die Kerben und Falten spröde und gerötet, die Nagelhaut eingerissen. Nie mehr in die Wäscherei. Wieso bist du da so sicher, sagt eine feine, leise Stimme, heda, wer hat das gesagt? Ich schlage die schuppigen Hände vor mein Gesicht, die Wände wachsen auf mich zu, jetzt hast du es, sagt die Stimme, hier hast du deine Einzelzelle, für andere bedeutet es eine noch härtere Strafe, Isolierhaft, aber du wolltest ja unbedingt ganz alleine sein, nicht, dass du noch den Koller kriegst, hat Marie zum Abschied gesagt, pass bloß auf, zuerst wird dir schwindelig und dann verwandelt sich dein Kopf in eine Zeitbombe …

Der Geruch nach billigem Waschmittel klebt noch immer in den Poren meiner Handflächen. Vor meinen geschlossenen Augen sehe ich Weiß, das Weiß der Laken und Bezüge, Weiß mit einem Grauschleier, Bleiweiß mit einer Spur von Asche, nur nicht zu viel, nur kein Asphalt, und schon ist sie wieder da, die Farbe Schwarz, brennt Löcher in die sichtbare, fühlbare Welt. Und in diese Löcher fällt auch die Erinnerung an die Wäscherei, an Marie, die ich vermisse, ja, wer hätte das gedacht, dass sie mir fehlen würde, ich bestimmt nicht, aber schon ist es fort, ihr Bild, versunken, ertrunken in den Bahnen von schwarzer Seide, die alle Hoffnung ertränken.

Die Spiegel verhängt, die Vorhänge geschlossen, verängstigte Kindergesichter mit weit aufgerissenen Augen im Flackern des Kerzenlichts. Das Gesicht der Königin wächsern, so erstaunlich klein und fremd, eine zurückgelassene, vergessene Hülle der schmale Körper unter dem Laken. Wie gebannt blieben wir alle um das Totenbett geschart, starrten auf das so geliebte Gesicht, und doch war uns nur zu sehr bewusst, dass es ihre Abwesenheit war, die wir hier stumm feierten.

Raschelnd knisterte Atlasseide von riesigen Ballen, und wir alle ertranken darin, oh ja, dieses Schwarz, dumpf glänzend marmoriert flutete es durch die Gemächer des Alcázars, als die eilfertigen Schneider mit blitzenden Scheren und hölzernen Messlatten den Kleinen zu Leibe rückten, die Räume in diese Nichtfarbe hüllten – der Hof trug Trauer. *Ella giammai m'amò?* Oh doch, und wie sie ihn geliebt hat, für die Liebe zwischen König und Königin war es ziemlich viel Zuneigung, was man in den glücklichen Tagen zwischen ihren Majestäten beobachten konnte, und Felipe litt unter ihrem Tod, das konnte niemand bestreiten, die ganze Last seiner Melancholie senkte sich über ihn, zum dritten Mal Witwer, verlass mich nicht, Sofonisba, bleib hier bei mir und den Kindern, und ich dachte an die anderen Male, versuchte mir vorzustellen, was er gefühlt haben mochte, damals, im Alter von sechzehn Jahren, als Maria Manuela von Portugal, seine erste Frau, starb. Sie haben uns immer getrennt, vertraute er mir in einer stillen Stunde an, meine Erzieher wollten nicht, dass ich zu viel Zeit mit meiner ersten Gemahlin verbringen sollte, wir waren ja noch Kinder, und man fürchtete, ich würde der fleischlichen Liebe restlos verfallen, nicht auszudenken, und eh ich richtig ahnte, was Mann und Frau miteinander alles tun könnten, da war sie auch schon tot – was ich damals fühlte? Zornig war ich, ich fand es ungerecht von Gott, mir diese Vertraute und Spielgefährtin einfach so wegzunehmen.

Später dann, als Maria von England starb, er sagte mir das niemals, aber es war klar, dass er erleichtert war, unverhofft erlöst von dieser Bindung, die politisch zwar klug eingefädelt war, sich aber auf lange Frist auch in dieser Hinsicht nicht wirklich ausgezahlt hätte. Isabel von Valois – sie war die perfekte Gemahlin: brachte Frieden in eine verfahrene Kriegführung mit verlorenen und gewonnenen Schlachten, war außerdem noch jung und liebenswert. Und wieder dämpfte die Trauerfarbe alle Freude im Alcázar zu Madrid, einsam wurde es, das Lachen der Französinnen verklungen, was blieb war das Murmeln der Priester, zwischen dem selbst die Kinder immer mehr verstummten.

Nein. Ich habe sie niemals betrogen, meine Königin, nicht zu ihren Lebzeiten, ganz egal, was man nach meiner Abreise über mich geredet haben mag. Aber dann war sie tot, und wir blieben allein zurück, Felipe und ich, die Kinder und Juana, die Trauerfarbe brannte sich in unsere Welt, saugte alle Wärme in sich auf, und dann war es nur noch eine Frage der Zeit, bis Felipe eines Abends in meine Kammer neben der der Mädchen kommen sollte, die ich nach der Abreise der Hofdamen bezogen hatte. Ich wusste, dass er kommen würde, den ganzen Abend über hatten wir auf eine bedeutungsvolle Art miteinander geschwiegen, Juana war früh zu Bett gegangen, und so kam er dann tatsächlich, kam leise, schloss behutsam die Tür hinter sich, stand einen Moment lang unschlüssig neben meinem Bett, bis ich mit einer ruhigen und selbstverständlichen Bewegung die Decke ein Stück zurückschlug. So schlüpfte der König zu mir, wie ein ganz normaler Ehemann zu seiner Frau, dachte ich und lächelte in die Dunkelheit, spürte sein kurzes, erschrockenes Innehalten, als er meine Nacktheit fühlte, dann stöhnte er leise auf, als fiele eine Zentnerlast von ihm, und warf seinen Körper mit einer Leidenschaft gegen meinen, die ich ihm niemals zugetraut hätte. Fast zehn Jahre hatten wir in allernächster Nähe verbracht, von Anfang an hatten wir uns gemocht, war es nicht ganz natürlich, sich aneinander zu schmiegen in diesen Zeiten? An vieles musste ich denken in dieser ersten Nacht, als er wie ein Kind schlafend in meinen Armen lag, an seinen Prinzeneinzug in Cremona, als ich gerade vierzehn war, wie sehr ich in ihn verliebt gewesen war, an die erste Begegnung bei seiner Hochzeit mit Isabel, als ich so kühn war, ihm die Fackel zu überreichen, Bilder tauchten auf und verschwanden wieder, ich sah ihn in Aranjuez gutmütig lachen über das Theaterspiel, das die Französinnen für die Königin einstudiert hatten, ich sah ihn über Baupläne gebeugt und seine kleinen Töchter in die Luft werfen. Ich musste daran denken, wie lange ich daran gearbeitet hatte, ihn endlich portraitieren zu können, kein Staatsgemälde, nein, das hätte mich die Freundschaft mit Coello gekostet, außerdem hatte Felipe einfach nicht die Zeit für langwierige Sitzungen, und so war das feine kleine Brustbild entstanden, ein sehr privates Portrait, wer Augen hatte zu sehen, der hätte damals schon klar erkennen können, was ich für den König empfand. Ja, ich war sicher, die Liebe meines Lebens gefunden zu haben, ich liebte Felipe Segundo, ich kannte seine Stärken und seine Schwächen, es war eine ruhige, brüderliche und respektvolle Liebe, die uns verband. Mit ihm könnte ich alt werden, dachte ich in dieser Nacht, wäre er nicht ausgerechnet der König des mächtigsten Reiches der Welt, aber ich machte mir keine Illusionen, für einen dummen Schmerz war ich viel zu vernünftig, jedenfalls damals, am Anfang, als unsere Liebe im Zeichen der Farbe Schwarz begann, da war ich ungeheuer vernünftig, damals fühlte ich mich stark und frei, der Schmerz, der sollte später kommen, aber an diesem Anfang war für ihn kein Platz.

Nein. Schwarz eignet sich nicht für einen Fehler. Außerdem stimmt es mich melancholisch und verdirbt mir den Spaß. Es ist nicht einfach, es muss eine Farbe sein, die damals gewiss nicht verwendet wurde, so gewiss nicht, dass auch Moos darauf kommt, aber es darf auch kein zu grober Schnitzer sein. Sie müssen es merken, aber mir durchaus zutrauen. Weiß, nein, das wäre zu einfach. Jedes Kind weiß, dass bis ins 19. Jahrhundert hinein lediglich Bleiweiß zur Verfügung stand. Überhaupt, die ganze Palette der Zink- und Kadmiumfarben, mein Gott, was hätte Sofonisba nicht alles damit anstellen können? Nein, damals gab es nur das fahle Bleizinngelb, das Giallolino. Oder das Auripigment. Aber auch damit erzielten wir Ergebnisse, die heute ihresgleichen suchen. Bleizinngelb, dieses Pigment ist heute so gut wie nicht mehr zu bekommen, ich habe natürlich meine Quelle, und in dem Brautbildnis der Sofonisba habe ich es auch verwendet, ganz so, wie damals sie.

Wie vernünftig ich war. So vernünftig, dass ich gar nicht bemerkte, wie ich langsam, aber sicher hinuntertrudelte in den muffigen Bauch des Schiffes, in die Falle ging, überlistet von meinen Gefühlen, und eh ich michs recht versah, da war meine Seele mit der seinen verwachsen, verschmolzen, immer unauflöslicher, mit Haut und Haar war ich in diese Geschichte geraten, die Vernunft, die verabschiedete sich nach und nach, mein Stolz litt Höllenqualen, bei Tag schliefen die Ungeheuer, aber bei Nacht in meinen Träumen, da stiegen sie herauf zu mir aus den Tiefen des Tränenmeers, um mich zu verschlingen. Und ich, was tat ich? Lag in seinen Armen und beriet mit ihm, wer die neue Königin werden sollte. Anna von Österreich oder Margot, Isabels kleine Schwester? Die anderen Kandidatinnen waren indiskutabel. Ich riet ihm zu Margot, ich dachte, sie wird gut sein zu den Mädchen, wo es doch die Töchter ihrer Schwester sind, aber Felipe entschied sich für Anna. Warum? Weil die Habsburgerfrauen so ungeheuer fruchtbar waren. Sieh sie dir an, meine Schwester, sagte er, die stolze Reihe ihrer Erben, und vor allem sind auch eine

Menge Söhne darunter, Prachtsöhne, und wirklich, die beiden Neffen, die am spanischen Hof erzogen wurden, Annas Brüder, waren schmucke Prinzen. So machte sich also Felipe bereit, ein viertes Mal zu heiraten, und zwar seine eigene Nichte.

Die Zeit verging. Wir sprachen nicht darüber. Wir wussten genau, dass unser Verhältnis ein Zwischenzustand war. Ich war nichts anderes als seine Interimsgeliebte, aber ich verscheuchte den Gedanken, um meinen Stolz zu schonen. Die Liebe zu Ruy Gomez, mit leichten Füßen und noch leichterem Herzen war ich damals zu unseren Treffen geflogen, das war eine völlig andere Geschichte gewesen, eine Geschichte aus Herzpochen und verstohlenen Blicken, damals war ich jung, das Leben lag vor mir, ich machte mir keine Gedanken um das Morgen, und ein verheirateter Geliebter schenkte mir seine Leichtigkeit und Lust ohne die Schwere des Alltags. Heute war der Alltag über alle Maßen lastend, die Gegenwart atmete Verlust und die Vergangenheit erschien uns allen in einem goldenen, zerbrechlichen Licht. Und zum ersten Mal seit langer Zeit begann ich, über meine Zukunft nachzudenken.

Ich beobachtete Felipe, für den die neue Heirat nichts anderes als eine geschäftliche Angelegenheit schien, die man möglichst klug und reibungslos erledigt. Wo war der feurige Prinz geblieben, der vor vielen Jahren heimlich seiner ersten Braut entgegengeritten war, um schon vor der Hochzeit einen Blick auf sie zu erhaschen – krank vor Ungeduld und Aufregung und voller Bereitschaft, sich Hals über Kopf zu verlieben, sollte die Prinzessin auch nur ein klein wenig hübsch sein. Ich habe kein Glück mit der Liebe, Sofonisba, sagte er eines Nachts einmal.

Na, na, spottete ich, Majestät können sich wohl nicht beklagen, oder etwa doch? Denn so katholisch er auch war, so gab es doch in ihm einen Genießer der Sinnesfreuden, und manch schöne Dame hatte er in seinen Armen gehalten. Nicht zuletzt Sofonisba Anguissola. Aber deren Zeit am Hof ging zur Neige.

Es war klar, dass ich nicht bleiben konnte. Es war einfach ganz und gar unmöglich. Felipe wollte es nicht einsehen. Anna wird froh sein, wenn du die Kinder weiterhin unterrichtest. Anna wird alles andere als froh sein, dachte ich, und außerdem, was geht mich Anna an, hier geht es um mich. Endlich einmal wieder um mich. Ich wollte mir nicht Tag für Tag eine neue Königin an seiner Seite ansehen. Außerdem war ich mir sicher, Anna und ich, wir hätten uns nichts zu sagen.

Also was tun? Zurück nach Cremona? In den Schoß der Familie, deren Oberhaupt inzwischen mein Bruder war? Nächtelang lag ich wach und versuchte, es mir vorzustellen. Aber mir war klar, dass mir das Haus, das ich vor zwölf Jahren verlassen hatte, fremd geworden war. Meine geliebten Schwestern, Lucia, Minerva und Elena, alle waren sie eine nach der anderen gestorben. Und vor kurzem auch mein Vater. Wir Anguissolas müssen doch zusammenhalten in diesen schweren Zeiten, hatte meine Mutter geschrieben. Aber mir wäre eine Rückkehr wie ein Scheitern erschienen, wozu die vielen Jahre in der Fremde, um am Ende wieder ins Elternhaus zurückzukehren?

In meinem Haus bist du uns immer willkommen, schrieb mein Bruder. Aber immer wenn ich mir meine Rückkehr vorstellte, wuchs ein Kloß in meinem Hals, der mir den Atem abschnitt und es mir unmöglich machte zu schlucken. Mein Elternhaus war inzwischen das Haus meines Bruders geworden, das hatte er geschickt zu verstehen gegeben. War es wirklich ich, die willkommen war, oder meine beeindruckenden Renten und Bezüge, die ich mein Leben lang genießen würde? Einen Besuch, oh ja, wie gerne würde ich sie alle einmal wieder in die Arme schließen, all die Jahre hatte ich mir das gewünscht – aber für immer? Auf keinen Fall. Was dann, fragte ich mich, die Zeit läuft, die neue Braut trägt ihre Aussteuer zusammen, bald macht sie sich auf den Weg, und was soll dann werden, Sofonisba Anguissola, deine Zeit hier ist abgelaufen, deine Abreise längst überfällig, alle sind sie schon lange fort, nur du liegst hier in den Armen des Königs, und eine Scham stieg in mir hoch, ein heiliger Zorn, und gleichzeitig ein heißer Schmerz, dass ich ihn lassen musste, ihn und die Kinder, dass ich keine Heimat hatte, nichts Eigenes, zu mir Gehörendes, keinen Menschen, der zu mir halten würde, mit mir gehen, um irgendwo einen neuen Anfang zu wagen.

Viele Nächte lag ich so im Dunkeln, bis der Morgen heraufzog, mit offenen Augen starrte ich an die Decke, so weit bist du also gekommen, Sofonisba, sagte ich mir, bis hierher und nicht weiter, aber das kann doch noch nicht alles sein, dazu bist du doch nicht aufgebrochen und über das Meer gefahren, das Meer wird es nehmen, das Meer wird es schenken, und ich wusste, dass ich ganz allein dafür verantwortlich war, eine Entscheidung zu treffen, dass ich einmal mehr meinen Mut in die Hand nehmen musste, um einen Ausweg aus dieser Sackgasse zu finden.

Und so rief ich sie alle im Geiste noch einmal zusammen, Leonor: Du solltest meinen Bruder heiraten; meine liebe, verstorbene Königin: Wir Frauen, sind wir unverheiratet, führen ein trauriges Dasein …, wie heftig hatte ich ihr widersprochen, … wenn du heiratest, bist du die Königin deines Hauses, noch klingt mir ihre Stimme im Ohr, die Mühe, die ihr das Sprechen machte, und wenn ich daran dachte, dass dies das letzte Gespräch mit ihr war, dann stiegen mir wieder die Tränen in die Augen. Ich werde dafür sorgen, dass du eine gute Partie machen kannst, hatte sie gesagt, und tatsächlich, reich bedacht hat sie mich mit kostbarem Brokat und dreitausend Dukaten in Gold, auszuzahlen im Fall meiner Heirat, und mit all den kostbaren Geschenken, die ich im Laufe der Jahre für meine Bilder erhalten hatte und meinen lebenslangen Bezügen, war ich in der Tat eine wohlhabende Frau. Eine gute Partie. Nicht wie damals als junges Mädchen, nein, ich hatte sie mir selbst verdient, meine Aussteuer, würde sie mir die Tür öffnen zu einem völlig neuen Leben als Ehefrau? Ich, die ich immer unabhängig sein wollte und lieben, wer mir gefiel?

Aber in diesen langen schlaflosen Nächten, Felipes geräuschvolles Atmen im Ohr, musste ich mir eingestehen, dass das nichts für mich war, dass ich endlich irgendwo hingehören wollte, nein, die Rolle der Diane de Poitiers, die mir einst so viel reizvoller erschienen war, als die der tugendhaften und betrogenen Ehefrau – für diese Rolle war ich nicht gemacht, viel eher wollte ich Königin werden in meinem eigenen Hause. Und je länger ich mir das überlegte, desto möglicher schien mir der Gedanke. Ein eigenes Haus, einen Gatten, der zu mir stand, den ich respektieren konnte, du liebe Güte, Illusionen hatte ich nicht, die große Liebe begegnet einem nicht auf Schritt und Tritt, Respekt voreinander und ein freundschaftliches, liebevolles Verhältnis, das wäre schon eine ganze Menge, darauf ließe sich ein Leben doch aufbauen?

Die Zeit drängte. Ich fasste meinen Entschluss. Unendlich schmerzte mich der Gedanke, die beiden Mädchen zu verlassen.

Aber es musste sein. Und eines Abends bat ich Felipe, mir die Erlaubnis zu geben, mich zu verheiraten.

Du willst also doch noch heiraten, so plötzlich, sagte er, nachdem er mich lange schweigend angesehen hatte, und ein Schmunzeln lag um seinen Mund, das mir sein hervorstehendes Kinn im Flackern der Kerze mit einem Mal arrogant erscheinen ließ. Mein Gesicht wurde heiß vor Zorn, aber ich hielt mich zurück.

Ja, mein König, sagte ich, nachdem Ihr mir mit gutem Beispiel vorangeht …

Er nickte. Und ich konnte förmlich sehen, wie es hinter seiner Stirn zu arbeiten begann. Ich wusste, eine verborgene Schachpartie wurde dort geprüft, nur dass die Figuren wirkliche Menschen waren. Eine davon war ich.

Ich werde mit Ruy Gomez sprechen, sagte er dann, ich bin sicher, wir finden einen würdigen Gatten für dich. Mir fallen auf Anhieb drei Granden ein, denen es sicherlich eine große Ehre wäre …

Kein Grande, warf ich schnell ein, ich glaube nicht, dass ich eine gute Ehefrau für einen Spanier wäre. Nein, mein König, ich habe den Wunsch, in mein Heimatland zurückzukehren.

Da fuhr er auf. Über sein kluges Diplomatengesicht fiel eine tiefe Röte, seine grauen Augen wurden für einen Augenblick groß und dunkel, das harte Kinn schob sich herrisch noch ein Stück weiter nach vorne. Aber so rasch, wie seine innere Bewegung sich den Weg nach außen gestohlen hatte, so schnell verschwanden auch wieder alle verräterischen Zeichen aus seinem Gesicht.

Du willst mich verlassen, sagte er leise. Es war keine Frage, nein, eine Feststellung, das Registrieren einer Tatsache, und nur noch eine Spur von der Verletztheit des Verratenen schwang in seiner Stimme. Verletztheit und Stolz.

Ich schwieg. Was hätte ich sagen sollen. Dass hier niemand den anderen verließ, weil wir nie wirklich jemals zusammen gewesen waren, und wenn, dann war er es, der eine neue Königin ins Haus holen würde, um mit ihr seine Nachkommenschaft zu zeugen, was glaubte er eigentlich, dass ich mein Leben im Schatten seiner Majestät beschließen würde, mich aufopfern für seine Kinder und seine Lust? Aber gleichzeitig bäumte sich alles in mir auf gegen meinen Entschluss, gegen die Entscheidung, diesem Mann den Rücken zu kehren und weit, weit weg zu gehen, über das Meer, es wird uns trennen, es hat mich hierher gebracht, es wird mich von ihm forttragen, und wer weiß, ob ich ihn jemals würde wieder sehen, damals war eine Reise wie ein Sterben, selten ging man so weite Wege ein zweites Mal, schon gar nicht, um einen Besuch zu machen, einfach so, um sich einmal wieder im Arm zu halten, nein, ich wusste, diese Entscheidung, diese Trennung würde endgültig sein, und das war es ja schließlich auch, was ich mir von ihr erhoffte. Aber noch saß ich hier, noch musste ich nur den Arm ausstrecken, um ihm die Hand auf den selbst im Schlaf angespannten Nacken zu legen, noch war Annas Hochzeitstross tausende von Meilen entfernt, noch war ich diejenige, die diesem Mann am nächsten stand, und wenn er mich auch in kürzerer Zeit vergessen würde, als wir es uns beide eingestehen wollten, so waren wir doch so eng miteinander verknüpft, nicht erst, seit wir das Bett miteinander teilten, sondern schon vorher, all die Jahre, er war mein Rat und mein Orientierungspunkt gewesen, und ich fragte mich, wie ich ohne ihn überhaupt würde existieren können.

Aber ich bin Malerin, schrie es in mir, ich muss heraus aus diesem Alcázar, aus diesem Land, ich muss wieder die Luft meiner Heimat atmen, ein neues, ein eigenes Leben beginnen.

Bleib doch hier, sagte er leise und eindringlich, Italien ist weit, wie soll ich denn ohne dich zurechtkommen?

Ich wusste, es ärgerte ihn, mir diese Schwäche zu zeigen, er würde zornig werden im nächsten Moment, der König von Spanien bettelte nicht um Zuneigung, schon gar nicht darum, dass eine seiner Untertaninnen in seiner Nähe blieb, nein, sie waren es, die um die Gunst zu bitten pflegten, sich bei Hof aufhalten zu dürfen, was fiel mir ein, auf ein eigenes Leben zu pochen, und richtig, seine Lippen wurden schmal und seine Augen hart.

Und vergiss nicht, sagte er kalt, es ist lange her, dass du dein Heimatland verlassen hast, wer sagt denn, dass du dort nicht inzwischen eine Fremde bist?

Die Extranjera bin ich hier, antwortete ich schroffer, als ich wollte, und werde es immer bleiben, und für mich ist hier bald kein Platz mehr. Oder will Anna vielleicht malen lernen?

Für diesen Abend war das Gespräch beendet. Wir liebten uns, aber seine Küsse waren trocken und schmeckten nach Asche. Schwarz brennt Löcher in die Welt der Gefühle, und so lag ich unter ihm, fühlte ihn in mir, aber fühlte ihn auch nicht, und ich wusste, so wie ich mich bereits abwesend fühlte, so liebte er mich mit dem Gefühl des Verlustes, eines Verlustes, der zwar noch ausstand, aber bereits zu wachsen begann.

Ich sehe mich noch sitzen beim Abendessen, schweigend, ich hatte keinen Appetit, sah ihn mühsam sein Fleisch kauen mit den beiden Kiefer, die nicht aufeinander passten, und ich dachte noch, wie glücklich die Mädchen dran waren, dass keine von beiden dieses Habsburgerkinn geerbt hatte, sie würden attraktive Damen werden, da war ich mir sicher, und eine heiße Welle der Zuneigung zu ihnen durchflutete mich völlig unvorbereitet. Juana sprach von ihrer Arbeit mit den Klarissen, und plötzlich wandte sie sich zu mir, wie schade sie es fände, dass ich fortgehen wollte, sie habe immer gehofft, dass ich ihr eines Tages helfen würde bei der Erziehung der Novizinnen, aber jetzt habe ich mich ja für ein anderes Leben entschieden, sie jedenfalls gäbe mir all ihren Segen und wäre gerne bereit, ihrem Bruder bei der Suche nach einem geeigneten und gottesfürchtigen Ehemann für mich behilflich zu sein.

Ich dankte ihr, auch wenn mein Hals pochte vor Scham, mein Gott, alle Welt wurde in Bewegung gesetzt, um mir einen Ehemann zu suchen, ich war sechsundreißig Jahre alt, das war damals ein fortgeschrittenes Alter, und das ganze Aufhebens, das alle um diese Angelegenheit machten, empfand ich als peinlich. Mein Blick traf sich mit dem des Königs, der wie beiläufig den Namen eines spanischen Grafen nannte, der eine gute Partie abgeben könnte, aber ich schwieg und dachte, wie seltsam es doch war, dass hier zwei Menschen, die sich liebten, gemeinsam beim Abendessen saßen und sich gegenseitig bei der Wahl eines geeigneten Ehepartners berieten. Und so sehr mich auch Juana bat, doch in der Nähe des Hofes zu bleiben, ich bestand darauf, in meine Heimat zurückzukehren.

Nein. Ich würde nicht in Madrid bleiben. Weit weg wollte ich sein und mir meinen Schmerz aus dem Herzen reißen. Wie hatte ich, die ich sonst immer so klug und vernünftig war, zulassen können, dass eine so unmögliche Liebe ihre Wurzeln derart tief in mein Herz senkte? Ich musste fort. Je eher, desto besser. Aber es sollte noch lange dauern, bis ein Schiff die Segel reffte, um mich von Spanien fortzutragen.

Seit langer Zeit betrat ich wieder mein Atelier, in dem die Mäuse Einzug gehalten und die Spinnen ihre kunstvollen Netze über meine Staffeleien geworfen hatten, und beschloss, wieder zu arbeiten. Ich hatte eine Menge Anfragen und kunstvoll formulierte Bitten um ein Bild in meinem Sekretär liegen, die ich alle nach dem Tod der Königin auf später vertröstet hatte. Ich gab meiner Dienerin Anweisung, die Werkstatt säubern zu lassen und besah meine Pinsel und Vorräte an Malstoffen. Auf meiner Palette waren Farbreste in allen Schattierungen von Grau eingetrocknet und bildeten kleine, von Rissen durchzogene Kraterlandschaften. Es war das Bildnis des Königs gewesen, das letzte, grau in grau hatte ich ihn gemalt und damit doch eine Lebendigkeit erzielt, die man dieser Nichtfarbe kaum zutrauen würde. Ich untersuchte die Schweinsblasen, alles verkrustet und verdorben. Viel zu lange hatte ich nicht mehr gemalt. Und noch viel länger war es her, dass ich mich selbst mit dem Auge der Malerin betrachtet hatte, seit langer Zeit keines dieser legendären Selbstportraits, die mich in meiner Jugend berühmt gemacht hatten. Jetzt ließ ich mir einen der großen Spiegel aus dem verlassenen Schlafraum der Hofdamen bringen und stellte mich davor. Ich betrachtete mich lange, eingehend, ich war älter, ein wenig fülliger geworden, schön war ich noch immer, vielleicht sogar schöner, das runde Mädchengesicht war zu dem Antlitz einer Frau gereift, das Kinn hatte einen energischen Zug bekommen, die Augen groß und dunkler, als ich sie in Erinnerung hatte. Du hast dich vergessen, Sofonisba Anguissola, sagte ich zu meinem Spiegelbild, die ganzen vergangenen Monate, die ganzen Jahre, du hast dich lediglich in ihm gespiegelt, dem König, deinem Herrn und Geliebten. Und wie ich so stand, Auge in Auge mit mir selbst, da fand ich auch wieder die alte Kraft, fand Mut und den Anguissolischen Zorn, der jeden traf, der sich in mein Leben stehlen wollte, der mir meine Ruhe und Bestimmung als Malerin streitig machte und mich von meinem Weg abzubringen suchte.

Es gab noch einen anderen guten Grund, um Madrid für immer

den Rücken zu kehren. Der Grund hieß Escobedo und trug das Gewand der Pfaffen. Die Trauer hatte Felipe schwach gemacht, nicht nur sein Körper sehnte sich nach Liebe, auch seine Seele wollte sich niederlassen und Ruhe finden im Schoße eines Wesens, das noch mächtiger war, als er selbst. Etwas in mir verstand ihn gut, auch ich schleppte Marguerites Sehnsucht nach der Gottesliebe mit mir herum, aber auch ihre Angst und den Schauder vor den Kuttenträgern und ihren kalten Jägeraugen. Ach, ich verstand Felipe, wenn er schwach wurde und Escobedo seine Sorgen anvertraute, wer wünscht sich nicht, aufgehoben zu sein wie ein Kind in den Armen des Vaters? Aber Felipes Vater war tot und solange er lebte, war er immerzu fort gewesen in irgendwelchen entlegenen Winkeln seines riesigen Reichs, Karl V., der seinem Sohn nicht nur dieses Reich hinterließ, sondern ein Vermächtnis, das es erst noch zu erfüllen galt: Eine Grabstätte baute Felipe, ein Kloster für die Gebeine der königlichen Toten, und Karl sollte der Erste sein, der dort als Verstorbener ruhte, Felipe der Erste als Lebendiger. El Escorial mit dem Grundriss in der Form eines riesigen Rostes zu Ehren des heiligen Lorenzos, der als Märtyrer sein Leben auf einem Feuerrost ließ, wuchs und wuchs, und mir war klar, dass ich dort niemals würde leben können. Nie und nimmer. Für ein Kloster, und sei es die Residenz meines Königs, war ich nicht geschaffen.

Und die Prozesse nahmen wieder zu. Die Feuer brannten. Die nächtlichen Trommeln drangen bis in unsere Kammer, langsam kroch ein kaltes Entsetzen von den Zehen über die Knie herein in meinen Leib und schüttelte mich. In mir erwachte wieder die Angst, dieses uralte Entsetzen. Überall sah ich die Kutten durch die Gänge huschen. Ich wusste, sie hassten und belauerten mich und würden keine Ruhe geben. Und jeden Freitag kam Escobedo, um dem König die Beichte abzunehmen.

Ella giammai m'amò, oh ja, es gab eine Zeit, da gefiel er sich in dieser Pose des armen, ungeliebten, einsamen Monarchen, das hab' auch ich zu spüren bekommen. Und dieser Verdi, obwohl er es eigentlich nicht hatte wissen können, so hat er ihn doch erstaunlich getroffen, diesen Charakterzug des Felipe Segundo. Dieses Selbstmitleid in seinen schwachen Stunden, wie einsam er sei, und kein Mensch hätte die Kraft, sein Schicksal mit ihm zu teilen, gesprochen hat er selten darüber, aber wer ihn kannte, der konnte in seiner Seele lesen wie in einem Buch. *Dormirò sol* ... – nein, das stimmte nicht, und Verdi hätte es wissen müssen, er schläft nicht einsam in seinem königlichen Mantel, alle hat er um sich geschart, der tote Felipe dort in der Gruft der Könige, ich hab es mir angeschaut gemeinsam mit Mercedes, habe meinen Schauder überwunden und bin mit ihr dorthin gefahren, dort liegen sie alle, María Manuela von Portugal, Isabel von Valois und schließlich Anna von Österreich, nur Maria von England fehlt natürlich, aber das ist für den ruhenden Geist Felipes sicherlich kein großer Verlust.

Niemals hätte Sofonisba damals vermutet, dass es in späteren Zeiten Menschen geben würde, die eine Oper über Felipe Segundo und damit auch über sie schrieben, dass ich viele hundert Jahre später dazu eingeladen würde, von meinem Liebsten, Luca, dem Musiker. Zunächst versprach ich mir nicht viel davon. Eine Oper war für mich der Inbegriff der Langeweile, wo sich Menschen in albernen Posen gegenseitig ansingen, aber das sagte ich ihm nicht, schließlich war unsere Liebe noch so neu, so zerbrechlich, und die Oper war nun mal der Ort, an dem er fast jeden Abend verbrachte, und natürlich wollte ich ihn kennen lernen, diesen Ort. Meine bis dahin fest gefügten Werte waren zu diesem Zeitpunkt ohnehin gewaltig ins Wanken geraten, unterwandert von Pesto Genovese und ligurischem Vernaccia, der grüngolden im Glas schimmert – siehst du, flüsterte mir Sofonisba zu, die Steuer auf diese Weine ernährte damals meine ganze Familie, und Luca lachte, wenn ich mit ihm Italienisch sprach, wo hast du nur diesen altmodischen Akzent her, wollte er wissen, das gibt es doch gar nicht, und wir planten so bald wie möglich dorthin zu fahren, in seine Heimat, in der ich mich, ohne jemals dort gewesen zu sein, dank Sofonisba auskannte wie in meiner Westentasche. Dort hatte er mit der Musik begonnen, im Teatro Communale dell' Opera an der Piazza de Ferrari, das freilich zu Sofonisbas Zeiten noch nicht existierte, über das Fenice in Venedig war er in meine Stadt gekommen, hier hat er meinen Weg gekreuzt und mich süchtig gemacht nach seinem Duft und dem Klang seines Cellos, und als er mich fragte, ob ich nicht Lust hätte, mir diese Opernpremiere anzusehen, DON CARLO, in der er eine kleine Solopartie zu spielen hätte, da lachte ich noch, DON CARLO, fehlt ja nur, dass diese Oper am Hof von Felipe Segundo spielt, Felipewiebitte, fragte er verständnislos, es geht um Philipp den Zweiten von Spanien und den Konflikt mit seinem Sohn Carlos, als gute Deutsche wirst du doch deinen Schiller kennen, klar kannte ich Schiller dem Namen nach, hatte aber nie etwas von ihm gelesen, so wie ich auch Verdis Musik nie gehört hatte, aber gewaltig neugierig war ich nun doch geworden.

Und aufgeregt. An der Abendkasse lag, wie versprochen, eine Karte für mich bereit, ich musste auf einer Liste unterschreiben, dann hielt ich das Stückchen Papier in Händen. Erster Rang rechts, ich sehe es noch wie heute, Platz 32. Eine Duftmischung aus Parfum, Mottenkugeln und feuchtem Pelz empfing mich an der Garderobe, Damen der guten Gesellschaft mit verwischtem Zyklam auf den Lippen streiften mich, meine beste Jeans und die meerfarbene Seidenbluse – das eleganteste, was mein Kleiderschrank hergab – mit flüchtigen Blicken. Eine seltsame Erregung herrschte in diesen mit weichem Teppichboden ausgelegten Fluchten und Treppen, dunkel beanzugte Herren eilten stöckelnden Damen hinterher, blätterten hastig in kleinformatigen Broschüren, ohne wirklich etwas zu sehen. Ein Klingelzeichen ertönte, das die Erregung augenblicklich in eine Hektik verwandelte, alles strömte den geöffneten Türen zu, auch ich, angesteckt von der Aufregung um mich herum und angefeuert durch erneutes, immer dringlicher tönendes Klingeln, suchte und fand schließlich die richtige Tür, von einem weiblichen Zerberus in geranienfarbener Uniform bewacht – Momäänt, darrrf ich Ihre Kaarte säähen –, und sank schließlich aufatmend in einen erstaunlich bequemen, gepolsterten Sitz neben einen untersetzten Herrn mit spiegelnder Glatze und großen, blauen Augen hinter dicken Brillengläsern, durch die er mich, eifrig lächelnd, interessiert musterte.

Ich lächelte zurück und schaute mich um. Von meinem Platz aus konnte ich alles überblicken. Ich sah in den Orchestergraben hinunter und entdeckte sofort ihn, Luca, den über alles Geliebten, und mein Herz, das sich gerade beruhigt hatte, fing erneut wie wild an zu klopfen. Er saß ganz entspannt auf seinem Stuhl, sein Cello lässig im Arm und unterhielt sich mit seinem Nachbarn. Ich unterdrückte gerade noch das Bedürfnis, ihm zuzurufen und zu winken, stattdessen beobachtete ich das Gewusel im Parkett unter mir, wo sich in den engen Reihen die Menschen aneinander vorbeidrückten, sich begrüßten, miteinander um den Platz diskutierten, und schließlich jeder einen Sitz fand. Dann verglühten ganz langsam die prächtigen Lüster, und das Gemurmel der Menge verstummte unter den magischen Tönen, mit dem die Orchestermusiker ihre Instrumente stimmten. Dann wurde es still im Opernhaus.

Wie den Eindruck beschreiben beim allerersten Mal, wie die Erinnerung an den Beginn dieses Abends lenken, der mein Leben so nachhaltig verändern würde? Die düsteren Klänge der Bläser, die unheimlichen Gesänge der Mönche, die mir den Schauer über den Rücken jagten, und dieser unvergeßliche Moment, als sich der mächtige Samtvorhang öffnete und ich den Lufthauch spürte und diesen Geruch atmete, der von der Bühne herüberwehte, kaum merklich, ein Geruch nach Staub und Puder und Schweiß und Holz und Leim und vielem mehr, dem ich nachschnupperte und der seither, so oft ich ihn in verschiedenen Opernhäusern dieser Welt wahrgenommen habe, doch immer mit diesen ersten Takten des Vorspiels zu Verdis DON CARLO verbunden blieb. Und sofort war auch die Erinnerung zur Stelle, so hatte es in Sofonisbas Atelier gerochen, nein, nicht so, doch, jedenfalls ganz ähnlich, und so kam es, dass ich zu Beginn meines allerersten Opernbesuchs die Vorstellung mehr mit der Nase als mit Augen und Ohren erfasste. Ich verstand ohnehin nichts von der Handlung, hatte keine Ahnung, wer da auftrat und sich begegnete, aber Sofonisba spitzte die Ohren, lauschte aufmerksam den italienischen Gesängen, die aufgeregt zwischen den beiden Männern auf der Bühne hin- und hergingen. Meine Nase schnupperte diesen eigenartigen Bühnenduft, meine Augen suchten im Orchester nach ihm, aber das spärliche Licht seines Notenpults erhellte gerade seine Hände, die sich in den Gleichklang der Bewegungen der anderen Musiker einfügten, und so wandte ich mich wieder dem Geschehen auf der Bühne zu. Die großen Gesten voller Pathos wirkten lächerlich, im Pappmachébühnenbild fand ich Stilbrüche und Ungereimtheiten, das sollte also Sofonisbas Welt gewesen sein, wie lächerlich, weiß der Teufel, was zwischen diesen beiden Männern dort vor sich ging, aber als sie ein gemeinsames Lied anstimmten, da verstand Sofonisba ganz klar immer wieder das Wort: *Libertà* – Freiheit, und so wie diese beiden gemeinsam sangen, verstand auch ich, dass es sich da um eine ganz besondere, eingeschworene Freundschaft handelte, um so etwas wie die Erneuerung eines Schwurs, und während die Trompeten ihre Melodie triumphal übernahmen und für einen kurzen Moment über das Gemurmel der Mönche siegten, während diese beiden einander in die Arme schlossen, da war klar, diese Männer würden gegen die Düsternis der Kirchenmänner antreten, wie, davon hatte ich keine Vorstellung. Und ehe sich Sofonisba fragen konnte, ob einer von beiden vielleicht Ruy Gomez war und der andere Felipe, da wechselte schon die Musik, über die hintere Bühne zog, wie ich von meinem seitlichen Platz aus gerade noch erkennen konnte, eine Art Prozession vorüber. Ich musste auflachen, als ich sie erkannte: die Karikatur eines Königs und einer Königin mit Gefolge. Einer der Sänger griff sich ans Herz und drohte zusammenzubrechen, während der andere ihn stützte und ihm ein beherztes *Coraggio!* zurief. Von rechts wurde mir ein aufgeschlagenes Heft herübergeschoben, der kleine Mann zeigte mit seinem dicken Zeigefinger auf einen Text, den ich im spärlichen Dämmerlicht zu lesen versuchte. »Inhalt« stand darüber, aber ich wurde nicht schlau aus diesen Sätzen, die vor meinen Augen verschwammen. Ich lehnte mich zurück, schloss die Augen, und versuchte, sein Cello aus diesem Gewoge herauszuhören, ja, ich gestehe, das allererste Mal blieb mir diese Oper ein Buch mit sieben Siegeln, jedenfalls die erste Stunde, vielleicht hatte ich viel zu viel erwartet, hatte womöglich gedacht, dass tatsächlich ein Stück von Sofonisbas Leben hier eine ganz andere Form von Unsterblichkeit erfuhr, von der sie bislang nichts geahnt hatte, aber das, was hier auf der Bühne erschien, war eine reine Männerwelt, Sofonisbas Geschichte hatte darin keinen Platz. Aber, wandte sie ein, entspricht das nicht viel eher der Wirklichkeit, was wussten wir schon von dem, was damals wirklich vor sich ging, diese Besprechungen und Sitzungen, von den heimlichen Treffen ganz zu schweigen, die fanden ohne uns Frauen statt. Aber als dann die nächste Szene folgte, wo sie nun tatsächlich gezeigt wurde, die Welt der Hofdamen und der Königin, da konnte auch sie sich nicht mehr halten, die Eboli im innersten Kreis, wie lächerlich, und dann dieses alberne Gesinge, Mandolinengezupfe und Getanze, aber der Gipfel war, als die Königin auftrat, eine mächtige Matrone in reifem Alter, die sich bemühte, jugendlich-anmutig einherzutrippeln und dabei ganz betrübt dreinzublicken, da lachte Sofonisba ihr herzhaftes Lachen, lachte schallend, wie einst ihre Mutter lachen konnte, und dieses Lachen erfüllte für einen kurzen Moment das ganze Opernhaus, dass alles den Atem anhielt, der Dirigent zwar nicht die Arme sinken ließ, die Geigen nicht die Bögen und die Bläser nicht ihre Instrumente, aber alle die Augen hoben, hochblickten in den Ersten Rang rechts auf Platz 32, auf dem ich vergeblich versuchte, in den Polstern zu versinken. Für diesen einen Augenblick schien alles zu erstarren und wenn auch nur für den Bruchteil einer Sekunde, auch die Sängerinnen auf der Bühne hoben die Augen, blind im Rampenlicht suchten sie dennoch zu erkennen, wer denn da so schallend lachte, wo es doch rein gar nichts zu lachen gab. Und was das Schlimmste war, auch er, Luca, er als einziger ohne lange herumzusuchen, sah herauf, warf mir einen Blick zu, der mir das Blut in den Adern gefrieren ließ, nicht böse, kaum missbilligend, aber so, als enthalte er schon im Voraus alles, was später kommen sollte, als habe er damals schon gewusst, dass er es mit mir auf keinen Fall ein Leben lang würde aushalten können, als bestätige ich ihm durch mein ganz und gar unmögliches Verhalten, was er in seinem tiefen Innern bereits ahnte. Zwar sollten wir beide diesen Moment, wie wir uns in dieser ungewöhnlichen Umgebung über all die Entfernung tief in die Augen blickten, schnell wieder vergessen oder besser beiseite schieben, überlagert wurde er von dem, was erst noch geschehen sollte, aber wirklich vergessen haben wir ihn beide nicht, unsere Erinnerungen haben ihn sorgsam aufbewahrt, um ihn bei passender Gelegenheit wieder zu präsentieren. Dieses Lachen, das mir damals schon den Angstschweiß auf die Stirn jagte, immer wieder höre ich es, höre es in meinen Träumen, während hunderte von Menschenaugen auf mich gerichtet sind, und wenn die Vorstellung für dieses Mal auch ohne tatsächlich zu stocken weiterlief, als wäre rein gar nichts geschehen, in meiner Erinnerung ist hier bereits ein Filmriss, wieder und wieder spielt sie mir die Szene vor, und die Pause, die in Wirklichkeit – aber was ist denn das, die Wirklichkeit? – nur den Bruchteil einer Sekunde, einen Wimpernschlag gedauert hatte, wächst und dehnt sich aus ins Unermessliche.

Was war denn so lustig, fragte er mich in der Pause, nachdem er durch eine schlichte Tür direkt neben der Damentoilette erschienen war.

Ich hatte keine Antwort. So standen wir beieinander inmitten des Pausengetümmels, so gerne wollte ich ihm sagen, wie sehr mich dieser Bühnengeruch in seinen Bann zog, aber ich ahnte, dass er damit nichts würde anfangen können, er, der Musiker, schließlich könnte man eine Menge sagen über das, was man hört oder sieht in einer Oper, aber über den Geruch, das war sicherlich nicht das, was er erwartete, was er kannte oder wieder erkannte, denn er war schließlich niemals in Sofonisbas Atelier gewesen.

Du hast mich nie geliebt, sagte der König, als er in meinem Atelier stand, die verschlossenen Muscheln, in denen ich meine frisch angerührten Farben aufbewahrte, in die Hand nahm, und sie, ohne sie wirklich anzusehen, wieder an ihren Platz zurückstellte. Es war das erste Mal, dass er seinen Fuß über diese Schwelle setzte, und ich war nicht wenig erstaunt über den Besuch. Wie ein eifersüchtiger Ehemann, der nach Jahren entdeckt, dass sich seine Frau in einer ihm bislang völlig verborgenen Welt bewegt, ja, sich gar traut, eine eigene Existenz zu beanspruchen, betrachtete er alles, ohne zu verstehen, was diese Dinge zu bedeuten hatten. Ich war gerade dabei, Bleizinngelb mit Leinöl anzureiben, noch heute spüre ich die Bewegung, wie ich in einer großen Acht den Stein über den Marmortisch zog, spüre den Stich irgendwo in der Herzgegend, du hast mich nie geliebt, aber auch den Trotz, den Zorn, na bitte, wenn er es so sieht, nach all dem, was zwischen uns war, nach all den Jahren, wenn ihm dann nichts Besseres einfällt als dieser törichte, verletzende Satz, dann ist es wirklich besser zu gehen, immer blieb von da an das fahle Gelb des Giallolino mit diesem Gefühl verbunden, wie sich mein Innerstes zurückzieht und verschließt, wie die Farbe in der harten

Muschel, die er gerade in der Hand hielt. Am längsten stand er vor den Skizzen für das neue Bild. Lange starrte er auf mein Antlitz, dort, auf dem rauen Papier. Dann wandte er sich abrupt um und ging ohne ein Wort zu sagen davon.

Und auch Luca, dem mein Schweigen nach diesem Lachen lang wird in den wenigen Minuten der Pause, auch er wendet sich zum Gehen, halt, möchte ich noch sagen, wo soll ich auf dich warten, wo werden wir uns treffen, aber da ist er schon davon, und ich stehe da, mitten im Gedränge, das Klingelzeichen ertönt zum dritten Mal, und ich frage mich, ob ich nicht lieber gleich nach Hause gehen soll. Hätte ich es doch getan.

Aber Sofonisba will bleiben, will alles bis zum Ende sehen, und so sitze ich wieder auf meinem Platz mit der Nummer 32, der kleine, glatzköpfige Mann zu meiner Rechten schaut mich noch neugieriger an als zuvor, zu gerne möchte er mich etwas fragen, das ist klar, aber er findet die passenden Worte nicht, und dann erlischt auch wieder das Licht. Ich höre die drei unnachgiebigen Akkorde, erkenne seinen Ton, die Stimme seines Cellos, lehne mich weit nach vorne, um ihn zu sehen, sehe seine Hände auf dem geliebten Instrument, sehe, nein: fühle den Bogen, wie er ihn mit fester Hand über die Saiten zieht, höre zum allerersten Mal diese Melodie, die Seelenmelodie des Königs, die ich hernach nie wieder aus meinem Inneren verbannen kann, die sich einreiht in das Inventar meiner Erinnerung, um jeden Moment dort erklingen zu können, diese Melodie, nach der ich süchtig war und vielleicht immer noch bin, diese Melodie, bei der ich Gelb sehe, ein leidendes, fahles Gelb voller Schmelz und auch Schmerz, und dann wieder das Öffnen des Vorhangs, der den Blick freigibt auf den König, und da geschieht es zum ersten Mal, dass Zeit und Raum zu verschmelzen scheinen, Sofonisba sieht ihn sitzen wie damals, *Ella giammai m'amò* und mein Aufbegehren gegen diesen sinnlosen Satz, Sofonisbas Tränen laufen über meine Wangen und tropfen auf das Programmheft des kleinen Mannes neben mir, der mir ein Taschentuch herüberreicht, das ist doch alles nur Theater, flüstert er mir gerührt zu, aber Sofonisba schüttelt den Kopf, nein, das ist kein Theater, das ist die Wirklichkeit, so war es und so wird es immer sein, es ist die Kälte und die Einsamkeit zwischen den Menschen, die sie niemals wirklich zueinander kommen lassen, sagt Sofonisba, ich aber beiße die Zähne zusammen, damit sie es nicht laut sagen kann – habe ich nicht so schon genug Schwierigkeiten?

Aber wer ist ich, und was regt sich in mir so voller Angst, ist es die Angst vor dem Verlust, den ich jetzt schon ahne, den Verlust dieser wunderbaren Musik, dieser Cellostimme, dieser Berührung, dieses Menschen, der mich so tief anrührt, meine tiefsten Schichten, die ich selbst noch nicht so genau kenne, oh ja, anvertrauen möchte ich mich ihm, diese Einsamkeit durchbrechen, denn wirklich zu lieben und verstanden zu werden, auch wenn ich mich selbst alles andere als verstehe – das ist doch meine tiefste Sehnsucht.

Und dann. Dann geschieht es. Mein Albtraum dort auf der Bühne. Wirklich meiner? Aber wenn nicht meiner, wessen Albtraum dann? Die Tür öffnet sich, eine hohe, dunkle, schwere Tür, und mit einer Musik wie das unerbittliche Heranschleichen eines bösen Dämons erscheint im Gegenlicht eine hoch aufragende, magere Gestalt, drohend, noch nicht erkennbar, aber die Seele erkennt sie trotzdem, es ist der Rächer, der Schreckliche, es ist der Inquisitor, er ist es, den ich in den tiefsten Traumschichten erwarte und fürchte, und jetzt ist es so weit, hier, auf dieser Bühne, oder wo bin ich, bin ich überhaupt ich, Sofie Lenze, was geschieht mit mir, aber da ist er auch schon da, der Schrei in meinem Innern, will heraus, will sich bäumen, verzweifelt schlage ich beide Hände vor den Mund, schließe die Augen, aber die Stimme, dunkel und kalt wie schwarzes Eisen, diese Mörderstimme dringt unerbittlich in mich ein. Und der König, ach, er versucht sich zu wehren, aber es nützt ihm nichts, nein, schreit es in mir, dagegen nützt gar nichts, kein Flehen, kein Argumentieren, kein Beten und Bitten, denn diese da, die haben deinen Tod beschlossen. Und wenn der König auch seine Stimme erhebt, so überbietet ihn der Schreckliche doch ein jedes Mal, rückt die kalte Todesmusik um eine Stufe nach oben und das ganze Orchester folgt ihm, ist auf seiner Seite mit Pauken, Trompeten und den düsteren Posaunen, mitsamt meinem Geliebten und dem ach so vertrauten Cello, denn der Rächer hat immer eine Antwort, die schneidet wie die Fesseln ins Fleisch, wie der Rauch in die Lunge, wie das feurige Eisen in die Haut, und ich weiß, er hat die Macht, alles zu verneinen, alles, was das Leben schön macht und gut – ja, das Leben selbst, er hat die Macht, auszulöschen die Welten, denn in seiner Hand ist ein Menschenleben gar nichts, ein Druck mit dem Finger, und es ist nicht mehr, ja ist er denn Gott, ist er allmächtig, wer gibt ihm das Recht, dies den Menschen anzutun? Ich habe gelacht, als sie mir mit dem Feuer drohten, aber das Lachen ist mir vergangen, in meiner Kehle vertrocknet, staubtrocken ist sie auch jetzt und ich röchle um Luft. Wie können diese Menschen hier so ruhig sitzen in ihren Festtagsgewändern und zusehen, wo es doch um Leben und Tod …, aber es sind ja keine Menschen, es ist dieselbe gaffende Menge wie damals, die zusammengelaufen war, um mich brennen zu sehen – wer ist ich? Wer ist diese da, die in meinem Innern steckt und jetzt herauswill, wieder ist jemand dem Feuer überantwortet worden, so wie ich damals oder: sie – aber wo ist die Grenze zwischen ihr und mir, denn jetzt steht sie auf und ist da, sie, Marguerite, viel zu lange hatte ich sie in die tiefsten Verliese gesperrt, weil ihr Schmerz zu groß für mich war, zu gewaltig für diese Welt, und jetzt ist sie hier und die Haare stehen ihr wie damals zu Berge und werden weiß in einem einzigen Augenblick, weil man sie zum Richtplatz führt, bleib ruhig, will Sofonisba sagen, aber sie hat keine Stimme mehr, auch ihre Stimme erstickt und erstorben, denn jetzt geschieht dort auf der Bühne das Entsetzliche, der König wankt und gibt nach, oh ja, schreit Marguerite, ich wusste es, alle geben sie nach, wenn erst einmal diese Teufel kommen, so wie damals ich, als ich meine Henker sah, ich hatte es nicht glauben wollen, mir nicht vorstellen können, dass man eine fromme alte Frau wie mich, deren Leben doch einzig und allein der Gottesliebe galt, dass es nicht genug sein würde, sie einzusperren, zu quälen und demütigen und das alles nur wegen eines Buches … Ich habe es schreiben müssen, schreit sie, ich habe dieses Buch schreiben müssen, und jetzt wird die letzte Prüfung das Feuer sein … *denn ganz so wie das Eisen von Feuer umkleidet ist und dann sein eigenes Aussehen verloren hat, weil das Feuer, das dieses in sich verwandelte, das stärkere ist, ganz so wird diese Seele mit dem Plus überkleidet und gespeist und verwandelt im Mehr des überewigen Friedens …* des Friedens, um den auch der König bettelt, aber er wird ihn nicht bekommen, eher werden sie auch ihn stürzen und zum Richtplatz schleppen, auch er ist nicht von Eisen, von der Seele hatte ich immer gesprochen, nicht vom Körper, den ich längst für überwunden betrachtet hatte, aber es war gerade umgekehrt, ich spürte nur zu deutlich, dass ich sehr wohl einen Körper hatte, dagegen diese Teufel, sie scheinen keine zu besitzen, ausgemergelt und vertrocknet kommen sie direkt aus den Tiefen der Hölle, wie meine Henker, und wie ich sie sehe, dort auf der Place de la Grève, es ist der 1. Juni des Jahres 1310, ein warmer, sonniger Tag, geblendet bin ich nach der langen Kerkerhaft und fühle die Luft wie ein sanftes Streicheln auf meinem Gesicht, das soll es also sein, jetzt soll ich dahingehen, wo der Sommer gerade kommt, und wie ich sie also sehe, meine Henker, da geht es mir wie dem König, auf die Knie falle ich auf dieser Weltenbühne und weine, bettle und vergesse all meinen Stolz, der ohnehin in jahrelanger demütiger Übung keinen großen Stand bei mir hat, vorbei das Entzücken der göttlichen Vorfreude auf das baldige Verschmelzen mit dem Geliebten … *diese Liebe ist die Vereinigung der Liebenden und ein loderndes Feuer, das brennt, ohne dass man es anfacht* … aber hier entfachen meine Henker unter meinen weit aufgerissenen, brennenden Augen tatsächlich ein loderndes Feuer, in das sie mich eintauchen wollen wie ein Stück Eisen, um es zu härten, und ich schreie und staune über die Macht meiner Stimme, die alles ausfüllt, die Loge, das Opernhaus, die Stadt, die ganze Welt, über die Welten und Zeiten hinaus, ich schreie und werde ganz und gar zum Schrei, bäume mich, verwandle mich und alles um mich herum gerät in einen wirbelnden Strudel, alles geschieht gleichzeitig, der Dirigent versucht verzweifelt, die auseinander driftende Musik zusammenzuhalten, die Schergen der Kirche halten mit Mühe die Massen zurück, aber mein Schrei, Marguerites Schrei füllt die Räume und Zeiten, vereinigt sich mit dem Schrei der Aqiba viele hundert Jahre später auf dem Richtplatz von Toledo, und die Menge auf der Place de la Grève gerät in eine solche Bewegung, dass alle Banden brechen, eine Panik bricht aus, erstarrt sind die Besucher der Opernpremiere, die Haare stehen auch ihnen zu Berge, und dann der Tumult, Hände, die mich packen, mich halten und ich sehe in die Zukunft, sehe mich liegen über einem Küchentisch und Frauen sind es, die mich halten und Feuer zischt in mein Fleisch und mein Schrei wird zum lodernden Feuer, das alles verzehrt, die Flammen, die schon bald um meine Füße züngeln werden, und Marguerite ist bereit, alles zu tun, alles zu schwören und allem abzuschwören, alles, was ihr jemals heilig war, zu opfern, auch die Gemeinschaft der Beginen, der weisen Frauen, ihrer Schwestern, die nichts anderes wollten, als ihre Ruhe, ein heiliges Leben führen und dennoch selbst über sich bestimmen, und auch das ist sie jetzt bereit, zuzugeben, dass es nicht recht ist, selbst über sich bestimmen zu wollen, dass sie sich getäuscht hat und lieber in ein Kloster gegangen wäre, sich demütig untergeordnet hätte einer Regel und den ihr so verhassten Hierarchien, alles, was sie wochenlang verweigerte, alles wird sie jetzt tun und gestehen, was immer sie wollen, und mein Buch, schreit sie, eigenhändig werde ich es in die Flammen werfen, und so liegt sie auf den Knien und winselt um Gnade, dass selbst die hartgesottenen Gaffer, denen die Mordlust schon seit Stunden ins Gesicht geschrieben steht, dass sie alle die Luft anhalten, heraufstarren in den Ersten Rang rechts auf Platz 32, ja, seit Stunden warten sie und kämpfen um den besten Platz möglichst nahe am Schafott, und jetzt, wie sie mich sehen, dieses Schreien hören, auch wenn sie sich die Ohren zuhalten, so greift der Schrecken doch auf sie über, ob sie wollen oder nicht, wie ein Lauffeuer geht er von Mund zu Mund, läuft hysterisch die Ränge entlang und frisst sich hinunter ins Parkett, oh ja, die Angst kriecht auch ihnen unter die Haut, ich kann ihre Gedanken hören wie wispernde Stimmen, auch ich könnte in diesem Hemd hier auf dem Pflaster liegen, auch ich könnte die Hitze der Scheite spüren, auch mich könnte dieser Wahnsinn ergreifen, und aus jedem holt der Schrecken seinen eigenen Schrei hervor, oh du zerbrechliche Kreatur, oh vergängliches Fleisch, was sind wir, Staub waren wir und zu Staub werden wir, Rührung hat alle ergriffen wie eine Woge, Rührung und Schrecken, nur nicht den Großinquisitor dort auf der Bühne mit seiner metallschwarzen Stimme, nicht meine Richter, die halten hoch das Urteil, die Siegel, das Kruzifix, *dieser Tod, spricht die Wahrheit,* und nie hat sie wahrer gesprochen, *dieser Tod nimmt die Blüte der Liebe zur Gottheit mit sich. Es gibt keinen Vermittler mehr zwischen ihr und der Gottheit, und sie wünscht auch keinen.* Nein, sie wünscht keinen. *Denn nur solche Leute, die ich Esel nenne, suchen Gott in den Geschöpfen, durch Gebete in den Kirchen, im geschaffenen Paradies, in Menschenworten und in Schriften.*

Und dann ist es entschieden. Das Geschehen auf der Bühne bricht ab. Sänger laufen zur Rampe. Die Musik erlischt wie ein Strohfeuer, die fürchterliche Stimme, die nicht aufgeben will, ach, sie zerbricht, und in diese Stille hinein hechelt mein Atem, es ist vorbei, ruft Sofonisba, aber nichts ist vorbei, mein Körper bäumt sich auf, gar nichts ist vorbei, denn sie schließen meine Glieder mit Ketten an den Pfahl, rohe Männerhände, wie sie mich nie berührt haben, und ich schlage um mich, mir erwächst eine Kraft, die mich selbst erstaunt, so einfach mache ich es ihnen nicht, und die Menge kommt nun doch noch zu ihrem Schauspiel, drei Männer sind nötig, um Marguerite auf den Scheiterhaufen zu zerren, mit aller Kraft werfen sie sich auf mich, und wenn sie mir auch den Mund verstopfen, so ist der Schrei doch schon heraus aus meiner Kehle, durch die Menge hallt er wie ein vielstimmiges Echo, niemand fängt ihn wieder ein, während die Flammen der Liebe meine Füße versengen, erst die Füße ohgottmeineFüße und erfassen mein Gewand, lichterloh bin ich es, ich die Flamme, und noch ein Schrei, ein letzter, und ich versinke in Dunkel, ersticke, ach, es ist der Qualm, der die Lungen füllt, die Augen schließt, mich einschließt und abtrennt, aber während sich mein Leib in eine lebende Fackel verwandelt, wandert mein Geist hinaus, schwebt auf, und leidet doch entsetzliche Qualen, beobachtet alles von oben, sehe Marguerite dort am Pfahl, sehe, wie eine Panik ausbricht im Parkett, Menschen, die von ihren Sitzen gerissen werden und hinaus wollen, hinaus, und andere, wie erstarrt sitzen sie und reißen die Münder auf, gellende Schreie verschmelzen mit Marguerites, mit Aqibas, mit dem großen Schrei der verzweifelten Kreatur und wieder diese Frau, die ich bin und einmal war, gekrümmte Gestalt inmitten der Flammen und ein Erstaunen steigt in mir auf, beginnt mich mehr und mehr auszufüllen, ein Wundern, wo bleibt er, der Fernnahgeliebte, warum kommt er nicht, meine Fesseln zu lösen, und der Geruch von verbranntem Fleisch, süß und schwer, an den Hammel muss ich denken, damals, im Haus meiner Eltern, dort in Hainaut, an dieses ganze große Tier am Spieß über dem Feuer geröstet, ich sehe mich stehen in den hölzernen Schuhen und der gestärkten Haube, höre wieder das Gelächter der Knechte und sehe die Magd, wie sie mit einer großen Kelle eine Flüssigkeit über das Fleisch gießt, dass das Feuer zischt und Funken sprühen, und Funken fahren über die Place de la Grève, und der Saft meines alten Leibes bringt das Feuer zum Zischen, und mit einem lauten Knall birst irgendetwas, dass die Menge aufseufzt wie eine einzige Stimme, und Bilder sehe ich, die ich doch längst vergessen, meine Mutter, wie sie meine Zöpfe um den Kopf legt, sehe meinen Bruder vom Pferd stürzen, sehe die Hand meiner Großmutter mir einen duftenden Kringel reichen und die Wiege, die Puppe mit dem geschnitzten Kopf, und noch weiter, weiter zurück, und während ich eine schwarze, bizarr verkrümmte Gestalt in den Ketten am Pfahl hängen sehe, weil das Feuer das stärkere ist, kommt mit einem Mal auch die Erinnerung wieder, ist nicht das erste Mal, ist auch nicht das letzte Mal, dass du mit deinem Leben bezahlst, weil du die Wahrheit nicht verschweigen kannst, weil du tust, was du tun musst, da sind wieder die Waagschalen, in der einen ein Buch, in der anderen aber du, du selbst in Fleisch und Blut, aber das Buch wiegt schwerer, zieht hinunter und du und dein Körper leicht wie eine Feder, zischend im Feuer … *ich bin durch die Gnade Gottes, was ich bin, also bin ich einzig und allein, was Gott in mir ist, und nichts anderes. Und auch Gott ist eben das, was er in mir ist. Denn nichts ist nichts, doch ist, was ist. Also bin ich, sofern ich bin, nur das, was Gott ist. Außer Gott nämlich ist nichts, und darum finde ich nichts außer Gott, nach welcher Seite ich immer mich wende …*

Nach welcher Seite ich mich aber auch wandte, damals wie heute, Gott war nicht da, Gott ist nicht gekommen, mich in seine Arme zu schließen, wenn Gott das ist, was er in mir ist, dann ist er gerade verbrannt, in Flammen aufgegangen, und ich bin nichts mehr, habe mich aufgelöst, denn nichts ist nichts, bin zu Asche zerfallen, aber meine unsterbliche Seele, die während ihres gottgeweihten Lebens zahlreiche Tode gestorben war, abgestorben den Sünden, dem Körper, dem Verstand, dem Willen, der Tugend, dem Geist, schließlich sogar der Liebe selbst, diese Seele, deren größter Wunsch es war, das ewige Licht, den Fernnahen, den Geliebten zu schauen, mit ihm zu verschmelzen, diese Seele wird durchglüht von einer überraschenden Erkenntnis, der Erkenntnis, dass alles anders ist, als sie jemals geglaubt, geschrieben, gepredigt hat, auf verblüffende Weise anders – aber wie, welche Botschaft diese Erkenntnis enthielt, was nun als letzte Wahrheit blieb, wenn nicht das, woran sie immer geglaubt hat, diese Seele, die einmal Marguerites war, dann Sofonisbas und schließlich die meine, daran habe ich keine Erinnerung mehr, an dieser Stelle reißt der Faden, so sehr ich mich auch bemühe, die Erkenntnis wieder herbeizulocken, hier verschiebt sich wieder Raum und Zeit und ich sehe fremde verzerrte Gesichter über mich gebeugt, höre Aufruhr und Stimmen, die auf mich einsprechen, und ein großes Weinen schüttelt meinen Körper, meine Glieder schmerzen, als ich mich mühsam aufrichte, jemand hält meinen Kopf, und ich erkenne sein Gesicht, fremd zwar, aber doch vertraut, er ist gekommen, der Kapitän, durch all die Welten und Zeiten und Räume hat er den Weg zu mir gefunden, Orazio, flüstere ich, bist du endlich da, und versinke in dichte, dumpfe Wattewelten, fühle mich aufgehoben und fortgetragen, höre und sehe alles und nichts, zahllose aufgeregte und empörte Stimmen, und die seine, ruhig, aber bestimmt, nein, sagt er, wir brauchen keinen Arzt, nein bestimmt nicht, jetzt lassen Sie uns doch bitte durch, und glotzende Augen und grabschende Hände und er, mein Schiff, mein schwankendes, trägt mich sicher durch die Brandung. Das wird Konsequenzen haben, höre ich eine böse Stimme, aber das Schlagen seines Herzens, mein Ohr ganz fest an seinen Hals gepresst, übertönt alles, ich bin müde, so unendlich müde, meine Kehle ist rau und schmerzt, in meinem Kopf ist ein Spiegel und der will in tausend Stücke zerspringen, wenn ich ihn auch nur ein kleines bisschen bewege, wird er zerspringen, und wieder das Nichts und die Watte und sein beruhigender Geruch und das Pochen seines Herzens wie das Ticken einer Uhr – wo war ich, fragt sich eine Stimme in mir, wo bin ich, und wann, aber es spielt keine Rolle, ist nicht mehr wichtig, eine Erinnerung von Feuer, ganz weit entfernt, und das Echo eines Schreis.

Am nächsten Morgen sein Blick. Die Hand, die durch mein Haar fährt. Aber anders als sonst, nicht zärtlich, nicht begehrlich. Ich verstehe nichts. Lächle ihn an. Suche seine Augen. Tief und fest hab ich geschlafen, wie lange – ich habe keine Ahnung. An diesem Morgen ist die Erinnerung ein gähnendes Loch, erst später wird es sich füllen. An diesem Morgen schauen seine Augen nicht in die meinen, sie lächeln nicht, die Brauen gerunzelt, examinieren sie erschrocken irgendetwas in meinem Haar. Was ist, frage ich, aber sein Blick wendet sich ab. Wie fühlst du dich, fragt er vorsichtig. Diese Frage – wie fühlst du dich –, dieser Blick oder besser Nichtblick, diese Geste in meinem Haar, so fremd, so anders, eigentlich wusste ich es da schon, wusste, etwas ging gerade zuende oder war in dieser Nacht, während ich schlief, zu Ende gegangen, nur ich hatte nichts bemerkt – wie fühlst du dich – nie hat mich ein Satz mehr alarmiert und in Unruhe versetzt als dieser vorsichtige Satz, als könne jeden Moment alles zerbrechen und ich stünde da, in den Trümmern eines Spiegelkabinetts, um zu bemerken, dass alles nur Illusion, ein Traum, eine Einbildung gewesen ist, und wenn auch diese Ahnung sofort wieder verschwindet, wie sie immer verschwinden, weil wir sie nicht wahrhaben wollen, weil sie einfach nicht wahr sein dürfen, so klettere ich aus dem Bett, entdecke dunkle, blaue Flecke an meinen Armen, meine Muskeln brennen, als hätte ich Muskelkater. Ich tapse ins Badezimmer, blicke in den Spiegel. Und erstarre. In meinem nussbraunen Haar das Schimmern einer dicken, weißen Strähne. Nicht grau, nein: weiß. Weiß wie das Haar einer alten Frau. Und hinter diesem fremden Bild meiner selbst sehe ich ihn im Spiegel, wie er mir folgt, wie er es nicht fassen kann, sehe, wie bleich er ist und sehe die dunklen Ränder unter den geliebten Augen, sehe die Zeichen der Verwandlung auch an ihm, und dann ist sie wieder da, die Erinnerung an den vergangenen Abend, an den Schrecken und das Feuer und vor allem an den Schrei.

Und er hält mich. Hält mich wieder und trägt mich und wiegt mich, alles wird gut, sagt er ein ums andere Mal, aber er weiß genau, und ich weiß es auch, dass er lügt. Nichts wird gut, weil nichts gut ist. Und wenn ich mich auch trösten lasse von ihm, dem Geliebten, und mir Dummheiten und Lügen von der Macht der alles heilenden Liebe erzählen lasse, mich trösten und über mich lachen lerne: Andere bezahlen teures Geld, um sich beim Friseur eine so interessante Strähne bleichen zu lassen …, so ist es doch nicht nur mein Haar, das Marguerites Spuren trägt. Nein. Er weiß das auch. Und ich erzähle ihm, stockend, mühsam, erzähle ihm alles, was ich weiß von Marguerite und von Sofonisba, und da wir schon dabei sind, erzähle ich auch von Sofie, erzähle und erzähle, und weiß doch genau, dass mit jedem Wort unsere Entfernung größer wird, das Ticken der Uhren lauter, die Uhren, die unsere Zeit bemessen, die irgendwann abgelaufen sein wird. Und wenn er auch immer wieder seine Liebe beteuert, so wissen wir doch beide, dass dies Beteuern nur ein Versuch ist, die Gegenwart festzuhalten, die beständig sich wandelt in Vergangenheit, Erinnerung wird und hinuntersinkt in das große Archiv, um auf ihre Stunde zum Quälen zu warten.

Die Stunde, mich mit dieser Erinnerung zu quälen, sie war jetzt gekommen und ist auch schon wieder so gut wie vorbei. Tränen haben den Antrag unter meinen Händen aufgeweicht und unbrauchbar gemacht. »Schwarz brennt Löcher in die sichtbare Welt« steht da, nunmehr verschwommen. Trotz all seiner Liebesschwüre – es war nicht mehr dasselbe, wenn wir uns liebten. Wo war sie hin, die Leichtigkeit unserer Umarmung, die Süße seiner Küsse? Und dann ging er fort. Zu ihr, der Flöte – aber ist es nicht gleichgültig, wohin er ging? Die Welt wurde fahl, trostlos, die Farben wichen aus ihr, und allein übrig blieb dieses matte, falsche Gelb, Giallolino, das Gelb des Verrats und des Verlusts.

13

Zum Reinigen

eines Gemäldes, auf dem sich der Schmutz gesammelt hat, wasche es oder reibe es mit Senf ein, und wenn es genügend gereinigt ist, spüle es mit Wasser ab.

Kommen Sie mit, sagt die mit den Hasenzähnen, und ich weiß nicht, was das bedeuten soll, so spät am Abend gibt es keine Besuche, auch Kregler sitzt längst zu Hause beim Abendessen, kommen Sie schon, und ich seh in ihren Augen eine Hinterlist, eine Finte, was ist, wenn ich nicht will? Nun machen Sie keinen Ärger, kommen Sie, du lieber Himmel, jetzt muss man die schon aus ihrer Zelle herausprügeln.

Also komme ich mit. Übertrete die Schwelle, die die Grenze meiner Welt geworden ist, nur einmal am Tag öffnet sich die Tür für eine Stunde Hof, und das genau dann, wenn alle anderen bei der Arbeit sind. Seit Tagen keine Menschenseele außer die Nonnenmacher oder die mit den Hasenzähnen, deren Namen ich mir nicht merken kann, und die jetzt schlüsselklimpernd vorangeht. Zur Küche.

Ich stocke. Was soll ich da? Will umkehren. Will da nicht hinein. Marguerite beginnt zu zittern, zu hecheln. Wo ist all die Luft hin? Ein Buchstabe fehlt noch, höre ich diese Stimme, und mit einem Mal fangen die Narben wieder an zu brennen, ganz deutlich spüre ich es, ein S und ein A und ein Buchstabe fehlt noch, dabei sind es doch die Initialen der Malerin, Sofonisba Anguissola, in mein Fleisch hineingebrannt, aber ein Buchstabe fehlt noch, hat sie gesagt, und flüstern es mir nicht die Wände meiner Zelle entgegen, lautlos, doch hörbar, Tag und Nacht, der Fluch der alten Bewohnerin, die mich hasst wie den Tod oder schlimmer noch: wie das Leben? Sie wird nicht ruhen und sie wird es sein, wird auf mich warten mit glühendem Löffel, dort in dieser Küche, ein moderner Strafvollzug, ein ganz neues

Modell, damit die Frauen sich auch was kochen können, damit die Frauen sich gegenseitig foltern können, damit …

Aber jetzt geht die Tür auf, Hasenzahn grinst verschmitzt, ja sind die denn alle gekauft und unter einer Decke? Na, jetzt kommen Sie schon, mein Gott, ich glaube, die hat Angst vor euch, und dann das Lachen die Tonleiter rauf und runter, hat Angst, aber dann verstummt sie, sieht mich an, ein Funke von Verstehen, von Erinnern, oder ist das nur Einbildung, aber da schiebt sie mich in die Küche, und ich kann zunächst nichts erkennen, sehe alte Bilder und eine Frau mit Fäusten in den Hüften und spitzen Zähnen, und dann ein Aufschrei, Sofie, Mensch, Sofie … und Arme fliegen mir entgegen und ein Pfannkuchengesicht, das jetzt ganz zerfließt in Tränen und Lachen und Freude.

Happy birthday to you, erklingt es aus allen Ecken, happy birthday to you, und ich fange an zu begreifen, happy birthday scheppert es in verschiedenen Lagen, keine trifft den hohen Ton dear Marihie, happy … und da nehme ich sie in die Arme, ach, Marie meine Marie, wie hab ich dich vermisst, und rieche wieder den sauren Schweiß, der mir so auf die Galle schlug, und fühle ihre hitzige Wärme, den fülligen Leib, und es ist so gut, einen Menschen zu spüren, etwas in mir gibt nach und rutscht, ein richtiger Bergrutsch, und dann werde ich auf einen Stuhl gesetzt, um mich lauter lachende, leuchtende Gesichter, das ganze Stockwerk, die Helga und die kleine Moni, aus dem Bubikopf ist eine verwuschelte Mähne geworden, und die anderen, für die ich keine Namen habe, die dicke Türkin, Ayse, glänzt und strahlt über ihr ganzes Gesicht, und die Marion … ja wieso denn die Marion, die ist doch längst draußen auf ihrer Bewährung, ja, Marion, sage ich, was machst du denn hier, aber da zieht sie einen Flunsch, bin halt wieder da, sagt sie, weil's so schön ist bei uns, lacht Helga und gibt ihr eine Kopfnuss.

Das ist unser Geburtstagsgeschenk, Marie, sagt die kleine Moni und schlägt mir auf die Schulter, Hasenzähnchen hebt lächelnd die Arme und lässt sie wieder sinken, ist ja eigentlich verboten, aber einmal muss auch mal eine Ausnahme sein, wehe eine von euch redet über ihren Prozess, sobald ich dich erwische, dass du Botschaften weitergibst … ach was denn für Botschaften, grunzt Marie zufrieden, heute ist Geburtstag, spiel dich nicht so auf.

Sie haben zusammengelegt, erfahre ich dann flüsternd, während die Aufsicht nachsieht, ob auch keiner was merkt, sie haben dem Hasenzähnchen Geld gegeben und mir damit einen Abend Küche erkauft und für alle ... ja, du wirst es nicht glauben, gluckst Helga, Marie, mach die Augen zu, aber richtig, neineinein, gespickelt wird nicht, sonst gibt es gar nichts. Und dann knallt es, und psssst macht Hasenzahn und kriegt ganz große Schreckensaugen, während sich der Sekt über Gläser und Tische und Röcke und T-Shirts ergießt. Ja Waaaahnsinn, juchzt Marie, und fängt den Schaum mit den Händen auf, sieh mal Sofie, richtiger Champagner, ja, dreißig wird man nicht alle Tage, und ein Gejuchze und Gerangel und Geschiebe und Geklirre, bis endlich jede ein Glas hat, in dem es wenigstens ein bisschen hellgelb perlt – Hoch die Tassen, auf unsere gute alte Marie ... Halthalthalt klingelt es da löffelig gegen dünnes Glas, eine Rede, da muss doch einer eine Rede ... und schon klettert Helga auf einen Stuhl.

Liebe Marie, beginnt sie, rückt ihre Brille zurecht und dämpft mit den Händen das Kichern und Klirren und Plappern, mit einer Bewegung, als streiche sie energisch eine Bettdecke glatt, liebe Marie, du hast heute Geburtstag.

Yeah, schreit eine Dürre, die ich noch gar nie gesehen habe, die ganze Oberlippe hat sie voller Piercings, das ist schon mal eine echt originelle und nicht mal gelogene Ansage.

Ja, und da du heute Geburtstag hast, da haben wir uns was einfallen lassen, damit ...

... also – es ist Monis Einfall gewesen, und erst fanden wir es eine ziemlich beschissene Idee ...

... wir haben uns also was einfallen lassen, und nach einigem Hin und Her ...

... und vor allem, weil wir dein Geflenne nicht mehr länger ertragen konnten ...

... na, jetzt haltet mal das Maul, entweder ich halt' 'ne Rede oder ich halt' keine ...

... mach's kurz, Helga, spann uns nicht so auf die Folter ...

... jedenfalls dachten wir, wenn sie schon einen solchen Narren gefressen hat an der Kleinen, dann holen wir die da raus, nicht wahr, Moni, so hast du das doch gesagt, und außerdem ...

... außerdem was?

Außerdem … ach, jetzt hab ich den Faden verloren, Helga zieht eine Grimasse und klettert vom Stuhl, aber da steht die Gepiercte schon auf dem Tisch, … außerdem – zu all dem Geburtstagsquatsch war ich einfach gespannt auf diese Karatefrau, wollte mal 'nen Blick auf dich werfen, man erzählt sich ja manches über dich, Schlägereien in der Wäscherei, außerdem sollst du nicht ganz richtig im Schädel sein, aber geile Bilder malen, tja, Fälscherin, so hammer also zusammengelegt und dir 'nen Abend Küche erkauft, und jetzt ist genug mit Gequatsche, jetzt wird gesoffen, was da ist – ex und hopp, das sind wir unserer Marie und ihrem Scheißgeburtstag schuldig.

Moment, schreit Marie, ich will anstoßen. Mit allen.

Und dann wollen alle mit allen anstoßen und ein Geklingel und Gekicher hebt an, Sofie, hör ich von allen Seiten, stoß an, los, stoß zu, ruft die Gepiercte herausfordernd und springt vom Tisch mir fast auf die Zehen, betrachtet mich eingehend mit einem Lächeln wie eine blitzende Rasierklinge, darfst Mambo zu mir sagen, und ich rieche ihren Atem, rieche Leder und Rauch und etwas Weiches wie Vanille, hey, meint sie, und schubst mir ihren Busen gegen die Schulter, du bist echt süß, aber da schiebt sich Marie zwischen mich und ihren Busen, das ist mein Geburtstagsgeschenk, Mambo, sagt sie, und zieht mich um die Ecke des Küchentischs auf einen Stuhl.

Mensch, Sofie, sagt sie und schnieft ein bisschen, schaut sich um unter den gackernden Frauen und wendet mir wieder ihr breites Gesicht zu, ach Sofie, hab geflennt den lieben langen Tag … und wie um es zu beweisen, zieht sie ein verklumptes weißes Papiertaschentuchknäuel aus der Tasche.

Scheißtag, Geburtstag und das hier drinnen, und draußen sind die Kinder, die werden jeden Tag größer und du kriegst nichts mit. Dabei willste … du willst mit ihnen einen Ausflug machen, ihnen Eis kaufen, so'n Riesenbecher, dass sie kaum drübergucken können, willst mit ihnen in den Zoo, Tiere angucken oder auf 'ne Kirmes, wo sich die Kleine wieder nicht ins Riesenrad traut und dann doch …. Und dann läuft ein Strahlen über ihr Gesicht, verwandelt Regenwetter augenblicklich in Sonnenschein, und schon liegen zwei Photos vor mir auf dem Küchentisch, hier schau, da sind sie, haben mir ein paar Bilder geschickt, die Schwestern, musste drum betteln … guck mal, der Hans, wie groß er geworden und siehst du, da, wenn man genau hinschaut … er hat schon den Blick, ja, den hat er von seinem Vater, von früher, weißt du, bevor er so wurde, als er noch'n anständiger Kerl war. Jetzt geht mir der Hans schon bis hierher, bis hier … und Marie hält die Hand mit der Fläche nach unten auf der Höhe ihrer Brust. Der wird mal was, murmelt sie, aus dem wird mal was werden, das sieht man ihm an, nicht wahr, Sofie, das kann man doch sehen, aus dem wird einmal ein tüchtiger Kerl.

Und ich schau auf das Photo mit dem Jungen und sehe nichts weiter als einen kleinen Jungen, der ein wenig misstrauisch dreinblickt, erschrocken, als wäre er von der Kamera überrascht worden mitten im Spielen, vielleicht hat man ihn angesprochen, Hans, guck mal her, und dieser Ruf hat ihn aus dem Spiel gerissen, Habtachtstellung und Waskönntenichtallespassieren – aber sonst ein ganz normaler Junge. Wie alt ist er jetzt, frage ich Marie, der Hans, der wird in drei Wochen zehn, sagt sie, und ist schon beim nächsten Bild.

Das zeigt ein kleines Mädchen. Mit Buntstiften sitzt sie an einem Tisch und ist ganz vertieft in das Bild, das sie malt, schaut nicht auf, weiß nichts davon, dass wir sie hier betrachten, ein hübsches Mädchen, blond, blass, ein wenig wie Marie, aber dünn und durchsichtig wie Kristall. Ich kann nicht sehen, was sie da malt, ich sehe den Ernst und das Versunkensein, und sehe ein anderes kleines Mädchen mit dunklem Wirrhaar, mit einem Pflaster verbindet sie einen zerbrochenen Stift, immer malt sie mit Stummel, mit dem, was die Wut des Bruders übrig lässt. Und sehe auf einmal, was das Mädchen dort malt, sehe das Rot, wie es verläuft in Karmesin und Geranium und Zinnober und hinüber ins Orange, aber nur ein bisschen, eine Spur, dann eher ins Braune, Caput mortuum und Krapplack, dunkel und zum Bildrand fließt es in einer großen Spur … da nimmt Marie das Bild fort, Tränen schimmern schon wieder an ihren kurzen farblosen Wimpern, bringen etwas zum Leuchten, zerbrechlich, kristallen.

Darf sie nicht mehr sehen, sagt sie, und ihre Schultern zucken, aber dann wischt sie sich mit der flachen Hand übers Gesicht, schaut mich an, trostlos der Blick.

Was macht deine Revision, frage ich, um etwas zu fragen, um

sie auf andere Gedanken zu bringen und aus der Kindersackgasse rauszukriegen, denn wohin das führt, das kenne ich nur zu gut, Heulkrämpfe ohne Ende, und an dem Zittern ihres Kinns kann ich sehen, dass es bald so weit ist.

Marie zuckt die Schultern, sackt in sich zusammen. Keine Ahnung, sagt sie, das kann noch dauern, hängt mir zum Halse raus der Quatsch mit dem Gericht. Neulich hab ich meinen Anwalt, hab ihn rausgeschmissen, hab gesagt, wenn er nicht im Stande ist, mir meine Kinder zurückzugeben, dann soll er zur Hölle fahren.

Sie faltet ein neues Papiertaschentuch auf und schnäuzt geräuschvoll hinein.

Na ja, sagt sie dann, aber der kann ja auch nichts dafür. Keine Ahnung. Wer soll da durchblicken, Sofie, da sollen bald so Typen kommen und mit mir reden, Zurechnungsfähigkeit, stell dir das mal vor, ich soll nicht mehr zurechnungsfähig sein, ich hab getobt, aber der Anwalt sagt, das ist die einzige Chance. Schuldunfähigkeit oder wie das heißt, kommt aber eins aufs andere raus, und wenn die mich in die Klapsmühle tun wollen, weißt du, dann bleib ich doch lieber hier.

Teller werden vor uns hingescheppert, Düfte von Knoblauch, Tomaten und Olivenöl lassen mir das Wasser im Mund zusammenlaufen. Helga hat sich eine Schürze umgebunden und rührt in Töpfen, Moni zupft Salatblätter in eine Schüssel, die anderen decken den Tisch, während die mit dem Piercing in der Lippe an der Wand lehnt und raucht.

Weißt du, wer jetzt in deinem Bett liegt, oben bei mir? Marie stößt mir ihren Ellbogen in die Seite. Die Mambo, ja Scheiße, haben die mir doch eine verdammte Lesbe ins Zimmer getan, was sagst du dazu.

Mambo sieht zu uns herüber und zwinkert mir grinsend zu.

Hat ganz schön gekracht am Anfang. Muss ein bisschen aufpassen. Die war hinter der Moni her, bis ich sie mir irgendwann gekauft hab. Mambo, hab ich gesagt, wenn du hier alt werden willst, dann lass die Finger von dem Mädel. Hat sie dann eingesehen. Die Moni, die hat ja eh schon genug Kummer. Ihr Freund hat sie sitzen lassen, haste gar nicht mitgekriegt, ist uns schier durchgedreht, und schuld dran war die Petra. Hat die Briefe geklaut, Monis Liebesbriefe, weißt du nicht mehr, wie sie geheult hat, die Kleine? Petra hat sie geklaut und ihm geschrieben, doch, das hat sie, dieses Aas, hat dem Freund Briefe geschrieben und Geschichten aufgetischt, die Moni hätte was mit 'ner Frau hier und lauter säuische Sachen, bis er Schluss gemacht hat mit der Moni.

Eine dampfende Riesenschüssel wird auf den Tisch gestellt.

Dabei war das echt ein feiner Kerl, ein Student, seufzt Marie, und dreht die Papierserviette zwischen den Fingern, hab ihn mal ganz kurz gesehen, während 'ner Besuchszeit, ein hübscher Bengel, und verknallt in die Moni, das konnte man sehen, wie er ihr nachgeschaut hat, als er gehen musste. Aber, na ja. Freundin im Knast wegen Drogen, das ist halt schon eine Sache, und dann solche Briefe, das war zu viel für den, das hat er nicht ausgehalten, die Petra ist schon ein ganz besonderes Luder, die denkt sich für jede was aus.

Los Marie, ruft die Helga, verteil mal die Nudeln, und alle quetschen sich um den Tisch, schubsen und drängeln, wie die Kinder, denke ich, und fühle mich wohlig, so ganz mittendrin.

Spaghetti könnt' ich alle Tage essen, strahlt Marie, steht auf und verteilt die Nudeln gerecht auf alle Teller.

Das ist ihr Element, denke ich, und ich beneide sie beinahe ein wenig um diese Fähigkeit, im Hier und Jetzt zu sein, während ich sie beobachte, wie sie Gabel und Löffel in die Schüssel versenkt, einen Spaghettiknäuel heraushebt und ihn so lange schüttelt, bis die Portion so ist, wie sie sein soll und keine langen Nudelfäden sich über den Tisch verteilen, betrachte Maries kräftige Arme, ihr zufriedenes Gesicht, ja, Marie ist immer genau da, wo sie ist, jetzt teilt sie Spaghetti aus und nichts anderes, egal ob ihre Kinder am Tisch sitzen oder dieser zusammengewürfelte Frauenhaufen, im nächsten Moment wird es ihr wieder einfallen, dass sie nicht da ist, wo sie sein sollte, aber in diesem Moment des Nudelverteilens, sooo, du auch noch eine Portion, was, Moni, das ist dir zu viel, du musst essen, Mädel, damit was aus dir wird ... in diesem Augenblick ist sie vollkommen glücklich. Auch ich halte meinen Teller hin und bekomme meinen Schlag, und für einen kurzen Moment bin auch ich vollkommen glücklich, in dieser Küche, an diesem Tisch, auf dem einmal eine Frau lag und schrie, aber das ist Vergangenheit und jetzt ist Maries Geburtstag, und ich denke, wie selten mir das doch gelingt, wie selten die Zeit so geordnet um mich verteilt liegt: jetzt ist jetzt, was war, das war, und was sein wird ... Aber schon regt sich etwas in mir, still, haltet still, heute Abend ist Mariezeit, und die tiefrote Soße mit den grünen Sprengseln duftet nach Süden und Urlaub und Kindheit, pastasciutta, wie sehr hab ich die immer geliebt, und als jetzt Helga den Käse reicht, richtigen Parmesan, da ist auch mein Glück vollkommen. Mein Gott, wie lange ist das her ... und mit dem Geschmack dieses Sugos und dem krümeligen Käse auf der Zunge explodiert eine ganze Geschmackserinnerungssinfonie in mir, Düfte, die ich längst vergessen hatte und jetzt wieder aufscheinen und meinen Speichel zum Fließen bringen, dass ich mit Schlucken gar nicht mehr nachkomme, na, grinst mich Helga an, das ist was anderes als Knastfraß, was?

Wo habt ihr das alles eigentlich her, frage ich mit vollem Mund. Na vom Lädchen ... aber nicht alles, den Käse hat mir meine Schwester geschickt ... du kennst doch das Lädchen, jeden Donnerstag von fünf bis sieben ... und was er nicht hat, das bestellt der Linki einem auch schon mal ... und ich frage mich, wo ich eigentlich lebe, warum ich das alles gar nicht weiß, hier findet Leben statt, direkt hinter meiner Zellentür, und ich hab' mich nie darum gekümmert.

Die Gespräche verstummen, jede ist mit ihrem Teller beschäftigt, eifrig dabei, die langen Nudeln um die Gabel zu wickeln oder sie auch einfach so in den Mund zu stopfen, keine isst sie so wie ich, wie man sie damals aß und heute noch in Italien isst, wie Luca und seine Familie, pesto genovese, und wie der Vater mich ansah über die Gabel hinweg, die langsam und gekonnt die unendliche Folge von Nudeln dem Mund zuführte, von denen die grüne Basilikumsoße tropfte. Ohne ein einziges Mal abzusetzen aß Lucas Vater den Spaghettiteller leer, als seien alle Nudeln miteinander verbunden wie die Fasern eines unendlich langen Taus, und es gelte nur, dieses Tau so mundgerecht wie möglich vom Teller zwischen die Zähne zu transportieren.

Und schon wieder sind sie da, die Erinnerungen, die warmen Hände von Lucas Mutter, die mich herzlich aufnahm in ihrem Haus, die langen Wanderungen durch die Altstadt von Genua, das Wiedererkennen und Neukennenlernen, den salzigen Meeresgeschmack auf den Lippen, die Geruchspalette am Hafen nach Tang und Algen, nach dem Bauch des Meeres, und dazwischen die neuen Gerüche nach Benzin und Dieselöl, Asphalt und Abgasen. Und der Lärm in den Markthallen, die ewigen Rituale des Kaufens und Verkaufens, das Feilschen und Darbieten, das sich Beschweren und Zurückweisen, das Umwerben eines Fisches, eines Bündels Artischocken, eines Sträußchens Petersilie. Und das Pflaster der Straßen, die alten Mauern und Häuser, die Freude am Wiederfinden und der Schmerz über so viel Verlorenes, unwiederbringlich Dahingegangenes, die Feuer, die Kriege, die Dummheit der Menschen oder einfach die Erosionen der Zeit, die Mauern und Steine dahingerafft haben, aber nicht die Erinnerung, in der alles frisch und lebendig vorhanden ist und weiterlebt, als wären die Jahrhunderte nichts.

Und ich kann sie füllen, die Lücken, so wie ich die Lücken fülle in den zu Schaden gekommenen Gemälden, wo ich weiß, wie viele Schichten Farbe unter dem Firnis liegen und erst alle miteinander, übereinander und ineinander verborgen diese Farbwirkung schaffen, und an den Stellen, wo sie fehlen, wo Feuchtigkeit oder übermäßige Hitze oder ein brutaler Eingriff von außen die Farbschichten zerstört hat, da schließe ich sie wieder, nicht mit denselben Schichten, die der Maler zu seiner Zeit aufgetragen, denn heute würde das einen ganz anderen Effekt ergeben, die Zeit der Alterung und Reife würde schmerzlich fehlen, ja, auch die Zeit wird so zur Malerin, fügt ihren Tribut zum Gemälde, und wenn ich heute die Lücken fülle, dann stelle ich nicht den ursprünglichen Zustand wieder her, sondern finde eine Farbe, die der Wirkung der alten Farbschichten täuschend ähnelt, kein Laie kann das sehen mit bloßem Auge, nur ich und ein paar Kollegen, und die auch oft erst unter dem Vergrößerungsglas, dass hier ein Betrug stattfindet, zum Wohle des Bildes. Ein Restaurator ist kein Maler, wie oft hatte das der gute alte Spange dort in Berlin zu mir gesagt, bis ich es einsah, bis ich einsah, dass ein restauriertes Gemälde nicht das ursprüngliche Gemälde wiederherstellen kann, nur den Anschein kann es erwecken, auf den oberflächlichen Blick, dass es ist wie neu – in Wirklichkeit trägt es die Spuren einer perfekten Retusche, einer partiellen Fälschung alles in allem.

Und so ist es auch mit der Erinnerung. Sie fügt die verlorenen Elemente ein, baut sie ein ins Ganze, aber nicht, wie es einmal wirklich war, denn wer weiß, wie etwas wirklich war, schon eine Minute später, wenn ich jetzt das Erinnerungsbild betrachte, wie Marie die Nudeln verteilte, die jetzt schon so gut wie aufgegessen sind, dann ist es gefärbt, ist bereits interpretiert, ich sehe eine Mutter, die ihren nicht anwesenden Kindern die Teller füllt, aber ob das die einzige Wahrheit ist, das ist zu bezweifeln.

Wer will noch Nachschlag, bricht Helga das Schweigen, und ich sehe die Gesichter, tomatenverschmierte Münder, ausgestreckte Teller, andere lehnen sich zurück, Mambo dreht sich eine Zigarette, wippt mit dem Stuhl. Sie sehen zufrieden aus, denke ich, diese Gesichter, außer vielleicht Marie, deren einfaches Glücksgesicht sich trüben kann von einem Moment auf den anderen, außer vielleicht diese Mambo, deren Lippen mit all den Ringen sowieso schwer verraten, was sie gerade denkt. Sie schützt sich, denke ich, dieses forsche Auftreten und das ganze Metall an ihrem Mund sind reiner Schutz, ein Mundpanzer, aber da spürt sie meinen Blick, grinst herüber, blitzschnell erscheint ihre Zungenspitze, spielt kess an dem Ring in der Mitte der Oberlippe, und in dieser kleinen Geste liegt so viel Obszönes, dass ich ihre Gedanken hören kann, das Angebot verstehe und gleichzeitig völlig verdutzt erröte, was sie lächelnd zur Kenntnis nimmt.

Aus dem alten Kassettenrecorder dudelt türkische Bauchtanzmusik, Ayse lässt die umfangreichen Hüften kreisen, und im Nu wird der Tisch samt schmutzigem Geschirr zur Seite geschoben, dass es nur so klirrt. Still, schreit die Aufsicht, nicht so laut, aber keiner hört auf sie. Moni dreht am Kassettenrecorder und entlockt ihm ungeahnte Lautstärken, die Küche vibriert wie ein orientalischer Nachtclub. Komm, Marie, tanzään, schreit Ayse und ergreift sie mit schlangengleichen Armen, zieht sie auf die Beine, und wenn sie sich auch kurz sträubt, so kann sie dem Rhythmus nicht widerstehen, fällt ein in den Schritt und wackelt mit dem Po, die anderen klatschen in die Hände. Ja, Marie, los, zeig, was du kannst, und dermaßen angefeuert, schnappt sie sich ein Geschirrtuch, hält es sich wie einen Schleier vors Gesicht, dass nur die Augen darüber hervorlugen. Hey, Marie, türkisch Frau, was, und schon springen andere dazu, die Küche brodelt, die Luft wird schwer und hitzig, nur Hasenzähnchen weiß nicht, wohin mit sich. Alle tanzen jetzt im Kreis, eng an eng, denn viel Platz gibt es nicht, und jetzt zieht mich Ayse in die Mitte, los, schreit sie, tanzäään, sooo, und ich lass es mir gefallen, überlass mich einfach meinem Körper, der Musik, die uns allen zu Kopf steigt und in die Beine. Wie Ayse versuche ich, Brust und Hüften völlig unabhängig voneinander zu schütteln, bis sich alle vor Lachen biegen, Mambo springt herein zu mir in den Kreis, aber ich nehme das als willkommenen Abgang, lass sie dort alleine ihr Solo tanzen, und eine nach der anderen dreht sich dort und stampft mit den Beinen, verdreht die Arme nach Schlangenart, jede auf ihre Weise, das Wasser läuft an uns herab, Gott, ist das anstrengend und unwiderstehlich zugleich, die Küche verschwindet und die Mauern sinken und wir tanzen irgendwo tief im Herzen der Türkei. Schließlich zieht Ayse Hasenzähnchen in den Kreis, die so gute Miene zum bösen Spiel macht, wie sie nur eben kann, und dann ist die Kassette zu Ende und alle sind erschöpft. Mach mal eine das Fenster auf, japst Marie, und plötzlich ist der Zauber verflogen, die Küche, die Mauern, alles wieder da, die Ausdünstung dieser vielen Frauen, die mit hochroten Gesichtern auf den Stühlen hängen und sich den Schweiß abwischen, alles steht grell und überdeutlich im Neonlicht vor meinen Augen.

Dieser Moment der Ernüchterung – allen steht er ins Gesicht geschrieben, jede kehrt auf ihre Weise in die Wirklichkeit zurück, ordnet das Haar, zündet sich eine Zigarette an, schubst mit den anderen herum, einige Augenblicke fahriger Orientierungslosigkeit, dann dringt die kühle Abendluft durchs geöffnete Fenster, und alles ist vorüber.

Was ist, fragt Helga, immer noch ein wenig außer Atem, du hast uns doch mal versprochen, dass du uns malst!

Oh ja, rufen die anderen.

Wer hat die Liste, will Moni wissen, Marie hat sie, nicht wahr, Marie … Und schon gerät alles wieder in Bewegung, der Tisch wird wieder an seinen Platz zurückgestellt, Teller werden abgeräumt und Schüsseln weggetragen, mit einem Lappen das Wachstuch abgewischt. Da brauch ich keine Liste, meint Marie ruhig und pult in ihren Zähnen, das hab ich alles auswendig hier in meinem Kopf.

Nicht wahr, du malst mich heut, fragt Moni atemlos über den Tisch gebeugt, du malst uns alle, bestimmt Helga mit Nachdruck, nicht wahr, das ist für dich doch ein Klacks. Und eh ich michs versehe, liegt ein Schreibblock vor mir mit karierten Blättern, und ein Kugelschreiber, ja habt ihr keinen Bleistift, frag ich, und wieder stieben sie auf und davon, rennen in ihre Zellen, kehren wieder, die meisten mit leeren Händen, Kugelschreiber gibt es in großen Mengen, aber keinen Bleistift, ist doch egal, brummt Helga, kannst du's etwa nicht mit dem Kuli?

Jeder Stift ist der richtige, wenn die Malerin die richtige ist, und schon beginne ich, beginne mit Marie, die sich mir stolz gegenüber setzt, ungewohnt fährt die Mine über das Papier und kratzt, ich probiere einen anderen mit der Aufschrift JESUS LIEBT UNS, wo ist der denn her, frag ich, von Schwester Benedikta, ist die Antwort, natürlich, die legendäre Schwester Benedikta, also bei mir hat die sich noch nicht blicken lassen. Und wirklich, JESUS LIEBT UNS, denn der Stift gleitet weich über das Blatt, auf dem rasch Maries Züge entstehen, ihr Gesicht könnte ich mit geschlossenen Augen zeichnen, und sie strahlt, als es fertig ist, zeigt es überall herum. Jedes Gesicht hat etwas Eigenes, Unverwechselbares, und während ich die nächste Frau zeichne, lese ich ihre Geschichten, die vergangenen und die kommenden, als wäre ich ein Orakel, sehe ich alles ganz klar in den Zügen, und ein bisschen davon wandert auf das Papier, und trotz seiner schlechten Qualität und dem unzureichenden Zeichenwerkzeug gelingt mir ein Portrait nach dem anderen, reduziert auf wenige Striche, und doch ist da dieses Leuchten von Leben und einer Geschichte. Es wird still, alle blicken wie gebannt auf meine Hand, drängeln sich hinter meinem Stuhl, um mitzuverfolgen, wie das Papier jetzt noch schlichtes Karopapier ist – und gleich verwandelt es sich, erhält die dritte Dimension, und ich erkenne, dass sie mehr in dem liegt, was ich weglasse, als in dem, was ich zeichne, diese Wahrheit, dieses tiefere Wesen der mir doch eigentlich ziemlich fremden Frauen.

Diese hellen, erstaunten Jungmädchenaugen zum Beispiel, die immer noch nicht begriffen haben, was eigentlich geschehen ist, dass es eine Art Sucht ist, die sie täglich ins Kaufhaus trieb und dafür sorgte, dass sich ihre Taschen wie von allein mit irgendwelchen Dingen füllten, die sie gar nicht brauchen konnte, das feine Netz der Linien und Falten erzählt mir von dem Kummer ihrer Kindheit, irgendein Erlebnis, ein Verlust, in dem sie bis heute gefangen ist. Wie heißt du, frag ich sie, Vivi, ist die Antwort, und das schreibe ich unter das Bild, FÜR VIVI in Sofonisbas geschwungenen Lettern. Und dann ist Marion an der Reihe, es beginnt mir Spaß zu machen, wie blind war ich für diese Gesichter, immer nur mit meinen eigenen beschäftigt. Ja, erzählen mir Marions stumme Züge, wie hätte ich das auch schaffen sollen, ich war so sicher, dass ich clean bin, aber als ich draußen war, da gab's erst einmal eine Riesenparty, Gras, Koks, Tabletten …, alles was du wolltest, nein, hab' ich gesagt, keine harten Sachen, aber einfach so zusehen, wie die anderen sich das Zeug reinpfeifen, das hab ich einfach nicht geschafft, und dann ging alles ganz schnell, und ruckzuck hing ich wieder an der Nadel, woher dafür das Geld nehmen, wenn nicht stehlen, und jetzt bin ich also wieder hier, und fast bin ich froh, denn da draußen bist du doch verdammt allein.

Und Helga, die schon andere Tage gesehen hatte, deren Geschichte ich bereits ein wenig kenne, aber jetzt erst, wie ich sie so sehe und zeichne, erst jetzt verstehe ich die Zusammenhänge, begreife das Ausmaß ihrer Katastrophe, die begann, als ihr Mann völlig überraschend seinen gut bezahlten Job verlor, und, statt sich nach einer neuen Stelle umzusehen, weiter so tat, als sei nichts geschehen. Als Helga schon nicht mehr wusste, wie sie die monatlichen Raten für das Einfamilienhaus in guter Stadtrandlage abbezahlen sollte, als schon die Mikrowelle, der Fernsehapparat, das Videogerät und die Stereoanlage abgeholt worden waren, da warf er immer noch im Tennisclub teure Runden und keiner durfte wissen, dass er ohne Arbeit war. Aber als man ihm sein Auto pfändete, einen Mercedes der S-Klasse mit eingebautem GPS und Mobiltelefon in der Nackenstütze, da ging er hinunter in den Keller und hängte sich auf. Helga erlitt einen Nervenzusammenbruch und einen zweiten, als sie erfuhr, auf welche Summe sich die Schulden tatsächlich beliefen, für die sie nun allein gradestehen musste. Als sei das alles nicht genug, trat bei der Beerdigung eine elegante junge Frau mit einem kleinen Jungen an der Hand auf Helga zu, um ihr zu eröffnen, sie sei die langjährige Geliebte ihres Mannes und der Junge sein Sohn, für den sie einen Teil des Erbes beanspruche, schließlich habe er ihr immer versichert, dass für den Kleinen gesorgt sei, sollte ihm je etwas zustoßen. Sie wollte lange nicht glauben, dass es nichts als Schulden zu erben gab, aber als sie es schließlich begriff, verschwand sie und ließ sich nie wieder blicken. Und Helga? Sie besann sich ihrer Brandschutzversicherung und zündete das Haus an. Eine Verzweiflungstat, sagte ihr Anwalt. Der raffinierte Versuch eines Versicherungsbetrugs, der Staatsanwalt. Nun ist sie hier, und ganz egal, wann man sie wieder entlässt – ihr Leben wird nicht ausreichen, um auch nur einen Bruchteil der Schulden ihres Mannes abzuarbeiten.

Und dann kommt Ayse, und ich zeichne ihr leuchtendes, strahlendes Gesicht einer Sultansmutter, die Brauen wie vom Aquarellpinsel hingeschwungen, die stets lachenden Augen, den stolzen Mund. Ihr Haar mit den silbernen Fäden hat sie zum Zopf geflochten, hier unter all den Frauen braucht sie kein Kopftuch, hier wäre es nicht nötig, in die teuersten Boutiquen der Stadt zu gehen und seidene Tücher unter dem ausladenden Mantel verschwinden zu lassen. Ihre sechs Töchter galten als die bestangezogenen Türkinnen ihres Viertels, bis man Ayse eines Tages mit Markenschals im Wert von insgesamt sechstausend Mark unter dem Mantel erwischte.

Und dann ist Mambo an der Reihe, und sie als einzige zögert. Schon lege ich den Kugelschreiber hin und sage: Du musst ja nicht, mir tut eh die Hand weh, aber es stimmt nicht, meine Hand ist hellwach und würde zu gerne dieses seltsame Gesicht hinter den Ringen zeichnen. Darf ich stattdessen noch mal, fragt die erste und die zweite und alle wollen sie noch mal, für ihre Männer, ihre Kinder, ihre Freunde dort draußen, aber das geht nicht, schaut, wir haben nur noch ein Blatt, und das ist Mambos Blatt.

Und da setzt sie sich auf den Stuhl mir gegenüber, trotzig schiebt sie das Kinn vor und sieht mich herausfordernd an, und so zeichne ich sie, zeichne das trotzige Kinn und die Lippe mit den Ringen, die Nase und Augen, zeichne eine traurig-zornige Geschichte mit einem großen Geheimnis, das tief verborgen hinter dieser Fassade ruht, und gerade, wie ich es beginne zu erahnen, die Spuren der Magersucht hinter ihren fröhlichen Grimassen erkenne, da springt sie vom Stuhl, reißt mir das Blatt aus der Hand und das Bild in kleine Fetzen.

Die Indianer, die wollen auch nicht photographiert werden, bricht Moni das Schweigen, nachdem Mambo krachend hinter unserer alten Zellentür verschwunden ist. Die denken, man klaut ihnen ihre Seele … achwas Seele, grollt Maries Stimme, erstens ist das Quatsch und zweitens ist Mambo so viel ich weiß kein Indianer und drittens … aber da ist die Spannung auch schon gebrochen, und schallendes Gelächter bricht um sich in der Küche. Ein Indianer, du bist nicht bei Trost, Moni, aber doch, die hat irgendwas von 'nem Indianer, wer heißt denn schon Mambo … und während die Frauen ihre gute Laune zurückerobern, albern werden und nach einer zweiten Flasche Sekt verlangen, muss ich an die eigenartige Geste denken, mit der diese Frau das Blatt ergriff und zerriss, als wäre ich dabei, ihr ein Unrecht anzutun, und stehe wieder in meinem Atelier, in Sofonisbas Atelier, aber wo ist der Unterschied, stehe da und kann mich nicht rühren vor Überraschung, alles liegt durcheinander und übereinander geworfen, der Boden übersät mit meinen Skizzenblättern, dazwischen Pinsel und Schwämme und Leinwand und Reibesteine, die Staffeleien wurden umgestoßen, eine grobe Hand hat die Fläschchen auf dem Seitenbord heruntergefegt, und die Farben, ach meine kostbaren Farben, die Muscheln geöffnet, die Schweinsblasen zerschnitten, und da fange ich an zu schreien vor Wut, wer zum Teufel war das, was geht hier vor, und dann der Schrecken, denn eine dunkle, kleine Gestalt löst sich aus dem Schatten, kommt auf mich zu, es ist Escobedo, der Beichtvater des Königs, geht Schritt für Schritt auf mich zu, zermalmt knirschend Kristall und Pigment unter seinen Füßen, in der Hand hält er ein Blatt, das er wohl lange betrachtet hat, kommt langsam auf mich zu, und meine Wut wandelt sich in Schrecken, der mir die Haare im Nacken aufrichtet, nein, Marguerite, ganz ruhig, sei ruhig, und dann steht er vor mir, lächelt mich an mit seiner ihm eigenen Mischung aus Spott, Verachtung, vielleicht auch Mitleid, lächelt und sagt: Ruft besser nicht den Teufel an, Doña Sofonisba, besser nicht, und dann zeigt er mir mit einer winzigen Geste das Blatt in seiner Hand, es ist eine Skizze von mir selbst, wie fast alle Blätter, auf denen er herumtrampelt, Studien für mein neues Selbstportrait, das ich im Stillen immer »Mein Brautbild« nenne, denn für ihn ist es gedacht, den bislang noch Unbekannten, der mein Gemahl werden wird, für ihn will ich es malen, auch wenn Felipe vielleicht denkt, es sei mein Abschiedsgeschenk an ihn, nein, dieses Bild wird meiner Zukunft gehören, nicht der Vergangenheit. Und während mir all das durch den Kopf schießt, nimmt Escobedo, diese Ausgeburt der Hölle, nimmt das Blatt am oberen Rand mit Zeigefinger und Daumen beider Hände, hält es hoch, um es dann mit einem einzigen Ruck zu zerreißen, mittendurch von oben bis unten, und in mir wallt wieder der Zorn mächtig auf, du barbarischer Pfaffe, will ich schreien, weißt du eigentlich, was du da tust? Im ganzen großen Reich gibt es keinen Kunstkenner, der nicht ein kostbares Geschenk hergeben würde für eine solche Skizze, aus den Händen reißen sie sie mir, einen Papst würde es glücklich machen, eine Mappe voller Zeichnungen wie diese hier, auf denen du gerade herumtrampelst, seiner Sammlung einzuverleiben, aber ich schweige still, denn größer als mein Zorn ist die blanke Angst, der Schrecken, mein eigenes Antlitz so unter seinen Händen zerreißen und dann in zwei Hälften zu Boden sinken zu sehen, oh du zerbrechliche Kreatur ..., und jetzt begreife ich auch, was sie hier gesucht haben, sie wollen mir an den Kragen, aber der König wird es nicht dulden, ach was, der König, höhnt eine Stimme in mir, du bist nicht mehr seine Geliebte, hast ihm deine Kammer verschlossen, und außerdem konnte er schon andere, die ihm wertvoller waren als du, nicht gegen diese hier beschützen.

Kommt einmal wieder zur Beichte, sagt Escobedo und wendet sich zum Gehen, und wie er es sagt, ist es ein Befehl, kein wohlmeinender Rat.

Sie können mir nichts anhaben. Sie können nichts gegen mich tun. Sollen sie doch suchen, sie werden nichts finden, was sie gegen mich verwenden können. Das sage ich immer und immer wieder vor mich hin, während Consuela Ordnung in die Werkstatt bringt und ich meine Skizzen sortiere. Ich male Gesichter, im Moment mein eigenes. Ich habe den König gemalt und die Königin, die Prinzessin Juana und viele anderen, ich male die Menschen bekleidet, auch nicht die Andeutung eines Aktes, kaum einen entblößten Arm werden sie bei mir finden. Ich starre in mein gezeichnetes Gesicht und versuche es mit ihren Augen zu sehen. Wenn sie etwas suchen, dann werden sie es auch finden. Und an diesem Abend beschließe ich, Juana zu bitten, mich bei ihr im Klarissenkloster wohnen zu lassen, bei den Descalzas Reales bin ich in Sicherheit, warum bin ich denn nicht eher darauf gekommen?

He, rammt mir Marie ihren Ellbogen in die Seite, was schaust du so komisch, stoß noch mal an mit mir, auf meinen Geburtstag, Mensch Sofie, ist echt schade, dass sie dich jetzt so wegschließen, was machst du denn so den lieben langen Tag ganz allein?

Und wenn ich ehrlich bin, hab ich darauf keine Antwort. Seit Tagen quäle ich mich mit dem Antrag herum, schreibe Farben auf und streiche sie wieder durch, machen Sie einen Fehler, hat die Anwältin gesagt, und ich kann mich nicht recht entscheiden. Die Werkstatt ... fange ich an, aber Marie hört gar nicht zu, ich würde verrückt werden, sagt sie, so allein, und ich frage mich, ob ich nicht auf dem besten Wege dazu bin.

Das Gespräch am Küchentisch wallt auf in Gelächter und empörten Stimmen, mit einem Hohnlachen, wie nur Frauen es zu Stande bringen, und einem Anflug von Obszönität, dochdochdoch, höre ich Vivi sagen, und ein hässliches Grinsen macht ihr Kindergesicht alt und hart, das weiß doch jeder, wie du zu deiner vorzeitigen Entlassung gekommen bist, bei keiner hat der Chef so oft die Zelle filzen lassen und stand persönlich dabei ..., das wirst du auch noch kennen lernen, wendet sich die Helga an mich, mach dich darauf gefasst, plötzlich steht er da mit zwei Beamtinnen, die stellen alles auf den Kopf, du musst alles ausziehen und er, er schaut dich nur an, wie du dastehst, nackt ..., und die Marion, die hat er sich ganz genau angesehen, stimmt's Marion, bei dir ist er ja auch mal noch ganz alleine geblieben, hat die Schließerinnen weggeschickt, stimmt's, Hasenzähnchen? Nein, kreischt Marion empört, das ist nicht wahr, was ihr euch nicht alles ausdenkt mit eurer dreckigen Phantasie ..., nana, meint Ayse und zeigt ihren goldenen Schneidezahn, hast selbst gesagt, du alles tun, um hier rauszukommen, etwa nicht stimmen?

Komm, wirft eine andere ein, was ist schon dabei, draußen hast du doch für ganz andere die Beine breit gemacht, um an deinen Stoff ranzukommen, du warst anschaffen, das weiß doch jeder, ach, lasst sie doch in Ruhe, knurrt Marie, die stumm vor sich hingebrütet hat, der Kregler, der ist doch krank, bei dem weiß man nie, woran man ist, anfassen tut der einen nicht, da würd er sich ja die Finger schmutzig machen, der nicht. Also lasst das Mädchen in Frieden. Die, die am meisten auf den anderen rumhacken, die haben doch selbst am wenigsten Moral.

Achwas Moral, ergreift Helga das Wort, da stand neulich was Interessantes in der Zeitung: DIE MORAL SITZT IM VORDERHIRN. Ja, hier, und sie tippt sich an die Stirn, während Marion zu kichern anfängt, und wenn du deinen Kindern immer auf den Kopf haust, hier, vorne auf die Stirn …, aber wer haut denn seinen Kindern auf die Stirn, will Moni wissen, überhaupt, kleine Kinder sollte man nicht hauen …, sollteman sollteman, aber wer hält sich schon daran, ich kenne keinen, der seinen Gören nicht mal eine runterhaut, die können einen ja schon zur Weißglut bringen, und wenn ich ehrlich bin, dann hat mir das auch nicht geschadet …, das sagst du, aber wer weiß, ob du heute hier wärst, wenn deine Eltern nicht …, achwas, so einfach ist das nicht, nur weil mir meine Mutter ein paar gescheuert hat? Dass ich nicht lache … aber in der Zeitung stand es, beharrt Helga, die gute alte Helga, die immer auf dem neuesten Stand ist und eine Zeitung abonniert hat, die Zeit hier nur mit Lesen übersteht: DIE MORAL SITZT IM VORDERHIRN, und die haben das auch untersucht, wenn es da Verletzungen gab, von Unfällen zum Beispiel …, oder Schläge meinst du …, von mir aus Schläge, müssen aber ordentliche Schläge gewesen sein, jedenfalls – die Leute wissen dann einfach nicht, was das ist: Moral … Haben die dich denn geschlagen, früher, deine Eltern, will jetzt Vivi hinterhältig von Marion wissen, hier, auf die Stirn? Was weiß ich, aber die Mambo, die hat ganz sicher eins aufs Vorderhirn bekommen … Wieso ausgerechnet die Mambo …, Ach hör doch auf, das ist gemein, jetzt, wo sie gar nicht da ist … Ja gerade deshalb, glaubst du, das würde ich sagen, wenn die da wär? … Ja aber weißt denn du, was das ist, Moral? … Ich? … Ja du … Moral, na das weiß doch jeder, was das ist, sag bloß, du weißt das nicht … Na dann sag's doch mal, was ist denn das für ein Scheiß, das mit der Moral, ist es das, was die in der Kirche predigen oder was? … Keine Ahnung, das, was man halt tut und was man nicht tut … Also die Mambo, die tut nie das, was man tut … Ja aber das weiß man doch, tief innen, was das ist, was moralisch ist und … Wahrscheinlich weiß es keine von uns, was das ist, ich meine so genau … sonst säßen wir nicht hier drin … Also ich weiß schon, was das ist … Na, was denn, dann spuck's doch mal aus … Also, dass man keine anderen Menschen umbringen soll und so … … …

Und dann ist er gerissen, der Faden, aus dem sich das Hin und Her zusammenspann, einige haben noch nichts gemerkt und fädeln noch ein bisschen nach … du sollst nicht töten, du sollst nicht ehebrechen … und vereinzeltes Gelächter … du sollst nicht stehlen … … …

Aber jetzt haben es auch die Letzten gemerkt, alle sehen Marie an, wie sie weiß vor Wut ihr Glas umklammert hält, dass es knackt. Ihr denkt also, ich bin 'ne Irre, stößt sie dann hervor, Hirnschaden, was?, und futsch die Moral, aber ist das denn besser, wenn die ihre Frauen schlagen und die Kinder prügeln, halb tot prügeln, und dann über sie herfallen wie die Tiere, so viel Gemeinheit auf einem Haufen, da soll man vielleicht zusehen, wie sie einem die Kinder kaputtmachen … fassmichnicht an, fährt sie auf, als ich ihr die Hand auf den Arm lege, und kann gerade noch dem Ellbogen ausweichen, den sie hochreißt, dass ich erschrocken zurückzucke, ihr seid doch alle … mit eurem verlogenen Geschwätz, heut hab ich Geburtstag, da seid ihr alle nett zu mir, aber ihr braucht nicht zu glauben, dass ich nicht weiß, wie ihr über mich redet, wenn ich nicht da bin, so wie jetzt über die Mambo, wenn sie da ist, traut sich keine, aber kaum ist sie aus der Küche, dann geht es los, die Mambo dieses, die Mambo jenes, wisst ihr was, ich scheiß auf euch, jawohl, auf jede von euch, Heuchlerinnen seid ihr, macht einen auf Moral, aber ich sag' euch, was eigentlich dahinter steckt, ihr habt keinen Mumm, das ist es, im Kopf hat jede von euch schon diesen oder jenen umgebracht, aber ihr traut euch nicht, feige Bande, ein bisschen rumdealen, was Moni, aber sonst das Unschuldslamm spielen, ein bisschen klauen, was Ayse, aber eine saubere Weste behalten wollen, und gerade du, Helga, jaja, mach du ruhig einen auf Moral, was hat sie dir genützt, frag ich dich, deine Scheißmoral, so bescheuert wie du, verdammt noch mal, möchte ich im Leben nicht sein und ruhig zugucken, wie mich dieses Arschgesicht von vorn bis hinten bescheißt und fertig macht, auch du hättest ihm besser einmal gezeigt, wo die Grenzen sind, hinterher rumjammern, ja, das könnt ihr, euch von euren Typen was in den Koffer tun lassen, und am Zoll steht ihr allein da, ihr seid doch alle miese kleine Luder, habt euch so durchgedrückt und auch hier, dieselbe Leier, und ich sag euch, keine von euch, wie ihr hier sitzt auf euren fetten Ärschen, hätte nicht gerne schon selbst jemanden eigenhändig umgebracht, aber ich hab's getan, jawohl, mit diesen Händen, war mir nicht zu schade, einer hat es tun müssen, sonst war ja niemand im Stande, die vom Sozialamt, pah, mir die Kinder wegnehmen, ja, darauf waren sie scharf, aber diesem Scheißkerl einen Riegel vorschieben, uns zu beschützen, oder wenigstens die Kinder, wenn ich schon nichts wert bin, das wollte keiner, wollen sich nicht die Hände schmutzig machen, und ich, ich hab's dann getan ... was hättet ihr gemacht, ihr feigen Säue, hättet zugesehen, wie er über die Kleine hergefallen wäre, was, hättet euch dran aufgegeilt, wie, aber nicht mit Marie, nicht mit mir, das hat der Kerl dann endlich einsehen müssen, und eines sag ich euch, keinen einzigen Tag hab ich's bereut, dass ich den totgemacht hab, das war die beste Tat in meinem ganzen verschissenen Leben, und wenn ihr denkt, das geht leicht, das macht man einfach so, dann will ich euch mal was sagen: Einen Menschen totmachen, das ist verdammmichmal schwer, da brauchst du ganz schön Kraft, Kraft, ja, und Mut, da musst du wissen, was du tust, bis so einer dann endlich tot ist, Kraft und Mut, aber das habt ihr nicht, kein bisschen Mumm in den Knochen, nein, da könnt ihr nur mit dem Finger draufzeigen.

Und dann ist es still in der Küche. Ich sehe in Hasenzahns Gesicht, weit aufgerissen die Augen, und ich denke mir, wenn die das jetzt aussagt, vor dem Gericht bei der Revision, wenn die das weitersagt, dann ist es aus mit Marie, lebenslänglich und keinen Tag weniger. Aber das wird sie nicht tun, beruhige ich mich, diese Versammlung hier dürfte es ja eigentlich gar nicht geben, vor allem ich dürfte ja gar nicht hier sitzen, und am besten halten wir alle den Mund.

Und ich sehe es vor mir, wie Marie immer und immer wieder das schwere Bügeleisen auf diesen Mann niedersausen lässt, wie sie gar nicht mehr aufhört, bis der Kopf eine einzige Masse aus Blut und Hirn und Knochen ist, sehe das Blut, überall Blut, wie es in breiten Bahnen über den Fußboden fließt, hin zu den Kindern, die jetzt auch nicht mehr schreien, nur noch sitzen und starren und Schaum und Speichel tropft dem Jungen vom Kinn, starr die Augen, noch Tage später, und wohin sie auch schauen, sehen sie diese breiige Masse aus Blut und Knochen und Hirn.

Marie, sage ich jetzt, und es ist Sofonisbas Stimme, ruhig, gefasst, keine will dir was, du weißt das genau. Komm, lass es jetzt gut sein ... aber da unterbricht sie mich, schnappt panisch nach Luft, wie ich es sonst nur von Marguerite kenne. Nichts ist gut, nichts ist gut, hechelt sie, und schlingt die Arme um ihre Schultern, weicht zurück, als wolle man sie schlagen, und du, fährt sie mich an wie eine fauchende Katze, wie du das meinst, das weiß ja keiner, denkst, du bist was Besseres, nicht wahr, das ist es, nur weil du studiert hast und malen kannst und reden, Geschichten erzählen, aber das ist doch alles Verarsche, Fälscherin, scher dich zum Teufel mit all diesen Fotzen, und aufstiebt sie, wirft Gläser und Stuhl um mit Riesengeschepper, stürmt aus der Küche, und zum zweiten Mal an diesem Abend fällt diese Zellentür krachend ins Schloss.

Und als sei das nicht schon genug, höre ich Schritte, gleichmäßig lauter werdend, hallend, vom unteren Stockwerk, auch die anderen hören es, vor allem aber Hasenzahn, die springt auf jetzt mit schreckverzerrter Miene, los, ruft sie und winkt mir, los komm mit, schnell, in deine Zelle, und während Helga die Sektflaschen schnappt und noch unschlüssig schaut, wohin damit, werde ich hochgezogen und mitgeschleift, ist ja gut, lasst mich los, und eh ich michs versehe, stoßen sie mich in meine Zelle und die Tür fällt hinter mir zu.

Stimmen.

Schritte.

Rufen.

Schritte, die näher kommen. Vor meiner Zellentür halten sie an. Ich werf mich aufs Bett, dass die Federn aufjaulen. Höre das Scharren am Gucklock, halte die Luft an. Dann Schritte, die sich wieder entfernen. Stimmengewirr, dann viele Schritte, ungleichmäßiges Getrappel den Gang entlang. Das war's dann wohl mit der Geburtstagsfeier. Nicht gerade ein Volltreffer, denke ich, aber was geht es mich an? Es geht dich was an, sagt eine Stimme in mir, du bist eine von denen, sie haben dich heute herausgeholt, haben Geld bezahlt, damit du mit ihnen … und dann kreisen meine Gedanken um Marie, sehe sie liegen in ihrer Zelle auf dem Bett, das Gesicht unter dem Kissen vergraben, die Fäuste schlagen auf die Matratze, bis sie müde wird, und dann wird sie wieder weinen, Bäche von Tränen aus dem verquollenen Gesicht, bis da nichts mehr ist, sie wird die Bilder herausziehen, wird sie neben ihr Kopfkissen legen, wird mit ihren Kindern sprechen, Hans, bist ein vernünftiger Junge, passt auf deine kleine Schwester gut auf, nicht wahr, und so wird sie sich in den Schlaf hinüberretten, wenn die Mambo sie in Ruhe lässt, wer weiß, welcher Film bei der gerade abgeht, aber da holt es mich ein, mein eigenes Elend, mit einem Mal reißt der Vorhang und ich sehe mich wie von außen, sehe mich in dieser jämmerlichen Zelle, Tisch und Stuhl und Bett und Schrank und die Kloschüssel direkt daneben, Luxus in den ersten Tagen, weil für mich ganz alleine, aber jetzt wird mir bewusst, wie abscheulich es ist, neben der eigenen Scheiße zu schlafen, das Waschbecken und das Stückchen Seife mit dem penetranten Geruch, warum bin ich noch nicht auf die Idee gekommen, mir etwas schicken zu lassen, immer hab ich meine Anwesenheit hier als vorübergehend und provisorisch betrachtet, wie lange bin ich jetzt schon hier, welchen Tag haben wir heute? Ich fahre auf, seit ich nicht mehr in der Wäscherei arbeite, habe ich jedes Gefühl für die Zeit verloren, ein Tag reiht sich an den anderen, ich verliere mich im Labyrinth meiner Erinnerungen und verliere darüber die Gegenwart, und was die Zukunft bringen wird – ich habe nicht die leiseste Ahnung.

Das Malen. Die Werkstatt. Der Antrag für die Farben. Machen Sie einen Fehler. Und mit einem Mal geht es ganz schnell, die Liste ist fertig, und dann weiß ich auch, welche Farbe mit Absicht die falsche sein wird: kein Giallolino, nie wieder Giallolino, das Gelb der Sofonisba, des Schmerzes und des Verlusts. Stattdessen Neapelgelb, dem Giallolino täuschend ähnlich, nur, dass es Neapelgelb zu Sofonisbas Zeiten noch nicht gab.

Und ich fühle wieder Kraft und vor allem eine unbändige Wut auf alles und jeden. Ich weiß, was ich tun werde. Sie bekommen nur, was sie wollen. Ich bin eine gute Malerin. Bei mir bekommen die Auftraggeber immer, was sie erwarten, oh ja, ich bin berühmt dafür, dass ich ihre Erwartungen sogar bei weitem übertreffe. Und Moos, der wird eine Nuss zu knacken bekommen. Ich weiß genau, was sie mit meinen Bildern gerade machen. Darf gar nicht daran denken: Sie werden sie auf mehr Arten photographieren als das bestbeschäftigte Topmodel. Macro. Micro. Infrarot. Unter dem UV-Licht werden sie versuchen, Farben zu identifizieren, die es damals nicht gegeben hat. Zum Beispiel Zinkgelb. Oder Cadmium. Aber sie werden nichts finden. Auch Massikot verwende ich nicht. Viele denken, das sei eine Farbe aus der Renaissance. Ich jedenfalls kannte es nicht. Dafür Auripigment. Und natürlich das blasse Giallolino. Bei diesen Bildern, wegen derer ich hier bin, wird Moos jedenfalls nichts finden.

Früher, als er noch gut auf mich zu sprechen war, habe ich selbst oft genug bei Gutachten mitgewirkt. Lenze, pflegte er zu sagen, Sie haben doch die Nase. Ist das nun ein echter Cimabue oder nicht? Wer Augen hat, zu sehen, der möge sie benutzen. Das sagte ich dann irgendwann zu Moos – nicht sehr feinfühlig, ich weiß, aber er ging mir auf die Nerven, dieser Akademiker, selber noch nie einen Pinsel in der Hand gehabt, aber darüber reden, als sei er der Pinselmacher persönlich, diese Kunstsachverständigen, da stellen sich mir alle Haare auf, so hanebüchen ihre Theorien, Papier ist geduldig, und seitenweise füllen sie es mit ihren arroganten Expertisen, bilden sich wer weiß was ein auf ihre »Kennerschaft« über das bloße Auge, mit ihrer »Intuition«, wie Päpste werden sie hofiert von den Auktionshäusern, denn wenn sie das entsprechende Papier dazu schreiben, dann wächst der Verkaufspreis wundersam um ein, zwei Nullen, und ich vermute nach wie vor, auch wenn sie Zeter und Mordio schreien, dass diese Kennerschaft, der sie sich rühmen, oftmals positiv beeinflusst wird durch den einen oder anderen Scheck, den sie dann mit ihrer berühmten Intuition durchaus als echt erkennen.

Und das Gerede um das Craquelé. Dieses feine Muster aus Rissen und Sprüngen, das so viele Bilder überzieht. Es gibt uralte Bilder, die überhaupt keines haben. Es kommt auf so vieles an.

Natürlich auf die Verarbeitung der Materialien, ihre Zusammensetzung, besonders die Tatsache, wie die unteren Schichten auf die oberen reagieren. Meine Bilder haben fast kein Craquelé. Natürlich auch die neuen nicht. Jedenfalls, Moos wird nichts finden. So sehr er sich auch bemühen wird, schlaflose Nächte wird er haben, er wird rechnen und messen und die Bilder röntgen und was weiß ich mit ihnen anstellen. No Sir. Tut mir Leid.

Aber jetzt. Jetzt werde ich Fehler machen. Neapelgelb. Das passt zu Kregler und seiner ungesunden Gesichtsfarbe. Und Moos wird etwas finden und sich freuen. Wie wird er glücklich sein und dabei gar nicht bemerken, dass es an der völlig falschen Stelle ist, und sich wundern, warum dieser Herr vom LKA schlechte Laune bekommt. So werde ich jetzt zur Fälscherin an meinen eigenen Bildern, wofür sie mich hier einsperren, dazu zwingen sie mich. Mir soll es recht sein. Wenn ich nur wieder herauskomme aus diesem Käfig, wo die Menschen langsam, aber sicher sich selbst abhanden kommen. Ich werde fälschen, um nicht mehr als Fälscherin zu gelten.

14

Leim

erhält man in Tafeln. Ein guter Leim muss hell goldfarben sein und deutliche Spuren der Fäden, auf denen er getrocknet wurde, aufweisen. Er muss außerdem elastisch sein, so dass er beim Fallen nicht bricht. Bruchstellen müssen scharfe Kanten haben. Er darf auch nicht schlecht riechen. Die besten Sorten sind durchscheinend und ziemlich dünn.

Es wird Zeit, dass ich die Sache wieder selbst in die Hand nehme, habe ich mir gesagt, und seit zwei Stunden nehme ich alles in die Hand und werfe es in große Müllsäcke, drei lehnen bereits prall an der Wand, und noch immer liegt die Werkstatt voll mit alten, vergammelten Holzabfällen und dem Müll vieler Jahre. Die großen Bretter haben sie gestern abgeholt, Besen und Putzeimer hat mir die Nonnenmacher hereingestellt, schön für die, dachte ich, jetzt entrümple ich denen also dieses Loch, aber es ist mir egal, ich bin froh, etwas zu tun zu haben, die Zeit vergeht, und ich werde umso früher wieder malen können. Malen.

Ein altes Lied ist von irgendwoher wieder aufgetaucht, eine sizilianische Weise, und ich singe, *Nella bella seraluna,* freue mich, dass mir der Text wieder einfällt, *venne giù la bella bruna,* denke an all die Ateliers, in denen ich schon gearbeitet habe, erinnere mich noch gut an das unsagbare Glücksgefühl, als ich endlich, endlich ein winziges Plätzchen in einer Ateliergemeinschaft mein eigen nannte, und es nicht verstehen konnte, dass es Kommilitonen gab, die sich die doppelte oder dreifache Fläche leisten konnten, ohne sich auch nur ein einziges Mal im Monat dort sehen zu lassen. Aber mir sollte es recht sein, ich arbeitete sowieso am liebsten ungestört und allein, *venne giù dalla montagna,* und wenn ich diese Rumpelkammer erst einmal auf Vordermann gebracht habe, *per cercar la mia compagna,* wird das ein schönes Plätzchen zum Malen abgeben, der Raum ist hoch, das Licht ist gut, *dove vai, la mia bella,* und schon ist der nächste Müllsack voll, mit einem Schwung schlenkere ich ihn neben die anderen, *voi ballar la tarant …* und da sehe ich ihn.

Wie er an der Tür steht.

Ganz in Schwarz.

Escobedo, denkt Sofonisba und erschrickt. Jetzt ist es so weit, ruft Marguerite, jetzt holen sie dich, riechst du es nicht, schon glühen die Eisen …

Aber nein, versuche ich sie zu beruhigen. Es ist nicht Escobedo. Es ist Nagel.

Ja. Frieder Nagel steht dort wie ein schwarzer Engel an der Tür und schaut mir zu. Und lächelt. Wie lange steht er schon dort? Ist das eine Art, einen so zu belauschen?

Entschuldigen Sie, sagt Nagel, ich wollte Sie nicht erschrecken.

Ich drehe ein vergammeltes Stück Holz in den Händen.

Darf ich zu Ihnen hereinkommen, fragt er, und es ist eine seltsame Frage, hinter ihm ist die Tür bereits wieder verschlossen.

Was soll ich sagen? Es hat keine Bedeutung, was ich sage. Ich schweige lieber. Und immer noch kämpfe ich mit diesem Schrecken, als müsste ich mich erst noch von einem Albtraum befreien, stehe da mit dem Holzbrocken in meinen schmutzigen Händen, alles an mir ist schmutzig, der Staub kitzelt mich in der Nase und kratzt im Hals.

Aber er erwartet auch gar keine Anwort, geht mit zügigen Schritten durch den Raum, stemmt die Arme unter dem offenen Jackett in die Hüfte, schaut sich um, tritt zu den Fenstern, dahinter vergittert die Landschaft, sattgrünes Farbenmeer, getaucht in strahlendes Spätsommerlicht. Meine Augen folgen seinen Schritten in feinstem Leder, schwarz und glänzend, wie lange wird er es wohl schaffen, in dieser sägemehlgeschwängerten Bruchbude ohne ein Stäubchen auf den Schuhen herumzugehen?

Da lässt man Sie also Müll schaufeln, sagt er und dreht sich zu mir um. Aber das schaffen Sie doch nicht alleine, meint er und macht eine Bewegung mit beiden Armen, als wolle er den ganzen Raum umfassen, da sind Sie ja noch Wochen beschäftigt.

Ich werfe den Holzbrocken in den Müllsack, schnappe mir den alten Besen.

Neinnein, ruft er da, wollen Sie, dass wir beide ersticken? Kommen Sie. Setzen Sie sich her. Wir wollen ein bisschen miteinander reden.

Aber ich will nicht reden. Seit er da ist, klopft mir das Herz bis zum Hals. Einfach so hereinzuschneien. Stehe da voller Staub und dem Dreck der Jahrzehnte, und er, ganz in Schwarz, natürlich, dieser eitle Affe – aber es gefällt mir, dieses Schwarz, brennt Löcher in die sichtbare Welt … nein, nicht das Schwarz, er ist es, der mir gefällt, er … und diese Erkenntnis verwirrt mich noch mehr, als sein plötzliches Erscheinen.

Er rückt zwei alte Schemel zurecht, winkt mir zu, mich hinzusetzen.

Na, nun seien Sie doch nicht so ungemütlich. Ich dachte, ich schau mir das mal an.

Und er lächelt, nein, grinst und sieht mir dabei fest in die Augen, und ich spüre, wie ich rot werde, du lieber Himmel, was ist los mit mir, und Ärger steigt in mir auf, Ärger über mich selbst und diesen Eindringling in meinen tatkräftigen Morgen.

Was wollen Sie, frage ich und rühre mich nicht von der Stelle, ich werde mich nicht zu ihm setzen, nein. Wieso hat man mich nicht ins Besucherzimmer geholt?

Möchten Sie lieber ins Besucherzimmer, fragt er freundlich zurück, kein Problem, ich lass uns einen Kaffee machen oder einen Tee, wenn Sie das lieber …

Nein, schneide ich ihm das Wort ab. Ich will keinen Kaffee. Und erst recht keinen Tee. Ich habe zu tun. Sehen Sie nicht, dass Sie stören?

Das Lächeln erlischt.

Ja, das hab ich nun mal so an mir. Meine Besuche kommen immer ungelegen. Ich hab mich daran gewöhnt.

Über seinem Kopf hängt ein langer Spinnfaden von der Decke herab, weht sacht in der Zugluft hin und her, glänzt silbern auf, wo er das Licht trifft.

Es hat keinen Zweck, sagt er sanft, aber bestimmt. Einmal müssen wir uns über diese Dinge unterhalten.

Nein, denke ich trotzig, ich werde gar nichts sagen.

Vergessen Sie nicht. Es geht doch um Sie, um Ihre Zukunft. Wollen Sie denn die nächsten Jahre hier verbringen?

Und er breitet wieder die Arme aus, die alles zu umfassen scheinen, die Werkstatt, das Gefängnis, sieht mich an aus seinen schwarzen Augen, als wäre er mein Retter, mein einziger Ausweg.

Hör nicht hin, sagt Marguerite, hör einfach nicht hin. Irgendwann wird er wieder gehen.

Als ich das letzte Mal bei Ihnen war, da hab ich gesagt, dass ich wiederkomme. Erinnern Sie sich? Und dass wir uns dann unterhalten werden. Ich habe Ihnen Zeit gelassen. Zeit, ein bisschen nachzudenken.

Ich kann es nicht leiden, wie er mit dieser sanften Stimme zu mir spricht, wie zu einem unartigen Schulmädchen.

Ist es Ihnen denn völlig gleichgültig, fährt er fort, was aus Ihnen wird? Interessiert es Sie überhaupt nicht, was die Untersuchungen machen …

Die Bilder, schreit Sofonisba. Was ist mit meinen Bildern? Aber er spricht nicht weiter. Er will mein Schweigen brechen, das ist klar. Er will, dass ich rede.

Nagel ist aufgestanden. Geht wieder zum Fenster, das ihn magisch anzuziehen scheint.

Nordlicht, sagt er, und nickt. Gute Lage. Und groß genug, was? Werden Sie Kregler hier portraitieren? Oder oben in seinem Büro?

Es ist still in der Werkstatt. Von ferne hört man ein feines Surren, vielleicht aus der Wäscherei. Es ist eine schwere Stille, jede Frage lastet, der Reflex, zu antworten sitzt so tief, von klein auf sind wir darauf geeicht, Fragen zu beantworten, sei nicht so verstockt, höre ich meine Mutter, du redest wohl nicht mit jedem, eine Schulfreundin, eine einfache Frage, je einfacher und unverfänglicher, desto gefährlicher, eh du dichs versiehst, gibst du eine Antwort, und er hat gewonnen. Und Nagel scheint nicht müde zu werden, auf eine Antwort von mir zu warten.

Nun ja, sagt er nach einer Weile. So kann es ja dann weitergehen. Wer kommt nach Kregler dran? Und dann sehe ich Sie hier schon Malkurse geben, für interessierte Strafgefangene. Schwester Benedikta wird begeistert sein.

Er schaut aus dem Fenster. Wie Kregler oben in seinem Büro steht er da und sieht hinaus, wie er kann er jederzeit dort hinausgehen, nur ich muss hier bleiben, nur für mich sind diese Gitterstäbe unüberwindlich … Hör auf, in Selbstmitleid zu zerfließen, mahnt mich Sofonisba. Reiß dich zusammen verdammt noch mal. Nagel wendet sich vom Fenster ab. Setzt sich. Schlägt die Beine übereinander.

Sie haben sich also schon aufgegeben? Richten Sie sich jetzt eine Werkstatt ein, damit Sie hier die nächsten Jahre arbeiten können? Wollen Sie das, Frau Lenze, wollen Sie sich in diesem Gefängnis häuslich einrichten?

Lass mich in Ruhe, denke ich, aber alles in mir will ihn anschreien, will ihm widersprechen, nein, ich will hier nicht bleiben, was heißt hier Jahre, wovon redet dieser da überhaupt?

Ja, wer weiß, spricht diese Stimme weiter, ruhig, sanft und gnadenlos, vielleicht ist das ja nach Ihrem Geschmack. In der Einzelzelle lässt es sich vermutlich aushalten. Vollpension. Auch sonst ist für alles gesorgt. Nun ja. Hin und wieder ein kleiner Ärger mit ein paar Frauen auf dem Flur. Aber Sie werden sich da schon durchsetzen. Und ab und zu vielleicht eine kleine Feier in der Küche ... So denken Sie also? Hätte ich nicht gedacht. Ich habe geglaubt, Sie sind eine Kämpferin ...

Ich hasse ihn, wie er dasitzt in seinem Maßanzug, mit den Schuhspitzen wippt und über Dinge redet, von denen er gar nichts weiß, auch wenn er alles zu wissen glaubt, so hat er doch keine Ahnung, meint, der liebe Gott zu sein, der in jede Zelle der Puppenstube Gefängnis von oben hereinschauen kann, alles im Griff hat ..., oh, wie ich sie hasse, diese dunkle, wohlklingende Stimme, der ich mich nicht verschließen kann, so gerne ich das auch möchte, es gelingt mir nicht, tief sickert sie in mich hinein, in die ältesten Schichten, und hallt dort nach, aber ich hasse es, ich sträube mich, es wird ihm nicht gelingen, meinen Wall aus Schweigen und Ablehnung zu durchbrechen ...

Oder etwa nicht, fragt er jetzt. Vielleicht täusche ich mich? Was sehen Sie mich so an, als wollten Sie mich auffressen? Habe ich etwas Falsches gesagt?

Ich wende mich ab. Nehme meine Arbeit wieder auf. Schleudere die Holzstücke in den Müllsack, dass es nur so kracht. Er wird schon merken, dass er sich an mir die Zähne ausbeißt. Er wird etwas Besseres zu tun haben, als mir bei der Arbeit zuzusehen und gegen eine Wand zu reden. Ich lasse meine stumme Wut an den Abfallhölzern aus, schaufle sie mit den Händen ein, die Zeit vergeht, meine Wut verraucht, nicht aber meine Verbitterung, die wächst und wächst, auch nicht meine Verzweiflung, und seine Worte hallen in mir nach ... im Gefängnis häuslich einrichten ... die nächsten Jahre ... ich sehe mich nicht um, ich bin mir sicher, er ist längst gegangen, so lautlos, wie er gekommen ist. Ich greife nach einem besonders großen Brocken, da gräbt sich jäh ein Schmerz in meine Hand und das Stück Holz fällt polternd zu Boden. Ein Splitter, scharf und lang wie ein Nagel, hat sich tief in meinen Daumenballen gebohrt. Ich sehe mich um. Da sitzt er ja immer noch! Sitzt noch genauso da wie vorhin. Auf dem Schemel, ein Bein über das andere geschlagen, die Hände darüber verschränkt. Ganz still. Den Blick zu Boden gesenkt, konzentriert und in sich gekehrt.

Da blickt er auf.

Sie bluten ja, sagt er, steht auf und kommt rasch auf mich zu. Ein feines, purpurnes Rinnsal tropft von meiner Hand auf den Boden. Und schon ist er bei mir, nimmt meine Hand, sieht sich die Sache an, ergreift den Spreißel und zieht ihn mit einem sicheren Ruck aus meinem Fleisch. Ich schreie leise auf.

Schon vorbei, sagt er, und drückt ein blütenweißes Taschentuch auf die Wunde. Hier, halten Sie das drauf. Oder sollen wir die Beamtin rufen?

Nein, sage ich, schon gut.

Er lächelt. Leise, unmerklich, aber ich habe es gesehen.

Vielleicht sollten Sie sich einen Moment hinsetzen, meint er, Sie sind ganz bleich geworden.

Ja, er hat Recht. Ich werde mich hinsetzen. Ich fühle mich wackelig auf den Beinen, der Anblick meines Bluts hat mich aus dem Takt gebracht. In meinen Ohren flirrt es hell. Der Kreislauf, sage ich mir, ganz normal, gleich ist es wieder vorbei.

Das ist der Kreislauf, Frau Lenze, das geht sicherlich gleich wieder vorbei.

Hat er das gesagt, oder ist es ein Echo aus meinen Gedanken? Ich schließe die Augen. Nur einen Moment, dann bin ich gleich wieder die Alte.

Sie sollten Handschuhe bekommen, höre ich diese Stimme wie aus weiter Ferne, und jemanden, der Ihnen hilft. Das geht doch nicht. Ich werde mich dafür einsetzen.

Ich will niemanden, der mir hilft, höre ich mich sagen, ich schaffe das schon allein.

Wie immer, was, immer können Sie alles alleine, warum lassen Sie sich nicht einfach einmal helfen … So wie ich. Auch ich will nichts anderes, als Ihnen …

Helfen?, fahre ich auf, Sie wollen mir helfen? Sie wagen es, das zu sagen?

Ich presse die gesunde Hand auf das Taschentuch, unter dem es pocht und schmerzt.

Sie haben mich hierhergebracht, Sie … Sie sind an allem schuld … Sie allein …

Nein, Frau Lenze, bekomme ich zur Antwort, und mit einem Mal ist seine Stimme entschlossen und streng. Das ist nicht richtig. Nicht ich hab Schuld daran, dass Sie hier sind. Sie sind selbst dafür verantwortlich.

Nagel tritt ganz nah an mich heran. Schaut auf mich herab.

Zum Verbrecher wird man nicht gemacht. Verbrechen begeht man. Betrug, in Ihrem Fall.

… Betrug? Wieso Betrug? Ich habe niemanden betrogen …

Nagel lacht kurz auf. Schüttelt den Kopf.

Neinnein, Sie haben niemanden betrogen. Und doch haben Sie diese Bilder zum Kauf angeboten, stimmt's? Fälschungen, wie ich behaupte. Und wie ich zu beweisen gedenke! Fälschungen, für teures Geld. 1,2 Millionen Mark, um es genau zu sagen. Wollen Sie vielleicht sagen, das sei nichts? Auf Ihrem Stockwerk verbüßen Frauen Freiheitsstrafen, weil sie alten Damen die Handtasche weggerissen haben mit ein paar blauen Scheinen drin …

Soll das heißen, unterbreche ich ihn, ich bin hier, weil Mercedes diese Bilder …

Was heißt hier Mercedes? Auf dem Kaufvertrag steht deutlich Ihre Unterschrift! Wollen Sie sich immer hinter anderen verstecken? Sie enttäuschen mich. Wirklich.

Und in mir bricht ein Sturm los, Mercedes, Mercedes war es, die wieder und wieder zu mir gesagt hat, solche Bilder verschenkt man nicht einfach, die haben ihren Wert. Ich dachte daran, sie dem Museum zu überlassen. Heutzutage haben alle Menschen ein Recht, diese Bilder zu sehen. Mercedes war der Meinung, das sei alles gut und schön, aber ich sei nicht reich genug, um derart großzügige Geschenke an die Menschheit zu verteilen. Sofonisba hat niemals Geld für ihre Bilder angenommen. Komplizierte Rituale waren das damals, ein Bild wurde als Geschenk überreicht, ein kostbares Kleinod erhielt man zurückgeschenkt. Es war ein weit phantasievollerer Tauschhandel, denn mit dem Gegengeschenk an Sofonisba war nicht nur der finanzielle Wert verbunden, nein, die Wahl des Gegenstandes sagte noch so viel mehr über die Wertschätzung gegenüber der Malerin aus, als jede Geldsumme es jemals könnte. So war der Diamantring der Margarete von Parma in Dukaten möglicherweise wertvoller als das Rubinkreuz des Papstes, aber an Bedeutung war das Kreuz auf einer anderen Ebene viel wertvoller, ja, unter gewissen Umständen konnte es sogar ein Leben retten. Ganz zu schweigen von den Erinnerungen, die mit diesen Schätzen verbunden waren. Was kann ein Millionär seinem Sohn über seine Aktien und Anlagen schon erzählen? Sofonisba hatte zu jeder ihrer Kostbarkeiten eine Geschichte, jedes einzelne Stück ihres Vermögens war ein Teil ihres Leben gewesen.

Ja, für Sofonisba wäre die Bezahlung eines ihrer Gemälde mit einem Säckchen voller Golddukaten eine Beleidigung gewesen. Aber die Dinge haben sich geändert. Heute sind es die großen Museen, die die Rolle der Fürsten, Päpste und Könige eingenommen haben. Und sich in barer Münze bezahlen zu lassen, das sah schließlich sogar Sofonisba ein, war heute keine Schande mehr. Komm, hatte Mercedes gesagt, du kannst davon eine Weile gut leben. Wir können unsere Arbeit damit finanzieren, hat sie gesagt, und schließlich habe ich eingewilligt.

… und darum sind Sie hier, Frau Lenze, dringt mir wieder Nagels Stimme ins Bewusstsein, das wissen Sie doch. Versuchter Betrug mit einem enormen Vermögensvorteil. Der Tatverdacht der Kunstfälschung allein, der hätte Sie nicht ins Gefängnis gebracht. Leider fehlen uns dazu die nötigen Paragraphen. Daran haben die Gesetzesväter nicht gedacht, als sie sie erfanden …

Mercedes. Warum hab ich ihr so vertraut. Nagel redet weiter, aber um mich ist ein dichter Schleier aus Zorn und Enttäuschung und Schrecken und Reue, ich sehe Mercedes vor mir, wie sie mir Papiere hinhält … und natürlich ist die Summe für dich, bist du einverstanden mit ein paar Prozenten für mich … ein paar Prozente, wie viele, ich weiß es nicht mehr, nie war es mir ums Geld gegangen, aber sie hat mich überredet, hat mich überzeugt, und schließlich konnte ich das Geld wirklich nötig gebrauchen, sie gehören dir, sagte auch Sofonisba, oder uns, nenn es wie du willst … und so habe ich damals den Vertrag unterschrieben. Champagnerkorken ließ er knallen, dieser stolze zukünftige Besitzer dreier neu entdeckter Anguissolas, glücklich stieß er mit uns an und seine Bäckchen leuchteten wie die eines Kindes unter dem Weihnachtsbaum, ein Schnäppchen, dachte er sicherlich, eine so günstige Gelegenheit, die Kollegen würden ihn beneiden, und gespart auch die Kosten für eine teure Auktion, die Prozente für Mercedes wurden mir abgezwackt – besser hätte es für ihn nicht laufen können. Und auch ich war glücklich, stieß an und trank Champagner und hatte keine Ahnung, dass ich mein Unglück besiegelt hatte. Ohne diese Papiere mit meiner Unterschrift, jetzt erst wird mir das klar, hätten sie mich nicht einsperren können.

Aber vielleicht ist es ja so, höre ich Nagel wie durch einen dichten Nebel, vielleicht sind Sie gar nicht die Schuldige oder wenigstens nicht alleine, vielleicht trifft die Schuld nicht Sie, sondern ganz andere, jemand, für den Sie gearbeitet haben, jemand, der Sie nur vorgeschoben und benutzt hat, wer ist das, der die eigentliche Schuld hat, nennen Sie mir seinen Namen!

Ich sehe auf. Dieser Mann begreift gar nichts!

Mercedes de las Ropas? Sie hat eine stattliche Provision bekommen. Oder hätte. Wenn die Gelder schon geflossen wären. Zum Glück waren wir schneller.

Ach, Mercedes. Sie hat es nur gut mit mir gemeint. Wie damals. Niemals werde ich ihr das vergessen, was sie in Madrid für mich getan hat. Ohne sie – wer weiß, was passiert wäre. Nein. Mercedes trifft keine Schuld.

Frau Lenze, höre ich und zucke zusammen, denn Nagels Stimme ist jetzt schneidend wie geschärfter Stahl, reden Sie mit mir! Machen Sie die Augen auf und sehen Sie, wohin Sie Ihre Sturheit gebracht hat. Sie stehen ganz allein da. Egal, für wen Sie gearbeitet haben, jetzt lassen Sie alle im Stich. Niemand, der Sie besucht. Keiner, der Ihnen Briefe schreibt. Und wenn Ihre Anwältin nicht ein ganz zähes Leder wäre, dann hätte auch sie längst das Handtuch geworfen. Ihre Familie. Will nichts mehr von Ihnen wissen. Ihre Freunde. Kennen Sie nicht mehr. Ihre engste Mitarbeiterin. Hat sich aus dem Staub gemacht. Denken Sie nicht, es wäre Zeit, einen anderen Kurs einzuschlagen?

Um mich dreht sich alles. Meine Hand pocht und pocht, aber größer als dieser Schmerz ist der, den seine Worte in mir anrichten, Worte, die ins Schwarze treffen, auch wenn ich es noch so wenig wahrhaben will. Vielleicht hat er Recht, denkt es in mir, vielleicht sollte ich mit ihm reden, schlimmer als jetzt kann es nicht mehr kommen. Und eine sinnlose Hoffnung flackert in mir auf, der Wunsch, dass dieser Mann mich verstehen möge, dass er einen Ausweg wüsste, mir helfen könnte …

Ich sehe auf. Mein Blick trifft seine dunklen, wachen Augen. Nein, er wird mir nicht helfen. Er ist nicht auf meiner Seite. Mach keine Dummheiten, warnt Marguerite. Nein, ich mache keine Dummheiten. Ich fühle mich nicht gut, meine Hand schmerzt, das ist alles.

Ich habe recherchiert …, spricht Nagel nach einer Weile weiter, und ich will mir die Ohren zuhalten, aber es geht nicht, ich sitze wie gelähmt unter dieser Stimme … und ich stoße auf ganz sonderbare Geschichten. Eines schönen Abends sprengen Sie eine Opernpremiere. Schreien das ganze Opernhaus zusammen. Lösen eine Massenhysterie aus. Ein Sänger verliert seine Stimme durch den Schock. Was war es noch gleich? Ach ja. DON CARLO von Verdi. Ehrlich gesagt, ich hab auch so manches an den heutigen Inszenierungen auszusetzen. Aber ist das nicht eine etwas heftige Reaktion?

Ich habe mich auf dem Hocker zusammengekauert. Wann wird er aufhören? Wann endlich wird er gehen und mich in Ruhe lassen?

Damals waren Sie noch mit diesem Musiker zusammen. Ich habe ihn aufgesucht. Er passt gut zu Ihnen. Auch er kriegt die Zähne nicht auseinander. Seine Freundin ist da anders. Hat mir das Bild gezeigt, das Sie von ihm gemalt haben. Wundervolle Arbeit. Die Anguissola hätte es nicht besser machen können…

Er soll mich in Ruhe lassen. Er soll mich endlich …

… und etwas ist mir aufgefallen. Er hat viel Ähnlichkeit mit diesem … diesem … Portrait des Lomellini. Finden Sie nicht?

Aber da halte ich es nicht mehr aus. Wie eine Viper fahre ich hoch vom Hocker und packe ihn an den Schultern, Lassen Sie Luca aus dem Spiel, keuche ich und schüttle ihn mit ungeahnter Wucht, dass er zurücktaumelt, das Gleichgewicht verliert und hintenüberfällt, und ich falle mit ihm, reiße polternd einen Schemel um und schreie, lassen Sie mich endlich in Ruhe, schreie ich, oder ist es Marguerite, die schreit, und wie aus dem Nichts ist plötzlich die Nonnenmacher da, Nagel ist schon wieder auf den Beinen und klopft sich den Staub vom Anzug. Was geht hier vor, will die Nonnenmacher wissen, brauchen Sie Hilfe, und wie sie so vor uns steht, den fassungslosen Blick von mir zu ihm wandern lässt, scheint sie sich selbst nicht so sicher, wen sie eigentlich meint.

Ist schon in Ordnung, knurrt Nagel und bemüht sich wütend, seinen Anzug vom Sägemehl zu befreien, aber die Nonnenmacher ist misstrauisch geworden, mein Gott, sagt sie, als sie meine Hand sieht, Sie bluten ja, und jetzt sehe ich es auch, Blut, überall Blut, die Wunde ist wieder aufgegangen, aus der es dunkelrot fein und stetig quillt.

Die Nonnenmacher hilft mir auf.

Jetzt weinen Sie doch nicht, sagt sie ungewöhnlich sanft. Und dann, mit einem Blick zu Nagel, fragt sie:

Was ist hier passiert, Herr Oberkriminalkommissar?

Kümmern Sie sich um sie!, herrscht er sie an, und dann ist er fort, endlich, endlich, und ich wünsche mir, dass ich ihn nie wieder sehe, nie, nie wieder, dass ich aufwache und es ist alles nur ein Traum, ein langer, böser, nie enden wollender Traum, der nun doch, endlich, ein Ende hat, aber ich sehe auf und blicke in das Gesicht der Beamtin Nonnenmacher, Neugierde ist ihrer Besorgnis gewichen, was war denn los, will sie wissen, was machen Sie beide denn hier auf dem Boden, und ich merke, er ist nicht zu Ende, der Albtraum, er wird niemals zu Ende sein, und ich überlasse mich meiner Verzweilung, während man mich zurückbringt in meine Zelle.

Zehnmal werden Schlüssel in Schlösser gesteckt, zehnmal wird hinter mir wieder abgeschlossen, und ich frage mich, ob das jetzt immer so sein wird … wollen Sie sich für die nächsten Jahre hier einrichten?, hallt mir Nagels Stimme im Ohr, diese Stimme, die ich nicht mehr hören will und die mich verfolgt wie ein böser

Dämon. Auf unserem Flur begegne ich Marie mit ein paar Frauen, die gerade aus der Wäscherei herübergebracht werden. Schlecht sieht sie aus, dunkle Augenränder graben sich in ihr Gesicht. Die anderen starren mich an, aber Marie sieht weg, als wir aneinander vorübergehen, gerade so, als wäre ich Luft. Sie stehen ganz alleine da, höre ich wieder Nagels Stimme, alle lassen Sie im Stich, und dann stehe ich auf der Schwelle zu meiner Zelle, sehe die weißen Wände, das Bett, den Tisch den Stuhl – und wieder steigt der Schrei in mir auf.

Nicht, sagt die Nonnenmacher, während ich die heile Hand in Panik gegen den Mund presse und ein Schluchzen niederkämpfe. Ganz ruhig. Reißen Sie sich zusammen. Oder wollen Sie für ein paar Tage in den Bunker?

Nein, das will ich nicht. Ist das der berühmte Knastkoller, fragt Sofonisba nüchtern und interessiert, wie eine unbeteiligte Zuschauerin. Ach. So ist das also ...

Ich nehme mich zusammen. Betrete die Zelle. Versuche gleichmäßig zu atmen. Meine Hand brennt wie Feuer.

Das muss man sauber verbinden, hör ich die Nonnenmacher. Nachher bring ich Sie rüber. Ich sag nur eben Bescheid ...

Und wieder die Tür. Verschlossen. Ich lausche meinem eigenen Atem. Ein, aus, ein, aus. Ganz gleichmäßig. Ich reiß mich zusammen. Und ich höre diese Stimme. Ich habe geglaubt, Sie sind eine Kämpferin ... eine Kämpferin ... stattdessen geben Sie auf ...

Nein. Er hat nicht Recht. Ich gebe nicht auf. Ich gebe niemals auf. Und er, er wird das noch begreifen.

15

Damit die Farben

sich leicht ausbreiten lassen und infolgedessen sich gut vermischen und nicht verdunkeln, wie bei den Azuren, aber auch bei allen übrigen Farben, tauche deinen Pinsel während des Malens dann und wann ein wenig in helles venezianisches Terpentinöl ein, das im Wasserbad bereitet ist, und mit dem gleichen Pinsel mische die Farben auf der Palette.

Zikaden. Zikadenzikadenzikaden …

Jakaranda. Blassviolette Blütenzweige, die in den Himmel wachsen. Und dieser Wind, heiß, wie aus der Hölle …

Ich liege auf dem Bett, versuche, die Bilder zu beschwören. Aber ich erhasche nur winzige Splitter, heute ist die Erinnerung ein zerbrochener Spiegel. Keine Rettung, keine Fluchten. Die Zeit ist ein zäher, klebriger Brei, und ich bin in ihr gefangen wie eine Fliege im Honig. Ich drehe mich zur anderen Seite. Lege die verletzte Hand in dem weißen Verband auf das Kissen neben meinem Gesicht. Atme den süßlich-scharfen Geruch nach Blut und Jod ein. Heute darf ich nicht in die Werkstatt, hieß es. Erst muss die Hand abschwellen, hat die Schwester gesagt, zum Glück ist es die linke.

Wieso »Zum Glück«?

Zu wessen Glück?

Ich werde malen, träumt Sofonisba, und bewegt die gesunde, rechte Hand. Ja, sie ist ungeduldig, will mit den Skizzen beginnen, ganz egal, wie das Modell heißt, ob es Kreglers Gesicht ist, oder ein anderes, was spielt es für eine Rolle?

Früher warst du nicht so großzügig, wende ich ein. Früher, da musste man schon etwas Besonderes haben, dass du dich bequemtest …

Früher. Aber heute ist eben heute.

Du bist es, Sofonisba, die sich hier einrichtet in dieser Gegenwart, ganz egal, ob du mich ins Gefängnis damit gebracht hast, oder wohin auch sonst. Du bekommst wohl niemals genug …

Und ich denke daran, wie sie keine Ruhe gegeben hat, bis ich Luca malte, alles, was sie liebt, will sie in diesen Rahmen bannen, will es festhalten, für immer, dem Antlitz eine Ewigkeit verleihen, aus der Zeit herausnehmen, das ist es, was sie will, ohne Rücksicht auf Verluste. Und ich sehe es wieder vor mir, das Bild auf grünem Grund, für den dunklen Goldrot-Lack seines Cellos habe ich nach alter Kunst brasilianisches Fernambukholz tagelang in Wasser aufgekocht, den Farbstoffextrakt absetzen lassen, und ihn dann mit Alaun und Soda versetzt …, niemand kann das mehr heute, und die Wirkung war ungeheuer. Und wie gut die Farben auf der Imprimatura standen, einer mestica aus Bleiweiß, Giallolino, Roterde und Terra di Campane, alles geduldig miteinander vermengt und dann mit der Hand gleichmäßig aufgetragen auf die mit Leimlösche vorbehandelte Leinwand, die seinen unverwechselbaren Teint eines Norditalieners so wunderbar aus dem dunklen, gründämmrigen Hintergrund zum Leuchten brachte, diese ganz besondere Blässe mit dem umbrafarbenen Goldglanz, besonders an den Schläfen und dem Kinn, und wie gut ich seinen Ausdruck getroffen hatte, dieses Lächeln, das noch gar nicht wirklich da ist, das gerade erst auf seinen Lippen zu entstehen scheint, dieser Moment des Erkennens, ich würde Sie so gerne kennen lernen …, die Augen, ja, das Wichtigste sind immer die Augen, und die Linie seiner unbeschreiblich meergrünen Augen bildeten im goldenen Schnitt mit dem Hals des Instrumentes einen perfekten Winkel, das linke ein wenig im Schatten, das rechte als Zentrum des Bildes … ach, und jetzt fällt ein Schatten darüber, jemand ist davor getreten, der Schatten eines anderen Mannes, es ist Nagel, ja, kein anderer, und ich sehe Lucas Bild mit seinen Augen, die vollendete Technik der Sofonisba Anguissola in einem Bild von heute, vor drei Jahren gemalt, wie ist das möglich, diese Frau, so schleichen sich seine Gedanken in meinen Kopf, diese Frau ist dazu fähig.

Ich richte mich auf. Springe vom Bett. Hirngespinste. Ich muss auf andere Gedanken kommen, etwas tun. Und ich nehme den Skizzenblock, der mir heute samt den Graphitstiften gebracht wurde, die erste Lieferung meiner Bestellung, und setze mich an den Tisch. Versuche mir Kreglers Gesicht ins Gedächtnis zu rufen. Wie werde ich ihn darstellen? An seinem Schreibtisch sitzend, ein Gesetzbuch in der Hand? Nein. Er entscheidet schließlich nicht über uns, er hält uns nur unter Verschluss. Unschlüssig probiere ich die Härtegrade der Stifte aus, mache ein paar Striche auf den Umschlag des Blocks. Und dann hab ich es: Ich werde ein Ganzportrait machen, Kregler, wie er sich an sein Fenster lehnt, das mit der wundervollen Aussicht. Das Fenster vergittert, dahinter die Freiheit. Mit diesem Blick, den man nicht genau einordnen kann, der aber vielleicht sagen will: Ich – ja ich kann da jeden Augenblick hinausgehen, wann immer ich will. Mit einem Schlüssel in der Hand, klein, unauffällig, nur der aufmerksame Beobachter wird ihn entdecken, wie er lässig über dem Mittelfinger baumelt. »Der Gefängnisfürst«, ja, so werde ich im Stillen dieses Bild nennen. Und wie ich es aufs Blatt skizziere, lächle ich und genieße die stille Rache einer Schwachen. Aber als ich sehe, was meine Hand anstelle Kreglers Gesicht gezeichnet hat, werfe ich erschrocken den Stift hin. Das ist nicht das Gesicht von Kregler, nein, es ist Frieder Nagel, der dort an dem Fenster in der Werkstatt steht, einen Schlüssel hält er in der Hand, und er sieht mich an ohne ein Lächeln und spricht zu mir … ich will Ihnen doch nur helfen, ich kann Ihnen die Gitter aufschließen, aber Sie wollen es sich hier im Gefängnis gemütlich machen …, und ich schlage den Block zu, schlage die Hände vor die Augen, aber das Gesicht ist auch dort, hinter meinen geschlossenen Lidern, … das hätte ich nicht von Ihnen gedacht, wirklich, Sie enttäuschen mich.

Und ich öffne wieder den Block, reiße das Blatt heraus und knülle es ganz klein zusammen. Komm, sagt Sofonisba, halten wir uns an die Vergangenheit, lass uns einmal eine Liste machen von all unseren Bildern, den wiedergefundenen und den verschollenen. Und ich zeichne eine kleine Galerie, teile ein paar Blätter je in sechs Rechtecke, beginne mit meinen Selbstportraits, am Spinett, an der Staffelei, das Bild meiner Mutter, mein Bruder Asdrubale, dann das Bild meines Vaters mit seinem Erben und Minerva, das Bild, das nicht mehr ganz fertig wurde vor meiner Abreise. Die Schachpartie, das heute in Polen hängt, und das verlorene Bildnis des Conte Broccardo. Den Duca di Seta, das letzte in Italien. Dann, nach der langen Pause, meine liebe, geliebte Königin Isabel, das erste

Bild in Madrid, das ich viele Male kopieren musste. Alessandro Farnese und die Prinzessin Juana, den König in seiner ersten Version, Don Carlos und Juan von Österreich, den goldenen Prinzen. Ruy Gomez de Silva, ach, auch das habe ich niemals wieder gefunden, aber wie ich es skizziere aus meiner Erinnerung, da ist es wieder Frieder Nagel, der mich anlächelt aus dem spanischen Kragen ..., weiter, nur nicht irre machen lassen, wieder die Königin und ein herrliches Brustbild von ihr, verschollen, alle beide ..., die Prinzessinnen, die kleine Catalina mit ihrem Äffchen, Clara Eugenia mit ihrer Freundin, der Zwergin, und Anna, ja, Anna in der Würde einer Schwangeren, mein Brautbild, und jäh schmerzt es mich, dass es eines von denen ist, das mich hierher gebracht hat, die neue Version des Bildnisses des Königs, passend zu dem von Anna. Und dann in Sizilien, die beiden Bilder von Moncada. Der Vizekönig Colonna mit der Säule. Don Simone di Chiaramonte ..., aber da fällt mir ein, ich habe ganz vergessen ...

Ich starre auf das Blatt. Auch der Vizekönig trägt Nagels Züge. Nein, das bildest du dir ein. Doch, schau doch hin. Seine Züge. Und er lächelt.

Ich lasse den Stift sinken. Was soll diese Chronik. So viele Bilder hat sie gemalt, Sofonisba, wie soll ich mich an alle erinnern. Oh, ich erinnere mich sehr gut, lässt sie vermelden, aber du hast nur noch diesen Nagel im Kopf. Was kann ich dafür, dass er sich einschleicht wie ein Spion, und mir aus meinen eigenen Bildern zusieht, wie ich zeichne ...

Schritte auf dem Flur. Die Post wird verteilt. Kein Grund für mich, aufzuhorchen, ich bekomme nie Post. Dennoch dreht sich der Schlüssel im Schloss meiner Tür. Die mit den Hasenzähnen lugt herein. Macht ein schelmisches Gesicht. Oder das, was sie dafür hält.

Rate mal, sagt sie, was ich hier habe.

Keine Ahnung, du wirst es mir gleich sagen, entgegne ich ohne jedes Interesse.

Im Türspalt erscheint ein Blumenstrauß. Eingewickelt in zartgrünes, zerknittertes Fleurop-Papier, sicher schon dreimal geöffnet und durchsucht.

Ein Irrtum. Kein Zweifel. Wer sollte mir schon Blumen schicken?

Von wem, frage ich misstrauisch.

Weiß nicht, erklingt es hinter dem Papier. Es ist keine Karte dabei. Aber er ist für dich. Hier steht's, auf dem Lieferschein.

Frieder Nagel, fährt es mir durch den Kopf. Aber das kann nicht sein, kein Kommissar schickt seiner Hauptverdächtigen Blumen, das kommt nicht vor, Sofie Lenze, bilde dir das nur ja nicht ein.

Ich will keine Blumen, sage ich mürrisch, aber Hasenzähnchen ist schon im Zimmer, raschelt und knistert mit dem Papier.

Sieh mal, sagt sie, was sind denn das für welche ..., und ein süßer, schwerer Duft breitet sich aus, unaufhaltsam und lockend, öffnet etwas in mir, ein Schleuse, und wie ein Lichtstrahl dringt eine Erinnerung herüber, Licht, ja, blau und gleißend, das Meer ..., lass mal sehen, sage ich, und reiße das Papier auf, und es sind Jakarandablüten, blassblau mit einem leichten Stich ins Violette, dazwischen Orangenblüten wie Sterne und Jasmin ..., das gibt es doch gar nicht, das kann nicht sein, dieser Strauß ist wie ein Gruß aus einer fernen Welt, einer anderen Zeit, die Conca d'oro und die Zinnen und Türme von Palermo ..., und während Hasenzähnchen in laute Ahs und Ohs ausbricht und verkündet, so etwas Schönes habe sie in ihrem Leben noch nie gesehen, davoneilt, um eine Vase zu holen, kämpfe ich mit den Tränen, das Gesicht in diese Blüten versenkt, atme tief den Duft des Glücks und der Erfüllung einer längst vergessenen Zeit. Der Weg durch die Gärten von La Fata liegt wieder vor mir, der schwarze Lavasand knirscht unter meinen Schritten, ich lege den Kopf in den Nacken und kann mich nicht satt sehen, die hohen Bäume, Palisander, stehen in voller Blüte, hoch recken sie ihre Äste in den azurfarbenen Himmel, der Wind fährt hinein in die Pracht und duftend und blassblau regnet es auf mich herab. Mir entgegen kommt der alte Corrado mit seinem Korb, aus dem es weiß leuchtet: Orangenblüten, sorgsam getrennt von Jasminknospen. In der Morgensonne gepflückt bewahren sie ihren ganzen Duft, *'gnura,* und diesen werde ich wieder erkennen als Geschmack in den winzigen, unvergleichlichen *dolci,* deren Zubereitung er hütet als sein großes Geheimnis, und sogar die gute Albertina muss aus der Küche, wenn er sich daran macht, seine süßen Wunder zu vollbringen, schimpfend geht sie, murrend, dass er es von den Ungläubigen, den Heiden und Mohren hat, dieses Wissen, und sie bekreuzigt sich schnell, bevor auch sie von den unwiderstehlichen Köstlichkeiten nascht …

Wie lange ich so sitze, das Gesicht in den Blüten, ich weiß es nicht. Irgendwann wache ich auf, wie aus einem Traum. Auf dem Tisch neben der Vase liegt ein Umschlag. DIN A 4, hellbraun, wattiert. Als Absender der Stempel des LKA. Ich lege ihn beiseite. Versuche ihn zu vergessen. Aber immer wieder wiege ich ihn in der Hand. Schwer ist er. Und dick.

Als ich ihn dann öffne, zittern meine Hände. Mein Herz pocht, als ich einen dicken Packen mit Photos herausziehe, die in eine Art Butterbrotpapier gewickelt sind. Und eine Karte, auf der steht mit energischen Zügen in schwarzer Tinte: GRÜSSE VON FRIEDER NAGEL.

Rasch lege ich alles beiseite. Was will er? Was will er von mir? In Ruhe soll er mich lassen. Aber meine Ruhe ist ohnehin dahin, also kann ich auch nachsehen, was er mir da schickt. Und als ich die Photos auspacke, da fällt mir die Schachpartie entgegen. Und Isabel. Felipe. Ich schreie auf vor Freude. Es sind die Bilder. Die Photographien von Sofonisbas Bildern, da sind sie, alle, die ich gerade noch in meinem Gedächtnis zusammenrief, hier sind sie, und Tränen tropfen auf meine Finger, die fieberhaft den Stapel durchblättern, meine Mutter und Alessandro und die Prinzessinnen, ach, ist das eine Wiedersehensfreude, wie sehr habe ich euch vermisst, juble ich, und da seid ihr, schön, wie eh und je, jetzt hab ich euch wieder und bin nicht mehr so allein.

Und ich breite sie aus auf meinem Bett, ordne sie, wie ich sie für die Retrospektive geordnet habe, und als Hasenzahn mit dem Mittagessen kommt, bitte ich sie um eine Schachtel Reißzwecken, ja, ich bettle regelrecht darum, als sie zögert, komm, sag ich, lass doch mal die Vorschriften, ich brauch ein paar Reißzwecken, soll ich womöglich wieder einen Antrag ausfüllen und vier Wochen verwarten …, und tatsächlich bringt sie mir aus der Küche eine Schachtel mit Pinnadeln, und so hefte ich sie alle an meine Wände, eine lange Reihe auf Augenhöhe nebeneinander, Bild an Bild schlingt es sich wie ein schmales Band um meine Zelle, die Retrospektive en miniature. Und wenn ich auch gleich bemerkt habe, dass drei Bilder fehlen, genau diese drei, wegen derer ich hier bin:

mein Brautbild, mein Bruder und der schöne Lomellini – so bin ich doch glücklich. Glücklichglücklichglücklich.

Auf dem Tisch die Blumen. An der Wand die Bilder. Im ganzen Raum dieser Duft.

In der Nacht schlafe ich unruhig. Ruy Gomez spukt in meinen Träumen herum, Ruy Gomez, wie er sich lächelnd über mich beugt, der Kahn im Bootshaus wiegt uns sacht, seine Hände gleiten über meinen Körper, seine Lippen, weich und warm, flüstern Worte, *querida … hermosa …* und mein Körper wölbt sich ihm entgegen, seiner Zunge, seinen Händen … aber da verwandelt sich das Bild, es ist Felipe, der mich an sich zieht, hungrig meine Beine öffnet und in mich eindringen will, aber ich schreie auf, denn ich blicke in die Augen von Escobedo, dieses Gesicht, voller Verachtung, so nah, seine Hände, kalt, die mich festhalten, geh fort, schrei ich, lass mich los …, aber da wandelt sich das Bild wieder, und ich sehe, ich habe mich getäuscht, es ist *er*, es ist mein Geliebter, und ihm überlasse ich mich erleichtert und voller Sehnsucht, mein Kapitän, mein Orazio, und dann ist es Luca, der mich ansieht voller Zweifel und Fragen, wer ist dieser Orazio, wieso nennst du mich immer Orazio, aber ich lege ihm die Hand auf die Lippen, still, flüstere ich, das ist ein Geheimnis, es ist ein Liebesgeheimnis, ein Zauber, den man nicht brechen darf, und dann verschmelzen die beiden zu einem, und ich schließe fest meine Arme um ihn, Luca-Orazio, meinen Musikerkapitän, öffne mich und lasse ihn ein, und das Meer trägt uns, schaukelt uns zum Klang seiner Musik, das Meer wird es nehmen, das Meer wird es schenken, und eines Tages werden wir einfach sinken, das Schiff wird an einem diamantenen Riff auflaufen, wird sich ein Leck holen, und wir, ineinander verschlungen, ineinander vergraben, dass wir nicht wissen, wo höre ich auf und wo fängst du an, wir werden uns den Armen des Meeres überlassen, das uns sanft hinunter trägt in den Bauch der Erinnerung, wo alles eins ist, so wie in mir, und niemand mehr Fragen stellt, auch du nicht, Liebster, auch du nicht mehr, nein sagt er leise und zärtlich, nah an meinem Ohr, keine Fragen, nie wieder werde ich dich fragen, und hebt den Kopf, sieht mich an, lächelt, so wie er an der Tür gestanden und gelächelt hat, und es ist er, Frieder Nagel, der mich hält und wiegt, den ich in mir spüre, und dann hat mein Traum-Ich begriffen, was das heißt, schreit auf, und will die Traumschichten durchbrechen, durchstoßen, mühsam, ach, wie mühsam, denn er liegt schwer auf mir, will mich nicht loslassen, aber ich muss erwachen, erwachen, das darf nicht sein, darf nicht sein … darf nicht sein, sage ich atemlos immer wieder vor mich hin, und ich sitze im Bett, das Nachthemd nassgeschwitzt, es ist stockdunkle Nacht, und der Duft von Jakaranda, Orangen und Jasmin liegt schwer in der Luft.

Ich stehe auf, öffne das Fenster. Draußen ist es Sommer, eine dunkle, schwüle Nacht. Wolken bedecken den Sternenhimmel, sicherlich gibt es bald ein Gewitter. Ich ziehe das Nachthemd aus, wasche mich von oben bis unten mit kaltem Wasser, aber mein Körper ist so heiß, ein Handtuch ist nicht nötig, das Wasser verdunstet sofort auf meiner Haut.

In Sizilien hatte ich die Hitze kennen gelernt, körperlich erfahren, was dieses Wort eigentlich heißt. Dagegen ist das hier nichts. Aber diese Hitze, das spüre ich deutlich, wie ich nackt wieder ins Bett krieche, diese Hitze kommt aus mir selbst, steigt auf aus meinem immer noch pulsierenden Schoß, meinen Brüsten, deren Spitzen hart sind und schmerzen. Und während es draußen wetterleuchtet, wiege ich mich wieder sanft in den Schlaf, eine Hand in meinem Schoß, die andere umfängt meine Brust, und das Bett wird zum wiegenden Schiff, trägt mich wieder einmal auf und davon, bis die Spannung in mir und draußen am Himmel zu einem Höhepunkt gelangt, Blitze flackern, Donner grollen, und dann ist es so weit, alles, alles entlädt sich in heftigen Wellen, alle Schleusen öffnen sich, und ich seufze auf, lasse mich fallen, so wie jetzt auch prasselnd der Regen fällt, ein kühler, feuchter Hauch weht zum offenen Fenster herein, bringt Bewegung in die Blütenzweige dort auf dem Tisch, wirbelt den Duft auf und mischt ihn neu, und während ich ihn tief einatme, und mich zum hundertsten Mal frage, wer sie wohl geschickt haben mag, gleite ich hinüber in einen tiefen, traumlosen Schlaf.

Heute wird gebadet!, ruft die Nonnenmacher am nächsten Morgen, gleich nachher hol ich Sie ab.

Endlich! Vor wie langer Zeit habe ich das beantragt. Einmal

wieder in der Badewanne liegen, statt in dem riesigen Duschraum ganz allein unter dem Wasserstrahl zu stehen. Nicht, dass ich gerne Gesellschaft dabei gehabt hätte. Aber mir ist immer ein wenig unheimlich in diesem gekachelten, fensterlosen Raum mit den zwölf Duschköpfen, einer neben dem anderen, wo jedes Geräusch sich zu vervielfältigen scheint und von den Wänden zurückgeworfen wird.

Gestern habe ich noch zu Hasenzähnchen gesagt, mit dem Verband wäre es viel besser, zu baden als zu duschen, sonst müssen wir ihn gleich wieder wechseln, meinst du nicht, das ließe sich machen?

Es lässt sich machen, und ich freue mich, betrachte meine Bildergalerie an den Wänden, von der Feuchte des nächtlichen Gewitters haben sie sich alle ein bisschen gewellt und wölben die untere Kante nach vorn. Ich gebe den Blumen frisches Wasser. Schaue nach, was noch an Shampoo und Seife da ist. Die neue Ration kommt erst am Samstag …

Da knirscht der Schlüssel in meinem Schloss. Ich komme, rufe ich, aber als ich mich umdrehe, ist es nicht die Nonnenmacher, auch nicht Hasenzahn, eine Beamtin, die ich noch nie gesehen habe, und unwillkürlich weiche ich zurück.

Ich soll Sie zum Baden bringen, sagt sie.

Was ist mit Frau Nonnenmacher, frage ich, sie wollte mich holen.

Frau Nonnenmacher muss etwas anderes tun. Ich bring Sie rüber.

Irgendetwas an der Frau gefällt mir nicht. Aber ich reiße mich zusammen. Ist doch egal, wer dich hinbringt, sag ich mir, als auch Marguerite zu murren beginnt. Ich nehme mir also Handtuch, Seife und Shampoo und folge der Frau.

Wie heißen Sie, frage ich sie, aber sie gibt keine Antwort, vielleicht hat sie mich nicht gehört.

Den Flur hinunter, eine Tür, die Treppe, die zweite Tür, den Gang entlang, die dritte Tür, über den Hof. Zum Nebenhaus vier mit den sanitären Anlagen, die vierte Tür, den Gang, die Treppe hinauf, die fünfte Tür, einen Flur, die sechste Tür, noch mehr Flur. Hier ist der Duschraum, den wir heute rechts liegen lassen, ich höre Stimmen – um diese Zeit? Da sind doch alle sonst bei der

Arbeit? Und dann stehen wir vor der siebten Tür, die kenne ich noch nicht, hier müssen die Räume mit den Wannen sein, die Beamtin schließt sie auf und hinter uns zu. Ich stehe in einem großen gekachelten Raum, von dem viele Kabinen abgehen, durch minzgrüne Plastikvorhänge abgetrennt. Die Beamtin schiebt einen Vorhang zur Seite. Dahinter ein Stuhl, ein Haken, eine Badewanne.

Hier, sagt sie. In einer Stunde hole ich Sie wieder ab. Und ist davon.

Ich sehe mich um. Auch hier natürlich kein Fenster. Außer der Tür, durch die ich hereinkam, und in deren Schloss die Beamtin den Schlüssel gerade noch geräuschvoll umdreht, gibt es noch eine andere. Die muss zum Duschraum führen, denke ich, und probiere aus purer Gewohnheit, ob sie verschlossen ist. Natürlich. Verschlossen. Was denn auch sonst. Ich horche, aber jetzt ist alles ganz still dort drüben. So still, dass ich mein Blut in meinen Ohren pochen höre. Und zusammenfahre, als hinter mir irgendwo ein Tropfen aufs Emaille klatscht.

Komm, denke ich, und versuche ein Gefühl der Beklemmung zu unterdrücken. Eine Stunde ist schnell vorbei, und ich gehe zu der Kabine, lasse Wasser in die Wanne und ziehe mich aus. Ich muss dann aber bei Ihnen bleiben, hat die Nonnenmacher gesagt. Das ist Vorschrift. Wegen der Selbstmordgefahr … Hat doch was Gutes, sage ich mir, diese hier lässt mich wenigstens in Ruhe. Obwohl ich ganz alleine bin, ziehe ich den grünfleckigen Vorhang zu, ich weiß auch nicht warum. Ein bisschen Intimität vielleicht, und der Ausblick ist schließlich auch nicht berauschend. Dann steige ich in die Wanne – und vergesse alles. Das Wasser hat gerade die richtige Temperatur. Aufseufzend lasse ich mich nieder, strecke mich aus, aaaach, ist das gut, jetzt ein bisschen duftendes Schaumbad, das wäre der Gipfel, aber ein Tropfen Shampoo tut es auch, ich will zufrieden sein.

Und ich lasse mich fallen in diese wohltuende Wärme, fühle, wie meine Rückenmuskeln sich langsam entspannen, wie meine Gedanken sich sachte entwirren, eine große Gelassenheit von mir Besitz ergreift. Die verbundene Hand stütze ich auf dem Rand der Badewanne auf, mit der anderen seife ich mir die Haare ein. Und lehne mich wieder zurück. Das Knistern des Schaums in den

Ohren … ganz langsam lasse ich mich noch weiter hinabgleiten, jetzt steigt der Wasserspiegel über die Ohren, kitzelt an der Unterlippe … Und wieder staune ich über das Dröhnen, das Unterwassergegluckse und -gerülpse, das Wasser singt mir sein unanständiges Lied und nimmt mich mit in die Welt der Röhren und Pumpen, des Öffnens und Schließens von verborgenen Ventilen, wie ein Adernetz durchläuft es den gesamten Gebäudekomplex, diese Stadt, das Land, diese Erde, unterirdische Läufe sorgen pulsierend für Leben, hier wie überall, und wäre es möglich, mich in meine flüssigen Bestandteile aufzulösen, ich könnte mühelos entfliehen, durch diesen Abfluss, durch die Kanalisation und immer weiter, weiter, bis endlich ins Meer … Aber eigentlich ist es mein eigenes Innerstes, dem ich bis ins Unendliche vergrößert lausche, mein eigener Organismus, das dumpfe Schlagen meines Herzens, das Pulsieren meines eigenen Saftes, das Gluckern meines Magens, der mein Frühstück weiterleitet an die anderen Eingeweide, das Kullern in den Därmen, und wie einen Blasebalg höre ich das Dröhnen meines Atems, die Lungen, die sich vollsaugen und wieder entleeren, und darüber legt sich nach und nach immer deutlicher ein anderes Geräusch, wie das Näherrücken eines Riesen, ein Stampfen, gleichförmig, anwachsend …

Und dann geht alles sehr schnell, so schnell, dass ich nur Fetzen wie in Zeitlupe wahrnehme, nur, dass alles gleichzeitig zu passieren scheint, und ich, mittendrin, die zunächst nichts begreift:

Licht, das jäh auf mich fällt / ein Gewicht, das mich niederdrückt / schwer wie Blei sinkt mein Kopf unter Wasser, das meinen Schrei verschluckt / meine Arme, die wie die Flossen eines hilflosen Fisches um sich schlagen / eine verzerrte, verschwommene Gestalt, die meine stieren Fischaugen durch das Wasser nicht erkennen können … aber dann habe ich begriffen, die Zeit läuft, keine Sekunde darf ich mehr verlieren, viele habe ich schon verloren, und mein Arm schnellt hoch, meine Finger krallen sich fest, und ich höre ein Kreischen, gedämpft dringt es in meine Unterwasserwelt herein, als ich Haare zu fassen bekomme und mein ganzes Gewicht daran hänge, aber sie reißen, und ich gleite noch tiefer zurück in die Wanne, die mein Grab werden kann, ganz deutlich höre ich diese Gedanken, als hätte ich sie laut gesprochen … mein Grab werden kann … mein Grab … und für einen ewig langen Moment bin ich Moncada, der mit den Wellen ringt, vergeblich versucht sich nach oben zu kämpfen, aber seine Kleider, schwer vom Wasser, ziehen ihn nach unten, was mag er gedacht haben in seiner letzten Stunde, als er um Hilfe schrie, die man ihm nicht gewährte, während er ein Stück Holz, eine Planke, zu fassen bekam, ihn aber eine Hand erbarmungslos wegstieß, hinabdrückte, und ihn die Wellen schließlich nicht mehr freigaben, und sein verzweifeltes Bäumen ihn doch nur immer tiefer hinabzog, unausweichlich hinab, sein Grab … aber ich bin nicht Moncada, ich bin Sofie Lenze, und jetzt wachsen mir ungeahnte Kräfte, ich kämpfe, bäume mich, schlage mit den Beinen, ein verzweifelter Thunfisch bei der *mattanza* in Sizilien, stark, oh ja, aber hilflos im Netz, die Harpunen im Leib … und der Griff lässt nicht los, schwer wie Blei dieses Gewicht auf meinem Kopf, drückt mich nieder, und das Dröhnen in meinen Ohren wird schrill und hell, ein Flirren, wie von Milliarden von Zikaden, und dann explodieren Farben vor meinen Augen, riesige Schweinsblasen voller greller Farben, die Funken versprühen wie Feuerwerkskörper, und ich bin selbst einer, zerberste und verlösche, es wird still, nur noch ein fernes Gurgeln, dann verklingt auch das … Schwarz brennt Löcher …

Ein jäher Schmerz zerreißt mein Innerstes wie ein seidenes Hemd. … so einfach ist das also … man gibt auf, legt sich hin und stirbt.

Aber ich sterbe nicht, nein, du stirbst nicht, kommandiert Sofonisba sehr klar und deutlich, und ich reiße die Augen auf und mich wieder zurück in die Welt. Mein Oberkörper hängt über dem Badewannenrand, und aus mir fließt Wasser, der Ozean, die Weltmeere, mein Magen revoltiert und stülpt sich um wie ein nasser Waschlappen, den mein Körper in Krämpfen auswringt, von Husten geschüttelt, oh, wie weh das tut bei jedem Atemzug, wie Messer schneidet etwas tief in meine Brust.

Sie ist fort, die Gestalt, die ich wie durch viele Jahrhunderte durchs Wasser sah, ich weiß es, ohne mich zu vergewissern – ich bin wieder allein. Und dann kommt die Nonnenmacher, was ist denn nun schon wieder los, du lieber Himmel, ich hab es gewusst, wieso haben Sie nicht auf mich gewartet, was ist das nur wieder für eine Geschichte. Stehen Sie doch auf, was hängen Sie hier wie ein nasser Waschlappen.

Und sie hilft mir hoch, stellt mich auf die Füße, aber ich falle ihr kraftlos wieder in die Arme.

Man kann sich nicht selbst in einer Badewanne ersäufen, werde ich von ihr belehrt, das ist noch keinem gelungen, da müssen Sie sich schon etwas geschickter anstellen, sauer ist sie, wütend, und ihren Zorn lässt sie an mir aus, ich kann nicht reden, kein Wort bringe ich heraus, bin froh, wieder atmen zu können unter Schmerzen und Mühe.

Und während sie mich davonschleppt, da fällt mir wieder die Beamtin ein, die mich hergebracht hat, deren Namen ich nicht kenne, mir fallen die Stimmen wieder ein, die ich aus dem Duschraum gehört habe, leise, gedämpft. Und während die Nonnenmacher schimpft, und ich an ihr hänge, wie ein Schluck Wasser, mich an die Wand klammere, während sie die sieben Türen auf- und wieder zuschließt, entdecke ich um die Finger meiner rechten Hand geschlungen, wie das Band beim Fadentwist, das wir als Kinder heimlich unter der Bank immer spielten … Himmel und Hölle und Feuer und Wasser…, eine lange Strähne aus schwarzen Haaren.

Da war jemand, sage ich, als ich schließlich auf meinem Bett sitze, und die Nonnenmacher stemmt die Hände in die Hüften. Wo war jemand, will sie wissen.

Dort. Jemand hat versucht, mich umzubringen. Ich will meine Anwältin sehen! Wie heißt die Beamtin, die mich geholt hat?

Woher soll ich das wissen, schreit sie mich an, ich komme her und diese Zelle ist leer, Sie machen mir Ärger, Lenze, das werden Sie noch bereuen.

Und damit geht sie fort. Ich aber umklammere fest diese Haare, schwarz sind sie und lang, und ich weiß, wem sie gehören.

16

Verträglichkeit der Farben

Für dauerhafte Malerei ist es notwendig, dass die Farben sich miteinander und mit dem Bindemittel vertragen. Die unverträglichen Farben schaden der Malerei. Sie ändern nach kurzer oder längerer Zeit ihren Ton und dunkeln nach.

Ich möchte mich bei Ihnen entschuldigen.

Hab ich richtig gehört? Nagels Gesicht verschwimmt, Bilder wirbeln auf wie Blätter im Wind: sein weißes Taschentuch – blutverschmiert. Das Gesicht der Nonnenmacher – Was geht hier vor? Lucas Traumgesicht, das sich in Nagels verwandelt. Die durchs Wasser verzerrte Gestalt. Die Blumen in meiner Zelle. Die Photos …

Das selbst gefaltete Tütchen mit einem Teil der schwarzen Haarlocke für die Anwältin knistert in meiner Tasche. Den Rest habe ich in meinem Kulturbeutel versteckt. Man weiß schließlich nie … Und hatte ich nicht Recht damit? Wie sicher war ich mir, meine Anwältin zu sehen … und jetzt wieder er, Frieder Nagel, und ich mit ihm eingeschlossen, kein Ausweg, kein Entkommen.

… ich möchte mich bei Ihnen entschuldigen … steht noch im Raum, klingt nach, gerade erst gesprochen, diese Worte, und etwas in mir glaubt ihm, will ihm glauben …, aber da sind andere in mir, die glauben ihm kein Wort … Kein Wort, hörst du, tönt Marguerite, er will dich einwickeln, dieser da will dein Verderben …

… Sie haben gute Gründe, sauer auf mich zu sein. Es tut mir Leid …

Aber das Schlimme ist, ich kann mich gar nicht erinnern, warum ich sauer auf ihn sein sollte, und je mehr Gründe Sofonisba und Marguerite auch beginnen, aufzuzählen; Er hat dich einfach so überfallen, ohne sich anzumelden. Er schnüffelt in deinem Leben herum. Er hat dich an deiner verletzlichsten Stelle getroffen. Er hat … Er hat … Er hat … – so ist es doch, als sei es einer anderen geschehen, und ich sitze da, starre auf meine Hände, um nicht in seine Augen sehen zu müssen.

Ich will meine Anwältin sprechen, höre ich mich sagen.

Nagel nickt.

Natürlich, sagt er. Ich richte es ihr aus. Oder wollen Sie es ihr selbst sagen?

Und er holt ein Handy aus seiner Tasche, drückt auf Knöpfe, reicht es mir. Und wie im Traum spreche ich zu einer Stimme, … kann ich Frau Larmann sprechen … sie soll mich besuchen kommen … Lenze, ja, Sofie Lenze … es ist dringend.

So einfach geht das also im wirklichen Leben, hab ich das alles schon vergessen? Ein Leben mit Schlössern, zu denen man selbst die Schlüssel besitzt, wo man Nummern in einen Apparat eintippt, und schon hört man Menschen sprechen, wo man in einen Bus steigt oder einen Zug, und man wechselt den Ort …

Ich habe gehört, sagt Nagel, und etwas in seiner Stimme zögert, … Sie hatten da … einen kleinen Unfall?

Unfall?, fahre ich auf, so würde ich das nicht nennen!

Es ist also wahr, fragt Nagel vorsichtig, Sie wollten …

Ich? Ich wollte gar nichts. In Ruhe ein Bad nehmen, das wollte ich.

Aber dann verstehe ich. Verstehe seine Vorsicht und sein behutsames Fragen.

Hat man Ihnen etwa erzählt, ich hätte mir das Leben nehmen wollen?

Das stimmt also nicht?

Nein! Jemand hat versucht, mich umzubringen!

Und dann ist es einen Moment lang still zwischen uns, Nagel starrt mich an, ich kann förmlich spüren, was in seinem Kopf vor sich geht. Wird er mir glauben, frage ich mich, aber da ist es entschieden.

Erzählen Sie es mir. Alles.

Ich zögere. Sollte ich es nicht meiner Anwältin zuerst … aber da höre ich wieder die Nonnenmacher, passen Sie auf, dass man Ihnen die Einzelzelle nicht wieder wegnimmt … nein, die Wahrheit muss auf den Tisch, ich kann es mir nicht leisten, als potenzielle Selbstmörderin zu gelten und hinzuwarten. Heute Morgen beim Frühstück kam mir zum ersten Mal der Gedanke, ob man wohl in der Küche schon wissen kann, wer welches Tablett bekommen wird, und ich ließ die beiden Scheiben Brot unberührt, das Fleckchen Margarine in Kleeblattform mit dem Geschmack nach Dieselöl lasse ich sowieso immer liegen …

Und ich erzähl es ihm. Alles. Lasse nichts aus. Er stellt Fragen, klar, präzise, macht Notizen. Wie die Beamtin ausgesehen habe. Ob ich sie wiedererkennen würde. Ob das Kommen der Beamtin Nonnenmacher die Unbekannte vertrieben habe. Ob ich mit Sicherheit wisse, dass die längst fort war, als die Nonnenmacher kam. Ob ich einen Verdacht habe.

Ich nicke. Spiele mit dem Tütchen in meiner Tasche. Ziehe es dann heraus.

Hier, sage ich, und schiebe es über den Tisch.

Was ist das?

Haare. Ich hab sie ihr ausgerissen.

Nagel nickt.

Sehr gut, sagt er und öffnet vorsichtig das Tütchen, schaut hinein, nickt wieder und steckt es sorgsam ein.

Und, fragt er nochmals nach, Ihr Verdacht?

Ich zucke die Schultern.

Dieselbe, die damals …?

Ja, sage ich. Ich bin mir ziemlich sicher.

Nagel steht auf, geht ein paar Schritte. Viel Platz ist hier nicht, es reicht gerade für vier in jede Richtung.

Wir haben Anzeige gegen sie erstattet, wegen Körperverletzung. Vielleicht will sie sich rächen …

Wieso weiß ich davon nichts? Wieso werde ich überhaupt nicht gefragt? Schließlich ist es mein Körper, der da verletzt wurde …

Sicherlich, Frau Lenze, sagt Nagel begütigend, aber in diesen Fällen ermittelt der Staatsanwalt auch ohne eine Anzeige vom Betroffenen, es geht um den Schutz von …

Ich will hier raus, platze ich dazwischen, und wieder sitzt dieser Wunsch zu schreien in mir, den ich kaum mehr beherrschen kann, ich habe das Gefühl, all dies hier nicht zu überleben, bitte, presse ich mühsam hervor, holen Sie mich hier raus, das ist das Beste, was Sie tun können, um mich zu schützen …

Du bist nicht bei Trost, spottet Marguerite, erbittest Gnade von deinem Henker, vergiss nicht, er ist nicht dein Anwalt, er will dich brennen sehen … ach was, wendet Sofonisba ein, so einfach ist das nicht, dieser Nagel, der ist anders, aber Vorsicht ist dennoch angebracht, Sofie, Vorsicht, hörst du …

Ich würde Sie gerne hier herausholen, sagt Nagel leise, glauben Sie mir, auch mir ist nicht wohl, Sie hier zu wissen. Aber wie die Dinge stehen …

… wie die Dinge stehen, wird man es eher zulassen, dass man dich hier ersäuft …

… im Moment ist es jedenfalls nicht möglich. Aber glauben Sie mir, ich werde Mittel finden, Sie auch hier im Gefängnis vor solchen Anschlägen zu schützen.

Ich sehe ihn an. Was weiß er schon? Woher sollte er wissen, wie es hier wirklich zugeht? Man kann sich das nicht ausdenken, wenn man hier nicht eingeschlossen ist, nie im Leben hätte ich gedacht, dass die eigentliche Strafe darin besteht, den anderen Mitgefangenen ausgesetzt zu sein, und dabei habe ich noch Glück, ja, heute erkenne ich, dass ich Glück hatte, mit Marie die Zelle zu teilen, und nicht mit einer anderen, vielleicht sogar mit Petra selbst? Hat er dir nicht eine Einzelzelle verschafft, wirft Sofonisba ein, sein Arm reicht weiter, als du es für möglich hältst.

Ich habe viel nachgedacht, sagt Nagel, seit ich Sie das letzte Mal besucht habe. Und mir ist klar geworden, dass wir so nicht weiterkommen.

… und alles, was der hier will, ist »weiterkommen« im Fall Lenze und dich endgültig hinter Gitter bringen, dieser Mann denkt doch nur an sich. Das Einzige, wofür er sich interessiert, ist seine Jagd nach den Fälschern …

Meine Tochter hat mir neulich gesagt, spricht Nagel weiter, ich würde nur an mich selbst denken. Sie sagt, ich sei ein alter Egoist und interessiere mich für nichts außer Bilder.

Sie haben eine Tochter?, frage ich erstaunt. Und tief innen spüre ich etwas wie einen Stich.

Ja, höre ich, sie ist vierzehn. Und lebt bei ihrer Mutter.

Eine Wolke schiebt sich draußen am Himmel vor die Sonne. Hier drinnen ist es, als sei eine Lampe ausgegangen. Schatten fällt auf Nagels Gesicht.

Vielleicht hat sie Recht. Ja, es gibt wenig, wofür ich mich interessiere, wenn es nicht um Bilder und Fälschungen geht.

Und was ist das? Das wenige?

Eine gute Flasche Wein, sagt er und lacht. Am liebsten roten. Aus Frankreich. Was ist Ihr Lieblingswein, Frau Lenze? Nein, nein, sagen Sie es nicht, lassen Sie mich raten …

Er kneift ein wenig die Augen zusammen, verschränkt die Arme und betrachtet einen Moment lang konzentriert meine Hände.

Spanien, sagt er dann, aus Katalonien, kennen Sie das Priorat? Eine erstaunliche Weingegend, hierzulande wenig bekannt. Der Clos de l'Obac zum Beispiel, aus der Bodega Pastrana, der dürfte Ihnen schmecken.

Woher wissen Sie das, frage ich, gleichzeitig erschrocken und fasziniert, wer hat Ihnen das erzählt?

Nagel grinst verschmitzt, seine Augen leuchten voller Freude, so muss er als kleiner Junge ausgesehen haben, wenn ihm etwas besonders gut gelungen ist, so zufrieden und stolz.

Ich weiß es halt, sagt er, und lehnt sich zurück. Dieser Wein, na ja, der passt zu Ihnen. Sie trinken keinen Elsässer, der ist Ihnen zu spritzig, zu viel Säure, nicht wahr? Chianti – zu vordergründig und zu schick. Zu den Franzosen haben Sie wenig Bezug, will mir scheinen. Haben Sie schon mal einen richtig guten Burgunder getrunken? Ich glaube, der könnte Ihnen auch schmecken. Aber das muss ein gereifter Wein sein, am besten aus dem Eichenfass …

Noch lieber mag ich aber sizilianischen Wein.

Ach wirklich? Nagel scheint erstaunt.

Ja. Kennen Sie den dunklen Etna Rosso aus der Nerello-Mascalese-Traube? Früher gab es eine ähnliche Rebsorte, die hieß Nerellone Etneo, wuchs an den Hängen des Ätna nahe Paternò. So etwas habe ich nie mehr wieder gefunden. Aber der Etna Rosso kommt ihm sehr nahe.

Nerellone Etneo, spricht mir Nagel langsam nach, nie gehört. Und das Weingut? Wie hieß das?

Ach, sage ich und meine Stimme zittert, ich weiß nicht mehr. Das ist schon so lange her.

Natürlich kann er diesen Wein nicht kennen.

Ach so, sagt Nagel langsam und bedächtig, als lege er jedes Wort auf eine feine Waage. Wie … war er denn, dieser Wein?

Dunkel, sage ich, und sehe wieder das Funkeln im geschliffenen Glas, fast schwarz. Und wehe, man machte Flecken, die wurden dunkelviolett, wie der Saft von Heidelbeeren, und man bekam sie nie wieder aus einem Kleid heraus. Und der Geschmack – erdig, tief, und erst nach einer Weile entwickelte sich ein Aroma wie von Beeren … Das war der beste Wein, den ich jemals getrunken habe. Aber der Clos de l'Obac, versuche ich das Thema zu wechseln, Sie haben Recht, den trinke ich auch sehr gerne.

Es ist still zwischen uns. Nagels schwarze Augen ruhen auf mir, als wolle er keines meiner Worte, ja, meiner Gesten und winzigen Regungen in meinem Gesicht versäumen.

Sehen Sie, sagt er schließlich, und seine Stimme klingt seltsam belegt, da haben wir schon wieder etwas gemeinsam. Sie sind eine Kennerin. Genau wie ich. Sie geben sich nicht mit dem zufrieden, was im Laden im Weinregal steht. Und wenn Sie hier raus sind, das müssen Sie mir versprechen, dann trinken wir eine schöne Flasche Wein miteinander, nicht wahr?

Aber ich antworte nicht. Ich hier raus. Als wäre das sein Ziel! Er lügt, warnt Marguerite, er erzählt, was ihm gerade passt. Er tut so, als wäre er auf deiner Seite. Aber das ist er nicht.

Ich hatte einen Freund, höre ich Nagel wieder, und wie er das sagt, rührt seine Stimme etwas in mir an, irgendwo hinter dem Brustbein flattert etwas wie ein gefangener Falter.

Mit diesem Freund habe ich oft zusammen Wein getrunken, er mochte Burgunder, so wie ich. Immer, wenn mich ein Fall besonders beschäftigt hat, bin ich zu ihm hinausgefahren, ein, zwei Flaschen in der Tasche und meine Unterlagen. Manchmal hab ich auch die Bilder mitgenommen, von denen ich nicht wusste, sind es Fälschungen oder sind sie echt. Von ihm habe ich alles gelernt, was ich weiß. Ich habe nicht studiert, das war damals nicht drin, und ich habe es immer bedauert. Kunstgeschichte – undenkbar. Ich musste einen Beruf erlernen und Geld verdienen. Also ging ich zur Polizei. Meinen Traum habe ich mir trotzdem erfüllt. Und Bernd, ja, der hat mir ein Studium ersetzt. Er wusste alles, er hatte den Blick, und er hat es mir beigebracht, geduldig, über die Jahre. Hat er den Daumen gesenkt, dann war für mich klar: Das Bild ist falsch. Da konnten die Expertisen sagen, was sie wollten. Tja. So war das.

Nagel malt mit dem Zeigefinger unsichtbare Linien auf den Tisch.

Manchmal haben wir uns wochenlang gar nicht gesehen. Bis dann wieder so ein Fall kam. Und wenn ich nicht mehr weiterwusste, dann fuhr ich zu ihm. Mit ein, zwei Flaschen Burgunder bewaffnet.

Warum fahren Sie jetzt nicht zu ihm, mit Sofonisbas Bildern? Er wird Ihnen sagen, dass sie echt sind.

Ja, sagt Nagel und schaut düster drein, möglicherweise. Aber es geht nicht. Bernd Heckelmann ist tot.

Bernd Heckelmann. Aber ja, denke ich, und dann fällt mir alles wieder ein, eine Legende als Restaurator, bis er dann in diesen Skandal verwickelt war um die Marienkirche in Lübeck und ein Aufschrei durch die Kunstwelt ging. Der ewige Streit, ob ein Restaurator nur konservieren darf oder auch künstlerisch ergänzen, was der Zerstörung anheim fiel. Sicherlich, im neunzehnten Jahrhundert haben viel zu viele eifrige Möchtegernmaler so manches Werk mit ihrem Übereifer ein für alle Mal verdorben. Aber Heckelmann, der hatte wirklich etwas drauf. Den hätte ich gerne einmal kennen gelernt. Das Geschrei um die Marienkirche – ich persönlich fand es völlig übertrieben. Er hat gute Arbeit geleistet. Ja, Nagel hat recht. Er hatte das Händchen. Nur, weil all die anderen keine Vorstellung davon hatten, wie das früher einmal aussah, schrien sie jetzt umso lauter. In der Musik ist das ganz normal, hat mir Luca einmal erklärt, nachdem ich Mozarts Requiem mit ihm gehört hatte und zutiefst bewegt war von dieser Musik. Da hat er mir erzählt, dass Mozart darüber gestorben war und es nicht mehr vollenden konnte. Von ganzen Teilen existierten lediglich Skizzen, das letzte Drittel fehlte ganz, und dann kam dieser Süßmayer und fügte die einzelnen Fragmente zusammen, füllte die fehlenden Stimmen auf, und er hat seine Sache gut gemacht, sagte Luca, nun ja, die Musikwissenschaftler reden sich immer mal wieder die Köpfe heiß, dass Mozart das Agnus Dei vielleicht doch anders gemacht hätte … aber was nützt es, wir werden niemals erfahren, wie Mozart sein Requiem zu Ende komponiert hätte, vielleicht hätte er es gar nicht vollendet, wäre er wieder gesund geworden, vielleicht hätte er viel lieber eine zweite *Zauberflöte* geschrieben? Aber wer, fragte mich Luca, will schon das Requiem als Fragment hören, hier ein Thema, dort eine Linie? Den Betrachtern von bildender Kunst aber wird das zugemutet, und andächtig stehen sie vor den kümmerlichen Resten von Fresken, hier eine segnende Hand, dort eine Dornenkrone, und selbst, wenn die Skizzen und Malvorlagen alle vorhanden sind, auch die Fresken durch Photographien bestens dokumentiert, und erst ein jähes Erdbeben brachte sie in unseren Tagen zum Einsturz, dann gibt es endlose Diskussionen, damit sich der Restaurator nur ja nicht zu viel anmaßt. Dabei kennt er wie keiner dieses Werk, kennt den Künstler, und eigentlich, wenn ich es mir recht überlege, habe ich auch nichts anderes getan, als Sofonisbas Bilder zu restaurieren, nach den genauen Angaben ihrer Erinnerungsskizzen wiederhergestellt, auch, wenn in diesem Fall gar nichts mehr vorlag von ihren Werken. Wer weiß, einer wie Bernd Heckelmann hätte das möglicherweise sogar verstanden, auch er bekam die Ächtung der Kollegen bitter zu spüren. Was aus ihm geworden ist? So viel ich weiß, hat er sich völlig zurückgezogen. Hat nie wieder etwas restauriert. Er war nicht mehr der Jüngste, vermute ich, keiner hat sich den Kopf zerbrochen, was wohl aus dem alten Heckelmann geworden ist. Wird in Rente gegangen sein. Ach, und dieser Bernd Heckelmann also hat Frieder Nagel beraten?

Meine Tochter hat mir neulich etwas Interessantes erzählt, bricht Nagel unser Schweigen. Von einem Brauch bei den Indianern. Bei denen durfte ein Häuptling erst dann das Kriegsbeil ausgraben, wenn er vorher einen ganzen Tag lang in den Mokassins des Feindes herumgegangen war.

Ich sehe Nagel belustigt an. Bietet er mir demnächst seine teuren Markenschuhe an?

Was hat das zu bedeuten, frage ich ihn.

Das hab ich Nora auch gefragt, was zum Teufel soll das heißen, sollen wir jetzt alle die Schuhe tauschen? Sie hat gesagt, das sieht dir ähnlich, Papa, kapierst wieder mal gar nichts. Ich sag Ihnen, das ist ganz schön hart, wenn einem seine eigene Tochter das so sagt. Nein, im Ernst: Es heißt, dass wir uns erst ganz und gar in den anderen hineinversetzen müssen, seinen Standpunkt einnehmen sollen, bevor wir uns ein Urteil über ihn bilden. Und dann erst entscheiden, ob man den Konflikt auch anders beilegen kann. Verstehen Sie? Man kann sich eine Menge Kriege sparen, davon ist meine Tochter überzeugt.

Ich versuche mir vorzustellen, wie sie wohl ist, seine Tochter. … lebt bei ihrer Mutter, hat er gesagt. Geschieden also …

Ich habe beschlossen, das auszuprobieren. Ich werde mich in Ihre Mokassins stellen, Frau Lenze, wenn Sie gestatten. Ganz ernsthaft. Bernd Heckelmann hat oft gesagt, Frieder, hat er gesagt, dein Problem ist, du hast viel zu früh eine feste Meinung. Das ist es, was einem im Weg steht, wenn man immer schon glaubt, alles zu wissen. Du lässt dich nicht mehr überraschen! So wirst du die Wahrheit nicht mehr erfahren, sondern die Wahrheit wird sich deiner Erwartung beugen.

Ein kluger Mann, Ihr Freund.

Ja, seufzt Nagel und sein Blick wird dunkel, da haben Sie Recht. Und jetzt ist er tot. Krebs. Und wissen Sie was? Ich hab es nicht einmal gewusst. Er hat nichts gesagt, und ich hab nichts gemerkt. Obwohl er immer dünner wurde. Und sein Haar nach und nach ausging. Aber er war ja auch schon ein alter Mann. Und bei seiner Beerdigung, da sagt seine Frau zu mir, das war wirklich nett von dir, Frieder, dass du den Bernd bis zuletzt noch in deine Fälle einbezogen hast. Wirklich nett …

Er sieht müde aus. Als habe er die vergangene Nacht schlecht geschlafen. Als habe er eine ganze Reihe von Nächten nicht gut geschlafen. Der Tod seines Freundes, denke ich, wie nah er ihm geht. Und doch, was ist das für eine Freundschaft, die nicht erkennt, dass der andere bald sterben wird? Und ich muss an Ruy Gomez denken, ja, ganz deutlich sehe ich ihn vor mir, ergraut, mit einem Mal, und krank, krank auf den Tod. Und ich, habe ich es denn bemerkt? War ich nicht viel zu sehr mit meinen Zukunftsplänen beschäftigt? Es war das letzte Mal, dass ich ihn sah, kurz vor meiner Abreise. Ja, Sofonisba, sagte er und lächelte, du gehst jetzt deinem Bräutigam entgegen. Aber auf mich wartet nur der Tod.

Der Tod …

Was redest du da, sagte ich.

Aber dann erkannte ich, dass er Recht hatte. Und ich war noch nie gut gewesen im Trösten, wenn mein Innerstes wusste, dass es die Wahrheit war, und wie ich Ruy Gomez so sah, dünn, ausgemergelt, mit diesem Raureif auf den Haaren und Brauen, da begriff ich, er weiß, wovon er spricht. Ich weiß noch gut, wie wir in seinem Arbeitszimmer saßen, schwarz und grau und golden die Abendsonne, fromm war er geworden, oder tat er nur so? Jedenfalls unterstützte er sehr den Wunsch seiner Frau, Teresa von Avila möge ein Kloster gründen in Pastrana, der Geburtsstadt der Fürstin, und Ruy Gomez scheute dafür keine Kosten. Ich lernte sie kennen, die Frau, die man später als heilige Teresa verehren würde, in seinem Haus bin ich ihr einmal begegnet, dieser kleinen Nonne mit den klugen schwarzen Augen und den stolzen Brauen einer Bäuerin. Ihr Bildnis hätte ich gerne gemalt, aber sie hat nur gelacht, Kindchen, sagte sie, die Fürstin will ein Kloster in Pastrana, in Toledo geht alles drunter und drüber, und in Salamanca schreien sie nach mir – wie sollte ich da Zeit haben, für ein eitles Portrait? Nein, sie hatte keine Zeit dafür, das sah ich ein, und auch Ruy Gomez ging sie aus, die Zeit, unsere gemeinsame Zeit war messbar geworden, passte in ein Stundenglas, und in dieser letzten halben Stunde, die wir miteinander hatten, ehe Ana hereingeflattert kam, da erzählte mir Ruy Gomez eine Geschichte, die in seiner Familie seit vielen Generationen überliefert wurde, die Geschichte von der Treppe zum Glück, ich weiß noch, wie ich dasaß und eine düstere Traurigkeit immer mehr von mir Besitz ergriff. So lässt man also alte Freunde zurück, dachte ich, geht hinaus in die Welt, und Ruy Gomez wird sterben, jetzt, wo er sein Lebensziel erreicht hat und einer der Granden von Spanien ist, viel zu jung mit seinen sechsundfünfzig Jahren, und statt über die wirklich wichtigen Dinge zu sprechen, erzählt er mir eine alte Familiengeschichte von einem, der sich aufmachte, die Treppe zu suchen, die zum Glück führte …, ich hab nicht recht zugehört damals, meine Gedanken wanderten in die Vergangenheit, die Erinnerung war schon damals eine prächtige Verführerin, erst viel später brachte sie mich auf diese Geschichte zurück. Und weil ich nicht recht zugehört hatte, war ich mir auch nie so recht über das Ende schlüssig, es sollte Zeiten geben, da erfand ich sie immer neu, diese Geschichte, später, in Sizilien, als es keinen Ruy Gomez mehr gab, den ich um Rat hätte fragen können, als er längst in seiner Familiengruft lag und auch Ana den Geschmack daran verloren hatte, die melodramatische Rolle einer trauernden Witwe zu spielen, die sich in ihr eigenes Kloster zurückzog, als Teresa das Kloster in Pastrana lieber auflöste, als ihre Nonnen von den Launen der Fürstin tyrannisieren zu lassen – damals hätte ich wer weiß was darum gegeben, mir von Ruy Gomez die Geschichte noch einmal erzählen zu lassen, von Anfang bis Ende …

Ich bin mir sicher, holt mich Nagel ins Hier und Jetzt zurück, auch Bernd hätte mir das geraten. Das letzte Mal hab ich Ihnen ein paar unfreundliche Dinge um die Ohren geknallt. Es hat uns keinen Schritt weitergebracht. Aber was ich eigentlich möchte, ist, Ihren Standpunkt verstehen. Erklären Sie mir, wie Sie die Dinge sehen.

Kann man ihm glauben, frage ich mich. Aber noch ehe die beiden in mir antworten können, weiß ich, dass ich das Wagnis eingehen werde. Das ist es doch, was du willst, Sofie, dass er dir glaubt, dass er dich versteht, wo auch immer das hinführen mag. Auch ich habe das gehofft, damals, wendet Marguerite ein, wie sehr habe ich gehofft, sie würden meinen Standpunkt verstehen. Dass meine Liebe zu Gott nichts Schlechtes war, und … Davon ist jetzt nicht die Rede, unterbricht sie Sofonisba. Du hast schon mir das Leben zur Hölle gemacht mit deinen düsteren Prophezeiungen. Aber dies hier hat nichts mit Glauben zu tun … Doch, wehrt sich Marguerite, alles hat schlussendlich mit dem Glauben zu tun. Mit dem Glauben und der Liebe … Das Leben geht mitunter verschlungene Wege, orakelt Sofonisba weise, und die Liebe auch und … und dann herrscht Schweigen. Was und, will ich wissen. Nun, meint Sofonisba, das musst du selbst entscheiden.

Ich gehe noch weiter, sagt Frieder Nagel, der mein Zögern und Abwägen beobachtet, Sie wissen, dass erst das vor Gericht verwendet werden kann, was schriftlich niedergelegt und mit Ihrer Unterschrift versehen ist. Aber dieses Gespräch werde ich nicht aufzeichnen, es wird keine Zeugen und kein Protokoll geben, außer, Sie wünschen eines. Wenn Sie also später der Meinung sind, Sie hätten mir zu viel offenbart, dann habe ich nichts gegen Sie in der Hand.

Da ist sogar Marguerite verblüfft. Warum dann das alles, will sie noch wissen, und das ist wirklich eine interessante Frage.

Warum dann das Ganze, frage ich ihn, was haben Sie davon?

Nagel beugt sich vor. Lächelt.

Tja, sagt er, ich bin ganz einfach ein schrecklich neugieriger Mensch. Und diese Geschichte mit den Bildern, die lässt mich nicht mehr los. Ich will WISSEN, verstehen Sie das, Frau Lenze?

Oh ja, denke ich, das verstehe ich gut, auch ich werde zornig, wenn man mir die Wahrheit verschleiern will. Wie damals, als man in Sizilien versuchte, mich für dumm zu verkaufen …

Gut, sage ich, einverstanden. Was wollen Sie wissen?

Und da löst sich etwas in seiner Haltung, wie eine Welle läuft es durch ihn, eine Art von Erleichterung oder gar ein Triumph? Und für einen kurzen Moment regt sich wieder mein alter Argwohn, bin ich dabei, in eine Falle zu gehen? Aber ich schüttle dieses Misstrauen ab wie eine lästige Fliege. Und schließlich kann ich immer noch entscheiden, was und wie viel ich ihm erzähle. Ja, meldet sich Sofonisba, das würde ich dir auch raten. Du wirst ihm nicht erzählen wollen, dass du diese Bilder gemalt hast und sie dennoch von Sofonisba Anguissola sind, oder?

Sie sagen, Sofonsiba Anguissola hat diese Bilder gemalt, nicht wahr?

Ich nicke.

Gut. Sie sagen, Sie haben diese Bilder gefunden, ist das richtig?

Wieder nicke ich und frage mich, worauf er hinauswill.

Wo?

Eine einfache Frage, denke ich, wie sie einfacher nicht gestellt werden könnte. Wo – ein Wort, zwei Buchstaben, und doch liegt so viel dahinter. Die Wahrheit, denke ich, ich werde ihm die Wahrheit sagen, wenn auch mit ein paar winzigen Auslassungen, die ihn verstören würden.

In Palermo. Bei einem Trödler …

Nagel seufzt kaum merklich auf. Eine präzisere Antwort wäre ihm sichtlich lieber.

Wo war das genau, fragt er.

Im früheren arabischen Viertel, den *quattro mandamenti*. Ich habe dort überall herumgestöbert, auch auf dem Mercato delle Pulci bei der Via Papireto natürlich, obwohl man da nicht mehr viel findet, der ist schon ziemlich abgegrast. Aber es gibt noch eine Menge anderer Läden, Sie wissen schon, Antiquitätenhändler wäre zu viel gesagt, ganze Keller gibt es dort voll gestopft mit altem Gerümpel, eine wilde Mischung aus Schrott und halbwegs wertvollen Dingen, dort habe ich schon alles Mögliche gefunden, Ritterrüstungen, Marionetten, Geschirr und Lampen … einfach alles gibt es dort. Und auch Bilder …

Ach, wie gerne habe ich in diesen Sammelsurien herumgewühlt, diesen Warenlagern der Vergangenheit, pochenden Herzens, ob ich etwas finden würde, was mich an Sofonisba erinnerte, wie ein Eintauchen war das für mich in vergessene Requisitenlager der Zeit, und diese nutzlosen und willkürlich zusammengetragenen Gegenstände erinnerten mich an die Bilder in meiner Erinnerung, kaum zieht man eines aus der Ecke hervor, erzählt es einem eine lange Geschichte …

Nun ja, knüpfe ich den Faden wieder, um Nagel nicht zu lange warten zu lassen, ich habe dort immer eine Menge Bilder zusammengekauft, Sie werden die Stapel in meinem Atelier gesehen haben.

Und diese drei Bilder?

Das war bei einem Trödler in der Kalsa …

Und ich denke, das ist doch ganz einfach, und wirklich ist es die Wahrheit, die Leinwand für die Bilder habe ich dort gefunden, einer meiner größten Funde, sofort hat sie ihn wiedererkannt, Sofonisba, diesen verschnürten Packen, in vielfacher Lage hatte sie damals die Leinwand um die Mappe mit Skizzen geschlagen, Mercedes freute sich am meisten an den Skizzen, die wundervoll waren, gewiss, und eine echte Bereicherung für unsere Ausstellung bedeuteten, aber noch viel mehr bereicherte die darum herumgeschlagene Leinwand unsere Retrospektive, gute Leinwand, die Sofonisba noch aus Madrid mitgebracht hatte, vom selben Material wie all die anderen Bilder, und wenn das Moos endlich herausgefunden haben wird, dann wird alles ganz anders aussehen, und auch Frieder Nagel wird weniger Mühe haben, meiner Wahrheit Glauben zu schenken – auf die Analyse dieser Leinwände gründet sich all meine Hoffnung.

Können Sie sich noch an den Namen und die Adresse erinnern?, fragt Nagel. Gibt es vielleicht jemanden, der bezeugen kann, dass Sie die Bilder dort gekauft haben?

Ich denke nach.

Nein, sage ich, ich war dort immer allein unterwegs. Und ich weiß auch nicht mehr, in welcher Straße das war. Aber auf einem Stadtplan kann ich es Ihnen zeigen. Und wenn ich dort bin, finde ich es garantiert wieder …

Natürlich finde ich ihn, wie hieß er noch? Mimmo … und wie weiter? Ob er sich noch an mich erinnern würde, der Alte mit dem buschigen, weißen Schnurrbart, wie oft war ich dort, um in seinen Lagerräumen zu stöbern! Als er merkte, wie hartnäckig ich war und dass ich hauptsächlich Bilder suchte, hat er mir noch ein paar Kollegen empfohlen, oder war das alles eine einzige Verwandtschaft? In Sizilien weiß man das nie.

Ja, lacht Nagel trocken auf, das wäre nicht schlecht, ein kleiner Ausflug nach Sizilien, ich hätte nichts dagegen. Aber wie es aussieht, wird das noch ein bisschen warten müssen. Ich werde einen Stadtplan besorgen.

Der Alte, denke ich, würde sicherlich bezeugen, dass ich eine Menge alter wertloser Bilder bei ihm und seinen Vettern eingekauft habe. Manchmal hat er mir sogar einen Kaffee angeboten … Unsinn, wendet Sofonisba ein, in Sizilien bezeugt niemand irgendetwas. Schon gar nicht für eine Fremde.

Haben Sie gleich erkannt, um was es sich da handelte?

Ich hatte so eine Ahnung, sage ich und finde, auch das ist ziemlich nah an der Wahrheit, aber sicher war ich mir erst, als ich alles genauer in meinem Zimmer untersucht habe …

Wo haben Sie gewohnt?

In der Vucciria. Ums Eck beim Teatro Biondo.

Ein Hotel?

Nein, eine Art Privatpension. Die Frau heißt Maria Santòr. Sie vermietet Zimmer, davon lebt sie …

Ja, die gute alte Maria würde sicherlich bezeugen, dass ich öfter bei ihr gewohnt habe. Ich fühlte mich wohl bei ihr, bekam immer dasselbe Zimmer mit der verblichenen Rosentapete und der passenden Tagesdecke, alles fadenscheinig, aber liebenswert. Sicherlich, Maria kennt mich gut, aber dann fällt mir wieder ihre Panik ein, als ein Besuch der Fiscali ins Haus stand und ich mein Zimmer so aufräumen musste, dass man nicht merken sollte, dass es bewohnt war, und Maria mich anflehte, früh aus dem Haus zu gehen und auf keinen Fall vor sieben Uhr abends zurückzukehren. Eine ganze kleine Pension wurde so in Windeseile in eine unauffällige Privatwohnung zurückverwandelt. Und wer bei Maria wohnte, der machte mit bei einer derartigen Aktion. Schließlich bekam man nirgendwo so billig ein Zimmer in so guter Lage. Ein Anruf der deutschen Polizei? Niemals würde Maria zugeben, ein Zimmer an mich vermietet zu haben …

Falls Sie einmal nachfragen wollen, schlage ich also vor, dann fragen Sie Maria, ob sie Besuch von mir gehabt habe, von Sofia aus Deutschland, denn … nun ja, sie vermietet die Zimmer illegal, wissen Sie, ich will ihr keinen Ärger machen.

Nagel sieht mich aufmerksam an. Seine Augen lächeln. Merkwürdige Frau, denkt er sicher, sitzt hier im Gefängnis und macht sich Sorgen um eine alte Sizilianerin …

Also dort in diesem Zimmer bei Maria Santòr haben Sie bemerkt, um was für einen Fund es sich da handelte.

Ich nicke. Erinnere mich gut, wie ich an diesem Nachmittag zurückkam. Maria schrie auf, als sie das verdreckte, stinkende Bündel sah, das ich da hereintrug. *Macché, ragazza, che mi porti qua in casa,* rief sie und rang die Hände, *che fai con tutta questa roba da schifo* und eine lange Litanei folgte, dass sie ohnehin in großen Schwierigkeiten sei, *tanti problemi* habe, da brauche es nicht noch mich, die solchen Müll in ihre Wohnung schleppte, aber ich beruhigte sie und brachte meine Beute schnell in Sicherheit. Die Schnüre um den Leinwandpacken waren brüchig und mürbe. Es war die Leinwand selbst, die über all die Jahrhunderte zusammengehalten hatte, als hätte ich sie damals mit Leim eingestrichen. Und all der Schmutz und der üble Geruch hatten dafür gesorgt, dass sich keiner an dem kostbaren Paket vor mir die Finger dreckig machen wollte. Vorsichtig löste ich Schicht um Schicht auseinander. Innen war die Leinwand tadellos, groß genug für drei schöne Bilder …

Nagels Blick ruht auf mir.

Wann entdeckten Sie die Signaturen?

Ich räuspere mich.

Als ich sie aus dem Rahmen schnitt. Für den Transport. Ich habe alle Bilder aus ihren Rahmen geschnitten, sonst hätte ich sie kaum transportieren können.

Auch das ist nicht gelogen. Um keinen Verdacht zu erregen, hab ich auch diese Bilder aus ihren Rahmen geschnitten, nachdem sie lange genug getrocknet hatten. Dass das erst Wochen später in meinem Atelier geschah, das verschweige ich lieber.

Aber endgültig sicher, fahre ich fort, war ich mir erst, nachdem auch Mercedes die Bilder gesehen hatte.

Ja, Mercedes war der Prüfstein. Würde sie merken, dass die Bilder nicht im 16. Jahrhundert gemalt wurden, oder würde sie es nicht? Aber Mercedes' begeistertes Urteil war klar: Das sind Bilder von Sofonisba Anguissola. Ihr Duktus, ihre Pinselführung, ihre Farben, ihr Format … Für Mercedes gab es nicht einen Augenblick lang Grund zum Zweifeln.

Nagel sieht nachdenklich aus. Er glaubt mir, jubelt es in mir.

Dann gibt es das also tatsächlich noch? Bilder liegen über Jahrhunderte an irgendeinem verborgenen Ort, keiner ahnt, um welchen Schatz es sich da handelt, und nach mehr als einem halben Jahrtausend zieht sie jemand aus einem Eck hervor? Und kein Pedigree belegt ihre Herkunft, ihren Weg durch die Zeit bis zu uns …

Ach, der Pedigree, sage ich, wie oft brachte man Moos ein Bild ohne diese Siegel und Plaketten und Eintragungen auf der Rückseite. Und zuletzt hat es sich doch meistens als echt erwiesen.

Wie das wunderschöne Tafelbild, ein Kreuz auf Eichenholz, in allem Cimabues Kruzifix in der Florentiner Santa Croce so sehr ähnlich, dass es völlig nahe liegend war, es demselben Künstler zuzuschreiben. Alles stimmte, und nur die Tatsache, dass seine Rückseite keinerlei Vermerke über Besitzer, Verkäufe, Ausstellungen und frühere Gutachten trug, beschäftigte die Experten für Jahre. Es ist echt, sagte ich immer und immer wieder. Seht Ihr denn nicht, die Maße, alles stimmt, was für Maße, wollte Moos wissen, und dachte sich wieder einmal klüger. Und schließlich stellte es sich heraus, dass es aus einem Kloster in Albanien stammte. Jahrhunderte war es vor der Außenwelt verschlossen gewesen, nachdem Mönche im Mittelalter es von Italien mitgebracht hatten, und erst die Wirren unserer Zeit auf dem Balkan haben es nach Deutschland geschwemmt, Plünderungen und der verzweifelte Versuch eines schnellen Gewinns, ein Ausverkauf der Kunst, der uns noch andere solcher Werke ohne Pedigree bescheren sollte …

Oh ja, sage ich zu Nagel, das gibt es oft! Und nicht nur bei Bildern. Denken Sie an Schindlers Liste, die man neulich auf einem schwäbischen Dachboden gefunden hat. Was glauben Sie, wie viele Werke von Sofonisba noch irgendwo herumliegen. Sie hat so viel gemalt, und so wenig haben wir erst gefunden. Ich kann einfach nicht glauben, dass alle zerstört sind …

Brände, wendet Nagel ein, und Marguerite zuckt schmerzlich auf, ja, er hat Recht, Brände sind fast die einzige Möglichkeit, die ich in Betracht ziehe, aber sonst – irgendwo ruhen sie alle noch tief verborgen unter der Oberfläche unserer sichtbaren Welt, in Kellern, auf Dachböden, in Archiven …

Die Archive der großen Sammlungen sind wie Katakomben und Gräber, wer weiß, wie viele vermisste Kunstwerke in ihnen noch schlummern, ich habe so gesucht, ich habe alles getan, um sie ihrem Dornröschenschlaf zu entreißen, aber die meisten Kustoden sind wie Drachen, die lieber schlafen und auf ihren Schätzen liegen, als jemanden ranzulassen.

Es passt nicht in ihre Politik, sagt Nagel.

Was hat Politik mit Kunst zu tun, frage ich ihn.

Na ja, sagt Nagel, diese Kustoden sind Menschen, die die Ordnung lieben. Alles muss hübsch seine Ordnung haben. Und Meisterwerke von einer Künstlerin, die man nicht kennt, das passt nicht rein ins Schema.

Noch dazu von einer Frau …, höhnt Sofonisba, er hat Recht, dieser Kommissar …

Und dann, stellen Sie sich vor, fährt Nagel fort, man lässt Sie im Archiv herumstöbern und Sie bringen es an den Tag, dass dort Bilder lagern, von denen keiner etwas wusste! Glauben Sie, diese Blamage will man sich antun?

Ich sehe ihn erstaunt an. So habe ich das noch nie betrachtet.

Sie haben Recht, sage ich. Darum kam ich dort auch nicht weiter. Mercedes konnte besser mit diesen Menschen umgehen. Ich hab mich dann ganz auf die Suche vor Ort konzentriert, dort, wo Sofonisba Anguissola gelebt hat. Ich meine, nach ihrer Zeit in Spanien. Sizilien und Genua …

Wann hat Ihrer Meinung nach die Anguissola diese Bilder denn gemalt?

Das Selbstportrait noch in Spanien, sage ich, in ihren letzten

Jahren am Hof. Ich nenne es ihr »Brautbild« …, ich zögere, stemme mich gegen Sofonisbas Widerstand.

Warum »Brautbild«?, will Nagel wissen.

Ich vermute, es war für ihren zukünftigen Ehemann bestimmt. Damit er einen Eindruck von ihr bekam. Es war damals Brauch unter Brautleuten, Portraits auszutauschen, auch Felipe Segundo erhielt ein Gemälde von Isabel von Valois und umgekehrt. Damals gab es schließlich noch keine Photographien, und es war oftmals nicht möglich, sich vor der Hochzeit kennen zu lernen, ja, nichteinmal bei der Hochzeit, die man oft in Abwesenheit eines der Eheleute schloss. Per procura nannte man das. Da wollte man sich doch wenigstens auf diese Weise ein Bild von dem anderen machen.

Komische Zeiten, damals, schüttelt Nagel den Kopf, kann man sich das vorstellen, jemanden zu heiraten, den man noch nie gesehen hat?

Komische Zeiten?, höhnt Sofonisba, aber ich halte ganz still, für mich sind das viel »komischere« Zeiten, wo man eingesperrt wird, weil man erstklassige Kopien von mir anfertigt …

Wer weiß, sage ich vorsichtig zu Nagel, jede Zeit hat eben so ihre Gepflogenheiten. Und glauben Sie mir, viele der Ehen damals waren glücklicher und hatten ein besseres Fundament als tausende, die heute geschlossen werden – auf Liebe gegründet.

Liebe Frau Lenze, lacht Nagel, und eine Gänsehaut läuft über meinen Rücken, Sie reden geradeso, als hätten Sie damals gelebt!

Und er lacht gutmütig, und je länger er lacht, desto mehr gewinne ich meine Fassung zurück, ja, nicke ich und grinse verschmitzt, wer weiß, vielleicht hab ich das ja, aber eigentlich ist mir schlecht geworden von dem kurzen Schreckensmoment.

Also, diese Sache mit dem Bild, fahre ich dann fort, um von diesem Thema abzulenken, und konzentriere mich darauf, in der dritten Person zu bleiben. Sofonisba Anguissola hatte viele Jahre am Hof hinter sich. Das ist alles gut dokumentiert in Briefen und den königlichen Finanzbüchern. Und alles Weitere stelle ich mir so vor: Die Königin Isabel, ihre Herrin, war gestorben und obwohl die neue Königin Anna sie schätzte, hatte sie genug von diesem Leben, wo sie keine richtigen Aufgaben mehr hatte. Sie hatte Heimweh, nehme ich an, und wollte zurück nach Italien.

Aber nicht ins Elternhaus, obwohl das das Einfachste gewesen wäre, aber aus irgendwelchen Gründen wollte sie das nicht. Über die Jahre am Madrider Hof war sie eine wohlhabende Frau geworden. Sie hätte durchaus ein selbständiges Leben führen können. Das Dumme war nur, dass ihr die verstorbene Königin zwar ein beträchtliches Vermögen hinterlassen hatte, nämlich 3000 Dukaten in Gold, aber die waren ausdrücklich als Mitgift für eine Heirat bestimmt. Und der König sagte zu, die gleiche Summe draufzulegen, aber auch nur im Falle einer Verheiratung. Tja. Was sollte sie tun? Ich nehme an, dass sie ohnehin ein wenig unschlüssig war, was sie mit ihrem Leben nun anfangen wollte. Zum ersten Mal in ihrem Leben konnte sie eigene Pläne machen. Und sie beschloss tatsächlich zu heiraten. Eine Vernunftehe. Mit einem klaren Vertrag. Sie war nicht mehr jung, für die damalige Zeit war sie schon in reifem Alter mit ihren siebenunddreißig Jahren. Aber dass es so schwierig sein würde, eine passende Partie zu finden, das hätte sie sich niemals träumen lassen. Die Sache zog sich in die Länge …

Wie gut du dich verstellen kannst, höhnt Sofonisba, aber ich weiß, sie ist ärgerlich darüber, dass ich über diese schmachvollen Jahre spreche. Wie sehr litt sie darunter, dass ihre Ehepläne zu strategischen und finanziellen Verhandlungen gerieten, wollte nicht Cesare Cassata das Herzogtum Novara und einen Haufen Soldaten dafür haben, wenn er sie zur Frau nahm? Und wurde nicht sogar Pierluigi nochmals angefragt, den damals ihr Vater vor vielen Jahren abgewiesen hatte? Und rächte er sich nicht durch eine ebenso brüske Ablehnung? In Spanien wäre es viel einfacher, pflegte Felipe zu sagen, hier kennt man deine Verdienste, wenn du nur endlich zustimmen wolltest … aber Sofonisba wollte nicht zustimmen. Keinen spanischen Granden. Und dabei blieb sie …

Ja, es ist wahr, damals floss die Zeit wie flüssiges Blei an mir vorüber. Wollte und wollte nicht vergehen. Und dann war plötzlich doch so viel von ihr vergangen. Ich wollte fort sein, ehe die neue Königin kam. Stattdessen sollte ich noch drei Jahre lang im Kloster der Descalzas Reales sitzen, der kranken Prinzessin Juana Gesellschaft leisten und zusehen, wie sich das Leben um Felipe verwandelte. Zum Guten veränderte, da gab es keinen Zweifel.

Denn entgegen meiner schlimmsten Befürchtungen war Anna für uns alle eine große Überraschung. Als Erstes schickte sie die Herzogin von Alba nach Hause, der alte Haudegen wusste nicht, wie ihm geschah. »Meine Tochter kann sich selbst regieren«, hatte Felipes Schwester, die jetzt seine Schwiegermutter wurde, verkündet, und Anna bewies, dass sie Recht hatte. Sie war von erfrischender Schlichtheit, praktisch und ungekünstelt, und so jung sie noch war, so packte sie die Dinge richtig und verständig an. Als ich sah, wie liebevoll sie mit den beiden Prinzessinnen umging, da hatte sie mein Herz gewonnen. Anna war ein Glücksfall für die Mädchen, und sie mochten sie von Anfang an.

Und ich? Verbrachte so viel Zeit wie möglich mit den Kleinen, sprach Italienisch mit ihnen, half mit, eine junge, fähige Gouvernante für sie auszusuchen und widmete mich ansonsten meinem Bild. Meinem Brautbildnis. Sicherlich. Zunächst kostete es mich eine gewisse Überwindung, das Atelier aufzusuchen, Escobedo war es tatsächlich gelungen, mir einen tüchtigen Schrecken einzujagen. Aber schließlich siegten mein Trotz und die Sehnsucht, mich in dieses Refugium, das einzige, was ich all die Jahre für mich alleine hatte, zurückzuziehen. Und wenn ich an meinem Bild arbeitete, dann malte ich mir meine Zukunft aus, sprach mit ihm, für den dieses Portrait gedacht war, dort bist du, sagte ich, irgendwo da draußen hinter dem Meer, und vielleicht hast du jetzt noch keine Ahnung davon, aber ich werde dein Leben verändern, so wie du meines verändern wirst. Wie Recht ich damit haben sollte, davon hatte wiederum ich keine Ahnung …

Es zog sich also in die Länge, sagt Nagel geduldig.

Und dann? Wie ging es weiter? Dieses Bild hat sie Ihrer Meinung nach also noch in Madrid gemalt. Aber es ist nichts darüber verbürgt, oder?

Ich zucke die Schultern. Mir doch egal. Wie viele Bilder sind verschollen und nichts ist von ihnen übrig, nichts bürgt dafür, dass es sie einmal gegeben hat.

Man muss das Bild nehmen und in ihm lesen, wie in einem Buch, sage ich, man muss es aufmerksam betrachten, dann erschließt sich einem alles von selbst.

Lesen Sie es mir vor, sagt Nagel, und beugt sich gespannt über den Tisch.

Lass es sein, mahnt Marguerite. Wenn er es wirklich wissen, will, warum nicht, meint Sofonisba. Ich zögere.

Bitte, sagt Nagel, erklären Sie es mir.

Also gut. Wenn er unbedingt will.

Können Sie sich an das Bild erinnern?, frage ich ihn. Sofonisba hat sich im Dreiviertelportrait dargestellt, wie Sie wissen. Das ist das schickliche Format für sie, ein Ganzportrait ist dem Hochadel und den Königen vorbehalten. Aber sie hat für sich mehr in Anspruch genommen, als nur ein Brustbild zu malen, das erzählt uns etwas über ihr Selbstbewusstsein, und wie sie sich ihre Rolle in einer Ehe vorstellt: Partnerin, nicht Anhängsel.

Nagel legt die Stirn in Falten, als rufe er sich das Bild ins Gedächtnis, und nickt.

Sie trägt ein prächtiges, ja, kostbares Kleid, fahre ich fort, das einer Königin angemessen wäre. Weiß mit goldenen Stickereien und aufgenähten Perlen. Echten Perlen. Königin Anna hat es Sofonisba geschenkt, als sie von ihren Heiratsplänen erfuhr. Ribera berichtet, es sei 900 Scudi wert gewesen. Sie wird es auch am Tage ihrer Hochzeit getragen haben, nehme ich an. Dass sie sich so prächtig kleidet, heißt: Ich werde die Königin in deinem Hause sein. Dann dieser Kragen. Man weiß, dass Sofonisba die spanische Hofmode der hohen Halskrausen nicht besonders mochte, es gibt andere Bilder von ihr, auf denen sie sich, obwohl sie schon einige Jahre in Madrid lebt, immer noch all'italiana darstellt. Aber hier trägt sie einen extrem hohen, kunstvoll gefältelten Kragen, wie er nur den Spaniern von hohem Adel vorbehalten war. Und das will uns Folgendes sagen: Ich bin zwar Italienerin, aber ich habe mir eine hohe Stellung am spanischen Hof errungen. Wer immer mich heiratet, wird diese günstige Stellung mit mir teilen. Der reiche Schmuck spricht von Sofonisbas Reichtum, den sie in die Ehe mitbringen wird. Erinnern Sie sich an die vielen Ringe mit Edelsteinen, die sie trägt? Und an das Diadem und die drei sorgsam übereinander gelegten Halsketten? Besondere Beachtung sollte das juwelenbesetzte Kreuz finden, in dessen Mitte eine kostbare Perle sitzt. Es handelt sich um einen Orden, der eigentlich nur Männern verliehen wurde. Dieses Kreuz ist ein Geschenk des Papstes für das Bildnis der Königin Isabel. Was das heißt, muss ich Ihnen wohl nicht übersetzen.

Ich lehne mich zurück. Nagel sitzt da, vornübergebeugt, und starrt mich fasziniert an.

Oder doch?, frage ich ihn. Also gut, das heißt: Ich genieße die Protektion des obersten Kirchenfürsten. Und es heißt außerdem: Ich wurde mit einer Auszeichnung geehrt, die mich auf dieselbe Ebene wie die Männer meines Ranges stellt. Und ein Bekenntnis zum katholischen Glauben ist es obendrein.

Dass dieses Symbol nicht nur für ihren zukünftigen Mann gedacht war, sondern auch Escobedo einen Wink geben sollte, das lasse ich lieber aus.

Aber das Wichtigste, greife ich den Faden wieder auf, und das kann Ihnen nicht entgangen sein, das Detail, das dieses Portrait von allen anderen so deutlich unterscheidet, das ein für alle Mal klarstellt, um wen es sich da handelt, welche Tätigkeit die Dargestellte ausübt, auch wenn man ihren Namen nicht weiß, die Besonderheit, die dieses Brautbild zu einer völlig ungewöhnlichen und modernen Variante werden lässt, das ist …

… der Malerkittel, sagt Nagel.

So ist es. Über diesem königlichen Kleid trägt sie einen einfachen, offenen Malerkittel.

Hat er überhaupt eine Ahnung, wie Aufsehen erregend dieses Bild dadurch wurde? Kann er sich vorstellen, wie ungewöhnlich dieses Bekenntnis einer Adeligen zu einem Beruf war, der damals schlicht als ein Handwerk galt?

Ja, nickt Nagel, damit ist klar, was sie meint: Sie ist und bleibt eine Malerin, trotz all ihrer anderen Attribute. Sie ist beides: Königin und Malerin.

Ich nicke. Wahrhaft eine königliche Malerin, das ist sie. Und ich merke plötzlich, wie müde ich bin.

SOPHONISBA ANGUISSOLA IPSIUS MANU EX SPECULO DEPICTAM … Verstehen Sie jetzt, warum es so schwierig war, einen Ehemann für sie zu finden?

Schweigen herrscht zwischen uns. Nagel sieht mich an mit einem Ausdruck, den ich nicht deuten kann. Bewunderung? Zweifel? Er wird doch nicht da zweifeln, wo die Wahrheit am reinsten ist?

Das ist alles sehr interessant, sagt er, aber auf eine seltsam zerstreute Art, als dächte er an etwas ganz anderes. Er lehnt sich zurück, streicht mit der Hand über sein kurz geschnittenes Haar. Sie haben vorhin gesagt, beginnt er dann zögernd, die Anguissola habe so viele Bilder gemalt … welche zum Beispiel?

Oh, eine ganze Menge, sprudelt Sofonisba los, das Bildnis des Don Carlos, von dem gibt es ja immerhin noch eine schlechte Kopie von Coello, dann das von Ruy Gomez, dem Prinzen von Eboli, die beiden von Fabrizio Moncada, das vom Vizekönig Colonna mit der Säule …

… ach so, wirft Nagel ein, Colonna heißt »Säule« auf italienisch, nicht wahr?

Jaja, nicke ich ungeduldig, immer noch beschäftigt mit der langen Liste der verschollenen Liebsten, aber Nagel lässt nicht locker, ach darum hat die Anguissola ihn also mit einer Säule abgebildet, will er wissen, so, wie Sie mir das Brautbild erklärt haben, hat sie ja jedes Detail geplant und bewusst eingesetzt, nicht wahr?

Natürlich, sage ich oder ist es Sofonisba, Colonna lehnt an einer jener Säulen in seiner Residenz …, aber wie ich seine Augen aufblitzen sehe, merke ich endlich, viel zu spät, dass ich mitten dabei bin, einen riesigen Fehler zu machen. Wieso fragt er nach der Säule, will Sofonisba wissen, aber da ist es schon zu spät, seine Augen sind schmal geworden, unmerklich, ansonsten sitzt immer noch das freundliche Lächeln auf seinem Gesicht, aber seine Augen lauern. Ich zucke die Schultern, aber ich weiß, es wird nichts nützen, wie können Sie von diesen Bildern wissen, wieso so sicher ein Detail wie die Säule beschreiben, wenn sie doch verschollen sind, wird er mich als Nächstes fragen, und ich suche verzweifelt nach einer plausiblen Erklärung.

Aber er sagt nichts. Schweigt und lässt mich nicht aus den Augen.

Und dann beginnt Sofonisba wieder, Fragen zu stellen, woher weiß er von der Säule, das kann doch nur bedeuten … Er muss es gesehen haben! Eine andere Erklärung gibt es nicht. Und Sofonisba stimmt ein Freudenlied an, während mir ganz und gar nicht danach ist, es ist gefunden, jubelt sie, Colonnas Bild ist aufgetaucht …, aber ich sitze da, betrachte Nagels kaum zu bemerkende Verwandlung, so wie er mich beobachtet. Wie zwei Tai-Chi-Kämpfer, denke ich, konzentriert und doch entspannt, wer wird als erster seine brennende Frage stellen und damit die Deckung aufgeben?

Aber dann geschieht etwas ganz anderes. Eine Bewegung geht durch den Mann dort, mir gegenüber, er schlägt mit beiden Handflächen leicht auf den Tisch, lächelt und sagt:

Wissen Sie was? Ich habe Hunger. Sie auch?

Und er erhebt sich, geht zur Tür, klopft, und wechselt mit der Beamtin draußen ein paar Worte.

Was wollen Sie trinken?, fragt er mich.

Wasser, bitte, sage ich, *da sperrt man die Susanna ein, bei trocken Brot und Gänsewein*, geht mir ein Kinderlied durch den Kopf, aber was Nagel aus seiner Tasche holt und vor uns auf dem Tisch ausbreitet, das ist kein trocken Brot, sondern – ich traue kaum meinen Augen – eine Tüte mit Quarktaschen, und ich erkenne wie eine längst vergessene Botschaft aus vergangenen Zeiten die Aufschrift auf der Tüte, es ist mein Bäcker, der Bäcker bei mir um die Ecke, und ich sehe mich dort stehen und Quarktaschen kaufen, die ich besonders gerne esse oder aß in diesem früheren Leben, als ich noch nichts ahnte von Nagel und Gefängnis und Untersuchungshaft, und ich muss an mich halten, nicht zu weinen angesichts dieser Papiertüte voller Kuchenteile, nicht zu schreien. Ganz deutlich sehe ich mein Atelier vor mir mit all seinen Einzelheiten, und mitten darin leuchtet eine solche Tüte – wie oft sah ich sie und sah sie doch nicht, vergaß sie, um sie dann eines Tages wieder zu entdecken, in ihr eine angebissene und völlig vertrocknete Quarktasche zu finden und in den Mülleimer zu werfen. Heute erscheint mir diese Tüte wie ein Symbol meiner Freiheit, meines früheren Lebens, und wieder einmal erkenne ich, dass es gerade diese kleinen Dinge sind, die wir kaum beachten, und dann, irgendwann, später, zu spät möglicherweise stellt sich heraus, dass gerade sie es sind, die unserem Leben eine bestimmte Farbe verleihen, eine Qualität, die wir erst vermissen, wenn wir sie verloren haben. Aber auch dieser Moment geht vorüber, wie alles, und ich habe mich wieder in der Gewalt. Auf dem Tisch liegt nichts weiter als eine beliebige Bäckertüte, ein Zufall, weiter nichts.

Möchten Sie auch eine, fragt Nagel, es ist genug da. Ich habe immer so was in der Tasche, man weiß ja nie, wie lange ein Gespräch dauert. Und hier – gibt es ja nichts für unsereins. Außer Kaffee. Aber auch nur, weil ich das vor langer Zeit einmal eingeführt habe …

Und dann sitzt er da und beißt herzhaft in eine Quarktasche, und ich merke, wie hungrig ich bin, das Wasser läuft mir im Mund zusammen, sie duften köstlich und vertraut, diese Kuchenteile, ich kann nicht mehr widerstehen, greifen Sie zu, die sind ganz frisch, und es ist wahr, sie sind köstlich, Wochen, nein, Monate habe ich so etwas nicht mehr gegessen.

Und Nagel plaudert, erzählt von seiner Tochter, dass man an den Kindern erst richtig merkt, wie man älter wird, hab ich sie doch glatt gefragt neulich, ob sie Lust hat, mal wieder in den Zoo zu gehen, Papa, hat sie gerufen, und die Augen aufgerissen, ich bin VIERZEHN, und dann klingelt etwas in ihrer Tasche, und sie zieht ein Handy raus – es ist ihr Freund! Stellen Sie sich mal vor, gerade hat sie noch mit Puppen gespielt, und jetzt hat das Kind einen Freund …

Und so geht das fort, ich höre nur mit einem Ohr zu, in mir tobt ein kontroverser Disput, ich versuche, mich wieder zu ordnen, überschlage, was ich bisher erzählt habe, und wo er ansetzen könnte für den Fortgang des Gesprächs, an welchen Stellen er möglicherweise einhaken wird. Und Zweifel plagen mich, ob ich nicht aussteigen sollte aus diesem Spiel. Es ist eine zu große Versuchung für mich, jemandem von Sofonisba zu erzählen, ja, sie selbst erzählen zu lassen, genau da liegt die Gefahr, dass ich sie nicht mehr im Zaum halten kann, mich fortreißen lasse von ihr. Aber ich weiß auch, es gibt kein Zurück. Steige ich jetzt aus, dann erhält das Gesagte noch viel mehr an Gewicht. So kaue ich Blätterteig mit Quarkfüllung, höre Nagel reden und lachen, und ich weiß, es ist kein Zufall, dass er heute Morgen seine Schritte genau in diese Bäckerei gelenkt hat, es ist kein Zufall, dass er ausgerechnet Quarktaschen gekauft hat, er weiß alles über dich, sogar deinen Wein kennt er, und wie er jetzt hier sitzt und plaudert, denkt er ganz sicher an etwas völlig anderes, dieses Gerede über seine Tochter soll mich in Sicherheit wiegen, soll meine Aufmerksamkeit zerstreuen, damit er nachher umso leichteres Spiel mit mir hat.

Sagen Sie mal, meint da Nagel und kaut noch mit vollen Backen, was war denn damals eigentlich los, dort, in Madrid, na Sie wissen schon, als man Sie im Prado verhaften ließ … Es heißt, Sie hätten dort in einer Ausstellung randaliert?

Nein, fährt Sofonisba auf, aber ich halte sie zurück, nein, sage ich ruhig. Das ist so nicht wahr.

Aber so stand das in der Zeitung, sagt Nagel und trinkt seine Kaffeetasse leer. Und im spanischen Polizeibericht. Ganz komische Dinge stehen da. Sie sollen dort immer wieder eines der Hinweisschilder zu einem Gemälde heruntergerissen haben. Ist das wahr? Und als man Ihnen schließlich Hausverbot erteilte, sind Sie wieder in den Ausstellungsraum eingedrungen, haben das Schild von der Wand gerissen und sind darauf herumgetrampelt. Bis man die Polizei geholt hat. Was ist denn das für eine seltsame Geschichte?

Mit einer einzigen Handbewegung wischt Nagel die Krümel vom Tisch, stützt die Ellbogen auf und sieht mich an.

Dieses Bild … sage ich schließlich leise, es ist nicht von El Greco.

Und dafür lassen Sie sich von der spanischen Polizei verhaften? Wegen eines falsch ausgewiesenen Gemäldes? Sie wissen doch genau, dass man das alle Tage machen könnte. Hier. In der Staatsgalerie. Oder in jeder anderen Stadt. Das wäre glatt eine Lebensaufgabe. Wenn man sonst nichts zu tun hätte. Dann könnte man ins Museum gehen und bei jedem zweiten Bild die Hinweistafel herunterreißen und darauf herumtrampeln. Weil die nämlich alle falsch sind. Und die Bilder erst recht. Falsch. Alles Fälschungen. Aber glauben Sie, die Direktoren sind einem dankbar, wenn man sie freundlich darauf hinweist, dass man sie angeschmiert hat? Dass sie haufenweise Steuergelder professionellen Fälscherringen in den Rachen geworfen haben? Dass die Hälfte ihres ach so wertvollen Bestandes nichts wert ist? Oder falsch zugeordnet? So wie Ihr »El Greco«. Aber dafür bezahlen die Leute keine zwanzig Mark Eintrittsgeld, um lauter falsche Bilder zu betrachten. Wenn sie für einen El Greco bezahlen, dann wollen sie auch einen El Greco sehen. Auch wenn es eine Anguissola ist.

Ich schaue auf und ihm direkt in die Augen. Er weiß es also.

Natürlich, sagt er, und wischt sich nicht vorhandene Kuchenkrümel aus dem Bart, die »Dame mit dem Hermelin«. El Grecos Tochter soll das sein. Bis ins letzte Jahrhundert hat man das behauptet. Schade nur, dass El Greco gar keine Tochter hatte, nicht wahr? Aber ob es von der Anguissola ist – ich weiß nicht …

Doch, rufe ich aus, es *ist* von Sofonisba.

Woher wissen Sie das so genau?

Ich starre auf meine Hände. Zögere. Fühle mich wie eine Fliege angesichts des frisch gespannten Spinnennetzes. Die nicht genau weiß, in welche Richtung sie sich in Sicherheit bringen kann.

Sie hat es signiert, sage ich schließlich leise.

Jaja, nickt er, ich weiß. Diese rätselhaften Signaturen der Sofonisba Anguissola. Aber da ist etwas, was ich nicht verstehe. Man muss das Bild fast vom Rahmen lösen, um die Signatur zu sehen.

Und er sieht mein leeres Glas, nimmt die Wasserflasche und schenkt mir nach.

Ich frage mich nur ... spricht er währenddessen freundlich und scheinbar arglos weiter, woher wussten Sie das? Woher konnten Sie wissen, dass die Malerin das Bild dort, genau an dieser Stelle hinter dem Rahmen signiert hat?

Draußen höre ich eine Beamtin husten. Die Kohlensäure in meinem Glas macht ein feines, zischelndes Geräusch. Die Zeit ist ein milchigweißes Spinnennetz, und ich bin darin gefangen. Ob ihm das Mercedes erzählt hat? Oder der Museumskustode? Ach Mercedes. Damals, ja, damals hat sie mich gerettet, hat mich dort herausgeholt aus diesem Polizeirevier, hat für mich gebürgt. Es stimmt nicht, was Nagel erzählt, nicht genau jedenfalls. Erst am Ende bin ich ausgerastet. Aber zuerst habe ich versucht, es ihnen zu erklären. Wollte zur Direktion. Habe mich beschwert. Man ließ mich warten und schickte mich von einem zum anderen. Schließlich habe ich alles einem hageren Menschen mit Hornbrille erklärt. Dass das Bild falsch hängt. Dass es nicht in den El-Greco-Saal gehört. Dass das doch jedes Kind sieht, wie wenig es zwischen die anderen Leinwände passt. Dass dieses Bild von der Malerin Sofonisba Angui... aber da ließ er mich hinauswerfen. Ich hatte Mercedes nicht bemerkt. Aber sie muss das alles mitbekommen haben, denn sie war dort angestellt, eine Expertin war sie für die Spätrenaissance, was sonst. Erst später trat sie auf den Plan, als die Sache eskalierte. Als ich es nicht mehr mit ansehen konnte, wie die Besucher aus aller Welt kamen, den Raum betraten, magisch angezogen von dem Bildnis der Catalina Micaela, auf sie zugingen – keiner kann sich diesem Blick, diesem Ausdruck entziehen, der sich verändert mit jedem Schritt, den man auf sie zumacht: erst stolz und distanziert, dann, während man näher kommt, fast erschrocken, als fürchte sie sich vor der Begegnung mit ihrem Betrachter, ein leichtes Erschrecken und ein Impuls, als wolle sie zurückweichen. Natürlich ist das nur eine Illusion, die Leinwand weicht keinesfalls zurück, aber diese Illusion ist perfekt gelungen. Und schließlich, wenn man vor dem Gemälde steht, erkennt man, dass sie eigentlich gar nicht lächelt, sondern sehr zerbrechlich und nachdenklich dreinschaut, so, wie diese junge Frau, die ich geliebt habe wie meine eigene Tochter, die ich nie hatte, eben dreinschauen konnte, mit Augen, die mehr zu sehen schienen, als manchem lieb war. Ich habe sie in Turin gemalt, wo sie seit ihrer Heirat mit dem Prinzen von Savoyen lebte. Ach, was war das für eine Wiedersehensfreude! Erzähl mir von meiner Mutter, hat sie mich während der Sitzungen immer wieder gebeten, und ich erzählte ihr, zeichnete ihr ein Bild von Isabel mit meinen Worten, während meine Hände sie selbst malten. Was für ein ungewöhnliches Bild, hat ihr frisch gebackener Ehemann gesagt, und er hatte Recht. Nie wieder sollte mir ein derartiges Bild gelingen. In dem Luchspelz – kein Hermelin, das sieht doch jeder –, in diesem Pelz jedenfalls wirkt Catalinas Antlitz noch kostbarer, noch leuchtender, und der feine, fast durchsichtige Schleier, den ich ihr um den Kopf geschlungen hatte, steht in wundervollem Kontrast zu der Schwärze ihres Haares und ihrer Augen.

Ach, und dann das Wiedersehen mit ihr im Prado, wie stolz war ich, wie glücklich … und dann der Blick zum Schild: *El Greco, Dama en el ermlino,* und die Reaktionen der anderen Besucher aus aller Welt: ach, schau doch mal … t'as vu? … look, that's an El Greco, isn't it beautiful … Und in mir der Zorn, nein, wollte ich schreien und schrie es auch schließlich, kein El Greco … bis sie mich hinauswarfen, und … ach, was spielt das noch für eine Rolle, das Gute an der Sache war, dass ich so Mercedes getroffen habe. Sie hat mich schließlich dort herausgeholt, wer weiß, was passiert wäre, dort auf der Polizeiwache, wenn sie nicht gekommen wäre, und ich werde ihr immer dankbar dafür sein.

Das Wasser in meinem Glas hat sich ausgesprudelt. Vor mir sitzt Nagel, und eine Frage hängt noch im Raum, ach, die Signatur, und woher ich das denn wissen kann …

Sie kennen das doch auch, sage ich, und sehe ihn an, wenn man sich lange genug mit einer Sache beschäftigt, dann kommt so etwas schon vor. Da weiß man manchmal einfach, wo man suchen muss …

Aber ich weiß selbst, es klingt nicht überzeugend. Ich würde dir das nicht abnehmen, meint auch Sofonisba. Aber Nagel lässt sich nicht anmerken, wie er darüber denkt.

Intuition, meinen Sie?, fragt er nach. Sie wussten es also nicht, sagt er bedächtig, Sie haben es nur vermutet?

Ich nicke. Und fühle mich scheußlich. Siehst du, am Ende lügst du also doch. Und einen Moment lang meine ich, einen Ausdruck wie Enttäuschung über Nagels Gesicht huschen zu sehen. Er steht auf. Geht die paar Schritte zur Tür, dann zurück zum Fenster.

Gut, sagt er, fassen wir also noch einmal zusammen. Sie recherchieren in Palermo, finden die Bilder bei einem Trödler. Bezeugen kann das niemand, ich fürchte, auch die Zimmerwirtin wird uns nicht helfen können. Sie bringen die Leinwände nach Deutschland, wo sie als echte Anguissolas identifiziert werden. Einmal davon abgesehen, dass Sie sich des Vergehens der illegalen Ausfuhr von wertvollen Kulturgütern aus einem Staat der EU schuldig gemacht haben, ist dagegen nichts einzuwenden. Natürlich wäre es unter den Umständen wirklich besser gewesen, die Bilder zu verzollen, dann hätten wir wenigstens schwarz auf weiß, dass sie aus Italien stammen und nicht aus Ihrer Werkstatt.

Und wie zu jemandem jenseits des Fensters sagt er:

Jaja, diese Anguissola. Schon verrückt. Vor einem Jahr kannte sie keiner. Und heute hat ein richtiger Hipe auf sie eingesetzt.

Was soll das heißen, will Sofonisba wissen.

Der Wert Ihrer Bilder steigt von Tag zu Tag, fährt Nagel fort, und wendet sich wieder zu mir. Heute könnten Sie sie für mehr als das Doppelte verkaufen, als das Museum Ihnen bot. Und stellen Sie sich vor: Neulich ist ein weiteres Bild aufgetaucht, das man ihr zuschreibt …

Welches, frage ich atemlos.

Der Vizekönig, ist die knappe Antwort. Und in mir schlägt etwas Alarm.

Aber dass es der Vizekönig ist, höre ich Nagels Stimme ruhig weitersprechen, dort, vom Fenster herüber zu mir, das haben erst Sie mir vorhin verraten. Colonna. Der Mann mit der Säule. Habe ich Recht? Lesen Sie mir auch aus diesem Bild vor wie aus einem Buch?

Ich antworte nicht. Ich werde nie wieder mit ihm reden. Was habe ich nur getan.

Hören Sie, sage ich dann doch nach einer Weile voller unerträglichen Schweigens, ich weiß nicht, was Sie von mir wollen. Sofonisba hat die meisten Menschen portraitiert, die in ihrem Leben eine wichtige Rolle spielten, und darum kann man sich doch ausrechnen, dass sie auch Ruy Gomez, ihren Ehemann und den Vizekönig von Sizilien, an dessen Hof sie aus- und einging, gemalt hat …

Ach so, sagt Nagel und kommt zurück zum Tisch, auch das haben Sie einfach nur vermutet?

Wo hat man Colonnas Bild gefunden, frage ich.

So sehr habe ich danach gesucht. Es war klar, dass die Retrospektive die Aufmerksamkeit auf die verschollenen Bilder lenken würde. Wir hatten so gehofft, dass sich daraufhin der eine oder andere Sammler, das eine oder andere Museum darauf besinnen würde, seinen Bestand genauer zu prüfen. Wir hatten also Recht behalten.

Bitte, sage ich wie im Traum, darf ich es einmal sehen?

Und im Geiste sehe ich es bereits vor mir, den großen, schlanken Mann mit dem gefälligen Diplomatengesicht, dahinter die Vedute von Palermo durch das geöffnete Fenster, die Perspektive der von ihm erbauten Straße, die zum Hafen führt, dort ein großes Segelschiff, ein Kriegsschiff, das daran erinnert, dass Marco Antonio Colonna an der Schlacht von Lepanto siegreich teilgenommen hatte, weswegen er auch nicht nur bei Felipe in hoher Gunst stand, sondern auch vom Papst wieder in Gnaden aufgenommen wurde, obwohl er wegen seiner Teilnahme an der Plünderung Roms ein paar Jahre exkommuniziert gewesen war – all das findet sich in meinem Bild, auch die Anspielung darauf, dass Colonna ein leidenschaftlicher Schachspieler war, denn er steht auf einem Boden aus schwarz und weiß gewürfeltem Marmor. Und ähnlich wie Isabel auf dem Bild vor ihrer Mission in Frankreich hat auch er ein Medaillon, zwar nicht in der Hand, sondern um den Hals, ein Medaillon über dem Herzen mit dem winzigen Bildnis des Königs Felipe, den er hier in Sizilien vertritt ...

Wo man es gefunden hat? Nagel zuckt mit den Achseln. Keine Ahnung. Vielleicht bei einem sizilianischen Trödler, was meinen Sie?

Siehst du, sagt Marguerite, das hast du jetzt davon. Er glaubt dir nicht. Er verhöhnt dich sogar.

Nun ja, meint Nagel. Wie dem auch sei. Ich werde übrigens auch dieses Bild mit dem Vizekönig beschlagnahmen. Sotheby's bietet es zum Verkauf an in einer Auktion. Es hat ausgezeichnete Expertisen, stammt aus Privatbesitz. Der Eigentümer will mal wieder anonym bleiben. Sie kennen ihn nicht zufällig?

Ich? Wenn ich gewusst hätte, dass das Bild noch existiert und wo es sich befindet, dann hätte ich alles versucht, um es für die Retrospektive zu bekommen!

Nagel sieht mich nur an. Was er denkt, das verraten mir seine dunklen Augen diesmal nicht.

Ja, wer weiß, sagt er schließlich. Vielleicht zeige ich es Ihnen tatsächlich. Obwohl es mich nicht verwundern würde, wenn Sie jetzt schon genau wüssten, wie es aussieht.

Ich antworte nicht. Er hat ja Recht und ist doch völlig auf dem Holzweg, wenn er denkt, ich habe auch noch den Vizekönig aus Sofonisbas Gedächtnis rekonstruiert. Vielleicht, wer weiß, wenn die Leinwand für mehr als drei Bilder gereicht hätte ... Aber jetzt ist es ja wieder da, und ich bin froh, dass nicht zwei weitere völlig identische Bilder existieren und Verwirrung stiften.

Es war wirklich sehr aufschlussreich, sagt Nagel freundlich, unser Gespräch. Ich habe Ihre Version kennen gelernt. Auch wenn ich glaube, dass Sie mir immer noch etwas verschweigen. Sie haben mir Ihre Wahrheit gesagt, daran zweifle ich nicht. Aber Ihre Wahrheit ist wie ein Sieb, sie hat Löcher. Irgendetwas fehlt.

Er ist zu klug, als dass du ihn täuschen könntest, sagt Sofonisba, und eigentlich haben wir es vorher gewusst. Und wenn du ganz ehrlich bist, flüstert sie leise, dann hätte es dich doch auch sehr enttäuscht.

Wie wäre es, fährt Nagel nachdenklich fort, wenn wir das Spiel einmal umdrehen? Hätten Sie Lust, sich in meine Mokassins zu stellen? Gesetzt den Fall, Sie versuchen, mit meinem Kopf zu denken: Welche Schlüsse müssten Sie ziehen?

Er setzt sich wieder mir gegenüber auf den Stuhl. Faltet die Hände auf dem Tisch. Sieht mich nachdenklich an.

Es hat mich sehr beeindruckt, wie gut Sie sich in diese Malerin hineinversetzen können. Sie wissen eine Menge über sie, als wäre sie eine Freundin von Ihnen, und Sie stünden in ständigem Kontakt mit ihr. Als wäre das alles erst gestern passiert und nicht vor fast fünfhundert Jahren. Wie Sie mir dieses Brautbild erläutert haben – Hut ab, Sie verstehen wirklich etwas davon.

Er betrachtet seinen Daumennagel, als verberge sich hier das ganze Geheimnis dieses Falles.

Man könnte sagen, Sie verstehen ein bisschen zu viel davon. Da sind gewisse Details, ich frage mich, woher Sie das alles wissen können. Oder man könnte sagen, Sie haben eine sehr lebendige Phantasie … Ich versuche mir vorzustellen, was so mancher meiner Kollegen sagen würde. Dass für jemanden mit so viel Vorstellungskraft wie Sie diese Malerin eine wunderbare Gelegenheit bietet, um sich in eine andere Welt hinüberzuträumen. Und was läge näher, bei Ihren Fähigkeiten, als dem ganzen Phantasiegebilde noch ein bisschen nachzuhelfen, die Ihrer Meinung nach fehlenden Bilder einfach einzufügen in das Œuvre der Sofonisba Anguissola, eine kleine Retusche an der Wirklichkeit, weiter nichts? Beileibe kein Verbrechen, nein, ein Geniestreich, perfekt, das Füllen von Lücken, so wie Bernd Heckelmann in der Marienkirche, und auch er hat nie verstanden, warum andere Menschen der Meinung waren, das dürfe nicht sein.

Mir klopft das Herz bis zum Hals hinauf. So nah war noch nie ein Mensch meiner Wahrheit gekommen. Aber er irrt sich dennoch. Wie sollte er auch ahnen, dass Sofonisba Anguissola tatsächlich auf eine Weise, die er für unmöglich hält, vor ihm sitzt?

Psychologisch kann man das sicherlich irgendwie erklären. Aber ich bin kein Psychologe, sagt Nagel, und wendet sich von seinem Daumennagel ab. Von diesen Dingen verstehe ich nichts. Ich bin Kriminologe, ich habe mich mit einfachen Wahrheiten herumzuschlagen. Hat Frau Lenze diese Bilder gemalt oder hat sie es nicht, das ist es, was ich wissen muss. Aus welchen Gründen sie sie gemalt haben könnte – vor Gericht ist das Nebensache.

So einfach ist das also für ihn. Aber ich sehe in sein Gesicht und erkenne, es ist alles andere als einfach für ihn. Er hat sich auf etwas eingelassen, was er noch niemals in seinem Leben zuvor getan hat. Möglicherweise ist tatsächlich seine Tochter daran schuld, wer weiß? Irgendwo haben wir alle unsere Auslöser, die uns dazu bringen, einmal tiefer hinabzublicken in das Geheimnis des Daseins. Und wer dies ein einziges Mal tut, der kann nie wieder vergessen, was er Verstörendes erblickt hat. Der kann nie wieder zurück. Und ich weiß, dass es auch ihm, Frieder Nagel, nicht anders ergehen wird.

Was werden Sie tun, frage ich ihn.

Erst einmal Mittag essen, ist die schlichte Antwort. Dann sieht man weiter.

Er steht auf und bedankt sich bei mir, hält meine Hand in seiner, als wollte er doch noch etwas sagen.

Ich habe von Anfang an gewusst, dass es äußerst interessant ist, sich mit Ihnen zu unterhalten. Ich habe eine Menge von Ihnen gelernt. Nerellone Etneo, sagten Sie?

Immer noch hält er meine Hand, umfasst sie warm und mit der größten Selbstverständlichkeit, ich aber fürchte, er kann an ihr mein Erschrecken spüren, das sich in mir ausbreitet, in meine Hand wandert und sie zum Glühen bringt, oder ist es seine Wärme, die mich langsam, aber sicher verbrennt?

Das interessiert mich, wirklich. Da gibt es tatsächlich noch etwas, was ich nicht kenne. Ich muss Ihnen gestehen, ich habe noch nie von einer solchen Traube gehört.

Sofonisba. Eines Tages wird sie mein Verderben sein. Und doch sehe ich wieder die tiefdunkle Farbe in den schillernden Gläsern, höre das Lautenensemble und das Stimmengewirr im Palazzo dei Normanni, sehe den Diener mit dem großen Tablett vorübergehen, schmecke dieses Aroma nach Erde und wildem Fenchel und dem Salz des Meeres, genieße den Triumph unseres Weines bei dieser »Premiere« … und sehe in Nagels Augen, die meine Gedankenbilder zu reflektieren scheinen, und wieder packt mich die Angst, was weiß er bereits, wie lange wird er brauchen, um mich bis in die tiefsten Winkel meiner Seele zu durchschauen, und was wird er dann tun mit diesem Wissen? Und als hätte er auch diese Frage aus meinem Gesicht herausgelesen, sagt Nagel schließlich sanft und wie begütigend: Warten wir also ab, was Moos zu den Bildern sagt.

Dann hat er es eilig. Packt seine Tasche zusammen.

Und wegen dieser Locke, sagt er, seien Sie beruhigt …

Beruhigt, sage ich, wie soll ich beruhigt sein. Wer weiß, was als Nächstes passiert? Vielleicht bin ich morgen schon tot!

Und wieder schnürt mir die Panik den Atem ab und das Blut pocht in meinen Schläfen.

Diese Frau hätte Sie bereits umbringen können, so, wie Sie den Hergang beschreiben. Aber sie hat es nicht getan. Sie wollte Ihnen nur einen Schrecken einjagen. Einen mörderischen Schrecken. Ich werde ihr einen Riegel vorschieben. Verlassen Sie sich drauf!

Und wie er es sagt, glaube ich ihm. Ich weiß zwar nicht, wie er das tun will, aber es wird ihm gelingen.

Diesen Mann sollte man auf seiner Seite haben, sagt Sofonisba nachdenklich, nicht als Gegner.

Und dann ist er an der Tür, und wieder einmal sehe ich voller Neid und Verzweiflung, wie sie sich auf seinen Befehl hin öffnet, ihn hinauslässt, mich aber lässt er zurück mit dem Gefühl, einmal mehr eine der Chancen vertan zu haben, die das Leben für mich bereithält.

17

Zum Goldmalen

sind zwei Sorten Farbe nötig, die eine ist gelb, die andere rot. Sie müssen zuerst in Wasser gerieben werden, und wenn sie getrocknet sind, dann lassen sie sich leicht mit Öl vermischen, entweder auf der Palette oder, wenn man mehr braucht, auf dem Stein. Aber mit Öl allein wird es niemals schön gerieben.

Mit dem Schiff ist sie gekommen, mit einem Schiff wird sie gehen …, so sprach Aqiba, Prophetin des Propheten, Aqiba, die Raum und Zeit übersah. Und wenn man sie auch dem Feuer übergab, die Wahrheit kann man nicht verbrennen – es kam alles, wie sie es sagte. Und auch an mir erfüllen sich ihre Worte, denn ein Schiff trägt mich durch die Zeiten, dort stehe ich, mitten in diesem Wogen und Schaukeln und Schwanken.

Nein, ich werde nicht erwachen, niemals wieder, wenn es sein muss, für immer will ich hier stehen, das Licht sehen, dieses einzigartige Sonnenlicht, wie es auf den Wellen tanzt, seine Wärme im Rücken spüren und den klebrigen Meereswind schmecken, die winzigen Tröpfchen aus Gischt, die er mit sich trägt und mir unter die Schleier und Tücher weht, in die ich mich gewickelt habe, das Meer, wieder einmal das Meer, das Meer wird es geben, das Meer wird es nehmen, aber zunächst einmal gibt es mir, und ich atme es in vollen Zügen, stehe so nah wie möglich am Rand dieser Nussschale aus Holz, bis der Kapitän mich ermahnt. Er sieht mich wohl schon hineingeweht in die schäumenden Fluten, nein, das kann er sich nicht leisten, diese vornehme Dame, diese kostbare Fracht dem gefräßigen Schlund des Meeres zu opfern, aber ich lache nur, lache, so laut ich kann, und der Wind pflückt mir das Lachen von den Lippen, wie ein Geliebter bestürmt er mich, heiß und unerbittlich, der Scirocco ist es, der Wind aus der Wüste, wie die Matrosen sagen, und auch er lacht, der Wüstenwind, und reißt knatternd an meinen Röcken.

Ich bin verheiratet, jubelt es in mir, du bist verheiratet, echot erschrocken eine Stimme in mir, die es immer noch nicht fassen kann, ja, ich bin verheiratet, Sofonisba Anguissola e Moncada, Contessa di Paternò ist es, die hier steht, und sich an der Reling festhält, jetzt und hier, in der ausgedehnten Gegenwart einer Reise übers Meer, hinter mir die Vergangenheit, vor mir die Zukunft – oder ist alles nur ein Traum?

Nein, kein Traum, ich bin angekommen im Hier und Jetzt auf diesem Schiff, das mich in eine neue Zukunft trägt, die Vergangenheit, so schnell wie möglich möchte ich sie vergessen! Aber nein, nicht alles, nur dieses lange, zermürbende Warten. Während für alle anderen das Leben weiterging, stand für mich alles still. Immer wieder die Zweifel, ob dies auch wirklich der richtige Weg für mich ist. Heiraten. Und die Schmach, dass es so schwierig war, einen Mann zu finden, der mich heiraten wollte. Ach, Bewerber gibt es genug, sagte Felipe, aber es geht ja um so viel, es geht um deine Zukunft, Sofonisba, dasselbe schrieb mir der Conte Broccardo, heiraten könntest du diesen oder jenen, aber hier geht es um die Sicherung deines späteren Lebens, ach, wie mir das verhasst war, ich hatte eine Mühle in Bewegung gesetzt, die jetzt nach ihren Gesetzen und in ihrem eigenen Tempo vor sich hinmahlte und kein Ende fand. Inzwischen wurde in aller Stille die königliche Hochzeit gefeiert, inzwischen freundete ich mich mit der neuen Königin an, eine Freundschaft wie ein unerwartetes Geschenk – Anna war viel zu umgänglich für eine sinnlose Feindschaft. Inzwischen kränkelte Juana vor sich hin und erholte sich wieder. Inzwischen wurde Anna schwanger und gebar einen Sohn, Fernando, den Thronerben, zur unendlichen Freude und Erleichterung Felipes. Seine Rechnung war aufgegangen, die Habsburgerfrauen waren unschlagbar fruchtbar, und wie um es zu beweisen, wurde Anna gleich wieder schwanger. Inzwischen vollendete Felipe den mir so verhassten El Escorial, und gerade, als ich dachte, es würde mir nun doch nicht erspart bleiben, mit dem gesamten Hof dorthin umzuziehen, kam die frohe Botschaft. Eine Botschaft, die mir das Herz bis in den Hals hinauf klopfen ließ. Endlich ein ernsthafter und ernst zu nehmender Bewerber um meine Hand. Conte Fabrizio de Moncada, zweiter Sohn des Prinzen von Paternò. In Sizilien.

Sizilien?, fragte ich erschrocken, ich dachte, heimzukehren. Aber Sizilien ist von meiner Heimat fast so weit entfernt, wie Spanien.

Nein, log der Conte Broccardo, nicht ganz so weit. Aber er wusste so gut wie ich, dass es kaum einen Unterschied machte. Und er pries die Tugenden und Verdienste meines Bewerbers, zeichnete mir mein zukünftiges Leben in unmittelbarer Nähe des Hofes des Vizekönigs, Felipes Regenten, in Palermo in den glühendsten Farben. Moncada war auf den Monat genauso alt wie ich. Er sah gut aus, wenn man dem Maler der Miniatur Vertrauen schenken wollte, die mir Broccardo übergab. Warum hat er noch keine Frau, in seinem Alter, habe ich gefragt. Wo ist der Haken?

Es gibt keinen Haken, wich der gute alte Conte aus, aber ich ließ nicht nach, und so erzählte er mir von Moncadas Situation als zweitältester Sohn dieses alten, sizilianisch-spanischen Geschlechts, dessen Oberhaupt erst vor einigen Jahren Felipe für seine Verdienste in der Schlacht von Lepanto den Titel eines Prinzen von Paternò verliehen bekommen hatte.

Dann werde ich also Prinzessin, fragte ich lachend.

Nein, Sofonisba, bekam ich überraschend ernst zur Anwort. Das wirst du nicht, und der Grund, warum Fabrizio sich zu einer Heirat mit dir entschlossen hat, außer dem selbstverständlich bis nach Sizilien gedrungenen Ruf deiner außerordentlichen Schönheit, Ehre und Verdienste als Malerin …

Lasst die Komplimente beiseite, bat ich, dieser »Ruf« hat einer Menge anderer Männer nicht genügt, um mich heiraten zu wollen. Heraus damit, welches Argument hat Moncada letztlich überzeugt?

Das … muss ich ein bisschen ausführlicher erklären, druckste Broccardo herum. Auf Sizilien herrscht ein altes Erbrecht, das dem Erstgeborenen so gut wie alles vermacht: Titel, Haus und Hof und Vermögen. Die anderen Kinder sind zeitlebens abhängig von ihrem ältesten Bruder. Fabrizio ist der zweite und jüngste Sohn der Moncada. Er und sein älterer Bruder Cesare, die beiden vertragen sich gut, bis jetzt ging alles bestens, aber die Schwägerin, Cesares Frau, Luisa de Luna … wie soll ich es sagen, sie ist eine stolze und unberechenbare Frau, die gerne Intrigen spinnt, du verstehst, was ich meine. Fabrizio selbst ist so gut wie mittellos, er besitzt ein paar bescheidene Renten, die kaum ausreichen für ein standesgemäßes Leben, und einen Stadtpalast in Paternò. Aber das ist nicht genug, um ein eigenständiges Leben zu führen, und vielleicht auch eine Rolle zu spielen am sizilianischen Hof …

Er braucht also mein Geld?, fragte ich.

Broccardo rang verzweifelt die Hände, aber ich lachte ihn aus. Lieber Conte, sagte ich, dass ich kein junges dummes Gänschen bin, das müsstet Ihr inzwischen wissen, und wenn mein zukünftiger Gatte eine sinnvolle Verwendung weiß für das Vermächtnis der Königin und meine Einkünfte aus den Leibrenten, die mir der König in seiner großen Güte verschrieben hat, dann habe ich gar nichts dagegen einzuwenden. Und dieser Schwägerin, der werde ich schon etwas entgegenzusetzen haben.

Dann stellte ich Fragen über Fragen. Wollte alles über Fabrizio Moncada wissen, wichtiger als alles andere war mir sein Charakter, sein Wesen, schließlich war es ein gewaltiges Wagnis, die Ehe einzugehen mit einem völlig fremden Menschen. Dieser Meinung war auch Felipe, der sich meiner Angelegenheit sorgfältig annahm, Briefe wanderten hin und her, Eheverträge wurden entworfen und verworfen, neue aufgesetzt und verhandelt, schließlich machte sich mein Brautbild, gut verpackt und versiegelt, auf den Weg über das Meer, und dann erhielt ich einen so wunderbaren Brief von meinem zukünftigen Ehemann, dass ich mir völlig sicher war, das Richtige zu tun.

Du bist nach allen Seiten abgesichert, sagte mir Felipe. Deine Renten werden auch nach deiner Heirat auf deinen Namen ausbezahlt, niemand kann über sie bestimmen, außer du selbst und derjenige, dem du eine Vollmacht erteilst. Der Vizekönig ist angewiesen, auf dein Wohl zu achten …

Wir haben an alles gedacht, fügte Ruy Gomez hinzu, der ebenfalls zu Rate gezogen worden war. Im Falle des Ablebens deines Mannes zahlt dir die Familie Moncada deine gesamte Mitgift bis auf den letzten Scudo zurück …

Nun mach mich nicht schon zur Witwe, scherzte ich, bevor ich überhaupt verheiratet bin.

Man muss jeden Fall bedenken, sagte Ruy Gomez ernst, niemand hofft das Schlimmste, die Mutter Gottes möge dich davor bewahren, aber falls es doch geschehen sollte, ist vorgesorgt.

Er war sich da so sicher. Er vertraute seinen ausgetüftelten Papieren. Aber er hatte keine Ahnung von Sizilien.

Sicilia, Sicilia – wie das ferne Schlagen von Wellen an einen verzauberten Strand erschienen mir diese Silben in den folgenden Wochen. Sicilia, Sicilia – wie das Wispern von Zikaden und das Glitzern eines Edelsteins im Sonnenlicht. Hier bei uns erzählt man sich eine Sage, schrieb mir mein Bräutigam, auf meine Bitte, mir die Insel zu beschreiben, und nach dieser Sage schuf Gott Sizilien am siebten Tage, als er mit seinen Engeln die Schöpfung feierte. Und mitten in diesem Freudenfest nahm der Herr den schönsten Diamant aus seiner Krone und warf ihn voller Übermut hinab auf die Erde. Der Diamant fiel ins Meer, kurz vor die südlichste Spitze Italiens.

Das ist Sizilien, schrieb Fabrizio, und ich bin sicher, es wird Euch auf Gottes liebstem Edelstein so gut gefallen wie mir.

Und so geschah es. Irgendwann waren die Verträge unterschrieben und besiegelt. Der Termin der Hochzeit wurde festgelegt. Moncada würde kommen, mit mir in Madrid vor den Altar treten und mich zu sich nach Hause holen. Wie sehnte ich diesen Tag nun herbei!

Aber es kam anders. Im letzten Moment musste er die Reise absagen. Sein Bruder Cesare, der Prinz von Paternò, war überraschend gestorben. Er hinterließ Luisa de Luna und einen fünfjährigen Sohn, den zukünftigen Prinzen von Paternò.

So sehr es mir das Herz bricht, schrieb mir Fabrizio, ich kann in diesen Tagen unmöglich reisen, so vieles muss geordnet und verhandelt werden. Mein Verhältnis zu meiner Schwägerin ist nicht das beste, und meine Abwesenheit könnte fatale Folgen für uns haben ... Und er sandte seinen Vetter Ferrante, der an seiner Stelle per procura die Hochzeit mit mir vollziehen sollte.

Von jeher hatte ich diesen Brauch verabscheut. Ich wollte mit meinem zukünftigen Mann vor dem Altar stehen, nicht mit irgendeinem Stellvertreter. Dann heiraten wir eben auf Sizilien, schlug ich vor, aber sowohl Felipe als auch Ruy Gomez waren strikt dagegen. Du verlässt mein Haus nicht als unverheiratete

Frau, was ist, wenn du in Sizilien ankommst, und aus irgendwelchen Gründen kommt es dort nicht zur Heirat?

Und denk daran, fügte Ruy Gomez ruhig hinzu, Moncada hat nicht die Mittel für eine standesgemäße Hochzeit in Palermo. Die Verträge sind endlich unterschrieben. Schiebst du die Heirat jetzt auf, werden sie ungültig, und alles beginnt von vorne …

Die Verträge. Die Verträge. Für sie war eine Heirat nichts anderes als ein Geschäft, das man vertraglich absichern muss. Aber man kann sich nicht gegen das Leben absichern. Damals habe ich ihnen noch geglaubt. Ein paar Jahre später … nun, da sollten die Dinge ganz anders aussehen. Aber jetzt ging alles nach Plan. Felipe führte mich an den Altar der Kapelle im Alcázar, wo schon so manche ehemalige Hofdame verheiratet worden war. So schließen wir also die Kapitel in unserem Leben, dachte ich, während wir die wenigen Schritte durch die Kapelle gingen, meine Hand auf seinem Arm. So würde ich ihn also bald verlassen, und ein banges Gefühl stieg in mir auf, wie anders hatte ich mir diesen Tag vorgestellt, dachte ich, als ich an der Seite des jungen und nervösen Vetters meines Mannes die Zeremonie über mich ergehen ließ, alle waren sie da, die mir lieb und teuer waren, Juana, Anna und die Mädchen. Sogar Leonor de Toledo war extra gekommen und weinte in ihr Taschentuch ein paar rührselige Tränen. Siehst du, flüsterte sie mir später ins Ohr, während sie mich küsste und beglückwünschte, ich hab es doch gesagt. Aber warum muss es ausgerechnet Sizilien sein, weiter ist es wohl nicht gegangen, was? Du hättest meinen Bruder nehmen sollen, dann wären wir jetzt Schwägerinnen, stell dir das einmal vor …

Und dann war ich also verheiratet, jedenfalls auf dem Papier. Nachts träumte ich von Sizilien. Sah eine Insel aus gläsernem Gestein, darauf Moncada, selbst durchscheinend wie eine Spiegelung der Luft. Vor sein Gesicht hielt jemand ein Medaillon, aber immer, wenn ich die Züge erkennen wollte, verwischten sie sich und verschwammen. Und dann schrumpfte die Insel zu einem Diamanten zusammen, Felipe beugte sich über ihn, ergriff ihn und setzte ihn sich mitten in seine Krone …

Meine Abreise verzögerte sich. Felipe wollte, dass die Verhältnisse im Hause Moncada geklärt waren, ehe ich Spanien verließ. Mein Mann dagegen drängte auf mein Kommen. Ich bin mir sicher, er braucht meinen Beistand. Und endlich, endlich war es so weit. Annas Portrait vollendet, die beiden Prinzessinnen zum letzten Mal gemalt, sie waren gut geworden, diese Bilder, ein würdiger Abschied, wenn ich auch bedauerte, dass die Trauer immer noch wie ein Flor über dieser jungen Familie hing. Schwarz, dieses verdammte Schwarz, das die Kindergesichter bleich und frühreif erwachsen erscheinen ließ. Und wie traurig war es, Felipes Bild aus unseren glücklichen Zeiten teilweise zu übermalen, es dem von Anna anzupassen, die Retusche an der Vergangenheit, viel lieber hätte ich ein neues Bild gemalt, aber die Zeit lief uns allen mit einem Mal davon.

Inzwischen saß ich auf gepackten Kisten. Meine übrig gebliebenen Farben schenkte ich Coello zum Abschied. Nur einen dicken Ballen mit wertvoller Leinwand nahm ich mit.

Brauchst du deine Farben nicht in Sizilien, fragte er, aber ich hörte wieder meinen Vater sagen: Alle Farben sind die richtigen, wenn nur die Malerin die richtige ist. Wie Recht er hatte, und schließlich machte ich mir meine Farben immer wieder aufs Neue selbst. Wehmütig dachte ich an meinen Aufbruch aus Cremona. Wie jung ich damals gewesen war!

Ja, diesmal reise ich mit großem Gepäck. All die Kisten mit meinen kostbaren, kaum getragenen Kleidern, die Möbel, die Stoffe, den Schmuck – wie ein Eichhörnchen, dachte ich, als wir alles verpackten und die langen Listen schrieben, was habe ich nicht alles zusammengetragen in diesen Jahren. Ein richtiger Schatz, sagte Consuela stolz, während heiße Tränen in die Kisten tropften – nach langem Zögern hatte sie sich schließlich doch entschlossen, mich zu begleiten ins ferne Sizilien, und der Abschied von der Heimat fiel ihr denkbar schwer.

Und jetzt ruhen sie alle dort unten im Bauch dieses Schiffes, meine Schätze. Luisa de Luna wird staunen, sieht sie erst meine Juwelen. Alles ist geregelt, hat mir Felipe bei unserem Abschied gesagt, die Stellung deines Gatten hat sich durch den Tod seines Bruders durchaus verbessert. Wie das Gesetz es vorschreibt, ist Fabrizio zum Vormund seines Neffen bestimmt. Bis zur Volljährigkeit des jungen Prinzen liegt die Verwaltung des Moncada'schen Vermögens in seinen Händen. Und sollte Luisa de Luna sich wieder verheiraten, dann verliert sie alle Ansprüche auf Vermögen und Titel.

Und so lange es auch gedauert hatte, plötzlich ging alles sehr schnell. Kaum Zeit, allen Lebewohl zu sagen. Ruy Gomez. Felipe. Mit dir geht die Letzte, die … Felipe presste die Lippen aufeinander. Die Letzte, die für die alten Zeiten stand, war es das, was er sagen wollte? Solltest du je in Schwierigkeiten sein, sagte Felipe stattdessen, hier bei uns ist immer ein Platz für dich, vergiss das nicht. Ich versprach es. Versprach, zu schreiben, und zu grüßen, nahm Briefe mit, die mir Wege ebnen und Türen öffnen würden. Und dann war es so weit. Eine Tür schloss sich und eine Kutsche setzte sich in Bewegung. Eine Kutsche nach Cadiz, wo das Schiff auf mich wartete, und der Wind bereits die Segel blähte.

Und nun stehe ich hier, während Consuela jammernd in ihrer Kajüte liegt und behauptet, sterben zu müssen. Ich aber sehe nach vorn, der Wind treibt mir Tränen in die Augen. Von hoch oben erschallt plötzlich ein Ruf, aus dem Ausguck des runden Mars am Hauptmast, Laaaaaand iiiiiin Siiiiiiiicht!, die lang gezogenen Silben, so lange erwartet, die jetzt das zeitlose Gleiten durch die Wellen verwandeln in die Erwartung einer Ankunft, eines Endes und eines Beginns. Und dann sehe ich Sizilien. Sehe es zum allerersten Mal. Zunächst nur als blassen Rand, eine vage Ahnung des Festlands, eine Erhebung aus dem glatten Saum des Meeres am dunstigen Horizont. Um mich herum gerät alles in Bewegung, die Matrosen rufen und eilen hin und her, jeder weiß genau, was er zu tun hat, Freude hat alle ergriffen, nur ich stehe da, ganz still, wie gebannt, und sehe diese Insel am Horizont langsam größer werden, Gestalt annehmen, heraustreten aus dem Dunst. Und es ist tatsächlich wahr: Er leuchtet und schimmert, Gottes Diamant. Nun treten Einzelheiten in dieses Bild, Berge, Riffe, vorgelagerte Inseln, das scheinbar geschlossene Band der Küste teilt und öffnet sich, bildet Buchten und Landzungen. Und dann erblicke ich Palermo, zum allerersten Mal, sehe den Hafen und dahinter die in der Sonne strahlende Stadt vor der Kulisse des Monte Pellegrino, die Conca d'oro, die goldene Muschel, erkenne Zinnen und Türme und Paläste wie Perlen um den Hals einer prächtigen Dame inmitten eines blühenden Gartens. Über den Bergen liegt ein rosenroter Schleier, der Himmel ist so blau wie ein Saphir, und mein Herz schlägt hoch: Das also ist sie, dies wird meine neue Heimat sein, und ich weiß, während der Scirocco uns in den Hafen trägt, dass dies meine Stadt ist und sein wird und – wer weiß – vielleicht immer schon war: Hier will ich leben und hier will ich sterben, denke ich, es ist so etwas wie eine Liebe auf den allerersten Blick.

Und dieses Bild, ach könnte ich es festhalten. Diese Freude, könnte ich doch ewig in ihr verweilen. Wenn man den launischen Lauf der Zeit anhalten könnte, und ich dürfte wählen – vielleicht wäre es dieser Moment, wie ich mit leuchtenden Augen auf Deck stehe wie eine Einzug haltende Königin, das Geschrei und Gewimmel um mich herum genieße, als gäbe es meinem inneren Jubel eine Stimme, und langsam, unaufhaltsam in diesen Hafen von Palermo gelange, und jeder Meter durch das dunkle Wasser mir neue Einzelheiten und Wunder offenbart: das satte Grün von Zitrushainen, Zypressen, die ihre dunklen Finger wie mahnend in den Himmel stechen, Palmen, ach, die ersten Palmen meines Lebens und Kuppeln, viele Kuppeln, wie ich sie noch niemals sah, in der Farbe gebrannten Karmesins krönen sie die steinernen Quader – ja, diese seltsame Mischung der Gebäude, Zwitterwesen aus maurischer und normannischer Baukunst, heller Stein und rundgewölbte Fensterbögen, goldene Mosaike, glitzernd im Sonnenlicht, ach, niemals werde ich müde, die Wunder zu betrachten. Und wie diese Märchenstadt liegt auch ein neues Leben hoffnungsfroh vor mir, und alles, was ich tun muss, ist meinen Fuß an Land setzen, und dann beginnt eine neue Zeit …

Und tatsächlich, die Zeit setzt wieder ein, wenn auch völlig anders, als ich es mir wünsche: Vor meinem Bett steht Hasenzahn und starrt mit aufgerissenen Augen auf mich herunter.

Alles in Ordnung, fragt sie, du hast so still dagelegen, ich dachte, womöglich …

Ich hab geschlafen, schnauze ich sie an, auch wenn es nicht wirklich stimmt, aber verdammt noch mal, sie soll mich in Ruhe lassen, heute ist Sonntag, da kann man doch einmal in der Woche tun und lassen, was einem gefällt.

Mit offenen Augen?, fragt sie dann doch neugierig. Du hast wirklich komisch ausgesehen … da platzt mir aber der Kragen, möcht nicht wissen, wie du aussiehst, wenn du schläfst. Jaja, wehrt sie erschrocken ab, und fast tut sie mir Leid, ist ja schon gut, es ist nur … du hast Besuch, aber wenn du willst, dann schicken wir ihn wieder weg.

Ich setze mich auf. Sehe mich um, versuche, mich zu orientieren.

Besuch?, frage ich und denke an Nagel. Am Sonntag?

Besuch kommt immer am Sonntag, bekomme ich zur Antwort. Ach ja, Sonntag, Besuchstag – aber wer um alles in der Welt kommt mich besuchen?

Keine Ahnung, blafft mich Hasenzahn an, schließlich ist sie doch noch wütend geworden, also willst du den Besuch sehen oder nicht?

Es ist Suse. Sie trägt ein schwarzes Kostüm und eine schwarze Sonennbrille, ihr flammendes Haar ist sorgfältig hochgesteckt, alle tragen sie jetzt Schwarz, wenn sie zu mir kommen, denke ich, als wäre dies hier ein Mausoleum und ich bereits gestorben. Mensch Sofie …, ruft sie aus, und sieht mich erschrocken an. Sehe ich denn so schlimm aus, frage ich mich, und dann sehe ich mich plötzlich wie von außen, so, wie sie mich wohl sieht, bleich, schmal, ich bin dabei, mich in eine Kellerassel zu verwandeln, denke ich, ein jämmerlicher Anblick.

Hey, sagt sie leise, wie geht es dir?

Gut, will ich sagen, aber zu meiner eigenen großen Überraschung breche ich stattdessen in Tränen aus.

Suse räuspert sich verlegen. Sie hasst Gefühlsergüsse, ich weiß das, mir geht es ja nicht anders, aber so sehr ich mich auch bemühe, ich kann den Tränenstrom nicht stoppen. Sie kramt in ihrer Kostümjacke und zieht ein Taschentuch heraus.

Ein Wunder, dass man mir das noch gelassen hat, sagt sie und zieht eine Grimasse. Du hast keine Ahnung, wie man hier gefilzt wird … ich kann dir sagen… Dass die nicht auch noch meinen Tampon sehen wollten, hat mich direkt gewundert. Man könnte meinen, du bist eine gefährliche Terroristin …

Aber das, was ein Scherz werden sollte, zündet nicht so recht, und mir ist sowieso alles andere als zum Lachen zumute. Da nimmt sie mich in den Arm, und für einen kurzen Moment ist alles wie früher, komm, sagt sie, denen werden wir's schon noch zeigen, und es ist wie damals, als wir noch zur Schule gingen und uns mit den Flaig-Brüdern aus der Brunnenstraße geprügelt haben.

Ich bitte Sie, sagt die Beamtin, die im Raum geblieben ist, und tritt an uns heran, das geht nicht, und nehmen Sie Ihr Taschentuch wieder an sich. Es ist verboten, Gefangenen etwas zu geben … Aber so höflich sie auch ist, sie macht einen Fehler. Den Fehler, Suse anzufassen. Man darf Suse nicht einfach so anfassen, und das bekommt sie jetzt zu spüren, lassen Sie das, wird sie aus gräflich eingeheiratetem Munde angefaucht, nehmen Sie Ihre Finger von mir, und tatsächlich, die Beamtin weicht zurück, murmelt etwas von Vorschriften, aber Suse hat sie längst wieder vergessen. Jetzt heul nicht, sagt sie fast zärtlich zu mir, und tatsächlich ist es auch schon wieder vorbei.

Ich will hier raus, sage ich, und sie nickt, natürlich willst du das. Und glaub mir, lange dauert es nicht mehr und wir haben dich hier raus. Aber eins muss ich dir schon sagen: Du machst es uns schwer, deiner Anwältin und mir, bei ihr kriegst du die Zähne nicht auseinander, und vor diesem Nagel breitest du deine verworrene Seele aus! Hast du dich womöglich einwickeln lassen von seinem Macho-Charme? Das sieht dir ähnlich! Aber das ist nicht gut, Schätzchen, gar nicht gut.

Suse setzt sich seufzend auf einen der beiden Stühle. Auf dem Tisch, ich traue kaum meinen Augen, steht ein Tablett mit zwei Tassen Kaffee und Tellern mit Kuchen.

Aber mach dir keine Sorgen, sagt sie dann, wir kriegen das schon hin. Allerdings musst du auch ein bisschen mitspielen, du Dickschädel, ist das denn so schwer? Bei Nagel hältst du den Mund, und dieser netten Anwältin erzählst du alles. Wie bei der Beichte: Alles.

So wie du damals bei Pfarrer Schlesinger?, frag ich und verdrücke die letzten Tränen, und das ist das Stichwort: Suse reckt den Hals wie ein Hahn, der im Begriff ist, zu krähen, und lacht, dass die Beamtin zusammenschreckt.

Der Schlesinger, lacht sie, nun, nicht ganz so, hier reichen die Sünden, die du tatsächlich getan hast, vollkommen aus, diesmal musst du keine mehr dazuerfinden, und ich lache mit ihr, und mir wird leichter ums Herz. Ach ja, waren das noch Zeiten, als wir uns beide gemeinsam in den Beichtstuhl geschlichen hatten und Suse dem armen Pfarrer von fleischlichen Sünden berichtete, die ihm nachhaltig die Sprache verschlugen, dort hinter dem geschnitzten Gitter. Wenn ich heute denke, was sie damals alles als Sünde gestand – von vielem wussten wir noch gar nicht, was es tatsächlich bedeutete – oder Suse vielleicht doch, ihr wäre das zuzutrauen, und wenn ich die Sammlung an pornografischer Literatur bedenke, die ihr Vater hinter seinen Schachbüchern versteckt hielt, und in die mich Suse eines heimlichen Nachmittags Einblick nehmen ließ, bin ich mir so gut wie sicher.

Nein, Sofie, sagt Suse, jetzt wieder ernst, du kannst Vertrauen zu ihr haben, die Kleine ist gescheit und hat Phantasie, das findet man nicht so oft bei diesen Paragraphenreitern. Die gibt sich alle Mühe und wird schon was finden, wie sie dich raushaut, da wird der alte Nagel noch staunen, glaube mir, aber mach es ihr doch nicht so schwer und hilf ihr ein bisschen, das dürfte doch wohl nicht zu viel verlangt sein, oder?

Es ist nicht erlaubt, sich mit der Gefangenen über die Ermittlungen zu unterhalten, schaltet sich die Beamtin wieder ein.

Wir unterhalten uns nicht über die Ermittlungen, wir plaudern einfach ein bisschen, gibt Suse scharf zurück. Sie zieht ihre Sonnenbrille ab und mustert mich aus ihren grünlich blauen Augen.

Ich weiß, sagt sie schließlich, du hast keine besonders gute Meinung mehr von mir. Warum, das weiß ich nicht, aber seit meiner Heirat mit Alfred …

Sie bricht ab. Schluckt. Vielleicht erwartet sie eine Antwort, eine Entgegnung, einen Widerspruch – aber was soll ich schon sagen?

Weißt du, sagt sie dann, manchmal denke ich, du kannst es einfach nicht ertragen, dass andere Menschen glücklich sind und du nicht. Was kann ich dafür, dass du so ein Pech hast mit den Männern? Und wenn du mich fragst, du stehst dir doch selbst im Weg. Wenn ich nur an Luca denke, ein Bild von einem Mann! Alle haben wir dich um den beneidet, und er – auf Händen hat er dich getragen, so verschossen war er in dich, und dann …

Hör auf, Suse, sage ich tonlos, aber sie hört nicht auf, nicht Suse.

Ich hab ihn gefragt, erklärt sie mir stattdessen, und ich möchte mir die Ohren zuhalten, was ist los, habe ich ihn gefragt, du und Sofie, ihr wart doch das Traumpaar. Was hat dieses fade Cheergirl, was Sofie nicht hat? Und weißt du, was er geantwortet hat?

Nein, ich weiß es nicht, und ich will es auch nicht wissen, halt's Maul, will ich schreien, kümmere dich um deine eigenen Liebschaften, aber der Kloß in meinem Hals ist zu dick, kein Wort bring ich hervor, aber Suse umso mehr, Suse hat alle Worte dieser Welt zur Verfügung, und aus all diesen Worten wählt sie sorgsam und breitet jetzt vor mir ihre Auswahl aus.

Ich hab's nicht mehr ausgehalten. Das hat er zu mir gesagt. Es war, als hätt' ich mit drei Frauen zusammengelebt, hat er gesagt. Dabei wollte er immer nur dich ...

Suse, keuche ich, ich will das nicht hören, wenn du gekommen bist, um mich damit zu quälen, dann scher dich zur Hölle und lass mich in Ruhe ...

Oh nein, sagt Suse alias Miriam von Adelsberg, und setzt ihre Sonnenbrille wieder auf, das könnte dir so passen, ich lasse dich nicht in Ruhe hier verrecken, das kommt nicht in Frage, du bist meine Freundin, Sofie, auch wenn du mir die Freundschaft wahrscheinlich schon lange aufgekündigt hast, ich bin nicht das Miststück, als das du mich gerne hättest, ich werde dich hier herausholen, ob du diese blöden Bilder gemalt hast oder nicht, mir ist das völlig egal. Dass du das könntest, da bin ich mir sicher ... jaja, ist schon gut, bringt sie die Beamtin mit einer Geste zum Schweigen.

Und dann bekommt ihre Stimme eine andere Farbe, es ist nicht mehr der hochtrabende Adelsberg-Ton, auch nicht der dreiste Suse-Klang, es ist die Stimme meiner besten alten Freundin, die mir ihre geheimsten Gedanken anvertraute, die sich bei mir ausweinte, auch wenn es selten genug vorkam, damals, in den versteckten Seitentälern unserer wirbelnden Freundschaft. Und ich erinnere mich, dass da unter allen anderen Gesichtern auch noch dieses hier verborgen ist, gut versteckt, fast hätte ich es vergessen in meinem Groll auf sie.

Sofie, sagt sie, nicht wahr, es stimmt nicht, dass du dir das Leben nehmen wolltest?

Ich schüttle nur den Kopf. Stütze die Ellbogen auf den Tisch und lege mein Gesicht in die Hände. Reicht es denn nicht, dass sie mich hier wegschließen. Müssen sie denn auch noch mein Leben draußen zerstören?

Ich hab es gleich gesagt, höre ich Suse erleichtert sagen, nicht Sofie, das tut sie nicht.

Und ich bin müde, so entsetzlich müde. Suse, warum um alles in der Welt ist sie gekommen? Was zum Teufel kann sie für mich tun?

Es ist nett von dir, raffe ich mich auf, nur um etwas zu sagen, jetzt, wo sie schon da ist, es ist wirklich nett von dir, dass du die Anwältin bezahlst. Irgendwann bekommst du das alles zurück.

Suse schüttelt ärgerlich den Kopf.

Sofie, hör doch auf mit diesem Quatsch. Nett, nett – ich bin nicht nett, das weißt du genau! Das ist nun mal das Beste, was ich im Moment für dich tun kann. Ich bin doch deine Freundin, hast du das völlig vergessen?

Ich starre auf den Kuchen, Zwetschgenkuchen, der Sommer geht seinem Ende entgegen, denke ich, fast schon ist es Herbst, ein halbes Jahr, sechs verdammte Monate meines Lebens sitze ich jetzt schon hier, mein Leben läuft an mir vorüber, und von Tag zu Tag werde ich mehr zum Schatten meiner selbst.

Wir haben uns viel zu lange aus den Augen verloren, bricht Suse wieder das Schweigen. Ich war sauer auf dich. Und du vielleicht auf mich. Aber wir sind doch keine Kinder mehr.

Sie hat ja Recht, denke ich. Ich habe es mir leicht gemacht mit ihr. Es ist leichter, jemanden zu verachten, als zu versuchen ihn zu verstehen.

Eines Tages, Sofie, wenn wir das hier durchgestanden haben, dann wirst du mir erzählen, was eigentlich wirklich los ist mit dir, nicht wahr? Das kann doch nicht wahr sein, dass du wie eine Bescheuerte durchs Leben eierst, bei all dem, was du bist und kannst. Wir kommen aus demselben Stall, du und ich, und so lange ich noch irgendetwas zu sagen habe auf dieser Welt, lasse ich nicht zu, dass du vor die Hunde gehst, ist das klar?

Suse, denke ich, gute alte Suse, und ich schäme mich. Schniefe vor mich hin. Heimlich steckt mir Suse wieder ihr Taschentuch zu, blinzelt verschwörerisch, und ich stecke es blitzschnell ein.

Hier, schau doch nur, sagt sie plötzlich übermütig und zeigt auf den Kuchen, ist das nicht nett? Da vorne ist eine Theke mit Kuchen, man kommt hier herein und denkt, man ist in einer Cafeteria, Sonntagsbesuch mit Kaffee und Kuchen, wenn das so ist, dann komm ich jetzt öfter.

Und sie lacht, nimmt eine Tasse und führt sie zum Mund, aber plötzlich schüttet sie den ganzen Inhalt über Tisch und Boden, und nur, wer Suse kennt, bemerkt, dass sie dabei sorgsam darauf achtet, nicht ihr Kostüm zu besudeln.

Oh, schreckt sie auf, und greift bühnenreif nach der Papierserviette, ist mir das peinlich, und mit all ihrem Charme zur Beamtin gewandt: Hätten Sie vielleicht etwas zum Aufwischen?

Und tatsächlich, die Beamtin, verwirrt von Suses süßem Charme, schließt die Tür auf und verlässt den Besucherraum. Darauf hat Suse nur gewartet. Verschwörerisch wendet sie sich zu mir und raunt mir zu:

Luca war bei mir. Nagel wollte sein Bild konfiszieren. Diese blöde Kuh, seine Neue, hat ihm wohl alles Mögliche erzählt. Aber wir haben es in Sicherheit gebracht. Gibt es vielleicht sonst noch etwas, was wir besser verschwinden lassen?

Ich schüttle den Kopf. Alles andere, das hat er bereits, denke ich. Und dann kommt auch schon die Beamtin wieder, einen Putzlappen in der Hand, mit dem sie sich auf dem Boden zu schaffen macht.

Übrigens, sagt Suse, ohne der Beamtin ein Lächeln zu schenken, steht auf und streicht ihr sündteures Röckchen glatt. Ich war neulich bei Kregler. Jaja, was schaust du so erschrocken? Wir haben uns nett unterhalten. Denk dir, sagt sie wie nebenbei, der wusste gar nicht, dass Alfred mit dem Justizminister auf demselben Internat war!

Ich kann mir ein Grinsen nicht verkneifen. So ist sie, Suse, name dropping und Kontakte pflegen, das ist ihr Element.

Dass du den malst! Ich gebe zu, ich bin schon ein bisschen neidisch, sagt sie schmollend, mich hast du noch nie gemalt.

Das kommt noch, Suse …

Ach, das sagst du doch nur so.

Nein, ehrlich, wenn ich hier raus bin, dann male ich dich. Und wenn du unbedingt willst, auch deinen Alfred.

Deal?, fragt sie mit blitzenden Augen, wie früher, wenn wir

uns etwas versprochen haben, und wie immer ist sie auch diesmal die eigentliche Gewinnerin.

Deal!, antworte ich lachend, und schlage in ihre ausgestreckte Hand ein.

Gut, sagt sie, als Entschädigung für die Anwaltskosten, damit du deine Skrupel endgültig ablegen kannst. So. Und jetzt geh ich. Soll ich dir irgendwas schicken? Mitbringen darf man hier ja nichts.

Seife, sag ich, irgendeine, die nicht nach Kernseife riecht. Und Handcreme, wenn ich erst wieder das Malen anfange …

Was Gutes zu futtern?

Das muss erst genehmigt werden, kräht die Beamtin.

Ich schüttle den Kopf. Muss nicht sein. Hab eh keinen Appetit. Aber da fällt mir etwas ein.

Musik, sage ich, einen Kassettenrecorder. Und Verdis DON CARLO.

Suse nickt. Schließt mich ganz fest in die Arme. Ich atme ihr teures Parfüm und den bitteren Duft ihrer Haare.

Du … hast mir nicht zufällig Blumen geschickt, frage ich sie noch.

Du bekommst Blumen?, fragt sie anzüglich, als hätte ich gesagt, jemand schicke mir Dessous. Nein, Schätzchen, ich war das nicht. Aber was nicht ist, kann ja noch werden. Was darf's denn sein? Rosen, Tulpen, Nelken? Oder lieber Vergissmeinnicht?

Mach's gut, Sofie, und immer schön die Ohren steif halten, ja? Auf keinen Fall hängen lassen! Ich komme wieder!

Dann ist sie an der Tür.

… bedarf alles der Genehmigung, höre ich noch die Beamtin sagen, als sie die Tür aufschließt, und dann höre ich noch Suses sich entfernende Stimme, jaja, ist ja gut, sagt sie ungeduldig, jetzt kriegen Sie mir hier bloß keine Herzattacke, passen Sie lieber auf, dass Sie keinen Knoten in Ihre vielen Schlüssel machen, vor lauter … und dann ist sie fort, und die Nonnenmacher wartet an der anderen Tür auf mich.

Lassen Sie mal sehen, raunzt sie mich an und durchsucht rüde meine Taschen. Was haben wir denn da, meint sie dann, und zieht triumphierend Suses Taschentuch heraus. Hab ich Ihnen nicht gesagt, dass es verboten ist, sich irgendetwas geben zu lassen? Na, dann wollen wir mal sehen … und sie dreht und wendet das vollgeschnäuzte, verklebte Tuch, zieht es auseinander und begutachtet jeden Quadratzentimeter.

Frau Nonnenmacher, sag ich, und weiß nicht, ob ich lachen oder weinen soll, es ist ein Taschentuch!

Jaja, brummt sie, das haben schon andere behauptet. Und dann waren da Botschaften drin versteckt. Wir kennen das alles.

Und da sie nichts finden kann, konfisziert sie Suses Taschentuch, und ich sitze in meiner Zelle und denke mir, wenn auf zwei Menschen Ruy Gomez' Geschichte zutrifft, dann auf Suse und mich.

Und wie damals, dort, hinter dem Zeitschleier aus Salzwinden und Jakarandaduft, wie in Sizilien, wenn ich Heimweh hatte und Sehnsucht, oder wenn ich ganz einfach nicht mehr weiterwusste, erzähle ich mir diese Geschichte, Es war einmal ein Junge, der hatte von einem Weg gehört, einem Weg zur Treppe des Glücks … Es waren einmal zwei Mädchen, die kamen aus demselben Kaff von der Schwäbischen Alb … wie oft habe ich die nicht erzählt, jedesmal ein bisschen anders, du bist eine Geschichtenerzählerin, Sofie, hat mich Suse damals gescholten, heute erzählst du sie so und morgen anders, du bist eine Geschichtenverfälscherin, wenn ich jemandem unsere Abenteuer erzählte und ein wenig damit prahlte, und dennoch war auch sie süchtig nach ihnen, manchmal schien es, als lebten wir erst richtig in diesen Geschichtenvarianten, und für die Geschichte mit der Treppe zum Glück, da hatten wir so viele Versionen, dass ich mich nicht mehr erinnern kann, welche die ursprüngliche war, die, die Ruy Gomez mir einst erzählte, waren wir damals überhaupt bis zum Ende gekommen …, aber was kümmert mich Ruy Gomez, da ist eine andere Geschichte, die nur darauf wartet, dass ich in sie eintauche, dass ich hinübergehe in Sofonisbas Zeitzimmer, und das ist es, was mich tröstet, was mich dies alles hier überhaupt überleben lässt, diese Welten und Zeiten, ineinander verborgen und verschachtelt wie die kleinen russischen Holzpuppen, die ich als Kind auf meinem Regalbrett stehen hatte, eine enthält alle anderen in sich und umgekehrt, genauso ist es, und wenn ich die Wände meiner Zelle lange genug anstarre und durch das Weiß der dünnen neuen

Farbschicht die Zeichen erkenne, die all die anderen Frauen, die vor mir hier saßen und gegen diese Wände starrten, auf sie gekritzelt haben, dann kann ich sie fühlen und höre ihre Stimmen, und wenn ich nur wollte und die Zeit dafür reif wäre, dann könnte ich ihre Geschichten sehen, überall lauern sie, die Geschichten, überall ruhen sie und warten, dass einer kommt und sie erzählt, die Zeit ist die beste Geschichtenerzählerin. Die Zeit ist ja nichts, was vergeht, was verfließt, genauso wenig, wie das Wasser eines Flusses irgendwo hinfließt und dann fort ist für immer, nein, auch die Zeit fließt in eine Art Meer, und unsere Erinnerung ist ein Schiff, das auf ihr segelt, nicht immer haben wir das Steuer, den Kompass in der Hand, dann bringt uns das Schiff, wohin immer es will.

Und jetzt, jetzt bringt es mich in den Hafen von Palermo. Hier liegen wir vor Anker. Auch Consuela ist endlich aus ihrer Koje gekrochen, kann es nicht glauben, dass wir am Ziel unserer Reise angekommen sind. Ihre Lippen formen stumme Dankgebete, während sie unsere Sachen zusammenpackt und an meiner Frisur herumzupft, bei der heiligen Jungfrau Maria, seufzt sie, Ihr könnt doch nicht das allererste Mal Eurem Ehemann als zerzauste Windsbraut entgegentreten, was soll er von uns denken?

Aber mir ist es egal, warum denn nicht als Windsbraut, lache ich und kann es kaum erwarten, an Land zu gehen, egal, in welcher Toilette. Aber noch ist es nicht so weit, der Kapitän ist mit einigen Leuten an Land gegangen, um uns anzukündigen, und es ist besser, sich hier in Ruhe bereit zu machen, als am Hafen herumzustehen.

Wie er wohl aussieht? Rasch ziehe ich das Medaillon aus dem Ausschnitt meines Kleides und betrachte es zum abertausendsten Mal. Ob ich ihn erkennen werde? Und er mich? Ob wir wohl etwas miteinander anfangen können? Und einen kurzen Moment wird mir angst und bang. Es ist zu spät, sagt eine Stimme in mir, du bist mit ihm verheiratet, ob du ihn nun sympathisch finden wirst oder nicht. Aber bevor sich die Gespenster dieser kindischen Ängstlichkeit in mir einnisten können, mache ich mich nun doch schön für ihn, meinen Gatten, wie immer er auch sein mag. Ich vertausche das Reisekleid mit dem aus dunkelgrünem Brokat, erlaube Consuela, mich zu frisieren, lege die Perlenkette meiner

Königin um den Hals und hülle mich in das goldgrün durchwirkte Umschlagtuch. Ein Blick in den Spiegel – nein, keine Farbe ist nötig, die Augen sind vor lauter Erwartung groß und leuchtend, die Lippen rot vom Salzwind, nur ein wenig Rosenwasser sprühe ich in den Ansatz meines Haares an den Schläfen.

So soll es sein, sage ich laut zu meinem Spiegelbild und gehe an Deck.

Der Kapitän ist wieder an Bord und sieht sehr erleichtert aus. Es ist alles bereit, sagt er zu mir und reicht mir die Hand. Mithilfe von Tauen haben sie den Rumpf des Schiffes so nah an die Hafenmauer herangezogen, wie es nur geht. Vier Männer befestigen eine Art hölzerne Treppe als Brücke zwischen Schiff und Festland. Die schwere Karacke knarrt in den Seilen, hin und wieder läuft ein Ruck durch den Schiffsleib, hinter mir höre ich Consuela leise aufschreien, als sie die Treppe sieht. Ich drehe mich zu ihr um, da hat sie einer der Offiziere ohne Umstände auf den Arm genommen und schickt sich an, sie an Land zu tragen.

Der Kapitän sieht mich fragend an, aber ich schüttle den Kopf. Nein. Diese entscheidenden Schritte meines Lebens mache ich auf meinen eigenen Füßen, und sollte ich dabei auch ins Wasser fallen. Und so gehe ich an den Männern vorüber, die diesen Treppensteg festhalten, sechs, acht Meter mögen es immerhin noch sein, die das Schiff vom Festland trennen. Tief liegt es unter mir, wie die Wände eines Hauses ragt der Rumpf über die Mole. Dort unten steht eine Ansammlung von Menschen, und jetzt, da sie mich hier oben erblicken, verstummen sie und wenden mir alle die Gesichter zu. Einer davon ist Fabrizio, denke ich, eine dieser Gestalten muss es sein, und mein Fuß zittert ein wenig, als ich ihn auf die erste Stufe setze. Aber die Treppe ist breit und an beiden Seiten laufen dicke Seile wie ein Geländer, und alle Furcht fliegt von mir, Stufe um Stufe steige ich diese Treppe hinunter, fühle den warmen Wind jetzt sacht und streichelnd im Schutz des Hafens, sehe die Sonnenreflexe auf den Dächern der Häuser, dazwischen Straßenfluchten, atme die fremden Gerüche, und so tauche ich ein in diese neue Welt.

Dann der letzte Schritt und ich bin unten. Die steinerne Hafenmole schwankt schlimmer unter meinen Füßen als die Planken des Schiffes. Was ist los, frage ich mich, will mich diese Insel gleich wieder abwerfen wie ein ungezähmtes Pferd? Und ich blicke in fremde Gesichter, sehe lächelnde Münder und neugierige Augen, und immer noch bockt dieses Sizilien unter mir, dass ich tief Atem holen und mich breitbeinig hinstellen muss. Die Gesichter verschwimmen, welcher von ihnen ist bloß Fabrizio? Doña Sofonisba, tritt einer auf mich zu, willkommen auf Sizilien, und ich erschrecke, das wird er doch wohl nicht sein, ich kann keine Ähnlichkeit finden zwischen diesem glatten, höflichen Diplomatengesicht und den Zügen auf dem Medaillon, *lieberGottmachdasseresnichtist* – aber dann, oh ja, dann sehe ich ihn, erkenne ihn, das muss er sein, er und kein anderer, und alles andere tritt in den Hintergrund, als Don Fabrizio mir die Hände entgegenstreckt, mich ansieht aus Augen, in denen ich die gleiche Nervosität entdecke, wie ich sie spüre, nur einen kleinen, winzigen Augenblick lang, ehe sie sich löst und ein Strahlen seine Züge erhellt, die noch fremd sind und doch auch vertraut, ja, der Maler der Miniatur hatte nicht gelogen, sie war durchaus ähnlich, wenngleich das Entscheidende fehlte, das Leben, das Leuchten, und ich spüre den Widerschein dieses Strahlens auf meinem eigenen Gesicht, die Erleichterung, Auge in Auge mit diesem Mann, meinem Mann, ja, dem Himmel sei Dank, egal, was auch weiter kommen mag, schon in diesem allerersten Moment, als er meine Hände hält, mir in die Augen sieht, ist es besiegelt, und oft werden wir später über diese Begegnung sprechen, weißt du noch, damals, im Hafen … weißt du noch, als du im ersten Moment dachtest, ich sei der Vizekönig … weißt du noch, als du mir beide Hände entgegenstrecktest … ja, ich dachte, du würdest jeden Moment umfallen, nachdem du ganz allein diese Brücke heruntergekommen warst, hast du geschwankt wie eine Betrunkene … oh, und du, dir stand der Angstschweiß auf der Stirn, ob ich wohl eine dumme Ziege sein würde … ich?, nein niemals, ich wusste, dass du die einzigartigste und wunderbarste Frau … Gerne werden wir uns später necken mit unseren Erinnerungen an diese zerbrechlichen Augenblicke, die so entscheidend sein können für den Fortgang der Geschichte, wo jeder Blick und jedes Wort so schwer wiegt. Willkommen zu Hause, sagte er schließlich, und der Klang seiner Stimme war es, der mich vollends für ihn einnahm.

Während der anschließenden Kutschenfahrt zum Palazzo dei

Normanni, während des opulenten Begrüßungsmahls, mit dem Marcantonio Colonna die Hofdame des Königs ehrte, während mir eine Menge Menschen vorgestellt wurden und ich Antworten auf all die Fragen gab, wie es dem König gehe und ob Königin Anna wohlauf sei und so weiter und so fort, wich er nicht von meiner Seite.

Und so sehr ich es gewöhnt war, mich allein in einer großen Gesellschaft zu bewegen, für mich selbst zu stehen und zu sprechen, so neu und aufregend war es, zu fühlen, dass da jemand an meiner Seite war, der zu mir gehörte auf eine verwirrende Weise.

Fabrizio sprach wenig. Stellte mir hin und wieder jemanden vor, der ihm wichtig war, wie Don Simone di Chiaramonte, sein Freund und Mitstreiter in der Schlacht von Lepanto. Ansonsten sorgte er dafür, dass sie mich nicht alle auf einmal überrannten, und als ich begann, müde zu werden, da sagte er: Meine Frau ist erschöpft von der langen Reise. Mit Eurer Erlaubnis, Eccelenza, ziehen wir uns jetzt zurück.

Nach Meinung der versammelten Gesellschaft war das viel zu früh, und man ließ uns erst gehen, nachdem man uns das Versprechen abgenommen hatte, unbedingt am nächsten Abend zu einer *serata* zu kommen, zu der ein berühmter Lautenspieler und alles, was Rang und Namen in Palermo hatte, erwartet wurde. Schließlich trug uns ein Wagen durch die abendlichen Straßen. Fabrizio erzählte, er habe eine Wohnung in einem erst kürzlich erbauten Palazzo gemietet für die Zeit meiner Ankunft. Ich mochte seine klare und freundliche Art, mit mir zu sprechen. Es war nicht Fabrizios Art, unnötig viele Worte zu machen, und so redete er auch nicht um Dinge herum. Erschöpft lehnte ich mich zurück. Und dann wurde mir bewusst, dass wir jetzt zum ersten Mal ganz allein miteinander waren. Ich bin sicher, auch Fabrizio, der mir gegenübersaß, ging im selben Moment dieser Gedanke durch den Kopf, und während ich vermied, ihn direkt anzuschauen und doch meine Augen immer wieder zu seiner Gestalt, seinem Gesicht und seinen Händen wanderten, da begann er ganz ruhig mit mir zu sprechen, und obwohl er kaum andere Fragen stellte, als den ganzen Nachmittag über der Vizekönig und seine Gäste, so war es doch ganz anders, er wollte wirklich wissen, wie ich mich fühlte nach der langen Reise. Ich bin so froh, dass Ihr hier seid, sagte er, und ich hörte in seiner Stimme, sah in seinen Augen und fühlte tief innen, dass es wirklich so war.

Consuela war vom Hafen mit unserem Gepäck direkt in die Wohnung gefahren und hatte schon die wichtigsten Sachen ausgepackt und bereitgelegt. Fabrizio zeigte mir die Zimmer. Es gab eines für mich, eines für Fabrizio und einen Salon. Gemeinsam mit Renzo, Fabrizios Diener, hatte Consuela heißes Wasser für ein Bad vorbereitet, und das war genau das, was ich an jenem Abend brauchte. Und so wusch ich alles ab von mir, die letzten Reste von Spaniens Staub und die Bilder des Abschieds, das Salz der Seereise und die bangen Befürchtungen. Als ich schließlich erschöpft zwischen den knisternden Laken meines Bettes lag, das immer noch eigenartig schwankte, da ließ Fabrizio durch Consuela fragen, ob er eintreten dürfe.

Ich zögerte. Ja, das Herz klopfte mir bis zum Hals. Wir waren schließlich Mann und Frau. Würde er tatsächlich am allerersten Abend seine Rechte einfordern wollen? Das ging mir alles zu schnell. Schon wollte ich Consuela bitten, zu sagen, ich schliefe bereits, da besann ich mich. Nein. Diese Ehe wollte ich nicht mit dummen Lügen beginnen. Ich würde ihm selbst sagen, dass es besser ist, sich ein bisschen Zeit zu lassen. Sich kennen zu lernen. Alles weitere würde dann schon kommen. Wir haben schließlich noch das ganze Leben vor uns, dachte ich. Ich erhob mich also und zog mir einen Hausmantel über. Aber als Fabrizio dann in mein Zimmer trat, mit einem Tablett und zwei winzigen Gläsern bewaffnet, in denen es rubinrot leuchtete, mit diesem Strahlen im Gesicht, darf ich meinen Schlummertrunk mit Euch teilen, fragte er mich und reichte mir eines der Gläser, da wusste ich, meine Befürchtungen waren alle umsonst. Warum seid Ihr noch nicht im Bett, fragte er mich, was Ihr jetzt braucht, ist Ruhe und Schlaf. Und es gibt nichts Besseres, als ein kleines Schlückchen Wein vor dem Einschlafen.

Und so sollten wir es jeden Abend miteinander halten, all die Zeit, die wir miteinander lebten, egal, ob wir den Tag über gemeinsam oder getrennt verbracht hatten, egal, ob er danach die Nacht über blieb oder sich wieder in sein Zimmer zurückzog, wie an jenem ersten Abend, immer trafen wir uns vor dem Schlafengehen zu diesem gemeinsamen, kleinen Schluck Wein – ein

Ritual, das uns stärker zusammenschmieden sollte, als alles andere.

An jenem ersten Abend legte sich meine Befangenheit rasch. Wir sprachen darüber, wie wir den nächsten Tag verbringen wollten und wie wir mit den Kisten, die noch im Hafen lagerten, verfahren sollten. Fabrizio hatte bereits an alles gedacht und für alles einen praktischen Vorschlag. Und nachdem er sich vergewissert hatte, dass alles da war, was ich brauchte, da nahm er wieder meine beiden Hände wie mittags im Hafen, führte sie zum Mund und küsste sie. Und in dieser schlichten Geste lag eine Zärtlichkeit, Achtung und Fürsorge, die mich fast überwältigte. Don Fabrizio ist ein echter Don, flüsterte Consuela, als sie mir die Kissen aufschüttelte, und ich schlief ein in dem Bewusstsein eines großen Glücks.

In dieser Nacht hatte ich einen seltsamen Traum. Ich träumte, dass ich Fabrizio de Moncada malte, ein wundervolles Portrait, und ich war so glücklich, als es fertig war. Ich lief, um es ihm zu zeigen, ihn zu holen, aber als ich meine Zimmertür öffnete, da lag vor mir eine lange Flucht von leeren Zimmern, ich rief und rief, aber niemand war da, zurück konnte ich nicht, die Türen fielen hinter mir ins Schloss, Sofonisba geht niemals zurück, hörte ich meine eigene Stimme, und ich lief schneller und schneller durch immer mehr Räume und Korridore und überall schlossen sich die Türen hinter mir. Und dann, endlich, gelangte ich in einen Saal. Darin waren Menschen, die ich nie gesehen hatte, und die klagten mich an, dass ich kein Recht hätte, diese Bilder zu malen. Ihr seid eine Fälscherin, sagte jemand, dessen Gesicht ich nicht sehen konnte, Ihr habt kein Recht, diese Bilder zu malen, und dann sperrten sie mich in einen Kerker, schlossen die Tür, und ich schrie nach Fabrizio, schrie und schrie, und so wache ich auf, gleich kommt Consuela gelaufen, aber nein, es ist nicht Consuela, es ist die Nonnenmacher, die das Abendessen bringt.

Wenn Sie nicht aufhören, hier herumzuschreien, dann muss ich das melden, sagt sie schroff und knallt mir das Tablett auf den Tisch, es ist früher Abend, nicht Morgen, und ich laufe gegen die Wände an, die echt sind und massiv, kein Albtraum, und doch der schlimmste aller Albträume, damals schon, damals hab ich es geahnt, schon damals war die Zeit ein Labyrinth mit den unterschiedlichsten Ausgängen, und wieder weiß ich kaum, wo ich mich befinde, dort oder hier, oder ist dort das Gleiche wie hier, ist damals heute und heute längst vergangen, und ich renne mit dem Kopf gegen die Wand, bis ich den Schmerz spüre und mich dieser Schmerz mit allen Sinnen hierher holt in diese Zeit und an diesen Ort in der Frauenjustizvollzugsanstalt Marienwart.

Was ist damit gewonnen, fragt Sofonisba.

Nichts ist damit gewonnen, sagt Marguerite.

Eines Tages werde ich dort bleiben, sage ich mir, wie oft habe ich mir das nicht schon gesagt. Eines Tages gehen wir ganz dort hinüber. Aber dann fällt mir alles wieder ein, und ich bäume mich auf, ich, Sofie, hab ich nicht auch ein Recht auf ein Leben, frage ich verzweifelt, hattet ihr nicht beide Eure Chance, was nützt es, ein Leben noch einmal zu leben?

Du lebst doch dein Leben, sagt Sofonisba sanft. Schau dich um, da hast du dein Leben. Und eine Verzweiflung ergreift mich und wirft mich aufs Bett, krümmt und schüttelt mich, und irgendwann schält sich ein Gedanke aus all dem Gewoge in mir heraus, der Gedanke an eine Zukunft, die mir gehört, mir ganz allein.

18

Caput mortuum

wird durch starkes Glühen aus Eisenvitriol erzeugt. Es wurde schon im Altertum unter dem Namen »künstliches Rubica« hergestellt. Natürliches Caput mortuum ist von der Natur aus dunkel gebrannter Ocker. Es findet sich in vulkanischen Gegenden manchmal in großer Menge.

Das sieht aus wie Kinderscheiße, sagt Marie schlecht gelaunt und schaut mir zu, wie ich fein zerriebene Sienaerde gebrannt mit Leinöl anreibe. Wieso einfach, wenn's auch umständlich geht, brummelt sie, als gäb's keine Farben in Tuben …, aber sie weiß schon, dass ich auf ihr Gemaule nicht eingehe, und schließlich hört sie damit auf.

Seit einer Woche arbeiten wir jetzt zusammen. Sie brauchen Hilfe, hat Nagel gesagt, ich werde mich dafür einsetzen. Nun ja, von allen ist mir Marie wirklich die liebste. Auch wenn sie mir mitunter gewaltig auf die Nerven gehen kann, ich bin froh über ihre Gesellschaft. Und Marie kann zupacken, das hat sie mir gleich am Anfang gezeigt. Nach zwei Tagen war die Werkstatt geräumt, ein Tag verging mit Putzen, und dann kamen die Farben, die Werkzeuge, die Staffelei, das Holz für den Rahmen und die Leinwand.

Marie hat nicht schlecht gestaunt, als sie mich mit dem Werkzeug umgehen sah und mithalf, ruckzuck einen erstklassigen Rahmen zu bauen. Dass mein Beruf zum großen Teil ein Handwerk ist, das scheint sie zu überraschen und mein Ansehen zu steigern. Und sie genießt es, der Heißmangel entronnen zu sein und einmal nicht all die Frauen um sich herum zu haben. Die Mambo, sagt sie, das ist vielleicht ein Kaliber, da warst du noch Gold dagegen, Sofie, und bist ja verrückt genug.

Und so arbeiten wir und ich erkläre ihr alles, schließlich soll sie mir zur Hand gehen.

Warum die Nonnenmacher dich nicht mehr leiden kann, sagt sie gerade, na das ist doch klar. Die hat nix wie Ärger am Ärmel, seit du Baden warst. Eine Beamtin ist schon gefeuert, weil sie sich angeblich hat erpressen lassen. Von wem? Na von der Petra! Das hat mir die Mambo erzählt. Angeblich stand die auf Weiber, und die Petra, die hat das ausgenutzt. Na ja, du kennst sie ja …

Gefängnistratsch vom Feinsten. Seit Marie da ist, weiß ich Bescheid. Die Petra soll in ein anderes Gefängnis verlegt werden, heißt es, aber das ist nicht so einfach, denn in diesem Bundesland gibt es keinen zweiten Frauenknast. Und die anderen müssen sie nicht nehmen, und wer will schon so eine wie die Petra …

Du bist die Einzige, die sich wehrt, meint Marie, und ich sag's dir offen, nicht alle sind der Meinung, dass das in Ordnung ist, die da oben mit reinzuziehen. Man sollte solche Sachen untereinander regeln, das ist es, was auch Helga sagt.

Ich regle das auf meine Weise. Mit Leuten, die mir hinterrücks den Kopf unters Wasser drücken, merk dir das, Marie, sage ich scharf, da hab ich meine eigene Methode, das musst du schon mir überlassen, wie ich das mache.

Wie geht's mit deiner Revision voran, wechsle ich das Thema, aber sie gibt keine Antwort, verfällt in trübes Brüten, und ich weiß, wenn alle Stricke reißen, muss ich nur die Revision ansprechen, und es herrscht Ruhe im Atelier.

Mein Atelier – nicht mehr Werkstatt, nein, und wenn es auch dringend geweißt gehört und die Ausstattung mehr als dürftig ist, so ist es doch endlich ein Atelier geworden. Einen ganzen Morgen lang hat Marie die Fenster geputzt, lange Blicke hinüber zum Wald geworfen, auch sie scheint von diesem Ausblick in Bann geschlagen. Und das Licht – das Licht ist einfach ideal.

Ich habe jede Menge Skizzen gemacht. Die Bildkomposition steht. Die Leinwand ist grundiert. Ich darf gar nicht daran denken, wie lange es dauern wird, bis dieses Bild fertig ist. Allein der Vorgang des Trocknens einer einzigen Schicht wird Wochen dauern. Jetzt müßte ich mit Kregler Sitzungen machen.

Der Herr Direktor wird schon kommen, wenn es ihm richtig erscheint, äfft Marie gerne die mit den Hasenzähnen nach.

Inzwischen bereiten wir die Farben vor. Die Arbeit mit den höchsten Würdenträgern des 16. Jahrhunderts hat es mich gelehrt, mit der geringstmöglichen Anzahl an Sitzungen auszukommen. Auch Felipe saß mir einen einzigen Vormittag, und ganz am Ende noch einmal ein paar Stunden. Man gewöhnt sich daran. Campi hat immer gesagt, nur die Stümper brauchen ihr Modell von Anfang bis zum Ende. Und wenn man gute Skizzen anfertigt, kommt man mit ihnen weit. Coello war da anders. Bei ihm standen sich die hochwohlgeborenen Modelle die Beine in den Leib. Du verklärst sie in deiner Vorstellung, hat er mir lächelnd vorgeworfen. Darum bist du so beliebt bei ihnen. Wenn du sie in all ihrer Hässlichkeit dauernd vor Augen hättest, dann würdest du ihnen nicht so schmeicheln. Aber das war seine Meinung.

Wenn es Mittag wird und das Licht am schönsten ist, dann unterbrechen wir unsere Arbeit und ich zeichne Marie. Das erste Mal schien sie keine rechte Lust zu haben, sie hockte auf dem Stuhl wie ein gestrandeter Fisch, und so sah sie sich dann in Rötel auf Papier. Was hat sie gelacht! Jetzt scheint sie es immer mehr zu genießen, setzt sich bereitwillig in Positur, komm, Marie, ein Bild für deine Kinder, wie wär es, und da strahlt sie, und ich gebe mir Mühe, verwende eine gute Stunde und mehr für die Kohlezeichnung, und siehe da, sie gelingt mir wirklich, ja, denke ich glücklich, mal wieder eine richtig gute Arbeit. Und während ich Maries Züge studiere, bemerke ich etwas Neues, Unvertrautes in ihnen, ein paar Grübellinien um den Mund und auf der Stirn, ihre Augen unstet, was hast du, Marie, frag ich sie, worüber denkst du nach, aber sie sieht mich nur erschrocken an, an nichts, sagt sie, aber ich bin mir sicher, sie ist im Geiste bei ihrer Revision.

Erzähl mir doch mal wieder was, fordert sie mich auf, eine schöne Geschichte, und ich frage sie, ob sie schon mal in Italien war, ob sie Sizilien kennt.

Sizilien, sagt sie, da kamen meine Nachbarn her. Die Pina, die macht die besten Spaghetti, die du jemals gegessen hast. Und die Kinder, die haben gern miteinander gespielt. Meine Anna konnte sogar schon ein bisschen Italienisch, mille grazie, hat sie gesagt wie eine echte Italienerin. Und den Hans, den haben sie Gianni genannt, aber das konnte er nicht leiden. Ich heiße Hans, hat er gesagt und mit dem Fuß aufgestampft. Wie sein Vater, der gab der Kleinen immer 'ne Kopfnuss, wenn sie wieder kam mit ihrem mille grazie, meine Kinder werden keine verdammten Spaghettis, hat er gebrüllt, ach, ich sag ja, der hatte nicht alle Tassen im Schrank.

Und dann ist es eine kleine Weile still. Ich blättere den Skizzenblock um, denn jetzt bekommt sie ein ganz anderes Gesicht, die Marie. Irgendwie hohläugig sitzt sie da und starrt vor sich hin. Und während ich diesen Ausdruck festhalte, sagt sie:

Die Pina, die hat dann später die Polizei gerufen. Und vor Gericht, da hat sie zuerst das Maul nicht aufgekriegt. Mein Anwalt hat gewollt, dass sie erzählt, wie oft uns der Kerl verprügelt hat, wie die Kinder geschrien haben und so. Aber sie, sie hat nur gesagt, sie will sich da nicht einmischen. Und vor Gericht, da sagt sie gar nichts.

Sie starrt vor sich hin. Mein Stift ruht still, und ich frage mich, wie ich sie am besten wieder herausholen kann aus diesem düsteren Schacht der Erinnerung. Und ich weiß genau, niemand weiß das besser als ich: Sie ist gar nicht hier, nur ihr Körper sitzt da, auf diesem Stuhl, nur ihre Stimme spricht, aber dass ich es bin, die ihr zuhört, das weiß sie nicht, stattdessen sitzt sie im Gerichtssaal und sieht diese Frau in den Zeugenstand treten, die so lange ihre Nachbarin war und vielleicht ihre Freundin, wer weiß. Und dann, sagt Marie, dann hat sie doch ausgesagt. Hat erzählt, wie sie uns fand, mich mit dem Bügeleisen. Die Kinder. Ihn. Wie sie es nicht mehr ausgehalten hat, das Geschrei bei uns, und die Polizei gerufen. Und dann doch mit dem Zweitschlüssel, den sie immer gehabt hat, falls die Kinder sich mal ausschließen, mit dem hat sie aufgemacht. Warum, hat der Richter gefragt. Warum haben Sie dann doch aufgemacht, obwohl Sie gewusst haben, dass die Polizei gleich kommt. Weil es plötzlich so still war, hat sie gesagt. So still.

Auch bei uns ist es still. So wirklich in Sorge, denke ich, sind die Nachbarn also erst, wenn nicht mehr geschrien wird. Aber Marie ist noch nicht fertig.

Und wie sie uns gefunden hat. Das hat sie dann alles erzählt. In den schaurigsten Farben. Aber was vorher war, all die Jahre, darüber hat sie das Maul nicht aufgekriegt.

Marie schaut auf. Blickt um sich, als müsse sie sich orientieren. Ich bemühe mich, wegzusehen, so zu tun, als sei ich gar nicht da. Aber es nützt mir nichts. Und weißt du was, sagt sie, während sie aufsteht und die Arme in die Hüfte stemmt, dass ich an Petra denken muss, und unwillkürlich nach ihren Fäusten schaue, weißt du, wie sie das nennen, die Sizilianer? Ehre. Ehre nennen sie das, verdammt. Ehre. Ehre …

Ich zeig ihr, wie sie mit dem Porphyrstein Farbpigmente fein mahlen kann. Die Bewegung der großen, geschwungenen Acht, die sie über den Marmortisch zieht, beruhigt sie. Stunde um Stunde arbeitet sie so, schweigend, und ich lobe sie, denn das Farbpulver wird so seidenweich und fein, wie ich es mir wünsche. Und sie kann es selbst sehen, sieht den Unterschied und ist zufrieden, und das gleichmäßig mahlende Geräusch der Steine, die aufeinander knirschen, erfüllt das Atelier. Von den Gummihandschuhen, die ich bereitlege, will sie nichts wissen. Handschuhe sind was für welche, die sich für was Besseres halten, sagt sie. Ich war mir noch nie für irgendetwas zu schade.

Irgendwann wie aus heiterem Himmel beginnt sie sich zu interessieren. Stellt Frage über Frage. Warum ich dies so mache und jenes anders, will sie wissen. Was das für ein Sud ist, der da auf dem Kocher brodelt und woraus man die Farbpigmente macht. Die chemischen Details langweilen sie. Viel spannender sind meine Erzählungen über die Farben. Purpur zum Beispiel, das aus Meerschnecken gewonnen wird. Was, ruft sie und kann es kaum glauben, zehntausend Schnecken braucht man für ein einziges Gramm? Und dass dieses eine Gramm schlappe viertausend Mark kostet – das hält sie für einen schlechten Witz.

Jetzt weißt du, warum wir kein Purpur hier haben, sage ich lachend. Und erzähle weiter. Was meinst du, frag ich sie, woraus man Karminrot macht? Aus weiblichen Schildläusen! Dann sind diese Viecher also doch zu was nutz, lacht sie. Und dann das Indigoblau, das man aus Blättern herauskocht. Was, staunt sie, Blätter sind doch grün, wieso wird das dann blau …, und so geht es fort. Vom Indischgelb erzähl ich ihr, und sie ekelt und entrüstet sich, als sie hört, dass man früher den Kühen giftige Mangoblätter zum Fressen gab, die sie krank machten, und dann aus dem krankhaft veränderten Urin den Farbstoff gewann. Heute ist das verboten, beruhige ich sie, aber immer wieder kommt sie auf diese Pissfarbe zu sprechen und wie gemein doch die Menschen sind. Und dann das Ultramarin. Dass man heute noch Halbedelsteine zu feinem Pulver vermahlt, um daraus Farben zu machen – Marie schüttelt nur den Kopf. Das wird ja ein richtig wertvolles Bild, meint sie schließlich andächtig, aber ich winke ab. Die wirklich teuren Malstoffe, die hat auch Sofonisba selten verarbeitet. Es war immer ihr Ehrgeiz gewesen, die Farben zu verwenden, die die Erde gerne und leicht hergab: Den leuchtend roten spanischen Ocker aus Kastilien, die grünen Erden aus Verona und Böhmen und das Auripigment, das aus den Tiefen der Berge kommt.

Und ich zeige ihr, welch unterschiedliche Wirkungen es entfaltet, je nachdem, wie lange und fein man es zerreibt. Verarbeite ich es relativ grob, dann leuchtet es feurig, spielt fast ins Goldorange. Und je feiner wir es zermahlen, desto gelber wird die Farbe. Marie ist begeistert.

Und, fragt Marie, welche Viecher müssen dafür dran glauben?

Keine, antworte ich. Es ist ein Arsensulfid, man gewinnt es im Bergbau, ein Mineral.

Arsen, sagt sie und nickt, das kenn ich! Rattengift. Dass man damit auch malen kann, wär ich nie drauf gekommen.

Das ist nicht giftig, sage ich, von wegen Rattengift! Dazu muss man es verbrennen, dann wird Gift daraus.

Verbrennen?

Ja, sage ich, alles verändert sich im Feuer.

Was du alles weißt, sagt Marie, und ist eine Weile sehr still, und ich frage mich, worüber sie so heftig nachdenkt. Dann will sie wieder alles von meiner Arbeit wissen, was ich gemacht habe, bevor ich hierher kam, wo ich denn das alles gelernt habe. Und ob es stimmt, dass ich Bilder gefälscht habe.

Aber statt über diese Dinge zu sprechen, erzähl ich ihr lieber Geschichten von Sofonisba.

Weißt du, wann das Eis erfunden wurde, frag ich sie, und sie reißt die Augen auf.

Keine Ahnung. Vor hundert Jahren?

Vor mehr als zweitausend!

Willst du mich verscheißern? Damals gab's doch noch gar keinen Kühlschrank!

Und ich muss lachen. Recht hat sie, Kühlschränke gab es damals keine. Aber es gab die Gebirge, die ewigen Eisfächer, und wenn auch der Ätna nicht das ganze Jahr über seine weiße Kappe trug, so hatte er doch von Oktober bis April genügend Eis und Schnee, so dass Corrado seine *dolci gelati* herstellen konnte.

Corrado hatte es Sofonisba damals erzählt, und ich erzähle es Marie, erzähle, wie die Araber all das nach Sizilien brachten, was das Leben auf dieser Insel eigentlich erst so richtig lebenswert machte: Orangen, Zitronen, Granatäpfel, Jasmin und Jakaranda, Mandeln und Feigen. Wenn Gott auch Sizilien als riesigen Edelstein erschuf, so waren es doch die Ungläubigen, die dieses Eiland erst fruchtbar machten und in einen Garten Eden verwandelten. Und mit den Blüten und Früchten brachten sie auch Rezepte mit für unerhörte Köstlichkeiten, die so verführerisch schmeckten, dass sie die christlichen Eroberer mit ihren unverwöhnten Gaumen in eine derartige Geschmackswollust versetzten, die sie davon überzeugte, diese Speisen seien Teufelswerk, erdacht von heidnischen Hexern, um die christliche Moral zu unterwandern.

Zum Glück gab es Corrado, den alten Diener Fabrizio Moncadas, der sich nicht darum scherte und diese Geheimnisse nicht nur bewahrte, sondern regelmäßig auch anwandte, und wenn er mir in der Frühe eines sonnigen Tages mit einem Korb voller Jasminblüten entgegenkam, dann freute ich mich den ganzen Tag lang auf das Abendessen. Denn keiner verstand die Kunst, Duft in Geschmack zu verwandeln, so perfekt wie dieser alte Mann. Und ich erzähle Marie von seinen ungewöhnlichen Kreationen, von seiner Cassata, die rein gar nichts gemein hat mit dem, was man heute unter diesem Namen vorgesetzt bekommt. Seine strotzte nur so von eingelegten Feigen und getrockneten Weintrauben, zarten Walnüssen und krachend gerösteten Zimtmandeln. Es war nicht jedermanns Geschmack, auf seine kandierten Zitrusschalen zu beißen oder eine Gewürznelke zu erwischen, aber ich liebte dieses wilde Aroma. Köstlich waren auch seine Sorbets aus Limetten und schwarzen Maulbeeren mit Pistazienkrokant und frischen Kaktusfeigen, oder die »Ätnas«, wie er die kleinen Kegel nannte: innen gefüllt mit heißen Marsalafeigen, außen dick belegt mit kristallisiertem Zitroneneis und darüber eine glühendrote Granatapfelsauce. Aber der Gipfel seiner Kunst waren die unvergleichlichen Blütengranitas. Rosen. Orangenblüten. Veilchen. Und vor allem Jasmin.

Manchmal, wenn ich morgens sehr früh auf den Beinen war, sah ich sie kommen. In hohen Holzsteigen brachten junge Männer auf ihren Rücken Schnee und Eis vom Berg herab. Die Sonne war noch nicht über den Horizont gekrochen, und doch empfing sie Corrado bereits ungeduldig und öffnete die Tür zu dem Kellergewölbe, wo sich seit undenklichen Zeiten sein Kühlraum befand. Fabrizio konnte sich nicht erinnern, wie lange der Alte der Familie diente: Corrado?, fragte er. Der war schon immer da.

Ich habe ihn gezeichnet in seinem Eiskeller. Sie werden sich noch erkälten, *'gnura,* brummelte er verlegen, als ich mit dem Skizzenblock anrückte. Und wirklich, hier unten herrschten ungewöhnlich kühle Temperaturen. Das Eis lagerte in großen Wannen, die man in den Natursteinboden geschlagenen hatte, es umgab dicht die kupfernen Behälter für das *gelato,* und zwischen Eis und Behälter streute Corrado händeweise Salz. Das Salz macht das Eis noch kälter, verriet er mir. Schließlich wurde alles unter einer dichten Decke aus Schnee begraben. Manche Behältnisse hatten eine Kurbel, die aus dem Schnee herausragte und von einem kleinen Jungen geduldig gedreht wurde, damit die Creme beim Erstarren schön geschmeidig blieb und nicht kristallisierte. Aber bei anderen Rezepten wollte Corrado es hart und kristallisiert, mit einer Art Pickel brach er Stücke aus dem harten Block aus Fruchtmark, die man als *pezzi duri* auf der Zunge zergehen ließ.

Wie der Alte die cremige Masse, die ich später gefroren auf meinem Teller wiederfand, herstellte, das konnte ich nie herausfinden. Wie kleine neugierige Kinder verjagte er jeden, der sich in sein Reich wagte, wenn er daran ging, die kostbaren Zutaten zu verarbeiten. Auch mit mir machte er da keine Ausnahme. *Eh no,* sagte er und grinste breit, es muss doch auch noch Geheimnisse geben.

Ich habe mich oft gefragt, ob Corrado selbst maurisches Blut in den Adern hatte. Seine Haut war dunkel und wettergegerbt, seine Augen erinnerten mich an die von Aqiba, der Prophetin des Propheten, deren Fehler es gewesen war, nicht am richtigen Ort zur richtigen Zeit gelebt zu haben. Hier in Sizilien, oh, da sah ich viele Aqibas, und wenn auch die Kirchenmänner hier ebenso hart waren wie in Spanien, so war die Insel ein Ort für sich, eine kleine Welt mit vielen ineinander verborgenen Welten, und der Arm der Kutten reichte kaum über die Mauern ihrer Klöster oder Städte hinaus. Und das Land, das war weit. Ich lernte zwei dieser Welten kennen und liebte es, von der einen in die andere zu wechseln. Die eine war Palermo, die Welt des Hofes. Sie war mir vertraut, erinnerte an mein Leben in Madrid, und Palermo sollte die Versprechungen unserer allerersten Begegnung bis zu meinem Lebensende halten. Noch heute liebe ich diese Stadt, und nicht einmal die bösartigste Intrige der Luisa de Luna konnte sie mir wirklich vergällen. Die andere Welt war Paternò, das Leben in der Provinz, wenn auch dieses Städtchen zu meiner Zeit noch nicht in diese Bedeutungslosigkeit versunken war, in der es heute vor sich hinschläft: Damals war der Heimatsitz der Moncada ein wichtiger Knotenpunkt auf dem Weg zwischen Palermo und den Hafenstädten der Ostküste.

Unsere Köchin Albertina stammte aus Messina, und sie erzählte mir, der *Signura* aus der Fremde, die alten Geschichten, als wären sie eine wichtige Schullektion, die ich nachzuholen hatte, um wirklich endlich dazuzugehören. Sizilien ist voll von diesen Legenden, selbst Ereignisse, die noch gar nicht so lange zurückliegen, werden liebevoll umsponnen mit dem Garn des Wunderbaren, von Mal zu Mal immer kostbarer und rätselhafter, wie eine Seidenraupe in ihrem Kokon. Und mit dem verführerischen Garn dieser Geschichten umspinne ich auch Marie, um sie abzulenken von ihren eigenen düsteren Grübeleien und ihren Fragen nach mir und »diesen Bildern« zu entgehen.

Woher kannst du das eigentlich alles?

Ich hab es halt gelernt.

Könnte man sicherlich eine Menge Geld verdienen mit solchen gefälschten Bildern.

Keine Ahnung.

Lieber erzähle ich ihr von der Fata Morgana, der Fee aus dem fernen Britannien, die ihren im Zweikampf gefallenen Bruder Artus auf ihrem magischen Boot nach Sizilien brachte, wo sie ihm zu Ehren einen Palast aus Kristall erschuf. Dort hinten, hinter dem Ätna, an der Straße von Messina, da steht dieser Feenpalast, behauptete Albertina, als erklärte sie mir, wo die Villa der de Lunas zu finden sei. Man kann ihn nicht immer sehen, *certo*, schränkte sie ein wenig ärgerlich auf meine Nachfrage ein, denn die Fee lebt im Meer. Aber manchmal taucht sie auf aus dem Wasser in einer riesigen Muschel, von sieben Pferden gezogen, wirft drei Steine ins Meer und macht seltsame Zeichen an den Himmel. Dann wölbt er sich auf, der Meeresspiegel, und auf steigt das Reich der Fata mit schillernden Türmen und Palästen, ja, ganze Städte mit Plätzen und fremdartigen Bäumen erstehen dann vor den staunenden Augen der Menschen. Du kannst mir das ruhig glauben, sagte Albertina, als sie mich lächeln sah, und ich sage es jetzt zu Marie, selbst der selige Pater Ignazio, der behauptete, das sei heidnisches Gerede, sah den Palast mit eigenen Augen und konnte sich nicht darüber beruhigen. Ja, auch ich sah ihn mit meinen Augen, und Albertina hätte mich darum beneidet, wenn sie es noch erfahren hätte, viele Jahre später, als ich bereits eine alte Frau war, sollte ich den Palast der Fata Morgana sehen, als wunderbare Luftspiegelung stand er für ein paar Sekunden deutlich über der Straße von Messina, bevor Wind aufkam und ein Zittern die Erscheinung erfasste und verwehte, als würde sie wieder in den Tiefen des Wassers versinken.

Das hast du wirklich gesehen, will Marie immer wieder wissen. Eine echte Fata Morgana? Und ich hab gedacht, so was gibt es nur in der Wüste, wenn die Menschen halb irre sind vor Durst und sich das alles nur einbilden?

Nein, will ich sagen, keine Einbildung, sondern atmosphärische Spiegelungen der Luftschichten, aber ich kann es nicht richtig erklären, hab es mir nie naturwissenschaftlich erläutern lassen, weil ich immer der Meinung war, dass selbst die vernünftigsten Erklärungen gar nichts bedeuten, und es im Grunde doch hinausläuft auf eine Täuschung der Sinne. Fata heißt Fee im Italienischen, sage ich zu Marie, aber es kommt ja auch von fatum, das Schicksal, die Bestimmung, und was daran soll nun Täuschung sein, was zum Teufel bedeutet dieses so genannte »echt«? Diese wenigen, sich ins Unendliche dehnenden Momente lang war der Palast der Morgana wirklich da, stand deutlich vor unseren Augen, und wenn er auch wieder versank, so hatte er doch existiert. Und wie mithilfe der Fee Morgana Länder und Städte und Schlösser und Paläste dem staunenden Betrachter aus weiter, mythischer Ferne ganz in die Nähe gerückt werden, so geschieht es mir mit der Zeit: Ein kleiner Schritt, und ich bin dort und lasse mir von Albertina ein paar Orangen pressen, während sie mir neue Einzelheiten von Morganas tausendjähriger Regentschaft über die Insel erzählt.

Es hat eine Weile gedauert, bis ich den sizilianischen Dialekt verstehen konnte. Und auch später gelang die Verständigung nur dann, wenn die Sizilianer von mir verstanden werden wollten. Überhaupt waren es schweigsame Menschen. Mitunter schienen sie völlig ohne Worte auszukommen. Das Schräglegen des Kopfes, das Blinzeln mit einem Auge, eine kaum merkliche Geste mit Zeigefinger und Daumen – und alles ist gesagt. Von manchen dachte ich lange, sie seien einfach stumm, Achile zum Beispiel, Corrados Enkelsohn, der sich als eine Art Hausmeister um die Gebäude und den Park kümmerte. Ihn hatte ich noch nie ein Wort sprechen hören, bis er eines Tages stolz zu mir kam und mir einen toten Falken zeigte.

Was machst du damit?, fragte ich.

Ausstopfen, sagte Achile.

Ich nickte. Kannst du das?

Ich mach das jedes Jahr.

Warum jedes Jahr?, wollte ich wissen.

Achile trat von einem Bein auf das andere. Die Unterhaltung schien ihn anzustrengen.

Damit sie mir treu ist.

Wen meinst du, fragte ich verwirrt, deine Frau?

Achile nickte. Schürzte die Lippen. Sah zu den Bergen hinüber. Schließlich raffte er sich noch einmal auf und sagte:

Wenn man einen Falken fängt und selbst ausstopft, dann ist sie einem ein Jahr lang treu.

Am Abend fragte ich Fabrizio, ob er auch einen Falken geschossen und ausgestopft habe. Er sah mich an und brach in Gelächter aus.

Ich dachte eigentlich nicht, dass es notwendig wäre.

Warum nur ein Jahr, fragte ich, so ein schöner Falke, und nur ein Jahr Treue?

Wir Sizilianer machen keine langfristigen Pläne, meinte Fabrizio, ein Jahr, wer weiß, was dann sein wird.

Wie sage ich das auf Sizilianisch: Wer weiß, was in einem Jahr sein wird? Ich meine, wie drückt man etwas aus, was in der Zukunft stattfindet?

Es gibt keine Zukunft bei uns, war seine Antwort, und ich lachte, vermutete eine seiner ironischen politischen Anspielungen, ich mochte seinen sehr besonderen Humor, aber er meinte es ganz im Ernst. Sizilianisch kennt keine Formen für das Futur. Und mir war klar: Niemals würde ich diese Menschen vollständig verstehen. Nicht ihr Denken und nicht ihre archaischen Rituale. Egal, wie lange ich bleiben würde, ich würde immer eine Fremde bleiben. Eine wohlgelittene Fremde, der man es nicht schwer machte, sich wohl zu fühlen. Die Menschen hier waren seit Jahrtausenden an Fremde gewöhnt. Wenn man es genau nimmt, dann sind wir alle Fremde hier, sagte Fabrizio, sind Spanier oder Festlandsitaliener, die irgendwann einmal kamen und blieben. Wir nennen uns Sizilianer, aber die echten Sizilianer sind die Menschen, die hier die Arbeit verrichten.

Ich mochte sie, diese schweigsamen Männer mit ihren undurchdringlichen Gesichtern, die großen schwarzen Augen der Kinder, furchtlos und voll unstillbarer Neugierde, die olivfarbene Wetterhaut der alten Männer, die scheuen, in große Tücher gehüllten jungen Frauen, die man nur selten zu Gesicht bekam. Ich wurde es nicht müde, bei Albertina zu sitzen und sie von ihrer Kindheit in dem Dorf in den Bergen erzählen zu hören, von ihrem Vater, der es wie kein anderer verstand, mit den Olivenbäumen zu reden und sie wieder zur Vernunft zu bringen, wenn sie sich weigerten, Früchte zu tragen.

Ein Baum, sagte Albertina, ist ein Lebewesen wie du und ich, und wenn er keine Früchte bringt, dann muss man ihm ins Gewissen reden, das hat mein Vater immer gesagt. Und die Bäume, die verstanden genau, was er sagte. Als Kind habe ich ihn oft begleitet. Ganz still stand er da, legte die Hände auf den Stamm, senkte den Kopf und schloss die Augen. Und dann sprach er zu dem Baum. Mit jedem hat er ein bisschen anders geredet, geradeso wie mit seinen Freunden, und meistens haben es sich die Bäume überlegt und im nächsten Jahr prächtig geblüht und die Ernte war gut.

Und wenn nicht?, wollte ich wissen.

Tja, wenn nicht. Dann gab der Signore oft den Befehl, den Baum zu fällen. Aber so einfach geht das nicht. Da gibt es alte Sitten und Gebräuche, und die großen Herren tun gut daran, sich an sie zu halten.

Was für Sitten, fragte ich, und Albertina wischte sich die Hände an der Schürze ab.

Jeder Baum, begann sie geduldig, denn woher sollte ich aus dem Norden auch wissen, was in Sizilien jedes Kind wusste. Jeder Baum hat das Recht auf einen Fürsprecher, und so geht der Bauer, der einen Baum umhauen will, hin und fragt seine Leute, ob einer da ist, der für den Baum sprechen will. Wenn sich keiner findet, dann ist es aus mit dem Baum. Aber wenn einer da ist, der sagt, ja, ich will dem Baum ein Fürsprecher sein, dann zieht man am Ostersamstag hinaus aufs Feld. Der Herr klagt den Baum an: So und so viele Jahre hast du nichts getragen, nur mein Wasser getrunken und dich von meiner Erde ernährt, was hast du vorzubringen zu deiner Verteidigung? Und meistens war es mein Vater, sagte Albertina stolz, der für die Bäume sprach: Mehr als dreihundert Jahre habe ich geblüht und Früchte getragen und deine Ahnen ernährt, wie viele Ströme von Öl habt ihr aus meinen Früchten gepresst, ist es ein Wunder, dass ich jetzt ein wenig müde bin und ruhen muss, ehe ich wieder die Bürde der Ernte für dich tragen kann? Und so kann es gehen, Stunde um Stunde, und wenn der Fürsprecher des Baumes den Herrn überzeugen kann, dann gibt es noch einmal einen Aufschub für den Baum. Eine Zeit, in der er sich bewähren kann.

Das ist so wie bei uns, sagt Marie nachdenklich. Wenn wir jemanden finden, der für uns spricht, dann haben sie vielleicht noch mal Geduld mit uns, und wir können zeigen, was in uns steckt.

Ja, sage ich, und ich wünsche es mir brennend, dass Marie jemanden finden könnte wie Albertinas Vater, der die Lanze für sie bricht und ihre Vorzüge preist.

Also gibt es doch eine Zukunft in Sizilien, sagte ich am Abend zu Fabrizio und erzählte ihm vom Fürsprecher der Bäume.

Nein, blieb mein Gatte fest bei seiner Meinung, in Sizilien gibt es nur die Vergangenheit und eine ausgedehnte Gegenwart. Und diese Gegenwart, die gilt bis zur nächsten Ernte, ein Jahr, weiter denkt ein Sizilianer nicht. Wir leben jetzt, Sofonisba, hier und jetzt und heute, was kümmert uns, was morgen ist?

Und damit zog er mich an sich.

Fabrizio. Er hatte ja so Recht. Wie sehr er damit Recht hatte, das begriff ich erst viel später. Aber zunächst gab es so viel zu entdecken.

Meine ersten Wochen in Palermo waren erfüllt von Festen und Empfängen. Der Vizekönig wurde nicht müde, mich mit seinen Gunstbezeugungen zu überschütten, gleich noch in der ersten Woche veranstaltete er einen Ball zu Ehren meiner Ankunft, und jedes der noblen Häuser eiferte ihm nach. Felipes Billets und Briefe wirkten tatsächlich Wunder, aber das begriff ich erst viel später, als ich im Unglück war und sich keine dieser Türen für mich öffnen sollte. Aber in diesem goldenen Herbst 1573 war ich die Attraktion der Saison, und obwohl die wenigsten etwas von Malerei verstanden, so taten sie doch zunächst alle so, als hätten sie auf eine Künstlerin wie mich seit Jahrzehnten gewartet.

Niemals werde ich die erste Begegnung mit Fabrizios Schwägerin Luisa de Luna vergessen. Aha, sagte sie, und schätzte mich ab von oben bis unten, hier haben wir also den Malerkittel. Und so war von Anfang an klar, wie wir zueinander standen.

Im Grunde konnten die sizilianischen Adeligen nichts mit mir anfangen. Eine Hofdame der Königin, oh, welche Ehre. Eine Malerin? Ach, das wird sich schon geben. Madrid war weit, auch wenn sie alle so taten, als stünden sie in innigstem Kontakt mit dem König, auch wenn sie fast alle spanische Wurzeln und vielleicht auch noch einen Familienzweig im Mutterland besaßen, so hatte sie doch das Leben im Reich der Fata Morgana in einen anderen Kosmos entrückt. Das Leben in den Palästen der Mauren, denen die Normannen ihre Strenge hinzugefügt hatten, zwischen den fruchtbaren Ebenen und Küstenstreifen und den unwirtlichen Bergen, den den Bauern und Viehhütern überlassenen, endlosen kargen und steinigen Weiden, wo im Sommer die Gluthitze flirrte und im Winter der Frost die Felsen sprengte – diese Gegensätze schufen einen ganz eigenen Menschenschlag: grausam gegen jeden Feind, gierig nach Macht und Reichtum und misstrauisch gegenüber jedem, der nicht der eigenen Familie angehörte.

Obwohl Luisa de Luna einen Moncada geheiratet hatte, fühlte sie sich nicht zu dieser Familie gehörig, dies deutlich zu machen versäumte sie keine Gelegenheit. Die de Lunas waren eine viel ältere und mächtigere Familie, und warum Luisa Fabrizios Bruder überhaupt geheiratet hatte – ich habe es lange nicht begriffen. Sicherlich, damals wurden die Töchter selten nach ihrer Meinung gefragt, und der frische Titel eines Prinzen von Paternò mochte ihre Familie zu dieser Verbindung verlockt haben. Später, nachdem ich ihren älteren Bruder kennen gelernt hatte, verstand ich die Ursache für ihren Groll schon eher, denn sie hätte bestimmt ein besseres Familienoberhaupt der de Luna abgegeben, als ihr einfältiger und grausamer Bruder. Wobei Luisa mir immer ein Rätsel bleiben sollte. Als Cesare starb, stand er in seinem besten Alter. Fabrizio beteuerte, er sei kerngesund gewesen, und wenn ich mich auch lange gegen diese Gedanken sräubte, dann teilte ich doch irgendwann seinen Argwohn, er sei vielleicht doch keines natürlichen Todes gestorben. Wenige Menschen sterben in Sizilien eines natürlichen Todes, sagte er mit diesem traurig-spöttischen Lächeln auf den Lippen.

Eine gute Gelegenheit, eines unnatürlichen Todes zu sterben, waren auch die zahlreichen Kriege und Kämpfe, die es für den König von Spanien und beider Sizilien zu führen galt. Es war noch gar nicht so lange her, gerade mal vierzig Jahre, da stand Soliman der Zweite mit seinen Schiffen voller Krieger vor den Küsten. Wie sein Vater hatte sich auch Fabrizio immer wieder für Felipe geschlagen, und wenn er mir davon erzählte, dann wurde mir erst bewusst, wie weit entfernt ich doch von allem gelebt hatte. Sich vorzustellen, dass Felipe in seinen Ratsversammlungen oder einsam in seinem Arbeitszimmer Dinge beschloss, die hier, am anderen Ende der Welt, Menschen in den Krieg schickten, aus dem sie möglicherweise nicht mehr wiederkehrten. Und darunter mein Fabrizio. Er war ein echter Ritter, wie es die *contastorie* in ihren Epen berichteten, die sie mit ausladenden, theatralischen Gesten illustrierten, so dass selbst ich mitbekam, worum es ging. Oder in den Dramen der *pupari*, der Marionettenspieler, die auf ihren bunten Wagen über die Insel fuhren und hier und dort Halt machten, um eine Vorstellung zu geben. Stundenlang verfolgte ich dann mit leuchtenden Augen die Abenteuer der Paladine Karls des Großen, Ritter in glänzenden Rüstungen, die auf hölzernen Pferden für den christlichen Glauben und die Liebe einer schönen Prinzessin kämpften, für das Gute und gegen die bösen schwarzen Heiden, die die Insel im eisernen Griff gehalten hatten, bevor die Helden kamen, um sie zu befreien. Ich war hingerissen von diesen herrlich geschnitzten Puppen, deren jedes einzelne Glied an einem Faden hing, ich war begeistert von der Geschicklichkeit ihrer Meister, die es fertig brachten, volle vier Stunden die Figuren in Bewegung zu halten, Armeen gegeneinander reiten zu lassen, die Bösen ihre Dämonen gegen die christlichen Ritter zu hetzen und mit ihren Liebesgeschichten die Zuschauer zu Tränen zu rühren.

Ein solcher Ritter war auch Fabrizio Moncada, immer bereit, für den König in die Schlacht zu ziehen, überzeugt, für das Gute und gegen das Böse zu kämpfen. Und über all dem war er nicht dazu gekommen, eine eigene Familie zu gründen und sich um seine Belange zu kümmern. Aber das änderte sich, als ich in sein Leben trat.

Gleich am Tag nach meiner Ankunft besprachen wir unsere Situation. Ich hatte lange geschlafen. Nachdem ich mitten in der Nacht aus diesem Albtraum aufgeschreckt war und Consuela mir eine Karaffe mit Wasser gebracht hatte, war ich in einen tiefen Schlaf hinübergeglitten und wachte erst wieder auf, als die Sonne hoch am Himmel stand. Fabrizio war schon am Hafen gewesen und hatte einen kleinen Lagerraum angemietet, wo meine Kisten für eine Weile sicher waren, bis wir entschieden hatten, was wohin sollte. Meine Mitgift, 6000 Dukaten in Gold, war bereits vom königlichen Schatzamt auf das Familienvermögen der Moncada eingezahlt worden.

Beim späten Frühstück, zu dem mich Fabrizio mit der sizilianischen Variante des neumodischen Schokoladengetränks überraschte – viel Gewürze und eine dickliche Konsistenz –, schilderte mir Fabrizio seine finanzielle und gesellschaftliche Lage. Das heißt, ich musste ihn dazu auffordern, denn zunächst wollte er mich noch gar nicht mit all diesen Dingen behelligen. Wollt Ihr Euch nicht noch ein wenig ausruhen?, fragte Fabrizio besorgt.

Aber ich hatte das Gefühl, viele Jahre lang geschlafen zu haben, und jetzt endlich war ich zu einem eigenen Leben erwacht. Ich konnte es kaum erwarten, eine aktive Rolle einzunehmen und unser gemeinsames Leben zu gestalten.

Ich habe mich vierzehn Jahre lang ausgeruht, anwortete ich.

Er lachte und begann zu erzählen.

Fabrizio besaß das Wohnrecht im Palazzo der Familie in Paternò, zu Füßen des Ätnas. Es wird Euch dort gefallen, sagte er, wir wollen bald hinfahren, damit Ihr alles kennen lernt. Es ist das Haus meiner Kindheit, und wenn es sein müsste, könnte ich immer dort wohnen.

Aber Ihr denkt nicht daran, Euch vom Leben bei Hof zurückzuziehen, oder?, fragte ich vorsichtig. Warum sonst hättet Ihr um meine Hand angehalten?

Fabrizio lachte und wurde ein bisschen rot.

Eine Dame wie Euch kann man natürlich nicht in ein Provinzstädtchen verschleppen, sagte er, das habe ich gewiss nicht vor. Ihr seid den Umgang bei Hof gewöhnt und … ja, und natürlich habt Ihr Recht, der Frieden scheint auf Jahre gesichert, und da muss ein alter Soldat wie ich sehen, wo er seinen Platz findet.

Und so waren wir uns bald einig, dass wir die heißen Sommermonate in Paternò verbringen wollten, wenn es in Palermo zu ungemütlich wurde. Für die übrige Zeit allerdings brauchten wir ein Domizil in Palermo.

Im Stadtpalast der Moncada residiert Luisa, meine Schwägerin, mit dem kleinen Francesco. Ich habe bis jetzt kein eigenes Haus hier, diese Räume habe ich vorläufig gemietet, aber ich denke nicht, dass wir hier bleiben werden. Was ist Eure Meinung?

Ich hatte mir auf dem Empfang am Vortag bereits ein Bild darüber gemacht, wie man in Palermo standesgemäß und doch ohne allzu hohen Aufwand ein Leben am Hof führen konnte. Der Palazzo dei Normanni lag fantastisch, war groß und weitläufig, ich hatte mich sofort in diese unerhörte Architektur verliebt, diese Mischnung aus Strenge und orientalischer Üppigkeit. Aus den Gesprächen hatte ich herausgehört, wer alles dort, in allernächster Nähe des Vizekönigs, seine Wohnung eingerichtet hatte. Ich kam direkt aus dem Königspalast in Madrid, ich dachte nicht daran, irgendwo anders einzuziehen, als in die Residenz von Palermo.

Fabrizio nickte nachdenklich. Das hatte er auch schon erwogen. Aber das Leben bei Hof ist teuer, sagte er, jeder will in der Residenz wohnen, und außerdem verlangt das Zeremoniell einen Hoftribut für alle, die dazugehören wollen. 300 Dukaten jährlich.

Ich rechnete nach. Holte ein Stück Zeichenkohle und mein Notizbuch. Schrieb auf, was wir an Einkünften hatten. Meine königliche Rente von 1000 Dukaten. Fabrizios in Höhe von 400. Aber damit muss ich das Haus in Paternò in Schuss halten, sagte er, ganz zu schweigen von einer Miliz, die lange schon nötig wäre, um die Gegend zu sichern.

Was denn für eine Miliz?, fragte ich.

Zur Sicherung von Paternò. Es wimmelt in diesem Land nur so von Banden, erklärte Fabrizio und brach ein Stück Hefegebäck auseinander. Ihr werdet es sehen, wenn wir hinfahren. Das Land ist gebirgig und unwegsam. Die Menschen sind arm. Täglich werden Reisende überfallen und ausgeraubt. Und Güter, die ein wenig außerhalb liegen, müssen sich schwer bewaffnen. Schon lange möchte ich dem in meiner Heimatstadt Abhilfe verschaffen. Ich sprach darüber mit Cesare. Er war ganz meiner Meinung. Aber passiert ist nichts. Und jetzt ist er tot.

Ich betrachtete die Zahlen auf meinem Blatt. Es würde nicht reichen. Nicht für die Wohnung in der Residenz. Nicht für die Miliz. Ich legte das Notizbuch beiseite.

Was kostet diese Miliz?, fragte ich.

Und so sprachen wir lange über Mannschaftsstärken und Solde, addierten Summen und Zahlen, ich schlug wieder mein Notizbuch auf und schrieb auf eine neue Seite alle Ausgaben, die wir haben würden, wenn wir ein Leben führen würden, wie ich es mir wünschte und zusätzlich diese Miliz einrichteten.

Am Ende stand da eine Zahl, die weit über dem Doppelten unserer Einkünfte lag. Fabrizio fuhr sich mit den Fingern durch sein dichtes, dunkles Haar. Silberne Fäden glänzten im Sonnenlicht.

Es wird gehen, sagte ich, und fühlte mich ein wenig wie eine Königin, wie Felipe, wenn er sich mit Ruy Gomez beriet oder mit Alba, und ich wusste aus eigener Erfahrung, wie nahe der Königshof immer wieder einer Pleite war, wie oft nur die Winkelzüge seines Schatzmeisters die Finanzen halbwegs im Lot hielten.

Aber wie, fragte Fabrizio ratlos.

Ich werde etwas von meinem Schmuck versetzen, sagte ich, den Diamantring der Margarete von Parma zum Beispiel, der bringt uns genug, um die Miliz und die Wohnung für drei Jahre zu finanzieren. Und von den Renten müsste sich doch leben lassen. Was meint Ihr?

Fabrizios Gesicht wechselte die Farbe.

Ich will nicht, dass Ihr Euren Schmuck versetzt, sagte er leise. Aber ich lachte nur und erklärte ihm, dass dieser Schmuck mein privates Vermögen darstellte, meine Privatschatulle, bares Geld in Form von Juwelen, weil man eine Sofonisba Anguissola nun mal nicht mit Dukaten bezahlt, früher nicht und auch nicht in Zukunft, dass ich Schmuckstücke und Juwelen besaß, die ich niemals tragen würde, und die nur den einen einzigen Zweck hatten, eines Tages umgewandelt zu werden in Dukaten.

Es gibt bestimmte Stücke, sagte ich ihm, die werde ich niemals tauschen. Die Kette meiner Mutter. Silber mit venezianischem Glas, gar nicht so sonderlich wertvoll. Aber es ist mein einziges Familienerbstück, und eher würde ich verhungern, als mich davon zu trennen.

Ich lief in mein Zimmer, um die Kassette zu holen, die ich immer bei mir hatte. Öffnete sie und zeigte ihm meine wahren Schätze. Mutters Kette, das Diadem mit den passenden Gemmen und Ohrringen meiner Königin, den Ring von Felipe mit dem leuchtenden Rubin. Und das Kreuz des Papstes, das mich vor Escobedo gerettet hatte, davon war ich immer überzeugt. Die toledanische Brosche von Maria Eugenia und Annas Perlencollier. Aber alles andere, und sei es noch so wertvoll, all die ziselierten Schmuckanhänger in Form von allegorischen Szenen, Kameen und Ringe, die Perlen und ungefassten, geschliffenen Juwelen, die Münzen und Medaillen und was sich sonst noch angesammelt hatte im Laufe der Zeit, das war alles nur dazu da, uns ein Leben zu ermöglichen, das uns meiner Meinung nach zustand.

Und ich erzählte ihm von meinem Zuhause, wie sehr es uns immer an Geld gemangelt hatte, erzählte ihm, dass ich nicht hatte heiraten können als junges Mädchen, weil mein Vater keine Mitgift aufbringen konnte, dass Elena aus diesem Grund ins Kloster gegangen war und dass ich mich um meine jüngste Schwester sorgte, deren Schicksal noch nicht entschieden war. Ich berichtete, dass meine Familie von meinen Renten lebte, die auf den Genueser Wein liefen, seit mehr als zwölf Jahren schon, dass ich zeit meines Lebens für mich selbst gesorgt, mir alles ermalt hatte, was ich besaß, und dass ich stolz darauf war.

Ihr seid wirklich eine bemerkenswerte Frau, sagte Fabrizio, Ihr seid so vollkommen anders als alle anderen Frauen, und ich lachte, ja, ich bin anders, sagte ich, und ich brauche einen Gefährten, der mich auch anders sein lässt. Ich bin Malerin, sagte ich dann ernst, ich hoffe, Ihr wisst, was das heißt. Ich werde die Malerei niemals aufgeben.

Das sollt Ihr auch nicht, meinte Fabrizio. Ihr seid Herrin in Eurem eigenen Haus und niemals würde ich Euch vorschreiben, was Ihr tun sollt und was nicht. Und, fügte er nach einem Moment des Nachdenkens hinzu, wenn Ihr wirklich Eure Privatschatulle für unser gemeinsames Leben einsetzen wollt, dann unter einer Bedingung.

Und die wäre, fragte ich.

Die Bedingung ist, dass ich Euch das überschreibe, was ich besitze. Es ist nicht viel, aber ich hoffe, Ihr wisst es zu schätzen. Es ist die gesamte Einrichtung des Palazzos in Paternò. Das ist leider alles, fügte er mit einem traurigen Lächeln hinzu, aber das Wenige will ich mit Euch teilen.

Und so geschah es.

Der Diamantring brachte uns eine schöne Summe, mehr, als ich erwartet hatte. Der Vizekönig war entzückt von unserer Anfrage, in seiner Residenz zu wohnen, nach einigem Hin und Her bezogen wir ein paar angenehme Zimmer. Meine mitgebrachten Möbel verliehen unserer neuen Stadtwohnung einen gewissen Glanz. So ersparten wir uns schon den mühseligen Transport über die Insel. Der Palazzo in Paternò war ohnehin vollständig eingerichtet, lediglich ein Atelier würde ich dort noch unterbringen. Und in Palermo konnten wir die Sachen gut gebrauchen. Wie praktisch du bist, sagte Fabrizio. Du bist ganz anders als andere Frauen.

Welche Frauen er da meinte, das fragte ich besser nicht. Wir sprachen oft über unser beider frühere Leben, die so verschieden voneinander waren. Aber wir sprachen nicht über unsere alten Lieben. Schließlich zählten sie nicht. Beide konnten wir uns denken, dass wir nicht unberührt in unsere späte Ehe gegangen waren. Und als wir dann, nach einer Weile erst, uns zum ersten Mal liebten, waren wir beide erleichtert darüber, dass der andere über eine gewisse Erfahrung verfügte. Erleichtert, glücklich, zufrieden – das beschreibt am besten unser Zusammensein. Wir waren Freunde und Komplizen, Paladine gegen den Rest der Welt, wenn es sein musste. Dass wir uns ineinander verliebten, das kam später, unmerklich, ich weiß gar nicht mehr, wie das überhaupt begann. Es war eine ruhige Liebe, mit der ich vor allem die Bilder aus Paternò und La Fata verbinde, den Anblick des qualmenden Ätnas vor stahlblauem Himmel, die blühenden Zweige, den Geschmack von Blüten, der auf meiner Zunge schmilzt.

Es war eine aufregende Zeit der »ersten Male«, dieser Herbst 1573. Das erste Mal an Fabrizios Seite im Dom von Palermo zum Gottesdienst. Das erste Mal zu Gast bei Chiaramonte, der ein leidenschaftlicher Mathematiker und Astrologe war, stundenlang beobachtete er des Nachts den Himmel durch eines seiner neuartigen Oculare, manche scherzten, er kenne sich am Firmament besser aus als in seinem eigenen Palazzo. Tatsache war, das bestätigte mir Fabrizio, dass Chiaramonte sich auf See wie kein anderer auch ohne Karten zurechtfand: Ein Blick zum Himmel und er wusste, wohin der Kurs ging.

Und dann die erste Reise nach Paternò. Kannst du reiten, fragte mich Fabrizio. Natürlich konnte ich reiten! Die Abenteuerlust hatte mich gepackt, und als wir schließlich noch lange vor Sonnenaufgang mit zwei Wagen aus der Stadt hinausritten, vorne und hinten eskortiert von insgesamt zwölf bewaffneten Männern, da fühlte ich mich wie eine Prinzessin auf dem Weg durch Feindesland.

Es war irgendwie beides gleichzeitig. Abweisend und schroff und dennoch hinreißend in all seiner Strenge und Gewaltigkeit. Wir passierten Orte, die nicht viel mehr waren als eine Ansammlung von jämmerlichen Steinhütten. Kinder, die Ziegen und Schafe weideten, auch sie bewaffnet bis unter die Zähne. Außer vor Banditen müssen sie sich und die Tiere auch vor Wölfen schützen, sagte Fabrizio und zeigte mir in der Sonne gebleichte Tiergebeine, die zwischen den Felsen lagen. Der Weg war mühsam und steil, so lange es ging, folgte er Flussläufen, dünnen Rinnsalen, die sich im Laufe der Jahrmillionen tief in das Gestein gefressen hatten, dann ging es wieder steil über Berge und Pässe. Zweimal wechselten wir die Pferde, die die Wagen zogen, und schließlich, als schon der Mond am Himmel stand, sah ich zum ersten Mal den Ätna. Wie in einem Gemälde stand er da am Horizont, gekrönt und beschienen von den Hörnern des abnehmenden Mondes, silbern schimmerte seine Kuppe, und wie um mich zu begrüßen, stiegen Dampfwolken aus seinem Kraterschlund auf.

Ah, sagte Renzo auf dem Kutschbock, der Alte pafft wieder. Und dann sprühten Funken auf, dass Consuela, die neben Renzo saß, erschrocken aufschrie, ein rot funkelnder Feuerregen sandte brennende Garben an den nächtlichen Himmel, senkte sich wieder und verglühte.

Wann ist er das letzte Mal ausgebrochen?, fragte ich.

Vor vier Jahren, war die Antwort, da hat er Catania halb unter sich begraben und kam erst im Meer zur Ruhe.

Consuela begann leise ein Ave Maria zu beten. Und ich muss gestehen, auch ich betrachtete den hellen, unwirklich scheinenden Silberkegel dort am Horizont mit gemischten Gefühlen.

Paternò hat Glück gehabt, fuhr Fabrizio fort, aber Nicolosi und Mascalucia und viele Dörfer ruhen jetzt unter seinen schwarzen Pranken.

Aah, brummte Renzo wie ein Echo, bis Paternò ist der Berg noch nie gekommen. Er grummelt und rumort, aber von Paternò lässt er seine Finger.

Wie dem auch sei – mein Lebtag lang habe ich vor »dem Alten« Respekt bewahrt. An wie vielen Morgen galt nicht mein erster Blick seinem Kegel, der manchmal schwer auf dem Land lastete und dann wieder wie eine glitzernde Haube über allem zu schweben schien. Der Ätna wurde für mich zum Symbol der zwiespältigen Macht der Natur, hier wurde die griechische Mythologie wieder lebendig, Hephaistos schwang seinen Hammer bei Tag und bei Nacht, und das Grummeln seines unterirdischen Feuers drang mitunter bis in meine Träume. Und Michelagniolos Verse kamen mir wieder in den Sinn, die ich als junges Mädchen begeistert auswendig gelernt hatte, und jetzt war es, als würde ich ihren

Sinn erst begreifen, *Il mare e'l monte e'l foco colla spada: in mezzo a questi tutti insieme vivo.* Ja, genauso war es, als hätte er das für mich geschrieben, inmitten von all dem lebte ich: das Meer und der Berg und das Feuer mit dem Schwert – was traf es besser als dieses Bild des Feuers mit dem Schwert, wenn »der Alte« wieder einmal seine Feuergarben spie.

Der Ätna spendete so viel und nahm sich dafür immer wieder seinen Teil, von ihm kam das Eis für unsere kalten Leckereien, er machte das Land rings zu seinen Füßen fruchtbar, die besten Weine Siziliens gediehen an seinen Hängen, ein wahrer Garten Eden, wo auch die empfindlichsten Früchte aus der Heimat der Sarazenen in Üppigkeit wuchsen. Eis und Feuer, Sonne und Wasser, Felsgestein und fruchtbare Erde – ich sah die Lavafelder, unter denen Häuser und Menschen begraben lagen, ich berührte die schwarzen schorfigen Pranken, heiß vom Sonnenlicht, aber mir war es, als hätten sie sich niemals abgekühlt seit jenen schrecklichen Wochen vor vier Jahren, als »der Alte« Ernst machte mit seinen jahrhundertealten Drohgebärden.

Der Mensch, dachte ich schon damals, der Mensch ist ein seltsames Wesen, und wenn auch der Berg sein flüssiges, brennendes Innerstes nach ihm schleudert und ihn in Nächten der Apokalypse von seinen Flanken schüttelt, so kommt er doch wieder, seine Toten muss er nicht einmal begraben, das hat schon der Berg für ihn besorgt, und statt fortzulaufen, so weit er nur kann, zu fliehen und nie mehr zurückzukehren an die Stätte dieses Grauens, kommt er wieder, zerschlägt die Lava zu Steinen und baut sich daraus sein Haus wieder auf.

Wohin sollten sie auch gehen, fragte mich Fabrizio leise. Sie haben ja nichts. In der Fremde würden sie zu Bettlern und gingen zugrunde.

Und auch ich kam immer wieder, egal, was geschehen sollte, bis zu meinem Tod, bis ich nicht mehr reisen konnte, kam ich wieder zum Fuße des Ätnas, blickte morgens und abends hinüber zum Alten, lernte seine Rauchsignale lesen und deuten, *Il mare e'l monte e'l foco colla spada: in mezzo a questi tutti insieme vivo* – manche Orte wählt man nicht, man wird von ihnen erwählt und hat einfach keine Wahl.

Und ich lauschte Albertinas Stimme, die mir ihre Geschichten erzählte, die Geschichte von Colapesce zum Beispiel, der das Meer über alles liebte, und diese Geschichte erzähle ich jetzt Marie. Erzähle, wie der Fischersohn Nicola, von allen nur Cola genannt, seinem Vater die Fische aus dem Netz holte und sie wieder ins Meer zurückwarf, weil er zu großes Mitleid mit ihnen hatte. Bis ihn eines Tages seine eigene Mutter in ihrer Verzweiflung verfluchte: Wenn du die Fische mehr liebst als uns, dann werde doch selbst zum Fisch! Und wie es so geht, werden die Flüche der Mütter am ehesten wahr, Cola wuchsen Flossen und Kiemen und Schwimmhäute zwischen Finger und Zehen. Von da an lebte er im Wasser, schwamm mit den Fischen und Delphinen und tauchte nur von Zeit zu Zeit wieder auf. So nannte man ihn Colapesce, den Fische-Cola, und man gewöhnte sich daran, dass er den Schiffen den Weg durch die Meerenge zeigte und sie vor Unwetter warnte. Auch als Bote schwamm er zwischen den Liparischen Inseln hin und her, du kannst die Leute da heute noch fragen, und sie werden dir sagen, dass es so war, pflegte Albertina mit rollenden Augen zu sagen, falls irgendjemand Zweifel anmelden sollte. Bis eines Tages der König von Colapesce hörte und mit großem Gefolge und in Begleitung seiner Tochter zum Meeresufer kam, mit eigenen Augen den wundersamen Wassermenschen zu sehen. Er lauschte staunend seinen Berichten, und die Prinzessin ließ ihre leuchtenden Augen nicht von ihm. Dann nahm der König einen goldenen Becher und warf ihn in die Flut.

Hol ihn mir wieder, befahl er. Cola sprang hinab und versank im Gekräusel der Wellen. Lange blieb er verschwunden, dann erschien er wieder mit dem königlichen Becher.

Was hast du gesehen, wollte der König wissen. Und Cola erzählte von den Fischen, Meerespflanzen und seltsamen Tieren, die niemals an der Oberfläche erschienen, berichtete auch von einem geheimnisvollen Leuchten tief unter der Insel, das er schon früher von ferne gesehen hatte.

Was ist das für ein Leuchten, fragte der König, und die Prinzessin drängte sich näher heran, um kein Wort zu versäumen.

Ich weiß es nicht, gab Colapesce zur Antwort, es scheint aus großer Tiefe herauf, so tief bin ich noch niemals hinuntergetaucht.

Der König, über alle Maßen neugierig geworden, wollte mehr erfahren von diesem Leuchten, nahm seine Königskrone und warf sie in noch tieferes Wasser.

Bring sie mir zurück, befahl er, und Colapesce tauchte hinab in die schwarze Flut. Lange Zeit starrte der König aufs Meer und die Augen der Prinzessin wurden dunkel vor Sorge, der Tag verging, es wurde Nacht, und immer noch war Cola da unten auf der Suche nach der Krone des Herrschers. Dann endlich, am nächsten Morgen, ging ein Raunen durch die Menge, und auch die Prinzessin seufzte auf vor Erleichterung, als Cola endlich wieder erschien, in der Hand die königliche Krone. Erschöpft reichte er sie dem König.

Und, was hast du gesehen, fragte wieder der König, was ist mit dem Leuchten, wo kommt es her?

Mein König, sagte Colapesce, als er wieder zu Atem kam, ich bin so tief getaucht, wie kein Lebewesen jemals zuvor. Dort unten in den Tiefen des Meeres brennt ein gewaltiges Feuer, so mächtig, dass die Fluten es nicht zu löschen vermögen.

Die Menge um sie her lauschte atemlos. Kein Mensch hatte jemals von so etwas gehört. Aber Colapesce war noch nicht fertig.

Auf der Suche nach der Krone geriet ich unter die Insel Sizilien und sah, dass sie auf drei riesigen Säulen ruht. Die erste Säule ist solide und stark. Die zweite von den Stürmen des Meeres schon arg zerfressen, aber sie wird noch lange halten. Die dritte aber ist von dem Feuer derart beschädigt, dass ich fürchte, sie wird bald zusammenstürzen.

Die Menge erschrak, und wie um Colas Worte zu unterstreichen, lief ein Zittern durch die Erde, auf der sie standen, und großes Entsetzen kam auf.

Der König dachte nach.

Was kann man tun, fragte er dann, wie können wir die Säule stützen?

Er beriet sich mit seinen Räten, und schließlich beschlossen sie, Colapesce ein drittes Mal hinunterzuschicken, um noch mehr Einzelheiten zu erfahren. Überhaupt hatten die Klugen des Landes große Zweifel daran, ob es wirklich stimmte, was Colapesce behauptete, dass unter Sizilien mitten im Meer tatsächlich ein großes Feuer brennen sollte.

Cola zögerte. Er war viel zu erschöpft, um schon wieder so tief hinunterzutauchen. Als der König sein Zögern sah, da zog er einen Ring vom Finger der Prinzessin und warf ihn ins allertiefste Meer.

So sei es denn, seufzte Colapesce und sah in die Augen der Prinzessin, nahm ein Säckchen mit Linsen und eine Rute und zeigte beides dem König.

Diese Rute will ich an dem Feuer entzünden und zu dir bringen als Beweis für das mächtige Feuer. Wenn aber dieses Säckchen Linsen an der Oberfläche auftaucht, dann bleib ich da unten und komme niemals wieder herauf.

Und so nahm er Abschied und tauchte hinab in die Flut.

Die Zeit verging. Stunden, Tag und Nacht und noch ein Tag und noch immer keine Spur von Colapesce aus den Tiefen des Meeres.

Der König wollte das Warten schon aufgeben, einzig die Prinzessin überredete ihn, noch länger zu bleiben, bis endlich das Säckchen mit den Linsen an die Oberfläche stieg und mit ihm die Rute – brennend, wie eine Fackel, die die Wellen nicht zu löschen vermochten.

Da wusste der König, dass es stimmte, was Colapesce gesagt hatte, nämlich dass unter Sizilien ein großes Feuer brannte, das niemals erlosch. Colapesce aber kam niemals mehr wieder. Er blieb dort unten, um die zerbrochene Säule zu stützen, die Sizilien vor dem Sturz in das große Feuer bewahrte. Er steht heute noch dort, sagte Albertina, und manches Mal, wenn der Berg stöhnt und grollt, dann kann man seine Stimme hören, die mit dem Feuer spricht und es besänftigt.

Dieser König, meinte Marie nach einigem Schweigen, dieser König hat doch ein Rad ab! Wieso geht er nicht selber nachsehen und jagt den armen Kerl dort runter? Es sind immer die kleinen Idioten, die denen da oben den Arsch retten müssen, sagt sie verbittert, und ich merke, sie ist richtig zornig. Immer auf die Kleinen. Und jetzt steht der womöglich immer noch da unten und hält denen ihr beschissenes Sizilien hoch, damit es nicht absäuft. Warum macht er das? Er kann doch eh die Fische besser leiden als die Menschen!

Und sie grübelt vor sich hin, den ganzen Nachmittag ist nichts mehr mit ihr anzufangen, immer die ganz unten, brummelt sie vor sich hin, die sollen noch weiter runter. Mit uns können die es ja machen. Statt ihren Scheiß selbst herauszufinden, schicken sie uns da runter, sollen doch alle zum Teufel gehen.

Ich aber verstehe nicht, was sie so plötzlich hat, ich hätte nie gedacht, dass sich ausgerechnet Marie so mit Colapesce identifiziert, aber ich lasse sie in Ruhe und fülle die frisch angeriebene Farbe in gut verschließbare Gefäße, sammle meine Stifte wieder ein und kratze den Marmortisch sauber. Albertina hätte ihre Freude an Marie gehabt, denke ich, sie ist eine Zuhörerin ganz nach ihrem Geschmack.

Und dann kommt uns die Nonnenmacher holen.

Feierabend, ruft sie ins Atelier. Morgen sind Sie wieder in der Wäscherei, sagt sie zu Marie.

Warum denn, fragt die erschrocken, aber sie bekommt keine Antwort. Marie schaut mich an und zieht eine Grimasse.

Aber doch wohl nicht für immer?, frage ich nach. Ich brauche Frau Huber.

Das hat Herr Dr. Kregler zu entscheiden, sagt die Beamtin, und damit ist für sie das Thema erledigt.

19

Wurzelkrapplack

wird aus der Wurzel der Färberröte gewonnen und ist eine Lasurfarbe. Mit Öl vermalt entstehen, wenn der Lack rein, also ohne Beimischung verwendet wird, auf weißer Unterlage nach dem Trocknen Sprünge. Auf toniger Unterlage oder mit anderen Farben vermischt, springt der Krapplack nicht. Die Ursache davon ist nicht bekannt.

Es wird Herbst. Vor meinem Fenster zaust der Wind das kleine Bäumchen drunten im Hof. Schon lange war ich nicht mehr dort, die Stunde Hofgang nach der Mittagspause verbringe ich mit Marie vor der Tür des Ateliers.

Die Nadel vom Meeresgrund heißt meine Tai-Chi-Übung des heutigen Abends. Wenn ich alles zur Seite räume, den Stuhl aufs Bett stelle und den Tisch ins Eck schiebe, dann habe ich gerade genug Platz für diese Drehung und das Hinabtauchen. Gewicht auf dem rechten Fuß, die linke Fußspitze leicht daneben aufgesetzt, die Hüfte über der rechten Ferse, sinken, und dann die eintauchende Bewegung mit beiden Armen bogenförmig nach unten, hier, genau zwischen meinen beiden großen Zehen, falls ich nicht die Balance verliere, dort liegt die Nadel, nach der ich mich bücke auf den Grund des Meeres …

Colapesce hat ihn nicht gerettet. Der muss schließlich dafür sorgen, dass Sizilien nicht untergeht. Ich aber, jedesmal, wenn ich diese Übung mache, ich tauche hinab auf den Meeresgrund und hole ihn herauf, meinen Liebsten, wie eine kostbare Nadel, pflücke ihn vom Meeresboden, wo er lächelnd unter einem Korallenbaum liegt, ganz und gar in Perlmutt eingesponnen, und schläft. Aber er schläft nicht. Die Wunder finden anderswo statt. Das Bäumchen ist krank, sagte ich neulich zur Nonnenmacher. Seine Blätter zeigen rotbraune Flecken, die Ränder rollen sich auf wie unter Schmerzen. Aber die Beamtin zuckte nur die Schultern. Armes Bäumchen, denke ich, du wirst den Winter nicht überleben. Und ich, werde ich den Winter hier auch noch erleben? Wie lange wird es noch dauern, bis sich Nagel mit meiner Anwältin zum letzten Gefecht vor Gericht treffen wird?

Sie macht sich viel Mühe, diese zähe junge Frau. Statt in ihren Wäldern herumzulaufen, verbringt sie ihre Tage in Archiven und Bibliotheken. Es ist immer der Kopf, der aufgeben will, aber der Körper schafft alles, hat sie mir neulich geschrieben. Unser wahrer Feind ist der Verstand, der uns ständig einreden will: Das schaffst du nicht, du musst aufgeben, das überlebst du nicht, wozu die Mühe, komm, lass es sein.

Ich hab sie gefragt bei ihrem letzten Besuch, wie man vierzig Kilometer und mehr am Stück laufen kann, ohne tot umzufallen. Es ist eine Frage des Wollens, hat sie gesagt, Sie können alles schaffen. Alles. Wenn Sie es nur wollen.

Das war auch immer Sofonisbas Meinung gewesen – ach was, Meinung, ihr Credo war es, ihr Glaubenssatz. Hatte sie nicht alles erreicht, was sie wollte? Sie war berühmt, sie war jung und schön, auch wenn sie dabei war, die vierzig zu überschreiten, so fühlte sie sich doch noch längst nicht alt, stark war sie und voller Pläne, und in Fabrizio hatte sie den Gefährten gefunden, diese Pläne in die Tat umzusetzen.

Ja, damals erschien mir alles möglich. Die Farbe Schwarz hatte ausgespielt, mochte sie anderswo Löcher in die sichtbare Welt brennen, in meinem neuen Leben spielte Rot die entscheidende Rolle, rot wie der nächtliche Himmel über dem Ätna, wenn der Alte wieder grollte, rot wie die Mohnblumenwiesen um Paternò im Mai, rot wie die Kerne des Granatapfels, das Innere der Feigen, unser abendlicher Wein. Es war rot wie die Kuppeln der Paläste in Palermo, wie der Widerschein der Fackeln bei den abendlichen Gesellschaften auf den Mosaiken, wie der feine Staub, der sich an besonders heißen Tagen über die Stadt senkte.

Oh ja, ich genoß das Leben in der Hauptstadt. In Palermo gefiel mir buchstäblich alles. Selbst die Winde, die vom Meer herüberwehten, sogar der Scirocco, unter dem alle stöhnten und darniedersanken, ich liebte seine heißen Luftfluten, die mich hierhergebracht hatten, die mir die Sinne nahmen und eine Ahnung von den Völkern mit sich trugen, die hier die Paläste erbaut hatten, die Kuppeln, die Gärten. Ich wurde nicht müde, in Consuelas Kleidern und in ihrer Begleitung Palermo zu durchstreifen, seine Winkel und Gassen, seine Märkte und – vor allem den Hafen zu erkunden. Karavellen und Karacken, riesige Galeeren mit mehr als hundert Rudern lagen hier neben einfachen Fischerbooten und leichten, schnellen Kriegsseglern. Sehr zu Consuelas Widerwillen zog mich auch der Fischmarkt magisch an, diese Bewohner des Meeres, die sich hier in allen Formen und Farben präsentierten. Und erst die Gewürzhändler, von denen manche auch mit Farbstoffen handelten, wenn man sie danach fragte, feinstes Ultramarin zu horrenden Preisen, das Rot der Purpurschnecke, das indische Gelb …

Aber ich sah auch den Zerfall, die überwucherten Wasserbecken, in denen sich nur noch Eidechsen sonnten, die verödeten Gärten, eingestürzte Pavillone, verlassene Paläste. Dort, wo die Anlagen der Mauren noch intakt waren, da war es gut sein: Pflanzen beschatteten Innenhöfe, Wasserläufe brachten Kühlung, feinste Maurer- und Stuckarbeiten schienen die Schwerkraft aufzuheben. Ich bewunderte diese Ungläubigen, die solches geschaffen hatten, wie viel angenehmer war das Leben doch in ihren Mauern, als in der alten Burg von Toledo, im Alcázar von Madrid und erst im neu erbauten El Escorial. Es schauerte mich, wenn ich daran dachte, wo Felipe mit seiner Familie jetzt lebte, während ich unter Palmen und duftenden Orangenbäumen spazieren ging, in denen fast das ganze Jahr über gleichzeitig Blüten, grüne und goldgereifte Früchte hingen.

Aber auch das ruhige Leben in Paternò hatte es mir angetan. Ich liebte den Wechsel, und oftmals reisten wir hin und wieder her, her und wieder hin, in Palermo begann ich die Allgegenwart des Berges zu vermissen, und in Paternò träumte ich von den Wundern der Stadt. Santa Madonna, was für eine Unruhe, schalt mich liebevoll Albertina, kaum seid Ihr angekommen, packt Ihr schon wieder die Koffer! Was gibt es dort in Palermo, was wir hier nicht haben?

Ich ließ mir die Schelte gefallen. Wie gerne saß ich bei ihr in der Küche neben dem glühenden Herd und sah ihr beim Kochen zu. Die Selbstverständlichkeit, mit der sie ihre Arbeit machte, die Sparsamkeit ihrer Bewegungen, die Vielfalt an Düften und Aromen, die Geräusche der aneinander schlagenden Töpfe, das Klackklackklack ihres Messers auf dem Holzbrett, wenn sie frische Kräuter fein hackte, und der Duft, der sich davon erhob, das feine Schaben des Stößels im Mörser, das Brodeln in den Kasserollen – all dies strahlte eine so große Ruhe auf mich aus, dass ich die Zeit vergessen konnte.

Ich musste von den üppigen Banketten berichten, den gefüllten Schwänen und Straußen, die mit ihrem ausgebreiteten Federschmuck auf riesigen Platten serviert wurden, von den Bergen von Meerestieren, von den Skulpturen ähnlichen Gebilden aus süßer Ricottacreme oder den honigtriefenden Kuchen, die mit kandierten Früchten aussahen wie große Schmuckstücke, alles wollte Albertina haarklein berichtet haben.

Aber es schmeckt nirgendwo so gut wie bei dir, beendete ich regelmäßig meinen Bericht, und das schmollende Gesicht der Alten hellte sich wieder auf.

So saß ich bei Albertina in der Küche und schwatzte. Ließ mir von ihr Geschichten erzählen und zeichnete sie. Zeichnete sie gemeinsam mit ihrer Enkelin Marietta. Ich hatte die Kleine das Schreiben und Lesen gelehrt, und jetzt versuchte sie, ihrer alten Großmutter das Alphabet beizubringen. Schnell und mühelos hatte sie selber gelernt, und jetzt lachte sie herzlich und schadenfroh über Albertina, wie sie über das Büchlein gebeugt saß und versuchte, die Lettern voneinander zu unterscheiden. Ich zeichnete die beiden in der Küche, bei der Arbeit, im Sonntagsstaat nach dem Kirchgang. In dieser alten Frau fand ich eine zweite Mutter, einen Menschen, der rührend auf mich achtgab, *'gnura,* rief sie und lief mir hinterher, wenn ich einen Spaziergang machen wollte, einen Wollschal in der Hand oder einen Sonnenschirm, je nach Jahreszeit und Witterung. Zur Ruhe aber, wie sie es immer wieder anmahnte, kam ich höchstens für ein paar Stunden in ihrer Küche. Auch der Berg kam schließlich niemals zur Ruhe. Es gab so viel zu sehen, zu erfahren, zu erleben.

Auf meiner Stute Gioconda, ein Geschenk des Vizekönigs, erkundete ich die Gegend. Hatte Fabrizio zu tun, wurde Achile mein treuer Begleiter auf diesen Ausritten. Und wenn er auch immer mundfaul blieb und ich ihm die Worte aus der Nase ziehen musste, so erfuhr ich doch mit der Zeit eine Menge von ihm.

Er zeigte mir heiße Quellen mit wundersamer Heilkraft, hinter fremdartig wuchernden Riesengräsern verborgene Tümpel und Teiche. Papyrus, sagte Achile, das haben die Ägypter mitgebracht. Die Alten sagen, der See sei früher ein Heiligtum gewesen. Seht nur, wie schwarz das Wasser ist. Fliegen Vögel darüber, fallen sie tot herunter.

Mit Achile ritt ich auch so nah wie nur möglich an die kleineren dampfenden und rauchenden Krater des Berges heran, sah mit Grausen das Brodeln und Kochen von flüssigem Gestein, rötliches Glühen in Ritzen und Felsspalten. Die Erde ist flüssig da unten, dachte ich voller Ehrfurcht, die Alten haben Recht, wir schwimmen auf einem Meer aus Feuer. Und Marguerite in mir regte sich ängstlich, wenn sie das mächtige Feuer fühlte, sein Grollen vernahm, seine Ausdünstungen roch. Sie war es, die mir diese Unruhe verschaffte – ein Leben auf der Flanke eines Vulkans war nicht gerade das, was eine Marguerite Porète ruhig schlafen ließ. Aber meine Neugier war stärker.

Der Alte. Auch ich begann von ihm zu sprechen wie von einem lebendigen Wesen. An manchen Tagen schien er friedvoll und großzügig, paffte riesige Rauchringe wie ein gemütlicher alter Mann mit seiner Pfeife. An anderen Tagen wirkte er wie der Bote des Jüngsten Gerichts. Dann sandte er Fanale aus rotem Feuerschein in die Welt, brachte den Nachthimmel zum Glühen und verdüsterte mit seinen Aschewolken den Tag.

Scassau a muntagna, schrien dann die Menschen, der Berg zerbricht, schliefen auf gepackten Bündeln und lauschten noch im Schlaf mit allen Fasern auf die Äußerungen des Alten. Und dennoch, trotz dieser ständigen Bedrohung, schienen die Menschen »ihren Alten« zu lieben. Als er einmal wieder eine riesige Schicht dunkelgrauen Aschestaubs auf uns niederpaffte und die Frauen nach der weißen Wäsche rannten, die sie zum Bleichen auf der Terrasse ausgebreitet hatten, schalt ich über diese Unart des Berges, uns in schöner Regelmäßigkeit derartig einzupudern. Lästert nicht den Berg, wies mich da Albertina streng zurecht, der Alte meint es gut mit uns. Sein grauer Staub ist es, der unsere Felder fruchtbar macht und den Wein dunkel und aromatisch. Ohne ihn wäre dieser Landstrich so arm und karg wie die Madonie, seit vor vielen hundert Jahren die alten Wälder überall sterben mussten.

Nein, Albertina hatte völlig Recht. Mit dem Alten ging man respektvoll um. Er nahm und er gab, beides gleichermaßen großzügig, und spätestens mit Corrados kalten Köstlichkeiten auf der Zunge schloss auch Marguerite mit ihm einen einstweiligen Frieden.

So verging die Zeit. In Palermo genoß ich die Gesellschaften bei Hof, deren Mittelpunkt ich nicht selten war. Hier erfuhr ich, was in der Welt geschah, traf Musiker und Dichter, die mir so manches Gedicht widmeten. Alessandro Lamo zum Beispiel, der mich in wohlgedrechselten Versen pries, *Sofonisba Anguissola è, nel cui velo / Scese la più onorata alma dal cielo …* oder der Lautenvirtuose Angelo Scappi, der mir eine Komposition widmete mit dem sinnreichen Titel: *Ritratto in musica della Maestra Sofonisba Anguissola Moncada.*

Wird Euer Gatte nicht eifersüchtig, wollte Costanza Colonna, die Frau des Vizekönigs, hinter ihrem vorgehaltenen Fächer wissen. Nein, Fabrizio war stolz auf mich. Die Einzigen, die die Eifersucht stach, waren Damen wie die Colonna oder die Terranova oder Luisa de Luna oder wie sie alle hießen. Auch wenn sie vorgaben, dass ihnen ein solcher Rummel um ihre Person geradzu peinlich wäre. Dass eine anständige Frau Künstler zwar bewunderte und finanzierte, sich selbst aber niemals mit ihnen auf eine Stufe stellte. Sizilien war weit entfernt vom Norden Italiens, weiter noch als der spanische Hof, das wurde mir mehr als einmal bewusst. Die aufgeklärten Ansichten der Herrscher von Ferrara oder Mailand waren noch nicht bis hierher gedrungen, die Vorstellungen meines geliebten Vaters, der alle seine fünf Töchter in den Künsten ausbilden ließ, stießen hier auf Kopfschütteln. Zwar mochte man es nicht offen zugeben, zwar wagte niemand, die frühere Hofdame der Königin und Begünstigte des Königs auch nur im Ansatz zu kritisieren oder zu hinterfragen. Aber dass ich, jetzt wo ich verheiratet war, immer noch malte, wenn auch viel weniger, als ich es eigentlich wollte, das blieb für die meisten ein kleiner Skandal. Eine Contessa war schließlich eine Contessa, und eine Malerin gehörte den unteren Schichten an, und ich wollte tatsächlich alles beides für mich in Anspruch nehmen? Das bildest du dir ein, sagte Fabrizio, als ich ihm von meinem Verdacht erzählte, dass diese feinen Damen dauernd auf meine Hände starrten, so als suchten sie

Reste von Farben unter meinen Fingernägeln, Spuren der unstandesgemäßen Arbeit, Schwielen und Schrunden. Aber ich bildete es mir nicht ein, und peinlich achtete ich auf meine Hände, badete sie in feinem Olivenöl und salbte sie mit frischer Sahne. So vollbrachte ich das Wunder, die gepflegtesten Hände des Hofs von Palermo zu haben. Ein junger Dichter aus Neapel verfasste sogar ein schreckliches Sonett über »die weißen Hände der göttlichen Sofonisba, die das zarte Jesuskind zum Leben erwecken ...«.

Ja, leider waren es weniger die Portraits *dal naturale,* wie man sie damals nannte, sondern die idealisierten Madonnenbilder mit dem Jesuskind, die hier gefragt waren, und wenn ich ihnen auch nicht ganz geheuer war, ein solches hübsches Bildchen für den Hausaltar wollte doch eine jede haben. Warum nicht. So malte ich Madonnen, säugend, mit dem Jesuskind spielend, malte Maria gemeinsam mit Anna und Elisabeth, malte die Muttergottes auch als Dolorosa und als Pietà. Aber mit wie viel größerer Begeisterung stürzte ich mich auf das Portrait des Colonna, wie sehr freute ich mich darüber, als es fertig war und allgemein bestaunt wurde und selbst die größten Ignoranten zugeben mussten, dass dieses Bildnis echter aussah und stärker wirkte als alles, was sie bislang an Portraits gesehen hatten. Und wie stolz war ich über die Anfragen von Simone di Chiaramonte und des unnahbaren Alfonso de Aragón, eines der mächtigsten Männer der Insel, ob ich auch sie malen wollte.

Alfonso Aragón, staunte Fabrizio, das ist wahrlich eine Eroberung, Sofonisba. Wer weiß, wofür uns das noch nützlich sein wird.

Und so begann ich die Vorbereitungen für das Gemälde des Aragón, besuchte die Apotheker und Gewürzhändler der Altstadt auf der Suche nach Farben, ließ mir bei einem Schreiner einen Rahmen bauen, bespannte ihn mit der Leinwand, die ich noch aus Madrid mitgebracht hatte, bereitete sorgfältig den Untergrund vor, trug die Imprimatura auf. Und dann wartete ich, dass sich eine Gelegenheit ergäbe für die Skizzen und Studien. Lange zerbrach ich mir den Kopf, auf welche Weise ich ihn darstellen wollte, fragte Fabrizio aus nach seiner Geschichte und der seiner Familie, aber ehe ich zu einer Entscheidung kommen oder diesen verschlossenen Edelmann ein wenig näher kennen lernen konnte, da hatte das sorglose Leben der Feste und Abendgesellschaften, der Bankette und Konzerte in Palermos Villen und Palästen ein jähes Ende. Am Morgen fand man Tote in den Straßengräben, die Glocken der Kirchen hörten nicht mehr auf zu läuten, Feuer loderten bei Tag und bei Nacht auf den Plätzen und der Geruch nach verbrannten Leichen drang bis in den Palazzo dei Normanni. Wer nur irgend konnte, packte seine Sachen zusammen und verließ die Stadt. So gut ihre Mauern befestigt waren – ein tödlicher Feind hatte sie mühelos überwunden und forderte Tag für Tag seine Opfer: Die Pest.

Auch wir verließen die Stadt. In Paternò schien die Welt noch in Ordnung. Fabrizio ließ Vorkehrungen treffen, oder das, was man damals darunter verstand, denn was man tatsächlich gegen den schwarzen Tod unternehmen konnte, das wusste keiner.

Da muss schon die Pest kommen, dass Ihr mal wieder den Weg nach Hause findet, grummelte Albertina, während sie eilig die Fensterläden öffnete und die Tücher von den Möbeln nahm. Aber sie war glücklich, uns wieder unter ihre Fittiche nehmen zu können, Fabrizio zu bewundern und mich zu ermahnen, *'gnura Sofonisba*, schallte bald schon wieder ihre Stimme durch den Palazzo, wollt Ihr ein Glas frische Ziegenmilch? Oder soll ich Euch lieber eine schöne *spremuta* machen? Kommt zu mir in die Küche, ich habe Kekse gebacken, die solltet Ihr einmal probieren. Als hätt' ich es geahnt, dass Ihr heute kommen würdet, warum habt Ihr keinen Boten geschickt, wie sonst auch? Ach ja, die Pest, wie gut, dass Ihr endlich gekommen seid! Diese schreckliche Stadt …

Achile schleppte Holz herbei, Fabrizio machte Feuer in allen Kaminen, diese Arbeit ließ er sich niemals nehmen, und schon bald knisterte es gemütlich, die Flammen tanzten und erwärmten die so lange vereinsamten Räume.

Und Albertina häufte Berge von Mehl auf ihren Tisch in der Küche, schlug Eier hinein, gab Öl und Wasser dazu und verknetete alles mit ihren kräftigen Armen zu einer festen Teigkugel. Was wird das, wollte ich wissen, während ich meine *spremuta* trank, sie aber lachte und schüttelte den Kopf, immer so neugierig, die *'gnura*, das hier wird das Abendessen, und dann schlug sie den Teig in ein feuchtes Tuch ein und schickte Marietta damit in den Keller.

Während sie Gemüse wusch und Zwiebeln schälte, tauschten

wir Neuigkeiten aus, wie viele Menschen in Palermo die Pest schon geholt habe, wollte sie wissen, in Messina wüte sie auch, ob wir es wohl erlauben würden, wenn sie ihre Familie herkommen ließe? Selbstverständlich könne sie das, antwortete ich, sie solle nur alles mit Fabrizio bereden, auch Corrado habe doch noch Verwandte in Catania, wie denn dort die Dinge stünden?

Und hier, fragte ich schließlich, was gibt es Neues aus Paternò zu erzählen?

Nicht viel, meinte sie und schälte ein paar große Knoblauchzehen, die Principessa war da.

Wer?!

Na die Herrin, Eure Schwägerin, die Witwe vom armen Cesare, die Prinzessin von Paternò.

Sie war hier?

Ja, nickte Albertina und warf mir einen raschen Blick von der Seite zu, ich dachte, Ihr hättet das gewusst?

Ich schüttelte den Kopf. Luisa de Luna war nach Paternò gefahren, ohne uns auch nur irgendetwas davon zu sagen?

Sie kam nur kurz vorbei, besah sich den ganzen Palazzo, sprach mit uns ein paar Worte, besuchte den Magistrat und ein paar andere Herren, dann war sie wieder fort. Der kleine Francesco war bei ihr, war das eine Freude, den Jungen wieder zu sehen. Aber ich bin erschrocken, er ist nicht gesund, der junge Prinz, dünn und blass und dieser Husten ... Na, hab ich zu Achile gesagt, er sieht nicht aus, als würde er eines Tages sein Erbe antreten können, ganz wie seine Großmutter, die ist auch an der Schwindsucht gestorben. Dann werdet Ihr Prinzessin, *'gnura*, und Don Fabrizio wird Prinz ... Aber ich schalt sie, so etwas darf man nicht sagen, Albertina, aber sie plauderte fort, wechselte geschickt und mit Bedacht das Thema, um mir ja nicht noch mehr von diesem seltsamen Ereignis – denn als ein solches hatten es alle hier aufgefasst – zu berichten.

Fabrizio hatte die Neuigkeit bereits von Achile erfahren, eine Tatsache, die angesichts dessen Schweigsamkeit an sich schon bemerkenswert war.

Ja, sagte mein Mann beim Abendessen, als wir vor den gefüllten Nudeltaschen von Albertina saßen, jaja, sie hat natürlich ein Recht dazu. Dies hier ist der Familienbesitz der Moncada, wir haben lediglich das Recht, ein Leben lang hier zu wohnen. Der Palazzo gehört uns nicht, Sofonisba.

Wir schwiegen beide betreten. Die Vorstellung, Luisa de Luna könnte jeden Augenblick hier auftauchen, und nicht als ein Gast, sondern mit angestammtem Recht, hierher zu kommen und wieder zu gehen, wie es ihr beliebte – dieser Gedanke hatte mir den Appetit verdorben.

So habe ich mir das nicht vorgestellt, sagte ich schließlich.

Fabrizio sah bekümmert auf seinen Teller, auf dem Albertinas Köstlichkeiten kalt geworden waren.

Es tut mir leid, Sofonisba, sagte er leise, dass ich dir kein eigenes Haus bieten kann. Aber du kennst die Situation, es ist nicht meine Schuld, dass ich als zweiter Sohn meiner Eltern auf die Welt kam.

Es sind die Gesetze, die ungerecht sind, sagte ich empört. Bist du nicht genauso Sohn deiner Eltern? Wie kann man nur eigenes Fleisch und Blut so ungleich behandeln. Nein, diese sizilianischen Gesetze kann ich nicht akzeptieren!

Aber wir leben nun mal hier, sagte mein Mann, du und ich, wir werden die Gesetze nicht ändern. Wir können nur sehen, wie wir mit den Umständen zurechtkommen.

Wir sprachen lange nicht mehr darüber. Ich wollte Fabrizio nicht quälen. Im Grunde wusste ich, dass Luisa niemals hierher kommen würde, solange wir in Paternò waren. Schließlich besitzt sie so viele Schlösser und Villen auf ganz Sizilien, dachte ich erbittert, wieso sollte sie ausgerechnet diesen bescheidenen Palazzo in Paternò bevorzugen? Aber allein die Möglichkeit verdrieste mir den Aufenthalt. Und wenn sich auch mein Gatte mit diesem Zustand abzufinden schien und keine Anstalten machte, etwas zu unternehmen – in mir begann ein Plan zu keimen. Erst zart und ungreifbar, einem Wunschbild weit ähnlicher als einem richtigen Plan, aber dieses Bild wuchs und wuchs und nahm immer mehr Gestalt an.

Wenn man sich etwas lange genug wünscht, dann wird es Wirklichkeit, hatte meine Mutter uns oft gesagt, als meine Schwestern und ich noch klein waren. Ihr müsst es Euch nur ganz fest wünschen. Und hatte sie nicht immer wieder Recht behalten? Hatte ich mir nicht als Vierzehnjährige ganz fest gewünscht, eines Tages dem Prinzen Felipe persönlich zu begegnen? Hatte ich mir nicht gewünscht, eines Tages eine berühmte Malerin zu sein? Was war dagegen der Wunsch nach einem eigenen Zuhause? Und eines Tages, auf einem meiner Ausritte, führte mich mein Weg an das Ziel meiner Wünsche.

Es war ein Landgut, dessen Gebäude unter blau blühenden Bäumen wie hingemalt an den Hängen des Ätna inmitten einer fruchtbaren Gartenlandschaft lagen. Oliven, Orangen, Feigen und Mandeln und vor allem Wein wuchsen auf seinem weitläufigen Gelände. Das ist es, sprach ich wie im Traum immer wieder vor mich hin, während mich Achile erschrocken von der Seite anstarrte. Sieh hin, rief ich ihm lachend zu. Hier werden wir bald wohnen.

Nicht nur Achile, alle starrten mich zweifelnd an, denen ich von dem Gut erzählte. Fabrizio, Albertina, unser Advokat della Torre. Tausend Wenn und Aber tauchten auf, aber ich ließ mich nicht beirren. Die Besitzer, die in Siracusa residierten, hatten bisher nicht daran gedacht, das Gut zu verkaufen? Dann würden sie eben jetzt daran denken. Fabrizio musste als Gouverneur von Paternò seinen Wohnsitzt in der Stadt behalten? Unser Wohnrecht im Stadtpalast blieb uns ja immer erhalten. Der einzige Punkt, der mir wirklich Sorgen bereitete, war die Frage, die Fabrizio gleich am ersten Abend stellte:

Aber wovon sollten wir es bezahlen?

Ja, das war wirklich die Frage. Unsere Einkünfte reichten gerade für unsere täglichen Ausgaben. Die Wohnung in Palermo konnten und wollten wir nicht aufgeben, und die Miliz verschlang drei Viertel meiner jährlichen Rente.

Ich dachte an das Moncada'sche Vermögen, das Fabrizio für seinen Neffen verwaltete, an meine Mitgift, die dieses Vermögen um sechstausend Dukaten in Gold vergrößert hatte. Schade, dachte ich, wie gut könnten wir dieses Geld jetzt gebrauchen. Welch eine Verschwendung, sie einfach so einer fremden Familie in den Rachen zu werfen. Lange sprach ich mit Fabrizio darüber, ob es nicht eine Möglichkeit gäbe, das Familienvermögen anzugreifen, aber schließlich war Fabrizio nur Verwalter und nicht Nutznießer, Luisa hätte nur auf eine solche Gelegenheit gewartet, um Fabrizio die Vormundschaft ihres Sohnes streitig zu machen.

Niemals hatte ich mir überlegt, dass die Mitgift nichts weiter war als eine Art Brautpreis, mit dem sich eine Frau in die neue Familie einkaufte. Und ich begriff zum ersten Mal in aller Deutlichkeit, wie schwer es war, sich aus dem Nichts eine Existenz zu schaffen. Ich dachte an meinen armen Vater, der sich ein Leben lang damit abgemüht hatte und doch nie zu etwas gekommen war, ja, ich verstand auch Ruy Gomez viel besser und begann ihn zu bewundern. Aber die Männer, hatten sie es nicht doch viel leichter? Ana Mendoza war es, die eine astronomische Mitgift einbrachte und Ruy Gomez damit reich machte, nicht umgekehrt. Wäre er eine Frau gewesen, niemals wäre ihm diese Karriere möglich gewesen. Wie ärgerlich, dass Fabrizio und ich nicht selbst über meinen Brautpreis verfügen konnten. Und ich hörte wieder die Worte meiner Königin, dort, auf dem Sterbebett: Wir Frauen, hatte sie gesagt, sind wir unverheiratet, ereilt uns ein trauriges Schicksal … Und verheiratet? War ich nun tatsächlich Königin im eigenen Haus? Ja, sagte ich zu meinem Spiegelbild, ich bin eine Königin. Noch fehlt mir das eigene Haus. Aber so schnell gebe ich nicht auf.

Ich beauftragte della Torre, mit den Besitzern des Landguts zu verhandeln. Kennen wir erst den Preis, sagte ich zu Fabrizio, dann können wir immer noch überlegen. Schließlich blieben meine Juwelen. Und wenn ich mir etwas in den Kopf gesetzt hatte, dann ließ ich mich nicht so schnell davon abbringen.

Achile hatte von dem Verwalter des Guts in Erfahrung gebracht, dass die Herrschaft seit Jahren nicht da gewesen war. Niemand kümmerte sich mehr darum, seit der alte Signore gestorben war, ein wagemutiger Geschäftsmann, der mehrere Male mit seiner Handelsflotte in die Neue Welt gereist war und von dort diese ungewöhnlichen Bäume mit den gefiederten Blättern und den blauen Blüten mitgebracht hatte. Die interessieren sich nur noch für die Rechnungsbücher, erzählte der Verwalter. Und die lassen sie durch ihren Advokaten prüfen.

Wenn sie das Gut nie besuchen, dann werden sie es auch irgendwann verkaufen, sagte ich mir wieder und wieder. Und wirklich, als außer mir schon niemand mehr daran glaubte, machten die Besitzer ein Angebot. Nun war es nur noch eine Frage der Geduld beim Feilschen um den endgültigen Preis. Und eines

Tages fuhr Fabrizio mit della Torre nach Siracusa, um die Verträge zu unterzeichnen.

Leichten Herzens trennte ich mich von einem Säckchen voller Edelsteine, einem Kästchen mit Schmuck und nach langem Nachdenken von dem silbernen Rock mit den Goldstickereien, den mir meine Königin vor vielen Jahren geschenkt hatte. Er war aus echten Silberfäden gewirkt, eine seltene Kostbarkeit und unglaublich schwer. Einer Königin würdig, war er für Palermo viel zu vornehm, einmal hatte ich ihn bei Hof getragen und großes Aufsehen erregt. Aber es war nicht klug, eleganter zu erscheinen als die Frau des Vizekönigs, und Costanza Colonna war eine Matrone, die sich zwar teuer, aber mit wenig Rafinesse kleidete. Isabel würde es gutheißen, dachte ich mir, was nützt ein Königinnenrock ohne eigenes Reich? Er würde aufs Festland weiterverkauft werden, war mir hoch und heilig versprochen worden, denn ungern wollte ich auf Sizilien einer Dame in diesem Kleidungsstück begegnen.

Endlich war es so weit. Noch heute sehe ich diese Bilder vor mir, das bunte Spalier der Trachten, in denen der Verwalter mit seiner Familie und all den Arbeitern unter den Jakarandabäumen auf uns warteten. Ich höre Fabrizios weiche, klangvolle Stimme, die alle auf Sizilianisch begrüßte, höre das Willkommenslied der Kinder, rieche die Blütenzweige, die sie mir überreichten. Und wenn so mancher in Sorge war, was die neue Herrschaft wohl an unliebsamen Neuerungen bringen würde, so atmeten sie erleichtert auf, als Fabrizio versicherte, dass alles so weitergehen würde wie bisher. Das war die vernünftigste Lösung. Die Ernten waren gut, die Einkünfte reell, die Menschen kannten ihre Arbeit, den Boden und den Bestand an Bäumen und Reben – warum sollte nicht alles so bleiben?

Willkommen auf »La Fata«, sagte der Verwalter beim abendlichen Umtrunk, zu dem wir alle eingeladen hatten. Und so erfuhr ich den Namen unseres neuen Heims: La Fata, die Fee, nach der Fata Morgana wegen der Bäume mit ihren märchenhaften Blüten – und alle betrachteten ihn als ein ausgesprochen gutes Omen, sowohl Fabrizio als auch Albertina, ja, sogar der alte Corrado war dieser Meinung, nie zuvor habe ich ihn so zufrieden gesehen wie an diesem Abend. Sicherlich komponierte er schon im Geiste die herrlichsten Leckereien, nachdem er die Früchte und Blüten entdeckt hatte, die rings um La Fata gediehen.

Bist du nun glücklich, fragte mich Fabrizio an einem dieser ersten Abende, als ich nach einem turbulenten Tag todmüde in einen Sessel sank, und reichte mir mein abendliches Weinglas. Ob ich glücklich bin? Aber ja, wollte ich sagen, da fiel mir Ruy Gomez ein, wie auch er dagesessen hatte bei jener letzten Begegnung und mir diese Frage gestellt hatte ... ich wünsche dir von Herzen, dass du dein Glück findest, hatte er gesagt und mir eine Geschichte erzählt, die Geschichte von der Treppe zum Glück, die man sich seit vielen Generationen in seiner Familie erzählte, und an jenem Abend auf La Fata erzählte ich sie Fabrizio.

Es war einmal ein Junge, der lebte in einem Dorf in den Bergen. Dort ging die Sage von einem verborgenen Weg, der hoch hinauf und schließlich zu einer Treppe führte. Diese Treppe war steil und beschwerlich, aber wer sie bestieg, gelangte ins Reich des Glücks. Die meisten Menschen zuckten die Schultern und gingen weiter ihrer mühsamen Arbeit nach, aber den Jungen ließ der Gedanke an die Treppe, die geradewegs zum Glück führen sollte, nicht mehr los. Er fand heraus, dass schon so mancher den Weg gegangen war, aber irgendwann waren sie alle zurückgekehrt, erschöpft und enttäuscht, und keiner von ihnen sprach je über das, was ihm auf dem Weg begegnet war. Einer dieser Männer lebte noch immer im Dorf, und der Junge saß viele Abende in seiner Hütte, ohne auch nur ein Wort aus ihm herauszubekommen. Endlich, eines Abends, sprach der Wanderer zu ihm. Es ist alles nur ein Trug, sagte er, keiner kann diese Treppe besteigen, die Dämonen haben diese Geschichte in die Welt gesetzt, um uns mit der unstillbaren Sehnsucht nach dem Reich des Glücks zu quälen. Vergiss die Treppe, sie führt nirgendwohin.

Aber der Junge glaubte ihm nicht. Schließlich gelang es ihm, dem alten Wanderer das Geheimnis zu entlocken, wo sich der Einstieg zu dem Weg ins Gebirge befand, und eines schönen Tages machte er sich selbst auf, die Treppe zum Glück zu suchen.

Der Weg stieg steil bergan und führte ihn endlos hinauf in die Berge. Er schien kein Ende zu nehmen, die Tage vergingen, und noch immer war keine Spur von der Treppe zum Glück zu sehen. Irgendwann, als der letzte Bissen Proviant schon längst aufgezehrt war, da sah er sie: Der Weg endete direkt vor ihren mächtigen Stufen. Die Müdigkeit fiel von dem Jungen ab, er rannte das letzte Stück, und zitternd vor Freude stieg er Stufe um Stufe die Treppe hinauf, die breit wie die Freitreppe zu einem Tempel begann, sich mehr und mehr verjüngte, bis sie plötzlich – dem Jungen stockte der Atem – einfach aufhörte. Da stand er, auf der obersten schmalen Stufe, über ihm der Himmel und um ihn die Leere. Das Nichts.

Die Treppe zum Glück hörte auf halbem Wege auf zu sein.

Das ist eine seltsame Geschichte, meinte Fabrizio und trank von seinem Wein. Was wollte er dir damit sagen, dieser Ruy Gomez da Silva?

Ich hob ratlos die Schultern.

Vielleicht soll sie bedeuten, meinte Fabrizio, dass man, um das Glück zu finden, nicht unbedingt so hoch hinaus muss, was meinst du? Vielleicht liegt das Glück direkt vor deiner Nase, aber die Menschen glauben viel eher daran, dass ein beschwerlicher Weg und eine sinnlose Treppe nötig sind, um uns zufrieden zu stellen. Fabrizio schenkte uns beiden nach. Aber du hast mir meine Frage nicht beantwortet: Bist du nun glücklich, hier auf La Fata, ist es das, was du dir gewünscht hast? Oder müssen wir erst noch einen Berg besteigen?

Wir lachten, und ich versicherte ihm, dass ich rundherum zufrieden war.

Ja, ich war glücklich, aber von einer geschäftigen Art, die nie zur Ruhe kommt und immer noch etwas findet, was unbedingt erledigt werden muss. Vielleicht war für mich das pure Unterwegssein schon der Schlüssel zum Glück, ich war nicht die Frau, die zur Ruhe kam, nicht in Palermo, nicht in Paternò und auch nicht auf La Fata. Und es gab auch immer genügend Anlässe, wieder eine Kutsche zu besteigen.

Da waren Luisas Intrigen, die uns zwangen, kaum war die Pest so plötzlich verschwunden, wie sie aufgetreten war, nach Palermo zu fahren und ihren Gerüchten entgegenzuwirken, wir hätten uns am Vermögen ihres Sohnes bedient, um La Fata zu kaufen. Bei der Gelegenheit sahen wir den kleinen Francesco wieder, und er sah tatsächlich nicht gesund aus. Ständig war ein Arzt bei ihm, und in seiner Brust rasselte es bei jedem Atemzug.

Das kommt, weil Luisa ihn von klein auf in Watte gepackt hat, schimpfte Fabrizio. Ich hab ihr schon so oft gesagt, sie soll ihn zu uns aufs Land schicken!

Das Kind ist ihre Moncada'sche Lebensversicherung, sagte ich, sie wird ihn nie aus den Augen lassen.

Aber wenn sie so weitermacht, meinte Fabrizio, wird sie von dem Jungen nicht mehr viel haben.

Ich mochte den Kleinen, er tat mir leid, Fabrizio hatte Recht, es musste schrecklich sein, Luisa zur Mutter zu haben. Wieder dachte ich an Albertinas Worte: Der Tod dieses Jungen würde uns auf einen Schlag unermesslich reich machen. Aber so etwas konnte ich mir nicht wünschen.

Bei einem dieser Aufenthalte in der Hauptstadtbegegnete ich Aragón, der wissen wollte, ob ich sein Bild ganz vergessen hatte. Nein, ich hatte es nicht vergessen, aber er würde sich noch ein wenig gedulden müssen. Ich konnte es selbst kaum erwarten, endlich wieder ein großes Portrait in Angriff zu nehmen, aber vorerst waren wir vollauf mit anderen Dingen beschäftigt. Du solltest nicht zu lange damit warten, meinte Fabrizio, hängt erst einmal ein Bild von deiner Hand in seinem Palazzo, wirst du dich vor Aufträgen nicht mehr retten können. Ich aber blieb meinem Grundsatz treu, erst dann zu malen, wenn ich auch wirklich die nötige Ruhe dafür hatte. Im Moment aber stand anderes im Vordergrund.

Um Kosten zu sparen, reduzierten wir unsere Wohnung in der palermitanischen Residenz auf zwei Räume und transportierten die überzähligen spanischen Möbel auf La Fata – immer gab es irgendetwas zu organisieren, Lösungen zu suchen und zu finden, Pläne zu machen. Erst im zweiten Jahr hatte dieses Hin und Her ein vorläufiges Ende. Ich installierte mich auf La Fata, während Fabrizio mehrmals die Woche nach Paternò hinüberritt, um dort nach dem Rechten zu sehen. Aber auch er genoß das Leben auf dem Land und führte lange Gespräche mit dem Verwalter Bratelli. Der war glücklich darüber, endlich wieder einen Herrn zu haben, der sich für die Zukunft des Guts interessierte.

Reben, sagte Bratelli, wir sollten auf Reben setzen. In Neapel gibt es eine Sorte, die auch bei uns sehr gut wachsen würde. Nerelloncello nennen ihn die Neapolitaner. Unsere Böden sind ausgezeichnet, die Lage an den Hängen genau die richtige. Mit der neuen Traube könnten wir einen guten Wein produzieren.

Fabrizio war schnell überzeugt. Von dem Wenigen, was uns das Gut im ersten Jahr erwirtschaftet hatte, wurden also Reben der Sorte Nerelloncello aus der Gegend von Neapel bestellt und zwischen den Oliven- und Mandelbäumen an den Flanken des Berges eingepflanzt. Nerellone Etneo nannte sie Fabrizio. Die schwarze Ätnatraube.

Bratelli hatte Recht. Dieser Wein wurde etwas ganz Besonderes. Er war so dunkel, dass ich ihn *vino tinto* nannte nach dem Spanischen, aber eigentlich war er nicht schwarz, sondern von einem sattdunklen Violett, ölig und schwer. Und die Reben bogen sich unter der Last der Trauben, während die jungen, frisch gepflanzten, gut anwuchsen und ihre Triebe in den Himmel reckten. Die Ernte war ausgezeichnet, und der Wein mit dem Namen *La Fata Moncada* fand so guten Absatz, dass wir sehen mussten, für uns selbst ein paar Fässchen zurückzubehalten.

Das hast du nun davon, meinte Fabrizio gut gelaunt an einem jener Abende, als wir unseren Schlummertrunk zu uns nahmen und er mir von der neuen Art erzählte, die Reben zu beschneiden und nicht mehr an den Bäumen entlang wachsen zu lassen, wie sie gerade wollten. Stattdessen band er sie zu Spalieren, wie er es in Büchern aus dem Norden gelesen hatte. Ganze Tage verbrachte er mit Bratelli im Weinberg, um selbst Hand anzulegen. Von überall her ließ er sich Schriften über den Weinbau schicken und studierte sie genau. Bald wirst du die Gattin eines Weinbauern sein, sagte er schmunzelnd, das hättest du dir nicht träumen lassen, wie?

Warum nicht, meinte ich, Wein hat in unserer Familie immer eine wichtige Rolle gespielt. Die einzigen Einkünfte, die mein Vater jemals regelmäßig hatte, waren die Steuern auf den Wein von Genua, die mir Felipe verschrieb, als ich nach Spanien ging. Meine Familie lebt heute noch davon.

Ich stellte mir vor, wie es wäre, das Gut immer weiter auszubauen und schließlich eines Tages von den Erträgen leben zu können, wirklich eine Existenz zu haben. Und während sich Fabrizio mit wachsender Freude um das Gut kümmerte, richtete ich mir endlich mein Atelier auf La Fata ein. Es wurde Zeit, die Portraits in Angriff zu nehmen. Achile hatte mir einen der Geräteschuppen hergerichtet, unter der großen Anteilnahme einer staunenden Kinderschar kam eines Tages ein Eselskarren aus Paternò, der eine echte Kostbarkeit geladen hatte: Viele Glasscheiben, die Achile in die Nordseite des Ateliers einsetzte. Von da an hing immer eine Traube von Kindern vor dem kühlen Glas, die ihre Nasen und Münder daran platt drückten, um zu sehen, was denn die *'gnura* in diesem Glaspalast tat. Manchmal, wenn es nicht gar so viele waren, ließ ich sie auch herein, dann standen sie stumm und andächtig vor den Regalen und bestaunten all die seltsamen Dinge. Einmal stibitzte eine freche Kleine ein Gläschen mit leuchtend roter Sieneser Erde und lief mit ihm davon. Ich verfolgte sie bis in die Hütte ihrer Eltern. Niemals zuvor hatte ich die Behausungen der Feldarbeiter betreten, jetzt stand ich gebückt in einem Verschlag und konnte nichts erkennen. Als sich meine Augen an die Dunkelheit gewöhnt hatten, da sah ich vier angstvolle Augen auf mich gerichtet: Die Kleine, die das Fläschchen immer noch umklammert hielt, saß in einer Ecke neben einer zusammengekauerten Gestalt. Es war ein großer Junge von vielleicht vierzehn, fünfzehn Jahren, verwahrlost und starrend vor Schmutz. Ich versuchte mit den beiden zu sprechen, aber entweder verstanden sie mich nicht, oder sie hatten zu große Angst, um zu antworten. Ich beschloss, am Abend wiederzukommen, und verließ die Hütte.

Noch am späten Nachmittag brachte mir Albertina das Fläschchen mit dem roten Farbpulver, das eine der Landfrauen unter großen Entschuldigungen abgegeben hatte. Kennst du die Familie, fragte ich sie, aber sie schüttelte nur angewidert den Kopf. Sie hatte nicht viel zu tun mit den Arbeitern, es war Achile, der ihr Gemüse brachte und Hühner oder andere Tiere schlachtete und so den Kontakt zwischen Küche und Hof aufrecht hielt. Albertina aber fand, dass sie zur Herrschaft gehörte, und ließ sich mit diesen »schmutzigen Menschen«, wie sie sie nannte, nicht ein. Also fragte ich Achile, aber auch er hob nur die Schultern. In seiner Begleitung ging ich am Abend wieder zu der Hütte. Eine zu Tode erschrockene Frau kam auf unser Klopfen hin heraus, brach in Tränen aus, hörte nicht auf, sich vor mir tief zu verbeugen und überschüttete Achile mit jammernden Redekaskaden.

Sie entschuldigt sich für das Mädchen, übersetzte mir Achile aus dem Sizilianischen, sie hat ihre Prügel bereits bekommen, aber wenn die *'gnura* es wünscht, erhält sie eine weitere Tracht.

Nein, wehrte ich ab, ich komme nicht wegen des Fläschchens, sondern wegen des Jungen. Was ist mit ihm, ist er krank?

Es wurde ein langes Palaver, die Frau riss die Augen noch weiter auf, schüttelte immer wieder den Kopf, da sei kein Junge, behauptete sie beharrlich, sie habe keine Ahnung, von wem ich spreche.

Tatsächlich aber war Totò ihr Sohn. Er hatte verkrüppelte Beine und konnte sich nur mühsam an zwei Krücken vorwärtsschleppen. Außerdem hieß es, er sei nicht ganz richtig im Hirn, der viel zu große Kopf kippte dauernd zur Seite, die Augen rollten unkontrolliert, und er konnte nur mit großer Mühe sprechen. Die Familie hatte ihn aus Angst, dass man ihm etwas antun oder sie alle miteinander vom Hof jagen würde, seit unserer Ankunft versteckt gehalten.

Der Pfarrer hat vor Jahren versucht, die Dämonen aus ihm rauszutreiben, erzählte uns der Verwalter, aber es ist ihm nicht gelungen, und da hat er zu der Mutter gesagt, dass der Junge vom Teufel besessen sei, und die Heilige Inquisition würde ihn früher oder später holen.

Ich hatte eine Idee. Wenn Totò nicht zur Feldarbeit taugte, könnte er aber vielleicht Pigmente fein mahlen und sie mit Öl verreiben? Als wir seine Mutter endlich davon überzeugen konnten, dass wir ihrem Sohn nichts Böses wollten, da brachte sie ihn ins Herrenhaus. Es stellte sich heraus, dass Totò durchaus klar war im Kopf und dass er sich auch artikulieren konnte, wenn man ihm die notwendige Zeit ließ, die seine widerspenstige Zunge brauchte, um Worte zu formen. Seine Hände waren völlig gesund und seine Arme wurden immer kräftiger, je mehr er sich auf den Krücken, die Achile für ihn baute, fortbewegte. Und vor allem war er ein liebenswürdiger kleiner Kerl. Unendlich froh darüber, dem Dunkel der Hütte entronnen zu sein, hing er mit rührender Dankbarkeit an mir. Er lernte rasch, sich mit mir zu verständigen und mit den Farbmitteln umzugehen, es dauerte nicht lange, da war er der stolzeste und geschickteste Gehilfe, den ich in meinem ganzen Leben hatte. Die anderen Kinder beneideten ihn um seine erstaunliche Karriere, plötzlich gab es eine ganze Reihe von Anwärtern und Anwärterinnen auf diesen interessanten Posten, ich aber wollte niemand anderen als Totò.

Es war um die Zeit der Weinlese, als ich zum ersten Mal bemerkte, dass etwas mit mir nicht in Ordnung war.

Ihr seid schwanger, meinte Albertina, und ein zufriedenes Lächeln legte ihr altes Gesicht in tausend Falten.

Unsinn, gab ich zurück, ich bin viel zu alt für so etwas.

Albertina sagte nichts, aber ihre Miene sprach Bände.

Sie hatte Recht wie immer in diesen Dingen. Wie ein Wunder begann sich in meinem Leib etwas zu regen, ein Wunder, auf das weder Fabrizio noch ich zu hoffen gewagt hatten: Ich war tatsächlich schwanger. Im Alter von dreiundvierzig Jahren erwartete ich ein Kind! Fabrizio war außer sich vor Freude. Und ich, nach der ersten Verwirrung und der schmerzhaften Erinnerung an Isabels leidvolle Schwangerschaften – ich war ganz einfach glücklich, horchte in mich hinein und fühlte diese Gegenwart eines neuen Wesens in mir, bestaunte die Veränderungen meines Körpers, die sich rascher vollzogen, als ich geglaubt hätte.

Und Fabrizio erst. Wenn ich daran denke, wie er mir über den wachsenden Bauch strich, so staunend, so stolz. Beide konnten wir es kaum glauben, dass wir, Fabrizio Moncada und Sofonisba Anguissola nach allem, was früher gewesen war, nun tatsächlich dabei waren, eine eigene kleine Familie zu gründen, ein eigenes Kind zu haben, das sich so wohlig und vertraut und gleichzeitig doch wundersam fremd in meinem Bauch anfühlte. Ein Mädchen, sagte ich, es wird bestimmt ein Mädchen, und Fabrizio war feinfühlig genug, zu lächeln und seinem Wunsch nach einem männlichen Erben stillschweigend nachzuhängen. Ich konnte es mir einfach nicht anders vorstellen. Ich war unter lauter Schwestern groß geworden, und mein Bruder war immer ein Fremdkörper in dieser eingeschworenen Gemeinschaft geblieben. Auch Isabel hatte zwei Töchter geboren, und Annas Thronfolger war für mich nichts weiter als ein kostbar verschnürtes Bündel in einer riesigen Wiege gewesen. Eine Tochter, oh ja, ich würde sie Isabella nennen, das war klar, Isabella Bianca Minerva Elena nach meiner Königin, meiner Mutter und meinen liebsten Schwestern … nein, wandte Fabrizio ein, Isabella Bianca Catarina, nach meiner Mutter! Und darauf einigten wir uns.

Albertina umsorgte mich wie eine Glucke. Ihr müßt mehr weißes Fleisch essen, hieß es nun, mehr Ziegenmilch trinken und den Wein weglassen, überhaupt ist die *'gnura* viel zu dünn, sagte sie vorwurfsvoll zu Fabrizio. Ihr könnt mir ruhig vertrauen, sagte sie wieder und wieder zu mir, ich habe schon für *'gnura* Catarina gesorgt, und hat sie nicht zwei stattlichen Söhnen, Gott sei ihrer Seele gnädig, das Leben geschenkt? Auch Ihr werdet einen gesunden Sohn ... eine Tochter, verbesserte ich sie, aber sie schüttelte energisch den Kopf: Ihr erwartet einen Sohn, das ist so sicher wie das Amen nach dem Pater Noster.

So hätte es bleiben sollen. Wenn ich nachts wach lag, weil sich das Kind in mir bewegte, und auf den Atem meines Mannes lauschte, der jetzt fast immer bei mir schlief, seinen Arm um meinen Bauch gelegt und sein Gesicht in meinen Nacken geschmiegt, dann erinnerte ich mich manchmal an die Zeit in Madrid, wenn der König neben mir in tiefem Schlaf lag und meine Gedanken sich in finsteren Labyrinthen müde liefen, bis die Dämmerung durch die dichten Vorhänge fingerte. Damals war mir die Zukunft wie ein großes, drohendes Ungeheuer erschienen, das irgendwo auf mich lauerte. Siehst du, sagte ich mir dann oder sagte es zu meinem Kind, es hat keinen Sinn, sich zu sorgen, und in die Zukunft, in die kann keiner blicken, keiner weiß, was sie für Überraschungen für dich bereithält.

Ich ahnte nicht, wie Recht ich damit hatte. Denn ich hatte Aqiba vergessen, die Zeit und Raum überblickte, damals, in Toledo. Ihre Prophezeiung hatte sich zum Teil erfüllt. Aber erfüllt sich das Glück, dann vergessen wir, dass es jemals wieder anders werden könnte. Ich war mir ganz sicher, dass alles so weitergehen würde. Ich würde meine Bilder malen, Fabrizio würde Wein anbauen, wir würden eine Tochter haben und glücklich sein. Und mit diesen Bildern schlief ich dann ein.

Meiner Mutter schrieb ich damals lange Briefe in die Heimat, berichtete ihr von unseren Plänen, von meiner Schwangerschaft, beschrieb ihr La Fata, schickte ihr ein kleines Fässchen von unserem Wein, und das Einzige, was ich mir manchmal gewünscht hätte, war, dass La Fata nicht so weit von Cremona entfernt gewesen wäre. Eines Tages, schrieb ich meiner Mutter, eines Tages kommt Ihr zu uns, auf La Fata, mein Bruder hat Euch lange genug gehabt. Aber so weit sollte es nicht mehr kommen.

Jetzt haben sie ein weiteres Bild gefunden, schrieb meine Anwältin, das Portrait eines spanischen Edelmanns. Leider fehlt ihm das Gesicht.

Wo sie das wohl aufgetrieben haben? Auch Dokumente sollen aufgetaucht sein, Briefe, die bezeugen, dass Sofonisba Anguissola tatsächlich den Marcantonio Colonna in seiner Funktion als Vizekönig von Sizilien gemalt hat. Das Bild mit der Säule. Ich musste lachen: Ausgerechnet der schnöselige junge Dichter aus Neapel mit den schrecklichen Sonetten hatte dieses Bild seinem Onkel, einem päpstlichen Prälaten, detailliert beschrieben.

Woher, schrieb die junge Frau, die am liebsten Kilometer um Kilometer durch die Wälder läuft, woher sollten Sie von der Existenz dieses Bildes gewusst, seinen genauen Aufbau gekannt haben, ohne Kenntnis dieser Dokumente? Auch Ihre frühere Kollegin Mercedes de las Ropas bestätigte mir, dass zur Zeit der Retrospektive diese Informationen nicht vorlagen.

Es ist dunkel geworden. Im Hof unten kann ich das Bäumchen nicht mehr erkennen. Bald stellen sie die Uhr um, dann wird es noch früher Nacht.

Einmal mehr gehe ich die lange Reihe der Photographien ab, die einen Kreis um meine Gefängniszelle bilden. All diese Gesichter, all diese Geschichten, so viele Menschen. Sie sind tot und begraben, so wie Sofonisba Anguissola tot ist und in ihrer Gruft in Palermo ruht – warum ruhst du nicht, frage ich sie, was machst du eigentlich hier?

Es ist ein Traum, sagt sie, nichts weiter, ein böser Traum, und morgen früh werde ich erwachen und das Kind in meinem Bauch wird sich regen und alles wird so sein, wie es war. Wenn man sein Leben noch einmal leben könnte, ob es einem wohl gelingen würde, sich hier und da anders zu entscheiden?

Und ich sehe, es ist mal wieder die Erinnnerung, die den Sieg über die Realität davonträgt, aber was heißt das schon? Ist es realer, dass sie mir jetzt das Licht abschalten, punkt zehn Uhr wie jeden Abend, niemals werde ich mich daran gewöhnen, und ich wieder das Gefühl habe, wie damals in der jämmerlichen Hütte von Totòs Eltern auf La Fata, nur dass es jetzt unzählige Augen sind, die mich im Dunkeln anstarren, Felipe und Isabel, Anna und meine Mutter, die Infantinnen und wie sie alle der Reihe nach an diesen Wänden hängen – nein, Sofonisba hat Recht, es ist ein Traum, nichts weiter, morgen werden wir erwachen und darüber lachen, Fabrizio wird mich küssen ..., oder ist es Orazio? Die Erinnerung ist ein verrückt gewordenes Computerprogramm und wir haben den Programmiercode vergessen, aber die Gestalten an der Wand wispern und raunen, werden lebendig ... Mein Gott, will ich schreien, lasst mich doch endlich in Ruhe, und da reiß ich sie von den Wänden, einige fallen zu Boden, wo sie weiterflüstern, bis ich sie ergreife, alle in Händen halte, Photographien sind es, sag ich mir, weiter nichts, und dann ist es ausgerechnet Marguerite, die ein Zündholz entflammen möchte, einen Scheiterhaufen veranstalten im Waschbecken, aber es ist kein Zündholz da, auch keine Schere, so etwas besitzen wir hier nicht, und so spüle ich ein Bild nach dem anderen die Toilette hinunter, ein mühsames Unterfangen, immer wieder wollen sie auftauchen, diese Gesichter, aber ich gebe nicht nach. Sofonisbas Bilder sind es, die ich hier versenke, als gelte es einen Kampf auszufechten, und erst, als das Letzte endgültig hinuntergezogen wird in dem Wasserstrudel und nicht mehr auftaucht aus dem Grunde dieser Kloake, wird mir bewusst, was ich getan habe: Ich habe sie alle ein für alle Mal und unwiederbringlich ertränkt.

Und dann erinnere ich mich. Erinnere mich an den Namen dieses neapolitanischen Dichters. Gianbattista Ferlanducci. Ich hatte ihn der Duchessa di Terranova empfohlen, die diese Art von Lyrik liebte und tatsächlich ein Büchlein drucken ließ, worauf mich Ferlanducci mit seinen Dankessonetten nur so überschüttete. Donna Sofonisba, sagte er eines Abends zu mir, irgendwann werde ich mich Ihnen erkenntlich zeigen. Mein Onkel hat großen Einfluss, ich werde ihm einen Brief schreiben, und Ihr werdet sehen: Er wird für Euch von großem Nutzen sein eines Tages.

Ich habe gelacht und ihm die Wangen getäschtelt. Er war ein halbes Kind und spuckte große Töne. Ich hielt ihn für einen Aufschneider, dachte mir im Stillen, das wäre ja noch schöner, wenn ich eines Tages auf die Beziehungen eines Ferlanducci angewiesen sein würde.

Heute ist es so weit. Heute bin ich ihm zu Dank verpflichtet. Er hat tatsächlich diesen Brief geschrieben, und heute, nach so vielen Jahren, rettet er mir damit vielleicht die Haut.

20

Durch Mottenfrass

können Pinsel verderben und zu Staub zerfallen; das kann man verhüten, wenn sie in Hopfenblüten aufbewahrt werden oder in bitteren Kräutern wie Absynth, Tausendguldenkraut, Wetterröslein oder wenn Tabakstaub, dessen Geruch in Kleidungsstücke eingedrungen, diese Tiere tötet oder nicht erstehen lässt. Tauche deinen Pinsel in Spicköl und die Motten werden nicht hineinkommen.

Mit der Zeit kann man für kurze Zeit mitten im Gefängnis das Gefängnis vergessen. Sie gewöhnen sich daran, hatte der Vizekönig gesagt, als ich seinen Käfig voller Singvögel bestaunte und mich fragte, ob sie die Freiheit nicht vermissten. Sie haben vergessen, was das ist, Freiheit, lachte er und öffnete die Gittertür, seht nur, sie wollen nicht mehr hinaus. Und tatsächlich – keiner der Vögel machte Gebrauch vom Angebot der Freiheit, und selbst als Colonna zwei herausholte und auf die Balkonbrüstung setzte, flatterten sie erschrocken durch die Flügeltüren zurück zum Käfig, suchten und fanden die Öffnung und schlüpften erleichtert wieder in ihr Gefängnis zurück.

Man kann die Freiheit verlernen. Ich habe Angst davor, auch ich könnte vergessen, wie das geht. Erst rennst du dir das Hirn wund an der Unmöglichkeit, selbst etwas zu entscheiden, zu unternehmen, zu realisieren. Und dann lässt du es bleiben. Eh du dichs versiehst, hast du dich daran gewöhnt und fürchtest dich davor, dein Leben wieder selbst in die Hand zu nehmen. Wie Marion. Die kam draußen einfach nicht klar, sagt Marie. Kaum ein paar Wochen aus dem Gefängnis und schon wieder drin. Aber ich nicht. Das sagen alle, meint Marie trocken, keine will zurück, und doch kommen die meisten wieder.

Ich nicht. Ich bin anders. Ich will nicht, ich will mich nicht gewöhnen, ich will hier raus und dem Vergessen entgehen.

Am Schlimmsten sind diese Türen. Wenn du still in deiner Zelle sitzt oder im Atelier deine Arbeit tust, dann kannst du das Gefängnis durchaus vergessen, kannst vergessen, dass du nicht freiwillig hier bist und nicht kommen und gehen kannst, wie es dir gefällt. Wie viele Stunden, ja, Tage verbrachte ich früher doch in meinem Atelier, und erst wenn mich der Hunger trieb, ging ich auf die Straße hinaus, um etwas einzukaufen und so schnell wie möglich wieder zurückzukehren. Eine Quarktasche. Oder ein paar Joghurt. Ich brauche nicht viel. Wenn ich arbeite, vergesse ich alles. Das ist hier nicht anders.

Aber hier sind die Türen. Sobald sie mich irgendwohin bringen, sind sie da. Ich zähle sie. Jede einzelne. Acht Türen zur Wäscherei. Sieben zum Hof. Zehn zum Atelier. Vierzehn zum Besucherzimmer. Wie viele es wohl insgesamt geben mag in diesem Gefängnisuniversum?

Die Nonnenmacher redet nur das Nötigste mit mir. Stumm wie ein Fisch geht sie neben mir her. Heute werde ich also allein sein im Atelier. Auch recht, ich kann gut und gerne auf Menschen verzichten.

Aber Marie ist nicht da und doch ständig anwesend. Was ist das für'n komisches Ding, höre ich sie fragen, was machst du damit? Das ist ein Malmesser, sage ich, und meine Stimme hallt überlaut in diesem Raum, er kommt mir mit einem Mal groß vor und leer – gewöhne ich mich langsam an die Dimensionen meiner Zelle, bin ich auch schon ein solcher degenerierter Vogel, der seinen Käfig für die Weiten des Universums hält und die Gitterstäbe für seinen einzigen Halt in dieser haltlosen Welt?

Sei doch froh, sagt Sofonisba. Du hast etwas Eigenes hier an einem Ort, wo kaum jemand irgendetwas für sich alleine haben kann. Du hast eine Einzelzelle, du hast dieses Atelier. Du hast deine Arbeit, dich lässt man in Ruhe.

In Ruhe? Jede Nacht können sie wieder kommen, jede Nacht kommen die Träume … und wenn schon, unterbricht mich Sofonisba ungerührt, auch damals plagten mich die Träume, die bösen Ahnungen, lange dachte ich, das sei der Fluch der Aqiba und ich hätte niemals zu einer solchen Zauberin gehen sollen. Aber es war nicht ihre Schuld, nein, die bösen Stimmen sitzen tief in uns drin, wir sind es, die uns selbst nicht ruhig schlafen lassen, nenne sie

Marguerite oder Sofonisba oder Sofie – sind wir nicht alle eine und schieben nur immer die Rollen hin und her und einander zu?

Hört auf zu streiten, mischt sich die sanfte Stimme von Marguerite ein. Heute ist ein guter Tag, lasst doch die Feuer und die Träume einmal ruhen, heute möchte ich mein Tambouret zur Hand nehmen und meine Lieder singen, *Tugend, ich sag mich los von Euch für alle Zeit …*, die Sonne ist golden, seht doch nur, wie sie schräge lange Schatten über das Tal legt, der Wind reißt den Bäumen dort hinten die Blätter aus den Kronen und wirbelt sie hinab in den Fluss. Und sie summt ihr Lied, während ich die alten Skizzen zur Hand nehme, es wird Zeit, dass ich das Bild in Angriff nehme, den Aufbau und die Farbigkeit bestimme. Und ich befühle das Stück Leinwand, das ich vor einigen Tagen für den Entwurf in Originalgröße von dem Ballen heruntergeschnitten habe, mit der Spanne meiner Hand habe ich das Maß bestimmt, so haben wir das immer gemacht, die Cremoneser Elle, Sofonisbas Maß, mit kurzen Nägeln habe ich sie an den Holzrahmen gespannt und mit Bleiweiß grundiert. Die Qualität der Leinwand ist nicht mit der von früher zu vergleichen, bedauert Sofonisba, längst nicht so fest und stabil, aber dafür ist das Gewebe viel feiner und regelmäßiger, hat weniger Fehler, nun ja, es ist auch nicht mehr handgewoben …, ach was soll's, für die Ewigkeit muss dieses Kreglerbild nicht sein.

Für die Ewigkeit? Was ist los mit mir? Wieso erschrecke ich bei diesem Wort, na ja, natürlich, die Ewigkeit, meint Marguerite und unterbricht ihr Summen, was hast du auf einmal?

Ich aber stelle mir die Ewigkeit vor, oder besser: ich fühle sie mit einem Mal, es ist, als öffne sich ein Tor, ein zweites, während die Vergangenheit nur die eine Hälfte darstellt, ich dazwischen stehe in einem schlecht beleuchteten Korridor aus Gegenwart, und jetzt, da sich diese neue Schleuse öffnet, begreife ich erst die ganze Dimension der Zeit. Oh nein, sagt da eine Stimme in mir, die ich kenne und doch nicht kenne, was du begreifst, ist nur ein kleiner Teil dieser ganzen Dimension. *Sein ist Zeit*, sagt die Stimme, und erst, wenn du dich selbst sehen kannst, begreifst du, was das ist: Zeit. Mich selbst sehen? Habe ich nicht mein halbes Leben damit verbracht, Selbstportraits zu malen? Du schon, sagt diese Stimme, aber nicht sie.

Sie reden über mich, diese unverschämten Stimmen, als wäre ich gar nicht da. Na ja, du benimmst dich ja auch die meiste Zeit, als wärst du gar nicht da.

Und dann gleite ich wirklich aus der Zeit, ordne die Farben auf meiner Palette an, verdünne sie mit Öl und gelösten Harzen, und mit raschen Zügen entwerfe ich das Bild, den Raum, das Fenster, die Landschaft, alles nur angedeutet und hingeworfen, und davor wie ein heller Schatten bleibt die Figur stehen, die Gestalt, vor dem Fenster, mit der linken Hand macht sie eine kleine Geste dort hinaus, als würde sie dem Grün da draußen befehlen, so wie Kregler mit dem Wink eines Fingers der Beamtin bedeutet zu gehen oder zu bleiben, in der anderen Hand hält er einen Schlüssel, unauffällig, lässig zwischen Daumen und Mittelfinger, den Schlüssel zur Freiheit, das sehe ich klar, aber was fehlt, das sind die Details seiner Haltung, noch sehe ich ihn zu steif und angespannt, ich habe ihn noch nicht wirklich erkannt, diesen Kregler, wie sollte ich auch, er ist wie ein verschlossenes Buch mit lauter Regeln und Gesetzen.

So kannst du ihn nicht malen, sagt Sofonisba, du musst ihn erkennen, schau, was du entworfen hast, er ist ein Schatten in einem Schattenraum, das Einzige, was du klar siehst, das sind der Schlüssel und die Landschaft, aber das ist nicht er, das ist deine eigene Sehnsucht.

Und ich greife wieder zum Skizzenblock, knie mich auf den Boden und versuche verschiedene Varianten: Stelle ich ihn auf diesen Teppich mit dem arabischen Muster, der in seinem Büro liegt? Nein. Er ist ein kleiner Mann, warnt mich Sofonisba, aber auf dem Bild muss er bedrohlich wirken. Du musst die richtige Perspektive finden, vielleicht ist ein Ganzportrait doch nicht optimal? Auch Felipe haben wir als Brustbild gemalt.

Und so rücke ich immer näher heran an ihn, an sein Gesicht, aber immer, wenn ich es malen will, dann entgleitet es mir, dann blickt mich Escobedo streng an von dem Papier, kommt einmal wieder zur Beichte, Doña Sofonisba, sagt es, und ich möchte es am liebsten zerreißen. Das Einzige, was ich gut erinnere sind Kreglers Augen. Du hast Angst vor ihm, stellt Sofonisba nüchtern fest. So geht das nicht. Man kann niemanden portraitieren, vor dem man sich fürchtet. Das wird niemals gelingen.

Ich schlage den Skizzenblock zu und stehe auf. Und weiche mit einem erstickten Schrei zurück bis zum Fenster. Keine zwei Meter von mir entfernt steht er. Hier. Im Atelier. Gefängnisdirektor Dr. Rudolf Kregler.

Wie weit sind Sie?, fragt er.

Ich brauche eine Weile, um mich zu beruhigen. Es ist keine Erscheinung, nein, da steht er tatsächlich aus Fleisch und Blut.

Ich habe ... Kregler sieht auf seine Armbanduhr, genau eine halbe Stunde Zeit. Machen Sie sich an die Arbeit.

Ich atme tief durch. Hebe mit zitternden Händen die Leinwand mit dem begonnenen Entwurf von der Staffelei und stelle stattdessen den Skizzenblock darauf. Kregler betrachtet die schattenhafte Aufteilung auf dem Entwurf.

Wie lange dauert das, will er wissen, alles in allem?

Wochen, gebe ich zur Antwort, mitunter Monate.

Warum? Sie machen den ganzen Tag nichts anderes. Wieso geht das nicht schneller?

Ich schlucke. Beiße mir auf die Lippe. Diesem Mann gelingt es jedes Mal mühelos, mich in die Ecke zu drängen. Du bist hier die Expertin, los, erklär ihm, warum Zeit beim Malen eigentlich kaum eine Rolle spielen darf.

Das liegt zum einen an der Technik der Ölmalerei, sage ich also so ruhig ich kann. Sie baut sich aus vielen verschiedenen Farbschichten auf, die man übereinander legt. Und jede einzelne braucht Zeit, um zu trocknen. Öl trocknet langsam.

Kregler geht zum Regal, besieht sich die vielen kleinen Glasfläschchen mit den Etiketten: Siena natur. Roterde. Veronesergrün. Kupfergrün. Smalte. Krapplack. Dieses nimmt er in seine Hand, schüttelt es ein wenig. Wie geronnenes Blut, denke ich.

Wenn man es in Öl auflöst, wird es dunkelrot und trocknet lasierend ...

Was heißt das, lasierend? Kregler sieht mich aufmerksam an.

Er hat kein Problem damit, etwas nicht zu wissen. Er fragt sachlich, präzise, und man fühlt sich gedrängt, keine Zeit zu verlieren und schnell eine ebenso genaue Antwort zu finden. Merk dir das, flüstert Sofonisba, du musst diesen Mann kennen lernen, wenn du ihn malen willst. Nur so wirst du deine Angst vor ihm verlieren, was man kennt, das fürchtet man weniger.

Lasierend heißt, dass es eine Art farbige Lackschicht auf das Bild setzt, durch die die Farbe darunter hindurchschimmert. Auf Schwarz zum Beispiel wirkt auch Krapplack schwarz mit einem feinen Schimmer Rot, wenn entsprechendes Licht darauf fällt. Und auf Weiß wirkt es rosarot, auf Gelb leuchet es in Richtung Orange …

Kregler nickt, stellt das Fläschchen zurück.

Darum die vielen Schichten, sagt er.

Ja, so erhält das Bild Tiefe.

Smalte, denke ich, als ich wieder seinen Blick auf mir spüre, Smalte mit einem kleinen bisschen Beinasche vermengt, mit Weiß vermischt, das wird genau dieses Grau ergeben …

Also, sagt Kregler, hier bin ich. Die Zeit läuft. Sie sagten, Sie brauchen mich für das Bild.

Ja, sage ich, und atme noch einmal tief durch, ich brauche Sie unbedingt dazu. Schließlich soll ich Sie malen. Ich muss Sie sogar ein bisschen kennen lernen, wenn das Bild wirklich Sie darstellen soll.

Kregler kräuselt ein wenig die Stirn.

Kennen lernen?

Ja genau.

Sie kennen mich bereits.

Das reicht nicht, widerspreche ich und fühle, wie meine Knie zittern.

Sie sollen ein Portrait von mir malen, nicht mein Innenleben.

Lass dich nicht so abspeisen, drängt mich Sofonisba, es geht um unsere Arbeit, wir machen keine halbe Sachen, hörst du?

Das ist nicht voneinander zu trennen, sage ich fast flüsternd. Wenn ich nicht einfach nur eine Fassade malen soll. Ein Portrait ist immer das Abbild des Menschen, eine Annäherung an ihn. Sonst können Sie auch einfach ein billiges Passbild von sich machen lassen an irgendeinem Automaten. Dann können wir uns das alles hier sparen.

Kregler starrt mich an. Nur einen Moment lang, dann hat er sich wieder gefangen.

Tun Sie Ihre Arbeit, sagt er dann, und reden Sie nicht herum. Entweder Sie nutzen die restlichen zwanzig Minuten, oder morgen wird es diesen Modellversuch hier nicht mehr geben.

Modellversuch? Das hier ist ein Modellversuch? Konzentrier dich, herrscht mich Sofonisba an, oder willst du ab morgen wieder mit Marie in die Wäscherei?

Hier am Fenster, sage ich und lege Block und Stifte zurecht, wenn Sie sich hierher stellen würden.

Und ich zeige ihm, wie ich es mir denke, das Fenster, doch, das ist die richtige Idee, ganz natürlich, Herr Kregler, so wie Sie am bequemsten stehen ... Aber Kregler will nichts wissen von meinen Erklärungen, er stellt sich in Pose, und Sofonisba beginnt zu stöhnen, du lieber Himmel, wir müssen Bewegung in ihn bringen, so wird das nichts. Genau wie der Duca di Chiaramonte damals, der hatte dieselben Schwierigkeiten, mir Modell zu stehen, so unerschrocken er auch gemeinsam mit Fabrizio am Kommando eines Schiffes gestanden haben mochte, beide Beine fest auf dem Boden, den Körper gespannt wie die Sehne eines Bogens, aber in seinem Palazzo in Palermo nicht wusste, welche Pose er einnehmen sollte – das linke Bein oder das rechte belastend? Ihn habe ich so lange in Gespräche verwickelt, bis er die für ihn typische Haltung fand, das kann mitunter ein Weilchen dauern, man darf die Geduld nicht verlieren, sich nicht zufrieden geben mit einer angenommenen Haltung, der Haltung, von der die Menschen glauben, dass sie sich in ihr am besten präsentieren, man kann es immer wieder sehen, auch heute noch auf Photographien, wie sie dastehen in fremden Posen, und am Ende sind sie immer enttäuscht, weil sie sich nicht wiedererkennen auf diesen Bildern.

Aber was um alles in der Welt mache ich mit diesem Dr. Kregler, wie festgewachsen steht er da, wie in einem ehernen Panzer, eine Rüstung sollte ich ihm verpassen, das wäre das Richtige. Und so zeichne ich ihn, zeichne ihn mitsamt seiner Verschanzung, mein Stift tanzt über das Papier, und diese Bewegung beruhigt mich, das Schweigen und das Kratzen des Graphits auf dem Papier erfüllt den Raum, und dann sehe ich wieder Aragón vor mir stehen, genauso steif und angespannt, genauso undurchsichtig und verschlossen, sehe ihn dort stehen in seinem Palast in Palermo, schön, dass Ihr Euch endlich Zeit für mich nehmt, Donna Sofonisba, ich hatte schon nicht mehr damit gerechnet, und obwohl er von ausgesuchter Höflichkeit war, wurde ich doch diese Beklemmung nicht los, diese Befangenheit, und wie bei diesem

Kregler war aus ihm nichts herauszubekommen, kein Gespräch mit ihm anzuknüpfen, mein Gott, sagte ich später zu Fabrizio, dieser Aragón ist die härteste Nuss, die ich jemals zu knacken bekam.

Wie anders war es dagegen im Haus von Don Simone, unserem Freund, dem Duca di Chiaramonte, von dem ich in jenem Winter ebenso Skizzen nahm für sein Bild, und so sicher er auch auf den Planken seiner Schiffe stehen mochte, so unsicher tastete er jetzt nach einer Haltung hier in seinem Palazzo, wusste nicht, wohin mit sich.

Ich verwickelte Chiaramonte so lange in Gespräche, bis er sich völlig vergaß und mir mit leuchtenden Augen von seinen mathematischen Berechnungen erzählt, von seinen astrologischen Beobachtungen, einen neuen Stern hat er entdeckt, wirklich, Contessa, in einer klaren Nacht müsst Ihr und Don Fabrizio einmal zu mir kommen und Euch das ansehen, und das Feuer seiner Begeisterung verschönt sein pockennarbiges Gesicht und entzündet in ihm dieses Licht, das ich so sehr brauche zum Malen.

Aber plötzlich wendet er das Thema, sein inneres Licht erlischt und er kommt auf Fabrizio zu sprechen, auf die alten Zeiten während der Schlacht und wie froh er immer war, Fabrizio zu seinen Freunden zu zählen, dass er ihm weit mehr verdanke, als er jemals sagen könne. Es sei ihm eine Ehre, von einer Berühmtheit wie mir gemalt zu werden, ganz Italien beneide ihn darum, lacht er verlegen, und dieses Portrait werde sein allergrößter Schatz. Die Schwangerschaft stünde mir ausgezeichnet, wann es denn so weit sei, was, in drei Monaten schon?

Und dann wird seine Stimme sorgenvoll. Dieses Sizilien, meint er seufzend, jetzt lebt meine Familie seit fast hundert Jahren auf dieser Insel – aber diese seltsamen Rechte hier, niemals werde ich mich darin auskennen.

Ich lausche ihm aufmerksam, denn ich weiß von Anfang an, dass er das nicht ohne Bedacht sagt, warte auf das, was er mir eigentlich sagen möchte. Und nach ein paar weiteren Plaudereien über die Feste und Hochzeiten, die im Moment Palermo in Atem halten, kommt er auf die Familie meines Mannes zu sprechen und den Tod seines Bruders.

Euer Gatte ist ja Vormund seines Neffen, dem zukünftigen Prinzen von Paternò, sagt er, und ich nicke, ja, so ist es, Don Simone, und der kleine Prinz hat wirklich Glück, denn Fabrizio wird die Güter seiner Familie bis zur Volljährigkeit des kleinen Francesco bestens verwalten.

Davon bin ich überzeugt, meint Chiaramonte, falls der Junge es erleben wird. Und falls es bei dieser Regelung bleibt … Was soll das heißen, hake ich nach, diese Entscheidung ist rechtskräftig, wieso sollte es nicht dabei bleiben?

In Sizilien ist nichts völlig sicher, Donna Sofonisba, und Luisa de Luna ist nicht die Frau, sich mit etwas abzufinden, was ihr nicht passt.

Ich vollende die Skizze in völligem Schweigen, aber ich bin nicht mehr recht bei der Sache. Luisa. Ihre herrische Haltung. Die arroganten Augen, die mich kaum wahrzunehmen scheinen und wenn, dann geringschätzig mustern. »Der Malerkittel«, so nennt sie mich, seit sie das Brautbild gesehen hat. Ihre verleumderischen Reden, seit wir La Fata gekauft haben. Diese Frau schafft es, was noch keinem je wirklich gelungen ist: Sie reizt mich, in ihrer Gegenwart muss ich mich ständig beherrschen, meine Würde zu bewahren und nicht ein unbedachtes Wort zu sagen. Und ein ungutes Gefühl nagt in mir, seit ich sie das erste Mal gesehen habe, eine Unruhe, wie eine böse Ahnung.

Was könnte sie im Schilde führen, frage ich mich im Stillen, was könnte geschehen?

Was könnte geschehen, stelle ich diese Frage schließlich laut und lege den Zeichenblock beiseite. Chiaramonte zieht einen Stuhl heran.

Luisa hat Heiratspläne, sagt er leise. Ich atme auf. Das war es also.

Kein Problem, sage ich erleichtert und falte die Hände über meinem gerundeten Bauch. In diesem Falle verliert sie alle Ansprüche auf Titel und Vermögen des Prinzen von Paternò.

Don Simone legt den Kopf ein wenig schräg.

Glaubt Ihr wirklich, Luisa würde all das opfern?

Die böse Ahnung in meinem Innern regt sich wieder. Nein, sagt eine Stimme in mir, Marguerites Stimme, das wird Luisa niemals tun.

Sprecht offen mit mir, sage ich so beherrscht wie möglich, was hat sie vor?

Chiaramonte steht auf, geht zum Fenster, scheint eine Weile die Aussicht zu genießen, aber ich weiß, er sieht gar nichts von dieser Aussicht, stattdessen wägt er ab in seinem Innern, wie gefährlich es für ihn werden könnte, Fabrizios Partei zu ergreifen, ob er es sich leisten kann, mit Luisa Ärger anzufangen und mit dieser anderen Familie – wer mag wohl ihr neuer Bräutigam sein? Aber Chiaramonte ist wie ich rein italienischer Abstammung, und die Dominanz der spanischen Familien auf der Insel, besonders der Zuwachs an Macht einer einzigen Familie, würde das gesamte Kräftegleichgewicht ins Wanken bringen. Auch er weiß genau, dass mit Luisa nicht gerade gut Kirschen essen ist. Und je größer ihr Einfluss, desto saurer die Kirschen.

Don Simone dreht sich zu mir um und winkt mich ans Fenster.

Kommen Sie, Contessa, haben Sie jemals diesen wundervollen Blick genossen?

Und ich stelle mich neben ihn, schaue über Palermos Dächer, hinter denen am Horizont das Meer funkelt, und für einen kurzen Moment vergesse ich alle Besorgnis und freue mich an dem Anblick dieser wundervollen Stadt.

Die sizilianischen Gesetze, liebe Contessa, sagt Chiaramonte neben mir, sind undurchsichtig wie die Urwälder der Inkafürsten. Und die Juristen finden für jeden Auftraggeber die passende Stelle. Sehen Sie den Palazzo dort hinten am Fuß des Hügels, der mit den gezackten Zinnen und dem Kranz aus Zypressen? Wissen Sie, wem er gehört?

Ich lege eine Hand über die Augen und schaue in die Richtung seines ausgestreckten Zeigefingers.

Natürlich, sage ich, es ist der Palast Don Alfonsos de Aragón. Gestern war ich dort. Auch er will, dass ich ihn male.

Tatsächlich, ruft Don Simone. Das sieht ihm ähnlich.

Er sieht sehr ernst aus. Sorgfältig schließt er das Fenster.

Ich sehe, sagt er dann, Ihr seid wirklich nicht im Bilde. Es ist Don Alfonso, mit dem Luisa die Ehe schließen will. Was das heißt, brauche ich Euch nicht zu sagen. Eine Verbindung der Häuser Luna, Moncada und Aragón – eine solche Konzentration von Vermögen und Macht hat es lange nicht mehr gegeben. Beide sind verwitwet. Sie hat einen Sohn, Alfonso eine Tochter. Wenn sie diese beiden Kinder vorher miteinander verheiraten, geht die Vormundschaft des Prinzen auf Alfonso als seinen Schwiegervater über. Und ist er erst einmal Vormund, dann bedarf es nur eines Federstrichs, und das Vermögen der Moncada ist dem der Aragón einverleibt. Zumal die Gesundheit des Prinzen nicht die beste ist und Luisa bei seinem Tod alles an Euren Gatten verlieren würde. Ein genialer Schachzug. Können Sie mir folgen?

Mir schwirrt der Kopf. Das ist ungeheuerlich.

Aber der Prinz ist neun Jahre alt. Und Alfonsos Tochter … kaum sieben?

Chiaramonte hebt die Schultern.

Wen kümmert das? Sie wissen doch, diese Eheschließung zwischen den beiden Kindern ist eine reine Formsache. Und juristisch offensichtlich wasserdicht. Ich habe mich selbst davon überzeugen lassen. Aber dies würde bedeuten, dass Fabrizio …, verzeihen Sie mir, wenn ich das so unverblümt sage, aber nach diesem Schachzug wird er nackt und bloß dastehen. Vielleicht wird ihm das Wohnrecht im Palazzo von Paternò bleiben, aber er wird völlig mittellos dastehen. Seinem Kind jedenfalls wird er nichts mehr zu vererben haben.

Ich habe das Gefühl, jemand zieht mir den Boden unter meinen Füßen weg.

Das kann nicht sein, stammle ich.

Die Nachricht trifft mich wie ein Keulenschlag. Und bei diesem Mann sitze ich jetzt seit Tagen im Salon und mache Skizzen für sein großes Portrait? Was für eine Demütigung!

Don Simone reicht mir seinen Arm und geleitet mich zurück zum Sessel. Das ist unmöglich, sage ich mir wieder und wieder, aber ich weiß, genau so wird es kommen, wenn ich nicht schnell etwas unternehme. Aber was?

Der König, sage ich leise, und Chiaramonte nickt.

Das ist es, sagt er, aber Ihr müsst euch beeilen. Die Hochzeit ist auf den zehnten Geburtstag des Prinzen festgesetzt.

Der Geburtstag des Prinzen. Bleiben kaum zwölf Wochen. Schweiß tritt mir auf die Stirn, das Kind regt sich heftig in meinem Bauch. Am liebsten würde ich auf der Stelle aufspringen und davoneilen, irgendetwas unternehmen. Aber was? Wie soll ich es anfangen? Felipe einen Brief schreiben? Aber die Briefe sind

Wochen und Monate unterwegs, bis sie schließlich ankommen. Durch wie viele Hände geht ein solcher Brief, ehe der König ihn schließlich liest?

Wann geht das nächste Schiff, frage ich atemlos.

Don Simone lacht.

Das habe ich mir gedacht. Am liebsten heute noch ein Schiff besteigen, was, Donna Sofonisba? Aber das ist unmöglich. Nicht in Eurem Zustand.

Die Zeit ist um, sagt Kregler dort am Fenster, und ich schrecke auf.

Er tritt auf mich zu, sieht mir über die Schulter und blättert die Skizzen durch, die ich gezeichnet habe. Sie sind gut, denke ich und bin selbst mehr als überrascht: Chiaramontes Bewegung hat sich in Kreglers Haltung geschlichen, Sofonisbas Schrecken über die Nachricht hat den Skizzen etwas Bedrohliches verliehen …

Gut, sagt Kregler, machen Sie etwas daraus. Und wendet sich zum Gehen.

Moment, Herr Kregler. Ich stocke. Zum ersten Mal habe ich seinen Namen ausgesprochen. Auch er stutzt, bleibt stehen.

Das hier ist der Anfang. Aber ich brauche noch mehr. Und vor allem brauche ich noch Ihr Gesicht.

Kregler wendet sich rasch um zu mir und in seinen Augen blitzt etwas heftig auf … brauche ich noch Ihr Gesicht …, dieser Satz hat die Fassade geöffnet, einen kleinen Spalt in sie getrieben, der sich fast sofort wieder schließt, du hast völlig Recht, da war etwas, bestätigt auch Sofonisba. Aber was? Ärger? Furcht? Und Mambo fällt mir ein, die sich nicht malen lassen wollte, und mein eigenes Gesicht oder das von Sofonisba, das unter den Händen des Escobedo zerreißt …

Mein Gesicht, sagt Kregler da, ganz ruhig, völlig tonlos, und ich beginne zu ahnen, dass auch da der Weg zu seinem Wesen liegt, über diese Stimme, die nichts von sich offenbaren will.

Aber ich werde herausfinden, was er verbirgt und es aller Welt zeigen, mein Bild wird es offen legen, auch wenn er sich noch so sehr sträubt.

Wir werden sehen, sagt Kregler.

Ja, denke ich, wir werden sehen, und du wirst dich noch wundern, wie aus dem Nichts schließt die Nonnenmacher die Tür auf, und er geht, lässt mich zurück, nein, er braucht nicht einmal einen Schlüssel, auf sein Zeichen hin öffnen und schließen sich hier alle Türen. Aber den Schlüssel, den ich in Händen halte, das ist dieses Portrait, keine Ahnung hat er, worauf er sich da eingelassen hat, nicht den geringsten Schimmer, aber ich werde die Haut von seinem Fleisch lösen und das Fleisch von den Knochen, ich werde sein Geheimnis lüften und in mein Bild hineinmalen, und dann wird seine Macht in sich zusammenstürzen, seine Ordnung, seine Regeln, dann wird er der Skandal sein, der seine Welt in Stücke reißt.

21

Umbra gebrannt

Durch das künstliche Glühen verliert die Umbra ihren Wassergehalt, und ihr Farbton wird etwas verändert; sie erscheint rötlicher, kräftiger, und ihre trocknende Eigenschaft wird durch das Glühen noch verstärkt.

Die von mir sind aber schöner, meint Marie, als sie Kreglers Skizzen durchblättert.

Nein, sage ich, nicht die Skizzen, du bist schöner als er. Als Hasenzahn von ihrer Zeitschrift aufschaut und wissen will, warum wir so lachen, hat sie mal wieder alles verpasst. Seit drei Tagen sitzt sie jetzt hier bei uns und langweilt sich. Passt auf, dass wir keinen Unsinn mit dem Bunsenbrenner anstellen. Mein Gott, was gab es für ein Theater, als ich den beantragt habe. Viel zu gefährlich, geiferte die Nonnenmacher, und: Das ist jetzt aber wirklich entschieden gegen die Vorschriften. Aber ich machte klar: ohne Feuer keine gebrannten Erden, ohne gebrannte Erden kein Bild, und wie durch ein Wunder stand der kleine Flammenwerfer ein paar Tage später da. Und mit ihm kam Hasenzahn. Damit wir auch ja keine Dummheiten machen. Marie feixt. Hab ich schon meinen Kindern erklärt: »Messer, Gabel, Strom und Licht, sind für kleine Kinder nicht«. Das heißt anders, sage ich, nicht Strom, aber Marie bleibt dabei: Strom wie Bügeleisen. Wer will da noch widersprechen.

Marie ist aufgekratzt und glücklich, seit sie nicht mehr in die Wäscherei muss.

Du, sagt sie, die Petra ist jetzt wieder da.

Was? Ich denke, die soll verlegt werden?

Was weiß ich. Tatsache ist, sie sitzt da oben und hat alle wieder unter ihrer Fuchtel.

Das ist eine Nachricht, die ich erst mal verdauen muss. Was ist das für eine Ordnung, von der Kregler sprach, wieso sorgt er nicht dafür, dass Ruhe herrschen kann, aber es herrscht doch Ruhe, flüstert Marguerite, vielleicht ist ja diese Petra ein Teil seines Systems, auch damals hat man die Angeklagten aufgehetzt, dass sie sich gegenseitig belasten, dass sie sich gegenseitig bespitzeln, dass sie sich gegenseitig in Schach halten, so einfach ist das und ein uraltes System.

Ach – und Nagel, hat er mir nicht versprochen, hat er nicht so etwas wie ein Ehrenwort gegeben ... ach was Ehrenwort, die sind doch alle keinen Pfifferling wert.

Die Mambo, sagt Marie, das ist die Einzige, die vor der nicht kuscht. Ansonsten, wenn du die sehen könntest, ich habe jede Achtung vor denen verloren.

Und dann wird sie stumm und bleich und fängt wieder an zu grübeln. Marie ist nervös. Gleich nachher hat sie wieder einmal einen Termin bei den Psychologen, die ein Gutachten über sie erstellen sollen.

Die fragen und fragen und fragen, sagt sie schließlich. Wenn man 'ne Ahnung hätte, worauf die hinauswollen mit ihrer Fragerei! Was meinst du, Sofie, was wollen die von mir wissen?

Ich helfe ihr, den Brenner anzuzünden, Hasenzähnchen schaut noch nicht einmal auf, die hat ein Gottvertrauen, das muss man ihr schon lassen.

Die wollen herausfinden, sage ich dann zu Marie, ob du so etwas wieder tun würdest.

Was denn, fragt sie verstockt, was wieder tun?

Na das mit deinem Mann.

Du meinst, ob ich ihn wieder totmachen würde?

Ich werfe der Beamtin einen Blick zu, aber die ist ganz in ihre Lektüre vertieft.

Klar würd' ich das, erklärt Marie trotzig und lässt sich schwer auf einen Hocker fallen, der fehlt doch keinem.

Na ja, sage ich leise, aber das musst du denen ja nicht gerade auf die Nase binden. Und ich hab auch gemeint: Ob du so etwas *wieder* tun würdest, mit jemand anderem ...

Wenn da wieder einer daherkommt und meine Kleinen dumm und dämlich schlägt, warum nicht ...

Marie, unterbreche ich sie, du willst hier doch nicht verschimmeln, oder? Du willst doch deine Kinder irgendwann einmal wieder sehen?

Marie antwortet nicht. Ihre blassblauen Augen bekommen einen Glanz, den ich gut kenne.

Dann kommt es darauf an, dass die den Eindruck kriegen, du bist eine ganz normale Frau, eine herzensgute Mutter und das, was damals passiert ist, das ist etwas, was du heute selbst nicht mehr verstehst …

Wie meinst du das, fährt sie mich giftig an, bin ich vielleicht keine gute Mutter? Bin ich vielleicht keine normale Frau? Du hältst mich wohl auch für so ein Monster, was …

Mensch halt die Luft an, Marie, denk doch mal nach. Wie viel haben sie dir gegeben, in der ersten Verhandlung?

Vier Jahre sechs Monate. Marie lässt den Kopf hängen.

Und was erhoffst du dir?

Ach, keine Ahnung, weniger eben.

Dann hör auf mich. Ausnahmsweise. Sag denen, wie sehr du deine Kinder lieb hast. Sag ihnen, wie verzweifelt du warst. Wie ihr alle gelitten habt. Aber halt das Maul darüber, wie zufrieden du damit bist, dass du das gemacht hast. Ich mein's doch nur gut …

Was für ein bescheuerter Satz, denke ich, und beiße mir auf die Lippen. Bin ich nicht immer hochgegangen wie eine Rakete, wenn mir irgendeiner mit diesen Sprüchen kam? Meine ich es denn gut mit Marie? Was weiß ich schon, was gut ist für sie, wie überhaupt noch irgendetwas gut werden kann. Warum kümmerst du dich nicht mal ausnahmsweise um dich selbst, höre ich Sofonisbas Stimme, wie wäre es, wenn du es mal gut mit *dir* meinen würdest? Da fällt dir nichts ein, was, da hast du keine guten Ratschläge parat.

Und du, gebe ich zurück, du kannst ganz still sein, du weißt selbst, wohin dich deine Klugheit gebracht hat, damals … hinterher weiß man es immer besser, flüstert sie, und wie es tief in mir brennt, da weiß ich, ich habe mal wieder ins Schwarze getroffen.

Und so lassen wir das Reden und brennen lieber Umbra. Fasziniert schaut Marie zu, wie ich die grünlich braune Farberde in die Phiole fülle und mit der Zange über die Flamme halte, sie ständig sacht bewege, damit das Pulver gleichmäßig erhitzt wird. Jedesmal muss ich an Marguerite denken, wenn ich meine Erden brenne, auch sie hat es schon gewusst, *so, wie das Feuer alles ver-*

wandelt …, sie hat es auch zu spüren bekommen – was hat es ihr genutzt?

Lass mich auch mal, sagt Marie, greift nach der Zange und schüttelt die Phiole behutsam über der Flamme.

Erst wird es rot. Und wenn man es noch länger über die Flamme hält, dann wird es bräunlich, siehst du, sage ich, als die Umbra einen satten rotbraunen Ton annimmt, das ist es, was ich brauche, und Marie hält ihr Gesicht über die Phiole, damit ihr ja nichts entgeht, geschickt schüttelt sie den Glasbehälter, in dem sich das rötliche Leuchten nach und nach verdunkelt.

Ich bereite währenddessen die Grundierung vor. Ich habe mich für die spanische Art entschlossen, so wie es Coello mir gezeigt hat, koche Wasser mit Mehl zu einem feinen Kleister, füge Olivenöl hinzu, tropfenweise, was soll das werden, will Marie wissen, gibt's heute Pudding oder was? Aber ich lasse mich nicht ablenken, es darf keine Klumpen geben, und so rühre und schlage ich den Brei, füge Honig und Wachs hinzu und rühre, bis sich alles gut aufgelöst und miteinander verbunden hat und die Luft getränkt ist von dem Duft nach dem Bienenwachs.

Komm, ruf ich Marie, als die Grundierung die richtige Temperatur hat, hilf mir! Und ich zeige ihr, wie man mit den Händen den glibbrig-klebrigen Brei in die Leinwand reibt, schau Marie, so, und ich mache ihr die kreisenden Bewegungen vor, einmal in Webrichtung, dann dagegen, lieber ein bisschen zu viel als zu wenig, die Leinwand muss sich richtig vollsaugen mit dem Brei, dann tut sie es später nicht mit den Farben, verstehst du, und Marie juchzt, gibt seltsame Laute von sich und tut so, als ekle sie sich vor dem Kleistergemisch, aber auch sie merkt mit der Zeit, wie gut sich das anfühlt unter der Hand, das Wachs und das Öl machen die Haut ganz glatt, und glatt machen sie auch die Leinwand, und so soll es sein.

Was ist denn das für eine Sauerei, will Hasenzahn angeekelt wissen, als sie uns über die große Leinwand gebeugt sieht, die Hände voller Mehlkleister, das ist keine Sauerei, quakt Marie, das ist Kunst, und ich muss lachen, als ich ihre vollgekleisterte Nase sehe, pass auf Marie, sag ich, mach deine Nase sauber, sonst klebt dir das Zeug noch in deinem nächsten Leben dran. Welche Nase, fragt sie keck, und – schwups – habe ich selbst eine Ladung im

Gesicht, aufhören, schreit Hasenzahn und kann sich im nächsten Augenblick selbst davon überzeugen, wie sich das anfühlt, hör auf, Marie, pruste ich, das klebt doch wie der Teufel, aber Marie hört nicht auf, und nur weil ich ihr den Kleistertopf wegnehme, kann ich das Schlimmste verhindern. Dann hängen wir über dem Wasserhahn und versuchen, das Zeug wieder abzuwaschen.

Mensch, das klebt, stöhnt Marie.

Na klar, sage ich, das soll es ja auch.

Wie Uhu, meint Marie.

Nein, das hier ist viel besser als Uhu.

Hasenzahn hat noch mal Glück gehabt, oder besser gesagt: Wir haben Glück gehabt, denn ich habe keine Lust, es mir auch noch mit ihr zu verderben, die Launen der Nonnenmacher sind schwer genug zu ertragen. Sie hat kaum etwas abbekommen, mir aber klebt Coellos Geheimmischung im Haar. Macht doch nichts, sagt Marie, das ist eh die weiße Strähne, das sieht man ja gar nicht, aber ich nehme eine Schere und schneide das Haarbüschel einfach ab. Und dann ist es auch schon höchste Zeit für Marie zu gehen.

Also, sage ich und schlage ihr auf die Schulter, denk daran. Die wollen ein sanftes Frauchen erleben, keine Löwenmutter, hörst du?

Brauchst du die Flamme heute noch, will Hasenzahn wissen. Ich schüttle den Kopf. Erleichtert nimmt sie den Bunsenbrenner mit und verschwindet mit Marie. Mich lassen sie hier zurück – ohne Flamme keine Aufpasserin. Und ich genieße die Ruhe, untersuche die Leinwand, bessere ein paar Stellen nach, umkleide auch den Rand über dem Rahmen mit der Masse, ehe sie kalt wird und erstarrt. Diese Marie, denke ich und muss beim Gedanken an unsere Kleisterschlacht lachen, die ist doch noch ein großes Kind, nichts weiter, ein Kind, das viel zu schnell erwachsen wurde, viel zu schnell selbst Kinder bekam …, ach, jetzt redest auch du schon wie eine Psychologin, na wunderbar, was kommt als Nächstes? Konzentriere dich lieber auf deine Arbeit, sagt Sofonisba, jaja, das hat sie sich auch damals gesagt, konzentrier dich auf das, was du kannst, viel zu lange hast du dich ablenken lassen von tausend Dingen, viel zu lange hast du mit diesen Bildern gewartet. Wie hat dir, ausgerechnet dir das passieren können, wo du doch so erfahren warst im Umgang mit diesen eitlen Spaniern und so genau wusstest, wen man warten lassen durfte oder sogar musste und wen auf gar keinen Fall? Zwei Jahre hast du die Anfrage des Aragón einfach ruhen lassen. Und dann. Ja, dann war es zu spät. Was wäre geschehen, hättest du dieses Bild gemalt, statt dir einen Haushalt einzurichten, einen Weinberg aufzubauen und dich um den Transport von Möbeln zu kümmern?

Ach bilde dir doch nichts ein, ein Aragón macht, was ihm politisch am klügsten erscheint, egal, welche Bilder in seinem Palazzo hängen, glaubst du wirklich, irgendetwas wäre anders gekommen, hättest du sein Portrait eher gemalt? Oh nein. Dann hätte er beides gehabt: das Bild und den Triumph über dich. Und du hättest dich krank geärgert – habe ich das nicht auch schon so?

Wie man es macht, so oder so, immer kann es gelingen oder es kann das Falsche sein. Und wenn er dann noch dein Bild gehabt hätte – was glaubst du, wie sehr du gelitten hättest?

Er bekam es ja dann doch, sein Bild. Ja. Und das war ein Fehler. Nein, war es nicht. Doch. War es. Es war meine Genugtuung. Ja. Aber du hast dir damit geschadet. Niemals vorher, Sofonisba, hast du dich von deinem Zorn hinreißen lassen, niemals hast du deine wahren Gefühle gezeigt. Bis zu diesem einen Mal, als du dieses Gemälde in den Palast der Eheleute Aragón-Luna schicken ließest, das Bildnis eines Edelmanns, in dem man eindeutig an all seinen Attributen den Alfonso de Aragón erkennen konnte – das Bildnis eines Edelmanns – ohne Gesicht.

Und dabei ging es dir doch gar nicht um diesen Aragón. Ging es doch. Ach was, nicht er war es, den du treffen wolltest, sondern sie. Um sie ging es doch ganz allein. Ja, es stimmt, ihr habe ich dieses Bild in Wirklichkeit geschickt. Luisa. Luisa de Luna, die ich von ganzem Herzen hasste. Ja, ich gebe es zu, nach all dieser Zeit: Von unserer allerersten Begegnung an habe ich sie gehasst. Von ihrem ersten »Hier-haben-wir-also-den-Malerkittel« an war zwischen uns so gut wie alles gesagt. Zehn Jahre jünger als ich und von diesem ganz besonderen Schlag der vornehmen hispano-italienischen Edeldamen, die ich in Spanien schon zur Genüge kennen gelernt hatte. Sie glich ein wenig Ana Mendoza, nicht dem Aussehen nach, wohl aber in ihrer Art, Aufhebens um sich zu machen, in ihren ganz speziellen Auftritten einer Principessa. Und es stand ihr, das musste ich leider anerkennen, ihr lag die Prinzessin im Blut, ihr war das herrschaftliche Gebaren bereits in die Wiege gelegt, niemals, da war ich mir sicher, hatte diese Frau je an sich gezweifelt, egal, was sie tat. Luisa ist mit den Eigenschaften eines Haifischs auf die Welt gekommen, sagte Fabrizio einmal, sie macht ihr Maul auf und schluckt, was ihr gerade in die Quere kommt.

Nein, es war einfach nicht möglich. Wir konnten nicht miteinander auskommen. Das war eine bittere Erkenntnis für mich in den ersten Monaten meiner sizilianischen Zeit. Ich, die ich mich in Madrid mühelos zwischen all den verfeindeten Parteien bei Hof bewegt hatte, mit Ruy Gomez befreundet war und dennoch von den Albas geschätzt, mit Ana Mendoza und ihrer Nebenbuhlerin Catherine de Vineux ein gleichermaßen gutes Verhältnis pflegte, und selbst von den Hofmalern, die keine Gelegenheit ausließen, um sich gegenseitig herunterzumachen, geachtet wurde – Luisa zeigte mir, dass auch noch eine andere Sofonisba in mir steckte. Eine, die die falschen Dinge sagte zur falschen Zeit. Die vor Zorn bebte und unfähig war, es klug zu verbergen. An der der Neid fraß – ja, ich gebe es zu, ich war neidisch auf diese Art Frauen im Allgemeinen und auf Luisa de Luna ganz im Speziellen, die niemals auch nur den Anflug einer finanziellen Sorge kennen lernte, die niemals etwas schuf in ihrem Leben außer Ränke und Intrigen, die den ganzen Tag nichts anderes zu tun hatte, als sich neue Schachzüge zu überlegen, die ihr ohnehin schon unermessliches Vermögen noch vergrößern würde, ihre Macht ausdehnen – ohne jede Rücksicht auf andere. Und ich – so stolz ich auf meine Herkunft war und niemals versäumte, meinen Vater zu loben, der mich davor bewahrt hatte, das langweilige Dasein einer reichen Edeldame zu führen, ich fühlte einen unbezähmbaren Ärger angesichts Luisas Arroganz all jenen gegenüber, die das Schicksal nicht gleich nach der Geburt in eine goldene Wiege gelegt hatte.

Aber das Schlimmste war: Sie war wie ein Zerrspiegel, in dem ich mich selbst wiedererkannte. Ja, in gewisser Weise waren wir uns tatsächlich ähnlich. Auch ich war durchaus willens, mich selbst um meine Angelegenheiten zu kümmern, die Interessen meiner Familie zu vertreten, mich nicht mit der biederen Rolle einer Costanza Colonna oder Rosaria Terranova an der Seite ihrer Männer zufrieden zu geben. Mit Fabrizio alleine hatte Luisa vermutlich geglaubt, leichtes Spiel zu haben. Er war gutmütig, vernünftig, umgänglich, er stellte keine Ansprüche. Von klein auf hatte er sich in die Rolle des Zweitgeborenen eingeübt. Luisa kannte ihn als den freundlichen Schwager, der ohnehin immer auf See war. Die Heirat mit mir musste sie als eine Art Kriegserklärung in ihre Richtung verstanden haben. Und als wir uns gegenüberstanden, da wurde ihr wohl endgültig klar: Mit mir würde sie eine Nuss zu knacken haben.

Ach was. Ich war für sie nichts weiter als eine Kuriosität. Eine Malerin. Aus verarmtem Kleinadel. Mit dem lächerlichen Namen einer Heidenkönigin. Eine Matrone, die auf ihre alten Tage noch einmal schwanger wurde. »Hoffentlich kommt es nicht mit Pinseln statt Händen auf die Welt«, soll sie gesagt haben, als sie von meinem Zustand erfuhr.

Komm, sagte Fabrizio immer wieder zu mir, beruhige dich. Hauptsache wir haben uns. Was kümmert uns Luisa. Lass sie doch ihre Ränke schmieden, was geht es uns an?

Oh, wie ich da auffuhr. Was uns das angeht? Willst du ruhig zusehen, wie sie uns beraubt? Dein Neffe wird niemals Prinz von Paternò werden, er wird vor unser aller Augen langsam dahinsterben, und dich bringen sie um dein rechtmäßiges Erbe.

Recht, es ging um Recht und Unrecht. Wer von uns hatte Recht? Ich, natürlich, aber Fabrizio in einem viel tieferen Sinne auch. Seine Weisheit hielt ich damals für die feige Dummheit der Nachgiebigen. Im Nachhinein ist man immer klüger. Da war er es, der Recht behielt, und ich sollte mein Unrecht in all seiner Bitternis zu kosten bekommen. Ja, Recht hatte er, denn auch ohne das Moncada-Vermögen waren wir unermesslich reich: Wir hatten uns, wir hatten La Fata, wir hätten glücklich sein können, trotz der Pfandleiher und Schuldner und des langsam, aber sicher dahinschmelzenden Bestands in meiner Schmuckkassette, trotz der vielen Stunden über den Rechnungsbüchern, der Bettelbriefe meiner Familie, die mir schlaflose Nächte bereiteten und der Sorge, wie wohl alles weitergehen sollte, ob die Erträge auf La Fata wohl irgendwann einmal eine Grundlage bilden oder eine Krankheit die jungen Reben dahinraffen würde – doch, trotz alledem waren wir glücklich und hätten es bleiben können, wäre dieser Stachel nicht gewesen. Und diesen Stachel gab ich an ihn weiter. Denk an deine

Familie. Dein Vater, was würde er sagen, wenn er wüsste, dass du das Familienvermögen kampflos den Aragón überlässt? Denk an unsere Zukunft. Irgendwann ist meine Kassette leer. Denk an unser Kind. Ist es nicht genauso ein Moncada-Erbe wie dieser kranke Francesco? Und irgendwann gab er mir Recht.

Ich schrieb an Felipe. Wieder und wieder. Aber die Wochen vergingen und ich erhielt keine Antwort. Der Termin der Prinzenhochzeit rückte immer näher. Schließlich war ich überzeugt davon, dass meine Briefe abgefangen wurden.

Ich wollte reisen. Ein Schiff besteigen. Persönlich vorsprechen bei Felipe. Das war mein Pfund, mit dem ich zu wuchern gedachte, mein Faustpfand, das ich Luisa voraus hatte – meine persönliche Beziehung und Freundschaft zu niemand Geringerem als dem König.

Du kannst nicht reisen. Nicht in deinem Zustand.

Es ist unsere einzige Chance.

Aber es ist nicht möglich. Ich lasse dich so nicht fort …

Konzentrier dich auf deine Arbeit. Was sollen diese inneren Monologe, die Vorwürfe und Selbstzweifel, immer und immer wieder. Was geschehen ist, das ist geschehen, aber in meiner Erinnerung geschieht alles wieder und wieder. Wenn ich doch vergessen könnte. Aber diese Geschichte ist wie ein Strudel und ich bin nichts weiter als ein Stückchen Treibholz darin, es dreht und wirbelt mich, zieht mich in die Tiefe und spuckt mich wieder in die Höhe, lässt mich kurz auftauchen, um mich wieder zu packen und weiter im Kreis zu drehen, immerzu im Kreis.

Damals war die Zeit ein vorschnell abgeschossener Pfeil, und es kam darauf an, rechtzeitig zu handeln, rechtzeitig etwas zu erreichen, den Pfeil aufzuhalten, der unbeirrbar auf den Tag des Geburtstags des Prinzen zuschoß, der zugleich sein Hochzeitstag werden sollte, um uns zu berauben, uns zu schmähen, zu vernichten. Ich sehe Schiffe, wenn ich an diese Wochen denke, Schiffe mit geblähten Segeln, die ich sehnsüchtig in See stechen sah, auf jedem von ihnen könnte ich reisen, mich dem Wettlauf stellen, ich wollte handeln, statt mit schwellendem Bauch am Hafen zu stehen und mir die Fingernägel in die Handballen zu graben. Wirbelt mich dieser Strudel wieder einmal im Kreis, dann höre ich die Gerüchte um die Gesundheit des Prinzen, auch für Luisa wurde es ein atemloser Wettlauf um das Leben ihres Kindes – würde es diese Hochzeitsfarce überhaupt noch erleben? Würde sein rasselnder Atem nicht doch noch erlöschen vor jenem Tag und Luisa damit das Spiel an uns verlieren? Wenn ich jetzt die große Treppe im Palazzo dei Normanni hinaufging, verstummten mitunter Gespräche, es gab noble Damen und Herren, die sich unmerklich abwandten, Parteien formierten sich, und an der wachsenden Zahl von Luisas Anhängerschaft konnte ich unsere sinkenden Chancen auf Gerechtigkeit überdeutlich ablesen.

Wie könnt Ihr ein solches Unrecht geschehen lassen, fragte ich Colonna ohne Umschweife. Was heißt Unrecht, Donna Sofonisba, sagte er mit seinem aalglatten Diplomatenlächeln, die Advokaten kennen sich da viel besser aus als ich. Fragt die. Und damit war die Sache für ihn erledigt. So war er nun mal, und auch später, als ich noch viel dringender Beistand brauchte – auf Marcantonio Colonna konnte ich nicht zählen.

Konzentrier dich auf deine Arbeit. Hör auf mit diesem sinnlosen Gedankenkarussell. Ist doch alles so lange schon her. Ist es nicht. Ist es doch. Alles vorbei und längst Gras darüber gewachsen, oh nein, über meine Bilder wächst kein Gras, jetzt ist es wieder aufgetaucht, hast du nicht gehört, es ist wieder da, und sie zerbrechen sich die Köpfe darüber, warum dieser Mann auf dem Bild kein Gesicht hat, keiner kennt den wahren Grund, nur ich und damit natürlich auch du, wir wissen warum, und wir wissen auch, was dann geschah …, aber wir werden das für uns behalten, hörst du, wir werden damit aufhören, Verwirrung zu stiften mit unserem Wissen, einem Wissen, das als unmöglich gilt. Man wird uns der überbordenden Phantasie bezichtigen oder uns für eine Betrügerin halten, wenn es ganz schlimm kommt, machen sie eine Verrückte aus mir, weil kein Mensch, davon sind sie felsenfest überzeugt, Dinge wissen kann, die er in diesem Leben nicht erfahren hat.

Und ich konzentriere mich auf meine Arbeit, die Arbeit mit den Händen ist es, die mich immer wieder zu mir selbst führt, heraus aus den quälenden Monologen oder Dialogen, oder wie auch immer man das Durcheinander in meiner Seele nennen mag. Die Wunden brechen unvermittelt auf, wie das Craquelé in den Bildern, wenn man den Untergrund nicht sorgfältig genug vorbereitet, und die unteren Schichten beginnen sich auszudehnen, zu quellen oder gar sich zusammenzuziehen, und irgendwann erscheinen sie an der Oberfläche, die Zeichen der unerträglichen Spannungen darunter.

Und darum muss die Grundierung jetzt erst einmal gründlich trocknen. Vorsichtig ziehe ich mit dem Malmesser die überstehenden Reste von der Leinwand ab. Später werde ich sie mit dem Bimsstein bearbeiten, ganz glatt wird sie dann sein und glänzen, und wenn sie dann wirklich völlig trocken ist – die Geduld muss man aufbringen, oder man wird es früher oder später bereuen –, dann werde ich die Imprimatura auftragen, »gleichsam das Bett zur Unterstützung der übrigen Farben«, wie Armenini so schön sagt, zwei Schichten, nicht weniger, und dafür brauche ich dann Kupfergrün, Maries Umbra und viel, viel Weiß.

Es hatte eine ungeheure Wirkung! So klein die Fläche des Gesichts im Verhältnis zum gesamten Bild war – jetzt erst sprang ins Auge, dass meine Bilder wirklich ganz und gar auf diese eine Stelle hin ausgerichtet sind. Es war so etwas wie ein tödlicher Schrecken, der alle erfasste, die dieses Bild mit der weißlichen Fläche statt eines Gesichtes betrachteten. Es war, als ob die Seele des Bildes fehlte, und alles andere, der prunkvolle Aufbau, die stolze Haltung, die wundervoll ausgeführte, kostbare Kleidung, die Haltung der Hände – all das unterstrich nur die Abwesenheit des Antlitzes und machte sie schier unerträglich. Ich hatte es selbst nicht erwartet, obwohl ich den Effekt schon kannte, es kam nicht selten vor, dass ich aus Mangel an Sitzungen die Ausführung des Gesichtes bis zum Schluss aufgeschoben und zuvor alles andere so gut wie fertig gestellt hatte. Dann hatte es jedoch immer den Charakter des Noch-nicht-Vollendet gehabt, und meine Vorstellung fügte das fehlende Gesicht mühelos ein. Aber es so vollkommen, so abgeschlossen, gewachst und gefirnisst zu sehen – auch mir hat es damals den Atem verschlagen. Ich hoffe, Don Alfonso de Aragón ebenfalls. Ihr könntet genauso gut eine Morddrohung aussprechen, meinte Simone di Chiaramonte, wenn Ihr meinen Rat hören wollt, dann schickt es ihm nicht.

Ich hörte nicht auf ihn. Es war die einzige Gelegenheit, ihm mit meinen Mitteln zu zeigen, was ich von ihm hielt. Ich konnte dieser Versuchung einfach nicht widerstehen.

Und dann. Dann kam die Angst. Es kam die Zeit, als ich erschrak, wenn ich Schritte hörte auf dem Flur. Consuela, bist du das? Was schleichst du so herum? Nachts schreckte ich auf vom leisesten Geräusch oder von Träumen, immer dieselben, oder vom Knarren der Balken, vom Rascheln der Mäuse. Und so auch jetzt, als ich Schritte höre draußen und den Schlüssel im Schloss und es ist doch nur die Nonnenmacher, die mir Marie zurückbringt.

Wie war's, frage ich Marie und versuche, mein rasendes Herz zu beruhigen.

Marie zieht die Schultern hoch und lässt sie wieder fallen. Aber sie ist guter Dinge, das sehe ich ihr sofort an, energisch krempelt sie die Ärmel hoch und beginnt, das frisch gebrannte Umbrapigment zu hauchfeinem Staub zu zerreiben.

Malst du von mir auch einmal so ein Bild, will sie wissen. Ich meine, so eines auf Leinwand, ein richtiges?

Da weiß ich, es ist gut gelaufen, das Gespräch mit den Gutachtern. Und ich bin erleichtert, dass sie wieder da ist, bin froh um die emsige Geschäftigkeit, die sie an den Tag legt, endlich wieder was zu tun, sagt sie, mit den Händen, mein ich. Das Rumsitzen und Quatschen ist nichts für mich.

Eine gute Weile erfüllt dann das mahlende Geräusch des Reibesteins unsere Gedanken.

Guck mal, sagt Marie irgendwann, sieht das nicht aus wie Zimt? Und wie zu sich selbst: Bald ist Weihnachten.

Ich schrecke auf.

Weihnachten?

Ja, in acht Wochen, wenn ich Glück hab, ist vorher noch der Termin.

Das ist eine Neuigkeit. Na endlich, denke ich, das wird aber auch Zeit.

Die Frau heut hat gesagt, das ist nicht richtig, dass man den Kindern die Mutter wegnimmt. »Kinder brauchen eine richtige Mutter«, das hat sie wortwörtlich gesagt, und bald ist Weihnachten, und alles wird gut.

Ich sehe zu ihr hinüber. Wie sie den Reibestein auf dem Marmortisch führt, könnte sie genauso gut Weihnachtsplätzchen backen, nein, nicht wie Zimt, diese Umbra ist doch viel dunkler, aber natürlich sieht Marie darin, was sie eben will.

Hab ich dir eigentlich schon erzählt ..., beginnt sie, befeuchtet die Lippen und macht eine spannungsvolle Pause. Ich seufze leise auf. Ich weiß, was jetzt kommt. Gefängnistratsch. Aber ich will ihr die gute Laune nicht verderben.

Na was denn?

Rate mal, mit wem die Mambo ...

Keine Ahnung.

Na rate doch mal!

Mit dir?

Quatsch! Sehe ich aus wie 'ne verdammte Lesbe?

Kann man das sehen?

Näh! macht Marie und ich merke, dass sie gleich herausrücken wird mit der Neuigkeit.

Kommst du eh nie drauf. Mit der Helga ...

Nein!

Doch!

Mit unserer Helga?

Mit unserer Helga.

Sieh an, denke ich, das hätte ich wirklich nicht gedacht.

Dabei war die Mambo ja zuerst hinter der Moni her, sprudelt Marie weiter. Aber bei der Gelegenheit, da hat sie wohl die Helga näher kennen gelernt. Tja, so ist das. Und jetzt gehen die zwei miteinander.

Ist doch prima, meine ich, wer weiß, vielleicht wäre alles ganz anders gekommen mit der Helga, wenn sie früher gemerkt hätte, dass sie auf Frauen steht ...

Ach was, auf Frauen stehen, schnaubt Marie, das ist doch nur so was wie 'ne Notgemeinschaft. Wenn die erst mal draußen ist, dann sucht sie sich den nächsten Macker, der sie ruiniert.

Und die Mambo?

Die is' so. Mein Gott, Sofie, wenn du die zwei sehen könntest! So was von verliebt, ich könnt' mich totlachen, und nachts, rate mal, wer jetzt bei mir oben im Bettchen liegt? Die kleine Moni. Ja. Damit die beiden, du weißt schon, dass sie ein bisschen für sich sein können. Der ganze Flur reißt Witze. Aber irgendwie ist es auch schön. Sogar die Nonnenmacher drückt ein Auge zu. Sogar die, stell dir vor. So ein Glück! Man könnt' echt neidisch werden. Dass ich das hier bei uns noch erleben darf.

Marie seufzt. Ich seh' sie mir verstohlen von der Seite an und frage mich, was wohl alles noch möglich sein wird, wenn sie das alles erst einmal hinter sich hat. Wer weiß. Vielleicht ist sie ja bald schon draußen, wenn das Gutachten positiv ausfällt, zwei Jahre hat sie hier ja immerhin schon abgesessen. Hat nicht neulich Hasenzähnchen erzählt, dass ein Mann, der völlig betrunken seine Freundin erwürgt hat, mit zweieinhalb davongekommen ist? Wieso nicht auch Marie. Bald werden wir irgendwo draußen miteinander einen Kaffee trinken, oder ein Eis essen mit ihren Kindern …, aber die Bilder wollen sich nicht einstellen, ich kann sie nicht sehen, da draußen …, oder bin ich es, für die ich mir kein Leben nach diesem Gefängnis mehr vorstellen kann?

Die war ja ganz schön in dich verknallt, fängt jetzt Marie wieder an, damals, nach meinem Geburtstag.

Wer?!

Die Mambo.

Ach Unsinn.

O doch! Du hast ja keine Ahnung! Die hat mich vielleicht ausgefragt nach dir. Alles hat die wissen wollen. Die Sofie, hab ich gesagt, von der kannste gleich die Finger lassen. Die lässt keinen an sich ran. Und in ihrer Einzelzelle, da ist sie so sicher wie das Jesuskind in der Kirche, an die kommst du nicht ran.

Und ich habe mit einem Mal wieder den Geruch dieser Frau in der Nase, ledrig und bittersüß, und ich schüttle mich – warum aber beginnt mein Körper zu pochen und zu glühen? So viele Wochen und Monate ohne die kleinste Berührung, ich kann Helga verstehen, irgendwann ist es doch ganz egal, wie der Körper beschaffen ist, an den man sich schmiegt, Hauptsache warm und sanft und weich die Haut und hart an den richtigen Stellen …, aber es ist nicht die Mambo, die meine Wünsche erregt, nein, es ist eine Gestalt in Schwarz, und durch mein Begehren fährt jähe, schneidende Wut und brennender Ärger über mich selbst und über ihn – nein, hassen will ich ihn mit all meinen Fasern, diesen Eindringling, der mich hierher gebracht hat, wann begreifst du endlich, stöhnt Marguerite, dass er es ist, der dein Leben nach und nach gänzlich zerstört.

Umkrempelt, flüstert Sofonisba.

Nein! Zerstört!

Aber …

Schluss jetzt.

Und Marie plappert unterdessen weiter, dass es Krach gegeben habe in der Wäscherei, weil die Petra sich wieder mal in alles einmische, und jeden Tag warten alle darauf, dass die und die Mambo sich einmal so richtig an die Gurgel gehen.

So wie du damals, sagt sie.

Schade eigentlich, was, necke ich sie, dass du hier bei mir sein musst, in der Wäscherei wäre es jetzt doch viel spannender.

Aber Marie schüttelt den Kopf.

Nääh, meint sie, die können mir gestohlen bleiben, ehrlich, das muss nicht sein, streitende Weiber hab ich schon genug hier erlebt, und die Petra, die soll sich zum Teufel scheren meinetwegen.

Und da sind wir uns ziemlich einig, ja, zum Teufel oder sonst irgendwohin, nur gut, dass wir uns nicht über den Weg laufen können.

Wenn ich hier raus bin, spinnt Marie ihre Gedanken fort, als uns die Beamtin holt zu unserer Stunde draußen im Hof, wenn ich hier raus bin, dann ziehe ich weg von hier. Und in der Zwischenzeit, wenn ich noch bleiben muss, sicherlich muss ich noch ein bisschen bleiben, Sofie, ich hab mir da etwas überlegt.

Und sie sieht sich um, zögert, schaut mich verlegen an.

Aber du darfst mich nicht auslachen.

Ich schüttle den Kopf. Warum sollte ich ausgerechnet Marie auslachen? Und ich fühle, wie sie mir ans Herz gewachsen ist, diese Frau mit den wassertrüben Augen, aber nein, so wie sie jetzt dasteht und träumt, da sieht sie fast schön aus.

Was hast du dir überlegt?

Ich will noch mal eine Ausbildung machen, sagt sie. Und sieht mich unsicher an. Vielleicht den Hauptschulabschluss und dann etwas lernen. Einen Beruf. So wie du. Schwester Benedikta hat gesagt, sie würde mir helfen.

Das ist eine tolle Idee, sage ich.

Ja, nicht wahr, strahlt Marie, sie will mir die Anträge besorgen, hilfst du mir beim Ausfüllen?

Klar, sag ich, und habe plötzlich einen dicken Kloß im Hals, klar helf ich dir, das ist nicht so schwer.

Und Marie ist glücklich, Schwester Benedikta, sprudelt sie weiter, die hat Beziehungen nach Münster, weißt du, dort haben die ein eigenes Krankenhaus, die Diakonissen. Da könnte ich dann vielleicht als Pflegerin arbeiten. Pflegerinnen, sagt Schwester Benedikta, das brauchen sie immer. Und mit der Wohnung, das wird man dann schon sehen, meint sie, eins nach dem anderen. Und wenn ich erst eine Arbeit habe und eine Wohnung, dann kann ich die Kinder wieder zu mir holen.

Marie blinzelt in die Sonne. Kalt ist es geworden, ich trete von einem Bein auf das andere, ziehe die Jacke fester um meine Schultern und höre Marie zu. Es ist wie ein Gesang aus einer fernen Welt. Und du, fragt es in mir, was wirst du tun, wenn du hier rauskommst?

Und ich werde die Wände in meiner Wohnung alle farbig anstreichen, erzählt Marie weiter. Hab genug von diesem dreckigen weißlichen Grau. Eine Wand streich ich mit dieser Umbra, oder ein bisschen heller, mit Weiß vermischt, was meinst du, Sofie, sieht das gut aus? Und eine mit diesem goldenen Gelb, wie heißt es noch?

Auripigment, sage ich und staune, betrachte Maries flächiges Gesicht mit den breiten Wangenknochen, als sähe ich es zum allerersten Mal und hätte es nicht schon wer weiß wie oft gezeichnet. Heute leuchtet ihr Gesicht, jung sieht sie aus, ja, sie hat das Aussehen eines Menschen mit einer Zukunft.

Jaja, sagt Sofonisba, und manchmal hasse ich sie, schau nur in den Spiegel, und du siehst ein Gesicht der Vergangenheit.

Und du, sagt Marie, du musst kommen und uns besuchen. Ich backe einen Marmorkuchen, so einen hast du noch nie gegessen. Und dann musst du uns malen. Uns drei. Mich und den Hans und die Anna. Alle auf einem Bild.

Ja, sage ich, genauso machen wir das.

Und du malst ein Bild von uns?

Ich nicke. Und eh ich weiß, wie mir geschieht, nimmt sie mich in ihre kräftigen Arme, drückt mich fest, ich rieche den säuerlichen Mariegeruch und die Gefängnisseife, fühle ihre Wärme und ihren Atem an meinem Hals, und als sie mich wieder loslässt, ist der Kloß in meinem Hals noch dicker. Was ist, frag ich mich, freust du dich nicht für Marie?

Es muss auch gar nicht so groß sein, das Bild, sagt sie verlegen. Möcht wissen, wer ein so riesiges Bild daheim überhaupt aufhängen kann. Da muss man ja direkt in einem Schloss wohnen. Mir würde so eines reichen, siehst du, so, dass es noch über den Fernseher passt. Oder übers Sofa.

Die Sonne verschwindet hinter dem Wäschereitrakt. Ja, denke ich, bald ist es Winter. In der Luft hängt schon ein Geruch nach Schnee.

Du hast es gut, sagt Marie. Du hast etwas gelernt, kannst etwas Richtiges und was ganz Besonderes. Menschen malen. Alle wollen, dass du sie malst. Sogar der Chef. Schade, dass das so lange dauert mit diesem Bild. Du könntest dir so manche Mark hier verdienen. Der ganze Flur, ich schwör's dir, alle würden Bilder bei dir bestellen. Ihr letztes Geld würden die zusammenkratzen, wir könnten echt was auf die Beine stellen.

Marie hat rote Wangen bekommen. Ihre Augen leuchten. Vielleicht solltest du sie als Agentin engagieren, flüstert Sofonisba, ganz sicher könntest du dich vor Aufträgen nicht mehr retten.

Die Zeichnungen, fährt sie fort, weißt du noch, die du gemacht hast an meinem Geburtstag, in jeder Zelle hängen sie. In jeder. Nächste Woche schick ich sie meinem Freund, sagt die Marion jeden Tag, aber sie tut es nicht. Keine kann sich trennen.

Wie lange dauert denn das noch, das Bild für den Chef?

Keine Ahnung, sage ich. Wie lange soll denn das alles überhaupt noch dauern, das frag ich mich dauernd, einmal muss das hier doch ein Ende haben, und wenn Marie fort ist, was soll denn dann hier aus mir werden?

Komm, sagt Marie. Die Zeit ist um. Aber sie meint nur unsere Stunde, die eine Stunde unter freiem Himmel, die uns vom Gesetz her zusteht, und da kommt auch schon die Beamtin und klimpert mit den Schlüsseln, komm, sagt Marie, sei nicht so trübsinnig, wirst schon sehen, irgendwann sitzen wir zusammen und essen Marmorkuchen und reden vom Knast, als wär es uns gar nicht passiert, sondern anderen.

Aber es ist nicht anderen passiert, denke ich, während ich ihr folge, und den Marmorkuchen werden wir beide nicht essen …, aber dann stürze ich mich wieder in die Arbeit, denn was dann noch kommen würde in meinen Gedanken, das könnte ich heute nicht ertragen.

22

Das Öl

ist es, was die Farben tötet; ist es aber gut bereitet, dann schadet es keiner Farbe, welche es auch sei. Man soll es im Monat März bereiten, solange die Sonne weniger heiß ist, sonst verdickt es sich sogleich und taugt nichts mehr.

Suse hat Wort gehalten. Eine Woche nach ihrem Besuch kam das erste Paket an. Natürlich hat man es geöffnet und durchsucht. Ich fand darin einen kleinen, kompakten CD-Player und – eine Aufnahme von DON CARLO. Die letzte der drei silbernen Scheiben steckte noch im Gerät. Ich stelle mir vor, wie der Untersuchungsrichter alle drei Akte von vorn bis hinten durchgehört hat, um sicherzugehen, dass sich keine verborgenen Botschaften auf ihnen befinden. Und wenn ich es mir recht überlege, fallen mir eine Menge Stellen ein, bei denen ich an seiner Stelle aufhorchen würde: *Grido estremo sarà: Libertà!* zum Beispiel – wahrscheinlich kann man sich einfach nicht vorstellen, dass eine uralte Oper noch irgendeinen Funken an Gefahr für den Rechtsstaat in sich tragen könnte. Guter alter Verdi. Deine revolutionären Zeiten sind vorbei. Zu meinem Glück.

Aber in dem Paket fand ich noch mehr. Nicht nur eine herrliche Auswahl an Seifen, Lotions und Haarwaschmitteln, nicht nur Hand- und Gesichtscreme – Suse hat es sich nicht nehmen lassen, mir Brausetabletten mit Vitaminen dazuzulegen und, als Krönung, eine Tüte mit sizilianischem Gebäck vom Italiener bei mir um die Ecke, dessen weiche Feigenfüllung mich immer – wenigstens von ferne – an Corrados *dolci* erinnert. Und so sitze ich jetzt in meiner Zelle auf dem Bett, habe die Beine angezogen und die Decke um mich geschlungen, höre *Ella giammai m'amò*, die Tüte mit den süßen Leckereien neben mir, die Füllung schmilzt auf meiner Zunge und entfaltet das bittersüße Aroma der Zitrusschalen und Feigen, diesen Geschmack nach Vulkanerde und Glutsonne, nach den wilden harten Kräutern der Landschaft um La Fata, Ginster, Kapern, Fenchel, den Albertina sammelte und zu einem unvergleichlichen Auflauf verarbeitete, lauwarm als Vorspeise in *olio santo* serviert war es eine von Fabrizios Lieblingsspeisen, wilder Fenchel, sagte er, erinnere ihn an seine Kindheit. Wenn er mit seinem Vater auf Kaninchenjagd war, führte sie der Heimweg über einen Wiesenhang hinter dem verfallenen Normannenkastell. Und ich stellte mir Fabrizio als kleinen Jungen vor, der die langen Stengel mit den Knollen daran aus der Erde zieht, bis er ein ordentliches Bündel beisammen hat. Kaninchenbraten und wilder Fenchel, sagte Fabrizio, das ist das Beste, was es gibt, und ich war ganz seiner Meinung …

Da ist jemand, der Sie sprechen will.

Die Nonnenmacher. Das Herz rast mir vor dem jähen Schreck. Das ist eines der schlimmsten Dinge hier, abgesehen von den verschlossenen Türen und vergitterten Fenstern: dass sie hier einfach so hereinplatzen in meine Welt, ganz egal, wo ich mich gerade befinde. Da ist also jemand, der mich sprechen will? Felipes Arie ist längst zu Ende, der Großinquisitor kündet sich an, und Marguerite stehen die Haare zu Berge.

Was ist, schnauzt mich die Nonnenmacher an, eigentlich gibt es das alles überhaupt nicht, aber Madame ist ja was Besonderes mit all ihren Sondergenehmigungen, mich wundert gar nichts mehr.

Na na, Frau Kollegin …, höre ich von draußen eine Stimme, die mir wohl bekannt ist und dennoch den Schrecken durch die Glieder schickt, einen ganz anderen Schrecken als eben, das ist doch völlig unmöglich … aber da steht er auch schon in der Zellentür, schwarz wie die Stimme aus dem CD-Gerät:

Nagel.

Ich springe auf die Füße. Tatsächlich. Das gibt es doch gar nicht, und auf Nonnenmachers Gesicht steht dasselbe geschrieben, na dann gehen Sie doch mal ein wenig zur Seite, Frau Nonnenmacher, oder wollen Sie Wurzeln schlagen?

Darf ich hereinkommen, fragt er leise an der Tür.

Nein, es ist nicht der Großinquisitor, kein *Son'io dinanzi al ré,* ich reiße mich zusammen und drücke auf die Stopptaste. Die Stimme erlischt. Marguerite entspannt sich.

Ich nicke. Stehe da, ratlos. Was will er hier? Ich bin nicht eingerichtet auf Besuch, wieso lässt du ihn herein, will Marguerite wissen, und ich sehe alles wie mit seinen Augen, die Pritsche, die Toilettenschüssel, die vertrockneten Orangenblüten am Regal …

Und der Raum, der uns umgibt, scheint die Zeitwelten zu spiegeln, wie von oben, von der Decke oder noch weiter entfernt, sehe ich uns stehen, ich in dem Schuhkarton meiner Zelle, Nagel auf der Schwelle, die Tür weit offen und davor die Nonnenmacher, die nicht zu meiner Zeit, meiner Welt gehört, unentschieden, ob sie gehen soll oder doch lieber bleiben. Nagel ist im Begriff, eine Grenze zu überschreiten, das steht fest, und wohin das führen wird, das weiß keiner von uns, aber da ist der Augenblick auch schon vorüber. Mit einem Blick erfasst Nagel das Bett mit der hastig hingeworfenen Decke, der Tüte mit Gebäck.

Ich habe Sie gestört, sagt er, aber ich schüttle den Kopf, natürlich hat er gestört, stöhnt Marguerite, was will der denn hier? Schick ihn weg!

Aber ich schicke ihn nicht weg. Ich bin viel zu verwirrt, um etwas zu sagen.

Sie können sich ruhig wieder Ihren anderen Aufgaben zuwenden, danke, sagt er über seine Schulter, und da schließt sich langsam die Tür, zögernd, es ist ihr nicht geheuer, der Beamtin, das kann man deutlich sehen, und außerdem würde sie viel lieber bleiben und hören, was denn dieser seltsame Kommissar mit der Gefangenen Lenze so spät am Abend noch zu besprechen hat, sehr eigenartig das alles und noch nie dagewesen, wieso erlaubt das der Chef, wird sie sich fragen, aber dann schließt sie doch die Tür, wieder einmal – und dieses Mal bleibe ich ausnahmsweise nicht allein.

Ich hab Ihnen etwas mitgebracht.

Nagel öffnet seine Tasche und zieht eine Flasche Wein heraus, hält sie mir hin: ein Etna Rosso.

Mein Lieblingswein, sage ich leise.

Er hat es sich gemerkt. Er hat sich tatsächlich den Namen meines Lieblingsweins gemerkt.

Nagel strahlt.

Ich hab mir gedacht, wir trinken einfach jetzt schon ein Fläschchen miteinander. Das kann nie schaden.

Ich habe aber gar nichts hier, wende ich ein, kein Glas, keinen Flaschenöffner, aber Nagels Hände sind bereits wieder in seine Tasche getaucht, und als er sie beide mit der Geste eines Zauberers wieder herauszieht, hängen zwischen den Fingern seiner Rechten zwei langstielige Weingläser und in der Linken hält er einen Öffner.

Alles da, lacht er, und stellt die Gläser auf den Tisch.

Kommissare werden offensichtlich nicht gefilzt?, versuche ich zu scherzen.

Oh doch, widerspricht er mit gespielt erschrockenen, weit aufgerissenen Augen, während er liebevoll und gekonnt die Flasche entkorkt, haben Sie eine Ahnung. Kommissare werden ganz besonders gründlich gefilzt. Vor allem im Reich von Dr. Kregler.

Und wie ... wie geht das dann zu?, will ich wissen, aber Nagel wischt meine Frage mit einer Handbewegung fort. Das lassen Sie nur meine Sorge sein. Ein bisschen zaubern muss man halt können.

Und er schenkt beide Gläser zu einem Drittel voll, oh, wie lange habe ich dieses wunderbare Geräusch nicht mehr gehört, dieses erdentiefe Glucksen, mit dem der Wein in die Gläser fällt, schon erfüllt sein Duft den Raum, dieses Aroma, und Fabrizio kommt mir wieder in den Sinn, sein Schlummertrunk, den wir allabendlich miteinander teilten.

Was ist mit Ihren Haaren passiert, fragt Nagel und grinst, sie sehen ganz zerrupft aus.

Ich fasse mir an den Kopf. Er hat Recht. Dort, wo ich Marguerites weiße Strähne abgeschnitten habe, klafft unübersehbar ein Loch.

Ach, sage ich und spüre, wie ich rot werde, das ist eine Geschichte für sich.

Schade, meint er, ich mochte diese Strähne.

Die wächst schon wieder nach.

Müde sieht er aus, so heiter und gut gelaunt er sich auch geben mag, unter dieser Oberfläche kann ich deutlich seine Anspannung spüren. Sein Sakko zeigt feine Knitterfalten, bei einem anderen würden sie mir kaum auffallen, aber bei ihm erkenne ich sie als ein Zeichen, wie auch den Bart, dessen sonst so akkurater Schnitt ein paar Tage überfällig ist. Ein Zeichen?, will Marguerite wissen, ein Zeichen wofür?

Wie geht es Ihrer Tochter, frage ich, oder ist es Sofonisba, die mich und ihn mit dieser Frage überrascht?

Schlecht, sagt Nagel und verzieht das Gesicht. Sie hat Liebeskummer und ist unausstehlich. Ihr Freund hat Schluss gemacht. Eine hochdramatische Geschichte in der Tonart: DAS VERSTEHST DU EH NICHT, PAPA – Sie wissen schon.

Nein, denke ich, mit Töchtern habe ich keine Erfahrung, war allerdings selbst einmal vierzehn, und natürlich versteht ein Vater nichts von diesen Dingen, davon war ich damals genauso felsenfest überzeugt. Meiner schaukelte seine Damen durch die Welt, auch ihn hatte ich für einen jämmerlichen Egoisten gehalten seit jener Fahrt ins Tessin, die größeren und kleineren Dramen meines Jungmädchenlebens hatte ich ohne ihn gemeistert, genauso wie diese Nora wahrscheinlich, deren Vater sich für nichts anderes als die Echtheit von Bildern interessiert.

Nagel nimmt sein Glas, hält es sich unter die Nase, lässt den Wein darin sacht kreisen und wärmt den Kelch mit beiden Händen.

Sie haben einen außergewöhnlichen Geschmack, sagt er. Ich dachte immer, die sizilianischen Weine sind süß und schwer. Vor allem die aus der Ätna-Gegend. Aber dieser Wein ist wirklich etwas Besonderes.

Ich mag es, wie er dasitzt, ganz auf das Glas und seinen Inhalt konzentriert, so würde ich ihn gerne malen, die schwarze Gestalt zusammengekauert und konzentriert auf diesen purpur leuchtenden Fleck in der Schale seiner Hände, das Licht meiner Tischlampe trifft ihn von der Seite, zeichnet ihm Schatten ins Gesicht, die ihn älter und verletzlich erscheinen lassen, seinen Teint honigfarben tönen – eine schöne Studie gäbe das ab: ein Mann, so vollständig auf diesen Achtelliter dunkelsten Rotwein konzentriert mit all seinen Sinnen. Das ist es, was mir an ihm gefällt, schießt es mir durch den Kopf, was uns verbindet: diese Art, uns unbedingt und bedingungslos auf eine Sache zu fokussieren.

Ich weiß es, er braucht es mir nicht erst zu sagen, auch er ist einer, der immer mehr ergründen will, als andere Menschen überhaupt hinter einer Sache vermuten, sich vorstellen können, dass es sie geben könnte. Noch ist er vorsichtig, er ahnt, was man erst alles verlieren muss, um sich auf diese Suche einzulassen, noch bewegt er sich mit dem Fragen und Ergründen innerhalb seines Dienstrahmens. Ja, darum ist er Kommissar geworden, denke ich, weil er in diesem Beruf ermitteln muss, einer Wahrheit auf den Grund gehen, mehr sehen, mehr erkennen, als andere Menschen, aber jetzt stößt er gerade an die Grenzen seines Wahrheitslandes, er ist dabei, die Schranken zu entdecken, die nötig sind, um ein solch sicheres Terrain zu schützen vor der großen Bedrohung der Vielgestaltigkeit. Er erkennt, dass diese Grenzen nicht einfach immer schon da waren, sondern dass sie künstlich gezogen sind. Ich bin es, die nicht in seinen Raster passt, nicht als erste vermutlich, aber die erste, die er nicht einfach so aburteilt, der er sich nicht rechtzeitig entzieht, nein, er entzieht sich mir nicht, er verbarrikadiert sich nicht hinter Paragraphen und Verordnungen und Präzedenzfällen und wie das sonst noch alles heißen mag, das tut er nicht, sonst säße er jetzt nicht hier. Und ich freue mich, ich könnte jauchzen, denn da ist jemand, der sich dem Beunruhigenden aussetzt, das mein Leben bestimmt, aber gleichzeitig fühle ich auch ein großes Mitleid, eine Müdigkeit, haben es denn die Nonnenmachers und die Suses und all die anderen nicht viel leichter? Ist ihre Welt nicht in all ihren Widersprüchen mit sich im Reinen? Ist es diesem Frieder Nagel denn zu wünschen, dass sich sein System in Luft auflösen wird, früher oder später?

Sie haben mich ganz schön in Atem gehalten die vergangene Woche, sagt er da. Eigentlich habe ich ja Urlaub. Meine Tochter wohnt eine Weile bei mir, solange ihre Mutter verreist ist. Aber das Mädel sitzt im Eck und heult und starrt auf ihr Handy und wartet auf SMS-Nachrichten, die nicht kommen. Und da dachte ich mir: Nerellone Etneo, da recherchierst du mal ein bisschen, wer weiß, vielleicht entdeckst du ja etwas ganz Neues.

Ich habe es gewusst. Er lässt nicht locker. Warum hast du ihm nur von unserem Wein erzählt, schilt mich Sofonisba, du weißt doch genau, dass sich dieser da alles merkt, was immer du auch daherplapperst.

Diesen Etna Rosso, den konnte ich im Handel finden, wie Sie sehen. Aber Nerellone Etneo. Den kennt kein Weinhändler.

Ich ziehe die Schultern hoch.

Vielleicht habe ich mich auch getäuscht.

Frieder Nagel sieht mich an. Seine Augen sind klein und müde, es sind Augen, die nachts stundenlang ins Dunkel starren.

Nein, sagt er dann und schüttelt wie bedauernd den Kopf. Sie sollten nicht versuchen zu lügen, Frau Lenze. Das gelingt Ihnen sowieso nicht. Nein, Sie haben sich nicht getäuscht. Wo haben Sie den Wein getrunken?

Mit einem Mal ist wieder alles kalt und nüchtern in mir. Einen kurzen Augenblick hatte ich gehofft, er sei aus ganz anderen Gründen gekommen. Aus was denn für Gründen, höhnt Sofonisba. Der schleicht sich hier in deinen Käfig ein, um dich nur immer weiter auszuforschen. Was würde wohl die Anwältin sagen, wenn sie das wüsste? Auch er, flüstert Marguerite, auch er kam damals in meinen Kerker, sieh dich vor, auch er versuchte, über die vertrauliche Art auf mich einzuwirken, mich zum Verrat zu zwingen …

Ist das jetzt ein Verhör?

Nagel lacht müde auf, stellt sein Weinglas auf den Tisch.

Nein. Das ist natürlich kein Verhör. Aber wenn ich Ihnen lästig bin, dann gehe ich wieder. Sie müssen es nur sagen.

Aber ich sage es nicht.

Ich will nicht, dass er geht.

Er ist genauso einsam wie ich …

Die Sache ist die, sagt er nach einer Weile, ich gebe ganz offen zu: Ich weiß nicht mehr, was ich denken soll. Ich spüre ganz genau, wann Sie lügen. Sie gehören zu den Leuten, die das einfach nicht können. Man sieht es Ihnen an, Sie sollten es ein für alle Mal lassen. Und als Sie mir von diesem Wein erzählt haben … da … wie soll ich es sagen, da hatte ich das Gefühl, Sie erzählen mir etwas wirklich Wichtiges aus Ihrem Leben.

Endlich, so scheint mir, fügt er in Gedanken hinzu, ich habe schließlich lange genug darauf gewartet.

Und, sage ich, was ist daran so schlimm? Nur weil man ihn nicht mehr kaufen kann? Es gibt andere Weine, die sind es auch wert, dass man sie trinkt. Der hier zum Beispiel.

Ich hebe mein Glas. Aber er sieht mich nur an.

Ich glaube, Frau Lenze, sagt er schließlich, Sie unterschätzen mich noch immer.

Und ohne mich aus den Augen zu lassen, öffnet er wieder seine Aktentasche, greift hinein und zieht eine zweite Flasche heraus, eine Flasche mit einer für heutige Weinflaschen völlig ungewöhnlichen Form ... und ich sehe wieder Fabrizio, der sie mir entgegenhält, dickbauchig und rund, er hat sie beim Glasbläser von Paternò in Auftrag gegeben ... und mir verschwimmt alles vor Augen, nur diese Flasche, eine originale La-Fata-Moncada-Flasche, das ist doch überhaupt nicht möglich, verwischen sich jetzt wieder die Zeiten, sieh her, wird Fabrizio gleich sagen, der Glasbläser hält mich zwar für wahnsinnig, aber im Norden füllen sie jetzt auch den Wein in Flaschen, du musst uns noch ein schönes Siegel entwerfen, Sofonisba ..., das Glas dickwandig und in der Farbe von dunklem Schlamm, man muss die Flasche gegen die Sonne halten, um zu erkennen, ob sie leer ist oder gefüllt ... und da ist wieder Frieder Nagel, der diese Flasche sehr vorsichtig hält, als trage er ein neugeborenes Kind in seinen Händen, stellt sie vor mir auf den Tisch, dreht sie, damit ich das Siegel sehen kann, es ist alt und verwittert und kaum noch zu erkennen, und doch erkenne ich es, erkennt es Sofonisba, den Adler mit gespreizten Flügeln vor der Sonne, das ist mein Wappen, ruft Sofonisba, *aguila et sol,* das Wappen der Anguissola, das Fabrizio mir zu Ehren zum Wahrzeichen des Weines gemacht hat, und da steht es ja, ruft sie laut voller Freude, da steht es: LA FATA MONCADA, das ist unser Wein und alles ist wieder da: die Freude Fabrizios, als sich herausstellte, das neue Verfahren zum Klären des Weines, das Chiaramonte in seinem Labor gefunden hatte, war erfolgreich, fast schwarz und ölig schimmerte unser Wein klar im Glas, schlug alle Rekorde, so etwas hatte es noch nie zuvor gegeben, und auf Flaschen gezogen fand er sogar den Weg an den päpstlichen Hof. Ach, und das Fest, das wir feierten unter den durftenden Jakarandabäumen, zu dem sogar Colonna eigens aus Palermo angereist war, dieser Heuchler, damals feierte er noch mit uns, damals, als wir uns noch auf der Bugwelle des Glücks befanden, und glücklich waren wir weiß Gott, die Zukunft schien Fabrizio wie ein riesiger, fruchtbarer Weinberg mit einer Fülle an hervorragenden Jahrgängen, einer besser als der andere, und so wäre es auch gekommen, so wäre es geblieben, wenn nicht ...

Ist das der Wein, von dem Sie gesprochen haben?, fragt Nagel.

Ich nicke. Tränen stehen mir in den Augen. Dieses Siegel, es ist als hätte ich es gestern erst entworfen. Wir waren die ersten, die so etwas wie eine Marke begründeten, damals, als kaum jemand Wein in Flaschen abfüllte, aber Fabrizio hatte davon gehört und in seinen Schriften gelesen, dass schon die Römer Wein in Flaschen lagerten, komm, sagte er zu mir, das will ich auch versuchen, und Simone war ganz seiner Meinung. Mit Verlaub, gnädiger Herr, Ihr seid verrückt, sie werden alle zerbrechen, hatte der Glasbläser gesagt, bei dem Fabrizio die Flaschen bestellte, aber mir soll es recht sein. Und genau so eine Flasche ist das hier, nein, sie zerbrachen nicht, denn wie die Fiascone-Flaschen wurden sie damals mit Stroh umwickelt und umflochten, damit sie den Transport unbeschadet überstanden. Und ich stehe wieder im Hof von La Fata, sehe Männer mit riesigen Bündeln von feinem Stroh, Achile und Bratelli betten die Flaschen weich zwischen dicke Lagen in die Kisten, LA FATA MONCADA war bereit, die Welt zu erobern, in Fässern und in gläsernen Flaschen, der Wein der großen Künstlerin Sofonisba Anguissola, jeder wollte ihn haben …

Und den haben Sie getrunken?

Da sehe ich auf. Die Zelle. Nagel. Das kann doch nicht sein. Hier auf dem Tisch in diesem Gefängnis, hier kann diese Flasche überhaupt nicht stehen.

Das gibt es nicht, sage ich wie zu mir selbst. Wo haben Sie diese Flasche her?

Ich habe einen guten Bekannten, sagt Nagel, der ist Professor für Weinkunde in Freiburg. Fachrichtung Historie des Weinbaus. Spezialgebiet Süditalien.

Siehst du, sagt Sofonisba, ich hab es doch gesagt. Der hier bringt alles ans Licht, auch wenn er lange graben muss.

Und von dem haben Sie die Flasche?

Nein, aber der hat sie mir besorgt. Von einem italienischen Kollegen. Einem richtigen Sammler. Ich habe sie gestern selbst aus Italien abgeholt. Schließlich habe ich ja Urlaub.

Nagel lacht, aber es ist ein Lachen, in dem Müdigkeit mitschwingt und dann Zorn, und wirklich haut er jetzt mit der Faust auf den Tisch, dass die Flaschen und Gläser klirren, und schreit mich an:

Aus welchem Jahr genau diese Flasche stammt, das weiß man nicht, damals gab es noch keine Etiketten, und es ist die einzige, die es noch gibt auf der ganzen Welt, das hat man mir versichert, und Sie machen sich keine Vorstellung davon, was ich alles angestellt habe, um diese Flasche hierher zu bringen, für die Experten ist sie eine Kostbarkeit, aber für mich ist es nichts weiter als ein Stück uraltes Glas mit einem Restchen von vergammeltem Weinessig und vor allem aber der Beweis, dass Sie mal wieder versucht haben, einen Narren aus mir zu machen. Oder haben Sie eine Erklärung für mich, wie zum Teufel Sie diesen Wein gekostet haben wollen, den es seit vierhundert Jahren nicht mehr gibt?

Oh, fährt Sofonisba zornig auf, das kann ich ihm sehr wohl erklären, aber ich beiße fest die Zähne aufeinander, habe mich auf mein Bett verkrochen, lehne mich fest an die Wand, ziehe die Knie an und schlinge meine Arme darum. Ich werde ihm nicht antworten. Kein Wort wird er mehr von mir hören.

Und Nagel steht da, seine Augen funkeln vor Zorn und Verachtung, aaahh, macht er, das habe ich mir gedacht, jetzt, wo es eng wird, wo das Lügengebäude in sich zusammenbricht, jetzt halten wir lieber den Mund, was?!

Lass ihn nur reden, beschwöre ich Sofonisba, besser, er denkt, wir lügen, aber Sofonisba sieht nur ihr Wappen auf dem Siegel dieser Flasche und will die ganze Wahrheit wissen, alles.

Wo wurde die Flasche denn gefunden?, frage ich also.

Was weiß ich, schreit Nagel außer sich, Sie kennen sich doch da viel besser aus! Bei einem Trödler vielleicht? So wie Ihre Bilder?

Wenn Sie gekommen sind, um mich anzuschreien, dann können Sie wieder gehen, gebe ich scharf zurück.

Einen Moment lang starrt er mich an, als wollte er noch etwas sagen, aber ich halte seinem Blick stand, und da löst sich etwas in seinem Gesicht, er atmet geräuschvoll aus, hebt die Arme, lässt sie in einer hilflosen Geste wieder fallen.

Entschuldigung, murmelt er, tut mir Leid, und dann geht er ein paar Schritte, geradeso, wie ich hier oft gehe, wie ein Tiger im Käfig, her und hin, her und hin, dann bleibt er vor den vertrockneten Jasminblüten stehen, schnuppert an ihnen. Nimmt die

Hülle von DON CARLO in die Hand, dreht sie, nickt kaum merklich.

Es gibt neue Bilder, sagt er dann wieder ruhig und wendet den Blick nicht von dem Cover. Und Dokumente. Sie wissen das alles. »Meine Mandantin kann unmöglich gewusst haben, wie die in Frage kommenden Bilder ausgesehen haben, also kann sie sie auch nicht gefälscht haben.« Das schreibt Ihre Anwältin.

Er betrachtet immer noch eingehend die CD. Es sind Flammen darauf abgebildet, die aus einem Bündel Reisig schlagen. Marguerite hat trocken aufgelacht, als sie es sah. Ein Scheiterhaufen, sagt sie, so ein Scheiterhaufen sieht aber ganz anders aus. Die haben doch keine Ahnung …

Das Komische ist, sagt Nagel, und legt die CD endlich wieder ins Regal zurück, Sie haben es trotzdem gewusst, nicht wahr?

Es ist müßig zu antworten. Eine Enttäuschung steigt in mir auf, bitter wie Galle. Ist er nur deshalb gekommen? Kann er nicht genug bekommen von diesen Fragen?

Ich denke, Sie haben Urlaub.

Nagel schnaubt.

Urlaub! Ich mache niemals Urlaub, hören Sie, auch wenn ich Urlaub mache.

Und plötzlich muss ich lachen, und auch er merkt, was er da sagt, um seine Mundwinkel zuckt es, und auch er fängt an zu lachen, ein Stück weit löst sich seine Anspannung, jaja, sagt er, so ist das nun mal mit mir, meine Tochter kann davon ein Lied singen. Was ist los, hat sie gesagt, wieso fahren wir jetzt plötzlich nach Italien? Haben die dich gefeuert bei der Polizei oder was? Ich hab Urlaub, sag ich, na und, mault sie, deswegen kriegt man dich doch sonst nicht von zu Hause weg, bist du womöglich krank?

Und dann wischt er sich mit der Hand über die Augen, und ich denke, das ist gar nicht so abwegig, diese Frage, vielleicht ist er tatsächlich krank.

Wissen Sie eigentlich, sagt er dann und sieht mich an mit einem seltsamen Ausdruck in den Augen, wissen Sie, dass ich fast dauernd an Sie denke?

Ich spüre, wie mir die Hitze ins Gesicht steigt. Ich werde doch wohl jetzt nicht rot werden, natürlich, sage ich so spröde wie nur irgend möglich, Sie nehmen diesen Fall sehr, sehr ernst.

Und er nickt ohne diesen Blick von mir zu wenden, ja, sagt er, Sie haben Recht, ich träume sogar schon von Ihnen und diesen Bildern, Sie werden das nicht glauben.

Sein Lachen klingt angestrengt, es verebbt, und danach setzt eine Stille ein, wie ich sie hier in diesem Gefängnis noch nie wahrgenommen habe. Kaum wage ich zu atmen.

In meinen Träumen, fährt Nagel schließlich fort, sind Sie und diese Anguissola eine einzige Person. Ist das nicht seltsam?

Warum, denke ich, was ist daran seltsam, und eine Hoffnung keimt in mir auf, dass er von allein auf mein Geheimnis käme, dass er verstehen möge, was er so dringend wissen möchte, ohne dass ich es ihm erklären muss und er mir einen Strick daraus dreht, so einfach ist das doch, ruft auch Sofonisba, schau doch hin und du erkennst alles …

Aber er erkennt nichts. Er schüttelt sich leicht, wie ein nasser Hund. Lacht verlegen und macht eine Bewegung mit der Hand, als wolle er eine lästige Fliege verscheuchen.

Was man nicht alles so träumt, nicht wahr?

Nein, denke ich, nicht was man träumt, sondern was man alles nicht wagt zu träumen, das ist es, worüber man sich wundern sollte.

Dieses Bild, sagt er jetzt und steht wieder auf, nimmt seinen Gang erneut auf, warum fehlt das Gesicht, was meinen Sie?

Aber das Gesicht fehlt doch gar nicht, flüstert Sofonisba, es liegt nur darunter, alles liegt darunter …

Ich habe es ja noch nicht einmal gesehen, sage ich.

Nagel wirft mir einen lauernden Blick zu. Sie lügt schon wieder, denkt er, auch ihm kann man seine Gedanken am Gesicht ablesen, jedenfalls scheine ich es inzwischen gelernt zu haben.

Ich muss immer wieder daran denken, wie Sie mir dieses Brautbild erklärt haben. Wenn ich jetzt das Bild anschaue, dann sehe ich es ganz anders, als die anderen. Ich würde etwas darum geben, wenn Sie mir auch die anderen so beschreiben würden.

Gerne, sage ich, zeigen Sie sie mir, und ich versuche es.

Ich bin mir sicher, Sie können es auch so.

Natürlich kann ich das, würde Sofonisba am liebsten sagen und sofort loslegen, aber ich presse die Lippen zusammen.

Lieber Herr Nagel, sage ich dann förmlich, Sie wissen doch,

was meine Anwältin Ihnen geschrieben hat. Wie soll ich wissen, wie die Bilder aussehen? Diese Dokumente habe ich wirklich nicht gekannt.

Jaja, das schreibt sie, Ihre Anwältin. Aber sie vergisst eines, sagt Nagel finster und tritt ganz nah an mich heran, die linke Hand vergräbt sich in der Hosentasche, der Zeigefinger der rechten sticht energisch Löcher in die Luft: Sie vergisst, dass auch die Dokumente gefälscht sein könnten. Briefe von einem gewissen Ferlanducci. Warum zum Teufel tauchen die ausgerechnet jetzt auf, jetzt, wo Sie sie so dringend brauchen?!

Nagel ist schon wieder laut geworden. Er wendet sich ab. Er ist mit den Nerven am Ende. Er steigert sich zu sehr in diesen Fall hinein. Gut, dass er Urlaub macht. Das ist es sicherlich, was seine Kollegen über ihn sagen.

Und außerdem, fügt er wieder etwas ruhiger hinzu, außerdem haben Sie es ja trotzdem gewusst. Noch bevor die Briefe da waren. Sie haben gewusst, wie das Bild des Vizekönigs aussieht. Dass er sich an diese Säule lehnt. Auch wenn dieses Bild mit Sicherheit keine Fälschung ist. Sie haben es gekannt. Woher?

Er ist wie du, sagt Sofonisba, er wird niemals nachgeben, ehe er die Antwort nicht kennt. Nein, er ist noch viel hartnäckiger als du.

Nagel wendet sich von mir ab, schüttelt den Kopf, betrachtet die Wand, ich sehe in seinen Augen, wie er die Nadelspuren entdeckt, die sich in Augenhöhe um die ganze Zelle ziehen, wie ein Band, das durch das Fenster unterbrochen wird, auf der anderen Seite weiterläuft und am Regal endet. Die Spur der Photographien, die bis vor kurzem hier hingen. Er wirft mir einen Blick zu, dann setzt er sich wieder auf den Stuhl.

Haben Sie nicht auch schon mal daran gedacht, sagt er und nimmt sein Weinglas wieder in die Hand, wie seltsam das ist, dass wir uns früher nie über den Weg gelaufen sind? Seit Jahren macht Dr. Moos für uns die Gutachten. Und Sie haben so lange mit ihm zusammengearbeitet.

Ja, denke ich, das ist wirklich seltsam. Und ich male mir aus, was hätte sein können, wenn wir uns begegnet wären, und dann sehe ich wieder Luca in seinem Wagen gegen die Sonne blinzeln, ich möchte Sie so gerne kennen lernen … Ach was, auch mit ihm wäre es nicht anders gekommen, auch er wird niemals meine Wahrheit verstehen …

Tja, da mussten schon diese Bilder auftauchen, damit wir uns kennen lernen. Diese Sofonisba Anguissola. Glauben Sie mir, ich wäre genauso froh wie Sie, wenn sich erweisen würde, dass sie wirklich von der Anguissola stammen. Es sind so herrliche Bilder …

Und sind sie das nur dann, wenn sie im 16. Jahrhundert gemalt worden sind?

Nagel sieht mich scharf an. Setzt zum Sprechen an. Aber dann überlegt er es sich anders. Eine Weile betrachtet er den Wein in seinem Glas, hält es gegen das Licht. Dann setzt er es wieder auf dem Tisch ab.

Sie stellen mich vor Rätsel, Frau Lenze, sagt er schließlich und verzieht das Gesicht zu einem abgespannten Lächeln, eigentlich bin ich das ja gewöhnt, bei meinen Ermittlungen stehe ich anfangs immer vor Rätseln. Aber bei Ihnen steht alles Kopf: Statt einfacher wird dieser Fall immer komplizierter. Die Bilder, die nach Fälschung förmlich riechen, die erweisen sich im Gutachten als echt. Und die, die mit Sicherheit echt sind, die können Sie beschreiben, ohne sie jemals gesehen zu haben. Sie wissen, wo Signaturen zu finden sind, obwohl man sie nicht sehen kann. Wie zum Teufel kann das sein? Erklären Sie es mir.

Ich würde es ihm gerne erklären. Wirklich. Nichts lieber, als ihm alles erzählen. Aber meine Wahrheit kann man nicht erklären. Jedesmal, wenn ich es versucht habe, bekam ich das bitter zu spüren.

Das Gutachten, frage ich stattdessen vorsichtig, Moos ist also fertig damit?

Nagel nickt und knirscht mit den Zähnen.

Die Leinwand stammt zweifelsfrei aus dem 16. Jahrhundert. Spanische Doppelspitzkörperweberei. Identisch mit anderen Bildern der Anguissola. Keinerlei Spuren früherer Malereien unter dem Röntgenbild zu erkennen, also wurden keine alten Bilder übermalt. Bleiben der Farbenvergleich, die Pinselstärke und Haarlänge, dieser ganze Mist. »Sie werden doch jetzt nicht noch mit einzelnen Pinselhaaren daherkommen«, sagt diese junge Anwältin. Aber Tatsache ist, dass sich in Ihrem Atelier haargenau die Pinsel in derselben Dicke, Breite, Länge und so weiter, genau die Farbpigmente, die in den Bildern vorkommen, befunden haben. Sie könnten diese Bilder gemalt haben, alles war vorhanden. Alles. Auch Bleizinngelb, das Giallolino. Alles da in Ihrem Atelier. Alles.

Ich beiße mir auf die Lippen. Jetzt gibt es also nur noch zwei Möglichkeiten. Entweder Nagel gibt auf und das Verfahren wird eingestellt. Oder er gibt nicht auf. Dann bleibt lediglich das Isotypenverfahren, um herauszufinden, wann das Bild gemalt wurde. Aber dazu müssen sie das Gemälde zerstören. So viel Kohlenstoff enthält keine Malschicht, dass ein kleines Pröbchen ausreichen würde. Immer wieder kommt man an diesen Punkt der Entscheidung. Unterzieht man ein Bild dieser Untersuchung, um hinterher vielleicht zu wissen, dass es echt war – »Operation gelungen, Patient tot« pflegte der alte Spange immer zu sagen –, oder lässt man es bleiben. Würde Nagel so weit gehen in seiner Suche nach Wahrheit?

Vergessen Sie eines nicht, sage ich leise, ich bin Restauratorin, spezialisiert auf die Bilder der italienischen Spätrenaissance. Selbstverständlich arbeite ich nur mit den besten, den originalen Farbmitteln, und für die Retrospektive der Sofonisba Anguissola habe ich alle Materialien in meinem Atelier, die auch sie benutzt hat.

Warum, sagt Nagel mehr zu sich selbst als zu mir, warum macht das jemand wie Sie. Spezialisten stehen hoch im Kurs. Sie haben einen ausgezeichneten Ruf. Sicherlich. Man sagt Ihnen auch nach, dass Sie schwierig sind, und das wohl nicht ohne Grund. Aber trotzdem. Sie könnten überall arbeiten. In London. Paris. New York. Bei den größten Museen und Auktionshäusern. Sie könnten Karriere machen und reich werden mit Ihren Expertisen, Ihrer Kennerschaft. Sie könnten am ganz großen Rad drehen, wirklich interessante Dinge machen. Und was tun Sie? Wühlen jahrelang in Archiven und bei schmutzigen Trödlern, in Kellern und auf Dachböden herum auf der Suche nach den Werken einer Malerin, die keiner mehr gekannt hat, für die sich niemand interessiert. Arm wie eine Kirchenmaus, kaum genug Geld zum Leben. Warum?

Auf manche Fragen gibt es keine Antwort, sage ich.

Doch! Nagels Augen funkeln vor Zorn. Es gibt auf alles eine Antwort. Sie wollen sie mir nicht geben, gut, gut, das ist eine andere Sache – aber eine Antwort gibt es. Genauso wie es eine Antwort geben muss auf die Frage, wie Sie, Sofie Lenze, einen Wein aus der Traube Nerellone Etneo getrunken haben können, obwohl die seit mehr als zweihundert Jahren ausgestorben ist. Die Reblaus. Seither gibt es sie nicht mehr.

Da ist es. Ich habe es gewusst. Er wird es herausfinden. Du warst zu leichtsinnig.

Ich habe sogar noch mehr herausgefunden. Auf Sizilien wurde diese Traube nur auf einem einzigen Weingut angepflanzt, sagt Nagel heiser. Wollen Sie wissen, wie es hieß? Oder möchten *Sie* es *mir* sagen? Dieses Gut hieß La Fata, ganz in der Nähe von Paternò. Und der Wein von dort hieß La Fata Moncada. Moncada, der Name wird Ihnen doch sicherlich etwas sagen. Sofonisba Anguissola hat dort gelebt.

Ich betrachte meine Hände. Auch ich achte immer darauf, dass man die Spuren meiner Arbeit nicht an meinen Händen erkennen kann. Jetzt, wo ich Suses Handcreme habe, sind sie gleich viel glatter und weicher …

Nicht Sofie Lenze, sagt Nagel sehr langsam und sehr deutlich, sondern Sofonisba Anguissola hat diesen Wein getrunken.

Ich sehe auf. Eigentlich ist es ganz einfach. Man muss nur Ja sagen. Ja. Sofonisba. Und damit ich. Darum weiß ich auch, wie er schmeckte. So muss sich jeder Täter fühlen, in dem winzigen Augenblick, ehe er gesteht. Diese Erleichterung. Alles fällt ab von ihm. Und das Gefühl: So schlimm ist das doch alles gar nicht. Sie hat den Wein getrunken. Ich habe die Bilder gemalt. Und damit wäre doch alles gesagt.

Aber ich sage nichts. Vielleicht werde ich es ihm eines Tages tatsächlich sagen. Es wird sich zeigen, ob er sie aushalten kann, diese Wahrheit. Oder ob er weiterhin glaubt, die Lüge darin verborgen zu sehen.

Möchten Sie mir das nicht erklären?, fragt Nagel fast bittend.

Jetzt ist doch der richtige Moment, die Wahrheit zu sagen, beschließt Sofonisba. Jetzt, sagt sie, jetzt oder niemals. Ich hole tief Luft.

Sie haben Recht, sage ich. Sofonisba Anguissola hat diesen

Wein getrunken. Auf ihrem Gut wurde er angebaut. La Fata. Darum weiß ich, wie er schmeckt.

Nagel starrt mich an.

Was soll das heißen.

Dass ich es weiß, weil sie es wusste.

Nagels Augen werden zu schmalen Schlitzen, seine Pupillen glitzern. Einen Schlag lang setzt mein Herz aus. Jetzt ist es heraus. Jetzt wird er dich für verrückt erklären, flüstert Marguerite, wie Luca, wie die anderen. Jetzt ist es aus.

Nein, bettle ich im Stillen, bitte glaube mir, wenn du mir nicht glaubst, dann glaubt mir keiner.

Nagel räuspert sich.

Sie sprechen in Rätseln, Frau Lenze. Sie wissen, weil sie wusste …?

Ich nicke.

Das ist doch völliger Blödsinn!

Und da weiß ich, es gibt keinen Weg zurück, er muss mir glauben, sonst ist alles verloren, ich muss ihn überzeugen von meiner unmöglichen Wahrheit, nur dann habe ich überhaupt eine Chance.

Na gut, sage ich atemlos, als sei ich viele Kilometer gelaufen, aber hören Sie mir gut zu, Herr Nagel, Sie wollten unbedingt alles von mir wissen, darum sind Sie nach Italien gefahren und haben diese Flasche hierher gebracht, darum sind Sie gekommen, nicht wahr? Also hören Sie mir zu, ich sage Ihnen, was Sie hören wollen.

Es ist Wahnsinn, wendet Marguerite ein, du weißt nicht, was du tust. Aber jetzt gibt es kein Zurück.

Dieser Wein heißt La Fata Moncada. Er wurde auf dem Gut der Sofonisba Anguissola e Moncada angebaut, wie Sie wissen. Seinen besonderen Geschmack verdankte er wildem Fenchel, den man zum Vergären mit in die Fässer gab.

Ja, das war meine Idee, fährt Sofonisba fort, eine verrückte Idee, aber der alte Corrado hat uns darin bestärkt, damals machte man noch viele Versuche, Wein war damals ein Sammelbegriff für die verschiedensten Getränke aus vergorenen Trauben, und oft war er so sauer, dass man ihn nur zum Einreiben von verkrampften Muskeln gebrauchen konnte oder ihn mit Zucker und Gewürzen aufkochte. Aber unseren Wein musste man nicht mit Gewürzen verbessern, er war ein erstklassiger Tropfen, und ich kann es nicht fassen, dass sich diese Flasche wirklich bis heute erhalten hat.

Fenchel, fragt Nagel entgeistert, Sie meinen wirklich Fenchel?

Ich nicke.

Und was das Bild anbelangt, das ohne Gesicht: Es hat eines. Ein verborgenes. Lassen Sie ein Infrarotbild davon machen.

Nagel hat sich von mir abgewendet.

Das sind doch alles keine Erklärungen. Was soll das alles bedeuten? Dass Sie ... Nagel wendet sich mir wieder zu, sieht mich an mit diesem Blick, den ich kenne, den ich nur allzu gut kenne und doch nie wieder sehen wollte ... Sie wollen behaupten ... Sie seien ... Sofonisba Anguissola?! Ist es das, was Sie mir erklären wollen?

Manche Dinge kann man nicht erklären, antworte ich. Aber das ist die Antwort auf all Ihre Fragen.

Nagel wird blass. Er presst die Lippen aufeinander, wendet sich ab.

Na gut. Wie Sie wollen. Dann werden wir eben Pinselhaare zählen. Und gnade Ihnen Gott, wenn ich eines aus Ihren Pinseln auf einem der Bilder wiederfinde. Und wenn das alles nichts hilft, dann werden wir die Bilder selbst befragen. Und wenn ich eigenhändig die kohlenstoffhaltigen Farbschichten von der Leinwand kratze! Ich werde die Wahrheit herausfinden!

Das können Sie nicht machen, fahre ich erschrocken auf. Sie können diese Bilder nicht zerstören!

Oh doch, und ob ich das kann, brüllt er zurück.

Nein, das werde ich niemals zulassen!

Dann machen Sie ein Geständnis! Geben Sie zu, dass Sie die Bilder gefälscht haben. Hören Sie auf, geheimnisvolle Geschichten zu erzählen, und sagen Sie endlich die Wahrheit!

Die Wahrheit! Die Wahrheit!, schreie ich außer mir, können Sie sich vorstellen, dass es noch etwas anderes gibt, als Ihre dumme Polizistenwahrheit?

Da ist es einen Moment still zwischen uns. Eine Stille, in der das Wort nachhallt, das ich eigentlich nicht sagen wollte, Polizistenwahrheit, und in seinen Augen kann ich sehen, was es anrichtet, dieses Wort.

Nein, sagt Nagel dann erbittert. Das kann ich nicht. Aber jetzt weiß ich wenigstens, für wen Sie mich halten. Aber ich sage Ihnen eines: Sie werden das noch einmal bereuen.

Die La-Fata-Moncada-Flasche verschwindet in seiner Tasche. Er wendet sich zum Gehen.

Inzwischen können Sie sich ja überlegen, wen wir zuerst auseinandernehmen sollen: die Malerin, den Jungen oder diesen Kapitän. Sie können es sich aussuchen.

Und damit reißt er die Tür auf, schlägt sie der Nonnenmacher gegen den Schädel, die natürlich davor gelauscht hat. Nagel stürmt an ihr vorbei und davon, während die Beamtin fluchend die Tür verschließt.

He, schreie ich ihm nach und trommle mit den Fäusten gegen die Eisentür, was ist überhaupt mit dieser Petra, wieso kümmerst du dich nicht endlich darum, dass die verschwindet, du verdammter, bescheuerter Bulle, aber das brülle ich nicht mehr, das ist nur noch ein heiseres Schluchzen, ich kann nichts mehr sehen vor Tränen und finde mich am Boden wieder, wo ich auf dem kalten Linoleum hocke, ich hab mir an der Tür die Fäuste blutig geschlagen und heule vor Schmerz und Zorn und Enttäuschung, du bescheuerter Bulle, stammle ich immer wieder vor mich hin, du idiotischer elender Kerl.

Und dann ist es vorbei. Mir ist kalt. Ich stehe auf und höre das vertraute Scharren am Guckloch.

Lass mich doch in Ruhe, fahre ich die Nonnenmacher an. Und tatsächlich. Schritte entfernen sich.

Da steht noch sein Glas. Er hat kaum etwas getrunken. Ich nehme es in die Hand, und wieder kommen mir Tränen. Es ist, als spürte ich die Berührung seiner Hand noch auf dieser glatten, kalten Oberfläche des Glases. Na bravo. Du hast dich in deinen Kommissar verliebt, spottet Sofonisba. Eine gute Wahl. Meinen Glückwunsch.

Dasistnichtwahr! Dasistnichtwahr! Ich hasse ihn! Und überhaupt! Als ob gerade sie Grund hätte zu spotten! Und da wohl der Abend der Abrechnung angebrochen ist, sage ich: Sofonisba Anguissola, dich gibt es gar nicht. Du bist längst tot. Aber ihr Lachen in mir ist äußerst lebendig.

Ich schütte den Inhalt seines Glases in das Waschbecken. Da

fällt es mir aus der Hand, es zerbricht, während ich nach ihm greife. Blut und Wein fließen unter dem laufenden Wasser in den Abfluss. Ich starre auf die Scherben, nehme eine besonders scharfe vorsichtig zwischen Zeigefinger und Daumen, betrachte die Bruchstelle. Es müßte ein Leichtes sein, sich damit die Pulsadern aufzuschneiden, vor dem Morgen wird jetzt keiner mehr nach mir sehen, und dann wäre alles vorbei. Ich stelle mir vor, wie das Leben aus mir strömt, langsam, unaufhörlich, wie mir kalt wird und kälter, wie ich müde werde und immer müder, bis ich schließlich einschlafe …

Etwas klirrt. Die Scherbe liegt wieder bei den anderen im Becken. Nein. Ich werde das nicht tun. Noch nicht. Noch ist Zeit.

23

Nötig sind Borstenpinsel

von sehr weichem Schweinshaar. Kurze und weiche sind die besten, um ein Gemälde anzulegen. Die Mehrzahl der Farben versterben nur infolge der mangelhaft gewaschenen Pinsel. Deshalb sollte ein Maler, der ein Werk von Bedeutung, insbesondere ein Portrait nach der Natur malt, stets neue Pinsel haben.

Wir befinden uns alle in SEINER Hand. Nicht das geringste Haar wird Euch gekrümmt, ohne dass ER es nicht gezählt hätte. Kommt her zu mir, die ihr mühselig seid und beladen, spricht der HERR …

Ich weiß nicht, warum ich das getan habe. Warum ich auf die Frage, ob ich nicht auch mal sonntags mit zur Messe wolle, überhaupt geantwortet habe. Ist es der Einfluss von Marguerite? Nein. Sie hat noch nie viel von der Kirche gehalten. Darum musste sie brennen: *Solche Leute, die ich Esel nenne, suchen Gott in den Geschöpfen, durch Gebete in den Kirchen, im geschaffenen Paradies, in Menschenworten und in Schriften* schrieb sie, und Recht hat sie, was soll es uns nützen zu wissen, dass jedes Haar gezählt wurde, ehe es uns genussvoll ausgerissen wird? Und dennoch, wäre da ein Trost zu finden? Wie groß muss die Verzweiflung sein, um hier Linderung zu fühlen?

Wenn du dich wirklich für den Fernnahen interessierst, schlägt Marguerite vor, dann lies doch mein Buch, wer weiß, vielleicht steht es ja hier in der Gefängnisbibliothek? Gut hereinpassen würde es allemal.

Aber sie hat es doch schon gelesen, stöhnt Sofonisba, wie oft denn noch? Dir hat es auch nicht helfen können, also lass uns in Ruhe damit.

Ich betrachte Marie, die schräg vor mir sitzt. Ganz versunken ist sie in den Anblick des Altarbildes. Maria im Rosenhag, eine jämmerliche Arbeit aus dem 19. Jahrhundert. Aber Marie stört es nicht, ihre Lippen bewegen sich stumm, und ich schäme mich, sie so verstohlen zu beobachten, reiße meinen Blick von ihr los, starre auf meine Hände, dann wieder auf das Machwerk dort vorne im goldüberladenen Barockrahmen, aber wie von einem Magnet werden meine Augen immer wieder zu Maries Profil hingezogen: So hingegeben, so voller Inbrunst sitzt sie da und schaut, dass ich den Blick nicht wenden kann. Sie betet zur Muttergottes dort vorne, und ist es schließlich nicht völlig egal, wie gut oder schlecht dieses Gemälde ist und ob da jemand, wer auch immer es war, stümperhaft versucht hat, Martin Schongauer zu imitieren?

Das kommt überhaupt nicht in Frage, hat die Anwältin gesagt. Glauben Sie, der Direktor des Museums, der die Bilder von Ihnen erworben hat, würde jemals sein Einverständnis dazu geben, dass dieser verrückte Nagel die Bilder ruiniert? Dazu sind sie viel zu wertvoll, das kann er sich abschminken. Und überhaupt. Jetzt, wo die Sache so gut für Sie steht …

Aber sie kennt ihn nicht. Kennt nicht seine Hartnäckigkeit und diese Entschlossenheit. Das hast du jetzt davon, sagt Sofonisba, inzwischen ist das längst mehr für ihn als irgendein Fall. Wie kannst du dich auf eine Privatfehde mit diesem Kommissar einlassen?

Privatfehde! So ein Unsinn.

Warum lassen Sie sich auf derlei Geschichten ein, wollte auch die Anwältin wissen. Wieso lassen Sie ihn überhaupt zu sich in die Zelle? Wissen Sie nicht, dass Sie das gar nicht müssen? Auch eine Untersuchungsgefangene hat ein Recht auf Privatsphäre. Warum zum Teufel holen Sie mich denn nie dazu, wenn er Sie verhört?

Warum, warum, warum. Ich weiß selbst, dass das alles keineswegs vernünftig ist. Aber keine Sorge, wollte ich sagen, das ist jetzt sowieso aus und vorbei. Nagel kommt niemals wieder, das steht fest. Und statt erleichtert zu sein, statt ihr das zu sagen, bohrt und nagt es in mir: Warum, warum, warum nur habe ich ihm mein Geheimnis verraten, warum nur habe ich diese verletzenden Worte ausgesprochen, »dumme Polizistenwahrheit«, oh ja, das hat gesessen und ihn getroffen, und irgendeine in mir wollte das auch, wollte ihn verletzen, aber eigentlich meine ich das ja gar nicht so, nein, auch wenn das vielleicht besser wäre für alle Beteiligten, für die Anwältin, für ihn und vor allem für mich.

Verdammt noch mal, ich reiße mir den Arsch für Sie auf, schrie mich irgendwann Frau Larmann an und schlug mit der Faust auf den Tisch, und was machen Sie? Unterhalten sich stundenlang mit diesem Nagel. Erzählen ihm weiß Gott was. Protokolle gibt es ja leider keine – oder soll ich besser sagen: zum Glück? Ich möchte wissen, was das für eine Art ist. Dieser Nagel geht eindeutig zu weit. Ich hätte gute Lust, mich über ihn an höchster Stelle zu beschweren. Ja, ich glaube, genau das werde ich tun.

Nein, sagte ich, tun Sie das nicht.

Sie hat mich angesehen mit diesen blauen Augen, die kein Wässerchen zu trüben scheinen, und mir war, als duchschaue sie mich ganz und gar, wisse besser Bescheid, wie es in mir aussieht und um mich steht, als ich selbst, und fast hätte ich sie gebeten, mir das alles zu erklären, was ich selbst nicht verstehen kann, aber dann wurde ich plötzlich zornig: Mischen Sie sich nicht in meine Privatangelegenheiten, fuhr ich sie an.

Wie war das, platzte sie da heraus und zog die Stirn kraus, Privatangelegenheiten, ach so ist das. Aber hören Sie mir mal gut zu: Wenn Sie mir jetzt dazwischenfunken, dann garantiere ich für nichts. Wollen Sie ein paar Jahre im Gefängnis verbringen? Gefällt es Ihnen hier so gut?

Das hab ich schon einmal gehört, dachte ich und musste fast lachen, wirklich, langsam, aber sicher drehe ich hier durch, lange darf das nicht mehr dauern.

Eines noch, sagte sie und beugte sich über den Tisch mir entgegen, als wolle sie mir etwas Vertrauliches mitteilen. Damit Sie genau Bescheid wissen, Frau Lenze. Nicht dass Sie glauben, ich tu das aus purer Barmherzigkeit und weil Sie mir so Leid tun. Ich mache meine Arbeit, verstehen Sie, ich werde dafür anständig bezahlt, und ich habe nicht vor, diesen Prozess zu verlieren, ganz egal, wie wichtig oder unwichtig Ihnen selbst diese ganze Sache ist. Ich werde diesen Fall gewinnen, hören Sie?

Ich nickte ein wenig betäubt.

Gut, sagte sie und stand auf. Also hören Sie auf, mir in die Suppe zu spucken.

Denen bist du doch völlig egal, sagte Marie am nächsten Tag, als ich ihr davon erzählte. Denen geht es doch nur um sich. Um die Kohle. Und was sie sonst noch so in ihren Köpfen haben? Da steigt kein Mensch dahinter. Für die bist du 'ne Akte. Mehr nicht.

Jetzt fängt das Harmonium an, seine jammernden Töne ins Kirchenschiff zu pumpen: MARIA DURCH EIN DORNWALD GING und Marie langt zum Gesangbuch, blättert darin herum, DER HAT IN SIEBEN JAHR KEIN LAUB GETRAGEN, jetzt hat sie die richtige Seite gefunden, stimmt ein in die schwermütige Melodie, und ich lausche ihrer Stimme, die voll ist und ein bisschen rau, WAS TRUG MARIA UNTER IHREM HERZEN KYRIELEISON, Maries Stimme zittert ein bisschen, sie räuspert sich und setzt dann wieder ein: EIN KLEINES KINDLEIN OHNE SCHMERZEN DAS TRUG MARIA UNTER IHREM HERZEN, ja, Marie hat eine sichere Stimme, schließlich singt sie im Gefängnischor im zweiten Sopran, und zum ersten Mal denke ich: Wie es wohl sein wird ohne sie, falls alles gut läuft bei ihrer Revision, was ich ihr wünsche von Herzen, und dass sie bald entlassen wird in dieses neue Leben dort in Münster als Krankenpflegerin, in der kleinen Wohnung mit dem Fernseher und dem Sofa …, aber so schnell wird es ja auch wieder nicht gehen, nicht von heute auf morgen, und die Kinder, ob sie die wirklich wieder bekommen wird, kann man damit rechnen? Eher werde ich draußen sein … draußen? Bist du dir da sicher? Etwas zieht und reißt in meiner Magengegend, ein dumpfes Gefühl, eine böse Ahnung, als müsste ich sie warnen vor irgendetwas, DA HABEN DIE DORNEN ROSEN GETRAGEN, singt Marie aus voller Kehle, ALS DAS KINDLEIN DURCH DEN WALD GETRAGEN, DA HABEN DIE DORNEN ROSEN GETRAGEN, ja, auch Sofonisba hat einst ein Kind unter ihrem Herzen getragen, und was ist davon geblieben? Was außer der Erinnerung und dem Schmerz, der nie heilt, niemals heilen wird, ganz egal, wie lange das her ist und wie oft sie noch einmal ganz von vorne anfängt – denk ich an das Kindlein, denk ich an die Toten. Aber ich sehe Maries Gesicht im Profil, sehe ihr Leuchten, DA HABEN DIE DORNEN …, auch ihn kann ich sehen, den riesigen, öden Dornenwald, warum, habe ich mich schon als Kind gefragt, warum geht denn Maria ausgerechnet in einen Wald aus lauter Dornen? Was hat sie da verloren? Warum bleibt sie nicht hübsch zu Hause mit dem Kindlein unter ihrem Herzen, nein, ausgerechnet durch die Dornen muss sie sich kämpfen – aber damals wie heute geschieht es, und ich sehe es auf Maries Gesicht, sehe, wie sich das Bild verwandelt, wie dieser ganze gespenstische Totenwald Knospen treibt, und die wachsen und schwellen, brechen auf: Rosen, über und über, leuchtend rote, duftende Blütendolden – sag, Marie, will ich fragen, ist es das, was uns noch bleibt: die Hoffnung auf ein Wunder?

Warum nicht, warum nicht ein Wunder, lacht Sofonisba, warum keine blühenden Dornen, du wirst dir dennoch die Kleider zerreißen in diesem Rosenhag, denn sind die Rosen etwas anderes als die Blüten der Dornen? Oh ja, mischt sich Marguerite eifrig ein, sie geschehen, jeden Tag geschehen Wunder, aber nicht dann, wenn du sie herbeirufst, mich hat kein Wunder vor dem Feuer gerettet, wie auch das Kindlein selbst eines Tages an einem Kreuz hing und auf kein Wunder hoffen durfte, aber gerade darin enthüllt sich doch die übergroße Gnade Gottes, dass er uns die Wunder vorenthält aus lauter Liebe ..., das ist mir zu hoch, schaltet sich Sofonisba wieder ein, ob Gnade oder nicht, wir müssen sehen, dass wir ohne Wunder zurechtkommen. Denn wenn es sie auch geben mag, rechnen kannst du nicht mit ihnen.

Und wieder gerate ich in den Zeitstrudel, wieder zieht es mich hinein in diese Spirale, ich hätte damals selbst fahren sollen, ich hätte die Sache selbst in die Hand nehmen müssen, auch Maria war sich nicht zu schade, in ihrem Zustand in den Dornwald zu gehen, Schwangere genießen einen besonderen Schutz, vielleicht sind sie es noch am ehesten, die auf dieser Welt Wunder bewirken können. Und ist nicht gerade Sizilien von jeher der Ort für Wunder gewesen, wo die heilige Rosaria nur ihr Seidentüchlein schwenken musste, um die Pest zu vertreiben, und Sant' Agata mit ihrem eigenen Leib den Lavafluten des Ätna Einhalt gebot, ja, wo selbst ein Gemälde wie Raffaels Maria dello Spasimo ein Wunder wert war: Auf der Seereise von Pisa nach Palermo verloren gegangen und ins Meer gefallen, wurde es auf wunderbare Weise gerettet und in Sizilien an Land geschwemmt – damit ich selbst mit eigenen Augen dieses Wunder der Malerei bestaunen konnte ...

Aber Fabrizio hatte keinen Sinn für Wunder.

Ich erlaube es einfach nicht, sagte er schlicht, nein, ich lasse nicht zu, dass meine Gemahlin in diesem Zustand durch die halbe Welt reist bei all den möglichen Gefahren. Und er zählte sie mir auf: Stürme. Havarien. Überfälle durch Piraten. Ich lachte ihn aus. Die Flotte des Königs! Kann man denn sicherer reisen als auf einer dieser königlichen Galeeren unter der Führung des Marchese de Mondéjar und des Duca di Castelvetro?

Ich werde reisen, sagte Fabrizio. Schließlich geht es um meine Familie. Und als dein Gatte werde ich wohl ebenso Gehör beim König finden wie du.

WIE SOLL DEM KIND SEIN NAME SEIN singt Marie und dreht sich halb zu mir um, strahlt mich an, als sei das die Antwort auf all unsere Fragen und das Mittel gegen die Träume, die bösen und die Angst vor der Zukunft: der Name des Kindes, und ich beneide sie um ihre Fähigkeit, sich trösten zu lassen. Ja, sie hat Recht, um die Namen geht es, die Namen tragen Botschaften in sich, die einen sind uns Trost und die anderen eine Warnung, nur war ich niemals in der Lage, die Botschaft zu erkennen, auch damals nicht, und dabei wäre es so einfach gewesen. Nur einen Moment innehalten. Nur einen Augenblick nachfragen. Wie war der Name? Und ich hätte erkannt, welche Gefahr uns drohte.

Aber ich war viel zu sehr damit beschäftigt, Fabrizios Reise vorzubereiten. Zu packen, angemessene Geschenke für die königliche Familie zu finden. Unzählige Briefe zu schreiben und an jeden einzelnen einen persönlichen Gruß.

Und dann das Geld für die Reise. Das war es, was mir am meisten Kopfzerbrechen bereitete. Reisen war teuer. Und man konnte nicht wissen, wie lange Fabrizio in Spanien bleiben müsste, wie schnell unsere Sache Anhörung und Klärung finden würde. Felipe wird dich nicht allzu lange auf eine Audienz warten lassen, sagte ich zuversichtlich. Aber selbst wenn Felipe schnell zu unseren Gunsten entscheiden würde, die Mühlen seiner Bürokraten arbeiteten unsagbar langsam, damit hatte ich hinlänglich Erfahrung. Fabrizio aber durfte sich auf keinen Fall mit mündlichen Zusagen abspeisen lassen. Ohne ein rechtskräftiges königliches Schreiben im Gepäck würde er die Heimreise nicht antreten, darin waren wir uns einig.

Immer wieder gingen wir gemeinsam alles durch. Ich beschrieb ihm die komplizierten Mechanismen bei Hof, die von außen so schwer zu durchschauen waren. Ich machte ihm eine Liste mit Namen und schilderte ihm die Funktion und Wichtigkeit der verschiedenen Höflinge. Ach, im Geiste flog ich allen Schiffen voraus, war längst am Hof, führte Verhandlungen, erläuterte Felipe unser Anliegen. Es gab Stunden, da war ich mir ganz sicher, dass sich alles zum Guten wenden würde. Und es gab Stunden, in denen mich Zweifel befielen. Immerhin waren fünf Jahre vergangen, seit ich fort war von Madrid – hatten mich nicht längst alle vergessen?

Um die Reise überhaupt zu finanzieren, musste ich den Vizekönig dazu überreden, mir bereits im März 1578 meine Jahresrente für 1579 auszubezahlen. Wir setzten alles auf eine Karte. Meine Einkünfte für zwei ganze Jahre im Voraus – seid Ihr Euch auch ganz sicher, fragte Marcantonio mit diesem undurchschaubaren Diplomatengesicht. Aber schließlich hatten wir keine andere Wahl.

Dachte ich.

Und so rückte der Tag der Abreise heran. Wir hatten an alles gedacht. An alles – aber das Naheliegendste hatten wir vergessen. Alles war geregelt, nur das nicht, was wir als allererstes hätten regeln sollen. Fabrizios Auftritt bei Hof hatten wir vom ersten bis zum letzten Schritt durchgeplant. Alle Eventualitäten hatte ich bedacht. Nur auf das, was dann geschehen sollte, darauf war ich am allerwenigsten vorbereitet. Es ging alles so schnell. Wenn wir uns doch nur etwas mehr Zeit genommen hätten. Wenn wir Erkundigungen eingezogen hätten. Wenn wir nicht so überhastet gehandelt hätten. Dann wäre mir sicherlich aufgefallen, dass in dem langen, klingenden Namen des Herzogs von Terranova auch ein »de Aragón« vorkam. Dann wäre mir niemals entgangen, dass der Kommandeur über die königlichen Galeeren, mit denen Fabrizio reisen würde, ein entfernter Vetter von Luisas Bräutigam war. Aber hätte mich das denn ernsthaft beunruhigt? Glaubte ich nicht nach wie vor an Recht und Gerechtigkeit?

Die Luft ist abgestanden in dieser Kirche. Es riecht nach kaltem Weihrauch und verwesenden Blumen. Immer noch wummert das Harmonium das alte Lied, Schwester Benedikta tritt energisch den Blasebalg mit beiden Füßen. WAS KRIEGT DAS KIND

ZUM PATENGELD? KYRIELEISON Marie singt und singt, ihre Stimme schwingt sich auf und schmettert die Antwort, als sei das die Lösung: DEN HIMMEL UND DIE GANZE WELT, DAS KRIEGT DAS KIND ZUM PATENGELD und der Druck auf meinen Magen wird stärker, ja, denke ich, auch mir ging es damals nur um das Geld, blind waren wir für alles andere, das Vermögen, das Erbe, endlich all die Geldsorgen los sein, unserem Kind etwas vermachen zu können, musste ja nicht gleich der Himmel sein und nicht die ganze Welt, sondern einfach nur seinen Anteil am großen Moncadakuchen, über all diesen Streitereien war ich blind geworden: blind für die Realität, blind für die Gefahr.

Und so reiste er ab, mein Gatte. Grüß sie mir alle, sagte ich zum hundertsten Mal, und schloss ihn fest in meine Arme, drückte ihn an mich, so gut es mein Bauch noch erlaubte. Gute Reise! Und möge Gott mit dir sein.

Gott? Nein. Gott war nicht mit ihm, und er ist auch nicht mit mir, hier geschehen keine Wunder, hier blühen keine Rosen, auch der Fernnahe, eher fern ist er als nah, auf seine Ferne, auf die kann man sich am ehesten verlassen, und alles schwankt, das Kirchenschiff hebt und senkt sich, schwere See, Schweiß steht mir in Tropfen auf der Stirn, in meinen Ohren flirren die Zikaden von La Fata, überdecken den Gesang und das Harmonium, mein Leib revoltiert und bäumt sich auf, und dann ist da nur noch ein heller, schneidender Ton in meinem Kopf und vor den Augen leuchtendes Schneegestöber, mir wird kalt und heiß und wieder kalt, schwarze Ascheflocken vom Ätna mischen sich unter das Schneetreiben in meinem Kopf und löschen es aus, Schwärze breitet sich aus, brennt Löcher in die Welt, und in diese Löcher falle ich, so wie auch Fabrizio fiel und fiel und niemand ihm half, keine Hand sich ihm entgegenstreckte, als die *Capitana,* dieses stolze Schiff, sich zur Seite neigte, geradeso wie dieses Kirchenschiff ächzt es und stöhnt, und die Strudel greifen nach ihm und ziehen es hinunter, und in das tosende Gebrodel aus dem grässlichen Bauch des Meeres stürze auch ich mitsamt meinen Träumen und Plänen für eine Zukunft – in wenigen Minunten ist alles verschlungen.

Und Stille herrscht. Die dröhnende Stille der Welt unter Wasser, das Rauschen und Pochen des eigenen Blutes. Schwärze und silbernes Aufblitzen und explodierende Feuerpünktchen und die düsteren Schatten des riesenhaft zerbrochenen Schiffsleibes, die stummen Schreie der festgeketteten Sklaven, aufgerissene Augen, offene Münder, schwebende Kisten und Ballen und Bündel, Papiere, Briefe, »Serenissimo Sire …« und Geschenke und Bilder, mein Gesicht schwebt da in Öl, und Schwärme von winzigen Fischen huschen darüber hinweg, und Fabrizio mittendrin, Fabrizio mit einer Fahne aus Haaren über seinem Gesicht, Fabrizio, aus dessen Stiefel Luftblasen steigen, er lächelt mir zu, erstaunt und verlegen, hilflos rudert er mit den Armen, er hat sein Schicksal noch nicht begriffen, hat nicht verstanden, warum man ihm seinen Platz im Rettungsboot verwehrte, warum man ihm mitten im Sprung diesen Stoß versetzte, warum man mit Rudern und Stangen auf seine Hände einschlug, die sich doch festklammern, nicht loslassen wollten, warum man ihn niederdrückte mit diesem Ruder, sanft, aber kräftig genug, und dann waren sie auch schon verschwunden hinter den Wellenkämmen der Nacht, fort, Fabrizio aber, er blieb für immer in Colapesces Reich verschwunden.

Und auch ich verschwinde, löse mich auf in Nichts, aber nein: Wir verschwinden nicht im Nichts, flüstert Marguerite, das Nichts existiert nicht, immer sind wir etwas oder jemand, unser Sein ist göttlich und darum: ewig.

Das Harmonium schweigt. Ich schlage die Augen auf. Blicke in einen Himmel aus gekreuzten Bändern und gemalten Sternen auf bröckelndem Putz, davor das Gesicht der Beamtin Nonnenmacher. Bleiben Sie weg da, höre ich gedämpft, als hätte ich dicke Watte in meinen Ohren, und dann ist da wieder das Flirren, das Singen der Zikaden, und über allem diese Stimme, Gefangene Huber, das geht Sie gar nichts an. Na, das haben wir jetzt wieder davon, immer diese Lenze, stehen Sie auf, wenn Sie sich einbilden, wir tragen Sie zurück in die Zelle, dann haben Sie sich aber gewaltig geschnitten.

Es geht schon wieder, murmle ich und setze mich auf. Du bist ganz weiß im Gesicht, flüstert Marie, die mich anstarrt, alle starren mich an, glotzäugig wie tote Fische, aber da zerrt mich die Nonnenmacher am Arm aus der Bank unter den donnernden Klängen des Harmoniums, TAUET HIMMEL DEN GERECHTEN intoniert Schwester Benedikta mit fester Stimme, WOLKEN REGNET IHN HERAB, los, machen Sie schon, Sie sind mir vielleicht eine, und während ich hinter ihr herstolpere, muss ich an meine Tanten von der Alb denken und daran, wie mir schon früher in der Kirche schlecht wurde, wiederholter Anlass zur Missbilligung der Verwandtschaft. Kopfschütteln. Fällt da einfach um, mitten in der heiligen Wandlung. Wein zu Blut, Brot zu Fleisch. Während man die schönsten Lieder sang. O HAUPT VOLL BLUT UND WUNDEN zum Beispiel. Das hundertprozentige Umfalllied, spottete Benno und sang es auch zu Hause, VOLL SCHMERZ UND VOLLER HOHN ganz allein um mich zu quälen. Das ist die Pubertät, pflegte meine Mutter dann entschuldigend zu sagen, als flehe sie für sich selbst um Nachsicht. Das Wachstum. Die Hormone. Das gibt sich mit der Zeit. Das ist das Alter. Wir waren alle einmal so. Die Tanten warfen sich viel sagende Blicke zu. Nein. Sie nicht. Und da war ich ausnahmsweise ganz und gar ihrer Meinung.

Es gab sich gar nichts mit der Zeit. Auch wenn es sich meine Mutter noch so sehr gewünscht hätte.

Nein, mit der Zeit gibt sich bei mir leider nichts. Zeit heilt alle Wunden, sagt man, aber mir wurde sie nie zum Heilmittel, ganz im Gegenteil. Die Wunden bleiben frisch, alle, mal brennt die eine, dann die andere.

In meiner Zelle liege ich auf meiner Pritsche und starre an die Decke. Eine kleine Spinne sitzt dort oben und spinnt ihr Netz. Ich sehe ihr dabei zu und versuche, an nichts zu denken, an gar nichts. Nein. Ich will mich nicht mehr erinnern. Ob sich diese Spinne erinnert? Ob sie die Netze zählt, die sie spinnt? Oder ob jedes einzelne Netz für sie die Ewigkeit darstellt, und sie sitzt mittendrin? Genau wie wir, flüstert Sofonisba. Auch wir drei sitzen in unserem Ewigkeitsnetz, dessen Fäden sich hier bei dir treffen.

Die wirklichen Katastrophen begreift man erst nach und nach. Vielleicht begreift man sie niemals ganz, so wie auch ich bis heute nicht wirklich begriffen habe, was eigentlich mit mir geschehen ist, und auch Sofonisba hat diesen Schiffbruch ihres Lebens nie ganz erfasst.

Oh doch, begehrt sie bitter auf, ich habe sehr wohl begriffen, am 25. April des Jahres 1578 bestieg Fabrizio die *Capitana*. Drei Tage später war ich Witwe.

Ich erfuhr es erst zwei Wochen später. Die Geschichte, die sie mir auftischten, stank so haarsträubend nach einer schlecht zusammengebastelten Lüge, dass ich Colonna, der eigens gekommen war, mir die Nachricht zu überbringen, eine halbe Stunde lang zusammenschrie. Fabrizio aber holte ich nicht ins Leben zurück. Ich hatte alles verloren. Was gab es darüber hinaus noch zu begreifen?

Colonna sagte, Piraten hätten die drei Galeeren auf der Höhe von Capri angegriffen und gekapert. Gleich nach dem Auslaufen aus dem palermitanischen Hafen legte sich der Wind und die Sklaven mussten die schweren Schiffe Meile um Meile durch die windstille See rudern. Nach achtundvierzig Stunden war die Mannschaft derart erschöpft, dass weder Peitschenhiebe sie in die Riemen zwingen konnte, noch die beiden Exekutionen, die der Herzog von Terranova zur Abschreckung mit dem eigenen Degen durchführte.

Mit der Dämmerung des dritten Tages endlich hob sich der Wind. Aus Nordosten blies er, und mit ihm kamen neun leichte Karavellen mit den schwarzen Segeln der Freibeuter, die klaren Kurs auf die Galeeren hielten. Ich stelle mir vor, wie die riesigen Schiffe zum Wenden ansetzen, die Befehlshaber Anweisungen brüllen, die Matrosen versuchen die Segel zu hissen und die Sklaven in Panik geraten, und ehe die königlichen Schiffe das Wendemanöver überhaupt einleiten können, haben die Korsaren sie schon erreicht, schießen mit scharfen Geschützen, die Kanonen der Flotte versenken eine der Karavellen, immerhin, aber da sind die anderen schon über ihnen, und mit weit größerem Eifer, als zu den Waffen zu greifen, lässt man die Rettungsboote zu Wasser, und schon stürzen sich die ersten hinein, kein Kampfeswille, kein bisschen Mumm in den Knochen, diese Mannen des Königs, was würde Felipe sagen, könnte er das hier sehen, aber der König ist weit, und die eigene Haut will jeder gerne retten. Aber Fabrizio, mein Fabrizio, auch wenn mir keiner davon jemals etwas zu berichten wusste, er war aus anderem Holz geschnitzt, er war Soldat mit Leib und Seele, niemals hätte er so leicht die herrlichen Schiffe aufgegeben. Alle andern aber, die saßen längst in den Booten, all die edlen Herren, Herzöge und Fürsten, Felipes stolze Elite, saßen in den Rettungsbooten und konnte sich in Sicherheit bringen, die Schiffe, die überließen sie getrost den Piraten, die Sklaven, angekettet und ohnehin verloren, um die kümmerte sich niemand in dem Getümmel, alle konnten sie sich auf die Festung von Capri retten, alle. Nur Fabrizio nicht. Er als einziger ertrank. Das waren die Worte des Vizekönigs: Euer Gatte als einziger ertrank.

Und ich sehe die Szene vor mir wieder und wieder in meinen Träumen, sehe mich wie von außen, sehe mich auf Colonna zustürzen und ihn mit Fäusten schlagen, höre mich schreien, das ist nicht wahr, das ist eine Lüge, und als würde jemand den Film meiner Erinnerung verlangsamen, sehe ich, wie Colonna ganz ruhig, fast behutsam meine Handgelenke ergreift und sie festhält, mich zum Sessel führen will, ich aber lasse mich nicht halten und führen, ich höre auch nicht auf zu schreien, Mörderbande, das ist es, was ich ihm ins Gesicht spucke, Ihr habt ihn auf dem Gewissen, Ihr und Luisa und dieser Aragón, Gott möge Euch verfluchen, Euch und Eure Kinder und Kindeskinder, und dann dieser Schmerz, die Erkenntnis, es ist vorbei, aus und vorbei, Fabrizio wird nie wieder zur Tür hereinkommen, mich anlächeln und in seiner besonnenen Art mit mir sprechen. Und ich sehe mich stehen, die Fäuste gegen den Mund gepresst, den schweren Leib vornübergekrümmt, und ich sehe Colonna mit peinlich berührter Miene, wir sind alle in SEINER Hand, Contessa, sagt er, und Gottes Wille ist unerforschlich, selig, wer auch in Zeiten der Not die Würde bewahrt … aber da werfe ich ihn hinaus, verweise ihn aus meinem Leben, aus meinen eigenen vier Wänden, die schon gar nicht mehr meine sind.

In der Nacht setzen die Wehen ein. Ich sehe alles wie durch einen blutigen Schleier. Um mich das Weinen und Klagen, Albertina löst sich in Tränen auf, der Gnädige Herr ertrunken und verloren und jetzt auch noch das. Wir brauchen einen Arzt, ruft Consuela, als die Fruchtblase platzt, es ist zu früh, viel zu früh, ich aber wehre mich, nein, keinen Arzt, ich denke an Isabel und was sie alles mit ihr angestellt haben, um sie unter die Erde zu bringen. Aber dann kann ich gar nichts mehr sagen, ich versinke in einer Brandung von Schmerzen, Welle um Welle begräbt mich unter sich, jemand schreit unmenschlich und ich kann nicht begreifen, dass ich das sein soll, und endlich, endlich liegt ein blutiges Bündel auf meinem Bauch, ein winziges Kind, ein Junge, jammert Albertina, es ist ein Junge, Heiligemadonna erbarmdich ichflehdichan, und in ihr Jammern mischt sich eine fremde Stimme, ein Priester, so taufe ich dich … warum denn ein Priester … auf den Namen Fabrizio …, und dann ist da ein hauchfeines Wimmern wie von einem kranken, müden Kätzchen, das Wesen auf meinem Bauch beginnt zu zittern und zu beben, dann verstummt es. Verkrampft sich. Und liegt still. Ganz still.

So war mir Fabrizio ein zweites Mal gestorben.

Es war eine Verschwörung. Da bin ich mir ganz sicher. Schließlich hatte er das Kommando, dieser Herzog von Terranova mit dem Namen Don Carlos de Aragón y Tavigilia, Vetter des Alfonso, der die Hände gierig ausstreckte nach dem Vermögen der Luisa und dem der Moncada, und je mehr ich es mir überlegte, desto sicherer war ich mir, dass sie es alle verabredet und geplant hatten, alle steckten sie unter einer Decke, alle verwandt und verschwägert, sogar Colonna, der doch in Campanien geboren war – warum hatte mir vorher nie jemand gesagt, dass seine Mutter eine Aragón war, immer dachte ich, er ist Festlandsitaliener so wie ich, aber nein, so einer wird niemals Vizekönig, da muss schon ein wenig spanisches Blut in den Adern brennen, und oh! – wie begann ich sie alle zu hassen, diese Mörderbande, denen ein Menschenleben und das Glück einer Familie so gar nichts bedeutete, deren einziges Streben der Vergrößerung ihrer Macht galt, der Allianz der Starken gegen die Schwachen, die man auffraß wie die großen die kleineren Fische, und nichts anderes war Fabrizio gewesen als ein kleiner, harmloser Fisch, den man einfach verschluckte, als er sich nicht fügen wollte, den man in das große, gefräßige Maul des Meeres hinabwarf, das Meer wird es geben, das Meer wird es nehmen, das dritte Schiff bringt dir Kummer und Leid, wie hatte ich nur Aqiba vergessen können, sie hat alles vorhergesagt, dieses janusköpfige Meer mit seinem zweiten Gesicht eines Ungeheuers, und jetzt nahm es, oh ja, gnadenlos hatte es ihn verschlungen, meinen Gatten, und niemals spuckte es ihn wieder aus, keine Leiche, die mir Gewissheit hätte geben können über die wahre Ursache seines Todes, die ich hätte beweinen und bestatten können, kein Grab, nichts.

Und auch kein Testament. Daran hatten wir beide nicht gedacht. Chiaramonte schüttelte ungläubig den Kopf. Wie kann er zu einer solchen Reise aufbrechen, ohne ein Testament zu machen, murmelte er immer wieder. Wie kann er Euch so zurücklassen ..., und ich, immer noch im Nebel meines doppelten Schmerzes befangen, ich sollte erst viel später begreifen, wie Recht er hatte, wie abgrundtief mich Fabrizios Tod traf, wie verzweifelt meine Situation war, immer noch glaubte ich an Recht und Gerechtigkeit, verließ mich auf Ruy Gomez' Arrangements und Verträge. Aber auch Ruy Gomez war tot. Und die Toten kommen einem nicht zu Hilfe.

Ja, du hast Recht, sagt Sofonisba, die Wahrheit begriff ich erst nach und nach. Es war wie ein Erdrutsch, der nicht zum Stillstand kommt. Schritt für Schritt bricht dir der Boden unter den Füßen weg, bis nichts mehr übrig bleibt und du selbst mitgerissen wirst in den Abgrund.

Ich werde diesen Abend niemals vergessen. Den Abend, an dem ich das wahre Ausmaß der Katastrophe begriff. Ich war erst seit wenigen Tagen aufgestanden aus meinem verfrühten Kindbett, den Kleinen hatten sie ohne mich der Erde übergeben, sie hatten es mir verschwiegen, denn hätte ich es gewusst, ich wäre aufgestanden und mitgegangen, auch wenn es mein Tod gewesen wäre.

Ich saß im großen Sessel vor dem kalten Kamin und sah ungeduldig Albertina zu, die sich mit den Holzscheiten abmühte und kein Feuer zustande brachte. Kalter Rauch erfüllte das Zimmer und meine Lungen, brannte mir in den Augen. Ich fror. Draußen tobten verspätete Frühjahrsstürme, vom Meer zog feuchte Luft in unsere Räume. Albertina murmelte unablässig Gebete vor sich hin, ich begann ärgerlich zu werden, nur noch beten und weinen hörte ich sie, alle schlichen sie um mich herum wie Gespenster. Das Feuer wollte und wollte nicht brennen, es war immer Fabrizios Aufgabe gewesen, die er sich niemals nehmen ließ, und nie war mir in den Sinn gekommen, dass es schwierig sein könnte, ein Feuer zu entfachen. Und dann verlor ich die Geduld. Wie lange dauert das denn noch, fuhr ich die alte Frau an, kannst du nicht einmal ein Feuer machen! Aber gleich biss ich mir auf die Zunge: Konnte ich es denn? Was konnte ich schon? Unnütze Bilder malen. Andere ins Verderben schicken. Und die Schwermut senkte sich wieder über mich wie eine dunkle Decke.

Schließlich kam Achile, und bald brannte das Feuer. Als Albertina sich aus dem Zimmer schleichen wollte, rief ich sie zu mir. Ich nahm ihre Hand und bat sie um Verzeihung. Da brach die Alte in so jammervolles Weinen aus, wie ich es selbst von ihr nie erlebt hatte.

Verzeih mir, Albertina, sagte ich bestürzt. Es ist nur …, ich bin so verzweifelt.

Da fing ich einen Blick von ihr auf, der ganze Bände sprach, und hatte sie nicht Recht: Ich war es gewesen, die ihren verehrten *Signure* in den Tod geschickt hatte, ihren geliebten Don Fabrizio, den sie schon als Kind auf den Knien geschaukelt hatte, besaß nicht sie weitaus ältere Rechte zur Trauer als ich? Wer war ich schon, eine Ehefrau, vor wenigen Jahren erst aus der Ferne gekommen, die alles auf den Kopf stellte, wohin das geführt hatte, ja, das konnte man freilich heute sehen.

Aber das sind wir doch alle, sagte Albertina und schloss mich in die Arme, aber was blieb, war das Gefühl, nicht ganz dazu zu gehören, eine Außenseiterin zu sein in dieser Familientrauer, eine Fremde.

Ja. Wer war schon Sofonisba Anguissola e Moncada? Was ich wirklich war, das sollte mir schließlich Don Simone di Chiaramonte sagen. Er war es, der den Mut hatte, mich mit der Wahrheit zu konfrontieren. Fabrizios Konten waren gesperrt. Meine Rente vorerst dahin. Mein Wohnrecht in Paternò erloschen. Und was das Schlimmste war: Ohne ein Testament meines Gatten war nicht ich seine Erbin, sondern sein Neffe Francesco. Ich, seine Witwe, stand völlig mittellos da. Bis auf das Bargeld, das ich im Haus hatte, und meinen Schmuck besaß ich nichts mehr.

Es traf mich wie ein Schock. So arm war ich niemals vorher gewesen.

Und dann, nach der ersten Betäubung und Fassungslosigkeit, besann ich mich. Schließlich würde mir jetzt Ruy Gomez' Klausel in meinem Ehevertrag zugute kommen. Die Klausel, nach der die Familie Moncada mir nach dem Tod meines Gatten meine gesamte Mitgift auszuzahlen hatte.

Aber ich kannte Luisa immer noch nicht. Meine Mitgift, ließ mich ihr Anwalt wissen, sei nach sizilianischem Recht nicht rückzahlbar. Aber es steht im Vertrag, sagte ich fest. Er zuckte die Schultern. Es sei zu prüfen, ob ein solch ungewöhnlicher Zusatz in einem Ehevertrag überhaupt rechtskräftig sei.

Rechtskräftig?! Der König selbst hat ihn unterschrieben! Und jetzt soll er nicht rechtskräftig sein?

Der Advokat ließ sich nicht beeindrucken. Wie er schon sagte. Es sei zu prüfen. Anders könne er sich zu dieser Sache nicht äußern. Aber mit einer baldigen Lösung des Problems sei nicht zu rechnen. Die Principessa von Paternò weigere sich, auch nur einen einzigen Scudo dieser Mitgift auszuzahlen, solange die Rechtslage nicht geprüft sei.

Inzwischen biete man mir aber eine andere, einvernehmliche Lösung an. Ich solle, wie es für eine Witwe in meiner Lage üblich sei, in ein Kloster eintreten. Die Prinzessin habe in ihrer großen Güte zugesagt, sich um eine Aufnahme zu bemühen und auch die finanziellen Fragen zu regeln. Wenn ich bereit wäre, auf alle anderen Ansprüche zu verzichten.

Ich warf ihn hinaus.

Das kann Jahre dauern, meinte auch Chiaramonte. Wenn Ihr es auf einen Rechtsstreit ankommen lassen wollt, müsst Ihr einen langen Atem haben.

Hab ich eine andere Wahl? Glaubt Ihr ernsthaft, ich gehe in ein Kloster?

Und wovon wollt Ihr leben?

Er war der Einzige, der zu mir hielt. Er schien auch der Einzige, der um Fabrizio trauerte, voller Abscheu und Entrüstung nahm ich wahr, wie in Palermo das Leben weiterging, als sei überhaupt nichts geschehen. Ein paar Kondolationsnoten. Einige wenige Besucher bei der Totenmesse, die Chiaramonte in Santa Maria della Catena lesen ließ. Es waren vor allem die Gläubiger, die von Fabrizios Tod Notiz nahmen, die Pfandleiher, die wissen wollten, ob sie meinen hinterlegten Schmuck noch länger aufbewahren sollten oder lieber gleich veräußern. Wie die aufgeschreckten Ratten eines sinkenden Schiffes kamen sie alle angelaufen, um ihr Schäflein ins Trockene zu bringen. Schließlich hielt ich es nicht mehr in Palermo aus.

La Fata, sagte ich zu Chiaramonte. Wie gut, dass ich vorgesorgt habe. Auf La Fata kann ich ausharren, bis der Prozess gewonnen ist. Aber während ich noch packte, erhielt ich überraschenden Besuch.

Es war Bratelli, der Verwalter. Er brachte Neuigkeiten, die ich nicht glauben wollte. Luisa hatte auch La Fata an sich gerissen. Von einem Tag auf den anderen seien fremde Leute gekommen, die Dokumente vorwiesen, die sie als die neuen Verwalter des Guts legitimierten. Ein gewisser Cannaletto mit seiner ganzen Familie. Sie hatten ohne Umstände La Fata in Besitz genommen und Bratelli und alle, die sich nicht fügen wollten, davongejagt.

Das ist unmöglich, sagte ich immer wieder, das ist gegen das Gesetz. Ich bin die Besitzerin von La Fata, aus meinen Mitteln wurde das Gut erworben, das kann nicht sein. Kommt mit mir, wir fahren dort hin und regeln die Sache.

Niemals empfand ich die Reise zum Gut als so lang und beschwerlich. Wie oft war ich diese Straßen entlanggefahren, stets gemeisam mit Fabrizio, immer wieder dachte ich an das allererste Mal, ach, wie lange war das her, als ich mit großen, neugierigen Augen alles betrachtet und Fabrizios Erklärungen aufmerksam gelauscht hatte. Alles zu Ende, dachte es in mir, alles vorbei.

Stumm saß Bratelli neben mir in der Kutsche, Consuela ließ mich nicht aus den Augen, ihrer Meinung nach war es ein Wahnsinn, in meinem Zustand diese Reise zu machen.

Als wir auf La Fata ankamen, da erkannte ich sofort, das Anwesen war nicht mehr meines. Dieser Cannaleto wollte mich gar nicht erst ins Haus lassen.

Wer seid Ihr überhaupt, wollte der grobschlächtige Kerl wissen.

Ich bin hier die Herrin, sagte ich und rang um Fassung.

Das kann jeder behaupten, war die feindselige Antwort.

Habt Ihr Papiere? Ein Testament von Don Fabrizio? Nein? Dann verlasst den Grund und Boden des Prinzen von Paternò, sagte er, oder ich hetze die Hunde auf Euch.

Ich werde diesen Moment niemals vergessen. Seh' mich heute noch dort stehen, hinter mir die Kutsche und die schluchzende Consuela, Bratelli, der hilflos die Fäuste ballte. Ich sehe die blauen Blüten der Palisanderbäume, die gerade dabei waren, sich zu öffnen, rieche den ganz eigenen La-Fata-Duft, sehe auf einem Haufen hinter den Baracken all meine Sachen aus der Werkstatt liegen, zerbrochene Staffeleien, Rahmenholz und all die wertvollen Fläschchen mit den Farben, und dann sehe ich auch das verängstigte Häufchen Kinder, die sich an die Mauer drücken, sehe in riesig aufgerissene Kinderaugen, voller Entsetzen starren sie mich an. Und ich sehe auch Totò mit wackelndem Kopf und irrenden Augen, sehe den Schmerz und die Wut in seinem hilflosen Gesicht und fühle die Angst, die ihn hindert, zu mir zu kommen auf seinen wackeligen Krücken, meine Hand zu ergreifen und seinen Kopf gegen meinen Arm zu reiben, und da wende ich mich ab, gehe zur Kutsche, kommt, sage ich zu Bratelli, fahren wir in die Stadt zum Magistrat.

Ich werde wiederkommen, sagte ich leise zum Fenster hinaus und ließ La Fata nicht aus den Augen, bis die Gebäude hinter einem Hügel verschwanden. Ich komme wieder.

Buonaventura, der Magistrat der Stadt Paternò, empfing mich freundlich und liebenswürdig, selbst völlig entsetzt über den Gang der Dinge. Hier in Paternò herrschte echte Trauer, Fabrizio hatte sich verdient gemacht um diese Stadt, und die Bürger würden ihn nicht so schnell vergessen. Aber in der Sache La Fata, da wusste er auch nicht weiter. Er habe Papiere vorgelegt, dieser Cannaletto, ein weitläufiger Verwandter sei der von Luisa de Luna und von ihr für den jungen Prinzen als Verwalter eingesetzt. Freundlicherweise lud er mich ein, sein Gast zu sein, und ich war zugleich erleichtert und beschämt. Hier im Hause des Magistrats wurde mir erst richtig bewusst, dass ich vollständig heimat- und mittellos war. Bratelli verabschiedete sich ohne Hoffnung. Auch er hatte die Lage begriffen: Ich war arm. Eine verarmte Witwe.

Buonaventura bemühte sich rührend. Er sammelte die Unterschriften aller noblen Familien Paternòs, die bestätigten, dass ich die rechtmäßige Hinterbliebene des Fabrizio Moncada, des verstorbenen Gouverneurs von Paternò, war. Aber was sollte mir das nützen? Fabrizios Anwalt della Torre brachte schließlich die schreckliche Gewissheit: Wir hatten tatsächlich versäumt, den Kaufvertrag von La Fata auf meinen Namen abzuschließen. Es ist einfach nicht üblich, hier in Sizilien, rechtfertigte sich della Torre. Und ich, ich hatte nicht darauf geachtet.

Es war mein Geld, mein Vermögen, wiederholte ich wieder und wieder, Fabrizio besaß nichts, es muss doch möglich sein, das zu beweisen. Voller Reue dachte ich an alles, was mir Ruy Gomez immer eingeschärft hatte. Denk daran, hatte er gesagt, keine Ehe währt ewig. »Bis dass der Tod uns scheide«, und auch danach müssen die Verhältnisse klar sein. Das Schlimmste ist, wenn sich zur Trauer auch noch die Sorge gesellt. Und vor allem du als Frau in einem fremden Land ohne jeden Verwandten. Du hast nur dich selbst, also achte auf dich.

Ich werde auch um La Fata klagen, sagte ich zu della Torre. Der rang die Hände.

Ist Euch bewusst, wie lange sich ein solcher Rechtsstreit hinziehen kann? Jahre, Jahrzehnte.

Nein, sagte ich entschieden, ich kann das nicht glauben. Über allem steht immer noch der König. Auch wenn hier in Sizilien Recht und Unrecht vertauscht zu sein scheinen. Aber der König von Spanien ist immer noch die höchste Instanz. Er wird nicht zulassen, dass man eine seiner Hofdamen, die jahrelang an seinem Tisch gesessen hat, hier derart behandelt.

Danach herrschte eine Weile Schweigen. Della Torre und Bounaventura wechselten Blicke. In der Miene des Advokaten konnte ich sehen, wie er die Chancen abwog. Schließlich erklärte er sich bereit, mich zu vertreten.

Ich hoffe, Ihr wisst, was Ihr tut, hörte ich noch, wie mein Gastgeber della Torre leise warnte. Eine Causa gegen die Prinzessin von Paternò, eine de Luna y Moncada und bald schon y Aragón – Ihr seid ein mutiger Mann, das muss man Euch lassen.

Ja, della Torre war ein mutiger Mann, das ist wahr. Wie wahr, auch das sollte ich erst später begreifen. Aber ihn reizte die Aussicht auf ein gutes Honorar, es ging schließlich um ein ansehnliches Vermögen, und was das Gut wert war, wusste keiner so gut wie er.

Buonaventura jedenfalls, bei aller Loyalität, er war von vorsichtigerer Natur. Eine Allianz mit der Witwe seines toten Gouverneurs versprach ihm lediglich Ärger, und so waren wir alle erleichtert, als Don Simone Boten schickte und mich einlud, auf sein Castello Chiaramonte in der Provinz Agrigento zu kommen.

Hier könnt Ihr bleiben und in Ruhe die Causa abwarten, sagte er, als wir ein paar Tage später dort eintrafen, mein Haus ist Euer Haus. Palermo ist weit. Vergesst Luisa. Della Torre wird alles für Euch regeln.

Ihr tut Euch damit sicherlich keinen Gefallen, sagte ich niedergeschlagen.

Fabrizio war mein Freund. Wenn er Euch auch sonst nichts hinterlassen konnte, dann wenigstens dies: meine Freundschaft.

Und so blieb ich. Achile suchte sich eine neue Herrschaft, und Albertina und Corrado kehrten zu ihren Familien zurück. Ich ließ die beiden alten Leute schweren Herzens ziehen. Sie hätten weiß Gott etwas Besseres verdient nach einem langen Leben im Dienste der Moncada. Aber von der Dynastie waren nur noch die angeheirateten Frauen übrig geblieben, die eine zu stolz und zu reich, die andere zu unglücklich und zu arm, um ihnen ein ruhiges Altenteil zu bieten. Trotzdem war ich erleichtert, Chiaramonte nicht auch noch mit meinem kleinen Tross an Personal zu belasten. Nur meine treue Consuela blieb bei mir. Jetzt sind wir also wieder zu zweit, versuchte ich zu scherzen, wie damals in Madrid, weißt du noch?

Als auch Don Simone Castel Chiaramonte verließ, wurde ich krank. Ein heftiges Fieber schüttelte mich, jagte mich von einem Angsttraum in den nächsten. Immer wieder sah ich Fabrizio ertrinken, ertrank selbst mit ihm, schreckte schreiend auf, nur, um in den nächsten trostlosen Traum zu fallen. Im Fieber führte ich lange Gespräche mit dem Schatten meines Kindes, bis sich die Nebel teilten und ich begriff, dass niemand anderes als Consuela an meinem Bett saß.

Ich erholte mich nur langsam. Saß tagelang an meinem Schreibtisch, starrte vor mich hin und schrieb endlos Briefe. An Felipe. An meine Mutter. An Ruy Gomez, bis mir wieder einfiel, dass er nicht mehr am Leben war. Immer mehr Tote waren es, die mein Leben bevölkerten. Isabel. Ruy Gomez. Mein Vater. Meine Schwestern. Später sollte ich erfahren, dass auch Juana gestorben war. War denn Felipe auch schon tot? Warum antwortete er mir nicht?

Auf ihn gründete sich all meine Hoffnung, *Serenissima Alta*

Majestà, schrieb ich, von Brief zu Brief wurde meine Anrede förmlicher, mein Flehen dringlicher, und mit jedem Tag, der keine Antwort brachte, wurde ich verzweifelter. Felipe hatte mich vergessen. Aus seinem Leben gestrichen. Er hat mich nach Sizilien verheiratet, und damit war die Sache für ihn erledigt. Endlich, im August, kam Antwort.

Komm nach Hause, Sofonisba, schrieb er, für dich ist hier immer ein Platz. Und dreihundert Dukaten sagte er mir zu, die mir der Kämmerer des Vizekönigs in Kürze ausbezahlen würde.

Und meine Causa? Meine Mitgift? La Fata? Wo blieb sein Machtwort? Ich wollte keine weiteren Geschenke aus seiner Hand, ich wollte auch nicht zurück nach Spanien. Mir graute vor El Escorial, vor Escobedo, dessen Macht noch zugenommen hatte, bis nach Sizilien hatte sich das herumgesprochen. Sofonisba geht niemals einen Weg zurück, das hatte ich schon früher gesagt, was sollte ich dort, das Gnadenbrot essen und hin und wieder ein Bild malen? Ich hatte mich für ein eigenes Leben entschieden, auch wenn es jetzt in Scherben lag, so war ich doch noch lange nicht so weit, aufzugeben.

Es war schließlich der Trotz, der mich wieder halbwegs zu der machte, die ich war. Nein. Ich war noch nicht am Ende. Ich würde weiterkämpfen. Und so schrieb ich wieder, diesmal an die Königin, Anna war eine praktisch denkende Frau, sie würde begreifen, dass hier der König eingreifen musste, sollte sein Ansehen in der Provinz Sizilien nicht ernsthaften Schaden leiden und Aragón nicht zu mächtig werden. Ich befürchte, er strebt nach viel mehr, schrieb ich, wenn es so weitergeht, wird er die Herrschaft der Insel an sich reißen.

Eine Woche, nachdem ich meinen Brief an Anna losgeschickt hatte, erhielt ich die Nachricht. Chiaramonte brachte sie aus Palermo mit. Die Königin war tot. Gestorben auf der Reise nach Portugal. Ein Fieber hatte sie binnen weniger Tage getötet.

Felipes vierte Frau. Und wieder blieb er allein zurück. Wieder stand er da mit der kleinen Schar der Infanten. Komm nach Hause, Sofonisba, hatte er geschrieben. In diesen schweren Zeiten müssen wir zusammenstehen.

Aber ich bin nicht seine Ersatzfrau in Zeiten der Witwerschaft, sagte ich mir. Nicht noch einmal, das habe ich doch alles schon einmal durchgemacht. Nicht wieder diese alles erstickende Trauer, ich hatte mein eigenes Leid zu beweinen, mich mit der Ungerechtigkeit des Himmels abzufinden. Ich hatte mich lange genug um Felipes Wohl und das seiner Familie gekümmert, jetzt bin ich es, um die sich jemand kümmern sollte. Aber Felipe hatte jetzt ganz andere Sorgen. Mit ihm konnte ich nicht rechnen, schon gar nicht, wenn ich seine Einladung ausschlug.

Was, wenn Ihr meine Frau würdet?, fragte Chiaramonte an jenem Abend, und sein narbiges Gesicht färbte sich über und über rot. Ich wollte eigentlich damit warten, fügte er verlegen hinzu, Eure Trauer ist mir heilig, und ... auch Fabrizios wegen hatte ich vor, das Trauerjahr verstreichen zu lassen. Ihr müsst auch gar nichts sagen, heute, nein, sagt nichts, schnitt er mir das Wort ab, als ich etwas entgegnen wollte, ich möchte nur, dass Ihr diese Möglichkeit in Eure Gedanken mit aufnehmt. Ihr seid mir wert und teuer, und ich wäre glücklich, wenn Ihr Euch eine Ehe mit mir vorstellen könntet.

Wert und teuer. Ja. Das war er mir auch. Wie ein Bruder. Ein enger Verwandter. Aber ich liebte ihn nicht. Wäre nie auf diesen Gedanken gekommen. An diesem Abend aber schwieg ich, wie mich Don Simone gebeten hatte. Darüber nachdenken. Warum nicht. Auch mit Fabrizio hatte mich keine Liebe verbunden, als ich seine Frau wurde. Weil du ihn überhaupt nicht kanntest, erinnerte mich Marguerite. Aber du warst mehr als bereit, dich in ihn zu verlieben, wenn es nur irgend möglich war. Aber Don Simone kennst du bereits, da gibt es keine Überraschung mehr zu entdecken. Und verlieben wirst du dich in ihn niemals.

Und dennoch. War es nicht eine Möglichkeit? Ich bin arm, sagte ich Don Simone, ich bin alles andere als eine standesgemäße Partie. Es war schließlich auch eine Sache der Ehre, mein Vater hatte uns immer wieder eingeschärft, dass es nicht anging, ohne angemessene Mitgift eine Ehe einzugehen, glaubt mir, hatte er gesagt, eines Tages lässt euch euer Ehemann dafür büßen, dass er eine Bettlerin in sein Haus genommen hat. Aber Don Simone lachte nur. Ich bin reich genug. Das reicht für zwei. Darüber solltet Ihr Euch nicht den Kopf zerbrechen.

Ich kann auch keine Kinder mehr bekommen, sagte ich so leise, dass es kaum zu hören war.

Chiaramonte schüttelte den Kopf.

Lasst die anderen Dynastien begründen, sagte er dann, Ihr und ich sollten nicht mehr an so etwas denken.

Das Licht geht aus. Ist es schon Nacht? Ist es wieder so weit? Und die alte Furcht packt mich, die Furcht aus den langen Nächten in dem fremden Kastell, umgeben von einer Dienerschaft, die ich nicht kannte. Die Angst vor dem, was kommen würde. Auch Marguerite zittert. Tastend suche ich in der Dunkelheit den Stuhl, ziehe mich aus und lege meine Kleider darauf, aber ich zögere, in solchen Nächten sollte man die Kleider anbehalten, in diesen Nächten weiß man nie, was geschehen wird.

Unsinn, versuche ich die beiden in mir zu beruhigen, ziehe das Nachthemd über und krieche unter die Decke.

Aber ich schlafe nicht.

Sie kommen mitten in der Nacht.

Diese da kommen immer mitten in der Nacht, wenn man am tiefsten schläft. Aber ich schlafe nicht. Ich schlafe niemals. Auch wenn ich träume. Marguerite hält die Wacht.

Ich habe geträumt, befand mich in Sofonisbas ältestem Traum. Es ist immer derselbe: Sie hetzt die Gänge des Alcázars entlang auf der Suche nach ihrer Kammer. Sie muss zurück in ihre Kammer, denn wenn sie sie hier antreffen, hier auf dem Flur, dann ist sie verloren, aber die Tür zu ihrer Kammer ist nirgendwo zu finden. Sie trägt ein Bündel unter dem Arm und weiß nicht mehr, was sich darin befindet, sie weiß nur eines, sie muss diese Tür finden, ihre Kammer finden, dort ist sie sicher, aber die Tür ist verschwunden, dort, wo sie war, wo sie sein muss, da hängt ein Gobelin: Das Martyrium der heiligen Agnes, nackt steht sie da, ihre langen wallenden Haare verhüllen sie kaum, dort steht sie vor den Schergen ihrer Peiniger, die ihr mit glühender Zange die rechte Brust abreißen, und Marguerite schreit auf und wendet sich ab, läuft den Gang ganz hinunter – nein, sie ist verschwunden, ihre Kammer, sie wird sie nie wieder finden, und sie läuft, atemlos, schleppt das Bündel, läuft bis zum Ende des Flurs, wo sie gegen die Wand stößt. Sie versucht sich zu besinnen: Wo ist Rettung? Das Zimmer der Königin, ja, die Königin wird ihr helfen, aber nein, die ist tot, ist längst tot und begraben, aber hier kann sie nicht bleiben, die Treppe, ja, zur Treppe, die Treppe hinunter und dann hinaus, aber ihre Füße sind schwer, kleben am Steinboden fest, das Bündel wie Blei, und doch darf sie es nicht verlieren, auf keinen Fall, und unter Aufbietung all ihrer Kräfte schleppt sie sich zur Treppe. Da – sie kommen! Jetzt hört sie wirklich die Schritte, vor denen sie sich so sehr fürchtet, Stiefel, die im Gleichschritt unerbittlich näher kommen, da sind sie, sie suchen mich, sie sind hinter mir her, lauter und lauter wird das Dröhnen der eisenbeschlagenen Stiefel, jetzt sind sie schon auf der Treppe, kommen Stufe um Stufe herauf, fort, nur fort, aber das Bündel zieht mich zu Boden, so schwer, ach, so schwer, und da weiß ich wieder, was es ist: Es ist das Kind. Und der Palast verwandelt sich, der Alcázar hebt sich und schwebt davon, und ich liege und stöhne und das Weinen Albertinas um mich und das Murmeln des Priesters, und auf meiner Brust liegt das Wesen, das atmet mühselig und keuchend, so klein und so kalt, und dann sind da wieder die Hände, die sich ausstrecken, die mir das Kind von der Brust reißen, und da stimmt Marguerite ihren Schrei an, Felipe, schreit sie, Juana, rettet mich, Fabrizio, wo bist du, und da fahre ich hoch, naß klebt mir mein Hemd am Körper, ein Traum, nichts als ein Traum, und jetzt bin ich erwacht, aber ich bin immer wach, ich schlafe niemals, wach bin ich und doch immer noch in diesem Traum gefangen, nie wird er enden, es ist der ewig währende Traum, und ich höre sie noch immer, höre die Schritte, da sind sie wieder und kommen mich zu holen, kommen, um mich zum Richtplatz zu schleppen, das Feuer, *dieses Feuer brennt aus sich selbst, durch sich selbst an allen Orten und zu allen Zeiten, ohne Materie zu verzehren oder verzehren zu wollen, ganz nur aus sich selbst,* mein Richtplatz ist in mir, ich bin es, die ihn mit sich herumschleppt, immer, an allen Orten und zu allen Zeiten, und immer sind sie da, mich daran zu erinnern, mich nicht schlafen zu lassen, es sind viele und sie gehen im Gleichschritt – jetzt ist es wieder einmal so weit.

Ja. Sie kommen. Vor meiner Zelle bleiben sie stehen. Der Schlüssel knirscht im Schloss. Die Tür springt auf. Und ich schreie, schreie, die Haare stehen mir zu Berge, da geht das Licht an, Hände greifen nach mir, ich schlage um mich, aber sie drehen mir die Arme auf den Rücken, dass es in meinen Schultergelenken knackt, ja, das können sie, wenn sie etwas können, dann das, jetzt gib Ruhe, höre ich eine Stimme und ich kenne sie, erkenne sie, es ist die Stimme der Beamtin Nonnenmacher, hörst du jetzt auf, oder ich stopf dir das Maul.

Ich muss immer noch träumen. Denn das hier ist völlig unmöglich. Es muss Sofonisbas Traum sein, eine neue Variante. Im grellen Neonlicht der Deckenbeleuchtung durchsuchen zwei fremde Männer in der blauen Uniform der Gefängnisbediensteten meine Zelle. Ich habe sie niemals gesehen, oh doch, schreit Sofonisba, und ob ich die kenne, es sind Diener des Aragón, es sind seine Mörder. Sie zerren das Bettzeug herunter, untersuchen jeden Zipfel der Decke, das Kissen, die Matratze. Sie öffnen den Schrank, tasten jedes einzelne Kleidungsstück ab und werfen alles auf den Boden. Sie klopfen den Schrank ab, als suchten sie doppelte Böden, untersuchen die wenigen Dinge auf dem Regal, am Waschbecken und kriechen fast unter die fest mit der Wand verschraubte Pritsche.

Was soll das, was ist hier los, keuche ich, aber die Nonnenmacher und die andere, auch sie kenne ich nicht, verstärken den Druck auf meinen Arm. Halt's Maul, zischt sie mich an. Halt verdammt noch mal das Maul.

Und dann sehe ich ihn. Escobedo. Nein. Kregler. Oder ist es Aragón? Dort hinten steht er in der Tür. Er steht einfach nur da. Wie ein böser, grauer Zwerg.

Und dann sind die Männer fertig. Nichts, sagt einer im Gehen. Aber mich lassen sie immer noch nicht los.

Ich muss erwachen aus diesem Traum, denke ich, ich muss. Aber ich schlafe nicht, nein, ich schlafe nie, und dieser Mann, dieser Kregler, steht immer noch dort hinten in der Tür.

Ausziehen, schreit mich diese Frau mit dem Gesicht der Nonnenmacher an und lässt mich endlich los. Na los, wird's bald, und weil ich nicht reagiere, sondern immer noch fassungslos auf den Mann dort starre, reißt sie mir das Nachthemd hoch, dass ich wieder schreie und mich winde, und bin wieder in der Gefängnisküche und um mich diese Furien, aber es nützt mir nichts, Nachthemd und Slip reißen sie mir herunter, hinterlassen brennende Spuren ihrer Nägel auf meiner Haut, und dann schlägt mich die Nonnenmacher mit der flachen Hand ins Gesicht, dass ich verstumme.

Lassen Sie das, höre ich die Stimme von Kregler, ruhig, tonlos, aber sie übertönt doch alles, so leise er auch spricht, halten Sie sich an die Vorschriften, und so stehe ich da, nackt, verschwitzt, zitternd, und er sieht mich an, sieht mich nur an, betrachtet mich in aller Ruhe, während die Nonnenmacher die alte Prozedur mit mir wiederholt, die vom allerersten Abend, wie lange ist das her, Jahre, Jahrhunderte? Los, bücken, und ich sehe, wie sie sich Handschuhe überzieht, die Nonnenmacher, dünne Handschuhe aus Gummi, umdrehen, die Beine weiter auseinander, los, bücken, und sie packen meinen Kopf und drücken ihn hinunter, eine Hand fährt mir zwischen die Beine, Finger dringen in mich ein, in meine Vulva, und wühlen darin herum und ich schreie und bäume mich auf, aber sie halten mich fest, und dann fährt es tief in meinen After, sucht und findet nichts, und dann ist es vorbei, sie lassen mich los, werfen mir das Nachthemd zu, und als ich mich umdrehe, ihn anspucken will und verfluchen, da ist er schon fort, die Tür schließt sich, ist doch alles nur ein Traum, das Licht geht aus, und Marguerite beginnt zu toben, zu wüten, nein, kein Traum, ich träume nicht, noch nie in meinem Leben war ich so wach wie gerade jetzt.

Und mein Kopf dröhnt, mein Herz rast, mein Unterleib tut so weh. Zitternd und frierend sitze ich inmitten all dieses Chaos und horche. Sie werden wiederkommen. Sie kommen immer wieder. Meine Ohren wölben sich auf zu riesigen Trichtern, alles kann ich hören, was vor sich geht in diesem Gefängnis, ich höre, wie sich die Schließerinnen in ihr Zimmer zurückziehen, die Nonnenmacher setzt einen Kessel mit Wasser auf, es wird eine lange Nacht und ein Kaffee ihnen gut tun, ich höre, wie Kregler in seinem Büro sitzt und mit seinem Bleistift Notizen macht, ich höre Marie schlafen und atmen und Petra sich auf ihrer Pritsche herumwerfen, auch höre ich sie lachen, denn sicher weiß sie schon wieder alles, alles, und da, da höre ich sie wieder, die Schritte der Nacht, sie gehen im Gleichschritt, Lederstiefel mit metallenen Beschlägen, und Marguerite drückt sich in die hinterste Ecke der Zelle, aber sie kommen, kommen sie zu holen, einmal wieder kommen sie und zerren sie und schleppen sie vor ihn.

Ja. Dort sieht sie ihn sitzen, nein, ich schlafe nicht, war noch niemals so wach. Ihn, den sie kennt seit so vielen Jahren, ihn, der einst ihr Verlobter war und sie noch ein junges Mädchen von zwölf Jahren, und wenn auch Jahre, Jahrzehnte über sie beide hinweggegangen waren und ihre Spuren hinterließen, obwohl sie inzwischen eine alte Frau und dieser hier ein noch älterer Greis ist, erkennt sie ihn in dem flackernden Licht der Fackeln, niemals hat sie dieses Gesicht und das Lächeln vergessen.

So bist du nun endlich die Meine …

Und diese friedfertige, alte Frau namens Marguerite Porète aus der Provinz Hennegau bäumt sich auf, stemmt sich gegen die Ketten und zerkratzt einem der Knechte das Gesicht, aber es nützt ihr nichts, nein, dieser da wird nun also ihr Richter sein, wird ihr Urteil sprechen, nach all den Jahren hat er sie also doch noch in seine Gewalt gebracht. Sie sieht ihn wieder im Haus ihrer Eltern, ein kleiner Mann mit vorgereckter Brust, fünfzehn Jahre älter als sie und ihr ein völlig Fremder, ihn sollte sie also heiraten, wie es ihr Vater bestimmt hatte, aber erst binnen drei Jahren, hatte die Mutter zur Bedingung gemacht, die Kleine sei doch schließlich noch ein Kind.

Ein Kind, ja, und das Kind ließen sie zu Hause an jenem trüben Wintertag, als sie alle zum Markt nach Valenciennes gefahren waren, der Vater seiner Geschäfte wegen und die Mutter, um ihre Schwester zu sehen, und so war sie allein zu Hause geblieben mit der alten Magd. Die hatte ihm dann auch die Tür geöffnet, hatte ihn in ihrer Verwirrung in das Zimmer ihres Herrn geführt und Marguerite mit ihm allein gelassen. Dort drehte er den Schlüssel im Schloss um und griff nach ihr ohne ein Wort, drückte sie auf den großen gepolsterten Stuhl, auf den der Kaufmann Porète seine Geschäftspartner zu setzen pflegte, auf dem auch er gesessen hatte, als man die Heirat beschlossen – hier zerriss er ihr die feine weiße Baumwollwäsche und drang ohne Umstände in sie ein, die viel zu erschrocken war, um sich zu wehren, um zu schreien, völlig erstarrt und versteinert, hart und brutal stieß er ein paar Mal zu, um sich gleich in sie zu ergießen, heiß brannte er in ihr, dann ließ er ab von ihr und ordnete seine Kleider. Und sie schien festzukleben auf dem rotsilbern gestreiften Samt des Sessels, Blut und Sperma, Sperma und Blut, und in ihrem Leib dieses Brennen, das er ihr eingepflanzt hatte, nicht das Feuer der Leidenschaft, das auflodert um gelöscht zu werden, sondern das Feuer der Abscheu und des Hasses, das brennt und schmerzt und ein Leben lang nicht verlöscht. Niemals.

Und dann ergriff er ihre Hand, sie sah sein Gesicht nur undeutlich wie durch das Schneegestöber, das draußen herrschte, glaubte einen Schimmer von Rührung und Zärtlichkeit des Besitzenden darin zu erkennen und hörte die Worte:

Nun seid Ihr also endlich die Meine.

Aber er kannte sie nicht, Marguerite. Er rechnete nicht mit der Entschlossenheit dieses jungen Mädchens. Als das Ehepaar Porète nach Hause kam, war der Sessel sorgfältig ausgewaschen, die verängstigte Magd zum Schweigen verpflichtet, und Marguerite überraschte ihre Eltern mit dem festen Entschluss, eine Begine zu werden, in die Gemeinschaft der frommen Schwestern einzutreten und niemals einem Manne anzugehören. Ihr Vater wollte zunächst nichts davon hören, aber Marguerite blieb hart. Schließlich wurde die Verlobung gelöst.

Die Verlobung wurde gelöst, aber verfolgt hat sie dieses Gesicht ein Leben lang.

Nun seid Ihr also die Meine.

Und jetzt stand sie vor ihm, im härenen Hemd und in Ketten, und er, nach all den Jahren lächelte er immer noch dieses besitzergreifende, halb gerührte Lächeln, sprach immer noch diesen Satz: Nun seid Ihr also doch die Meine geworden, nein, schrie Marguerite, niemals, damals nicht und heute auch nicht, aber sie wusste und er wusste es auch, dass nun doch er es war, der über sie gesiegt hatte, auch wenn sie ein Leben lang vor ihm davongelaufen war, und während dieser Wochen, die ihr Prozess währte, war ihnen beiden klar, dass es hier um ganz andere Dinge ging als um Wahrheit und Gotteslästerung, nein, es ging ganz einfach um den Gott und die Göttin in ihm und in ihr, um den Teufel ihrer gemeinsamen Vergangenheit. Ihr Buch: Der »Spiegel der einfachen Seele« war längst zum Spiegel seiner finsteren Seele geworden, ein Kampf auf Leben und Tod.

Auch er war gekommen, mitten in der Nacht.

Widerrufe! Bereue!

Diese da kommen immer, wenn es am dunkelsten ist. Wenn

der Schlaf am tiefsten. Aber ich schlafe nicht, ich schlafe niemals. Ich werde nicht widerrufen. Nein, ich habe dieses Buch schreiben müssen. Ich habe diese Bilder malen müssen. Und wenn sie auch kommen, mich zu holen dieses allerletzte Mal, wenn ich auch wieder schreien und bitten und flehen werde im allerletzten Moment, so würde ich doch alles wieder genauso tun. Alles.

Die Dämmerung fingert sich grau durch das Fenster. Es wird Morgen. Jetzt werden sie nicht mehr kommen. Und ich sitze da, schlinge frierend die Decke um meinen schmerzenden Körper. Noch immer spüre ich diese harten Finger in mir. Wieder sehe ich ihn dort stehen an der Tür. Und dann ist mit einem Mal alles ganz einfach: So, ja, so werde ich ihn malen. Die Maske ist gefallen, auch wenn er das Gesicht nicht verzogen hat. Ich habe es dennoch gesehen. Jetzt weiß ich, wer er in Wirklichkeit ist.

24

Verderblich für die Farben

ist es, wenn das oben schwimmende Öl trocknet und eine Haut bildet, die an der Luft sich schwärzt: es gibt einige Farben, unter anderen die Smalte, welche sich nicht leicht mit dem Öl verbinden und sich stets ohne Bindung zu Boden setzen und somit trüb werden.

Seit Tagen kann ich nicht mehr richtig essen. Nachts starre ich ins Dunkle und träume von Albertinas leckeren Gerichten, mitten im Malen fallen mich uralte Gelüste an nach ihren Schwertfischröllchen, in die sie Pinienkerne, Sultaninen und Kapern wickelte. Aber auch einen Teller *Maccù* würde ich jetzt nicht ausschlagen, bei ihr schmeckte selbst die dicke Bohnensuppe, das tägliche Essen der Tagelöhner. Sehe ich in den Spiegel, blicken mich dunkel geränderte Augen aus einem blassen Gesicht an. Ich schlafe nicht mehr, seit jener Nacht liege ich wach und warte. Warte, dass sie kommen. Warte, dass sie nicht kommen. Liege in der Dunkelheit und wandere durch die Gänge meiner Erinnerung, betrete Räume der Angst und Säle voller Verzweiflung.

Gefängnisroutine, hat meine Anwältin gesagt. Da kann man nichts machen. Gerade bei Untersuchungsgefangenen ist das durchaus üblich.

Mitten in der Nacht?, hab ich gefragt. Dass man sich ausziehen muss …

Leibesvisitationen. Das gehört dazu. Wenn ein Verdacht vorliegt …

Stephanie Larmann sah mich an.

Aber Sie wurden doch von Frauen untersucht, oder?

Ja. Aber. Er stand dabei.

Er?

Ja. Kregler.

Die Anwältin zog die Augenbrauen hoch.

Wo stand er?

In der Tür.

Während man Sie untersucht hat? Sind Sie sich da ganz sicher?

Ich nickte. Ein dicker hässlicher Frosch saß in meinem Hals, verschluckte jedes Wort, das ich sagen wollte.

Meine Verteidigerin dachte nach. Der Kugelschreiber wirbelte zwischen ihren Fingern. Dann legte sie ihn weg.

Hören Sie, Frau Lenze, sagte sie. Ich werde Sie bald hier raus haben. Wir wollen jetzt nicht unsere Kräfte verschleißen, indem wir uns mit der Gefängnisleitung anlegen. Das können wir später immer noch tun, wenn das hier vorbei ist.

Aber jetzt bin ich noch hier, flüsterte ich, noch ist überhaupt nichts vorbei.

Haben Sie Geduld, liebe Frau Lenze. Ein bisschen müssen Sie noch durchhalten. Wenn Sie bloß damals nicht versucht hätten, abzuhauen, vor Ihrer Verhaftung. Dann hätte ich Sie schon längst hier raus gegen Kaution. Aber so werden meine Anträge abgelehnt. Wegen Fluchtgefahr. Und ich kann es dem Richter nicht mal verdenken. Außerdem kann man ja auch nicht gerade behaupten, dass Sie mir besonders hilfreich sind, also jetzt beißen Sie die Zähne zusammen. Es wird ja nicht das erste Mal gewesen sein, dass Sie ein Mann nackt gesehen hat. Er hat sie doch nicht angefasst?

Ich schüttelte den Kopf. Nein, dachte ich, das war auch nicht nötig. Und während ich zusah, wie diese Frau sich mit ihren schmalen langen Fingern das Haar aus dem Gesicht strich, dachte ich: Hoffentlich musst du das nicht auch einmal erleben, diese Demütigung, diese Erniedrigung, für die es keine Worte gibt, denn dann würdest du nie mehr so reden.

Dies hier ist nun mal ein Gefängnis, sagte sie dann noch, keine Kurklinik, und ich dachte: Das ist die Rache dafür, dass sie denkt, ich erzähle ihr nicht das, was sie wissen muss. Sie fühlt sich schlecht von mir behandelt.

Sie reden selbst wie Kregler, sagte ich nur, und sie geriet zornig in Eifer, zählte mir auf, welch guten Klang der Name Kregler bei allen besitzt, die Rang und Namen haben, dass Marienwart zu den vorbildlichsten Justizvollzugsanstalten gehört, dass man nie auch nur die Andeutung einer Unregelmäßigkeit zu hören bekam.

Seit Kregler hier ist, sagte sie, und zum Jahreswechsel werden das zehn Jahre, ist diese Anstalt das Vorzeigeobjekt der Justiz. Ihn in Misskredit zu bringen, ihm womöglich ein unkorrektes Verhalten nachzuweisen, dafür müssen wir etwas in der Hand haben: Beweise. Glaubhafte Zeugenaussagen. Und zwar nicht nur von Gefangenen, nein, auch von den Bediensteten. Wenn Sie das tun wollen, und meine Betonung liegt auf »wenn«, dann will ich Sie vorher hier raus haben. Denn was dann losgeht, davon machen Sie sich wahrscheinlich kein Bild.

Wie wollen Sie Zeugenaussagen kriegen, wenn ich nicht mehr hier bin, wollte ich wissen.

Aber sie blähte ihre zarten Nasenflügel, als hätte sie es mit jemand ganz und gar Begriffsstutzigen zu tun.

Zuerst einmal muss ich Ihren Prozess gewinnen, sagte sie dann betont ruhig. Und dann sehen wir weiter. Hören Sie auf mich. Ausnahmsweise. Denn wenn wir uns in dieser Sache blamieren, dann hat das fatale Auswirkungen auf Ihre Verhandlung. Es geht um Ihre Glaubwürdigkeit. Verstehen Sie mich?

Es hat keinen Sinn. Vielleicht hat sie sogar Recht. Aber es macht mich wütend und verzweifelt und schlägt mir auf den Magen. Ich kann nicht mehr schlafen. Ich kann nicht mehr essen.

Aber ich male wie schon lange nicht mehr. Das Bild macht große Fortschritte.

Was wird denn das, wollte Marie wissen, als ich einen zweiten Rahmen baute. Wird das mein Bild?, strahlte sie.

Aber ich schüttelte den Kopf.

Hör zu, Marie, sagte ich, es ist ein Geheimnis. Kannst du das für dich behalten?

Sie glotzte mich an, nickte dann langsam und bedächtig.

Klar! Ein Geheimnis? Immer.

Es wird so was wie eine Überraschung, erklärte ich ihr. Ich male zwei Bilder von Kregler.

Waaas?, maulte sie und zog einen Flunsch, wieso zwei? Das ist wieder mal typisch. Willst dich bei ihm einschmeicheln, was?

Ich gab keine Antwort. Erzähl ihr nicht zu viel, warnt Sofonisba. Sie wird früh genug mitkriegen, was los ist. Aber Marie war viel zu sehr mit sich selbst beschäftigt und den Anträgen, die ihr Schwester Benedikta gebracht hatte, um sich für Kreglers zweites Bild zu interessieren. Was meinst du, wollte sie von mir wissen, schaffe ich das in einem Jahr, den Hauptschulabschluss? Nein, arbeiten muss ich dann nicht mehr, die Schule gilt wie Arbeit, ist das nicht verrückt?

Und so unterhielten wir uns darüber, was Marie nach dem Hauptschulabschluss machen könnte, ob sie wirklich in die Krankenpflege gehen sollte oder lieber eine Lehre als Bürokauffrau machen, und während ich ihr sagte, dass ich sie mir hinter einem Schreibtisch voller Papiere einfach nicht vorstellen konnte, baute ich den Rahmen ein wenig kleiner als den ersten und auch in der Tiefe um einen Zentimeter schmaler, so dass ich das zweite Bild mühelos im ersten verschwinden lassen konnte: Ich schob es einfach von hinten gegen den Rücken des größeren, und wenn ich die Leinwand vom vorderen Bild über die doppelte Kante auf der Rückseite zog, konnte niemand mehr sehen, dass es sich um zwei Bilder handelte.

Warum lernst du nicht ein Handwerk, fragte ich Marie, so geschickt, wie du dich anstellst?

Kann man das lernen, fragte Marie zurück, Malerinnengehilfin? Ist das ein Beruf?

Nein, lachte ich, aber du könntest Anstreicherin werden, Häuser werden immer gebaut, und Wände muss man alle paar Jahre neu tapezieren und streichen – wär' das denn nicht was für dich?

Und damit hatte Marie fürs erste genug Stoff zum Nachdenken, während wir die zweite Leinwand grundierten und zum Trocknen beiseite stellten, dass sie dazu keine Fragen mehr hatte.

So, sagte ich im Stillen zu Sofonisba, diesmal malen wir beide um die Wette. Hast du es noch drauf? Und ob sie das hatte, im Nu waren die ersten Malschichten angelegt. Seitdem herrscht Stille im Atelier, diese Stille, die ich so liebe, unterbrochen vom Schaben des Spachtels, wenn ich auf der Palette die Farben neu mische, und dem Öffnen und Schließen der Behälter. Und während Sofonisba selbstvergessen und sicher an ihrem Bild arbeitet, entwerfe ich meines, das Bild, das ich im Verborgenen von Kregler malen werde, das Bild, das alles enthüllen wird. Mit einem Mal habe ich es eilig, sie müssen fertig werden, diese Bilder, je eher desto besser.

Abends in der Zelle mache ich Skizzen und Entwürfe. Solange ich Licht habe, arbeite ich daran, und ehe es Nacht wird in meiner Zelle, zerreiße ich alles in winzige Stücke. Sie werden nichts finden, wenn sie kommen. Ich habe alles in meinem Kopf.

Erlischt das Licht, dann male ich das Bild in die Dunkelheit. Tags mische ich eine nachtschwarze Imprimatura, so wie Tintoretto sie schon benutzte und Domenikos Theotokópulos aus Kreta, den sie El Greco nennen. Wir haben uns leider knapp verpasst – als er nach Spanien kam, um sich in Toledo niederzulassen, war ich schon in Sizilien, und er war vielleicht der einzige Maler, auf den ich immer ein bisschen neidisch war wegen seines Erfolgs und Felipes Gunst. Und dass die Infantin noch heute als sein Werk gilt, mag ich ihm nicht so recht verzeihen. Wer weiß, was wäre geschehen, hätten wir beide uns getroffen?

Wer weiß, was geschehen wäre, wenn wir an dieser oder jener Stelle unseres Lebens anders entschieden hätten? War es ein Fehler, nicht zurückzugehen an Felipes Hof? Aber die Zeit kann man nicht zurückdrehen, damals nicht und heute auch nicht, und die Bilder dieses El Greco zeigen mir nur zu deutlich, dass ich in dieser Welt nichts mehr verloren hatte. Verzückte Heilige, verrückt gewordene Landschaften im drohenden Licht der Apokalypse, fanatische Erzbischöfe und Vertreter der Inquisition – er hat auch Escobedo gemalt, auch wenn man das Bild heute anders nennt, so wie man auch Catalina Micaela nicht mehr erkennt, auch ihn, und darum muss ich heute bei Tag und Nacht an ihn denken. Auch El Greco hat das innere Leuchten der Menschen hervorgeholt auf seinen Bildern, aber was da leuchtete, das war der finstere Schimmer der nachtfarbenen Imprimatura.

Nein, ich hatte genug von dieser drückenden Atmosphäre im Herzen der Welt, wie man El Escorial nannte. Mein Herz wollte wieder leicht sein, lachen und sich freuen, jemandem seine Liebe schenken und noch einmal ganz von vorne anfangen. Ob Chiaramonte dafür der Richtige war? Ich hatte meine Zweifel. Sah ich ihn an, dachte ich an Fabrizio. Selbst in Castel Chiaramonte, auf der anderen Seite der Insel, erinnerte mich alles an das, was ich verloren hatte. Manchmal ging ich ans Meer, stellte mich auf eine Klippe und schrie mir all meinen Schmerz und meine Wut aus dem Leib, beschimpfte das Meer, das mir alles genommen hatte, brüllte mich müde, bis ich heiser war und vollkommen leer. Und das Meer? Es warf ungerührt seine Brecher gegen die Küste in seiner ungebremsten Gleichmut, als wollte es mir seine Macht zeigen, und hüllte mich in seine Gischt wie in einen Schleier. Dann stand ich still und lauschte dem aufsteigenden und wieder verebbenden Grollen. Auch das Meer brüllte, ja, und es schickte die Seemöwen zu mir, die mich umkreisten, um unvermittelt knapp an mir vorbeizuschnellen wie Pfeile und mich mit ihrem grellen Hohngeschrei zu verlachen. Sie waren es, die mich wieder zur Vernunft brachten und nach Hause jagten. Nach Hause? Nein, dass Castel Chiaramonte nicht mein Zuhause war und niemals sein würde, das fühlte ich jeden Tag deutlicher.

Sie kamen in der Nacht. Ich konnte nicht schlafen, schon lange konnte ich nicht mehr ruhig schlafen, Misstrauen hatte mich erfasst, und in den neugierigen Mienen von Simones Dienern meinte ich Falschheit zu lesen und Verrat. Und obwohl ich doch jede Nacht wach lag und kein Auge schloss, waren sie gekommen und hatten meine Kassette erbrochen, und ich hatte sie nicht gehört. Nichts fehlte, nein, nicht auf meinen verbliebenen Schmuck hatten sie es abgesehen, aber meine Papiere hatte man durchwühlt und hastig wieder zurückgelegt, meine Briefe und Dokumente, und mein Heiratskontrakt lag fein säuberlich obenauf.

Was haben die wohl gesucht, fragte Consuela entsetzt und ratlos, fehlt denn wirklich nichts?

Nein. Es fehlte nichts. Und auch mich quälte diese Frage: Was wollten die wissen, was gab es denn überhaupt noch auszuspionieren, was nicht längst schon bekannt war? Beglaubigte Abschriften all meiner Dokumente lagen bei meinem Advokaten. Sicherlich wussten das die Eindringlinge und hatten es nicht für nötig gefunden, irgendetwas mitzunehmen.

Dann, einige Tage später, erzählte Consuela, dass unter der Dienerschaft das Gerücht umging, ich sei bereits in aller Stille die Frau Don Simones geworden. Man hatte sie dazu befragt, und sie hatte das Gerücht heftig bestritten.

Wir schüttelten den Kopf. All das ergab keinen Sinn.

Oh doch. Es ergab Sinn. Es war ein finsteres Gemälde, von dem wir hier zwei kleine Details zu sehen bekamen, während sich die entscheidenden Partien, mit deren Hilfe man den Zusammenhang hätte erkennen können, noch verbargen. Und dann, als ich sah, worum es eigentlich ging, war es zu spät. Wieder einmal zu spät.

Es geschah in Palermo, mitten in der allertiefsten Nacht. Don Simone hatte den Abend in einer Gesellschaft verbracht, bei einer der wenigen Familien, mit denen er überhaupt verkehrte. Warum er den Heimweg zu Fuß angetreten hatte und keine Kutsche genommen, das konnte später keiner sagen. Auch sonst konnte sich niemand mehr an irgendetwas erinnern. Das einzig Sichere war, dass am frühen Morgen ein Tagelöhner seine Leiche aus dem Hafenbecken zog. Ein Dolch steckte in seinem Herzen, aber das widerrief der Mann kurze Zeit später. Don Simone war, warum auch immer, nachts in den Hafen gefallen und dort ertrunken. So lautete die offizielle Version.

Wer dahintersteckte? Darüber brauchte ich nicht erst lange nachzugrübeln. Und dann ergab auch das andere Sinn, die Gerüchte und neugierigen Fragen der Dienerschaft. Jemand interessierte sich dafür, ob ich Don Simones Erbin sein würde, ehe man ihn ermordete, nicht meinen alten Ehevertrag mit Fabrizio Moncada hatten die nächtlichen Einbrecher gesucht, sondern einen neuen. Man wollte wissen, ob ich bereits Duchessa di Chiaramonte war.

Nein, das war ich nicht. Und die wahren Erben meldeten sich so umgehend bei uns an, als hätten sie nur auf einen solchen Todesfall gewartet, und mir kam der Gedanke, Luisa könnte sie gegen ihren Onkel wegen seiner Heiratspläne aufgehetzt haben. Eine Heirat mit mir hätte diese sauberen Neffen um ihr Erbe gebracht. Deren Habgier und Luisas Ränke passten erschreckend gut zusammen.

Ich kam einem Zusammentreffen mit Don Simones Neffen zuvor und brach in aller Hast auf, so schnell wir nur unsere Habseligkeiten zusammengerafft hatten, nach Palermo, in die Höhle des Löwen. Dort klopfte ich zu nachtschlafender Zeit an das Tor der Clarissen, denen ich einst in glücklicheren Zeiten einen Bilderzyklus für ihre Kapelle geschenkt hatte. Die Äbtissin kannte mich aus Spanien, Juana hatte sie bei den Descalzas Reales persönlich unterrichtet. Ihr konnte ich vertrauen, sie war eine mutige und verschwiegene Frau und nahm uns als Gäste in ihrem Kloster auf. Vorübergehend, wie ich ihr erklärte. Denn meine Entscheidung war gefallen: Ich würde die Insel verlassen. Ich hatte verstanden. Hier würde man mich nirgendwo zur Ruhe kommen lassen. Zwar wagte Luisa wohl nicht, gegen mich selbst die Hand zu erheben. Das nicht. Anscheinend fürchtete sie doch Felipes Zorn. Aber um mich herum verbreitete sie eine blutige Spur, jeder, der mir zu nahe kam, war vom Tode bedroht. Und voller Schuldgefühle trauerte ich um Don Simone. Ich hatte ihm den Tod gebracht. Ich. Durch meine pure Anwesenheit. Weil ich mein Unglück nicht allein tragen konnte, darum. Weil ich ihn mit hineingezogen hatte, in diesen Krieg zwischen mir und meiner Schwägerin, diese Fehde, die längt über meine Kräfte ging. Ich trug Schuld am Tod dieses gerechten Mannes, darüber konnte ich mich nicht hinwegtäuschen. Und die Nonnen? Brachte ich auch sie in Gefahr durch meine Anwesenheit? War ich so etwas wie eine glühende Kohle, die jedes Haus in Brand steckte, in dem sie sich aufhielt?

Beruhigt Euch, sagte die Äbtissin. Wir alle befinden uns in Gottes Hand, auch Don Simone, der tat, was er tun musste. Wenn ER beschlossen hat, uns zu vernichten, dann ist es SEIN Wille. Inzwischen seid Ihr unser Gast.

Ich musste meine Angelegenheiten ordnen. Dann konnte della Torre die Causa auch ohne mich weitertreiben. Ich würde gehen, denn sonst, soviel hatte ich begriffen, könnte ich mich genauso gut gleich von einer der Klippen ins Meer stürzen. Nicht, dass ich dies nicht erwogen hätte. Aber ich war nicht verzweifelt, nicht hoffnungslos genug für einen solchen Schritt. Nein. Diesen Gefallen würde ich Luisa nicht tun. Ich würde mich zurückziehen, aber aufgeben würde ich nie.

Nein. Auch heute gebe ich nicht auf. Ich werde dieses Bild malen, das Bild der Nacht, während Sofonisba seine Tagmaske malt. Sie kennt sich da aus, es ist das Gesicht für die Welt da draußen, so, wie sie ihn dort kennen, wo sein Name einen gewissen Klang hat. Ich habe den Zeitungsartikel gelesen, den er mir gab, wieder und wieder, es ist ein Bericht über Marienwart im Vergleich zu anderen Gefängnissen im Land, und am Rand ist eine lange Spalte mit seinem Photo und einem Interview. Bevor er Jura studierte und seinen Doktor in Rechtsgeschichte machte, hatte er ein paar Semester Evangelische Theologie studiert. »Ich lasse nicht mit mir handeln« ist das Interview betitelt. Ja, denke ich, das trifft es, dieser Kregler lässt nicht mit sich handeln, er ist so unbestechlich wie das Jüngste Gericht.

»Ich halte nicht viel von all diesen Lockerungen und Experimenten«, wird er zitiert. »Ein Gefängnis ist eine Strafvollzugsanstalt und kein Stall voller Versuchskaninchen. Wer bei mir einsitzt, der hat das selbst verschuldet. Meine Frauen sind alle erwachsene Menschen und keine Kinder, die man nicht zur Verantwortung ziehen kann.«

Er ist der Racheengel, schreibe ich auf eines der Skizzenblätter. Und wir, wir sitzen im Fegefeuer, das uns reinwäscht von aller Schuld. Wie lange wir darin brennen? Das hängt von jeder einzelnen Tat ab, die Taten sind es, die Werke, die zählen, nach denen sollst du beurteilt sein, man muss für das geradestehen, was man getan hat, und damit im Fegefeuer auch ein paar Teufel sind, die das Feuer schön anfachen, dafür gibt es dann so jemanden wie die Petra, und darum bleibt sie auch, was täte ein Kregler ohne eine Petra? Sie ist sein Kettenhund, den er ab und an mal von der Leine lässt, und auf ihren Schrecken kann er sich blind verlassen.

Und dann lese ich alles noch einmal durch: Er ist der Racheengel ... wiederhole ich und nehme die Seite und reiße sie aus meinem Skizzenblock, betrachte die Skizze ganz genau und präge sie mir ein, zerreiße das Papier in winzige Fetzen.

Was machst du denn da, fragt Hasenzahn, als sie kommt und das Abendessen wieder fortträgt, warum isst du nichts, wirst du jetzt verrückt, was kritzelst du denn da jeden Abend, wenn du es dann hernach doch zerreißt?

Briefe, sage ich. Ich schreibe Briefe. Aber dann gefallen sie mir nicht. Und damit ist sie zunächst einmal zufrieden.

Ja, auch damals in meiner Klosterzelle schrieb ich endlos Briefe. Aber nicht mehr an Felipe. Meine Entscheidung war getroffen. Nicht zurück nach Spanien würde ich gehen, sondern in meine Heimat, nach Cremona, in mein Elternhaus. So sollte sich der

Kreis wieder schließen, nach fast zwanzig Jahren in der Fremde würde ich also wieder ein Schiff besteigen, um mich an meinen Ausgangspunkt zurücktragen zu lassen. Nicht, dass ich mich leichten Herzens dafür entschied. Nein, diese Entscheidung fiel mir schwer, wie ungern ging ich zurück, vor allem so: mittellos und geschlagen. Aber meine Mutter schrieb mir in ihrer festen, klaren Schrift, die sie sich bis ins hohe Alter bewahren sollte, dass es Zeit sei, zurückzukehren und seiner alten Mutter beizustehen. Komm heim, schrieb sie, und wenn mir auch meine jüngste Schwester Anna Maria und vor allem mein Bruder Asdrubale völlige Fremde waren, so fügte ich mich doch ins Unvermeidliche. Nach Hause. Warum nicht.

Ich schrieb also an meine Mutter. Und erhielt Antwort von meinem Bruder. Er würde nach Palermo kommen, teilte er mir mit, und mir helfen, alles zu regeln und mich einzuschiffen. Außerdem hatte er als einziger männlicher Verwandter und Oberhaupt der Familie Anguissola bereits an della Torre geschrieben, um meine Causa um die Mitgift und La Fata mit einer eigenen Eingabe, als mein Erbe im Falle meines Ablebens, zu unterstützen. »In diesen Zeiten ist es besser, ein Mann steht hinter der Sache und verleiht ihr Nachdruck.«

Typisch Asdrubale, ärgerte ich mich und erinnerte mich, dass er schon als Kind die besten Näschereien, das größte Stück Fleisch und die teuersten Kleider für sich beansprucht hatte mit jener Selbstverständlichkeit, die Kronprinzen eigen ist – jetzt rechnet auch schon meine eigene Familie mit meinem Ableben. Seit zwanzig Jahren sorge ich für ihrer aller Unterhalt, aber jetzt braucht es natürlich einen Mann, um die Dinge zu regeln. Und ich rechnete nach, wie alt er jetzt sein musste, dachte ich an meinen Bruder, sah ich immer noch den Sechsjährigen vor mir, den ich vor meiner Abreise nach Spanien zum letzten Mal gesehen hatte. Heute war er gerade fünfundzwanzig, was bildete sich dieser Knabe eigentlich ein?

Es dauerte noch Monate, bis er endlich in Palermo eintraf. Der ganze Sommer verging, es wurde Herbst. Inzwischen malte ich, der spanischen Äbtissin zu Gefallen, ein paar kleinere Bilder, ohne rechte Lust und Freude: eine Pietà, eine Kreuzabnahme, eine Grablegung – keine fröhlichen Themen, aber einer trauernden

Witwe angemessen. Ich besuchte die Andachten meiner Gastgeberinnen, beugte mich tief zum Gebet, aber meine Lippen blieben stumm. Was sollte ich ihm sagen, worum ihn bitten, den Gekreuzigten mit dem schmerzverzerrten Gesicht? Du kannst dir doch selbst nicht helfen, dachte ich und wandte mich der Mutter Gottes zu. Aber ihr Anblick mit dem lächelnden Jesuskind auf den Knien, nein, auch ihn ertrug ich nicht. Du Ärmste, dachte ich, auch dir hat ein strenger Gott deinen Sohn genommen, im strahlendsten Alter, in der Blüte seiner Kraft – was für ein sinnloses Sterben. An den Nachmittagen ging ich im Kreuzgang auf und ab, aber ich sah weder den sprudelnden Brunnen in der Mitte des Gartens, nicht die fein ziselierten Steinsäulen, noch die Mosaike in den Gewölben – ich sah den Hof von La Fata mit meinem zerbrochenen Hab und Gut, sah Männer, die die Jakarandabäume fällten, sah zwischen Mandel- und Feigenbäumen unsere Weinstöcke verwildern.

Die Zeit war ein grauer, klebriger Brei, die Gegenwart erfüllte mich mit Trostlosigkeit und die Gedanken an die Vergangenheit wurden zur Qual, kein Tag verging, an dem mich nicht die Erinnerung mit spitzen Pfeilen quälte. Eine Zukunft schien es nicht zu geben für Sofonisba Anguissola, jedenfalls keine hoffnungsfrohe. Das Kloster verließ ich nur selten und wenn, dann dicht verschleiert. Diese Stadt, die ich so liebte, war zum Feindesland geworden. Ein einziges Mal ging ich in diesen Wochen zum Hafen hinunter, aber statt der Aufregung und Abenteuerlust, die mich von jeher beim Anblick der Schiffe gepackt hatte, sah ich überall nur Vergeblichkeit und Tod. Hier hatte ich Fabrizio zum letzten Mal gesehen. Hier, in diesem schmutzigen Brackwasser, hatten sie Don Simone gefunden. Ich wandte mich schnell ab und lief wieder zurück zu den Nonnen, als hetzte der Teufel hinter mir her.

Ich ging auch nicht zum Hafen, um meinen Bruder abzuholen, als er endlich im November eintraf. Aber als wir uns dann gegenüberstanden, da fühlte ich doch zum ersten Mal seit langem wieder etwas wie Freude und Erleichterung. Ein schöner junger Mann war er geworden, hatte dieselben Augen wie ich und das Haar in der Farbe dunklen Honigs. Asdrubale glich mir so sehr, dass jeder, der nicht blind war, sehen konnte, dass wir

Geschwister waren, dennoch hatte er sich von den wichtigsten Persönlichkeiten Cremonas seine Verwandtschaft mit mir bestätigen lassen. Er hatte an alles gedacht. Selbstverständlich hatte er ein Testament verfasst, bevor er ein Schiff bestieg, er war viel umsichtiger und vernünftiger als ich, das merkte ich rasch, auch della Torre war von ihm angetan.

Es ging ihm um Eure Sicherheit, Donna Sofonisba, hatte mir der Advokat schon vor Asdrubales Ankunft die Eingabe meines Bruders zu meiner Causa erklärt. Wenn Eure Kontrahenten wissen, dass der Prozess mit Eurem – vergebt mir – Ableben nicht endet, dann könnt Ihr gewiss etwas ruhiger schlafen. Es geschieht ja so viel, heutzutage …

Er hatte Recht. So hatte ich die Sache nie betrachtet. Und Sorgen machte ich mir weiß Gott mehr als genug. Ich hatte sogar versucht, das Kommen meines Bruders geheim zu halten, zu groß war meine Furcht, auch ihm könnte etwas zustoßen. Aber in Palermo bleibt nichts lange verborgen, und Asdrubale lachte grimmig: Sollen sie doch ruhig sehen, dass du nicht allein dastehst, wir Anguissolas halten zusammen. Und wirklich, ich war froh, dass er da war, und nach und nach gelang es mir wieder, mich aus meinem Zustand der Lähmung zu befreien, in den mich all die Schicksalsschläge versetzt hatten, was ich sonst mit Leichtigkeit erledigt hätte, kostete heute meine ganze Kraft. Weihnachten kam und ging, trotz der Anwesenheit meines Bruders war es das trostloseste Fest, das ich jemals gefeiert hatte. Oft besuchte ich in diesen Wintertagen das Grab meines Kindes. Zum Glück gab es so viel zu regeln, ehe ich ein Schiff besteigen konnte, um Sizilien für immer zu verlassen, dass mir wenig Zeit blieb, um meinen schwarzen Gedanken nachzuhängen. Für meine Jahresrente, die im darauffolgenden Jahr zum ersten Mal wieder ausbezahlt werden würde, musste ich eine Vertrauensperson benennen, am besten einen Kaufmann, der in Sizilien und Norditalien Niederlassungen hatte und mein Geld in Palermo in meinem Namen abheben und nach Cremona weiterleiten würde. Eine komplizierte Angelegenheit, und ich machte mir Sorgen, ob alles klappen würde, aber Asdrubale lief von Amt zu Amt, traf sich mit diesem und jenem Geschäftsmann aus Genua oder Mailand, hatte von zu Hause gute Adressen und Empfehlungsschreiben mitgebracht und knüpfte geduldig Kontakte. Aber das alles dauerte Wochen, die Zeit verging, wieder einmal wurde es Frühjahr, und Fabrizios Tod jährte sich. Die Nonnen lasen eine Totenmesse für ihn, und ich bedankte mich mit einem Bild, das den kleinen Zyklus für das Kloster abrundete: eine Auferstehung.

Es war das letzte Bild, das ich in dieser zu Ende gehenden Epoche auf Sizilien malte. Und doch sollte es noch Monate dauern, bis ich endlich so weit war, die Insel zu verlassen. Eine Menge Papiere galt es zu unterschreiben, unzählige Details zu bedenken. Langsam wurde ich ungeduldig. Jetzt, da ich meinen Entschluss gefasst hatte, wollte ich so schnell wie möglich abreisen. Und bei aller Erleichterung, die ich fühlte, dass da jemand war, der mir dabei half, meine Angelegenheiten zu regeln, wurde ich doch das Gefühl nicht los, dass auch eine gute Portion Eigennutz hinter dem scheinbar selbstlosen Einsatz meines Bruders stand.

Als Asdrubale kam, war er guter Hoffnung, die Causa durch seine Anwesenheit zu einem guten Abschluss zu bringen. Gemeinsam mit della Torre machte er eine Eingabe nach der anderen, traf sich sogar mit Luisa persönlich, aber auch er mit seinem jugendlichen Charme biss sich an ihr die Zähne aus. Er besaß eine große Zähigkeit, jeden Tag mit dem gleichen Elan von vorne zu beginnen – nur nichts überstürzen, pflegte er zu sagen, wenn wir hier erst fort sind, können wir nichts mehr tun. Und so sammelte er Zeugnisse dafür, dass die Kaufsumme für La Fata wirklich von mir allein aufgebracht worden war, ja, sogar den Verkauf des silbernen Rockes meiner Königin verfolgte er bis ins ferne Rom. Damit haben wir gute Chancen, sagte della Torre, als er den dicken Packen Unterlagen in Empfang nahm, das einzige, was wir jetzt noch brauchen, ist eine Menge Geduld.

Es wurde Sommer, es wurde Herbst. Meine Mutter schrieb besorgte Briefe, warum das alles so lange dauerte. Ihr Kinder habt ja das Leben noch vor Euch, schrieb sie, aber meinetwegen könntet Ihr Euch doch ein klein wenig beeilen. Ich musste lachen, meine gute Mama war und blieb die Alte. Und auch ich konnte es kaum noch erwarten, diesen unerfreulichen Abschnitt meines Lebens endlich hinter mir zu lassen.

Zu guter Letzt hatte mein Bruder noch die Idee, das Mobiliar aus dem Palazzo von Paternò zu beanspruchen. Er hatte alle meine Papiere noch einmal sorgfältig studiert und war auf die Übereignungsnote gestoßen, die Fabrizio kurz nach meiner Ankunft in Sizilien von einem Notar hatte beglaubigen lassen. Ich entfaltete das knisternde Dokument und sah uns beide wieder, Fabrizio und mich, an unserem allerersten Morgen, spüre noch den Geschmack des fremdartigen Schokoladengetränks auf meiner Zunge, fühle den Stift in der Hand und sehe die Zahlen auf dem Papier, höre uns Pläne schmieden und Entscheidungen treffen, und Fabrizios leise Stimme: Das Wenige, das ich besitze, möchte ich mit dir teilen.

Ich hatte im Stillen gelächelt über seinen Eifer, mir die Einrichtung und alle beweglichen Güter im Stammpalast der Moncada für den Fall seines Todes zu hinterlassen.

Wie ist es, riss mich mein Bruder aus meinen Gedanken, willst du diese Luisa nicht ein bisschen ärgern?

Oh, das wollte ich schon.

Asdrubale kümmerte sich auch darum. Und wie er diesen Streich vorbereitete, ruhig, gelassen, kein Detail außer Acht lassend, da war mir klar: Ihm wäre das, was mir zugestoßen war, niemals passiert. Er hätte an meiner Stelle früh genug alle Formalitäten in die Wege geleitet, sich sofort nach der Heirat als Alleinerben einsetzen lassen und keinesfalls versäumt, als Besitzer von La Fata im Grundbuch zu stehen. Aber, auch das wurde mir in diesem letzten Jahr auf Sizilien deutlich, das war auch alles, was er konnte, dieser Bruder: Papiere studieren und zusammentragen, Lücken suchen und finden in den Systemen, die sich andere geschaffen hatten, und Dinge zu organisieren, seien sie auch noch so kompliziert.

Und so räumte er also tatsächlich, bewaffnet mit einem rechtskräftigen Erlass von den Notaren des Vizekönigs und mit einem Gefolge von Lastenträgern im Rücken, eines schönen Tages den Palazzo Moncada in Paternò vom Keller bis unter das Dach vollständig leer. Was er da alles herausschleppen ließ, das entdeckte ich erst viel, viel später, als ich die Kisten in meinem neuen Zuhause öffnen ließ. Fabrizios Formulierung »Möbel und alle beweglichen Güter« hatte Asdrubale so aufgefasst, dass er nicht nur das gesamte Mobiliar samt Inhalt, Bilder, Teppiche, Leuchter, Musikinstrumente, einfach alles, was nicht niet- und nagelfest war, auch Albertinas komplette Kücheneinrichtung , mitnahm – und ich war dem Himmel dankbar, dass die alte Frau diese Räumung nicht mehr miterleben musste –, nein, sondern auch alles, was abzuschrauben und wegzumontieren war: Holzpanele und Kassettendecken, freistehende Öfen, die Seidenbespannung der Wände – kurz einfach alles, außer der Steine selbst, aus denen der Palazzo gebaut war. Er muss danach so kahl und leer gewesen sein wie nach einer gründlichen Plünderung. Und nichts anderes war es im Grunde gewesen.

Es war der Wille deines verstorbenen Gatten, insistierte mein Bruder, als er meinen Widerwillen sah. Es ist schließlich das Einzige, was er dir hinterlassen hat. Ihm wäre es recht gewesen, dass ich sehr gründlich war.

Aber wirklich wohl war mir nie bei dieser Sache, und ich wurde das Gefühl nicht los, dass Asdrubale davon ausging, in Kürze seine eigenen Räume mit dieser kostbaren Ausstattung zu schmücken.

Doch zuerst mussten wir uns selbst und all die sperrigen Holzkisten, die ein ganzes Lagerhaus füllten, nach Cremona verfrachten. Entsprechend schwierig war es, ein Schiff zu finden, das uns diesen enormen Stauraum zur Verfügung stellen konnte und zwar zu einem für uns erschwinglichen Preis. Schließlich erhielten wir eine Empfehlung: Ein Genueser Handelshaus hatte drei voll beladene Schiffe nach Palermo geschickt, aber nur zwei hatten Waren für die Rückreise, das dritte dümpelte leer im Hafen und kostete den Eigentümer jeden Tag eine Menge Liegegebühr. Der Name des Kapitäns war Orazio de Lomellini, und da mein Bruder zu tun hatte, ging ich zum Hafen, um im Kontor des Genuesers diesen Kapitän zu treffen und die Angelegenheit zu besprechen.

Im Kontor traf ich nur einen alten Lageristen an. Ich fragte nach dem Capitano Lomellini. Der Alte rief einen Jungen aus dem Lager und wollte ihn losschicken, um den Kapitän vom Schiff zu holen.

Nein, warte, rief ich dem Jungen nach, ich komme mit. So kann ich mir auch gleich das Schiff ansehen.

Zum ersten Mal nach langer Zeit ging ich zu den Anlegestellen der großen Handelsschiffe, ohne den toten Don Simone im

Hafenbecken treiben zu sehen, konnte die riesigen hölzernen Schiffsbäuche betrachten, ohne voller Reue an Fabrizio zu denken. Ich atmete den Geruch von Algen und feuchtem Holz, von Salz und Teer, ich hörte das Plätschern der Wellen gegen die Ufermole und das Knarren und Knacken der Schiffsleiber – und mein Herz begann wie wild zu pochen. Was ist los mit mir, fragte ich mich, aber ich hatte keine Zeit, innezuhalten, rasch folgte ich dem Jungen, der vor mir her rannte und sich hin und wieder umsah, ob ich auch nachkam. Von einem der Schiffe drangen Fetzen eines alten Seemannslieds herüber, ja, dachte ich, das Leben geht weiter. Viel zu lange habe ich mich hinter Klostermauern vergraben, es wird Zeit, wieder einmal ein Schiff zu besteigen und mir den Wind um die Nase blasen zu lassen, auch wenn es mich keinen Abenteuern entgegen, sondern lediglich nach Hause tragen wird.

Da blieb der Junge stehen. Er deutete auf eine zweimastige Karavelle. Ein paar Matrosen machten sich an Deck zu schaffen, einen weiteren hatten sie an Seilen am Bug heruntergelassen, und dort, zwischen Himmel und Wasser schwebend, bestrich er die Außenwand des Schiffes mit schwarzglänzendem Teer.

Da ist sie, die Estrella del Mar, sagte der Junge im breitesten palermitanischen Dialekt, den ich seit langem gehört hatte.

Ich gab ihm eine Münze und schickte ihn an Bord, um den Kapitän Orazio Lomellini zu bitten, zu mir herauszukommen. Geschickt kletterte er die Hängeleiter aus Brettern und Seilen hinauf und verschwand aus meinem Blickfeld. Jetzt hatten dafür die Matrosen mich bemerkt, alle ließen sie ihre Arbeit sinken und starrten zu mir herab. Sicherlich bekamen sie nicht jeden Tag Besuch von einer schwarz gekleideten Dame. Trotz meines dunklen Schleiers waren mir ihre Blicke unangenehm, ihre hin- und hergehenden Rufe und Fragen konnte ich zum Glück nicht verstehen.

Ich hatte mich abgewandt und aufs Meer hinausgeschaut. So hatte ich ihn nicht kommen sehen. Und das Erste, was ich von ihm wahrnahm, das war seine Stimme.

Nobilissima dama, sagte er, Orazio Lomellini, Kapitän der Estrella, zu Euren Diensten.

Ganz langsam, so scheint es mir heute, mit einem kurzen Zögern, dieser Stimme nachhorchend wandte ich mich um, und dann sah ich ihn dort stehen vor dem Rumpf seines Schiffes, groß, kräftig, sein Haupt war unbedeckt und der Wind wehte ihm seine schulterlangen Haare aus der Stirn, die Augen waren die Augen des Meeres, und als sich unsere Blicke das erste Mal trafen, da packte mich so etwas wie ein heiliger Schrecken, ein Schrecken, wie ich ihn noch nie gefühlt hatte, mein Herz verhaspelte sich und stolperte einen Moment lang in meiner Brust, als ahnte es, dass sich mit diesem Blick mein Leben wenden würde, einmal wieder und doch so völlig unwahrscheinlich, ach was, meldete sich da die Vernunft wieder zu Wort, was sollte ein Blick aus noch so schönen Augen schon wenden … aber sie gewann nicht die Oberhand, die Vernunft, ich stand da, mein Herz, das den Takt wieder gefunden hatte, schlug jetzt ein rasendes Tempo an. Wie alt er wohl sein mochte – es war schwer zu sagen, Sonne und Wind hatten sein Gesicht tief gebräunt und ihm Linien eingezeichnet, die ihn älter erscheinen ließen, als er wohl war. Ich starrte ihn an und konnte nichts sagen, als ich ihn so stehen sah, kein Wort brachte ich heraus, in meinem Kopf drehten sich alle Worte und Sätze, die ich mir zurechtgelegt hatte für die Begegnung mit diesem Kapitän und das einzige, was ich denken konnte, war: Das ist der aufregendste Mann, den ich jemals getroffen habe.

Irgendwie brachte ich dann doch noch eine vernünftige Unterhaltung zustande. Lomellini hörte sich alles an, ohne seinen meerblauen Blick von mir zu wenden.

Donna Sofonisba Anguissola, sagte er schließlich zögernd. Ihr seid doch nicht etwa die berühmte Malerin?

Ich nickte. Und fühlte plötzlich einen dicken Kloß in meiner Kehle. Schon lange hatte mich niemand mehr so genannt.

Mein Bruder besitzt ein Bild von Euch, ja, fuhr er eifrig fort, und seine Augen leuchteten, eines Eurer *autoritratti*. Er hat es dem Herzog von Parma abgehandelt vor ein paar Jahren, und es ist das Herzstück seiner Sammlung. Ihr seid also wirklich Donna Sofonisba Anguissola, auf die sie alle so stolz sind, hier in Palermo? Warum wollt Ihr Sizilien verlassen?

Das ist eine lange Geschichte, sagte ich und dachte an jenen fernen Tag, als ich hier angekommen war, hoffnungsvoll, strotzend vor Unternehmungslust, frisch vermählt und hungrig auf eine eigene Zukunft. Was war daraus geworden? Schiffbruch, dachte ich, ich habe Schiffbruch erlitten …

Kommt, sagte Kapitän Lomellini, wir wollen zurück zum Kontor gehen und in Ruhe alles besprechen.

Ich reichte ihm meinen Arm. In meinen Träumen gehe ich oft mit ihm diesen Weg vom Schiffsanlegeplatz zurück zum Kontor, spüre seinen Arm, zum allerersten Mal, fühle seinen Gang, der haargenau zu meinem passt, immer war ich Fabrizio vorausgeeilt, ja, hatte der gutmütig gelacht, lauf du mir nur wieder einmal davon, meine Schritte waren lang und rasch, keiner hat es jemals mit ihnen aufnehmen können, ohne zu rennen. Aber dieser Kapitän, seine Schritte hatten die passende Länge, denselben Takt, und in manchen Nächten, den guten, wenn die Furcht sich verabschiedet und Marguerite sich selbst vergisst, dann gehen wir endlos nebeneinander her: Ich fühle seinen Arm, höre seinen Atem, das Rascheln meines Kleides, die Schreie der Möwen – und am Ende der Mole treten wir aus dem Windschatten eines großen Schiffes. Eine Böe reißt mir jäh den Schleier vom Gesicht, bläht ihn über mir auf wie einen großen schwarzen Vogel, dann lässt er ihn wieder los, und er fällt über mein aufgestecktes Haar und gleitet auf meine Schultern. Und Orazio Lomellini bleibt stehen, sieht mich an, erfasst mein Gesicht mit einem langen Blick.

Ja, sagt er, Ihr seid es wirklich. Ich erkenne es wieder, das junge Mädchen: An der Staffelei sitzt es und malt sich selbst.

Das ist mehr als zwanzig Jahre her, gebe ich zur Antwort. Von dem Mädchen ist nicht mehr viel übrig.

Oh doch, widersprach dieser Mann, es ist noch da. Und dann nahm er behutsam den Schleier von meiner Schulter und senkte ihn wieder vorsichtig über mein Gesicht.

Und ich sehe in den Spiegel. Ist es noch da, das Mädchen aus Cremona? Und das andere, jenes aus Hainaut, das mit zwölf Jahren beschloss, die Männer aus ihrem Leben zu verbannen? Wo seid ihr, frage ich sie beide, aber wer aus dem Spiegel zurückblickt, das bin ich, Sofie Lenze. Seltsam, denke ich, dieses Gesicht habe ich nie gemalt. Schmal ist es geworden, die Augen scheinen immer größer zu werden und tiefer, von Tag zu Tag.

Er hat doch ein Gesicht, sagt meine Verteidigerin ein paar Tage später. Was sagen Sie dazu. Und sie legt ein paar Reproduktionen vor mir auf den Tisch des Besucherzimmers.

Aragóns Bild. Jetzt müsste ich mich wohl erstaunt zeigen. Oder soll ich auch ihr die Wahrheit sagen? Nagel hat ihr anscheinend nichts erzählt, wahrscheinlich hält er es für eine deiner Launen, meint Sofonisba, nicht der Rede wert.

Aber er hat auf mich gehört und das Bild unter Röntgenstrahlen gelegt.

Gespenstisch sieht das aus, denke ich, als ich Aragóns Gesicht auf der Reproduktion betrachte, die Strahlen reagieren besonders auf Bleiweiß und so sehen die darunter verborgenen und nun ans Licht geholten Gesichter immer ein wenig kalkig aus, erinnern an Totenmasken, nur dass der Blick ungemein lebendig durch all die Farbschichten hervorschaut, aber das macht das Ganze nur noch unheimlicher.

Finden Sie nicht auch ... sagt Stephanie Larmann und unterdrückt ein Kichern, schauen Sie doch mal, sieht der nicht ein bisschen aus wie Kregler?

Ich weiß nicht, sage ich so gleichgültig wie nur möglich, aber ich fühle, wie sich mir die Nackenhaare aufstellen: Sie hat Recht, es ist Kregler, nur dass er heute keinen Schnurrbart mehr trägt ...

Aber man weiß immer noch nicht, wer das ist. Nagel hat ihn sicher nicht in seiner Verbrecherdatei, was meinen Sie?

Heute ist sie zu Späßen aufgelegt, meine Anwältin.

Nein, sage ich, wenn seine Datei nicht zurück bis ins 16. Jahrhundert reicht, dann findet er ihn da nicht. Aber das liegt doch auf der Hand, wer das ist, mit oder ohne Gesicht. Hier. Sehen Sie nicht das Wappen auf seinem Degenknauf? Die beiden Greifvögel, die eine Krone tragen? Das ist das Wappen der Familie Aragón, wenn ich mich nicht täusche.

Sie schaut verdutzt.

Das da ist ein Wappen? Und woher wissen Sie ...

Liebe Frau Larmann, sage ich, das ist nun mal mein Job. Aber ich kann mich auch täuschen, schauen Sie in einem Verzeichnis nach, wenn Sie es wirklich genau wissen wollen.

Natürlich täusche ich mich nicht. Aber das braucht sie nicht zu wissen.

Aragón, sagt sie nachdenklich. Ist das nicht eine Gegend in Spanien? Dann hat sie das Bild noch in Spanien gemalt.

Nein. Auf Sizilien! Die Aragón sind ein altes Adelsgeschlecht, vor der Habsburger Linie waren sie die Könige von Spanien oder besser von Kastilien-Aragón. Nachdem die Erbfolge an die Habsburger ging, waren sie immer noch eine der mächtigsten Familien im Reich. Und sie waren auch lange Zeit die Könige beider Sizilien.

Beider Sizilien?

Ja. Neapel und Sizilien. Zu der Zeit von Sofonisba aber war ihre Bedeutung geschwunden.

… Und dagegen wollte Don Alfonso etwas unternehmen. Alfonso de Aragón, so hieß doch auch schon mal ein König, ein paar Generationen vor Felipe. Vielleicht hegte Don Alfonso tatsächlich große Pläne, viel größere, als ich es mir damals überhaupt vorstellen konnte …

Das klingt ja alles ziemlich kompliziert.

Schade, denke ich, dass sie nicht gegen mich ermittelt. Und Nagel mich verteidigt. Gegen uns beide hätte sie nicht die geringste Chance …

Das ist alles sehr seltsam, sinniert die Anwältin weiter, mit diesen Bildern von der Anguissola. Warum wurde diese schöne Arbeit übermalt? Hat das die Malerin selbst gemacht oder jemand anders?

Ich sehe, sage ich und schmunzle dabei, Sie fangen an, sich für Malerei zu interessieren!

Vielleicht nicht gerade für die Malerei im Allgemeinen, wehrt sie ab, vergessen Sie nicht, die Farben Rot und Grün sind für mich nur ein mattes Grau. Aber diese Bilder hier – ich finde, das alles sehr spannend. Sehen Sie mal, hier, auf der Stirn, da ist doch noch was. Und sie nimmt das Photo in die Hand, hält es ins Licht und dichter unter ihre Augen.

Man kann es auf diesem Abzug nicht richtig erkennen, man bräuchte eine Vergrößerung. Aber ich bin mir ganz sicher, da steht etwas. Das könnten doch Buchstaben sein. Der erste ist ein … ein A. Was meinen Sie?

Ja, da hat sie völlig Recht. Eine gefährliche Geschichte auf Leben und Tod verbirgt sich hier. Wer weiß, nagt es wieder einmal schmerzlich in mir, vielleicht hätte Don Simone nicht sterben müssen, wenn ich dieses Bild nicht als Hochzeitsgeschenk in den Palazzo Aragón geschickt hätte. Nicht so. Übermalt. Und darunter das Wort ASSASINO quer über der Stirn. Auch wenn er es nicht sehen konnte …

Ob das vielleicht Aragón heißt? Aber wieso sollte ihm jemand den Namen auf die Stirn schreiben? Ich werde eine Vergrößerung anfordern, sagt sie entschieden und legt den Abzug sorgfältig beiseite, wenigstens haben Sie mit diesen Bildern nichts zu tun. Gott sei dank. An ihrer Echtheit hegt nicht einmal Frieder Nagel mehr Zweifel. Überhaupt stehen die Dinge nicht schlecht. Mit seinen Pinselhaarvergleichen wird Nagel nicht weit kommen. Aber es zieht die Sache leider hin. Die Hauptsache ist, Sie verlieren den Mut nicht.

Machen Sie schnell, höre ich mich sagen, und in mir fängt etwas an zu zittern, als würde ein Staudamm an seinen Mauern rütteln, ein Beben, das mein ganzes Universum erfassen wird, wenn ich nicht Acht gebe.

Sie sind so dünn geworden, meint Stephanie Larmann und betrachtet mich nachdenklich. Und so blass.

Ich kann nicht mehr schlafen, sage ich. Seit dieser Geschichte. Und essen auch nicht.

Einen Moment lang herrscht Schweigen. … essen auch nicht, hängt noch im Raum, wie ein Echo. Die Anwältin schaut besorgt.

Soll ich Ihnen etwas Bestimmtes zum Essen besorgen, fragt sie dann, haben Sie einen Wunsch?

Ja, denke ich. Kaninchen mit wildem Fenchel. Zarte Ricotta dolce, frisch aus dem Bottich. Oder einfach nur ein paar reife Feigen …

Ich schüttle den Kopf.

Sie müssen noch ein bisschen durchhalten, Frau Lenze. Noch ein bisschen … Was macht eigentlich Ihr Bild?, wechselt sie dann abrupt das Thema. Sie ist zu jung für diese Dinge, denke ich, jeder Mensch ist eigentlich entweder zu jung oder zu alt für diese Dinge hier, und ich verstehe gut, dass sie sich schützen muss und nicht zu lange an meiner Verzweiflung teilhaben will, sonst könnte sie ihren Job nicht machen.

Kommen Sie gut voran? Ich habe gehört, Kregler will es zu seinem zehnten Dienstjubiläum haben?

Zum Dienstjubiläum?! Das wusste ich nicht!

Oh ja. Anfang Januar vor zehn Jahren hat er hier angefangen. Es wird einen Empfang geben. Und dabei soll das Bild …

Was soll das Bild?, frage ich atemlos.

Na ja, ich weiß nicht genau, er will es, glaube ich, präsentieren. Ich habe jedenfalls eine Einladung bekommen, hier … und dann zieht die Anwältin einen Brief aus ihrer Tasche, entnimmt dem Kuvert eine Karte. EINLADUNG, steht da, FÜR STEPHANIE LARMANN, RECHTSANWÄLTIN. ZUM EMPFANG ANLÄSSLICH DES 10. DIENSTJUBILÄUMS VON DR. LUDWIG KREGLER, LEITER DER JUSTIZVOLLZUGSANSTALT MARIENWART …

Der Gefängnischor wird singen, sagt die Anwältin. Und Ihr Bild soll vorgestellt werden. Ich hoffe doch sehr, setzt sie dann bedeutungsvoll nach, während sie die Karte wieder in den Umschlag steckt, dass es nicht allzu sehr aussieht wie eines der Bilder von Sofonisba Anguissola?

Nein, sage ich und bin noch ganz benommen, es sieht eher aus wie ein Bild von … Sofie Lenze.

Gut, sagt sie. Sehr gut. Ich bin ja schon so gespannt! Sie wendet sich zum Gehen.

Einen Augenblick noch, Frau Larmann, halte ich sie zurück. Ich … hab da doch noch eine Frage.

Ich räuspere mich. Beiße auf meine Unterlippe.

In welchem Rahmen wird diese Feier denn stattfinden?

Stephanie Larmann sieht mich erstaunt an.

Na, ich vermute, da kommen sie alle: der Staatsminister, der Oberbürgermeister, Ihr Untersuchungsrichter übrigens auch und der Staatsanwalt. Und Frieder Nagel, jedenfalls hat er auch eine Einladung, wie er mir sagt. Und natürlich jede Menge Presse.

Sie lächelt. Jedenfalls ein großes Publikum für Ihr Bild. Das ist doch schön, nicht wahr?

Sofonisba lacht. Schau dir das an, sagt sie. Das ist die Freude der Ahnungslosen. Aber ich, ich habe jetzt ein Ziel, wenn ich nachts wach liege und nicht schlafen kann. Ich weiß, worauf ich warte.

25

Das Auripigment

wird auf jeder Farbe gut sein, ausgenommen auf Grünspan, aber keine Farbe kann auf ihm gut angebracht werden, weil es alle tötet, ob es nun auf die übrigen Farben aufgetragen wird oder mit ihnen gemischt, ausgenommen mit gelbem Ocker, um die Schatten zu brechen. Die Schatten werden jedoch am besten mit anderen Farben gemacht, und das Auripigment diene nur für die Lichter.

Sei mal still, hörst du das auch?

Marie legt den Finger auf den Mund, ihre Augen werden groß und weit und blicken durch Wand und Mauern in irgendwelche Fernen. MACHT HOCH DIE TÜR, DIE TOR MACHT WEIT … erschallt es von weit her, fast nur wie eine Ahnung, ein Echo, aber dann wird es nach und nach deutlicher … ES KOMMT DER HERR DER HERRLICHKEIT, und jetzt kann man klar helle Kinderstimmen voneinander unterscheiden. Marie läuft zum Fenster, das auf das Tal hinausgeht, aber dort ist alles dunkel. Nur von drüben, wo die Hochhäuser den Hügel bekrönen, scheinen Lichter herüber.

Mein Lieblingslied! Wo kommt denn das her?

Es kommt vom Hof. Auch ich lege den Pinsel hin und laufe zu dem kleinen Fenster neben der Tür. Beide pressen wir uns die Nasen an der kleinen Scheibe platt, wischen an dem stumpfen, staubigen Glas herum. Und dort sehen wir tatsächlich, wie eine Erscheinung, eine Gruppe von Kindern stehen, im Halbkreis haben sie sich um eine Frau aufgestellt, die mit der Hand den Takt schlägt. Einige tragen Lichter oder Kerzen in der Hand, andere halten Notenbücher. Es ist noch nicht einmal fünf Uhr nachmittags, und doch ist es schon stockfinstere Nacht, die Kinder tragen Wollmützen auf dem Kopf und Handschuhe, und die Kerzen beleuchten ihre Gesichter weich von unten und geben ihnen einen engelhaften Schein.

ER IST EIN FREUND, EIN HELFER WERT … erklingt die zweite Strophe, überall gehen die Fenster auf, und Köpfe erscheinen zwischen den Gittern, auch Marie rüttelt an dem alten Fenster, ja geht das denn nicht auf, verdammt? Nein, es ist mit Nägeln am uralten Holzrahmen festgenagelt, SANFTMÜTIGKEIT IST SEIN GEFÄHRT … und so drücken wir uns ganz nah aneinander, um ja nichts zu verpassen. Marie summt leise die Melodie mit. Mir ist ein Mädchen aufgefallen, das größer ist als die anderen, hoch aufgeschossen und dünn, zu groß wohl für ihr Alter, sie als einzige hat den Blick nicht in eines der Notenbücher gerichtet, nein, sie singt auswendig und schaut sich um, hebt den Kopf und sieht hinauf zu den Fenstern, wo die Gefangenen stehen und zwischen den Gittern heruntergaffen, wie Tiere in ihren Käfigen, denkt sie vielleicht. Ob diese Kinder denn wissen, was sie da singen?, frage ich mich, ob sie eine Ahnung haben, wo sie hier sind? Und ich versuche, dies alles hier mit ihren Augen zu sehen, stelle mir vor, wie ich dieses Gefängnis wahrgenommen hätte, wäre ich mit einer engagierten Musiklehrerin oder Jugendkreisleiterin, oder wer auch immer diese Frau dort sein mag, im Alter von zehn, zwölf Jahren hierhergekommen, um den armen Häftlingen schöne Adventslieder vorzusingen, damit die auch eine Freude haben in dieser herrlichen Vorweihnachtszeit. Du wärst niemals mitgegangen, entgegnet Marguerite, schon gar nicht, um Lieder zu singen. Ja, da hat sie wohl Recht.

Das Lied ist zu Ende. Ein kleiner Junge tritt vor, kaum sechs Jahre alt mag er sein, und sagt ein Gedicht auf, das wir hier hinter unserem Glas nur halb verstehen können: irgendwas mit Lichtern und dem Christkind, das vor der Tür steht. Dann wendet sich die kleine Gruppe zum Gehen. Vielleicht singen sie noch in dem zweiten Hof, dem mit dem Bäumchen, ein anderes Lied, oder sie schauen noch in einem Altersheim vorbei – außer uns gibt es schließlich noch eine Menge anderer bedauernswerter Menschen, die ein Lied gut vertragen können. Als die Kinder ganz nah an unserem Fenster vorbeikommen, ziehe ich mich unwillkürlich ein Stück zurück. Marie aber klopft heftig gegen die Scheibe, dass die Kinder herumfahren und sich zu guter Letzt doch noch erschrecken. Marie presst ihr Pfannkuchengesicht gegen das Glas, lacht und winkt, aber die Kinder fliehen entsetzt hinter ihrer Führerin her, der kleine Junge, der das Gedicht aufgesagt hat, stolpert und fällt der Länge nach auf das Pflaster, aber er weint nicht, keinen Ton lässt er hören, in aller Eile rappelt er sich auf und läuft den anderen hinterher, als sei ihm der Teufel auf den Fersen, und immer wieder blickt er sich um nach diesem Gesicht hinter der Scheibe.

Schau nur, sagt Marie bedauernd, jetzt ist er hingefallen, der Kleine. Was haben die denn bloß, warum rennen sie so?

Und ich denke: Jetzt haben sie doch noch was Gruseliges erlebt, hier im Gefängnis, ein grinsendes Mariegesicht unvermittelt hinter einer Fensterscheibe, das werden sie nicht so schnell vergessen.

Schweigend arbeiten wir weiter. Auch Marie ist still und scheint in Gedanken weit weg zu sein. Ich könnte wetten, sie denkt an ihre Kinder. Morgen, ja, da wird sich ihre Zukunft entscheiden. Und ich, frage ich mich wohl zum tausendsten Mal, wann endlich wird mein Prozess stattfinden?

Er steht plötzlich mitten im Atelier. Wie er hereingekommen ist – ich habe nichts gehört. Er steht da, wie damals Escobedo, eine Skizze in der Hand, und gleich wird er sie mittendurch reißen. Unwillkürlich weiche ich ein paar Schritte zurück.

Jetzt hat auch Marie ihn bemerkt, schreckt zusammen und duckt sich weg. Zum Glück ist Sofonisba mit dem Malen an der Reihe, das andere Bild, das der Nacht, ruht sicher in seinem Versteck eines doppelten Bilderbodens. Dennoch zittert meine Hand, als ich den Pinsel weglege.

Er steht vor dem Tisch und betrachtet interessiert Maries Hand, die gerade noch Bleiweiß mit dem Leinöl verrieb, jetzt aber mitten in der Bewegung erstarrt ist. Marie scheint unter seinem Blick noch mehr in sich zusammenzuschrumpfen.

Was machen Sie da, Frau Huber, fragt er sie leise und tonlos.

Farbe reiben, flüstert Marie.

Kregler nickt.

Dann kommt er auf mich zu. Und so schmächtig dieser Mann auch ist, so sehr füllt er doch den Raum um sich, und schon, um ihm nicht zu nahe zu kommen, verlasse ich meinen Platz vor der Staffelei, gehe hinüber zum Regal und betrachte ihn aus scheinbar sicherer Entfernung.

Marie ist drüben an ihrem Tisch immer noch völlig erstarrt und schaut mich hilfesuchend an. Ich nicke ihr beruhigend zu. Alles in Ordnung, kein Grund zur Panik. Das ungefähr soll mein Blick ihr sagen, dabei ringe ich selbst um Fassung: *In diesem Haus geschieht nichts, was ich nicht weiß, merken Sie sich das …* ob er auch weiß, was sich hinter dieser Leinwand, vor der er gerade steht und die so riesenhaft vor ihm aufragt, versteckt, dass hinter dem imponierenden Portrait der Sofonisba Anguissola, auf dem er in der Tat aussieht wie ein kleiner Fürst, ein ganz anderes Bild verborgen ist?

Aber er hat nur Augen für Sofonisbas Bild. Ich atme auf. Und es ergeht ihm wie all den anderen, die sich zum ersten Mal ihrem eigenen Abbild in Lebensgröße gegenübersehen, oh ja, selbst Kregler verschlägt es da zunächst einmal die Sprache. Sieh genau hin, rät Sofonisba, und du kannst in ihm lesen wie in einem Buch, das ist der Moment, Auge in Auge mit sich selbst, in dem die Menschen ihr Geheimnis, ihr Wesen am wenigsten verbergen können. Hier zeigen sie alle ihr wahres Gesicht: Isabel vergaß jede königliche Haltung und hüpfte und sprang wie ein Kind auf und ab vor Freude, Felipe strahlte und drückte mir fest die Hand, Colonna hatte sehr zufrieden dreingeschaut, ja, selbstgefällig wie ein beschenkter Prinz, aber dann fand er doch das eine oder andere auszusetzen – waren nicht die Ohren eine Spur zu klein, die Stirn eine Idee zu niedrig? Und all die edlen Damen, die sich das Taschentüchlein gegen den Mund pressten und mit falscher Bescheidenheit behaupteten, viel, viel hässlicher zu sein, als ich sie in meiner Güte dargestellt hatte … ja, dieser Moment ist kostbar und vor allem für mich, für mein anderes Bild, dafür darf ich nicht die kleinste Regung von Kregler verpassen.

Ein kurzes Aufflackern in seinen Augen. Ein Zucken seiner Mundwinkel. Sonst regt sich nichts. Er steht da und schaut. Seine grauen Augen wandern so gleichmütig über die Leinwand, als betrachte er eine wohlvertraute Landschaft und sehe nur nach, ob auch kein Baum fehlt.

Dann, ja, dann geschieht das Unglaubliche. Was hat er vor, frage ich mich, da geht er auch schon um die Staffelei herum und betrachtet das Bild – von hinten! Jetzt wird er es entdecken, jetzt wird er es sehen, dass hier, hinter dem Bild, eine zweite Leinwand verborgen ist. Aber nein, beruhigt mich Sofonisba. Niemand kann es sehen. Schau doch nur, wie sorgfältig du die überstehenden Leinwandränder über den doppelten Rahmen gezogen hast. Wenn er das Bild nicht von der Staffelei nimmt, dann kann er nichts merken.

Kregler klopft mit den Fingerspitzen gegen die Rückseite der Leinwand. Lauscht dem Geräusch einer dumpfen, kleinen Trommel nach, das die straff gespannte Leinwand von sich gibt. Dann geht er wieder vor die Staffelei und ergreift mit beiden Händen rechts und links den Rahmen.

Vorsicht, sage ich erschrocken, es ist noch nicht ganz trocken! Aber er kümmert sich nicht darum. Er hebt das riesige Bild kurz an, wie um zu sehen, wie schwer es eigentlich ist. Dann stellt er es auf die Staffelei zurück.

Ich fühle, wie mir unter den Achseln feine Rinnsale von Schweiß herunterrieseln.

Gut, sagt er gleichmütig, als lobe er eine kluge Entscheidung oder eine gelungene Kinderzeichnung. Werden Sie fertig bis zum Jahresende?

Ich nicke.

Gut, sagt er wieder.

Er wendet sich ab. Jetzt, sagt Sofonisba, jetzt musst du ihn fragen. Jetzt oder nie. Ich hole tief Atem.

Herr Dr. Kregler ..., sage ich tatsächlich. Meine Stimme zittert. Er schaut sich um.

Was gibt's, fragt er.

Ich möchte gerne dabei sein, wenn mein Bild enthüllt wird. Bei Ihrem Dienstjubiläum.

Marie reißt die Augen auf, als hätte ich etwas Ungeheuerliches gefordert. Mein Herz klopft bis zum Hals.

Kregler sieht mich interessiert an. Dann betrachtet er noch einmal das Bild.

In Ordnung, sagt er. Sie selbst enthüllen das Bild.

Und wendet sich zum Gehen. An Maries Tisch bleibt er noch einmal stehen.

Frau Huber, sagt er, und Marie wird ganz weiß im Gesicht.

Morgen ist Ihr Termin. Die Revision.

Ja, sagt Marie. Morgen.

Schwester Benedikta wird mit Ihnen fahren.

Und damit geht er hinaus, ohne nochmals einen Blick auf das Bild zu werfen, ohne einen Ton zu sagen.

Es dauert eine ganze Weile, ehe sich Marie aus ihrer Erstarrung lösen kann. Wie ein Käfer nach dem ersten, frühen Frost im Oktober, geht es mir durch den Kopf, er denkt, er kommt noch mal davon, aber die nächste kalte Nacht bringt ihn um. Und dann erschrecke ich selbst vor meinen eigenen Gedanken. Was ist los mit mir, frage ich mich. Warum nagt schon wieder dieses schlimme Gefühl in mir?

Schwester Benedikta kommt mit, sagt Marie voller Staunen, das ist aber nett von ihr.

Ganz vorsichtig trage ich zarte Lichter von Bleiweiß auf Kreglers Stirn und die rechte Wangenpartie auf, dort, wo Licht auf sein Gesicht fällt und seine Züge erhellt. Dann nehme ich den Vertreiber aus Dachshaar, diesen fächerförmigen Pinsel mit den langen weichen Haaren, den Marie so lustig findet, und verwische vorsichtig die Konturen. Was geht da drinnen vor, frage ich mich, während ich an seiner Schläfe arbeite, warum schickt er die Schwester mit, dieser Mann tut nichts aus purer Freundlichkeit oder Fürsorge … oder hat er eine ganz andere Sorge, will er, dass jemand Acht gibt auf Marie, aber warum? Warum diese Seelentrösterin? Mir haben sie auch einen Priester zur Seite gestellt, als sie mich zum Scheiterhaufen führten, flüstert Marguerite …

Schließlich lege ich den Vertreiber zum Auswaschen in die Lösung. Genug Lichter im Kreglergesicht.

Das reicht mit dem Weiß, sage ich zu Marie, und sie fährt zusammen, als hätte ich sie erschreckt. Als Nächstes brauch ich das Auripigment.

Morgen, sagt Marie schnell. Heut ist es zu spät. Wirst sehen. Gleich kommen sie uns holen. Morgen reib ich dir das Goldgelb an.

Aber morgen bist du beim Gericht.

Na und, gibt sie feindselig zurück. Dann musst du halt mal selber ran. Aber dann beißt sie sich auf die Lippen, als bereue sie ihre harschen Worte.

Du hast ja noch das andere Bild, lenkt sie ein, die Überraschung. Warum versteckst du das eigentlich immer?

Na ja, sage ich verlegen, damit es auch eine Überraschung bleibt. Du hast mir versprochen, dass du nichts sagst.

Marie grinst gutmütig.

Keine Sorge. Versprochen ist versprochen.

Gut, denke ich erleichtert. Und außerdem hat sie Recht. Morgen werde ich die einsamen Stunden dazu nutzen, mit dem anderen Bild weiterzukommen.

Heut' Abend, sagt Marie, als wir zu unserem Zellenblock gehen, da feiern wir ein bisschen. Eine kleine Adventsparty, mit Plätzchen und Kinderpunsch. Alkohol ist ja verboten. Soll ich mal fragen, ob du auch …

Aber ich schüttle den Kopf. Ich habe genug von diesem verlogenen Weihnachtszauber. Überall in den Gängen haben sie alte, zerknitterte Girlanden aufgehängt, die Schwester Benedikta wohl vor Jahrzehnten mit inzwischen längst entlassenen oder verstorbenen Gefangenen gebastelt hat. Ein großer ramponierter Strohstern soll wohl das Treppenhaus schmücken. Dem kranken Bäumchen im Hof haben sie eine Lichterkette umgehängt. Und diese Kinder heute, die haben mir den Rest gegeben.

Aber ich hab extra Zimtsterne gebacken am Sonntag! Marie ist stehen geblieben und zieht ein beleidigtes Gesicht. Weißt du überhaupt, was das für eine Arbeit ist? Da ist dein Bild ein Dreck dagegen …

Ich weiß, ich weiß. Der Duft war bis in meine Zelle geströmt. Ich hatte mich aufs Bett gelegt und versucht, nicht da zu sein, aber das Aroma nach Zimt und Mandeln, die langsam bei niedriger Hitze gebacken werden, holte mich immer wieder gnadenlos zurück in diese verdammte Gegenwart: Man kann die Augen schließen und sich die Ohren zuhalten, aber gegen Gerüche kann man sich nicht wehren. Gibt es etwas Traurigeres als den Duft nach Weihnachtsplätzchen in einer Gefängniszelle? Oh ja, melden sich Sofonisba und Marguerite ungerührt im Chor: Es gibt viel, viel Traurigeres …

Komm schon, mault die mit den Hasenzähnen in Maries Richtung, willst du jetzt hier Wurzeln schlagen? Die darf eh nicht mehr raus aus ihrer Zelle, das war eine Ausnahme, damals, und eigentlich ist es auch gar nicht passiert. Klar?

Aber das ist doch mein letzter Abend. Ich mein: Morgen. Die Revision. Mönsch, komm, lass sie doch ein bisschen mit uns feiern.

Seit wann feiert man vorher, raunzt sie die Beamtin an, Vorschrift ist Vorschrift. Und außerdem will die da gar nicht.

Lass es gut sein, sag ich zu Marie. Lass mich einfach in Ruhe.

Blöde Kuh, sagt Marie. Und dann sagt sie gar nichts mehr.

Aber ich höre sie noch lange. Maries Lachen hallt durch das ganze Stockwerk. Sie haben eine Kassette mit Weihnachtsliedern in den Recorder gedrückt. Ich lege Verdi auf, um das nicht hören zu müssen. Aber STILLE NACHT ist stärker als Verdi. An Heiligabend wird es eine Weihnachtsfeier geben, in dem großen Saal hinter der Kirche, der Gefängnischor wird singen, ich sehe im Geiste Marie, wie die Lichter vom Tannenbaum einen rosigen Schein in ihr Gesicht werfen und sie mit glänzenden Augen die alten Lieder schmettert … Ich werde nicht dabei sein, die Nonnenmacher hat es mir gesagt, zu Untersuchungsgefangenen wie mir muss sich also das Christkind schon in die Zelle bemühen.

Jedes Mal, wenn die Tür zur Küche aufgeht, schwappt der Lärm wie eine Welle bis zu mir. Der Lärm und die Düfte. Zimtsterne. Meine Spezialität. Wo meine Mutter die Geduld verlor, da stach ich geschickt Sterne aus dem butterweichen Teig und brachte sie unversehrt bis in den letzten Zacken aufs Blech. Wie du das nur machst, wunderte sich meine Mutter und kleckste den Eischnee über die Sterne, bis ich sie beiseite schob und auch das erledigte: Mit einem feinen Spachtel strich ich die knisternde Masse auf die Sterne und hinaus bis auf die feinste Spitze. Es war nichts anderes als die präzise Arbeit mit der Ölmalerei, und später, wenn ich als Restauratorin hauchdünne Malschichten von den Gemälden löste, da dachte ich manchmal an diese Zimtsterne, eine wirklich gute Übung war das gewesen. Wie von einem Konditor, nicht wahr?, pflegte meine Mutter vor ihren Schwestern zu prahlen, die hat die Sofie gemacht, und die Tanten konnten es kaum glauben, zweifeln bis heute daran, dass ausgerechnet dieses missratene Mädchen solche Zimtsterne hinkriegen sollte, die der Stolz einer jeden Hausfrau gewesen wären …

Aber sonst. Vierter Advent. Heiligabend. Die Weihnachtsfeiertage. Ein einziges Fiasko. Ich sehe wieder das enttäuschte

Gesicht meiner Mutter vor mir. Dass du einem auch immer das Fest verderben musst. Sehe den geschmacklos geschmückten Weihnachtsbaum, höre den Streit meiner Eltern, als es darum geht, ihn aufzustellen. Jedes Jahr das gleiche Spiel. Sie haben wieder mal aus Geiz, nicht aus »Mitleid«, wie meine Mutter hinterher immer behauptete, das billigste Bäumchen genommen: den mit der krummen Spitze oder den, der nur auf einer Seite Äste hat. Und mein Vater murkste dann an diesem armen Bäumchen herum, schnitt die krumme Spitze einfach ab oder konstruierte eine Art Schiene, die mit Lametta kaschiert wurde. Oder er sägte auf der viel zu dichten Seite ein paar Äste ab, um sie da, wo kahle Lücken klafften, in selbst gebohrte Löcher wieder in den Stamm einzusetzen. Am Ende war er jedesmal ungeheuer stolz auf seine christbaumkosmetischen Künste, wollte gelobt werden für den Zombibaum, aber von uns erntete er nur Spott und Häme und faustdicke Beleidigungen von Seiten meiner Mutter. Wie oft fiel nicht einer dieser transplantierten Äste während der Bescherung einfach wieder ab, und die Kerzenflammen versengten meine schönsten Geschenke, falls es solche überhaupt gab: den Skizzenblock aus feinem Ingres, den Bildband über Michelangelo. Nein, Weihnachten war kein Grund für mich zum Feiern, noch nie gewesen, regelmäßig endete das Fest des Friedens und der Freude in einem handfesten Krach, mit Tränen. Und wer war am Ende die Schuldige? Ich. Wer auch sonst.

Bis ich dann nicht mehr hinging. Weihnachten auf meine Weise feierte. Blieb im Atelier, verpasste das Fest. Aber auch das war ihnen nicht recht. Warum kommst du nicht, quälte mich meine Mutter, wie kannst du so hartherzig sein und an Weihnachten nicht nach Hause kommen?

Oh ja. Sie brauchten mich als Sündenbock. Auf irgendjemand mussten sie doch ihren Frust abladen können. Aber in diesem Jahr gibt es keine Diskussionen. Keiner hatte sich gemeldet, die ganze Zeit nicht. Keiner. Die lassen mich hier verschimmeln. Das ist denen völlig egal.

Aber das ist dir doch lieber so, wendet Sofonisba ein, während ich mir die Nase putze und die Tränen auch gleich mit wegwische. Was heulst du denn jetzt auf einmal? Ich denke, du pfeifst auf die ganze Familienbande?

Die Familie, sagt sie, das ist doch nur eine Ansammlung von Egoisten. Jedes einzelne Mitglied eine Insel, ein Archipel, und dazwischen eisige See. Manchmal wird ein Fährverkehr eingerichtet, sicherlich, aber wenn das geschieht, dann gibt es handfeste Gründe dafür. Nein, nein, nicht die Sprache des Blutes und des Herzens spricht da, diese Gründe lassen sich in Zahlen notieren. Schau mich an. Seit meiner Jugend war ich auf mich gestellt, und wo ich auch hinkam, immer sprach man von Familie und Zusammengehörigkeit. Mein Vater. Heute würde man sagen, er hat aus der Familie eine Art Marke gemacht: die Anguissola-Marke. Und wenn die Leute kein Sofonisba-Bild bekommen konnten, dann nahmen sie eben eines von Elena oder von Minerva. Und dann später, in Spanien am Hof: Wir müssen doch zusammenhalten in solchen Zeiten, sprach Felipe, du gehörst zur Familie, aber was er meinte war: Verlass mich nicht. Bleib bei mir. Wärme mir mein Bett. Erzieh mir meine Kinder. Und so weiter. Und so fort. Von der Familie der Moncada auf Sizilien ganz zu schweigen. Feindliche Übernahmen, würde man heute sagen. Krieg.

Und dann mein Bruder. Glaubst du, Asdrubale machte die ganze weite Reise und opferte mehr als ein Jahr seines unnützen Lebens lediglich unserer Verwandtschaft wegen? Oh nein. Auch wenn er sein wahres Gesicht gut verbarg und ich mich tatsächlich eine Weile dieser Illusion hingab. Aber die Wahrheit kommt immer ans Licht. Man muss nur lange genug warten.

Im Falle Asdrubales musste ich gar nicht sehr lange warten. Die Sache war ganz einfach: Wir bestiegen in Palermo gemeinsam ein Schiff. Wir gingen in Pisa an Land. Von da an trennten sich unsere Wege. Endgültig. Wir haben uns niemals mehr wiedergesehen.

Wer hätte das auch vorhersehen mögen? Ich war am Ende, mit meinen dreiundvierzig Jahren eine alte Frau. Es war vorbei. Ich hatte meine Chance gehabt. Alles, was ich noch brauchte, war ein Schiff, um mich auf mein Altenteil ins Haus meines Bruders zu bringen. Jedenfalls dachten wir das. Wir alle. Auch ich.

Und doch. Aqiba hatte es vorhergesagt. Das Meer wird es nehmen, das Meer wird es geben … das dritte Schiff bringt dir den höchsten Kummer, aber das vierte endlich das so lang ersehnte

Glück ... Ja, Aqiba, die Prophetin des Propheten, sie hatte es gewusst, aber wer dachte noch an diese Närrin von damals, ich jedenfalls nicht, auch noch nicht, als ich es mir ansah, das vierte Schiff, und seinen Kapitän kennen lernte, nein, alles was ich damals wusste, war, dass mir die Knie weich wurden, sah er mich aus seinen meerblauen Augen an und richtete das Wort an mich.

Ich hatte das noch niemals zuvor erlebt. Weder bei Ruy Gomez noch bei Felipe, auch nicht bei meinem Gatten, auch wenn er mir wie ein Geschenk des Himmels gegenüber getreten war, damals bei meiner Ankunft im Hafen von Palermo. Auch wenn ich glücklich mit ihm war und niemals auf den Gedanken gekommen wäre, dass es dennoch etwas anderes geben könnte: dieses Gefühl, als gehe ich auf Wolken, als berührten meine Füße nicht mehr die morastigen Straßen des winterlichen Palermo, als zirkuliere ein anderer Saft in meinen Adern. Ich betrachtete mein Gesicht im Spiegel, prüfte die neuen Falten und die resignierten Linien um meinen Mund. War ich noch schön? Oder stimmte das, was ich als beschlossen betrachtet hatte: War ich eine alte Frau geworden?

Herrin, was ist mit Euch, fragte Consuela erstaunt, als ich vor einem zweiten Treffen mit Lomellini ungewohnt lange meine Garderobe prüfte und überlegte, ob ich überhaupt noch den Schleier tragen sollte. Ich wagte nicht, mir diese Frage selbst zu stellen, und brach eilig auf.

Ich hatte Lomellini alles erzählt, damals, im Kontor. Er hatte mich in einen anderen Raum mit schweren Vorhängen an den Fenstern geführt, in dem es nach Tabak roch. Wir saßen in gediegenen dunklen Rindsledersesseln, die knarrten, wenn man sich in sie setzte. Bei einem Glas Süßwein sprachen wir über meinen Plan, Sizilien zu verlassen, und als er alles wissen wollte, erzählte ich ihm auch in groben Zügen meine Geschichte und die Gründe für meinen Aufbruch. Und da wir schon dabei waren, sprach ich auch freimütig über meine finanzielle Situation und nannte ihm die Summe, die mir nach Abzug aller Ausgaben für die Reise noch blieb.

Ich weiß nicht, endete ich meinen Bericht, ob Ihr meinen Bruder, meine Dienerin und mich samt des umfangreichen Hausrats für diesen Betrag mit Eurem Schiff nach Genua bringen könnt.

Wahrscheinlich solltet Ihr Euch die Fracht ansehen, es ist mehr, als Ihr vermutlich annehmt.

Hat es denn Platz in meinem Schiff, fragte er schmunzelnd.

Ich musste lachen.

Na ja, meinte ich, so gerade.

Gut. Dann wird es gehen. Wann wollt Ihr reisen?

Ich muss ihn aus großen Augen angesehen haben.

Wenn Ihr wollt, können wir morgen in See stechen.

Morgen schon?, rief ich erschrocken.

Oder nächste Woche. Sagt mir, wann Ihr reisen könnt.

Ich dachte nach. Nur mit Mühe konnte ich einen klaren Gedanken fassen, so sehr verwirrte mich dieser Lomellini.

Eine Woche, sagte ich, das müsste uns reichen.

Gut, sagte er, und seine Augen leuchteten. In einer Woche also.

Er schickte mir eine schriftliche Bestätigung ins Kloster, dass die Estrella binnen einer Woche in See stechen würde mit dem Fahrtziel Genua. In seinem Schreiben nannte er sogar eine niedrigere Summe, als ich ihm angeboten hatte. Asdrubale konnte es kaum fassen.

In einer Woche schon, sagte er ein ums andere Mal, dann sind wir vielleicht Weihnachten zu Hause!

Weihnachten? Tatsächlich. Wir hatten die Abreise auf den 18. Dezember festgesetzt. So lange war die Zeit dahingeschlichen, jetzt schienen sich die Stunden zu jagen. Seit ich diesen Kapitän kennen gelernt habe, rast die Zeit, sagte ich mir, während ich mich schlaflos auf meiner schmalen Klosterpritsche herumwarf. Orazio Lomellini, sprach ich seinen Namen lautlos vor mich hin, Orazio Lo Mellino, der Honigsüße … das Apfelbäumchen, je nachdem, wie man ihn schreibt, diesen Namen … Und in meinen Träumen wiegte mich das Meer unter azurblauem Himmel.

Ich freue mich so auf die Schiffsreise, sagte ich meinem Bruder beim Frühstück mit leuchtenden Augen..

Der schüttelte nur den Kopf.

Und an deinen ertrunkenen Gatten, an den denkst du gar nicht?

Da schwieg ich still. Nein. An ihn hatte ich schon eine ganze Weile nicht mehr gedacht. Und in der Tat: Die Erinnerung an sein

Gesicht, seine Statur, sein Lachen und seine Stimme waren seltsam verblasst, in die Ferne gerückt, aber wie mich mein Bruder so vorwurfsvoll kopfschüttelnd ansah, befiel mich ein schlechtes Gewissen. Müsste ich nicht noch lange um ihn trauern?

Ach was, meinte Consuela entschieden, das Trauerjahr ist längst vorüber. Bald sind zwei Jahre vergangen seit dem Unglück. Ich finde, wir haben lange genug geweint. Was soll Schlechtes daran sein, wenn Ihr Euch auf die Reise freut? Je eher wir von dieser verfluchten Insel wegkommen, desto besser. Ich werde singen, wenn wir ablegen!

Was, lachte ich, du willst singen? Hast du vergessen, wie elend du unter Deck gelegen hast, die ganze lange Reise von Spanien hierher?

Oh nein, seufzte meine Dienerin, das hab ich nicht vergessen. Aber ich sag Euch eines: Das war, weil ich das Unglück bereits im Voraus gefühlt habe. Ich wusste von Anfang an, dass diese Reise uns alle ins Unglück führen würde. Wir hätten in Spanien bleiben sollen. Das ist es, was ich sage. Ihr hättet Don Rodrigo heiraten sollen, den Bruder Eurer lieben Freundin, dann wäre das alles nicht passiert. Aber Ihr wolltet ja nicht hören. Nun gut, vorbei ist vorbei. Alles was jetzt kommt, kann nur noch besser sein.

Sie hatte Recht. Ich fühlte es. Alles wird gut werden, sagte ich mir immer wieder. Und mein Herz klopfte und gaukelte mir vor dem Einschlafen das Gesicht des Kapitäns Orazio Lomellini vor.

Dieser Kapitän scheint ein feiner, gebildeter Mann zu sein, sagte Consuela an dem Morgen, als sie ihn zum ersten Mal gesehen hatte. Der ist ganz anders als gewöhnliche Seeleute. Hinter dem steckt sicher irgendein Geheimnis, mutmaßte sie.

Ja, spottete ich, sicherlich ist er ein Prinz, den seine Familie verstoßen hat und der sich sein Leben auf See verdienen muss. Eine Geschichte in dieser Art vermutest du, hab ich Recht?

Warum nicht, meinte Consuela ein wenig beleidigt, solche Geschichten hat es immer wieder gegeben …

Ich lachte und zog Consuela auf mit ihren romantischen Liebesgeschichten, die sie wer weiß woher hatte. Aber ich schämte mich auch ein bisschen dabei, denn im Grunde war ich es selbst, über die ich spottete, über diese rätselhaft verjüngte Sofonisba, die die Trauerkleidung satt hatte und sich endlich wieder fühlte wie eine begehrenswerte Frau.

Wir sahen uns in jener Woche vor der Abreise jeden Tag. Orazio fand immer einen Grund, an die Pforte des Klosters zu pochen und in den Gästetrakt, den wir bewohnten, geführt zu werden. Einmal wollte er nun doch all die Kisten sehen, die der Bauch seines Schiffes laden würde. Ein anderes Mal brauchte er angeblich dringend meine Unterschrift auf der Vereinbarung. Als sich Asdrubale anschickte, das Dokument zu unterschreiben, wehrte er ab: Soviel er wisse, sei ich die Auftraggeberin. Mit mir habe er die Vereinbarung getroffen, und ich würde schließlich auch die Kosten tragen.

Oder seid Ihr derjenige, der bezahlt, fragte er.

Asdrubale legte scheinbar amüsiert den Federkiel hin. Aber es ärgerte ihn. Zu gerne sah er sich als mein Rechtsvertreter. Ich brauche keinen Vormund, hatte ich ihm bereits einmal erklärt. Ich bin die ganzen Jahre gut so zurechtgekommen.

Tatsächlich?, entgegnete dieser junge Schnösel trocken. Es hat sich ja gezeigt, wohin es dich gebracht hat.

Und dann, als es nichts mehr zu klären gab, kam Lomellini einfach ohne offiziellen Grund. Er kam, setzte sich zu mir, stellte tausend Fragen zu meinen Bildern und erwies sich als profunder Kenner der Malerei. Er wusste besser als ich, in welchen Galerien und Sammlungen sich meine Portraits inzwischen befanden. Wie sollte ich auch wissen, dass der Herzog von Mantua mit seiner halben Kollektion auch mein Selbstportrait am Spinett an den Herzog von Urbino veräußert hatte? Am undurchschaubarsten waren für mich die Transaktionen gewisser Sammler, und ich staunte im Nachhinein selbst darüber, wie viele Bilder ich doch im Lauf der Jahre gemalt hatte. Orazio jedenfalls schien jedes einzelne Gemälde zu kennen, das sich irgendwo in Italien befand. Lange hatte ich es nicht mehr so genossen, mich mit jemandem zu unterhalten. Im Gegensatz zu meinem Bruder, den lediglich meine Dokumente zu fesseln schienen, gingen uns die Themen nie aus: Von der Malerei kamen wir auf die jüngsten Geschehnisse an den norditalienischen Höfen, auf die politische Situation in Spanien und Flandern und schließlich auf die umstrittenen Pläne des Papstes, einen neuen Kalender einzuführen. Wir lachten über die Möglichkeit, dass man in einem Jahr plötzlich ganze zehn Tage überspringen müsste, und versuchten uns vorzustellen, was das wohl für uns bedeuten würde.

Stellt Euch vor, Donna Sofonisba, sagte Orazio mit blitzenden Augen, man würde genau die Woche streichen, in die Euer Geburtstag fällt – dann würdet Ihr ein Jahr lang einfach nicht älter werden!

Wie gut tat es, nach so langer Zeit wieder herzhaft zu lachen! Mochte Asdrubale auch die Stirn runzeln, es war mir egal. Mir gefiel Lomellinis Art, mich zum Lachen zu bringen. Er scheut sich vor nichts, dachte ich, er spricht die Dinge offen aus, und doch hat er eine vornehme und edle Art, mit Menschen umzugehen.

Eines Nachmittags erzählte er mir seine Geschichte. Consuela warf mir triumphierende Blicke zu, tatsächlich behielt sie ein Stück weit Recht. Zwar entpuppte sich Don Orazio nicht als verstoßener Prinz. Das nicht. Aber als unehelicher Sproß eines noblen Genueser Hauses – die Frucht einer leidenschaftlichen Liebesbeziehung des Conte Lomellini mit einer wunderschönen, aber nicht standesgemäßen Frau, wie Consuela später seine Erzählung gerührt in ihre Version übersetzte. Sein Vater hatte ihn als Sohn anerkannt, aber nicht in die Erbfolge einbezogen. Er trug den vornehmen Namen der Lomellini und ging auch im Hause seiner Verwandten aus und ein, war aber zeit seines Lebens gezwungen, für seinen Lebensunterhalt selbst zu sorgen. Er fuhr zur See, denn er liebte das Meer über alles und schien voll und ganz zufrieden mit seinem Leben. Zu der Familie seines Vaters pflegte er ein gutes Verhältnis. Aber Ansprüche stellte er nicht an sie.

Ich brauche kein Erbe, ich komme wunderbar allein zurecht, sagte er entschieden. Ganz im Gegenteil: Sobald man von jemandem Geld annimmt, verliert man seine Unabhängigkeit. Mir aber bedeutet sie mehr als alles andere. Ihr seid doch genauso, Madonna Sofonisba, sagte er, als er mein Staunen sah, ich habe Euch bewundert, seit ich von Euch gehört und das erste Bild gesehen habe. Seht Euch Euren Bruder an, fügte er hinzu, und mir stockte der Atem ob seiner Offenheit, dieser junge Mann wäre viel ausgeglichener, wenn auch er eine sinnvolle Aufgabe hätte, statt zu Hause herumzusitzen, auf seiner noblen Abstammung herumzureiten und die Pensionen und Renten seiner Schwester einzutreiben. Ehrliche Arbeit ist schließlich keine Schande.

Er machte mich verlegen mit seinen offenen Worten. Aber im Stillen gab ich ihm Recht. Ich dachte an Fabrizio und wie gut ihm die Aufgaben getan hatten, die La Fata an ihn gestellt hatte. Aus Don Orazios Wesen sprach so viel von dem, was man damals unter *nobiltà* verstand, und mir war längst klar, dass das nicht allein auf das noble Blut seines Vaters zurückzuführen war. Man musste sich nur umblicken, sei es am spanischen Hof oder in Sizilien, um zu erkennen, wie wenig »edel« die so genannte hochwohlgeborene Elite war. Und Ruy Gomez, war nicht auch er ein Beispiel dafür? Im Gegensatz zu Don Orazio aber war er ein Meister darin, sich durch Diplomatie die Vorzüge eines Günstlings des Mächtigen zu sichern, ihm wäre es niemals eingefallen, ein Schiff zu befehligen und dadurch sein Auskommen zu finden.

Und ich? Hatte ich nicht immer peinlichen Wert darauf gelegt, keine direkte Bezahlung für meine Bilder zu nehmen?

Aber Madonna, lachte Don Orazio, das Leben kennt viele Währungen. Ihr seid eine mutige Frau, eine ungewöhnliche Frau, und ich bin glücklich, dass unsere Wege sich hier gekreuzt haben.

Er sah mich an. Seine Worte klangen noch einen Augenblick lang nach. Unser Blick traf sich, und wieder einmal zogen mich seine Augen in ihren Bann. Ich werde ihn malen, dachte ich, als ich ihn so sitzen sah, mit diesem Strahlen im Gesicht, als wäre eine Sonne aufgegangen hier in diesem düsteren Kloster. Und all seinen Schwung, seine Energie, seine Fröhlichkeit werde ich einfangen in diesem Bild. Ein Bild?, fragte Marguerite. Wann willst du denn ein Bild von ihm malen? Auf See? Vergiss nicht: Hat er dich erst einmal nach Genua gebracht, wirst du ihn vermutlich nie wieder sehen. Und das ist gut so.

In dieser neuen, inneren Aufregung hatte ich selbst gar nichts bemerkt. Consuela war es, die mir nach einigen Botengängen erregt berichtete, dass sie verfolgt würde, auf Schritt und Tritt, und dass gegenüber der Klosterpforte immer jemand wie zufällig herumstand, wann immer man sie verließ.

Ich sprach mit Asdrubale darüber. Der nickte nur. Das sind

unsere sizilianischen Schatten, seit ich hier bin, geht das schon so. Da will jemand ganz genau wissen, was wir unternehmen. Das alles weckte wieder meine alten Ängste und brachte mir die wohlbekannte Schlaflosigkeit. Auch mit Orazio besprach ich die Sache. Ja, bestätigte er, seltsame Besucher seien zu ihm gekommen, die ihn über seine nächsten Fahrten ausfragen wollten. Macht Euch keine Sorgen, Madonna, in wenigen Tagen legen wir ab.

Der letzte Abend kam. Alles war bereits an Bord der Estrella, und ich trug schon das Reisekleid für den kommenden Tag. In aller Frühe sollte es losgehen.

Ich war unruhig.

Lasst das Schiff die ganze Nacht bewachen, bat ich den Kapitän.

Und Ihr habt wirklich keinen neuen Mann angeheuert in der vergangenen Woche?, fragte ich ihn zum wiederholten Male. Ihr kennt die Mannschaft?

Bis zum letzten Matrosen, sagte Don Orazio ernst. Glaubt mir, ich kenne das Leben, ich habe schon mehr gesehen an Verrat und Mord und Totschlag, als Ihr Euch vorstellen könnt. Ich weiß besser als jeder andere, dass man auf See von Menschen umgeben sein muss, auf die man sich verlassen kann. Euer Gatte, Gott hab ihn selig, hat das teuer zu spüren bekommen, wie es gehen kann, wenn es sich nicht so verhält. Aber auf die Estrella, ihre Mannschaft und auf Orazio Lomellini könnt Ihr Euch blind verlassen.

Und so stachen wir in See.

Es war eine stockfinstere Neumondnacht, als wir ablegten. Die Estrella schien sich zögernd an der Küstenlinie gen Osten entlangzutasten. Ich stand an der Reling und starrte hinüber zum Festland, bis schließlich die Sonne ihre ersten Strahlen über den Horizont schickte und die Insel zum Funkeln brachte. Dort hinten glaubte ich eine dunkle Rauchfahne zu erkennen, vielleicht ein Abschiedsgruß vom Ätna. Gottes liebster Diamant, erinnerte ich mich, wie schön ist dieses Stück Erde. Und wie unsicher schwankt die Insel auf ihren maroden Säulen. Felipe täte gut daran, hier gründlich für Ordnung zu sorgen. Aber als ich die Insel seit Jahren zum ersten Mal aus der Distanz eines Schiffes sah, da begriff ich sie, die einfache Realität: Auch er, der König selbst, war auf diese mächtige Adelskaste angewiesen, und nur sehr triftige Gründe würden ihn dazu bewegen, sich gegen sie zu stellen. Nein. Er wird hier niemals für Ordnung sorgen, er kann es gar nicht. Hast du vergessen, sagte Marguerites Stimme in mir, welch ein einsamer Mensch Felipe ist und wie schlecht er beraten wird, seit Ruy Gomez tot ist? Hast du vergessen, wie zerbrechlich er seine Macht zwischen dem Adel, den Aufständischen, dem Papst und der Inquisition balanciert? Wie riesig sein Reich sich über die ganze Erde erstreckt? Erst kürzlich war ihm durch den erbenlosen Tod des Königs von Portugal auch noch diese Regentschaft zugefallen. Und die Besitzungen in Übersee. Die Spannungen mit England und Frankreich. Nein. Wegen ein paar tausend Dukaten und einem Landsitz riskierte der König keine Machtprobe in Sizilien.

Trotzdem, sagte ich in den Wind. Ich werde wiederkommen. Ich werde meine Prozesse gewinnen, und dann komme ich wieder.

Ein Schiff jedenfalls habt Ihr schon, sagte eine Stimme hinter mir. Orazio Lomellini stand da, ganz dicht bei mir. Ich bringe Euch fort, und ich bringe Euch auch wieder zurück. Wann immer Ihr wollt.

Was die Zukunft bringen würde – ich mochte nicht daran denken. Auch was gewesen war, das wollte ich vergessen. Während dieser Reise zählte allein die Gegenwart. Das Schiff pflügte sich durch das ultramarinfarben funkelnde Wasser, dem nichts anzusehen war: nicht die Stürme, nicht die Springfluten, auch nicht all die Toten, die auf seinem Grund ruhten. Heute zeigte es sein freundlichstes Gesicht, der Himmel war blau, und ich stand an der Seite von Orazio Lomellini und wünschte mir, dass diese Fahrt niemals enden würde.

Als ich das erste Mal die Kajüte betrat, die ich mit Consuela teilte, war ich sicher, mich in der Tür geirrt zu haben. Die Wände waren mit kostbaren indischen Teppichen behängt, das in die Wand eingelassene Bett hatte einen Vorhang aus weichem Musselin und Polster wie aus einem Märchen aus dem Reiche der Mauren. Dieser Raum ist für eine Prinzessin und ihre Dienerin hergerichtet, dachte ich verwirrt. Was hat das zu bedeuten?

Ist alles da, was Ihr braucht?, hörte ich Orazios Stimme aus dem Dunkel des Ganges.

Kapitän, sagte ich verwirrt, als er neben mir stand, Ihr seid Euch doch darüber im Klaren, wer ich bin ... eine arme Witwe, wollte ich hinzufügen, aber er unterbrach mich.

Aber natürlich. Sofonisba, die Königin der Numider. Ich habe gerade die Geschichte nachgelesen. Kommt, ich zeige Euch meine Bibliothek.

Zum ersten Mal in meinem Leben betrat ich Orazios Reich. Palisanderholz, Leder und Messing. Alles schlicht, funktional und geschmackvoll. Eine Wand des Raums war vollständig von einem Bücherschrank bedeckt. Er schloss ihn auf und zeigte mir, wie in den Regalfächern jedes einzelne Buch zusätzlich gesichert war. Ich will bei Wellengang schließlich nicht von Homer oder Hesiod erschlagen werden, lachte Don Orazio.

Ist es nicht komisch, dass Eure Namensvetterin aus dem Altertum die Tochter eines Asdrubale war, der jetzt Euer Bruder ist? Und er zog ein prächtiges in Leder gebundenes Buch heraus und zeigte mir die Stelle.

Nach dem Abendessen plauderten wir darüber. Asdrubale hatte nie von dieser Geschichte gehört, und ich wunderte mich, wo doch unser Vater mit Bedacht diese Familientradition der Karthargischen Namen pflegte. Was, rief Orazio, Ihr wisst nicht, woher Euer Name stammt? Und so erzähte er die traurige Geschichte der Sofonisba, Tochter des Feldherrn Asdrubale von Karthargo, die man zunächst mit dem numidischen König Massinissa verlobt hatte. Später entschied sich ihr Vater aber aus diplomatischen Gründen anders und verheiratete sie ausgerechnet mit dem politischen Gegner ihres Verlobten namens Syphax. Das Schicksal meinte es nicht gut mit dieser Ehe, Syphax zog in den Krieg gegen die Römer und geriet in Gefangenschaft. Und so konnte Sofonisba nun doch noch ihren einstigen Verlobten Massinissa heiraten ...

Was, rief da Asdrubale aus, nur weil ihr Mann in Gefangenschaft war? Das nenn ich Treue!

Was heißt hier Treue, entgegnete Orazio ungerührt, schließlich hatte sie ja auch ihrem Verlobten gegenüber ihr Wort gegeben. Euer Namensvetter, der König Asdrubale, hat seine Tochter zu diesem ersten Treubruch gezwungen. Aber jetzt beschlossen die beiden, sich nicht mehr zu trennen.

Und wenn sie nicht gestorben sind …

Doch, fuhr Orazio fort und zündete sich eine Pfeife an. Natürlich sind sie gestorben. Sofonisba sogar recht bald. Denn die Römer nahmen auch Massinissa in die Zange und wollten ihn zur Auslieferung der Gattin des Syphax, also seiner Sofonisba, zwingen.

Was hat er da getan?

Er hat ihr Gift gegeben. Und sie hat es getrunken. Sie müssen sehr verzweifelt gewesen sein.

Eine Weile herrschte Stille am Tisch des Kapitäns.

Dann sagte Asdrubale mit einem schiefen Lächeln zu mir:

Da siehst du, Schwester, dagegen hast du ja wirklich noch Glück gehabt.

Aber er war der einzige, der darüber lachen konnte.

Später gingen wir an Deck, Orazio und ich, und er erklärte mir den Himmel, kannte zu jedem Sternbild eine Geschichte. Ich dachte an Don Simone. Auch er hatte mir viel von diesen Himmelslichtern erzählt, und jetzt wollte Orazio alles über den schwach zitternden Schimmer eines neuen Sternes wissen, den ich bei Simone durch sein Okular mehr erahnt als gesehen hatte.

Die Zeit verging wie durch einen Zauberspruch. Als ich spät in der Nacht in meine Kajüte kam, war Consuela noch wach.

Warum schläfst du nicht, fragte ich sie verlegen, du musst nicht auf mich warten.

Consuela half mir schweigend, mein Mieder aufzuhaken, aber ich kannte sie gut genug, um zu spüren, dass sie etwas loswerden wollte.

Er ist ein richtiger Don, sagte sie schließlich, während sie mir half, aus den vielen Röcken zu steigen.

Wer, fragte ich verwirrt.

Don Orazio!

Consuelas Augen strahlten.

Er ist zwar nur ein Kapitän, aber was für einer … Ein echter Señor.

Ich entgegnete nichts. Sie würde schon damit herausrücken, was sie auf dem Herzen hatte.

Er ist in Euch verliebt, platzte es schließlich aus ihr heraus.

Aber nein …

Aber sicher! Er betet Euch an. Das sieht doch jedes Kind.

Consuela zog den Vorhang vor meinem Bett zurück und schüttelte das Kissen auf.

Und Euch gefällt er auch, nicht wahr? Also ich an Eurer Stelle …

Jetzt ist's aber genug, setzte ich dem Ganzen ein Ende. Es ist schon spät. Geh jetzt zu Bett und lass mich schlafen!

Aber ich tat kein Auge zu. Konnten wirklich alle sehen, was in mir vorging? Ich lauschte den gleichmäßigen Atemzügen meiner Dienerin, aber Ruhe fand ich in dieser Nacht keine. Er betet Euch an … klang Consuelas Stimme in mir nach. Mir war heiß, und ich warf die Decke von mir, aber es half alles nichts: Bald begann ich zu frösteln, doch in meinem Innern ließ die Hitze nicht nach.

Schließlich, nach ich weiß nicht wie vielen Stunden, gestand ich es mir endlich ein. Gestand mir ein, dass ich von einer solchen Sehnsucht erfasst war, die ich niemals für möglich gehalten hatte. Alles, was ich wollte, war diese Hände zu halten, meine Stirn an diese Stirn zu lehnen, meine Arme um diesen Körper zu schließen, mich ganz in die seinen zu begeben, mich aufzulösen in seiner Umarmung. Das Begehren überfiel mich wie ein Fieber, in dem ich gleichzeitig fror und schwitzte, zitterte und Qualen litt, die ich nie zuvor gekannt hatte. Michelagniolos Verse fielen mir wieder ein, die ich als junges Mädchen auswendig gelernt hatte, *Fuggite, amanti, Amor, fuggite 'l foco,* ich hatte nicht verstanden, warum man die Liebe fliehen sollte, das Feuer hatte ich immer für eine reine Metapher gehalten, und *L'incendio è aspro e la piaga è mortale* – was sollte denn die Liebe schon für tödliche Wunden schlagen, ich hatte mich gewundert, dass ausgerechnet mein Meister aus Florenz, der selbst wie aus hartem Stein gemeißelt schien, solche Verse geschrieben hatte, aber jetzt begriff ich zum ersten Mal die Bedeutung seiner Worte: *C'oltr'a l'impeto primo più non vale / né forza né ragion né mutar loco,* ja, beim allerersten Ansturm galt es sich zu wappnen oder noch besser: zu fliehen, sonst war man rettungslos verloren. So wie ich.

Warum verloren? Fühlte ich mich nicht reich beschenkt? War

ich nicht auserwählt und über alle Maßen glücklich zu nennen, wenn dieser wundervolle Mann mich liebte? Aber tat er das denn überhaupt? Vielleicht gehörte er zu der Art von Männern, die überall ihr Glück versuchen müssen, um sich selbst zu beweisen? Reizte ihn mein Rang, meine Kunst, mein Ruhm? War es möglich, dass er sich am Ende über mich lustig machte? Nein. Niemals. Dieser Mann nicht. Und wieder stand sein Bild vor mir, ich sah das Lachen in seinen Augen, hörte den Klang seiner Stimme mit dem Genueser Tonfall, roch seinen ganz speziellen, verführerischen Duft …

Ich fand keinen Schlaf in dieser Nacht. Es war nicht mehr zu leugnen, das Feuer aus Michelagniolos Versen hatte mich bereits erfasst, *fuggite* … nein, es war zu spät, um zu fliehen, aber noch war der Verstand nicht restlos besiegt. Mit diesem Mann würde ich bis ans Ende der Welt segeln, dachte ich, ganz egal, wohin … Sei vernünftig, riet Marguerite. Was, glaubst du, kann daraus werden? Du bist viel älter als er. Erinnerst du dich nicht, was er gesagt hat? Seine Unabhängigkeit ist ihm heilig. Das Einzige, was dieser Mann dir mit Sicherheit bescheren wird, ist eine weitere Enttäuschung.

Als dann endlich der Morgen graute, hatte ich meine Sicherheit zurückgewonnen. Und wenn schon, sagte ich mir. Schließlich bin ich kein junges, dummes Mädchen mehr. Auch mir ist meine Unabhängigkeit etwas wert. Vielleicht werde ich doch nicht in Cremona bleiben. Vielleicht sollte ich mir etwas Eigenes suchen, wie, das weiß ich auch noch nicht. Der Vorzug einer Witwenschaft ist schließlich, dass man einmal wieder tun und lassen kann, was man will. So wie damals, am Ufer des Tajo, kommen und gehen, wie es einem beliebt …

Und wenn ich auch Consuelas verstohlen-wohlwollende Blicke auf mich gerichtet fühlte und mir auch nicht entging, wie mein Bruder mich scharf im Auge behielt, so scherte ich mich nicht darum und verbrachte den Tag mit Orazio. Keinen einzigen Moment, den ich in seiner Nähe sein konnte, wollte ich versäumen. An diesem zweiten Reisetag zeigte er mir das ganze Schiff, erklärte mir die Navigationsgeräte, entrollte vor mir die Karten. Wir segelten immer nahe der Küste, inzwischen hatten wir längst Kurs gegen Norden genommen, immer dem italienischen Festland entlang, das jedoch die meiste Zeit hinter dem Horizont verborgen blieb. Der Steuermann, ein stämmiger Sarde mit gezwirbeltem Bart, ließ mich das Steuer halten und erzählte in seinem näselnden Akzent von Riffen und Strömungen in dieser Gegend. Der Himmel leuchtete wie eine gehärtete Klinge, das Wasser reflektierte die kalten Strahlen der Wintersonne, und der Wind riss an meinem Mantel. So konnte es bleiben.

Beim Abendessen, mitten in eine fröhliche Unterhaltung zwischen Orazio und mir, fragte Asdrubale, der bis dahin geschwiegen hatte: Wo befinden wir uns eigentlich im Augenblick, Don Orazio?

Auf der Höhe von Capri, gab Orazio zur Antwort und schenkte mir Wein nach. Wenn Ihr jetzt an Deck geht, könnt Ihr vielleicht die Lichter der Festung sehen.

Mein Bruder richtete seine grünen Augen auf mich. Schwieg. Und wandte sich wieder dem Essen zu. Ich wusste, was er dachte. Dann liegt da unter uns irgendwo Fabrizio.

Sieh mich nicht so an, wollte ich ihn anschreien. Aber nein, ermahnte mich Marguerite, das sind doch nur deine eigenen Gedanken, die Gespenster deiner Vergangenheit, die sich in dir regen …

Was ist mit Euch, hörte ich Orazio leise fragen.

Nichts, wollte ich sagen, aber ich konnte nicht, Tränen hatten mir die Kehle zugeschnürt. Hier hatte vor knapp zwei Jahren Fabrizio um sein Leben gekämpft, hier hatte er sterben müssen, lag vielleicht immer noch irgendwo da unten, und ich saß da, trank Wein und lachte und war bis in die letzte Pore erfüllt von der Sehnsucht nach einem anderen Mann …

Ich murmelte eine Entschuldigung, verließ die Tafel und lief die Treppe hinauf zum Deck. Es war viel zu kalt ohne meinen Mantel, ich fühlte es und fühlte es doch nicht. Ich sah zum Horizont, und tatsächlich, dort waren Lichter. Ob es wirklich die Festung von Capri war oder eine andere Ansiedlung, ganz egal, voller Wucht brach all das Elend der vergangenen zwei Jahre wieder über mich herein, der Schock und die Trauer, das bittere Gefühl der Schuld, der Verlust des Kindes, alles, alles war wieder da. Von unten hörte ich Stimmen, dann Schritte, die sich im Innern des Schiffs verloren. Und dann war da nichts mehr als das Heulen des Windes in der Takelage, das Klatschen der Wellen und mein eigenes Schluchzen.

Irgendwann bemerkte ich, dass mein Mantel um meine Schultern lag. Orazio stand in der Nähe, auch er schaute in Richtung der Lichter an Land. Als er sah, dass ich ihn bemerkt hatte, kam er zu mir, legte mir behutsam den Arm um die Schultern. Wir sprachen nicht. Ein paarmal noch kamen mir die Tränen, dann waren sie endgültig verebbt. Als ich endlich wieder ruhig atmete, spürte ich seine Wärme und lehnte mich an ihn. Mein Kopf war völlig leer, als seien alle Gedanken, Bilder und Erinnerungen mit meinen Tränen aus ihm gewichen. Orazio zog mich noch fester an sich und küsste mich. Und wieder hörte die Zeit auf zu existieren, es war, als kennten wir uns schon lange, seit undenkbaren Zeiten, und knüpften dort an, wo wir einmal, wann und warum auch immer, unterbrochen worden waren. Irgendwann führte mich Orazio, ohne seinen Arm von mir zu nehmen, die Treppe hinunter unter Deck und zu seiner Kajüte. Drinnen nahm er mir den Mantel ab, kniete vor mir nieder und zog mir meine klammen Schuhe und Strümpfe aus. Wärmte mir die Zehen, die Knöchel, die Knie. Wärmte mich, bis ich ganz und gar in Flammen stand, nein, dachte ich, Michelagniolo hat nicht Recht, diese Glut ist alles andere als bitter, und ob die Wunde wirklich tödlich ist, das wird man erst noch sehen … dann führte mich Orazio zu seinem Lager – das ist also das Bett des Kapitäns Lomellini, dachte ich noch, und dann dachte ich gar nichts mehr, überließ mich seinen Händen, seinen Lippen, seinem Körper und der unendlichen Bewegtheit des Meeres.

Das war am 20. Dezember 1579. Der vierte Advent. Niemals werde ich dieses Datum vergessen. Heute ist wieder ein 20. Dezember, und aus der Küche dringen Lachsalven und Frauenstimmen, die sich bemühen, sich gegenseitig zu übertönen …

Es sind meine kostbarsten Bilder, zarte lupenreine Perlen. Die Erinnerung ist ein Schatzkästlein, und ich hole sie selten daraus hervor, als könnten sie verblassen und zerfallen durch eine Überdosis Gegenwart. Die Nacht. Der Kapitän. Und ich. Das Meer, das uns ineinander schwemmt und auseinander trägt. Das Schiff, das sich zur Seite legt und unsere Umarmung umarrangiert.

Als wir endlich entspannt ruhten, ehe das Verlangen wiederkehrte, friedlich die Glieder ineinander verflochten, sein Atem an meinem Hals, während die Wogen unser Bett hoben und senkten, da dachte ich wieder an Fabrizio, dort unten auf dem Meer. Einen Moment lang fühlte ich wieder den alten Schmerz, dann brach er auf wie eine reife Frucht und löste sich auf in nichts. Fabrizio würde es gutheißen, dachte ich. Er hätte nicht gewollt, dass ich lebenslang um ihn trauerte. Und während ich in einen Traum hinüberglitt, sah ich ihn wie schwebend unten im Wasser, er lächelte und winkte mir zu, und da erkannte ich, dass ihm Flossen gewachsen waren statt seiner Hände und Beine, Colapesce, rief ich, ich wusste gar nicht, dass du Colapesce bist, und winkte ihm nach, als er wie ein Fisch in der Tiefe des Meeres verschwand.

Heirate mich, sagte Orazio, als ich am Morgen in seinem Arm erwachte.

Du bist verrückt, flüsterte ich, noch halb in den Traumbildern verfangen.

Du hast Recht, lachte dieser Mann und küsste mich. Verrückt. Nach dir.

Wer allerdings nichts gut hieß, das war mein Bruder. Demonstrativ verließ er die nächsten Tage seine Kajüte nicht mehr. Er ließ sich sogar das Essen nach unten bringen.

Gut, dachte ich, wenn er es so haben will. Mir soll es recht sein. Ich gewann immer mehr Distanz zu diesem jungen Mann, der sich in mein Leben gemischt hatte. Du bist undankbar, schalt mich Marguerite. Aber ich konnte es drehen und wenden, wie ich wollte – auch wenn wir bereits mehr als ein Jahr gemeinsam in Palermo verbracht hatten, war mir dieser Bruder ein Fremder geblieben. Und wenn ich ehrlich bin, dann muss ich gestehen, dass ich ihn einfach vergaß, damals, an Bord der Estrella. Die Tage verbrachte ich an Deck, der Winterwind trieb mir die Tränen aus den Augen, ich lehnte mich an Orazios Arm, konnte mich nicht satt sehen an den vielen verschiedenen Farbtönen, die das Meer annahm, jede Wolke, die vorüberzog, mischte eine neue Nuance, die sich in Orazios Augen widerspiegelte.

Orazios Augen. Orazios Hände. Orazios Haar. Seine Gestalt, wenn er mit sicheren Schritten bei noch so starkem Seegang über die Planken schritt. Seine Stimme, mit der er Befehle gab und Anordnungen traf, und dann dieselbe und doch so verwandelte Stimme, mit der er mich rief, mit mir sprach und mir Zärtlichkeiten ins Ohr sagte. Sein Duft nach Meer und eine Ahnung von Moschus, die sich an seinen geheimsten Stellen zur Gewissheit verdichtete. Und vor allem sein Lachen. Wenn Orazio lachte, dann verwandelte sich die Welt, dann verwandelte ich mich, jung und leicht fühlte ich mich, die Bürde der Trauer und Resignation, die sich über mich gelegt hatte wie eine Patina, löste sich auf in nichts.

Heiratet mich, wiederholte Orazio Lomellini, als wir die Isole Ponziane passierten, und noch einmal auf der Höhe von Ostia. Und mitten im Wind, der zunahm, je weiter wir gen Norden kamen, mitten im Wellenschäumen und Segelknattern, fand ich schließlich ausreichend Mut und warf alle Bedenken über Bord.

Ja, dachte ich, lass uns heiraten. Lass uns niemals dieses Schiff mehr verlassen. Lass uns immer so über die Meere segeln, du und ich, und alles andere wird aufhören zu existieren. Ich wusste, dass es Wahnsinn war, es war genau die Art von Wahnsinn, die ich immer geliebt hatte, die mich lebendig machte, und die ich in dieser Konsequenz noch niemals gewagt hatte. Aber jetzt, als ich schon geglaubt hatte, mein Leben sei vorbei, jetzt, wo ich alle Hoffnungen und Pläne hatte fahren lassen, jetzt war er mit einem Mal möglich, dieser Wahnsinn des Glücks, ganz egal, was andere Menschen dazu sagen würden.

Nein, ich hatte keine Lust mehr, mich nach anderen zu richten. Felipe musste einsehen, dass ich jetzt über mein Leben selbst entschied. Ich würde ihn nicht um Erlaubnis fragen, auch wenn ich wie jede *criada* des persönlichen Umkreises des Königs eigentlich dazu verpflichtet war. Sollte ich mein Glück etwa von seinem Einverständnis abhängig machen? Sollte ich wieder Jahr um Jahr verwarten, bis Verträge geschlossen wären, die mir letztendlich doch nicht helfen würden? Nein. Auf gar keinen Fall.

Und ich stellte sie mir vor, diese Aufregung. Felipes Gesicht. Den Conte Broccardo. All die blasierten Höflinge. Habt Ihr schon gehört? Sofonisba Anguissola hat einen Kapitän geheiratet. Ich musste lachen. Konnte gar nicht mehr aufhören, nahm Orazios Arm, lehnte mich an ihn und erstickte fast. Und mit diesem Lachen löste sich alles auf, meine Bindung an die strengen Regeln des Hofes, all die Fesseln der Konventionen, die das Leben so kompliziert machten. Sollten sie sich doch alle die Mäuler zerreißen – ich würde jetzt tun, was ich im tiefsten Herzen für richtig hielt.

Ja, sagte ich, stellte mich auf die Zehenspitzen und küsste Orazio auf die verdutzten Augen. Ja. Jajaja. Lass uns heiraten. Und da lachte auch er, packte mich in der Taille und schwenkte mich über das Deck, dass mir Hören und Sehen verging. Ja, jubelte ich, und konnte nicht aufhören mit Lachen, ja, lachte er, jajaja.

Und wann?, fragte ich, als ich wieder zu Atem kam.

Wann immer du willst, sagte Orazio glücklich.

An Weihnachten, schlug ich vor.

Gut, strahlte Orazio. Und wenn wir dafür einen Hafen ansteuern müssen. Am Geburtstag des Heiligen Kindes.

Wie auf ein Stichwort zog eine dunkle Wolke vor die Sonne. Plötzlich war mir kalt. Die Freude war verebbt.

Ich muss dir noch etwas sagen, begann ich.

Ich dir auch, gab Orazio ernst zurück.

Ich werde keine Kinder mehr bekommen.

Jetzt war es heraus. Er war schließlich noch jung. Achtunddreißig Jahre. Was war das schon für einen Mann. Und irgendwann würde auch er sich eine richtige Familie wünschen.

Das macht nichts, sagte er ernst und nahm meine Hände. Ich hab nämlich schon ein Kind. Einen Sohn. Das ist es, was ich dir noch sagen wollte. Sieh mich nicht so an. Du wirst ihn mögen. Er lebt bei seiner Mutter in Palermo. Vier Jahre ist er alt.

Und … seine Mutter?

Das ist schon lange vorbei. Bianca und ich, wir sehen uns nur noch Pietros wegen. Er ist ein prächtiger Junge. Ich bin sehr stolz auf ihn.

Natürlich, dachte ich. So ist das nun mal. Beide sind wir Menschen mit einer Vergangenheit. Wieso soll ausgerechnet Orazio gelebt haben wie ein Mönch? Und ist es nicht eine glückliche Fügung, dass er bereits einen Sohn hat?

Gibt es nur … Pietro?, fragte ich vorsichtig.

Nur Pietro, sagte Orazio und sah mir fest in die Augen. Und dabei wird es bleiben.

So wiederholt sich die Geschichte, ging es mir durch den Kopf.

Zuerst war Orazio ein illegitimer Sohn. Dann zeugte er selbst einen. Ich dachte an meinen eigenen kleinen Jungen, der so kurz vorbeigeschaut hatte auf dieser Welt, um sich gleich wieder zu verabschieden. Fast zwei Jahre wäre er jetzt alt … Ich jedenfalls würde keinen Keil zwischen Orazio und seinen Sohn in Palermo treiben. Wir würden für ihn sorgen, Orazio und ich.

Plötzlich war alles einfach. Die Zukunft wieder eine verhandelbare Größe. Das Leben lag nicht hinter mir mit meinen vierundvierzig Jahren, nein, ein neuer Abschnitt würde beginnen, ein neues Leben an der Seite dieses Mannes. Mein Entschluss stand fest. Ich würde niemanden um Erlaubnis fragen. Auch nicht Felipe. Ich würde sie alle vor vollendete Tatsachen stellen, das war es, was ich gelernt hatte in den vergangenen fünf Jahren. Hilf dir selbst und triff deine Entscheidungen. Und nachdem ich mich entschieden hatte, die Frau Orazio Lomellinis, des Kapitäns, zu werden, war alles ganz einfach.

Wir würden in Genua leben. Orazio hatte dort eine Wohnung, seine Verwandten und Freunde. Sie werden begeistert von dir sein, strahlte Orazio. Er würde weiterhin zur See fahren, die Route Genua–Sizilien auf der Estrella. Vielleicht könnte ich Felipe dazu bewegen, Orazio in seine Dienste zu nehmen und ihm eine königliche Galeere anzuvertrauen. Wieder einmal war ich dabei, Pläne zu schmieden. Aber zunächst einmal mussten wir ankommen. Weihnachten stand vor der Tür. Je weiter wir nach Norden kamen, desto stürmischer wurde die See. Als wir Elba passierten, peitschte ein Schneesturm über das Meer und schüttelte die Estrella derartig durch, dass sogar mir angst und bang wurde.

Morgen laufen wir Pisa an, beschloss Orazio. Diesen Sturm müssen wir vorüberziehen lassen. Was meinst du, fragte er mich, ist Pisa eine schöne Stadt, um zu heiraten?

Am Abend klopfte ich an die Tür meines Bruders. Ich musste mehrmals gegen das Holz pochen, bis ich endlich ein Herein vernahm. Ich hatte nicht erwartet, dass Asdrubale von meinen Heiratsplänen begeistert sein würde. Aber seine offene Feindseligkeit war wie ein Schlag ins Gesicht.

Das wird der König niemals erlauben, sagte er.

Das lass nur meine Sorge sein, antwortete ich ruhig.

Du musst vollkommen verrückt geworden sein, Schwester,

brach es aus meinem Bruder heraus. Dass du dich herabwürdigst, einen Seemann in dein Bett zu lassen – nun gut. Das ist deine Sache. Aber dass du so weit gehen würdest, nein, das hätte ich nicht gedacht. Hast du nicht schon genug Unheil gestiftet? Musst du jetzt auch noch mich und die ganze Familie mit einer solchen Mesalliance kompromittieren?

Ich bereute bereits, überhaupt gekommen zu sein. Aber Asdrubale war noch nicht fertig.

Du wirst das nicht tun, schrie er mich an.

Ich starrte ihn an. Noch nie in meinem Leben hatte jemand so mit mir gesprochen.

Ich werde tun, was ich für richtig …

Ich verbiete es dir!, schnitt mir Asdrubale das Wort ab. Als Familienoberhaupt werde ich mein Veto einlegen …

Familienoberhaupt, schrie jetzt auch ich, du willst Familienoberhaupt sein? Kannst du mir sagen, was du jemals für die Familie Anguissola getan hast, außer ihr auf der Tasche zu liegen? Ich habe schon zum Unterhalt unserer Familie beigetragen, da warst du noch nicht einmal auf der Welt. Seit du geboren bist, lebt ihr alle von mir, von meinen Renten, die ich auf Vaters und dann auf deinen Namen überschrieben habe. Wie oft hab ich nicht Bettelbriefe von dir erhalten und dir mein letztes Geld geschickt? Und jetzt? Jetzt willst ausgerechnet du mir sagen, was ich zu tun oder zu lassen habe?

Asdrubale war kreidebleich geworden.

Nimm doch Vernunft an, Schwester. Nimm die Dinge, wie sie sind. Dieser Bastard ist viel jünger als du. Du bist eine alte Frau, Sofonisba, das Spiel ist aus. Du hattest deinen Spaß, in Madrid und sonst wo. Aber jetzt kommst du wieder mit nach Hause. Denk an deine Mutter! Soll ich ihr vielleicht sagen, dass du mit einem Kapitän durchgebrannt bist? Willst du das?

Es war eng in dieser Kajüte. Der Sturm warf das Schiff hin und her. Asdrubale klammerte sich an der Kante seiner Koje, auf der er saß, fest. Ich stemmte mich mit dem Rücken gegen die Tür, um nicht zu stürzen.

Dieses Gespräch ist für mich beendet, sagte ich so ruhig wie möglich. Morgen laufen wir Pisa an. Wir werden ein paar Tage dort bleiben müssen. Übermorgen ist Weihnachten. Du kannst dir ja immer noch überlegen, ob du bei unserer Trauung dabei sein willst.

Und damit öffnete ich die Tür.

Der ist doch nur hinter deinem Geld her, du Närrin, brüllte mir Asdrubale hinterher. Nicht lange, und du stehst wieder ganz allein da, ohne alles. Glaub bloß nicht, dass du dann wieder auf mich zählen kannst. Wenn du jetzt nicht mit nach Hause kommst, dann brauchst du auch später nicht zu kommen.

Genug jetzt, gab ich zurück. Ich weiß genau, wer hinter meinem Geld her ist und wer nicht. Aber ich gebe dir einen Rat: Sieh zu, dass du selbst zu etwas kommst. Verdien dir dein eigenes Geld. Dann reden wir weiter.

Und damit ging ich.

Hör endlich auf zu heulen, sagt Sofonisba, sei froh, dass dich deine Familie in Ruhe lässt. Je weniger man mit denen zu tun hat, desto besser.

Und sie hat Recht. Ja, ich pfeife auf sie alle, aber die Tränen laufen nur noch heftiger. Das sind die Nerven, das ist dieses schreckliche Gedudel, das macht O DU FRÖHLICHE und der traurige Geruch nach Kinderpunsch.

26

Auf das Farbenreiben

wird von vielen Praktikern großes Gewicht gelegt, und sie sehen darauf, dass der Reibstein, auf welchem die Farben eine nach der anderen gerieben werden, immer gereinigt werde, und das geschieht mittels Brotkrumen. Sie beginnen auch stets damit, zuerst die hellen Farben zu reiben und gehen so zu den dunkleren über, zunächst die natürlichen, dann die künstlichen derselben Sorte; also von Bleiweiß bis zu den letzten Dunkelheiten …

Am Morgen betrachte ich in aller Ruhe das Kreglerportrait. Sofonisba hat mal wieder ausgezeichnete Arbeit geleistet. Ein Wunder, wie sie es immer schafft, selbst den unscheinbarsten und unansehnlichsten Kreaturen zu einem Bild zu verhelfen, auf das sie ihr Leben lang stolz sind, aus dem sie mitunter sogar die Kraft schöpfen, über ihren eigenen Schatten hinauszuwachsen und diesem Abbild aus der Hand einer Künstlerin wenigstens ein Stück weit gerecht zu werden.

Sie hat Kregler aus einem Blickwinkel gemalt, der seine Größe zwar nicht kaschiert, aber im Verhältnis zu den Proportionen des Raums ein wenig zu seinen Gunsten zurechtrückt. Das Licht fällt durch das Fenster von rechts oben auf sein Gesicht und verleiht ihm zwar nicht das innere Leuchten, das Sofonisba den Menschen vorbehalten hat, die es ihr auch wirklich zeigen, sondern mehr den fahlen Widerschein einer unsichtbaren Wintersonne. Die Nuancen des Hintergrunds, des Raumes und Kreglers Kleidung sind sorgfältig aufeinander abgestimmt, das Dämmerlicht verwischt ein wenig die Formen, nur die Hände und das Gesicht sind klar umrissen.

Sie hat die freie Technik ihrer späten Bilder gewählt, der großzügige Pinselstrich, die Auflösung der Konturen. Völlig neu ist ihre Darstellung der Landschaft, fast schon naturalistisch, während sie früher die Veduten aus Fenstern immer extrem stilisiert gehalten hat in der Tradition Raffaels und Tizians, bläulich vernebelte, mitunter auch idealisierte Landschaften oder Stadtansichten. Diesmal aber hat sie in Grün geschwelgt, und tatsächlich ist der Blick aus Kreglers Fenster der eigentliche Mittelpunkt des Bildes, die Öffnung ins Wunderbare aus einem Raum der Düsternis.

Hast du es bemerkt? Ich habe ein paar Fälschereien hineingeschmuggelt.

Ja natürlich habe ich es bemerkt. Gerade diese Aussicht. So hat niemand im 16. Jahrhundert eine Landschaft gemalt. Sofonisba hat ihren Spaß daran. Ist das nicht komisch, lacht sie, während sie dich hier als Fälscherin festhalten, betätigt sich Sofonisba Anguissola an ihren eigenen Bildern als Fälscherin. Das haben sie jetzt davon. Aber es gibt noch mehr. Sag bloß, du siehst es nicht?

Was soll das, gebe ich zurück, du bist ich und ich bin du. Natürlich habe ich bemerkt, dass du die Hände naß in naß gemalt hast. So etwas hättest du früher niemals gemacht. Ich dachte, du willst schneller fertig werden. Und hier und da hast du das Inkarnat der Imprimatura stehen lassen, an der Stirn zum Beispiel. Und am Kinn. Früher hättest du gesagt, dass das schlampige Arbeit ist. Aber es hat auch seinen Reiz, nicht wahr? Und für Kregler ist es ganz in Ordnung.

Und für Moos auch, fügt Sofonisba hinzu. Eigentlich könnten wir schon jetzt das Gutachten formulieren. Du lieber Himmel, was ich nicht alles für dich tu …

Ich gehe ein paar Schritte zurück und betrachte das Bild aus dieser Entfernung. Auch ein Fachmann wird mit bloßem Auge nichts bemerken. Eine erstklassige Arbeit, das ist es, was sie zunächst sagen werden. Aber die Enttäuschung wird nicht auf sich warten lassen. Ob Giallolino oder Neapelgelb, das spielt jetzt auch keine Rolle mehr. Eindeutig kein Bild von der großen Anguissola.

Eine Fälschung aus ihrer Hand, kichert Sofonisba. Was würde Nagel wohl sagen, wenn er das wüsste?

Nagel. Muss sie mich an ihn erinnern? Du denkst doch unablässig an ihn, flüstert Marguerite. Nein, das ist nicht wahr!

Aber sie hat Recht. Mit einem Mal steht er wieder vor mir, dieser Traum, ja, heute Nacht habe ich wieder von ihm geträumt.

Er war es, der am Mast der Estrella stand, in seinem tadellosen schwarzen Maßanzug, ein schwarzes T-Shirt unter dem Sakko, und den Matrosen Befehle zurief. Er war es, der mir in Orazios Kajüte die Bibliothek zeigte, aber als er den Bücherschrank aufschloss, lagerten darin unzählige Flaschen Wein, alle in der bauchigen Form und mit dem Siegel LA FATA MONCATA.

Ich habe sie alle, sagte Nagels Traumgestalt, alle Jahrgänge, und die transportiere ich jetzt in die Gegenwart.

Was ist die Gegenwart, wollte ich fragen, aber da stand ich schon wieder auf dem Gang, jetzt war es der Gang des Gefängnisses, ich ging an einer Tür vorbei, die aussah wie eine Zellentür, aber als ich durch das Guckloch schauen wollte, sprang die Tür von selber auf, und drinnen saß Marie und die war in schwerem Eisen an einen Ruderplatz gekettet und sah mich mit hohlen Augen an. Ich muss rudern, sagte sie, und ihre Stimme ließ mir das Blut in den Adern gefrieren, so rau war sie, so gebrochen, mit dieser Stimme wird sie nie wieder MARIA DURCH EIN DORNWALD GEHT singen können … rudern, wiederholte Marie, zu meinen Kindern muss ich rudern … aber da ging ein Zittern und Beben durch das ganze Gefängnisschiff, ein schreckliches Geräusch wie ein großes Zerbersten, dann sah ich den Gang aufreißen und eine Welle auf mich zuschießen. Ein großes Geschrei hob an aus vielen geängstigten Kehlen, unmenschlich, und ich sah, wie die Welle Marie erfasste und davonspülte, und auch ich wurde hochgehoben und durcheinander gewirbelt, ein Dröhnen, ein Rauschen, dann war Stille, eine entsetzliche Stille, Marie, wollte ich rufen, aber etwas verschluckte meine Stimme, nur ein leises Gurgeln war zu hören, nur ein paar Blasen stiegen auf. Irgendwann trieb ich oben auf dem Meer. Ich hielt mich an etwas fest, ich wusste nicht, was es war. Um mich her nichts als Trümmer, zerbrochene Planken, Kisten, Bündel. Dazwischen ein Mensch. Fabrizio, schrie ich. Aber es war nicht Fabrizio, es war auch nicht Orazio, es war Nagel, und er hielt sich an einer Kiste fest. Wo sind die anderen, fragte ich, wo ist Marie, aber ich wusste, sie war untergegangen und ertrunken. Weine nicht, sagte Frieder Nagel. Er saß auf seiner Kiste und schüttelte Wassertropfen von seinem Maßanzug, wie Perlen glitzerten sie in der Sonne. Du musst nicht weinen. Ich hab sie gefunden, endlich, und ich bringe sie jetzt in die Gegenwart. Was denn?, wollte ich wissen, was hast du gefunden? Was ist das, worauf du da sitzt?

Die Wahrheit, sagte Nagel. Ich hab die Wahrheit gefunden. Und jetzt bring ich sie heim.

Ich muss mich auf einen der Hocker setzen. Er war mir entglitten, dieser Traum, wie es oft geht, wenn man zu beschäftigt ist mit dem Aufwachen und den sinnlosen ersten Verrichtungen des frühen Morgens.

Marie. Wir haben uns noch gesehen heute Morgen, gerade, als sie mich abholten, um mich hierher ins Atelier zu bringen, hat man auch sie geholt. Und während die Schließerinnen mit den Schlüsseln beschäftigt waren, gelang es uns noch, ein paar Worte zu wechseln.

Alles Gute, sagte ich. Ich denk an dich.

Marie stand still und ernst da in ihrem dunklen Sonntagskleid, das ich noch nie gesehen hatte. Zuerst dachte ich, sie trägt die Hände gefaltet vor dem Bauch, aber dann sah ich, dass man ihr schon die Handschellen angelegt hatte.

Es wird alles gut, sagte sie mit fester Stimme, aber die Blässe in ihrem Gesicht verriet mir, dass sie schlecht geschlafen hatte.

Sicher, sagte ich.

Wenn es nur schon rum wäre, murmelte sie, und ich legte kurz den Arm um ihre Schulter, drückte sie.

Du machst das schon.

Und da hatten sie die Tür auch schon aufgeschlossen und sahen sich nach uns um. Aufrecht ging sie davon, meine Marie, hinter den beiden Beamtinnen her.

Sicherlich wird alles gut werden. Das psychologische Gutachten wird zweifellos an den Tag bringen, welch ein harmloser, gutmütiger Mensch Marie im Grunde ist. Aber dann sehe ich wieder, wie die Welle sie samt Ketten in den Abgrund reißt. Mir wird flau im Magen. Das wird das Frühstück sein, das ich heute endlich einmal wieder heruntergewürgt habe. Dieser scheußliche Katreinerkaffee. Du musst daran glauben, sagt Marguerite, sie jedenfalls glaubt daran. Oh ja, stöhne ich, auch ich möchte es nur zu gerne! In drei Tagen ist Weihnachten, und es ist schwer, hier zu sitzen ohne jeden Trost. Vielleicht geschieht ja doch ein Wunder, Marie jedenfalls hätte es verdient.

Ich gebe mir einen Ruck und stehe auf. Das Bild. Es ist fast fertig. Der Schlüssel noch, ein Hauch von Auripigment, um ihm diesen magischen Glanz zu verleihen, die vom Fenster am weitesten entfernte Stelle, die gerade noch vom Licht getroffen wird. Aber die Schlüssel sind doch gar nicht golden, hatte Marie eingewandt, sie sind aus Stahl. Natürlich hat sie Recht. Aber dieser Kregler wird einen goldenen Schlüssel halten, keinen Schlüsselbund, sondern einen einzigen, auch der Form nach nicht mit diesen modernen Schließgeräten identisch, sondern so, wie sich ein Kind einen Schlüssel denkt. Ich gehe auf das Regal zu, wo das Auripigment steht, dann überlege ich es mir anders. Es darf nicht zu früh fertig werden, dieses offizielle Sofonisba-Bild. Erst muss ich das andere beenden. Marie wird diese goldene Farbe, die ihr so gefällt, für mich mit Öl anreiben und mir von ihrer Zunkunft erzählen. Inzwischen werde ich die Zeit nutzen, um das zweite Bild aus seinem Versteck zu holen und daran weiterzuarbeiten.

Vorsichtig löse ich es aus dem Rahmen von Sofonisbas Bild. Stelle es auf die Staffelei. Und gleich ist wieder diese Nacht da, die Nacht, in der sie kamen, als er dastand und zusah … und wie von allein bewegen sich meine Hände, mischen Nuancen, wählen Pinsel, tragen Farbe frei auf die Leinwand auf, ich benutze nicht den Stab, den Sofonisba unten an die Staffelei anlegt und oben gegen den Rahmen der Leinwand, als Stütze für die Hand, die den Pinsel führt, um akkurate messerscharfe Linien und Striche ziehen zu können. Meine Hand darf ruhig zittern.

Es ist sein Gesicht, das dieses Bild beherrscht. Es ist Kreglers verborgenes Antlitz, das ich gesehen habe einen Moment lang und das ich wieder erkannt habe durch alle Zeiten. Und wie ich Schicht um Schicht übereinander lege, werden die einzelnen Partien unversehens zu Landschaften, und ich mitten darin oder nein, nicht ich, sondern Marguerite, wie sie von Ort zu Ort zieht zusammen mit Adeline de Cherbourg, die das Tambouret schlägt und die Zimbeln, wenn sie die Menschen auf dem großen Platz zusammenrufen, um ihnen die Botschaft der freien Seele zu verkünden und mit ihnen Marguerites Lieder zu singen nach Adelines Melodien. Und ich sehe die Menschenmengen zusammenlaufen, Marguerite ist berühmt dafür, dass sie fesselnd erzählt, die Stunden verfliegen wie im Traum, wenn man ihr lauscht, und der Weg zu Gott liegt mit einem Mal offen und gangbar vor den eigenen Füßen. Auch die Kinder lieben diese Frauen in der beigen Tracht der Beginen, die für jeden etwas haben, ein Plätzchen, ein Kräuterbonbon oder einfach ein Lied. Und ich sehe die Menge lachen und sich auf die Schenkel schlagen, wenn Marguerite erzählt, wie sie die Tugend ein für alle Mal verabschiedet hat, und sie werden still und horchen auf, wenn sie hören, dass der, der Gott folgt und von ganzer Seele liebt, all die Tugendregeln und Normen nicht mehr braucht, da er ohnehin nichts tut, ja, noch nicht einmal denkt, was Gott zuwider wäre, und wie leicht es sich lebt, ledig all der Konventionen und umständlichen Rituale, ja, da nickt so mancher gibt ihr Recht. Und jeder, der lesen kann, kauft sich ihr Buch.

Aber ich sehe auch andere, schwarze Gestalten, die sich unter die Menge mischen und gute Miene machen zur allgemeinen Heiterkeit, aber in denen es kocht und brodelt, wenn sie hören, was dieses unverfrorene Frauenzimmer da zum Besten gibt. Ich sehe einen darunter, er ist Marguerites Gastgeber für diese Nacht, der Pfarrer der Gemeinde Ban-de-Laveline. An diesem Abend wird er sie aushorchen und später Anzeige erstatten, die Verräter lauern überall, oftmals geben sie sich als deine Freunde, aber in Wirklichkeit senden sie Boten zum Bischof oder schlimmer noch: nach Paris an die Fakultät. Und du, Marguerite, hast das gar nicht bemerkt? Aber sie lacht nur. Der Bischof, der ist ein kluger Mann, er hat mein Buch geprüft und eine Beurteilung geschrieben für die Herren in Paris, er hat es von aller Irrlehre freigesprochen. Glaubst du wirklich, Marguerite, es wird dir helfen?

Und ich nehme Kupfergrün auf die Palette für die Partie der Stirn, auf Kupfergrün wird das Neapelgelb noch fahler wirken und unergründlich. Was hast du gedacht, frage ich Marguerite, als du dein Buch auf dem Scheiterhaufen brennen sahst? Fasziniert hast du zugesehen, wie sich die Seiten langsam kräuselten unter den Feuerzungen und dann zu Asche zerschmolzen. Hast du nicht gewusst, dass das der Anfang war und dass es nicht lange dauern würde, bis du anstelle deines Buches brennen würdest? Was gab dir den Mut, trotz des Verbots dein Tambouret zu schlagen und von den Eseln zu singen, die in den Kirchen ihr Heil suchen? Warum bist du nicht nach Hause gegangen, du dumme alte Frau, und hast im Stillen deinem Gott gedient? Glaubst du wirklich, er wollte dieses Opfer? Warum bist du eigentlich nicht bei ihm, eins mit ihm und er mit dir?

Mit Gott, gibt Marguerite leise zur Antwort, verhält es sich eben anders, als wir Menschen zu Lebzeiten denken. Und mit dem Tod ebenso.

Ja, sagt auch Sofonisba, mit dem Tod ist es so eine Sache, auch du wirst das noch einmal merken. Wir sind tot und doch recht lebendig, und es gibt Lebende, die sind toter als wir. Sieh dich um. Schau dir zum Beispiel diesen hier an. Und du selbst, sieh in den Spiegel – oder wie ich damals. Als Witwe. In diesen schwarzen Kleidern hätte man mich auch gleich beerdigen können. Heute verstehe ich die Empörung meines Bruders: Was sich an Bord der Estrella unter seinen entsetzten Augen vollzog, war nicht mehr und nicht weniger als die Auferstehung einer Toten, die er bereits beerbt zu haben glaubte.

Sie lacht. Oder bin ich es? In dem Kupfergrün sehe ich das aufgewühlte Meer vor der toskanischen Küste, sehe die Estrella, die sich gegen den Schneesturm stemmt. Es war das Schlimmste, was ich jemals an Bord eines Schiffes erleben musste, der Wind hatte das hintere, kleine Segel zerrissen und wirbelte die Karavelle wie eine Nussschale hin und her. Wir waren alle heilfroh, als wir schließlich im Hafen von Livorno vor Anker lagen. Halb tot bestiegen wir ein paar Kutschen und kämpften uns bis nach Pisa weiter.

Und Asdrubale? So schnell wie der Pfeil an Land und auf und davon, noch ehe ich richtig begriffen hatte, dass der Anker richtig saß. Als sei er dem Teufel entronnen, lachte Orazio.

Wir beschlossen, in Pisa zu bleiben. Orazio hatte sein Schiff in der Obhut seiner Mannschaft unter der Aufsicht des Steuermanns in dem neu ausgebauten Hafen von Livorno zurückgelassen, bis die Sturmschäden ausgebessert waren. Weihnachten stand vor der Tür, und wir konnten es nicht erwarten, den definitiven Schritt unserer Heirat zu vollziehen.

Ich war mir darüber im Klaren, wie delikat meine Ankunft in Pisa war und wie sorgsam wir unseren Plan, uns hier zu vermählen, vorbereiten mussten. Um allen üblen Gerüchten von vornherein den Wind aus den Segeln zu nehmen, bezog ich mit Consuela Unterkunft bei den Benediktinerinnen im Kloster von

San Matteo am Lungarno. Und dann schrieb ich an Francesco de' Medici, um ihm meine Ankunft mitzuteilen, ein bisschen bei ihm vorzufühlen und nahm ein Scharmützel mit den Zöllnern der Stadt zum Anlass, ihn zu bitten, mir den Zoll für die mitgeführten Gegenstände zu erlassen. Eine Bagatelle – aber mein Gefühl sagte mir, dass es besser sei, Francesco erfuhr von mir selbst von meiner Anwesenheit in seinem Machtbereich.

Indessen bereiteten wir alles für die Trauung vor. Ich war erstaunt, wie einfach doch alles ging. Die Mutter Oberin der Benediktinerinnen machte mich mit dem Padre bekannt, der sonntags in San Matteo die Messe las.

Einen Tag später standen wir vor dem Altar. Wir heirateten in aller Stille, am Heiligabend des Jahres 1579. Consuela und die Mutter Oberin waren die Trauzeugen. Ich trug mein grünes Kleid aus Damast, jenes, welches mir einmal meine Königin geschenkt und das ich bei meiner Ankunft in Sizilien getragen hatte. Das kostbare Hochzeitskleid der Königin Anna mit den aufgestickten Perlen, in dem ich mich auf meinem Brautbild gemalt hatte, ruhte tief in den Kisten im Bauch der *Estrella*. Es stand für eine andere Zeit, eine andere Hoffnung. Heute spielten weder Stand noch Status mehr irgendeine Rolle, hier in der schlichten Klosterkirche von San Matteo musste keiner von uns etwas beweisen, wir waren nichts weiter als zwei Menschen, die beschlossen hatten, in Zukunft gemeinsam zu leben.

Die Kirche war festlich geschmückt für die Christmette. Eine Krippe mit lebensgroßen Figuren stand neben dem Altar, Ochs und Esel lagerten auf Stroh und über der Hütte mit der Heiligen Familie stand der Stern von Bethlehem. Der Gedanke, dass niemand von dieser Heirat wusste, dass ich mit meiner Dienerin ganz alleine dieses Abenteuer bestand, erfüllte mich mit einer frohlockenden Freude. IN DULCI JUBILO sangen die Nonnen, und in mir jubelte alles mit, etwas ganz Neues würde beginnen, das war es, was mir meinen alten Mut und die Anguissolische Energie wiedergab. Mit diesem Ja-Wort warf ich alle lähmenden Bindungen an die Familie Moncada mit ihren de Luna-Aragón-Verstrickungen endgültig über Bord. Sobald die Feiertage vorüber waren, würden wir zu einem Notar gehen. Und ich würde einen Vertrag aufsetzen lassen, in dem ich Orazio meine bislang noch nicht verfügbare Mitgift von 6000 Dukaten in Gold überschrieb. Für den Fall, dass wir die Causa gewinnen, sagte ich zu Orazio, der nichts davon hören wollte. Weißt du, sagte ich ihm, warum ich darauf bestehe? Weil sonst garantiert mein Bruder aus seinem Loch gekrochen kommt und seinen Anteil einfordert. Orazio lachte. Man merkt, sagte er, dass du es gewohnt bist, von Verwandten nur das Schlimmste zu erwarten.

Ja, sagte ich traurig, leider ist es so.

Und von Asdrubales Seite sollte ich auch nie eines Besseren belehrt werden. Jetzt nicht und auch später nicht. Er hatte die Sache noch nicht so schnell verloren gegeben. Statt nach Hause, wie ich vermutet hatte, war er schnurstracks nach Florenz geeilt, wo er beim Großherzog selbst vorstellig wurde. Aber der arme Asdrubale hatte schon wieder Pech: Don Francesco und ich, wir waren gute alte Bekannte aus Madrid. Als erstes, so erzählte man mir später, führte er meinen zähneknirschenden Bruder vor das Bild, das ich von dem damals noch jungen Medici-Prinzen gemalt hatte. Als er jedoch von meinen Heiratsplänen hörte, war er wohl doch sehr bestürzt.

Das Resultat war ein Schreiben des Großherzogs, das mir sein Vertreter in Pisa am 26. Dezember persönlich ins Kloster brachte. Als ich es gelesen hatte, da wusste ich, woher der Wind wehte. Francesco verlor keine Zeit mit langen Floskeln. Direkt im ersten Satz kam er zur Sache: Wie er gehört habe, sei ich mit dem Vorsatz nach Pisa gekommen, mich wieder zu verheiraten und zwar »außerhalb des Geschmacks meiner Verwandten«. Und dann wies er mich aufgrund der großen »Sympathie, die er immer für mich hegte« und angesichts der gemeinsamen Zeit, die man am spanischen Hof verlebt hatte, darauf hin, dass ich in so einem Falle die Erlaubnis des Königs einzuholen hätte und gut daran täte, einen Heiratskandidaten in Erwägung zu ziehen, der meines Standes ebenbürtig und würdig sei. Denn »oft schlagen uns unsere Gefühle Entscheidungen vor, die uns recht und ehrenvoll erscheinen, die aber beim Licht der Vernunft betrachtet sich als das genaue Gegenteil herausstellen, und zu spät ist dann unsere Reue«.

Der Commissario rang die Hände. Ihm war seine Mission sichtlich unangenehm. Ich dankte ihm herzlich für sein Kommen und die Übergabe des großherzoglichen Schreibens und teilte ihm mit, dass es leider zu spät gekommen sei. Ich war bereits seit zwei Tagen Sofonisba Anguissola Lomellina, wie ich mich fortan zu nennen pflegte.

Ich wusste, jetzt war mein ganzes diplomatisches Geschick gefordert. Und ich antwortete Francesco postwendend und liebenswürdig, knüpfte an den freundschaftlichen Umgangston aus Madrid an, stellte aber klar, dass »man« ihm meinen Auserwählten völlig falsch dargestellt habe. Orazio Lomellini sei alles andere als eine schlechte Wahl. »Und da die Ehen zuerst im Himmel geschlossen werden, und dann auf Erden«, so schrieb ich keck, hätte sein Schreiben mich zu spät erreicht – leider könne ich seinen Argumenten nicht mehr Folge leisten. Aber ich hoffte und sei mir sicher, dass er mich in seiner Güte auch weiterhin in seiner Gunst behalten würde … und so weiter und so fort.

Und dann unterrichtete ich auch Felipe von meiner Heirat. Ihm schrieb ich unumwunden von der glücklichen Fügung Gottes, die mich mit diesem Manne zusammengeführt hatte, und bat ihn nachträglich um seinen Segen. Außerdem fragte ich, ob er nicht einen tüchtigen Kommandeur für seine Schiffe gebrauchen könnte, Sofonisbas Ehemann stünde zu seiner Verfügung. Und wenn ihm Orazio Lomellinis Rang zu niedrig für mich dünkte, dann sei es an ihm, diese Äußerlichkeit zu korrigieren.

Ich stelle mir vor, wie Felipe gelächelt hat, als er den Brief las, vielleicht ein wenig grimmig, aber seine Antwort war wohlwollend. Orazio wurde zwar nicht in Rang und Adel erhoben, aber tatsächlich als Kommandant einer stattlichen Galeere in königliche Dienste berufen. Und zu unserer Hochzeit machte uns Felipe nachträglich ein großzügiges Geldgeschenk.

Mein Bruder aber blieb unversöhnlich. Er schrieb mir noch ein einziges Mal, aber nur, um mir mein Elternhaus für alle Zeiten zu verbieten. Dass er damit meine alte Mutter quälte, die ich so nicht wiedersehen konnte, das verzieh ich ihm nie. Und die Vorstellung, wie er mich bei ihr schlecht machte, grämte mich tatsächlich. Immerhin gelang es mir hin und wieder über meine jüngste Schwester einen Brief an sie zu schmuggeln, und einmal schrieb sie auch zurück. »Im Grunde meines Herzens fühle ich«, so schrieb sie, »dass du, meine Große, die Dinge so machst, wie du sie machen musst. Wir haben dich in jungen Jahren in die

Welt hinausgeschickt, und ich habe damals schon befürchtet, dass es ein Abschied für immer sein würde. Ich bin eine alte, nutzlose Frau, und diese Händel sind mir zuwider. Und sei versichert: Für das Glück meiner Sofonisba bete ich jeden Tag.«

Einmal noch, als sie schon im Sterben lag, gelang es mir, Asdrubale zu überlisten und sie in seiner Abwesenheit zu besuchen. Aber meine Mutter Bianca Ponzoni, die ich einst in all ihrer Schönheit und kraftstrotzenden Heiterkeit gemalt hatte, erkannte mich nicht mehr.

Ich höre Schritte draußen auf dem Hof. Rasch verhänge ich die Leinwand, laufe zum Fenster, um zu sehen, wer da kommt. Es wird schon wieder dunkel, mein Gott, wie die Stunden vergehen. Heute ist der kürzeste Tag des Jahres, und mir scheint, dass sich die Sonne überhaupt nicht blicken ließ.

Es ist eine kleine Prozession: Vorneweg Marie mit steifen, raschen Schritten, als habe sie mit denen, die ihr folgen, gar nichts zu schaffen. Hinter ihr Schwester Benedikta, ihr Schleier weht hinter ihr her wie die Flügel eines aufgeschreckten Vogels. Und dann die Beamten, auch sie können mit Marie kaum Schritt halten.

Irgendetwas muss schief gelaufen sein. Marie sieht nicht aus, als sei sie zufrieden. Seltsam, wie sie da geht, entschlossen und dennoch wie ferngesteuert. Eine völlig Fremde.

Weißt du noch, als sie mich holten, flüstert Marguerite. Ich habe gelacht. Morgen bin ich wieder zurück, habe ich zu Adeline gesagt, die bleich wie der Tod in ihrer Tür stand. Ich habe sie niemals wiedergesehen.

Wir sind nicht mehr im Mittelalter, sage ich laut und erschrecke vor dem Klang meiner eigenen Stimme. Ich gebe mir einen Ruck. Früh genug werde ich noch erfahren, was geschehen ist.

Vorsichtig hebe ich wieder das Tuch von der Leinwand. Wenigstens die obere Farbschicht muss abtrocknen, eine feine Haut bilden, ehe ich es wieder verstecken kann. Der Rest mag dann in aller Ruhe trocknen.

In aller Ruhe? Die Zeit drängt.

Aber sieh doch, ruft Marguerite erstaunt, es ist ja fertig!

Ja, es ist ganz und gar so, wie es sein muss, ein Schreckensbild ist es geworden, zumindest für all diejenigen, die diese Art von Gesicht kennen, auf denen dieser Blick schon einmal ruhte. Und vor allem für ihn wird es eine Überraschung sein, er wird sich darin erkennen, aber wie er darauf reagieren wird, das vermag ich nicht vorherzusagen.

Ich stelle das Bild näher an die Heizung. Ein Sakrileg, und Sofonisba will schon aufschreien. Du halt dich da raus, komme ich ihr zuvor, in meine Bilder wirst du dich jetzt nicht mehr einmischen. Was schadet es, wenn es feine Risse bekommt? Zu dieser Art von Bild passt das sogar.

Und tatsächlich, sie schweigt still. Sie ist schon wieder in den Anblick ihres Bildes versunken. Das Auripigment, sagt sie, und schon gehe ich zum Regal. Aber dort, wo ich glaubte, es hingestellt zu haben, finde ich das Schraubglas nicht. Ich sehe auch auf den anderen Brettern nach, aber es ist nicht da. Egal. Ich werde Marie morgen fragen, ob sie es woanders hingeräumt hat.

Auf unserem Flur herrscht große Aufregung, als mich die Nonnenmacher zurückbringt. Alle lungern um Maries Tür herum, die einen stehen direkt davor, die anderen lehnen wie zufällig ein bisschen weiter entfernt an der Wand, die meisten mit neugierigen Mienen, als sei ein Unglück geschehen. Mambo pocht gegen die Tür: Mach auf, das ist auch mein Zimmer, schreit sie.

Zimmer, denke ich, komisch, sie sagt Zimmer …, aber da bemerke ich die kleine Moni, der die Tränen über die Wangen laufen.

Was ist los, frage ich sie, während die Nonnenmacher an mir schiebt und drängelt, los, los, weitergehen, nur keine Wurzeln schlagen, aber heute Abend kann sie mich mal, ich bleibe störrisch stehen.

Was ist, Moni, was ist passiert?

Lebenslänglich, schluchzt sie. Die haben ihr lebenslänglich verpasst. Eine Mörderin haben die aus der Marie gemacht, stell dir das mal vor.

Das kann nicht wahr sein, denke ich, aber ich weiß, es ist wahr, es ist die Wahrheit, und jetzt ist sie da drin und hat sich eingeschlossen und alles ist aus und vorbei, ihre Kinder wird sie nie wieder sehen und einen Hauptschulabschluss wird sie auch nicht mehr machen, denn sie sieht keinen Sinn mehr darin, keinen Sinn, alles aus und vorbei, und da hat mich die Nonnenmacher auch schon in meine Zelle geschoben, ich trete ihr kräftig auf den Fuß, und so leicht ich auch bin, so schreit sie doch auf, weicht zurück, gerade lange genug, dass ich Monis Gesicht noch einmal sehe, fünfzehn Jahre, sagt sie, und nicht eines weniger, da rammt mir die Nonnenmacher ihre Faust in den Bauch, wie rein zufällig, und mir wird schwarz vor Augen, lassen Sie mich zu ihr, stöhne ich, hören Sie, ich will mit ihr reden, aber die Beamtin lacht kurz auf, nix da, Fälscherin, höhnt sie, hast lange genug mit der da reden können, die hat heute keine Lust mehr zum Quatschen.

Und schlägt mir die Tür direkt vor dem Gesicht zu.

Weißt du noch, wie sie mir mein Urteil verkündeten?, höre ich wie von weit weg Marguerite. MORIABUS IGNE ... Sie soll durchs Feuer sterben. Auch da habe ich noch gelacht. Und als er kam in der Nacht und mir Gift anbot, da habe ich ihm ins Gesicht gespuckt.

Schweig still, alte Feuerhexe, stöhne ich, kannst du mich nicht in Ruhe lassen?

Eine Weile herrscht noch Gemurmel und Bewegung auf dem Flur. Dann höre ich Maries Stimme, aber es ist ihre Stimme aus dem Traum, fremd und rau.

Haut schon ab, sagt die Stimme, lasst mich in Ruhe.

Und tatsächlich wird es mucksmäuschenstill auf dem Flur und bleibt es den ganzen langen Abend, bis das Licht erlischt und jede mit sich alleine bleibt in dieser Dunkelheit. Es ist der 21. Dezember, und ich weiß, ich werde diesen Abend niemals vergessen.

Ich kann lange nicht schlafen. Wieder und wieder versuche ich mir vorzustellen, was dort passiert ist, im Gerichtssaal. Aber es stellen sich keine Bilder ein. Wie kommen die auf die Idee, Marie sei eine heimtückische Mörderin? Auf Totschlag im Affekt hatte die Anklage ursprünglich gelautet, und über den Stellenwert und die Bedeutung ihrer Gefühlsnotlage, darum ging doch der ganze Zirkus, die Gutachten und Stellungnahmen. Der Gradmesser ihrer Verzweiflung, die sie zu der Tat getrieben hat, den wollte man ergründen.

Ich wälze mich auf meiner Matratze herum und komme zu keinem Ergebnis. Es muss ein Irrtum sein, versuche ich mir zu sagen, vielleicht hat Moni das alles nicht richtig verstanden. Fünfzehn Jahre? Das ist doch unmöglich.

Schließlich falle ich schwer in einen Schlaf, tief und düster wie ein Loch. Im Traum haben sie mich zu lebenslanger Haft verurteilt. Die blonde Anwältin hat das Gesicht von Luisa de la Luna und sagt: Seien Sie froh, wir konnten gerade noch die Todesstrafe abwenden.

Todesstrafe?, fahre ich auf, aber der Traum lässt mich nicht aus seinen Klauen.

Ich stehe auf einem riesigen Platz. Sie haben meine Bilder aufgehäuft, alle, die gefundenen und die verschollenen und die, die ich neu gemalt habe, ein riesiger Berg. Da steht Felipe, im schwarzen Anzug mit der weißen Halskrause, dem hohen Hut. Er trägt eine Fackel in der Hand, und dann binden sie mich an das Brautbild, das oben auf dem Bilderberg aufrecht steht, Augenblick, will ich rufen, das bin ich doch gar nicht, das ist Sofonisba, aber die ist längst tot, gestorben und begraben, ich kann es beweisen, in Palermo ist ihre Gruft, ich aber bin Sofie, Sofie Lenze, und das alles hat mit mir nichts zu tun. Aber da ist es nicht mehr Felipe, der dort steht, sondern Kregler, und vor ihm stapeln sich nicht mehr Sofonisbas Bilder, sondern da ist nur ein Einziges: sein Bild, das verborgene, das Bild der Nacht, das ich heimlich male in diesem Gefängnisatelier. Und Kregler hat auch keine Fackel mehr in der Hand, denn das Bild selbst ist die Fackel, Flammen schlagen aus der Leinwand und erfassen mich, und ich schreie, schreie und sitze schweißgebadet in meinem Bett.

Wie spät mag es sein? Es ist stockfinstere Nacht. Neumond, denke ich, wie damals, und taste mich aus dem Bett, will zum Waschbecken, einen Schluck Wasser trinken und dieses Feuer in mir löschen, aber ich bin völlig orientierungslos, ramme mir den großen Zeh am Tischbein an, poltere über den Stuhl, schlage mir den Kopf am Regal, rot explodiert es hinter meiner Stirn, und in mir explodiert alles mit, ich renne gegen die Wand und schlage mit den Fäusten dagegen, mit Fäusten und Knien und schließlich auch mit dem Kopf, als könnte ich die Mauer durchbrechen und endlich, endlich hier heraus. Ruhig, ganz ruhig, mahnt Sofonisba, es wird alles gut, und eine Weile lausche ich Marguerites hechelndem Atem wie dem einer Fremden, alles wird gut, aber dann fällt mir ein, dass sie das auch gesagt hat, Marie, heute Morgen, in ihrem strengen, dunklen Kleid, mit dieser Anspannung im Gesicht, gemischt mit Zuversicht, wo soll man denn die noch hernehmen, weine ich, wie soll man denn da noch ein bisschen Hoffnung haben, und wieder falle ich ins Grübeln, wie kann das nur sein, wie wird aus Marie eine Mörderin, das ist es, was ich herausfinden muss.

Schließlich habe ich es doch noch gefunden, das Waschbecken. Siehst du, sagt Sofonisba, so klein diese Zelle ist, schon in ihr findest du dich nicht mehr zurecht. Was soll nur aus dir werden?

Und als ich das kalte Wasser im Gesicht spüre, und das Brennen, dort, wo ich mir das Gesicht zerschlagen habe, da fällt es mir mit einem Mal wie Schuppen von den Augen: Das Auripigment. Marie. Sie hat es genommen. Und ich sehe sie in der Küche hantieren, einen Löffel, einen ganz bestimmten, hält sie über die bläuliche Flamme, denn im Feuer wandeln die Dinge ihr Wesen, und aus der Sonnenfarbe wird ein tödliches Gift.

Am Morgen erhebt sich Geschrei. Und schon kommen sie gelaufen, die eiligen Füße. Heute Nacht ist keiner gekommen, als ich mir die Seele aus dem Leib schrie und gegen Wand und Tür trommelte.

Gib endlich Ruhe, rief Ayse von der anderen Seite der Wand. Und wirklich, wenn ich nicht rief und schrie, war es unmenschlich ruhig in diesem Gefängnis, so ruhig, dass ich schließlich aufgab und hoffte, das alles sei nur die bizarre Frucht meiner Phantasie.

Aber heute Morgen erheben sie sich, die Stimmen. Das Trappeln vieler hastiger Schritte. Und ein Schrei, es ist Moni, und was sie schreit, das kann man nicht verstehen, nur ein Wort, das hebt sich immer wieder hervor, ein Name: Marie.

Auch ich habe diesen Namen geschrien, heute Nacht, immer und immer wieder, aber niemand hat nach ihr gesehen. Jetzt kommen sie alle, auch Kreglers Stimme höre ich, und da verstummt Moni und alle verstummen, es ist still, so still wie in einem Grab.

Mich haben sie heute Morgen vergessen, aber das ist mir ganz recht. Möge ich ihnen nie wieder in den Sinn kommen, mögen sie mich für alle Zeiten vergessen … aber dann öffnet sich doch noch die Tür. Los, zur Arbeit, und als ich meine Zelle verlasse, sehe ich gerade noch den Sarg aus Metall, wie sie ihn die Treppe hinuntertragen und über den Hof und davon.

27

Das Auswachsen der Farben

kommt in der Ölmalerei vor. Die Farben werden blind. Über die Ursache sind sich die Kenner nicht einig. Manche glauben, dass nur solche Farben auswachsen, die zu viel Bindemittel brauchen. Die Erscheinung tritt hauptsächlich bei Terra di Siena, Grüner Erde, Ultramarinblau und Umbra, natürlich und gebrannt, auf.

Mambo sagt, na da bist du ja endlich, ʻne ganze Stange Zigaretten hat mich das gekostet, aber jetzt bist du da, und das ist die Hauptsache, ich muss dir nämlich was sagen.

Aber Mambo sagt nichts, raucht in aller Ruhe ihre Zigarette, oben auf dem Bett, das früher meines war, sitzt sie im Schneidersitz, und ich starre auf die nackte Matratze unter ihr, frage mich, welche Flecken alt sind und welche neu, die kratzige graue Wolldecke mit dem eingewobenen JVA MARIENWART, die jetzt fast zwei Jahre Marie gewärmt hat, die liegt ordentlich zusammengelegt am Fußende.

Mambo sagt, wenigstens kann sie jetzt wieder rauchen in der Bude, ohne dass jemand anfängt, Zeter und Mordio zu schreien. Mit der Marie in einer Zelle, das war nicht leicht, sagt sie, aber dass die jetzt so den Abgang macht – nein, das ist wirklich nicht schön.

Ich setze mich auf den Stuhl. Eine halbe Ewigkeit war ich nicht mehr hier. Seit jenem Sonntag, diesem Besuchstag, als Marie ihren Sohn zum letzten Mal sah und es nicht wusste. Oder doch: Sie wusste es, irgendetwas in ihr hat es immer gespürt.

Mit der Helga, sagt die Mambo, mit der Helga ist es aus und vorbei. Sie presst die Lippen fest aufeinander, nimmt einen tiefen Zug und schaut aus dem Fenster. Und darum hat sie mit der Moni wieder das Bett getauscht. Für die Kleine ist sie froh, sagt die Mambo, wenn die am Morgen die Marie so gefunden hätte … na ja, sagt sie, war kein schöner Anblick.

Und dann sagt sie nichts mehr und raucht und hüllt sich ein in diesen dicken, grauen Qualm dort oben auf dem Stockbett, unnahbar wie eine Königin sitzt sie da, die Königin eines kleinen autonomen Stockbettinselreichs, die niemanden so schnell an sich ranlässt.

Mambo sagt, es sei schon komisch, denn so etwas habe sie schon einmal erlebt, und das hilft, das könne ich ruhig glauben, das erste Mal, da geht es einem nämlich ganz schön an die Nieren, keine Ahnung, sagt die Mambo heftig, warum sich die Leute so gern in meiner Anwesenheit das Leben nehmen, darauf hätte ich mal gerne eine Antwort, aber die hat keiner.

Und dann drückt sie den Stummel in dem Aschenbecher aus, den sie zwischen ihren Zehen balanciert, und zündet sich eine neue Zigarette an.

Irgendwann, sagt die Mambo, macht sie das auch. Da nimmt sie so ein Zeug, legt sich ins Bett, und am nächsten Morgen ist sie tot. Alle machen ein Riesentamtam, der Kregler ist sauer, dass sie ihm die Statistik versaut, schon allein dafür tät' es sich lohnen, sagt die Mambo, ist doch wahr.

Wie sie es wohl genommen hat? Geschluckt? Oder in Wasser aufgelöst und getrunken, ertrunken schließlich im inneren Feuer, überschwemmt vom eigenen Wasser, der Magen zerfressen und die Därme geplatzt, das gesamte Mariemeer herausgeschwemmt und schließlich verdorrt, vertrocknet, eine Wüstenei, ein rauchendes Stückchen Kohle …

Mambo sagt, klar hat sie mitgekriegt, dass die Marie schlecht drauf war, das war ja wohl kaum zu übersehen. Aber schließlich hab ich meine eigenen Sorgen, schreit sie plötzlich, um mich kümmert sich ja auch keine Sau, und wenn's mir noch so dreckig geht!

Ich seh mich um in der Zelle, aber alles, was jemals auf Maries Anwesenheit schließen ließ, ihre ausgetretenen Hausschuhe, über die ich immer gestolpert bin, der Kalender mit den gemalten Bildern ihrer Kinder, die Postkarten am Spiegel, der Waschlappen in Form eines kleinen Schweinchens – alles ist verschwunden, so als wäre sie nie hier gewesen.

Sie habe sich dann gleich ins Bett gelegt, sagt die Mambo, und sich Stöpsel in die Ohren gestopft, weil sie nichts mehr hören wollte, von der Helga nicht und von all diesen anderen Zicken auch nicht und schon gar nicht von Marie. Aber die hat sowieso nur einen einzigen Satz gesagt, sagt die Mambo, und dann nichts mehr, und wegen dieses Satzes bist du jetzt hier …

Was hat sie gesagt, will ich wissen, aber Mambo sagt nichts, raucht, und schaut aus dem Fenster. Morgen wird sich hier eine neue Frau in Maries Bett legen, eine neue Geschichte, ein neues Stück Erinnerung …

Mambo sagt, das ist doch das Letzte, die eigene Mitbewohnerin nicht reinlassen, eine geschlagene halbe Stunde lang, schon darum hab ich mit der kein Wort mehr geredet. Woher hätt' denn ich das wissen sollen, ganz friedlich saß sie da und hat die Bilder angestarrt von ihren Kindern, wie jeden Abend.

Und ich seh sie sitzen mit den Bildern, gestern Abend, wie an jedem Abend, nur, dass dieser Abend der Letzte war, und sie wusste es, sie hat es geplant, sonst hätte sie nicht das Auripigment mitgenommen. Für alle Fälle, wird sie gedacht haben. Für alle Fälle …

Nein, sagt die Mambo, ein Schraubglas oder so 'ne Dose, so was hat sie nicht gesehen. Aber in die Küche sei die Marie tatsächlich noch mal gegangen, als alle längst gegessen hatten. Nicht lange, vielleicht 'ne Viertelstunde, ihretwegen hätte sie die ganze Nacht wegbleiben können, alles, was die Mambo wollte gestern Abend, war ihre Ruhe.

Mambo sagt, sie habe nichts gesehen und nichts gehört, die ganze Nacht nicht, schließlich kümmere sie sich um ihren eigenen Scheiß, und der Krach mit der Helga sei ihr ziemlich an die Nieren gegangen. Da hab ich nichts mehr gebraucht, sagt sie, nee, kannst mir glauben, ich war bedient.

Mambo sagt, sie habe immer diese kleinen gelben Dinger in den Ohren, wenn sie mit Marie in einer Zelle schläft, die sägt doch ganze Wälder nieder in einer einzigen Nacht, na, du kennst das ja, sagt die Mambo, warst ja auch lange genug mit ihr zusammen.

Mambo sagt, sie könne eigentlich gar nichts sagen, rein gar nichts habe sie mitgekriegt, Mambo sagt, sie habe geschlafen wie ein Stein, und erst am Morgen hat sie sich gewundert, so verschlafen war die Marie doch morgens nie, dass sie sich gar nicht gerührt hätte.

Mambo sagt, Marie hätte keinen Mucks getan. Nicht den kleinsten. Liegt mit dem Gesicht zur Wand und rührt sich einfach nicht.

Mambo sagt, erst habe sie ihr zugerufen, hey, Marie, Schlafmütze, alte Trantüte, und was ihr sonst noch alles eingefallen sei …

Mambo sagt, erst als sie die Marie angeschubst habe, da sei der eine Arm so heruntergefallen über den Bettrand, so schwer, so verdreht …

Mambo sagt, das sei ihr komisch vorgekommen, und dann hat sie ihn angefasst, den Arm, und der war ganz kalt …

Mambo sagt, sie hat schon viel gesehen in ihrem Leben, aber als sie die Marie dann an der Schulter herumgedreht hat …

Mambo sagt, so'n schwarzes Zeug lief der Marie aus dem Mund, auch das Kissen, ganz schwarz von all dem Sabber …

Mambo sagt, in dem Moment hat sie erst begriffen …

Und dann sieht mich die Mambo an.

Die mit den Hasenzähnen. Die hat sie auf dem Gewissen.

Wieso, frag ich und kapier gar nichts, warum denn ausgerechnet die?

Weil die ausgesagt hat, gestern, im Prozess, ja, als Zeugin. Alles hat sie erzählt, wortwörtlich und vielleicht noch ein bisschen mehr, was die Marie damals gesagt hat, an ihrem Geburtstag, du weißt schon, wie sie ausgerastet ist kurz vor Schluss. Jedenfalls hat die falsche Schlange alles dem Gericht erzählt. Dass die Marie das vorher geplant hat und wie stolz sie darauf war, dass sie ihren Alten endlich totgemacht hat, und dass sie das jederzeit wieder tun würde. Mord. Heimtücke. Ganz klar.

Das hat die, mit den …

Ja, die.

Woher weißt du das?

Die Marie hat's gesagt. Und dann hat sie nichts mehr gesagt. Aber das hier, das hab ich heute Morgen neben ihrem Kopfkissen gefunden. Ich hab es wegsteckt, noch bevor ich Alarm geschlagen habe. Das geht die nämlich gar nichts an. Wenn die es in die Klauen kriegen, dann siehst du es nie wieder. Und dabei steht es doch deutlich drauf: FÜR SOFIE. Aber wenn 'ne fette Erbschaft drin ist, dann krieg ich meinen Anteil, ist das klar?

Ja. Da steht es. In der krakeligen Marieschrift. Für Sofie. In meiner Zelle, wieder mit mir allein, will ich den Brief öffnen, die Hülle aufreißen, aber meine Hände scheren sich einen Dreck um das, was ich will. Sie halten den Brief, Für Sofie, steht da, und dann wird der Umschlag ganz naß, wie ein Sturzbach kommen mir die Tränen, Für Sofie … sie hat noch an mich gedacht, bevor sie …, sie hat mir etwas aufgeschrieben und in diesen Umschlag gesteckt und … hätten die mich doch zu ihr gelassen … – und? Was wäre dann gewesen? Glaubst du, du hättest sie darüber hinwegtrösten können, dass sie nun eine Mörderin ist und lebenslänglich im Gefängnis sitzen muss, lebenslänglich, das sind fünfzehn Jahre, und danach bist du alt, das Leben ist vorbei und die Kinder sind erwachsen und kennen dich nicht mehr. Fünfzehn Jahre, in denen es ihnen endgültig gelingt, dich kaputtzumachen, dich zu brechen, Mörderin, heißt es Tag für Tag, und am Ende bist du wirklich eine.

So wie mit mir. Fälscherin. Inzwischen bin ich tatsächlich eine geworden. Und ich sitze da und heule Rotz und Wasser wie ein Kind, weine um Marie und um mich und um alle hier, nur um die, die das auf dem Gewissen haben, das mit der Mörderin, das mit den fünfzehn Jahren, das mit der toten Marie und dem schwarzen Sabber auf ihrem Kopfkissen, um die weine ich nicht.

Irgendwann kommt mir der Gedanke, dass ich nicht ewig so sitzen kann und heulen und diesen Umschlag anstarren, bald werden sie mit dem Abendessen kommen. Da öffne ich den Brief. Ziehe einen zusammengefalteten Zettel heraus. Darauf steht:

SOFIE, BITTE ERKLÄR DAS MEINEN KINDERN. DEINE MARIE.

Und noch etwas steckt in dem Umschlag. Es sind zwei Photographien. Hans schaut erschrocken auf. Anna malt vor sich hin …

In diesem Augenblick geht die Tür auf, und Hasenzahn kommt herein mit dem Tablett in der Hand. Ich sehe sie, und über ihrem Gesicht sehe ich Maries Schrift, ERKLÄR DAS MEINEN KINDERN, dann wieder diese Beamtin, die breit grinst und mir ihre lächerlichen Zähne zeigt, na sagt sie, wie geht's uns denn heute, und ich springe auf … die hat sie auf dem Gewissen … echot Mambos Stimme in mir … hat sie auf dem Gewissen, die, die immer so freundlich tut, und ich schlage ihr das Tablett aus der Hand, die, die immer so tut, als wäre sie auf unserer Seite, trete ihr mit dem Fuß blitzschnell gegen das Schienbein, packe sie an den Haaren und schleudere sie herum, dass sie in die Knie geht … ERKLÄR ES MEINEN KINDERN, ja was denn, schreie ich, was gibt es denn da zu erklären, dass die Welt ein Rattennest ist und die, die am meisten lächeln, eines in ihre Fresse brauchen, hier hast du es, und hier … mir wachsen Riesenkräfte, Mörderin, dass ich nicht lache, und jetzt ist sie tot, und du hast sie auf dem Gewissen, und ich nehme das Tablett und schlage es ihr mit voller Wucht auf den Kopf, dass es kracht, hier, das hast du dafür, brüllt es aus mir, und das und das und das, schöne Grüße von Marie, und das Blut läuft ihr aus der Nase und ihre aufgerissenen Augen können es nicht fassen, ach, brüll ich sie an, und trete ihr in den Magen so fest ich kann, das hättest du nicht gedacht, nicht von mir, nicht wahr, aber die Wahrheit ist: *Wir* hätten das niemals von *dir* gedacht, du verdammte Verleumderin, du Lügnerin, *du* bist die Mörderin, du ganz allein …

Ach ja, höhne ich, als sie alle angelaufen kommen, jetzt seid ihr da, was, aber heut Nacht, als ich gerufen und um Hilfe geschrien hab, als die Marie da drüben verreckt ist, da hab ich keinen von euch gesehen. Und sie stopfen mir das Maul, reißen mir die Arme auf den Rücken, in meiner Schulter knirscht etwas, ein Schmerz explodiert vor meinen Augen in Purpur und Violett, und obwohl ich mich nicht mehr wehren kann, treten sie mich und schlagen auf mich ein, bis eine Stimme sagt, so, die hat jetzt genug, ab ins Loch mit der – sag ich's nicht oft genug? Die stillsten Wasser sind immer die gefährlichsten.

Und dann schlägt etwas gegen meinen Kopf, und ich falle in ein dumpfes dunkles Loch.

Dumpf ist es noch immer, als ich zu mir komme. Aber hier herrscht das Gegenteil von Dunkelheit. Gleißende Helle, selbst durch die geschlossenen Lider.

Als ich mich regen will, fährt ein glühender Schmerz durch meine linke Schulter. Ich stöhne auf, kann den Arm nicht bewegen. Mein Schädel dröhnt. Aber es muss sein. Mit einem Ruck richte ich mich auf. Erst dann habe ich den Mut, die Augen zu öffnen.

Ich bin in einem Raum, wie ich noch nie einen gesehen habe. Er ist weiß gekachelt, ringsherum, sogar an der Decke. Dort oben hängen zwei Neonröhren und bohren ihre grellen Finger in meine Augen. Ich sitze auf einer Matratze direkt auf dem Fußboden. Vor mir, in der Mitte des Bodens, erkenne ich in der blendenden Helle einen Abfluss. Daneben eine Kloschüssel. Geschlossene Wände. Kein Fenster.

Das muss er sein. Der Bunker. Das Loch. Der Karzer. Für die besonders Aufsässigen. Die Tobsüchtigen. Wie oft hat man mich nicht gewarnt. Reiß dich zusammen. Oder willst du ins Loch? Jetzt habe ich es also geschafft.

Es ist kalt hier. Auf der Matratze liegt eine Wolldecke. JVA MARIENWART. Grau und kratzig. Egal. Jetzt ist alles egal. Ich bin am Ende angelangt. Und ich höre Maries Stimme, die mir das erklärt. Das Loch ist im Keller. Tief unter der Erde. Wenn du da bist, dann weißt du, tiefer geht es nicht mehr.

Ich wickle mich fest in die Decke ein und ziehe sie mir sogar über den Kopf. Schlafen. Vergessen. Aufhören zu existieren. Sich auflösen. Und wenn sie kommen, ist keiner mehr da. Achtzig Prozent Wasser, der Mensch. Durch den Gully und auf und davon. Den Rest? Können sie zusammenfegen. In den Müll werfen. Verbrennen.

Nein!

Ich fahre auf. Nicht brennen! Nicht zerfließen! Leben! Ich will leben! Ich will hier raus. Raus. RAUS.

Erst jetzt sehe ich die Kamera. Nein, es sind mehrere. Jeder Winkel ist erfasst. Sie sehen mich. Beobachten alles, was ich tu. Aber was kann ich schon tun? Hier hocken und mich ängstigen, das ist es, was sie nicht verpassen wollen. Wollen die mir auch noch beim Pinkeln zusehen, ist das auch interessant?

Mein Blick wandert die Wände entlang. Weiße Kacheln. Ich zähle sie. Es sind dreiundzwanzig in der Länge, fünfzehn in der Höhe.

Ruhig. Ich muss ruhig bleiben.

Aber es ist kein Fenster da. Kein Fenster. Ist es Nacht? Wie lange habe ich geschlafen? Oder ist es schon wieder Tag? Wie soll ich das wissen, wenn ich nicht aus dem Fenster sehen kann …

Ruhig, ganz ruhig. Einatmen. Ausatmen. Einatmen …

Irgendwoher kenne ich das doch, kenne diese Fliesen, diesen Abfluss. Es sind dieselben Fliesen wie in dem Raum mit den Badewannen, Schlachthaus, ja, das war es, was ich damals dachte, und ein Schlachthaus ist es tatsächlich, ja, wozu sonst der Abfluss mitten im Zimmer, diese leichte Neigung des Bodenniveaus darauf zu, damit alles unweigerlich in diesen kleinen Gully fließt, was vergossen wird hier in diesem Raum, alle Tränen, aller Schweiß, alles Blut.

Die Neonröhren flackern kaum merklich. Es ist ein blaues Licht, das sich gnadenlos in die Iris frisst, mit seiner Kälte alle anderen Bilder auslöscht, die sich jemals dort eingegraben haben.

Die Augen fest versiegeln. Schlafen. Vergessen. Ich rolle mich unter der Decke zusammen, mache mich ganz klein. Ziehe die Decke wieder übers Gesicht, aber sie riecht schlecht, bitter und säuerlich, nach Tränen, Schweiß, vielleicht riecht sie auch nach Blut. Wie riecht Blut? Ich weiß es nicht.

Ich rufe sie alle zu Hilfe. Hast du keine tröstenden Worte für mich, Marguerite? Du, die du die Menschen aufgerichtet hast und für jeden das richtige Wort gefunden, warum schweigst du ausgerechnet jetzt? Wo ist er, der Fernnahe? Hier an diesem Ort, wo man sich selbst so nah kommt und doch so fern gerückt … entrückt … wo im gleißenden Neonlicht die Wirklichkeit weiß verglüht und nichts mehr übrig bleibt von allem, was wir einmal waren, hier kann ich Marguerites Stimme nicht mehr hören, auch Sofonisba hat sich schon lange nicht mehr gemeldet, seit Marie gestorben ist, höre ich sie nicht mehr, haben mich ganz allein gelassen in dieser weißen Hölle aus künstlichem Licht.

Und mir zerfallen alle Bilder, mein Kopf dröhnt zum Zerbersten und springt, Palermo zerstiebt in Millionen funkelnde Geschichtenfragmente, die Place de la Grève schrumpft zusammen, hat Platz in einer Murmel, die kullert über den gekachelten Boden, ein Feuerschein leuchtet in ihr, und Lucas Gesicht und das Opernparkett und ein Schiff und die Weihnachtskrippe in San Matteo zu Pisa, Weihnachten und wieder Weihnachten und noch einmal, das Gefühl von grobkörnigem Zeichenpapier unter der Hand, der süßliche Duft der Stifte, die Stimme meiner Zeichenlehrerin: Wie dieses Kind zeichnet, das ist ein Wunder, ein echtes Talent, das muss man doch fördern … und das ratlose Gesicht meiner Mutter, die billigen Farben aus dem Supermarkt unter dem Weihnachtsbaum, der herausgerissene Arm meiner Gliederpuppe … ich selbst liege da mit verdrehtem Arm, von der Decke aus kann ich mich sehen, ein zusammengeschrumpftes Bündel auf einer nackten Matratze, und das Aroma von Leinöl und Kupfergrün und Azurit und Zinnober und gebrannter Umbra … gebrannte Umbra … wie Zimt, nein, nicht wie Zimt … und die Zimtsterne und der Mandelduft und Marie über dem Bunsenbrenner, Marie mit dem Reibestein, Maries Stimme, ERKLÄR ES MEINEN KINDERN, und ich fahre hoch, ich hab einen Auftrag, ich muss es diesen Kindern erklären, wo sind die Photos, wo ist der Brief, und ich beginne zu suchen, aber auf der Matratze ist nichts und unter der Decke auch nicht, und ich suche in meinen Taschen, aber da sind gar keine Taschen, was ist das für ein Kleid, ich trage ein seltsames Kleid aus einem ganz dünnen Stoff, nein, kein Stoff … das ist ja … das muss ja … das ist Papier, die haben mir ein Hemd angezogen aus weißem, dünnem Papier, und ich springe auf die Beine, sehe an mir herunter, ein Totenhemd, die haben mir schon mein Totenhemd übergezogen, wie damals den Ketzern, bemalt mit den Zeichen der Hölle, aber ich will noch nicht sterben, noch nicht, noch ist Zeit, ich brauche noch ein wenig Zeit, einen Tag, eine Woche, ein Jahr, ein kleines Leben, ich hab doch mein Leben noch gar nicht begonnen, schreie ich, und erschrecke, denn die Wände werfen meine Stimme zurück, es ist, als erwachten die Kameras alle gleichzeitig zum Leben und richteten aufmerksam ihre Suchaugen auf mich, und ich werfe mich wieder auf die Matratze, wickle die Decke fest um mich, Marie, ach Marie … und ich sehe den Metallsarg, ich sehe die schwarzen Lippen, die sich bewegen, … meinen Kindern … und die Augen der Mambo hinter dem Schleier aus Rauch, Smalteblau, die Hände der Nonnenmacher, gelber Ocker, das Blut im Gesicht von Hasenzahn, Krapplack dunkel, die Stimme von Kregler, Knochenasche, der bittere Geruch von Suses Haaren, Roterde, das fahle Blond der Stephanie Larmann, Auri…, nein, nein, nicht Auripigment, ich streiche es wieder von meiner Liste, ich streiche es aus meinem Gedächtnis, tilge es aus meiner Erinnerung, es darf nicht sein, es hat es nie gegeben, warum, ach warum hab ich ihr nur das Geheimnis verraten von der Verwandlung aller Dinge im Feuer, jetzt hat sie sich selbst verwandelt und von innen her verbrannt ... Aschespeichel, Totengalle ..., sie hat sich entschieden, wollte keine Zukunft mehr haben, aber auch so wird sie uns nicht entgehen, in der Erinnerung feiert sie Auferstehung, und das will sie auch, sonst hätte sie das nicht geschrieben, sonst wollte sie nicht, dass ich erkläre, was nicht zu erklären ist, dass nämlich der Tod zwei Kindern die Eltern wegholt ..., wie soll ich das erklären, Marie hat entschieden, für ihn und für sich, und ich sehe das Bügeleisen und ich sehe die Videokameras und ich höre die Tür gehen, jetzt holen sie mich, sie holen mich fort, aber als ich nachsehe, steht nur ein Teller mit Essen da, ich habe keinen Hunger, in meinem Bauch brennt das Feuer, in meinem Schädel pocht es und glüht, und dann falle ich in einen seltsamen Schlaf, nein, bin ganz wach, ich muss wachen ..., und im Traum bin ich überall zugleich, in Aranjuez laufe ich den Fluss entlang, im Wald klettern Suse und ich auf die allerhöchsten Bäume, im Alcázar lacht Isabel über eine Zeichnung, in der Akademie lachen Kommilitonen über meine erste Arbeit, auf La Fata sehe ich Corrado zu, wie er Jasminblüten pflückt, in Hainaut sitze ich über meinem Buch: *So spricht die allesumfassende Liebe ...*, schreibe ich mit dem Federkiel, im Atelier schmieren Marie und ich uns den Honigkleister ins Gesicht ... und dann sehe ich Bilder, die ich noch gar nicht kenne, ich gehe über eine Straße, über die ich noch nie gegangen bin, ich halte mein Gesicht in die Sonne, und jemand ist neben mir, jemand, der Schwarz trägt und mir den Arm hält, und ich sehe Mercedes, die mir in die Arme fällt und mir verzeiht, und Bilder sehe ich, viele Bilder, die ich noch niemals gesehen habe, und es ist klar: Sofonisba hat sie nicht gemalt.

Ich schrecke auf. Der Teller ist weg. Und immer das Licht, es ist die ewige Sonne der Unterwelt, die niemals erlischt. Mir ist so heiß. Meine Zunge klebt am Gaumen. Ich schleppe mich zur Toilettenschüssel, Gedanken tauchen auf und verglühen, kann mich kaum darauf halten, alles zieht mich nach unten, und dann falle ich wieder auf mein Lager, lasse mich fallen und falle tief, laut klopft etwas gegen die Wände, dumpf und hohl, wird immer lauter, ach ja, es ist mein eigener Herzschlag, der so dröhnt, überall werden sie es hören, werden die Köpfe heben, oben, in der Wäscherei und in den Zellen, horch, werden sie sagen, das ist Sofies Herz, das so dröhnt und alles erschüttert, schon zittern die Wände, das Herz ein mächtiger Hammerschlag, und das Hemd aus Papier klebt an meiner Haut und die Zunge aus Pappe … trinken, etwas zu trinken, und ich sehe mich um, da, wieder der Teller, ein anderer, und über dem schwebt ein kleiner Engel mit einer Trompete aus Gold, daneben ein Becher aus Blech, und ich greife danach, aber er tanzt, weicht mir aus, mit meiner einen lebendigen Hand fange ich ihn ein, aber in meiner Hand tanzt er weiter, verschüttet die Hälfte über mein Hemd, und die viele Pappe in meinem Mund saugt den Rest in sich auf, schon leer, und der Engel über dem Teller ist nur ein Stück Goldfolie an einem Stäbchen, FRÖHLICHE WEIHNACHTEN steht auf der Folie, aber der Becher bleibt leer, Marie, ach Marie, ob meine Lippen wohl auch schon schwarz sind, versengt von der Hitze, warum kommt denn keiner und sieht nach meinem Herzen, das so dröhnt und heftiger schlägt gegen all diese Mauern, schneller schlägt es und höher, ich kann den Ton meines Herzens hören, es ist ein verzweifelter Klang, lasst mich raus, pocht es, lass mich raus aus deinem Brustgefängnis, ich will frei sein und frei schlagen und nicht mehr gefangen in diesem Käfig aus Rippen, und mitten im Flirren der Zikaden aus La Fata sehe ich schließlich ein, dass es besser so ist, besser, es freizulassen, besser, die Vögel fliegen fort aus ihrem Käfig, auf und davon, eh sie es verlernen, flieg mein Herz, flieg auf, ich geb dich frei, und dann kommt er tatsächlich, der Tod, und der Tod trägt Schwarz, und er beugt sich über mich, Sofie, sagt er sanft und liebevoll, kannst du mich hören, und ich atme auf, das ist es also, so ist das also, ja, Marie, jetzt versteh ich dich, nimm mich mit, sage ich leise, und der Tod nimmt mich auf seine Arme und trägt mich davon, und ich versuche mit meiner allerletzten Kraft, ihm in sein Gesicht zu sehen, ich will ihn ansehen, meinen Tod, ihm ins Antlitz schauen, der mich da aufhebt und hinausträgt, und die Wände fallen und die Tür steht offen und der Tod hat das Gesicht von Ruy Gomez de Silva, Prinz von Eboli, da bist du also endlich gekommen, flüstere ich, ja, sagt mein Tod, jetzt bin ich da, und alles wird gut, und es ist die Stimme von Frieder Nagel, er ist es also, er also mein Tod, ich hab es immer gewusst, und dann verschwimmt alles, durch einen langen, düsteren Tunnel werde ich getragen und Treppen hinauf, viele Treppen, und andere Wesen sind da und nehmen mich in Empfang, das müssen Engel sein, denke ich, da sind sie also, die Engel, von denen es heißt in dem Abendgebet: ABENDS, WENN ICH SCHLAFEN GEH VIERZEHN ENGLEIN UM MICH STEHN, und ich bin wieder Kind und fange an nachzurechnen, wie viele das sind an jeder Seite und komme doch zu keinem Ergebnis, und da werde ich in ein Bett gelegt, ist das jetzt mein Totenbett, will ich fragen, aber die Engel stehen nicht um mich wie in dem Kindervers, nein, sie hasten herum und kommen und gehen, Gesichter beugen sich über mich, und wieder glaube ich, ganz kurz das Gesicht von Frieder Nagel zu sehen, und dann das andere, das schlimme, das Gesicht der Nacht, das seine kalten grauen Augen in mich bohrt, dass ich aufschreie, nein, nein NEIN, und ein Stimmengemurmel, die eine tonlos, die andere zornig, jetzt wird es entschieden, denke ich, wo ich hinkomme, das Jüngste Gericht. Aber, will ich sagen, im Fegefeuer, da war ich schon, und in der Hölle auch, das habe ich längst schon hinter mir, und eine Angst fällt mich an, dass ich mich täusche und noch lange nicht alles hinter mir habe, dass alles jetzt wieder von vorne beginnt, und jemand zerrt an meinem Arm, dass ich brülle, jetzt ist's gut, sagt jemand, jetzt sitzt die Kugel wieder im Gelenk, und dann stechen sie mich in den anderen Arm, dass ich aufschreie, ruhig, ganz ruhig, höre ich die Stimme einer Frau, alles wird gut, Marie, ach Marie, hier sehen wir uns wieder, alles wird gut, das hast du gesagt, und vielleicht behältst du ja auch noch Recht, und alles wendet sich, aber ich weiß nicht, wie, und dann ist da nichts mehr, das Dröhnen meines Herzens lässt nach und auch der Schmerz, weich wird es mir, ich atme tief aus und gleite hinüber in die blauen Weiten eines freundlichen Meeres.

Aber ich bin nicht gestorben. Das Vorzimmer zum Himmel, das mir mein Fieber vorgegaukelt hat, wird immer deutlicher zur Krankenstation. Die Engel von heute sind die Schwestern, allesamt seit Jahren das Schlimmste gewöhnt. Nur eine Ärztin nimmt Anteil, stellt Fragen, wundert sich. Wie ist das passiert mit Ihrem Arm? Seit wann haben Sie nichts mehr gegessen? Schmerzen im Magen? Hat man schon mal eine Spiegelung gemacht? … Sie ist neu, erst seit Anfang des Monats hier. Die wird es auch noch lernen, sagen die Schwestern, wenn sie aus dem Zimmer ist.

Ansonsten? Dasselbe Zimmer wie damals, dasselbe Bett, denselben Blick durch das vergitterte Fenster auf ein Stück grauen Himmels, aus dem sich hin und wieder ein paar Schneeflocken quälen. Die Tage zünden ihr dürftiges Licht spät an, ein paar Stunden lang kämpft es gegen die Düsterheit, dann gibt es sich geschlagen.

Ich bin allein. Die anderen Betten sind leer. Ich habe Zeit nachzudenken. Nein. Nicht nachdenken, den Bildern und Satzfetzen zusehen, wie sie gemächlich an der Decke entlangziehen. Man hat mir gesagt, Weihnachten sei vorüber. Der Jahreswechsel steht bevor. Ich betrachte die klare Flüssigkeit, die langsam, stetig aus der Flasche in den Schlauch und in meinen Arm fließt, jeder Tropfen ein Stück Lebenskraft, die kommt, um gleich wieder zu vergehen – meine Sanduhr: tropfende Nährlösung. Die Erinnerung an das Loch ist ein Zerrspiegel, die Bilder fließen ineinander, tauchen auf und verbleichen. Ich kann es kaum glauben, dass ich drei Tage dort war, mal erscheint es mir wie ein kurzer Augenblick, dann wieder wie eine Unendlichkeit. Beinahe wäre ich mir abhanden gekommen. Es war gerade noch rechtzeitig, sagt die Ärztin. Gerade noch. Ja. Sie hat Recht. Und nicht nur wegen des Fiebers und der Rippen, die mir aus dem Leib stehen, als wollten sie die Haut sprengen.

Ich muss wieder zu Kräften kommen. Aufstehen …

Aber wozu? Warum nicht einfach den Schlauch abklemmen, still liegen bleiben, zur Decke starren und sacht hinübergleiten? Ach was, ob Schlauch oder nicht, ich muss mich nur entscheiden, den Kampf aufgeben …

Du kannst nicht einfach so aufgeben, höre ich Sofonisbas Stimme, das geht nicht. Du musst dein Bild präsentieren. Hast du das etwa vergessen?

Das Bild. Mein Bild. Das Gesicht der Nacht. Und wieder flackert die Angst in mir auf, nein, ich darf nicht schlafen, ich muss wach sein, wach … aber meine Lider sind ja so schwer, und ist es nicht einerlei, ob ich wache oder schlafe, sollen sie doch kommen, sollen sie mich holen und zum Richtplatz schleppen, ich bin bereit.

Du weißt nicht, was du sagst, höre ich jetzt auch wieder die sanfte, aber energische Stimme von Marguerite, ich war es, die sie zum Richtplatz gebracht haben, aber auf dich wartet eine ganz andere Geschichte. Dein Prozess ist noch lange nicht entschieden. Auch Sofonisba hatte die Hoffnung schon aufgegeben, und doch hat sie am Ende ihr Recht bekommen, hast du alles vergessen? Nein, ich habe nichts vergessen, ich sehe sie stehen, dort, am Fenster ihres Genueser Ateliers, das Licht fällt auf die Urkunden in ihren Händen, fünfzehn Jahre ist es her, seit sie von Sizilien aufgebrochen ist. Mein Gott, denkt sie staunend, wie langsam mahlen doch die Mühlen der Gerichtsbarkeit, aber am Ende haben ihr die Richter in allen Punkten Recht gegeben. Die Mitgift. La Fata. Alles erhält sie zurück. Und ich höre ihr Jubeln, ich sehe sie feiern mit Orazio, dem geliebten Kapitän, und ein Schiff besteigen, das sie nach Süden trägt, wie eine Königin bei der Rückkehr aus der Verbannung steht sie am Bug des Schiffes und lacht …

Nein, sagt sie, du wirst nicht aufgeben. Auch ich habe niemals aufgegeben, auch nicht in jener schrecklichen Nacht, als ich die Nachricht erhielt, Orazios Schiff sei gesunken, von Freibeutern versenkt. Da wollte auch ich nicht mehr leben, erinnerst du dich? Und dann, am Abend des dritten Tages, da stand er plötzlich in meiner Tür, heil und unversehrt. Orazio war nicht tot. Das Schiff war nicht gesunken. Alles war nur ein Gerücht der Kapitäne der anderen beiden königlichen Galeeren, die es in ihrer Feigheit für ratsamer hielten, Orazio im Stich zu lassen und die Flucht zu ergreifen. Aber mein Geliebter gehörte nicht zu denen, die aufgeben, er kämpfte, bis die schwarzen Segel das Weite suchten, verfolgte sie noch einen ganzen Tag lang und jagte sie über das offene Meer …

Man hat es ihm nicht gedankt, wende ich müde ein, wozu diese Mühe? Nein, entgegnet Sofonisba zornig, Felipe hat es ihm nicht gedankt, entlassen hat er meinen Orazio aus seinen Diensten, dieser Narr, schenkte den eilfertigen Berichten der feigen Kapitäne mehr Glauben als ihm, statt ihn zu loben und zu befördern, befand er, Orazio habe allzu tollkühn gehandelt und sein Schiff mit der Verfolgung unnötigen Gefahren ausgesetzt, aber das passte zu der herrischen Politik dieses alten, kranken Mannes, zu dem Felipe über die Jahre geworden war. Aquiba behielt Recht mit ihrer Prophezeiung: Einsam wird der König, lebendig in seiner eigenen Gruft, die Jahre seines Alters verbringen, Blut klebt an seinen Händen und mehr Blut wird er vergießen, bei lebendigem Leib wirst du verfaulen, oh König der Spanier … Oh ja, auch der letzte Teil ihres Spruchs sollte sich erfüllen: Wunden öffneten sich an seinen Beinen und wollten nicht mehr heilen. Um seine Schmerzen besser ertragen zu können, ließ sich Felipe Sessel und Liegen auf Rädern konstruieren mit anhebbaren Beinschienen und Stützen für die Arme. Und wenn ich auch vor Zorn tobte, so siegte doch das Mitleid. Wie sollte er schließlich gesund werden können über der Gruft seiner Toten? Der Atem des Todes wehte doch in diesem ganzen riesigen Kloster. Wenn er wieder geheiratet hätte, dachte ich oft, wenn ich seine Briefe las, in denen viel vom Gott des Alten Testaments die Rede war – wäre doch nur eine Frau um ihn, so sind es die Escobedos und Mönchsgesänge, die seine Tage begleiten. Aber jeder geht den Weg, den er gehen muss, und dein Weg, Sofie, ist noch lange nicht zu Ende.

Und ich lasse mich von ihr hinübertragen, ruhe im Schatten der Bäume von La Fata, die Erinnerung ist eine große Heilerin und spricht zu mir mit Sofonisbas Stimme, nein, sagt sie, wir gehören nicht zu denen, die aufgeben und resignieren, damals nicht und auch nicht heute …, ihre Stimme verhallt wie ein Echo, damals nicht … auch nicht heute …, schwingt in meinen Träumen nach, in die hin und wieder das Gesicht der Ärztin hereinreicht, und dann sitzt Frieder Nagel an meinem Bett, ein unrasierter, schattenäugiger Frieder Nagel. Sofie, sagt er, geht es dir besser, ich schließe die Augen, denn das kann nur ein Traum sein, aber als ich sie wieder öffne, ist er immer noch da.

Du musst durchhalten, sagt er, und seine Stimme klingt, als hätte ich sie mit dem Reibestein aufgeraut, du kannst jetzt nicht einfach aufgeben.

Ich will nicht mehr kämpfen, höre ich mich leise sagen.

Ich auch nicht, sagt Nagel, und seine Augen sind plötzlich noch schwärzer als sonst, von einem warmen, wohltuenden Schwarz, das brennt keine Löcher, weder in die sichtbare noch in die unsichtbare Welt, ich weiß kein Pigment dafür, nein, Asphalt ist es nicht, auch nicht Knochenasche, es ist ein Schwarz, das sich aus dem gesamten Spektrum der Farben zusammensetzt, sie alle in sich vereint. Und ich sehe die Farben, wie ich sie eine nach der anderen auftrage, Schicht um Schicht übereinander, die hellen zuerst, dann die dunkleren, zuletzt das finsterste Braun … und unter allem liegt seine Stimme, über alle Zeiten klingt sie zu mir herüber, erzählt eine Geschichte, ja, Frieder Nagel sitzt da an meinem Bett und erzählt etwas, das klingt, wie ein Märchen …, … den Jungen aber ließ der Gedanke an die Treppe, die zum Glück führen sollte, nicht mehr los …, und da horche ich auf, auch Sofonisba wird hellwach, Ruy Gomez' Geschichte, ruft sie, er kennt Ruy Gomez' Geschichte, … mochten die anderen auch behaupten, dass es keinen Sinn hätte, nach ihr zu suchen, er machte sich auf den Weg …, und ich sehe das Gesicht von Ruy Gomez, es verschwimmt mit dem von Frieder Nagel, wie kann er diese Geschichte kennen, frage ich mich, wie kann das sein? … die Stufen zum Glück, sagt er, endlich hat er sie gefunden und steigt eine nach der anderen empor … bis ganz oben die Stufen plötzlich enden im Nichts: um ihn der Himmel, unter ihm der Abgrund, Angst greift nach ihm und Schwindel erfasst ihn – doch dann weiß er auf einmal, was zu tun ist. Er wird nicht resigniert umkehren wie die anderen oder sich verzweifelt ins Bodenlose stürzen, nein: Spring, sagt eine Stimme in ihm, wenn du es wagst, zu springen, dann erreichst du das Glück. Und der Junge nimmt all seinen Mut zusammen, und den braucht er, oh ja, eine ganze Menge Mut, denn wer springt schon gern ins Leere, ins Nichts? Aber als er springt, da schließt sich der Abgrund und das Gebirge verschwindet und ein Tor steht offen vor ihm und über dem Tor steht geschrieben: Das Reich des Glücks.

Es ist still im Krankenzimmer. Nur das feine Ticken der Uhr über der Tür, das ich vorher nie bemerkt habe, ist zu hören. Ich sehe das Zifferblatt und sehe es doch nicht, das ganze Zimmer verschwimmt mir vor den Augen.

Man muss springen, Sofie, höre ich Nagels leise Stimme. Das ist es, was ich endlich begriffen hab, hörst du? Springen. Sonst erreicht man es nie.

Er steht auf. Meine Hand wird mit einem Mal kalt, und erst jetzt merke ich, dass er sie gehalten hat, die ganze Zeit – meine Hand in der seinen.

Also, sagt er, schon fast an der Tür, über ihm ruckt der Minutenzeiger, es ist Viertel vor drei. Bis bald. Das nächste Mal wieder aufrecht, versprochen?

Und dann ist er fort, der Zeiger ruckt und ruckt, und ich werde das Gefühl nicht los, dass er geduldig, aber unerbittlich einen Countdown herunterzählt.

Ich muss aufstehen. Mein Bild präsentieren. Das ist das einzige Ziel, das ich noch habe auf dieser Welt. Alles, was danach kommen mag, ist völlig einerlei. Der zweite Januar ... ein Sonntag ... Kregler ... das Bild ...

In der Silvesternacht wecken mich ein paar Knallfrösche, die ganz in der Nähe detonieren. Bunte Raketenblüten reichen in meinen Fensterausschnitt herein. Ich betrachte sie gleichgültig, schlafe darüber wieder ein. Am Neujahrsmorgen werde ich in meine Zelle verlegt. Meinen Arm trage ich in einer Schlinge.

Ich muss ins Atelier, sage ich zur Nonnenmacher.

Was für ein Atelier, gibt sie grob zurück, es gibt kein Atelier.

Zuerst begreife ich nicht. Dann wird mir alles klar. Maries Tod. Die Pigmente. Es wird eine Obduktion gegeben haben. Jemand wird bemerkt haben, dass Arsen im Spiel war. Besser für Kregler, es hat so etwas wie ein Maleratelier in seinem Gefängnis niemals gegeben.

Und ... das Bild?

Aber die Nonnemacher gibt mir keine Antwort mehr.

In meiner Zelle suche ich umsonst nach Maries Abschiedsbrief und den Photos von den Kindern. Sie ist gründlich gefilzt worden. Auch meine Skizzenblöcke sind verschwunden. Und jemand hat die silbernen Scheiben meiner DON CARLO-Aufnahme mit einer feinen Nadel zerkratzt. *Ella giamm-giamm-giamm-giamm* klingt es grotesk aus dem Lautsprecher.

Na gut, denke ich und werfe die Scheiben in den Papierkorb. Diese Dinge können sie mir nehmen, aber meine Erinnerungen nicht.

Ich schiebe den Tisch unter das Fenster, klettere hinauf und öffne weit die Flügel. Das abgezirkelte Stückchen Himmel leuchtet hell wie ein Opal, über Nacht scheint es Frühling geworden zu sein, ein trügerisch lauer, frühreifer Wind hat die Schneewolken vertrieben – nein, denke ich und lege mich auf die Pritsche, bette den kranken Arm vorsichtig auf meine Brust, ich lass mich nicht täuschen, das Jahr hat gerade erst begonnen, noch ist es nicht Zeit …

Täusch dich nicht, flüstert Sofonisba, die Zeit ist eher reif, als du denkst. Noch ist es nicht Frühling, denkst du? Und kaum schlägst du die Augen auf, ist er schon vergangen und ein weiterer und viele andere, und wenn man es recht betrachtet, dann ist schon alles da, hier, in dir, alles, was war und auch, was sein wird, die vielen Frühlinge, Sommer, Herbste, Winter und auch dein Tod. Die Zeit ist noch nicht reif? Wir, wir selbst sind die Zeit, außerhalb von uns existiert sie nicht …

Sofonisba schweigt. Sie denkt an ihren Tod, ich kann es fühlen.

Es ist ein seltsames Ding mit dem Alter, sagt sie schließlich. Du fühlst dich kein bisschen anders als mit zwanzig, dreißig, vierzig, fünfzig … du lachst über dieselben Dinge und hast Lust, mal eben schnell zum Hafen zu laufen, um zu sehen, welche Schiffe angekommen sind. Orazios Gestalt zu suchen und ihn von hinten zu umarmen. Du willst eine Leinwand nehmen und sie mit Honigleim tränken, und dann willst du sie malen, alle, die dir lieb und wert sind, Orazio, zum wievielten Male, deinen Stiefsohn Pietro und seine Frau, die beiden Kinder, die du zur Taufe getragen hast – wie lange ist das schon wieder her? Du willst nach Paternò hinüberfahren und nach La Fata sehen, zwischen den Obstbäumen umhergehen und dem »Alten« beim Paffen zusehen – tausend Dinge willst du tun. Nur dein Körper erinnert dich Tag für Tag daran, dass du alt geworden bist, dass du nicht mehr so schnell laufen kannst, und vor allem, dass du fast nichts mehr siehst. Wenn du erst einmal dein Augenlicht verlierst, und das als Malerin, dann wird dir die Welt zunächst einmal klein. Ja, auch wenn da Menschen sind, die du liebst, auch wenn sie dich besuchen kommen aus aller Welt, um dir die Referenz zu erweisen und dich um deinen Rat zu fragen, all die jungen Künstler, so wie dieser Flame, van Dyck hieß er, der mich malte und einige sehr erstaunliche Zeichungen von mir machte, und waren es nicht gerade sie, diese Bilder und die Eintragungen in sein Reisetagebuch, die deine Freundin Mercedes darauf brachten, nach meinen Bildern zu suchen, nach so langer Zeit? Ach, und ich musste sie mir direkt vor die Augen halten, um überhaupt etwas erkennen zu können. Was nützte es mir, dass meine Hand kein bisschen zitterte, selbst im hohen Alter von über neunzig Jahren nicht, wenn ich nicht mehr sah, was ich malte? Wäre nicht Orazio gewesen, vielleicht wäre ich verbittert auf meine alten Tage. So aber lernte ich spätestens da, dass es Dinge im Leben gibt, die wichtiger sind als das Malen und der Ruhm, als all die Gesichter, die ich auf meiner Leinwand erstehen ließ – für die Ewigkeit, wie ich in meiner Anmaßung dachte, ohne zu begreifen, dass wir sie in uns tragen, in jedem Augenblick, unsere Ewigkeit. Da wurde meine Welt unendlich weit, in der Dunkelheit meiner Tage ging es mir wie dir, Sofie, ich öffnete Türen in die Vergangenheit, bis zurück zu Marguerite führten sie mich und viel weiter. Aber auch in die Zukunft, ich habe dich schon hier liegen sehen, auch wenn du mir das nicht glauben wirst, die Zeit ist wie ein unergründbares Haus und du wirst staunen, wie viele Türen du überhaupt noch nicht kennst.

Und dann der Tod. Ich habe sie alle überlebt, alle, meine Eltern, natürlich, aber auch die Geschwister, obwohl ich die Älteste von uns allen war. All die spanischen Königinnen, Juana und auch den König. Felipe starb im Alter von einundsiebzig Jahren in El Escorial, einsam und verlassen. Ich überlebte auch seine Töchter, die arme Catalina Micaela, die Wunderschöne, Rätselhafte, starb schon mit knapp dreißig an der zehnten Schwangerschaft in nur zehn Jahren Ehe. Ihre Schwester wurde ein paar Jahre älter, aber auch sie erlebte die Jahrhundertwende nicht mehr. Nur Orazio, und das danke ich heute noch dem Himmel, nur seinen Tod musste ich nicht miterleben. Er war es, der mich bis an die Schwelle begleitete, und der Übertritt war erstaunlich einfach.

Ich fühle mich heute nicht gut, sagte ich eines Morgens.

Dann leg dich doch wieder hin, sagte er.

Bleibst du bei mir?

Ich bleibe da.

Er hielt mir die Hand, und ich schlief ein. Das war es. Und Marguerite sagte: Ach. So kann es also auch sein. So auch.

Ich muss eingeschlafen sein. Jemand schließt die Tür auf und stellt mir das Abendessen hin.

Ein gutes neues Jahr, Frau Lenze, sagt die Frau fröhlich, so heißen Sie doch, oder?

Ich blinzle. Dieses Gesicht hab ich noch nie gesehen.

Ja, sag ich. Und Sie?

Bremer, sagt sie, Karin Bremer. Diese Woche mach ich die Spätschicht für die Kollegin, die krankgeschrieben ist. Morgen früh kommt Frau Nonnenmacher. Sie wird Sie begleiten. Zu dem Festakt. Einen guten Appetit! Bis morgen Nachmittag. Der Festakt. Die Bilder. Also existieren sie noch. Und ich werde sie enthüllen: Wieso sonst sollte mich die Nonnenmacher begleiten? Das will er sich wohl nicht entgehen lassen, dieser Kregler, ein Vorzeigeobjekt wie mich kriegt er nicht mehr so schnell.

Die andere Kollegin? Das muss Hasenzahn sein. Krankgeschrieben – hab ich so fest zugeschlagen? Nein. Es tut mir nicht Leid. Ich setze mich an den Tisch, zwinge mich, etwas zu essen. Putenschinken zur Feier des Tages. Ich muss Kräfte sammeln. Für morgen. Man muss springen, hat Nagel gesagt … Habt Ihr gehört? Morgen ist es so weit. Morgen müssen wir alle zusammenstehen.

Wir alle? Wie meinst du das? Was kann ich dir noch helfen?, will Sofonisba wissen. Die Bilder sind gemalt, von jetzt an wirst du mich auch dabei nicht mehr brauchen. Du malst jetzt deine eigenen Bilder, das von Kregler ist ausgezeichnet geworden, aber damit habe ich nichts mehr zu schaffen. Du hast mehr Mut, als ich je hatte. Alles was ich konnte, um mich zu rächen, war, MÖRDER über sein Gesicht zu pinseln und es dann zu übermalen, so als hätte er keines. Du aber hast sein wahres Gesicht gemalt, mein Kompliment.

Ja, stimmt auch Marguerite zu, du machst das schon richtig. Halte ihnen den Spiegel vor, den Spiegel der schlichten, einfachen Wahrheit. Den Spiegel deiner Leinwand. Das ist es, was sie brauchen. Aber nimm dich in Acht. Es ist gefährlich, das zu tun.

Ich weiß das. Es braucht meinen ganzen Mut. Wer springt schon gern ins Leere, ins Nichts? Und darum brauche ich euch noch einen Tag, noch diesen einen Tag. Morgen. Wenn das Bild sich zeigen wird. Der zweite Januar. Kreglers Dienstjubiläum. Ich zähl auf euch.

28

Das Trocknen

Die Malerei muss mit der Bildseite während des Trocknens stets zum Licht gewendet werden. Sehr schädlich ist es, das Bild vom Licht abzuwenden oder bei künstlicher Wärme zu trocknen, da dies starkes Gilben und Nachdunkeln verursacht. Tizian hat seine Bilder an der Sonne getrocknet.

Niemals zuvor war ich in dem großen Saal neben der Kapelle. Marie hat mir von ihm erzählt. Hier probt der Gefängnischor, hier gibt es einmal die Woche einen Gymnastikabend. Und hier muss vor ein paar Tagen die Weihnachtsfeier stattgefunden haben. Ohne Marie, denn das war »danach«. Es gibt eine Zeit »davor« und eine »danach« … Aber heute bevölkern ganz andere Menschen das ehemalige Refektorium des Klosters Marienwart.

Lebhaftes Stimmengewirr schwappt mir bereits im Flur entgegen. Der Boden hebt und senkt sich. Schwere See. Ich sehe Herren in dunklen Anzügen durch die offene Tür. Damen im kleinen Schwarzen. Sektkelche halten sie in den Händen, wie perlende Winterblüten. Ich weiche an der Schwelle zurück, als befinde sich hier eine unsichtbare Schranke. Ich zögere. Fühle mich fehl am Platz. Man hat mir heute Morgen das Kleid gebracht, in dem ich hier eingeliefert wurde. Es ist, als sei es über die Monate in der Kleiderverwahrung um drei Größen gewachsen. Überall ist es zu weit, es hängt an mir herunter wie ein Sack. Ich komme mir vor wie ein Kind in den Kleidern seiner Mutter. Du musst erst wieder hineinwachsen, tröstet mich Marguerite, das wird schon wieder.

Was ist denn, murrt die Nonnenmacher, und gibt mir einen Schubs. Dass eines klar ist: Du weichst keinen Millimeter von meiner Seite. Anweisung vom Chef, hörst du?

Seit wann sind wir per du, will ich sagen, doch da seh ich ihn, den Gefängnisdirektor Dr. Rudolf Kregler, dort steht er an der Tür und begrüßt jeden Gast per Handschlag. Aber ich bin kein Gast. Für mich hat er nur einen prüfenden Blick.

Heute ist die Gelegenheit, sagt er, manches wieder gut zu machen. Und er wirft der Beamtin einen kurzen Blick zu, unter dem sie erbleicht und mich schnell weiter in den Raum schiebt.

Kregler hat sich indessen längst wieder seinen Gästen zugewandt.

All diese Menschen. Mir wird übel. Komm, redet mir Sofonisba zu, früher konnten wir das auch. Denk an die Empfänge bei Hof. Haben wir sie nicht regelrecht genossen? Denk an Felipes Hochzeit. Da bist du aufgestanden und hast vor all diesen Menschen den Tanz eröffnet, erinnerst du dich? Das warst du, denke ich matt, nicht ich. Ach Unsinn, gibt sie zurück, ich bin du, und du bist ich. Du kannst das. Du musst nur wollen.

Nein danke, will ich sagen, aber da hab ich schon ein Glas Sekt in der Hand. Die Nonnenmacher sieht mich ungehalten an. Und endlich, endlich werde ich ruhig.

Zum Wohl, proste ich ihr zu und nehme einen kräftigen Schluck. Auf Dr. Kregler. Und da kann selbst sie nichts mehr sagen.

Ich sehe mich um. Lauter fremde Gesichter. Niemand beachtet mich. Tische mit weißen Damasttüchern bilden eine lange Reihe, Köche mit gestärkten Mützen rücken geschäftig kalte Platten zurecht und machen sich an silbernen Kasserollen in heißem Wasserbad zu schaffen. Hell beschürzte Frauen reichen Tabletts mit Salzgebäck herum. Darunter erkenne ich – Petra. Sie sieht auf und schiebt erstaunt ihr Kinn vor. Dann bietet sie einem älteren Ehepaar ihr Gebäck an, das höflich dankend davon nimmt.

Die Nonnenmacher drängt mich zu den Stuhlreihen, die vor dem Podest aufgebaut sind. Dort oben wartet schon mein Bild auf der Staffelei, mit einem großen Tuch ist es verhängt.

Und wenn sie das zweite Bild darunter schon entdeckt haben?, frage ich mich bang. Was, wenn nur Sofonisbas Bild dort oben steht?

In diesem Fall wärst du jetzt nicht hier, entgegnet Sofonisba nüchtern.

Geht es Ihnen wieder gut, fragt mich eine besorgte Stimme,

und ich fahre herum. Es ist die neue Ärztin von der Krankenstation.

Was macht der Arm? Die Schlinge sollten Sie aber noch tragen …

Es geht schon wieder, lüge ich. In Wirklichkeit tut die Schulter noch gewaltig weh. Aber heute brauche ich beide Hände. Ich habe alles vorbereitet. Ich habe sie immer wieder geübt, die Enthüllung des verborgenen Bildes. Ein Handgriff, mehr nicht, aber dazu brauche ich beide Hände.

Da entdecke ich Suses Rotschopf! Ich recke den Kopf, ja, sie ist es und trägt ein unglaubliches Kleid aus grünlich changierendem Taft. Ich will ihr entgegenlaufen, aber die Nonnenmacher hat mich eisern im Griff.

Nichts da, sagt sie, kein Kontakt zu irgendwelchen Gästen, ist das klar?

Sie drückt mich auf einen Stuhl in der hintersten Reihe, ganz außen, damit ich möglichst weit entfernt bin von der Tür und all den werten Geladenen. Schwer atmend nimmt sie neben mir Platz.

Wie ich schon gesagt habe, redet die Beamtin auf mich ein. Erst kommen die Reden. Und wenn der Herr Direktor sagt, und jetzt darf ich Frau Sofie Lenze auf das Podium bitten, hörst du, wenn er das sagt, dann stehst du auf und gehst da hoch. Du ziehst das Leintuch von dem Ding, Dr. Kregler sagt ein paar Worte, und dann kommst du wieder hierher. Hier. Zu mir. Hast du das verstanden?

Ich antworte nicht. Den ganzen Morgen redet sie schon so auf mich ein. Ich sehe mich um. Auch die anderen Gäste nehmen jetzt Platz. Neben Suse erkenne ich das Gesicht meiner Anwältin. Beide begrüßen mit großer Herzlichkeit ein paar ältere, distinguiert aussehende Herren, als seien sie die allerbesten Freunde. Frieder Nagel konnte ich noch nirgends entdecken …

Hast du das verstanden, knurrt die Nonnenmacher. Sie ist nervös. Schweiß perlt ihr auf der Nase. Ich sage dir eines, fährt sie fort in ihrer Litanei, wenn du das vermasselst, dann wirst du dir wünschen, gar nicht erst geboren zu sein.

Es wird still im Saal. Kregler steigt aufs Podium und geht zu dem blumengeschmückten Rednerpult. Jetzt erst sehe ich die Girlande mit den Ziffern 1 und 0 über ihm. Kregler legt die Hände aufs Pult, richtet sich straff auf und blickt in die Runde. Und wieder entfaltet sich seine kühle Autorität, bis in den hintersten Winkel des Saals wirkt seine Macht. Die Gespräche verebben. Das letzte Hüsteln verstummt.

Und in diese Stille hinein, als Kregler bereits Atem holt, um zu beginnen – da öffnet sich nochmals die Tür, und eine schwarze Gestalt tritt herein. Nagel. Köpfe werden nach diesem späten Gast gedreht. Kregler räuspert sich. Wartet einen Moment. Aber der Zauber des Augenblicks ist dahin. Nagel hat ihm seinen Auftritt vermasselt. Dennoch lässt sich Kregler nichts anmerken. Er beginnt zu sprechen, und sofort erfüllt seine Stimme über das Mikrophon klangvoll den ganzen Raum: Herr Staatsminister, Herr Oberbürgermeister, meine sehr verehrten Damen und …

Ich verdrehe den Hals. Nagel steht immer noch an der Tür, die Hände in den Hosentaschen. Finster, mit zusammengezogenen Augenbrauen, fixiert er Kregler dort oben hinter seinem Rednerpult. Und dann, als spüre er meinen Blick, lässt er die Augen wandern. Da, jetzt hat er mich entdeckt. Ein Staunen zieht über sein Gesicht, und ich sehe den Widerschein meiner Freude in seinen Augen, ja, ganz deutlich, der Anflug eines Lächelns, dann wieder verschatten sie sich vor Sorge und Misstrauen, er runzelt die Stirn: Was geht hier vor, mag er denken, warum ist denn Sofie hier, was zum Teufel hat das zu bedeuten?

Vor zehn Jahren, sagt Kregler gerade, habe ich hier meine Arbeit aufgenommen … Photographen gehen mit ihren Kameras vor dem Podium in die Knie und schießen ihre Blitzlichter nach ihm ab. Eine Hochleistung, wirklich, zehn Jahre aufreibendster Job mit all diesen Gesetzesbrecherinnen, und Kregler spricht und spricht, die Köpfe der Menschen vor mir heben und senken sich, der Schluck Sekt beginnt zu wirken und in meinen Schläfen zu pochen, zu rauschen, das ganze Meer scheint in meinem Schädel gefangen und brandet gegen meine Sinne, spült mir immerzu eine schwarze Gestalt vor Augen, egal, wohin ich sehe. Dort steht er und sieht zu mir herüber. Mein Herz rast.

Kregler spricht von dem doppelten Anspruch der Gesellschaft an den Strafvollzug, der Quadratur des Kreises, die er und alle Bediensteten der Anstalt jeden Tag zu vollbringen hätten, Strafe und Isolierung und zugleich Therapie und Resozialisierung, und das in Fällen, bei denen bereits alle anderen versagt hätten: das Elternhaus und die Schule, das soziale Umfeld und nicht selten sogar betreuende Therapeuten – da erwarte man von ihm, Kregler, Wunder, er aber entziehe sich nicht seiner Verantwortung wie so viele andere … und mir fällt mit einem Mal auf, wie schmal Frieder Nagel geworden ist, heute ist er wieder akkurat rasiert, sein Anzug tadellos, doch die Schatten unter den Augen sind immer noch da.

Kregler endet seine Rede, und nach ihm besteigt der Staatsminister das Podium. Der spricht von bewundernswerten Verdiensten und der buchstäblichen Besonnenheit des geschätzten Kollegen, von seinem enormen Engagement für die Gefangenen, und wie wenige Gefängnisdirektoren dieser Belastung so lange Jahre standhalten könnten, ohne Schaden zu erleiden an Leib und Seele, ja, Kregler gehe sogar noch weiter und schaffe das Unmögliche, nämlich zu verhindern, dass seine Schutzbefohlenen selbst zu Schaden kämen, nirgendwo sonst, in keiner Strafvollzugsanstalt der Republik, seien die Insassen so zufrieden, kein Ausbruchversuch, nicht ein einziger Selbstmord … Maries Gesicht steht plötzlich vor mir, und ich frage mich, wie denn das möglich ist, ihren Tod so einfach unter den Teppich zu kehren, von Marie, denke ich bitter, von der redet keiner, heute nicht und in zehn Jahren auch nicht, aber das letzte Wort ist noch nicht gesprochen.

Ich sehe wieder nach Nagel, der an der Tür lehnt wie ein Wächter, und es kommt mir so vor, als ob er eigentlich gar nicht bleiben wollte, kurz hereinschauen und dann wieder gehen, das hatte er vor, aber jetzt hat er mich gesehen und kann sich nicht zum Gehen entschließen.

Irgendetwas wird hier doch gleich geschehen, scheint seine Miene zu fragen, als sich unsere Blicke wieder treffen. Ja, sagen meine Augen. Etwas wird geschehen. Besser du bleibst.

Der Staatsminister gibt sich alle Mühe, den Bogen über die zehnjährige Kregler-Erfolgsstory bis heute zu spannen, ohne sein Auditorium allzu sehr zu langweilen. Wenn man ihn so reden hört, könnte man glauben, Rudolf Kregler sei ein Wohltäter aus purer Barmherzigkeit, streng, aber gerecht, der wie ein Vater über allem steht. In Zeiten der wachsenden Kriminalität braucht es solche starken, unbeirrbaren Persönlichkeiten, sagt der Staatsminister, sie gäben ein Leitbild für diejenigen ab, die vom rechten Weg abgewichen seien und die es wieder in die Bahnen der Gesellschaft zurückzuführen gelte. Und dann überbringt er noch vom Ministerpräsidenten persönlich die allerbesten Glückwünsche, der leider verhindert sei, und gibt das Wort an den Oberbürgermeister weiter.

Der spricht von der ausgezeichneten Zusammenarbeit mit der Kommune, von dem aufgeschlossenen Aufeinanderzugehen von Bevölkerung und den Häftlingen, wovon man sich am Tag der offenen Tür alle Jahre wieder überzeugen könne … und ich bohre mir die Fingernägel in den Handballen, um nicht aufzuspringen und loszuschreien … ruhig, ganz ruhig, ermahnt mich Sofonisba, dies ist nicht dein Stichwort, die Zeit arbeitet für dich, alles, was du tun musst, ist in Ruhe abzuwarten, bis du an der Reihe bist. Du hast alles vorbereitet. Du hast es wieder und wieder geübt. Wenn sie die beiden Rahmen nicht gerade ineinander festgenagelt haben, kann nichts passieren.

Schließlich ist auch der Bürgermeister all seine Glückwünsche losgeworden und kommt zum Ende seiner Ansprache. Noch viele Jahrzehnte dieser glücklichen Zusammenarbeit, das ist es, was er Kregler und sich wünscht, Jahre des friedlichen Nebeneinanders von städtischem Bürgerleben und modernem Strafvollzug. Er bewundere Kregler, dem es so meisterlich gelänge, an den Rändern dieser Gesellschaft zu wirken, dort, wo sich der Abgrund auftut, ohne Furcht und Zagen Brücken zu schlagen. Und damit ist für ihn wohl alles gesagt.

Ich mache mich bereit. Mein Herz klopft zum Zerspringen. Aber es ist noch immer nicht so weit. Jetzt hat erst der Chor seinen großen Auftritt, heute ohne Marie. Was werden sie wohl singen, spottet Sofonisba, den Gefangenenchor aus Nabucco? FLIEG, GEDANKE, AUF GOLDENEN FLÜGELN? Aber da spüre ich Bewegung hinter mir: Nagel kommt mit großen Schritten auf mich zu.

Seine Stirn entspannt sich, die Augen scheinen zu lächeln. Wie gerne würde ich mit meiner Hand darüberfahren und all die Sorgenfalten glatt streichen … aber da zerrt die Nonnenmacher so heftig an meinem kaputten Arm, dass mir schwarz vor den Augen wird, und als ich wieder klar sehe, steht Kregler neben Nagel, kommen Sie, Herr Kommissar, sagt er aufs freundlichste, aber seine Augen verraten seine wahren Gedanken, ich habe einen Platz für Sie in der ersten Reihe, Sie müssen nicht hier hinten herumstehen, und während sich wieder Köpfe wenden und so manch einer die Ohren spitzt, wirft Nagel mir einen Blick zu, den ich nicht recht deuten kann, folgt Kregler nach vorne und nimmt in der ersten Reihe Platz.

Ich beiße mir auf die Lippen. Umso besser, tröstet mich Sofonisba. Jetzt ist er noch näher dran am Geschehen. Du wirst sehen. Das hat alles seine Richtigkeit. Und ich bin voll und ganz damit beschäftigt, meine Schmerzen in der Schulter wegzuatmen, den Schwarm verrückt gewordener Vögel in meinem Bauch zu beruhigen, dem Raum zu befehlen, mit diesem unerträglichen Schwanken aufzuhören. Der Chorgesang eiert in meinen Ohren wie eine Schellackplatte, die zu lange in der Sonne gelegen hat, Schweiß bricht mir aus allen Poren, und dann herrscht Ruhe, das Singen ist zu Ende, Applaus schwillt höflich an und wieder ab, und ich höre Kreglers Stimme.

Es ist mir eine ganz besondere Freude …, sagt er, und ich wundere mich aufs Neue, wie voll seine Stimme über Mikrophon tönt, er ist ein ganz anderer Mensch, wie er so vor diesen vielen Menschen steht, denke ich, da gleicht er tatsächlich noch ein bisschen mehr dem Gefängnisfürsten auf Sofonisbas Bild, oh doch, er hat sie, eine große Persönlichkeit, er ist stark und mächtig, und du wirst dich nur blamieren mit deinem lächerlichen heimlichen Bild, keiner wird verstehen, was du sagen willst … wie viel Talente unsere Mauern beherbergen … ruhig, ganz ruhig, und ich versuche meinen Atem zu kontrollieren: ein und aus und ein und …, die Gelegenheit bekommen, auch hinter Gittern ihre künstlerische Berufung weiter zu verfolgen …, und mein Herz rast zum Zerspringen … und darum darf ich jetzt Frau Sofie Lenze zu mir bitten.

Jetzt ist es so weit. Und ehe die Nonnenmacher wieder meinen Arm malträtieren kann, stehe ich auf und gehe nach vorn. Alle drehen sich nach mir um. Meine Schritte hallen überlaut, der Boden hebt und senkt sich, aber fühlte ich mich da nicht immer am wohlsten, bei schwerer See? Sehr gut, lobt Sofonisba, jetzt noch die Stufen ..., und ich stehe oben, blicke mich um, sehe all diese Menschen, die Gesichter, die Augen auf mich gerichtet. Suse, völlig hingerissen von meinem Anblick. Stephanie Larmann, mit irritierter Miene, als wisse sie nicht recht, was sie davon halten soll, mich hier zu sehen. Und Frieder Nagel, der den Blick nicht von mir wendet, besorgt, wachsam. Es ist ganz leicht, sagt Marguerite, und ich höre ihr leises Lachen und den Klang des Tambourets, sie stimmt ein Lied an, ihr Lieblingslied: *Tugend, ich sag mich los von Euch, für alle Zeit, viel freier schlägt mein Herz danach und froher auch ...*, und ich bin mit einem Mal die Ruhe selbst. Mit beiden Händen ergreife ich das weiße Tuch und ziehe es von Sofonisbas Bild.

Da steht er, Rudolf Kregler, so, wie ihn die Menschen hier kennen, am Fenster steht er mit dem Schlüssel in der Hand, dem Schlüssel, dessen goldenen Glanz Marie mit sich genommen hat. Applaus brandet auf, der nicht enden will, wie eine Welle, Kregler geht auf mich zu, schüttelt mir unter einem Blitzlichtgewitter die Hand und bedeutet mir dabei, nur für mich allein sichtbar, dass ich mich jetzt wieder gefälligst zu trollen habe. Aber ich gehe nicht. Ich wende mich zum Publikum und hebe die Hand. Sofort herrscht Ruhe.

Man sagt, ich sei eine Fälscherin ...

Zu meiner eigenen Überraschung erfüllt meine Stimme auch ohne Mikrophon den Saal bis in den letzten Winkel, siehst du, du kannst es ..., und alles wird ganz still, so still, dass ich das Brodeln in den Kasserollen hören kann und das Perlen in den Sektgläsern. Ich sehe meine Anwältin, die aufspringen will, aber Suse, völlig fasziniert, hält sie zurück.

Und das Bild, fahre ich fort, das ich Ihnen hier zeige, ist tatsächlich so etwas wie eine Fälschung. Aber ich habe für Dr. Kregler zu seinem Jubiläum noch ein zweites Bild gemalt, sein echtes Bild. Und das werde ich Ihnen jetzt zeigen.

Kregler steht starr. Aus meinen Augenwinkeln nehme ich es wahr, während ich mich zum Gemälde wende. Meine Finger ertasten den doppelten Rahmen. Jede Sekunde eine kleine Ewigkeit. Da habe ich die Kerbe gefunden, und mit einem Ruck löse ich Sofonisbas Bild von dem meinen und hebe es von der Staffelei. Zurück bleibt das Bildnis jener Nacht ...

Alle halten den Atem an, der Schrecken, der mir so vertraut ist, breitet sich von der Leinwand her über alle aus, die dort unten sitzen und auf das Bild starren, auf die gemalte dunkle Gestalt in der offenen Tür, wie damals, in der Nacht, als sie kamen, so, wie sie immer stehen, im Gegenlicht, düster, drohend. Sein Schatten fällt in den Raum und scheint sich fortzusetzen bis hin zum Betrachter, von vorn fällt ein kleines, fahles Licht auf das Gesicht und die Hände mit den überlangen Fingern, die seitlich ganz unbeteiligt an den Armen herabzuhängen scheinen und doch voller Leben sind, wie zwei aufmerksame, feingliedrige Tiere, die nur darauf warten, dass sie zupacken dürfen. Doch es sind die Augen, die alles enthüllen, immer sind es die Augen, und ich habe sie gemalt, wie ich sie sah in Bruchteilen von Sekunden, wenn er seine Deckung für kurze Momente aufgab und vor allem: in jener Nacht. Und ich selbst stehe wie gebannt unter diesem Blick, der alles zu durchdringen scheint, unter dem man abschwören, verleugnen, denunzieren wird, kein Zweifel, und wieder kriecht die Kälte über meinen Rücken, das Entsetzen, der Druck im Magen wird unerträglich, die Haare sträuben sich im Nacken, es ist wieder Nacht und er kommt, immer kommen sie nachts, und jetzt, jetzt werden sie mich endgültig holen …, aber dieser Schrecken währt nur einen Moment lang, nein, sage ich mir, es ist nicht Nacht, es ist heller Tag, und der Bann ist gebrochen, die Angst fällt von mir ab. Endgültig, wie eine überlebte Haut. Ich sehe dem echten Kregler in die Augen, und was ich dort sehe, ist noch viel entsetzlicher als mein Bild, zu meinem Erstaunen finde ich ihn auch dort, in seinem Gesicht, den Widerschein des Schreckens, als sehe er seinen eigenen, ganz persönlichen Dämon, oh ja, Kregler erkennt sich in meinem Bild, noch nie hat ihm jemand einen derartigen Spiegel vorgehalten, es ist der Spiegel seiner Seele, jubiliert Marguerite, da, ruft Sofonisba, sieh genau hin, du hast es geschafft, die Fassade bricht – und sie hat Recht: Wie ein Riss geht es durch sein Gesicht, seine Gestalt und seine Haltung, die er jetzt verliert, und darunter erscheint er so, wie ich ihn gemalt habe, schutzlos, maskenlos, mit seiner ganzen Wut und dem Hass, den er jetzt auf mich werfen wird, rot unterlaufen die Augen, verzerrt die Züge, die Hände erwachen zu Leben, werden zu Krallen, so kommt er auf mich zu, stürzt über mich wie ein großer, böser Vogel.

Und ich finde mich wieder in dem schlimmsten meiner Träume, hebe die Hände zur Abwehr gegen Escobedo, gegen Aragón, gegen Marguerites Henker … und dann verschwinden sie alle, lösen sich auf in nichts, und übrig bleibt nur Kregler, und unter einem Regen aus Blitzlichtern schlägt dieser Mann wie besinnungslos mit Fäusten auf mich ein.

Das ganze Publikum sitzt starr, als sei es sich nicht sicher, ob dies auch noch dazugehört, eine Art Performance, bei diesen Künstlern weiß man ja nie. Aber dann bricht ein Tumult los, alles geschieht gleichzeitig, ich höre die empörte Stimme einer Frau, es ist Suses Stimme, und sie ruft: Ja warum tut denn da niemand etwas, das ist ja ein Skandal, jemand stürmt aufs Podium, es ist Nagel, doch gerade, als er sich auf Kregler stürzen will, scheint der wie aus einem Traum zu erwachen, mitten in der Bewegung hält er inne, der Ausdruck des Hasses verschwindet aus seinem Gesicht, macht einem angestrengten Lächeln Platz, er hebt die Hände, begütigend, entschuldigend, es ist die Haltung eines Verbrechers, der sich ergibt, der zeigt, dass er keine Waffe hält, und wer auch eben noch dachte, er sei einer Sinnestäuschung zum Opfer gefallen und sich blinzelnd die Augen reibt, der begreift, dass er richtig gesehen hat, ja, auch Kregler erkennt, es ist zu spät, jeder hat es gesehen, niemals kann er es mehr zurückholen, sein wahres Gesicht, alle, die eben noch sein Loblied gesungen, starren ihn jetzt mit entsetzten, angewiderten Mienen an, distanzieren sich bereits von ihm, so schnell geht das, und immer noch flackern die Blitzlichter – es hat sich gelohnt für die Photographen, das Warten, wer hätte das gedacht.

Aber da gibt es noch etwas, was ich erledigen muss. Das bin ich ihr schuldig. Und in die Stille hinein, die Kreglers Geste auslöste, höre ich mich klar und deutlich sagen:

Sie haben noch etwas vergessen, Herr Dr. Kregler. Zu Weihnachten hat sich hier eine Frau das Leben genommen. Aus Verzweiflung. Marie Huber ist ihr Name.

Da sieht mich Kregler an, noch einmal flackert kurz das kalte, graue Feuer in seinen Augen, er holt Luft, als wolle er etwas sagen. Aber er sagt nichts. Es gibt nichts mehr zu sagen. Und dann ist es, als erlösche sein Blick. Er wendet sich ab. Richtet sich auf. Aber es nützt ihm nichts, jeder kann es jetzt sehen: Er ist nichts weiter als ein kleiner, unscheinbarer Mann. Und wenn er auch mit erhobenem Kopf und versteinerter Miene vom Podium geht und die Stufen hinuntersteigt, so wird ihm doch jeder einzelne Schritt zur Qual unter den Blicken all dieser Menschen, die gekommen sind, um ihn zu feiern, aber an wem er jetzt auch vorübergeht auf seinem Weg hin zur Tür – jeder wendet sich ab, weicht zurück, um ihm, kaum ist er vorüber, hinterherzustarren, eine eisige Mauer umgibt Rudolf Kregler, eine Mauer aus Schweigen und Ablehnung, und während seines schier endlosen Weges zur Tür, während seine Schritte hallen und alle den Atem anhalten, stimmen Sofonisba und Marguerite ein Jubelgeschrei in mir an: Du hast es geschafft, Sofie, rufen sie, dir ist gelungen, was wir niemals erreicht haben, du hast ihn besiegt, Auge in Auge, was für ein Fest. Und als die Tür hinter Kregler ins Schloss fällt, da beginnt sich um mich alles zu drehen, zu tanzen und ich fühle, wie jemand mich hält, mich stützt, es ist Frieder Nagel, und ich weiß: Alles wird gut.

29

Der Schlussfirnis

Ein halbes Pfund Leinöl wird auf glühenden Kohlen erhitzt, drei entschälte Knoblauchköpfe werden dazugetan und so lange mitgekocht, bis eine eingetauchte Hühnerfeder sich kräuselt; dann werden vier Unzen zu Pulver gestoßenes Wachholderharz, das die Araber Sandaraca nennen, hinzugegeben und so lange gekocht, bis die Masse genügend dick ist; um die Menge des Öles zu vergrößern und um den Firnis zu verbessern, kann Lavendelöl hinzugegeben werden.

Heute Nacht hat mich Marie besucht, als ahnte sie, dass es der letzte war, der letzte Traum in meiner Zelle, die letzte Nacht.

Sie werden kommen und mich holen, ich horche wieder auf ihre Schritte, aber diesmal ist es nicht mehr Nacht. Es ist noch früh, das Gefängnis schläft, das Stückchen Himmel über meinem Fenster ist noch schwarz. Und doch ist es Morgen, ich weiß es, auch wenn ich keine Uhr habe, um nachzusehen, gar nichts mehr habe ich hier in dieser Zelle, das wenige, was ich besaß, das hab ich verschenkt.

Ich habe tief und fest geschlafen, so tief, wie schon eine Ewigkeit nicht mehr, kein einziges Mal bin ich aufgeschreckt, ich hab von Marie geträumt, noch seh ich ihr Gesicht vor mir, sehr zufrieden sah sie aus, aber sonst kann ich mich an nichts mehr erinnern. Ein Gruß? Ein Abschied? Vielleicht.

Ja, Marie, ich werde deine Kinder suchen, ich werde sie finden und sie besuchen, immer wieder, und eines Tages werde ich das Unmögliche tun. Ich weiß nicht, ob ich deinen Tod erklären kann, aber ich werde ihnen von ihrer Mutter erzählen, so, wie ich dich kannte, das ist das Beste, was ich tun kann, alles andere wird sich finden.

Ich habe von allen Abschied genommen, wie eine Heldin haben sie mich gefeiert und Tränen vergossen, wie immer, wenn eine geht. Das hat noch keine fertig gebracht, in zehn Jahren nicht, sagt die Mambo, und Helga meint: Jetzt wird alles anders – ich hoffe, sie hat Recht.

Und ich soll erzählen, aber keine hört zu, denn schon sind die ersten Gerüchte im Umlauf, und jede hat eine noch tollere Version von dem, was gestern geschah.

Zum letzten Mal liege ich hier auf dem Bett, sehe durch mein Fenster auf das dunkle Fleckchen Himmel und warte, horche, lausche auf die Schritte, kaum kann ich es erwarten, dass sie kommen, noch nie hab ich die Beamtin Nonnenmacher so sehnlich herbeigewünscht. Sie wird es sein heute Morgen, es ist Montag, der dritte Januar, heute hat sie Frühschicht, und es wird ihr nicht passen, was sie heute zu tun aufgetragen bekommt.

Ich schließe die Augen, noch ist es nicht Zeit, die Zeit ist in uns, sagte neulich Sofonisba, es ist schon alles da, sieh hin, das, was war und das, was sein wird. Und sie hat Recht, ich sehe alles wie in einem Film: das Bild [illegible] Kreglers Augen … die vielen Menschen … seinen Abgang …, und hinter allem eine schwarze Gestalt, und dann löst sich alles auf in Watte und Nebel, aber Nagel hält mich, und darum ist es einerlei, was geschieht, wie ich von dem Podest herunter komme und auf den Stuhl – ich weiß es nicht, Gesichter tauchen auf und verschwinden, fremde, auch bekannte: die Ärztin, Suse, die Anwältin …, und ich sehe aufgerissene Münder, sehe Wortschwaden hin- und hergehen, was gibt es denn da noch zu reden, frag ich mich, es ist doch alles gesagt.

Und sie versinken alle in dem Nebel, das Suse-Gesicht und die Anwältinnen-Stimme, nur für einen habe ich Augen, für einen Ohren, nur was er sagt, kann ich hören, und er sagt: Sofie, morgen bist du frei.

Da bricht ein Wörtertumult los, Satzfetzen fliegen hin und her, vom Staatsanwalt und Haftbefehl und Aufhebung und Ermittlungen, die sind jetzt eingestellt …, frei, Sofie, morgen hol ich dich hier raus, und ich höre es wohl, sehe sein Gesicht, das lächelt. Frei?, frage ich und verstehe doch nichts, einmal, da kannte ich die Bedeutung dieses Wortes, ich bin mir ganz sicher, aber jetzt fällt sie mir einfach nicht ein … kannst du aufstehen, fragt mich seine Stimme, aber ja, ich kann alles, auch hinüber in den Krankentrakt, und dann seh ich es, das viele Blut …, aus der Nase blute ich? Ach so. Also stehe ich auf, aber ich falle ihm in die Arme, bald bin ich frei, aber wer kann mir sagen, was das heißt, frei, kann mir jemand erklären, was das bedeutet? Der Boden hebt und senkt sich nicht mehr, dafür hat er sich in Watte verwandelt, mit jedem Schritt sinke ich tiefer ein, da werde ich aufgehoben und getragen, ja, Sofie, morgen bist du frei, sagt Frieder Nagel geduldig, du kannst es mir glauben, und eines will ich dir noch sagen: Du hattest wieder einmal Recht, auch wenn ich es nicht begreifen kann, ich hab das Bild unter das Röntgenlicht gelegt, und da ist wirklich ein Gesicht darunter, ganz so, wie du es sagst, du weißt alles über die Anguissola, kennst sogar ihre Geheimnisse, so als wärst du sie selbst und hättest damals gelebt, und wer weiß, vielleicht ist es auch so, du hast Wein getrunken, von dem unsereins nur träumen kann, wilder Fenchel, ja, auch den haben wir in Rückständen in diesem uralten Wein gefunden, und so echt wie dieser Wein sind auch deine Bilder, das ist es, was ich lange nicht akzeptieren konnte, auch wenn du sie gemalt haben solltest, und ich weiß, du hast es getan, so sind es doch keine Fälschungen. Aber eines Tages, da wirst du mir alles erzählen, oder vielleicht auch nicht, ganz wie du willst …

Er hält mir die Hand, während sie mir das Gesicht sauber machen, das brennt an manchen Stellen, daran merke ich, dass ich nicht träume.

Frei, frage ich schließlich, morgen? Ist das wahr?

Und er strahlt übers ganze Gesicht, ja, sagt er, deine Anwältin wollte es auch gar nicht glauben, aber siehst du, das ist so, neulich, als ich bei dir war, da hab ich mich entschieden, dass ich springen will, und so bin ich zum Staatsanwalt gegangen … und seine Stimme gleitet mit mir hinüber in meine Träume, die Augen fallen mir zu, und wenn ich ihn auch nicht mehr sehen kann, so hör ich ihn doch immer weitersprechen, wie ein Echo meiner Gedanken … das ist das Geheimnis: Auch wenn man nichts sehen kann als die Leere, auch wenn man nicht weiß, wohin es führt, auch wenn es alles auf den Kopf stellt und die Wahrheit, an die man jahrelang geglaubt, für die man gelebt und gearbeitet hat, die Trennung in richtig und falsch, in gut und böse, wenn das alles aus den Fugen gerät.

Später, als ich aufwache in demselben Bett, demselben Zimmer der Krankenstation, werde ich mich fragen, ob ich das alles nur geträumt habe, ob ich womöglich immer noch träume, ich sehe durch dasselbe Fenster, wie all die vergangenen Tage, und der Himmel ist klar und leuchtet wie ein großes Versprechen. Ich habe geschlafen, nur ein kleines halbes Stündchen, oder auch ein ganzes, ich war ja so müd. Aber jetzt bin ich wach, die Sonne scheint, und ich stehe auf, nein, ich habe nicht geträumt, morgen bin ich frei, und jetzt will ich zurück in meine Zelle, doch, sage ich, das muss sein, ich muss doch auf Wiedersehen sagen. Und die Ärztin schaut besorgt und will erst noch telefonieren, und Nagel schickt die Kollegin Brack, die bleibt die ganze Nacht vor meiner Zelle, damit ich ruhig schlafe.

Und ich nehme Abschied: von den Löchern in den Wänden, der Pritsche, der Kloschüssel und dem Waschbecken, dem Stuhl, dem Tisch, dem Fenstergitter und dem Bäumchen im Hof. Ich habe alles noch einmal berührt, atme tief den Geruch ein, fühle noch einmal die Enge, ehe sie eingeht in meine Erinnerung, denn die Erinnerung ist eine große Lügnerin, schon morgen wird sie alles in ein anderes Licht getaucht zeigen, schon jetzt ist es nicht mehr dasselbe, jetzt, wo ich weiß, dass ich gehen werde.

Hey, Fälscherin, hat die Mambo gesagt, du bist echt cool, treib's nicht zu schlimm da draußen … und ich habe ihr mein CD-Gerät zum Abschied gegeben, die feinen Cremes von Suse hab ich unter den anderen verteilt, nichts werde ich mitnehmen von hier als meine Erinnerung.

Der Himmelsfleck wird ein klein wenig heller. Bald werden sie kommen. Ich werde mich anziehen, das Kleid mit den Flecken, damit ich bereit bin, wenn sich die Türen öffnen vor mir, sich schließen hinter mir, zum allerletzten Mal werden sie ins Schloss fallen, ich werde sie zählen, wie ich sie immer gezählt habe. Ich werde den Frauen oben an den Fenstern der Wäscherei winken, wenn ich über den Hof gehe, ich werde dem Bäumchen Lebewohl sagen, sie werden mich zur Asservatenkammer bringen, wo sie das metallene Kästchen aufschließen, in dem sie meine Sachen verwahren: die Geldbörse, dick und ausgebeult von all den Photographien, die ich jetzt nicht mehr brauche, und vor allem all die Schlüssel, *meine* Schlüssel zu *meinen* Türen, und dann werde ich unterschreiben in dem dicken Buch, werde den Empfang meiner

Sachen quittieren und dabei Sofonisbas Schriftzug sehen, *Sofonisba Anguissola fecit* in ihren geschwungenen Lettern, aber diesmal werde ich mit meinem eigenen Namen unterschreiben: Sofie Lenze. Denn das bin ich.

Die letzten Türen, die letzten Pforten. Auch sie werde ich zählen, jede einzelne, und sie niemals vergessen. Jetzt kann ich mich an sie nicht erinnern, zu benommen war ich, als sie mich brachten, damals, vor ewigen Zeiten. Aber ich weiß, dass sie da sind, die Pforten von Marienwart, die sich jetzt öffnen werden für mich. Und ich werde hinausgehen, die Schwelle übertreten, werde die Sonne sehen und den Himmel in seiner Gänze, nicht mehr zerschnitten in lauter Vierecke – kleinere durch die Fenster, größere aus den Höfen –, nein, endlich wieder den ganzen Himmel, nicht mehr in Stücke zerteilt durch die allgegenwärtigen Gitter. Der Himmel wird frei sein.

Und dort, am Tor, wird er stehen. Er wird schwarze Kleider tragen, die sind maßgeschneidert, aber das sieht nur der, der sich darauf versteht. Drüben auf dem Parkplatz hat er seinen Wagen geparkt, auch der ist schwarz, ich weiß es, auch wenn ich ihn noch nie gesehen habe. Wohin soll ich dich bringen, wird er fragen, oder nein, gar nichts wird er fragen, wir werden einfach so durch den Tag fahren, ohne Ziel, ohne Plan, immer weiter, auf einen Berg werden wir steigen und die Aussicht genießen, ich werde jeden Weg, der mir gefällt, entlanglaufen ohne Begrenzung, so weit ich nur will. Und später, irgendwann, werden wir ans Meer fahren und bis zum Horizont schauen – ich werde mein Leben lang nicht mehr erlauben, dass irgendetwas mir die Sicht verstellt.

Ich werde es ihm erzählen. Alles, was er wissen will. Von Sofonisba und von Marguerite, vielleicht auch von der Meisterin, falls es Worte für sie gibt. Und vor allem von Sofie, deren Leben noch ist wie eine sorgfältig grundierte Leinwand, die danach schreit, endlich bemalt zu werden.

Ich bin gespannt auf deine Bilder, höre ich Sofonisbas Stimme, denk daran, dich einmal selbst zu malen. Es sind die *autoritratti,* die uns berühmt gemacht haben …

… und denk daran, hin und wieder ein Lied zu singen, vergiß nicht das Tambouret … höre ich Marguerite, ich höre die beiden lachen und summen, *Tugend, ich sag mich los von Euch …*, höre, wie sie sich entfernen, wo wollt Ihr denn hin?, rufe ich ihnen nach.

Du brauchst uns nicht mehr, sagt Sofonisba zufrieden, leb wohl … wir sind schon fort, flüstert Marguerite, schon weit …

Und dann ist es still in mir. Ganz still. Horche ich in mich hinein, ist da nur der Widerhall meiner eigenen Gedanken, und die handeln alle nur von ihm.

Wir werden sie besuchen, er und ich. Eine Kerze anzünden auf der Place de la Grève. Eine Blume legen auf das marmorne Grabmal dort unten in Palermo … Es waren einmal …

Die Erinnerung ist eine unendliche Halle voller Geschichten, manche werden erst noch geschehen, ja, vielleicht schon bald, nichts auf der Welt steht schließlich für sich allein, keine Geschichte hat einen Anfang oder ein Ende, nein, auch nicht diese, denn da, wo ein Ende stehen sollte, befindet sich stattdessen ein Beginn.

Was beginnt, das ist meine Gegenwart. Eine Gegenwart, in der nur eine einzige Person in meinem Park spazieren geht: ich – Sofie Lenze. Und hin und wieder werde ich mich daran erinnern, dass es eine Zeit gab, da war die Erinnerung eine große Lügnerin, und darum fälschte ich meine Geschichten, um sie der Echtheit zu bewahren, aber es wird nicht mehr nötig sein, meine Geschichten zu erfinden, denn die Erinnerung wird eine geschwätzige alte Freundin sein, die kommt und geht und altert, so wie wir alle.

Aber mein Leben wird echt sein, in jeder Sekunde aufs Neue. So echt und so gefälscht, wie das Leben nun einmal ist.

Danksagung

Als Pedigree

bezeichnet man den »Stammbaum« eines Gemäldes in Form von Sammlernachweisen, Zollstempeln, Inventarnummern, Ausstellungsdatierungen – kurz, der ganze Werdegang eines Bildes findet sich so, für die meisten Augen verborgen, auf seiner Rückseite.

Die Entstehung eines Romans ist eine Geschichte für sich mit eigenen Protagonisten, die normalerweise im Verborgenen bleiben. An dieser Stelle möchte ich all diesen Menschen danken:

Daniel Oliver Bachmann für Anregung, Ermutigung und kostbare Kritik. Silke Brohl-Stoffel, die jahrelang nicht locker ließ, bis ich endlich bereit war für die faszinierende Lebensgeschichte der Sofonisba Anguissola. Susanne Geiger für einen eher zufälligen Hinweis, der mich auf die Spuren der Mystikerin Marguerite Porète brachte. Doris Reckewell für ihre begeisterte Anteilnahme und kollegiale Beratung.

Dr. August Bernhard Rave von der Staatsgalerie Stuttgart gab mir wertvolle Einblicke in seine Arbeit als Kunstgutachter. Professor Karl-Werner Bachmann von der Akademie der Bildenden Künste in Stuttgart beriet mich zum Thema Technik der Malerei und Restaurierung. Fragen zu Malmitteln der Renaissance und vor allem zu den Eigenschaften des Auripigments beantworteten mir Dr. Georg Kremer und Alexander Zeitler.

Von Dr. Waltraud Pulz erfuhr ich alles Nötige über Essen und Trinken auf Sizilien im ausgehenden 16. Jahrhundert. Auf meine Fragen rund um den Wein in jener Zeit konnten mir die Önologen Dr. Norbert Becker von der Universität Freiburg und Dr. Fritz Schumann vom der Staatlichen Lehr- und Versuchsanstalt für Landwirtschaft in Neustadt a.d. Weinstraße Auskunft geben.

Zum Themenkreis Gefängnis möchte ich mich sehr herzlich

bei Petrus Ceelen und Ursula Kohn für wertvolle Gespräche bedanken.

Einen besonderen Dank verdient Kriminalhauptkommissar Ernst Schöller vom LKA Stuttgart, der mir eine Fülle an inspirierenden Informationen lieferte. In juristischen Detailfragen berieten mich Michael Schilpp und Alfrun Thora Sanders-Reich.

Die Zitate über den Kapiteln entnahm ich den *Quellen der Maltechnik während der Renaissance in Italien, Spanien, den Niederlanden, Deutschland, Frankreich und England,* hg. v. Ernst Berger, München 1901, und Herman Sachs *Lehrbuch der Maltechnik,* Berlin 1927.

Sylvia Ferrino-Pagden, Maria Kusche und Mina Gregori bildeten mit ihren sorgfältigen Publikationen und Aufbereitungen der Quellen zu Sofonisba Anguissolas Leben eine ausgezeichnete Basis für meine Recherche. Marguerite Porètes Buch, das ihr 1310 das Leben kostete, liegt heute noch vor. Die zitierten Passagen aus *Le Miroir des âmes simples et anéanties* habe ich gemeinsam mit meiner Lektorin Anne Halfmann neu übersetzt, der ich an dieser Stelle für ihre Mitarbeit danken möchte.

Rat und Zuspruch sind das eine – finanzielle Hilfe das andere: Ich danke dem Förderkreis deutscher Schriftsteller in Baden-Württemberg, der meine Arbeit an *Die Fälscherin* mit einem Arbeitsstipendium unterstützte.

Alle Geschehnisse im fiktiven Gefängnis Marienwart sind frei erfunden, ebenso die Personen, seien es Strafgefangene oder Bedienstete.